PIERRE GRIMBERT

DIE MAGIER

KINDER DER EWIGKEIT

RO

Aus dem Französischen
von Sonja Finck
und Nadine Püschel

WILHELM HEYNE VERLAG
MÜNCHEN

Titel der französischen Originalausgabe
Le Secret de Ji: Le Doyen éternel

Deutsche Übersetzung von Sonja Finck und Nadine Püschel

FSC
Mix
Produktgruppe aus vorbildlich bewirtschafteten Wäldern und anderen kontrollierten Herkünften

Zert.-Nr. SGS-COC-1940
www.fsc.org
© 1996 Forest Stewardship Council

Verlagsgruppe Random House FSC-DEU-0100
Das für dieses Buch verwendete FSC-zertifizierte Papier
Holmen Book Cream
liefert Holmen Paper, Hallstavik, Schweden.

2. Auflage
Deutsche Erstausgabe 01/09
Redaktion: Catherine Beck

Printed in Germany 2009
Umschlaggestaltung: Nele Schütz Design, München
Umschlagillustration: Paolo Barbieri
Karte: Andreas Hancock
Satz: Buch-Werkstatt GmbH, Bad Aibling
Druck und Bindung: GGP Media GmbH, Pößneck

ISBN: 978-3-453-52464-4

www.heyne-magische-bestseller.de
www.heyne.de

HEYNE <

Meinem Klan.
Ihr kommt zwar nicht in der Geschichte vor,
aber ihr wart immer in ihr …

In meinem zweihundertjährigen Leben habe ich so viele Namen getragen, dass ich mich nicht mehr an alle erinnern kann. Wie viele mögen es erst in zwanzig Jahrhunderten sein? Oder in dreißig? In tausend?

Im Grunde ist mir das so egal wie der pelzige Hintern eines Margolins. Wichtig ist nur, dass ich so lange leben werde. Alles andere ist belangloses Geschwätz.

Als Kind riefen mich meine Eltern je nach Laune Maajo oder Maako. Mein Hauslehrer und die Diener nannten mich »gnädiger Herr von Kermond«. Mein erster Magiemeister wiederum gab mir den Beinamen »der Ökonom«. Hätte ich damals gewusst, dass mich dieser alberne Name mein ganzes sterbliches Dasein lang begleiten würde, hätte ich mir diesen bärtigen Dummkopf mit seinen lächerlichen Moralvorstellungen viel früher vom Hals geschafft.

Mein zweiter Meister sprach kaum mit mir, herrschte mich dafür aber umso häufiger an und warf mir allerlei Schimpfwörter und Beleidigungen an den Kopf. Die Meister des Feuers pflegen ihre Schüler Unterwürfigkeit zu lehren. Ich ertrug seine Demütigungen, bis er mir nichts mehr beibringen konnte. Rache ist süß …

An der Kaiserlichen Akademie wurde ich dann nur noch »Kermond« genannt. Manchmal musste ich dumme Spitznamen wie »Kehrbesen«, »Kehrblech« oder Ähnliches über mich ergehen lassen. Es war mir ein Rätsel, wie sich die anderen Schüler, die doch Gorans klügste Köpfe sein sollten, an derartigem Unsinn ergötzen konnten. Ich hatte nichts als Verachtung für sie übrig und konzentrierte mich ganz auf den Unterricht. Nach sechs Jahren an der Akademie hatte ich mein Ziel erreicht und trat direkt in den Dienst von Kaiser Mazrel ein.

Fortan wurde ich bis zu meinem siebenundsechzigsten Jahr »Exzellenz« genannt – jedoch nur offiziell. Hinter meinem Rücken fanden die Höflinge, Wachen und Diener weniger schmeichelhafte Bezeichnungen: Am beliebtesten waren »Hexer«, »falscher Hund« und »Heuchler«.

Geschwätz habe ich immer verabscheut. Es ist so belanglos. Zum Glück können einige Auserwählte dank der Magie nicht nur über gewöhnliche Sterbliche triumphieren, sondern zugleich jene bestrafen, die sich der Geschwätzigkeit schuldig machen.

Die Goroner haben schwache Herzen. So mancher wähnte sich im Kaiserlichen Palast in Sicherheit und starb im Kreise seiner Freunde einen elenden Tod, nachdem ich ihm aus der Ferne einen kurzen Blick zugeworfen hatte. Die Ehrerbietung, die mir die Überlebenden entgegenbrachten, war dafür umso aufrichtiger. Sie ergingen sich in Respektsbekundungen wie »Exzellenz« und »Hoheit«, und aus ihren Stimmen sprach die Furcht.

Wenn ich es mir recht überlege, wurde ich während meines gesamten sterblichen Daseins niemals Saat genannt.

Und so wie mein Dasein als Unsterblicher begonnen hat, wird sich daran in absehbarer Zeit wohl nichts ändern.

Unermüdlich suchte der Lorelier den Horizont ab, doch er sah nichts als das endlose Meer. Bei dem Gedanken, dass seine Reise gerade erst begonnen hatte, seufzte er laut auf. Wie lang würde es dauern, bis er die lorelische Küste erreichte? Sechs Tage? Acht? Und dabei zählte jeder Dekant. Jede noch so kleine Verzögerung konnte den Untergang der Oberen Königreiche bedeuten.

Unfassbar. *Den Untergang der Oberen Königreiche,* wiederholte er in Gedanken.

Der Mann gehörte der Grauen Legion an, einer Spezialeinheit der lorelischen Armee. Wie die Jelenis und die Königlichen Wachen unterstanden die Grauen Legionäre unmittelbar König Bondrians Befehl. Aber sie kämpften nicht mit Waffen, jedenfalls nicht nur. Die Legionäre arbeiteten stets allein, und ihre Missionen führten sie häufig in fremde Länder, in Friedens- wie in Kriegszeiten. Während die Königlichen Wachen Bondrians Leben beschützten und die Jelenis seinen Palast, war die Graue Legion dafür zuständig, seine Interessen zu wahren. Dazu mussten sie ihre Augen und Ohren überall haben. Böse Zungen hätte sie als Spione bezeichnet.

Im Grunde war die Mission in La Hacque ein Erfolg gewesen.

Seit Monden waren aus den Unteren Königreichen keine besonderen Vorkommnisse gemeldet worden. Wie schon seit zwanzig Jahren überfielen die Yussa unter Aleb dem Ramgrith die Nachbarländer im Süden und Westen. Doch nach zwei Jahrzehnten schienen selbst die gefürchteten Plünderer die Eroberungen leid zu sein. Alle Herrscher der bekannten Welt rechneten damit, dass die Yussa eines Tages die Fürstentümer angreifen würden, doch die Angriffslust des Königs von Griteh hatte offenbar mit der Zeit nachgelassen.

Daher hatte der Legionär eigentlich nur nach dem Rechten sehen sollen. Doch plötzlich hatten seine Feinde ihn von Yiteh bis Mythr gehetzt, durch die öde Steppe von Quesraba, die engen Gassen Gritehs und die breiten, glutheißen Straßen La Hacques. Er war seinen Häschern, pledischen Söldnern und Seeleuten aus Yérim, nur knapp entronnen.

Der einäugige ramgrithische König hatte sich als Meister der Geheimhaltung entpuppt. Der Legionär war aus dem

Staunen nicht mehr herausgekommen, als er immer mehr Hinweise darauf entdeckte, dass Aleb einen Angriff auf die Oberen Königreiche plante – und dass er genug Männer hatte, um den Sieg davonzutragen, falls Lorelien und Goran ihn nicht rechtzeitig aufhielten.

Erneut ließ der Mann seinen Blick über das Mittenmeer schweifen. Der Zweimaster war schnell, aber war er schnell genug? Er musste sein Ziel so rasch wie möglich erreichen und konnte nur hoffen, dass seine Verfolger ihn nicht einholten. Denn er wusste, dass der Ramgrith ihm noch immer auf den Fersen war.

Die Untätigkeit und Schweigsamkeit der Besatzung zerrten an seinen Nerven. Die Matrosen gehörten allesamt der Grauen Legion an, in unterschiedlichen Dienstgraden. Doch sie waren schon so lange fort aus Lorelien, dass ihnen das Königreich fremd geworden war. Untereinander sprachen sie Ramyth, und mehrere Männer beteten Alioss an. Mindestens einen hatte er im Verdacht, vom Gift der Daï-Schlange abhängig zu sein. Und zu allem Überfluss hingen die Matrosen einem törichten Aberglauben an. Zum Beispiel fürchteten sie sich vor einem schwarzen Ungeheuer, das angeblich die Gewässer heimsuchte, die sie soeben durchquerten. Sie machten sich vor Angst geradezu in die Hosen.

Der Legionär zuckte mit den Schultern und begab sich in seine Kajüte, um aus seinen verschlüsselten Aufzeichnungen einen anständigen Bericht zu schreiben. Doch er kam einfach nicht voran. Er vermochte nicht zu sagen, wie viele Galeeren, Großsegler, Kutter, Schoner, Fregatten und andere Kriegsschiffe im Hafen von Mythr vor Anker lagen. Er fand keine Worte für den überwältigenden Anblick, den die Flotte bot. Die Schiffe waren mit schwer bewaffneten Yussa und Horden von Rekruten von der Gefängnisinsel Yérim bemannt, und sein Bericht blieb zwangsläufig hinter der Wirklichkeit zurück. Für das Söldnerheer, das an der Mündung des Aòns lagerte, kamen ihm nur Vokabeln wie »gewaltig«, »ungeheuerlich« und »unfassbar« in den Sinn. Im Grunde hatte er das Bedürfnis, mit lauter Stimme davon zu erzählen und dabei mit den Händen zu fuchteln.

Nur ein Rätsel blieb ungelöst. Warum hatten sie Alebs Absichten nicht früher durchschaut? Die Kriegsvorbereitungen mussten seit mindestens sechs Monden im Gange sein.

Selbst bei allergrößter Vorsicht musste etwas von einem Plan derartigen Ausmaßes durchsickern. Auf die eine oder andere Art hätte Lorelien davon erfahren müssen.

Plötzlich ertönte von der Brücke ein Schrei, gefolgt von eiligen Schritten und einem lauten Platschen. Der Legionär stürzte zu einer Luke und sah gerade noch, wie der Körper eines Menschen in den Fluten versank.

Ein Mensch, dem der Unterleib fehlte.

Der Mann packte sein Rapier und streifte hastig das Kettenhemd über, ohne die offene Tür und die Treppe zum Deck aus den Augen zu lassen. Waren sie von einem anderen Schiff gekapert worden? Er hatte nichts gehört, und das Meer ringsum war spiegelglatt. War unter den Besatzungsmitgliedern eine Prügelei ausgebrochen? So brutal waren seine Männer nicht. War es ein Unfall? Ein zu straff gespanntes Seil?

Nein – an Deck wurde gekämpft. Matrosen jammerten, brüllten und flehten vergeblich um Hilfe. Der Legionär stellte einen Fuß auf die unterste Treppenstufe und blieb wie angewurzelt stehen. Der Angreifer brüllte vor Wut, dass es ihm in den Ohren dröhnte.

Es klang wie ein tiefes, durchdringendes und feindseliges Knurren, zehnmal so laut wie das eines ausgewachsenen Bären. Der Schrei verhallte über dem Meer.

Während der Angreifer dem letzten Matrosen den Garaus machte, stürzte der Legionär zurück in die Kabine und begann mit heftig zitternden Händen, seine Aufzeichnungen einzusammeln. Dann erkannte er, wie nutzlos sein Tun war.

Was nützte es, die Papiere zu verstecken, wo er doch ohnehin sterben würde und es niemanden mehr gab, der sie nach Lorelia bringen könnte?

Plötzlich war das sagenumwobene schwarze Ungeheuer da. Es kam nicht durch die Tür, sondern nahm mitten in der Kabine Gestalt an, wie ein Unwetter, das sich aus dem Nichts zusammenbraut. In diesem Augenblick wusste der Legionär, dass Lorelien niemals rechtzeitig gewarnt werden würde.

Sein letzter Gedanke galt Bondrian. Selbst wenn er dem König eine Nachricht hätte zukommen lassen können, wäre das vergebliche Mühe. Gegen einen Feind, der mit Dämonen im Bunde stand, waren die Oberen Königreiche machtlos.

Meinen wahren Namen bekam ich in der Unterwelt des Karu.

Ich bin der hohe Dyarch. Ich habe die sechs größten Heere des Ostens unter einem Banner vereint. Ich werde die Oberen Königreiche besiegen. Die Soldaten munkeln, ich könne nicht sterben.

Sie wissen nicht, dass es bereits geschehen ist. Ich bin längst tot.

Ich ließ mein Leben in den Höhlen des Karu unter eben jenen Bergen, vor denen meine Armee nun lagert. Doch das giganti-

sche Labyrinth der schwarzen Götter befindet sich nicht nur unter diesem Gebirge. Der Großteil des Jal liegt in einer anderen Welt. Die Höhlen und Gänge unter dem Rideau sind nur der Zugang zum Karu. So wie sich irgendwo zwischen seinen Gipfeln der Übergang in die Gärten des Dara befindet.

Den genauen Zeitpunkt meines Todes kann ich nicht benennen. Wenn man so will, starb ich in dem Moment, als ich Prinz Vanamel und Fer't den Solener tötete, denn diese Tat versperrte mir die Rückkehr ins Dara. Leider begriff ich das erst später, als ich viel Zeit zum Nachdenken hatte.

Doch im Grunde zog sich mein Todeskampf über ein ganzes Jahrhundert hin. Ein Jahrhundert der Finsternis und des Schweigens, tief unter einem Berg, in Begleitung eines Gottes in Gestalt eines Knaben. Sombre. Der andere Dyarch. Er schlief fast die ganze Zeit.

Ich schöpfte aus seiner Kraft, um mich am Leben zu erhalten. Zum Glück bin ich Magier. Ich löschte das Feuer, das mich von innen verzehrte, indem ich aus seiner göttlichen Quelle trank.

Trotzdem schied ich aus dem Leben. Auch ich schlief viel – was kann man im Gefängnis schon anderes tun? Irgendwann erwachte ich mit der Gewissheit, tot zu sein.

Der Gedanke schreckte mich nicht. Er machte mich eher neugierig. Selbst als einer der mächtigsten Magier der bekannten Welt war ich nicht so vermessen zu glauben, ich könnte dem Tod ein Schnippchen schlagen. Und doch hatte ich genau das getan. Verdankte ich das Sombre und seiner göttlichen Kraft? Oder dem Gwel, das uns umgab?

Wie dem auch sei – mein Fortleben eröffnete mir unzählige Möglichkeiten. Die Zeit hatte plötzlich an Bedeutung verloren. Ganz gleich, wie viele Jahre wir in diesem düsteren Gefängnis verbringen mussten, eines Tages würden wir ihm entkommen. Ich musste nur Geduld haben.

Während der ersten Dekaden im Labyrinth bemühte ich mich, eine Karte des Karu zu erstellen. Nachdem ich anfangs versucht hatte, aus der Unterwelt zu fliehen, den dort hausenden Bestien zu entkommen und auf Umwegen zurück ins Jal'dara zu gelangen, gewann mit der Zeit die Vernunft die Oberhand, und ich begann, mir die Gänge und Höhlen genauer anzusehen und sie mir einzuprägen. Leider ging das nur in den seltenen Momenten, in denen Sombre wach war. Ich hatte nicht genug Kraft, um ihn über längere Strecken zu tragen, und ich wollte mich auf keinen Fall von ihm trennen. Schließlich sicherte er mein Überleben.

Geschlagene zwei Dekaden lief ich mehr oder weniger geradeaus und markierte den Weg mit erfundenen arkischen Zeichen. Bald musste ich mir eingestehen, dass das Labyrinth magisch und somit unendlich war: Hinter jeder Biegung befand sich ein neuer Gang oder eine weitere Höhle, ein schmaler Stollen oder ein riesiger Saal, der es mit dem Mishra-Palast hätte aufnehmen können.

Nach einer Weile begegneten wir keiner der finsteren Kreaturen mehr, welche die Unterwelt bevölkerten, nicht einmal den kleinsten. Allmählich gelangte ich zu der Überzeugung, dass dieser Weg nicht aus dem Labyrinth herausführte. Deshalb beschloss ich umzukehren und erlebte die größte Enttäuschung, die je ein Mensch erlebt hatte.

Meine Wegzeichen waren verschwunden. Nicht alle: Jene, die ich zuletzt angebracht hatte, waren noch da. Doch die anderen blieben unauffindbar.

Das Labyrinth schien sich ständig zu verändern. Das Gwel, das über einen großen Absorbiumanteil verfügt, löschte innerhalb weniger Dekanten alle fremden Spuren aus, so wie die Flut Fußabdrücke im Sand fortspült. Die Gänge und Höhlen sahen auf dem Rückweg ganz anders aus als in meiner Erinnerung.

Ich erlebte also eine bittere Enttäuschung. Doch ich versank nicht in Verzweiflung, wie es andere an meiner Stelle getan hätten. Es musste möglich sein, das Labyrinth zu verlassen, denn schließlich gelangten auch die Dämonen irgendwann in die Welt hinaus. Ich musste mich nur an Sombre halten und ihn erziehen.

Wie einfach es war, seinen völlig unberührten Geist zu beeinflussen! Ich redete ständig mit ihm, auch wenn er schlief. Manchmal folgte ich ihm sogar in seine Träume und sprach dort zu ihm. Ich hinderte ihn daran, sich vor Heimweh nach dem Dara zu verzehren und schürte seinen Groll, wenn er wütend wurde.

Zunächst begann ich mit einfachen Worten. Ich wusste, dass mein Überleben von seiner Stärke abhing. Deshalb musste er furchterregend sein. Ich gab ihm auch einen Namen: Sombre. Der Bezwinger. Diesen Namen sagte ich ihm immer wieder vor.

Ich lehrte ihn den Hass auf die Menschen. Er musste unbesiegbar und grausam sein. Ich lehrte ihn, Nol, die Götter und das Jal'dara zu verachten. Ich lehrte ihn, Macht und Herrschaft zu genießen. Ich lehrte ihn, sich am Sieg zu berauschen. Zuletzt brachte ich ihm bei, all diese Gefühle mit mir zu verbinden – und zwar allein mit mir.

Er selbst sprach nur wenig. Bisweilen forderte er Trost oder eine Liebkosung, wenn er aus einem Albtraum erwachte. Voller Abscheu kam ich seinem Wunsch nach. Schließlich war das Kind trotz seines Aussehens ein Dämon. Das war es schon lange vor unserer Begegnung gewesen. Ich hatte ihm nur sein Wesen offenbart. Wie hätte ich Gefallen daran finden können, einen Dämon im Arm zu wiegen?

Die Jahre vergingen, und Sombre wuchs zu einem jungen Mann heran. Er schlief nun weniger. Manchmal war er mehre-

re Dekanten lang wach. Ich verfolgte seine Fortschritte und korrigierte seine Schwächen. Allmählich trat seine Persönlichkeit deutlicher hervor.

Woher seine Grausamkeit kommt, weiß ich nicht. Ich habe sie ihm nicht eingeflößt. Hat er sie von mir geerbt, ohne dass ich es weiß? Oder stammt sie von den anderen Stimmen, den Stimmen jener Sterblichen, die nach neuen Gottheiten suchten und sich in Sombres Gedanken mit meiner Stimme vermischten? Oder hat er sie vielleicht von Anfang an in sich getragen?

Ehrlich gesagt zerbreche ich mir darüber nicht den Kopf. Es ist belanglos.

Je weniger Sombre schlief, desto verlässlicher wurde das Labyrinth. Während ich bis dahin vorweg marschiert war, kam es nun vor, dass mein Dämon eine bestimmte Richtung einschlug, als gehorchte er einer inneren Stimme. Ich folgte ihm jedes Mal voller Hoffnung, und so wanderten wir durch endlose feuchte Gänge und Höhlen, in denen es wie überall im Labyrinth nach Moder und Verwesung stank. Irgendwann blieb Sombre ebenso unvermittelt stehen, wie er losgelaufen war, und verfiel wieder in seinen Dämmerzustand.

Später übernahm Sombre immer häufiger und für immer längere Zeit die Führung. Manchmal hatte ich den Eindruck, dass es bergauf ging, doch ich wagte nicht, mich zu freuen, aus Angst, wieder enttäuscht zu werden. Ein Anstieg hätte die Orientierung erleichtert, aber leider war das Labyrinth ziemlich eben.

Erneut markierte ich die Strecke mit Wegzeichen, und nach ungefähr einer Dekade machten wir kehrt.

Viele Zeichen waren verschwunden. Andere hatten überdauert, und für diese interessierte ich mich nun. Die Steinhaufen oder in die Wand geritzten Markierungen, die noch da waren, mussten zur Welt der Sterblichen gehören und nicht zum Jal'karu.

Ich brachte immer mehr Zeichen an, an jeder Abzweigung,

in jedem Gang und jeder Höhle. So konnte ich bald einen sorgfältig markierten, immer gleich bleibenden Weg entlanggehen, und das mehrere Dekanten lang. So etwas hatte ich seit einer Ewigkeit nicht mehr erlebt.

Als ich Sombre auf seinen Wanderungen folgte und mich zugleich an meinen Wegzeichen orientierte, hatte ich irgendwann das Gefühl, mich dem Ausgang zu nähern. Eines Tages gelangte ich zu der Gewissheit, das Labyrinth hinter mir gelassen zu haben, nicht anders als ich zu der Gewissheit gelangt war, tot zu sein.

Wir befanden uns immer noch unter der Erde, aber ich spürte das Gwel nicht länger. Ich machte kehrt und lief eine gute Meile zurück, doch wir hatten eine unsichtbare, magische Grenze überschritten. Sämtliche Wegzeichen waren verschwunden. Wir konnten nicht mehr ins Karu zurück.

Wir brauchten nicht mehr als zwei Tage, um an die Oberfläche zu gelangen. Zum ersten Mal seit langer Zeit atmete ich frische Luft. An meiner Seite befand sich ein Dämon in Gestalt eines jungen Mannes, der mir blind ergeben war. Ich war unsterblich. Und ich sehnte mich nach Macht.

»Mir?«

Der Löwe war nirgends zu sehen. Ispen lief noch einmal einige Dutzend Schritte und brüllte, so laut sie konnte: »Mir? Prad?«

Nur der eisige Wind antwortete ihr. Bowbaqs Frau suchte die verschneiten Hügel und den Horizont ab, vor dem sich einige Bäume abzeichneten, die ihre kahlen Äste in den grauen Himmel reckten. Vor zwei Dekanten waren ihr Sohn und der Schneelöwe in dieser Richtung verschwunden, und bislang waren sie nicht zurückgekehrt.

Eigentlich wusste Prad, wie gefährlich es war, sich allein in die arkische Eiswüste hinauszuwagen – vor allem zur Jahreszeit der Erde –, und er blieb nur selten so lange fort. Deshalb machte sich Ispen Sorgen. Sonst beruhigte es sie, Mir an seiner Seite zu wissen, denn der Löwe kam immer gleich angelaufen, sobald man ihn rief. Nur heute eben nicht.

»PRA-AD!«, brüllte sie in die kalte Landschaft, die Hände zu einem Trichter geformt.

Keine Antwort. Die furchtbarsten Möglichkeiten kamen ihr in den Sinn, ja selbst der unwahrscheinliche Gedanke, Mir könnte ihren Sohn angegriffen haben. Sie versuchte sich zusammenzureißen, indem sie sich vor Augen hielt, dass der Löwe anhänglicher war als ein Hund. Aber warum kam er dann nicht, wenn sie ihn rief?

Vielleicht war dem Löwen etwas zugestoßen. War das Raubtier, das sich allzu sehr an Menschen gewöhnt hatte, seit es beim Schneeigelklan lebte, etwa von fremden Jägern erschossen worden? Und was war dann aus dem achtjährigen Jungen geworden, allein und verloren in der Eiswüste? Weinte er über der Leiche seines besten Freundes? Hatte er versucht, den Löwen zu beschützen?

Die Zweifel wuchsen sich rasch zur Gewissheit aus. Mir kam immer sofort, wenn sie ihn rief. Nur jetzt nicht. Also musste er tot sein!

Vielleicht gehörten die Täter ja auch zu Ispens Klan. Mehrere Jäger hatten sich über den Löwen in der Umgebung des Dorfs beschwert, weil er angeblich das Wild in die Flucht schlug. Nur unter Murren hatten sie sich dem Urteil ihres Anführers gebeugt. Der Klanchef hatte sie daran erinnert, dass das Wild schon seit einer ganzen Weile aus der Gegend verschwunden war und Mir das Dorf vor größeren Raubtieren beschützen würde. Doch trotz dieser Argumente hatten die Männer des Schneeigelklans, die sich für die streitbarsten Kämpfer der Welt hielten, nur eins gesehen: Osarok, der Anführer des Klans, war Ispens Bruder. Sein Urteil konnte also nicht richtig sein.

Ispen ärgerte sich, dass es in ihrem Dorf keinen Erjak gab, der den Jägern hätte erklären können, wie nützlich Mir dem Klan war. Außerdem bekümmerte sie, dass sie auch in diesem Jahr Bowbaq und den Vogelklan verlassen hatte und nun meilenweit entfernt von ihrem Geliebten war. Vor allem aber bekümmerte sie, dass sie nicht besser auf Prad achtgegeben hatte.

»MIR! PRA-AD!«, rief sie noch einmal, nachdem sie einen Hügel erklommen hatte.

Ein heftiger Stoß von hinten warf sie um, und sie landete mit den Händen im Schnee, während ihr ein wohlbekannter Geruch in die Nase stieg und ein schwerer Körper sie zu Boden drückte. Ispen drehte sich auf den Rücken und stützte sich auf die Ellbogen, konnte aber nicht mehr verhindern, dass eine gewaltige Zunge ihr das Gesicht abschleckte.

»Mir, du hat Maïok umgestoßen!«, sagte ein Junge vorwurfsvoll und schob den Löwen, der doppelt so groß war wie er selbst, unsanft beiseite. »Hast du dir wehgetan, Maïok?«

»Nein, Powchi«, antwortete Ispen und schloss ihren Sohn in die Arme. »Wo warst du? Ich habe mir Sorgen gemacht!«

»Wir haben Große Jagd gespielt. Du warst unsere Beute. Mir und ich können nächstes Jahr mit Païok auf die Jagd gehen. Sagst du ihm das, wenn er wiederkommt? Sagst du es ihm?«

»Und was ist mit Iulane?«, fragte die Mutter, die viel zu erleichtert war, um zu schimpfen.

Sie hörte nur mit halbem Ohr zu, als ihr Sohn einwandte, seine kleine Schwester sei noch zu klein für die Jagd. Seit über zwei Monden war Ispen von Bowbaq getrennt, und die Zeit wurde ihr allmählich lang.

Zum Glück musste sie nur noch wenige Dekaden überstehen. Der Gletscher, der den Schneeigelklan vom Rest der Welt abschnitt, würde bald schmelzen. Dann wären die Wege wieder frei. Ispen freute sich unglaublich auf das Wiedersehen. Wie jedes Jahr würde ihr sanftmütiger Riese den Hügel hinabsteigen und ihr sein Herz zu Füßen legen. Bestimmt machte er sich schon zum Aufbruch bereit.

Ich hatte lange darüber nachgedacht, was ich tun würde, wenn wir einen Ausweg aus dem Labyrinth gefunden hätten. Zu diesem Zeitpunkt schätzte ich, dass wir etwa zwanzig Jahre unter der Erde verbracht hatten. Mehr als genug Zeit jedenfalls, um meinen Plan zu vervollkommnen.

Mithilfe meines unsterblichen Verbündeten und meiner magischen Fähigkeiten, die sich durch die Wirkung des Gwels vervielfacht hatten, wollte ich mir die gesamte bekannte Welt unterwerfen. Täte das nicht jeder Mensch, wenn er die Gelegenheit dazu bekäme? Wer das Gegenteil behauptet, ist entweder ein Dummkopf oder ein Lügner.

Ich hatte lange nachgedacht. Nur drei Hindernisse standen meiner ewigen Herrschaft im Weg. Die Götter waren das kleinste.

Ob sie nun Mishra, Eurydis oder Hamsa heißen, gegen Sombre können sie nichts ausrichten, das hatte ich im Dara gelernt. Und warum sollten sie ihren Zorn gegen mich richten? Die al-

ten Gottheiten sind schwach. Ihre Macht ist zwar unermesslich, aber um sie auszuüben, brauchen sie die Sterblichen. Und von den Sterblichen hatte ich nichts zu befürchten.

Außer von einem. Einer der Nachkommen der Gesandten würde der Erzfeind sein. Derjenige, der eine einzige Chance hätte, Sombre zu besiegen. Den Bezwinger zu besiegen. Eine einzige Chance, für alle Zeiten. Aber ich würde dafür sorgen, dass es nicht dazu kam.

Allerdings musste ich das Problem meiner schwindenden Lebenskraft lösen. Ich konnte nicht darauf vertrauen, dass Sombre immer an meiner Seite bleiben würde, nachdem er mittlerweile eine wesentlich kompliziertere Persönlichkeit entwickelt hatte als zunächst angenommen. Was im Übrigen leicht zu erklären war: Er hörte nicht nur meine, sondern Tausende von Stimmen, die ebenfalls Spuren in seinem Geist hinterließen. Meine größte Furcht war, dass er mir nach seiner Vollendung die Kraft verweigerte, die mich am Leben hielt. Doch auch in diesem Fall würde ich dafür sorgen, dass es nicht dazu kam.

All das ging mir durch den Kopf, als wir den letzten Berghang hinabgingen. Unsere wiedererlangte Freiheit erfüllte mich mit Hoffnung, aber zunächst wollte ich mich dringenderen Aufgaben zuwenden.

Als Erstes musste ich herausfinden, wo wir uns befanden. Ich hatte da so eine leise Ahnung. Wir irrten einen weiteren Tag umher, bevor wir einem Menschen begegneten, einem halb wilden Jäger, der die Flucht ergriff, sobald sich unsere Blicke trafen. Aber ich brauchte ihn nicht. Der kurze Augenkontakt hatte genügt. Seine Gedanken verrieten mir, dass er Wallatte war. Wir befanden uns auf der anderen Seite des Rideau.

Das Glück war mir hold.

Wie ich vermutet hatte, lag zumindest ein Teil des Jal'dara in einem abgelegenen Tal dieses Gebirges, zu Pferd kaum eine

Dekade von Goran entfernt. Das Jal'karu wiederum lag unter eben jenen Bergen, an deren Fuß die Heilige Stadt erbaut war. Welche Ironie des Schicksals! Seit Äonen priesen die Itharer die Schönheit des Blumenbergs, ohne zu ahnen, dass Phrias, Soltan, Yoos und all die anderen Dämonen aus ihm hervorgegangen waren!

So bot sich mir eine unverhoffte Gelegenheit. Ich änderte meinen Plan geringfügig. Die Errichtung meines Reichs würde leichter sein, als ich gedacht hatte. Mein Weg war vorgezeichnet. Ich brauchte nur noch eine Armee.

Schon viel früher hatte ich beschlossen, die Oberen Königreiche mithilfe der Barbaren des Ostens zu erobern, denn in diesen Ländern gab es unzählige Kämpfer, denen nur ein Anführer fehlte. Die Männer waren unzivilisiert und damit leicht zu manipulieren, außerdem reizte mich die Herausforderung. Zu den Oberen Königreichen gehörten die mächtigsten Länder der bekannten Welt, deshalb hatte ich sie zu meinem Ziel erkoren. Ich wollte meine Überlegenheit unter Beweis stellen, indem ich den Feind von außen angriff und besiegte. Ich war fest entschlossen, etwas zu unternehmen, das noch nie zuvor jemand gewagt hatte.

In den Gedanken des wallattischen Jägers hatte ich auch Abscheu vor meinem Äußeren gelesen. Mir dämmerte, dass mein Körper weiterhin alterte, auch wenn mir der Tod nichts anhaben konnte. Damit meine Suche nach Verbündeten nicht daran scheiterte, dass niemand meinen Anblick ertrug, beschloss ich, mein Gesicht zu verbergen. Ich nahm einen der Steine, mit denen ich im Labyrinth den Weg markiert hatte, und formte daraus ein Gwelom: Ich verwandelte ihn in eine Sturmhaube, wie sie goronische Ritter trugen. Außerdem band ich mir ein schwarzes Tuch um den Helm, das die Feinde des Kaisers kennzeichnete. Denn nichts anderes war ich nun.

Während ich die Sturmhaube mit magischen Kräften versah,

die sie zu einem ganz besonderen Gegenstand machten, ärgerte ich mich, nicht mehr Gwel aus dem Karu mitgenommen zu haben. Aus dem zweiten Stein, der mir blieb, würde ich später das Heft meines Schwerts formen. Nachdem ich so lange von dem kostbaren Material umgeben gewesen war, sollten mir aus dem Karu nichts als eine unvollendete Waffe und eine Sturmhaube bleiben, die zu tragen mir jeden Tag schwerer fallen würde.

Mit Sombre an meiner Seite ging ich weiter und stieß bald auf ein ärmliches Dorf, in dem vier oder fünf wallattische Familien lebten. Dort begann ich meinen Eroberungsfeldzug.

Im Handumdrehen wurde ich zum Anführer dieser Barbaren, indem ich ein paar Feuersteine in Goldklumpen verwandelte. Ein Kinderspiel, denn dieses Kunststück lernen Meister des Feuers als Erstes. Schließlich steht das Feuer für den Hang jedes Gegenstandes und Lebewesens, sich zu verändern. Allerdings hängt es von den Fähigkeiten des jeweiligen Magiers ab, wie lange die Verwandlung anhält: Selbst die mächtigsten Magier vermögen es nicht, einen Gegenstand so zu verändern, dass er länger als einen halben Dekant verwandelt bleibt.

Doch ich stand unter dem Einfluss der magischen Kraft des Jal'karu. Nach drei Dekaden waren die Feuersteine immer noch Goldklumpen. Vielleicht sind sie es sogar immer noch, wer weiß? Jedenfalls half mir dieses kleine Kunststück dabei, Kämpfer für meine Armee zu rekrutieren. Später machten mich unsere Raubzüge so reich, dass ich es nicht mehr brauchte. Doch ich greife vor.

Ich verbrachte drei Dekaden in dem Dorf, lernte Wallattisch und beobachtete, wie Sombre sich Menschen gegenüber verhielt. Wie erhofft hatte mein Dämon nur Gleichgültigkeit und Verachtung für sie übrig und suchte trotzdem meine Freundschaft. Alles lief nach Plan. Ich war sehr zufrieden mit ihm.

Meine Rückkehr unter die Lebenden barg eigentlich nur eine böse Überraschung: Ich entdeckte, dass ich nicht zwei Jahrzehnte, sondern über ein Jahrhundert in dem unterirdischen Labyrinth festgesessen hatte. Genauer gesagt, hundertachtzehn Jahre. Wenn ich die Dorfleute nicht nach dem wallattischen König Pal'b'ree gefragt hätte, einem der Gesandten, wäre ich bis zu meiner Begegnung mit Che'b'ree ahnungslos geblieben. Doch ich greife schon wieder vor.

Nach drei Dekaden schlug ich den Männern im Dorf vor, sich meinem Eroberungsfeldzug anzuschließen. Ich, ein Fremder, der sein Gesicht vor ihnen verbarg und noch dazu aus einem fernen Land stammte, forderte sie auf, ihre Hütten, Felder und Familien zu verlassen. Im Gegenzug versprach ich ihnen schnellen Reichtum.

Es war erstaunlich, wie begeistert die Männer meinem Ruf zu den Waffen folgten. Obwohl die Kämpfer des Ostens berüchtigt für ihre Angriffslust waren – im Grunde nicht anders als die Goroner –, hatte ich nicht damit gerechnet, nach nur einem Mond bereits über elf Krieger zu verfügen.

Meine erste Kompanie wurde bald durch siebzehn weitere Krieger verstärkt, ein paar Vagabunden, die von ihren Klans verstoßen worden waren und nun von Überfällen entlang der thalittischen Grenze lebten. Ich musste zwar mit etwas Magie nachhelfen, aber nachdem das Herz ihres Anführers plötzlich aufgehört hatte zu schlagen, liefen die Männer rasch zu mir über.

Eine Weile lang überließ ich es den Barbaren, die Ziele unserer Plünderungen auszusuchen, obgleich ich natürlich den Oberbefehl behielt. Bald sprach man in der gesamten Umgebung von meiner Macht – und meiner Großzügigkeit, bei der Aufteilung der Beute. Tag für Tag schlossen sich uns weitere Männer an, weshalb ich rasch den Überblick verlor. Vagabunden, Strauchdiebe, Abenteurer, Wegelagerer, Räuber, Bauern, Söldner und schließlich auch einige Klanchefs mit ihren Kriegern.

Die meisten Männer waren Wallatten, aber es gab auch einige Solener, Thalitten und Sadraken. Allerdings war diese Horde noch keine Armee. Häufig brachen Prügeleien aus, und ich verschwendete viel Zeit damit, die Männer mit so rauen Methoden wie der Folter auf dem Dornenrad zu disziplinieren. Es war an der Zeit, die nächste Stufe meines Plans umzusetzen. Ich brauchte Hauptmänner, und ich musste mich mit Königen verbünden, und sei es nur, um die Organisation meines Feldzugs zu erleichtern.

Eines Tages begegnete ich Königin Che'b'ree, der Urenkelin des Gesandten Pal'b'ree. Wieder einmal war mir Dona gnädig, wie die Lorelier sagen würden. Selbst in meinen hoffnungsvollsten Momenten hatte ich nicht damit gerechnet, eine Verbündete zu finden, die so gut zu meinen Plänen passte.

Von nun an lief alles wie von selbst. Ich war weiterhin für die strategische Planung des Feldzugs zuständig, doch die Barbarenkönigin übernahm den Oberbefehl. Wenige Dekaden später übertrug ich diese Aufgabe Gors dem Zimperlichen, der sich uns in der Zwischenzeit angeschlossen hatte, und machte Chebree zu Sombres Hohepriesterin, um die Vollendung meines Dämons zu beschleunigen.

So konnte ich mich einem ganz anderen Problem widmen: dem Erzfeind. Ein Jahrhundert war vergangen, und mittlerweile mussten die Gesandten Nachkommen in der dritten oder vierten Generation haben. So unwahrscheinlich es auch war, ich konnte nicht zulassen, dass einer von ihnen Sombre besiegte und mir die Unsterblichkeit raubte. Ich musste sie alle töten.

Sombre hatte die Reife noch längst nicht erlangt und konnte diese Aufgabe deshalb nicht übernehmen. Es hatte ihn bereits große Mühe gekostet, die Erben aufzuspüren. Einen Mond später war er immer noch zutiefst erschöpft.

Doch die Liste, die wir verfasst hatten, reichte mir völlig. Ich schickte einen Boten nach Goran: Er sollte den Züu vorschlagen, bei hundertacht Menschen Zuïas Urteil zu vollstrecken. Mein Bote kehrte in Begleitung eines Judikators zurück, der neugierig und misstrauisch zugleich war. Zamerine sollte später mein treuer Gefolgsmann werden.

Die Verhandlungen dauerten nur einen Dekant. Ich zahlte die Summe, die der Mörder forderte, und erklärte mich sogar bereit, das Gold per Schiff zur Insel Zuïa bringen zu lassen. Der Judikator nahm die Liste an sich, und die Hinrichtungen begannen.

Ich habe diese Entscheidung nie bereut. Im Durchschnitt töteten die Mörder im roten Gewand neun von zehn Erben: viel mehr, als ich zu hoffen gewagt hatte.

Leider kann ich den wenigen, die den Züu entwischt sind, Sombre nicht auf den Hals hetzen. Sie haben sich zusammengeschlossen und sind auf der Hut. Wenn einer von ihnen der Erzfeind ist, wäre es zu gefährlich, wenn Sombre ihn in Gestalt eines Avatars angreift. Sollte dieser Kampf jemals stattfinden, muss Sombre ihn persönlich austragen.

Doch diese Wahrscheinlichkeit ist so gering, dass ich mir eigentlich keine Sorgen zu machen brauche. Wenn erst einmal bewiesen ist, dass keiner der Erben der Erzfeind ist oder die Flüchtigen endgültig vernichtet sind, habe ich nur noch eins zu befürchten: Dass Sombre mir eines Tages die Kraft verwehrt, die mich am Leben hält.

Bisher war mir das Glück hold, aber ich bin kein Spieler.

Ich trage den Beinamen »der Ökonom«. Ich überlasse nichts dem Zufall.

Alles kann passieren.

ERSTES BUCH

JAL'DARA
JAL'KARU

Yan hob eine zitternde Hand vor das Gesicht und betrachtete die andere Welt durch seine Finger. Sie schien so nah … Hätte er nicht das seltsame Gefühl gehabt, sie durch eine Wasseroberfläche zu betrachten, wäre die Illusion perfekt gewesen.

Er streckte die Hand aus und spürte nichts. Doch in der Finsternis konnte er den Abstand nicht richtig einschätzen. Er fragte sich, ob er vielleicht noch zu weit von der Pforte entfernt war. Langsam trat er einen Schritt vor.

Und war im Jal'dara.

Er spürte das saftige Gras unter den Füßen, und es roch nach blühenden Blumen. Die Luft, die ihm über das Gesicht strich, war feuchter und wärmer als die, die er noch einen Moment zuvor geatmet hatte. Er war im Jal'dara.

Vergeblich versuchte er, seiner Gefühle Herr zu werden. Alles war so berauschend, und er fühlte sich unfassbar lebendig. Seine Sinne spielten verrückt. Nur die Götter kannten das Geheimnis dieses Zaubers. Er war im Jal'dara.

Die Euphorie wurde so stark, dass er sogar seinen eigenen Namen vergaß. Das Glück, das die Erben seit einem Jahrhundert beim Anblick der Landschaft hinter der Pforte empfunden hatten, überwältigte Yan nun ganz und gar. Vor lauter Ergriffenheit und aus Angst, den Bann zu brechen, wagte er nicht, sich zu rühren. Er war im Jal'dara.

Nur mit Mühe konnte er sich seinen Namen ins Gedächtnis rufen, und auch den Grund, aus dem er hier war. Bruchstücke von Erinnerungen stiegen in ihm auf, und er hielt sie fest, bevor sie sich wieder verflüchtigen konnten. Das Gesicht einer jungen Frau. Eine mit Wasser gefüllte Höhle.

Ein schwarz gekleideter Krieger. Bedrohliche rote Schatten. Menschen, Namen. Corenn. Norine. Grigán. Babuk? Nein, Bowbaq. Rey. Maz Lena? Nein, Lana.

Léti.

Plötzlich war alles wieder da. Die Erben. Die Insel Ji. Die Pforten. Die Züu. Saat. Usul. Die Oberen Königreiche. Das Tal der Krieger. Seine Freunde, die im Wald der Riesen im Land Oo in Lebensgefahr schwebten. Der Lindwurm. Er musste sich beeilen. Sie warteten auf seine Hilfe. Schnell!

Doch nur einem Teil seines Verstandes gelang es, klare Gedanken zu fassen. Der andere schwelgte in Glückseligkeit, und Yan musste seinen ganzen Willen aufbieten, um einen Fuß vor den anderen zu setzen.

Mit einem Mal war er todmüde. Er hatte das Gefühl, der Schlaf würde ihm helfen, wieder zu Sinnen zu kommen. Aber er durfte jetzt nicht schlafen. Warum noch mal nicht? Léti war in Gefahr. Er musste etwas tun. Aber was?

Mit jedem Schritt wurde er müder. Der Rausch machte ihn ganz benommen, und seine Erinnerungen versanken abermals im Nebel. Er musste schlafen. Dann würde es ihm besser gehen. All seine Gedanken kreisten um diese Müdigkeit. Trotzdem weigerte er sich, sich dem Gefühl hinzugeben, obwohl er immer weniger wusste, warum. Schlafen, einfach nur schlafen …

Eine Hand legte sich ihm auf die Schulter, und Yan drehte sich langsam um. Hinter ihm stand Nol der Seltsame. Er sah genauso aus wie auf dem Gemälde, das er gesehen hatte. Wo war das noch gewesen? Er konnte sich nicht erinnern.

Abermals einem Gott gegenüberzustehen, konnte ihn nicht mehr erschüttern. Er war müde. Er wusste, dass er eine Nachricht für Nol hatte. Er musste ihn um etwas

Wichtiges bitten. Stattdessen konnte er nur noch lächeln und ließ sich mit jedem Atemzug mehr in den Rausch hineinfallen.

»Ich bin der Wächter der Pforte im Dara«, sagte Nol freundlich. »Wer schickt dich zu mir?«

Die Frage breitete sich in Yans Kopf aus und vertrieb den Nebel. Nol zu antworten, war nun ein dringenderes Bedürfnis, als zu schlafen. War das eine der Fähigkeiten des Gottes? Yan hatte keine Ahnung, woher er die Antwort nahm. Es kam ihm vor, als hole Nol sie aus den Tiefen seines Geistes.

»Der Wissende«, antwortete er mit matter Stimme.

»Usul«, bemerkte Nol. »Eigentlich ein netter Junge. Vielleicht etwas zu mächtig. Die Zukunft zu kennen, ist eine schwere Bürde. Aber niemand kann sich seine Bürde aussuchen.«

Yan nickte, ohne ein Wort zu verstehen. Nols Freundlichkeit entzückte ihn. Sein Rausch hatte ein solches Ausmaß erreicht, dass sein Verstand und seine Wahrnehmung auseinanderklafften. Selbst wenn seine Knie nachgegeben hätten und er ins Gras gesunken wäre, hätte er vermutlich geglaubt, immer noch zu stehen. Die Müdigkeit übermannte ihn, und sein Körper gab sich dem Schlaf hin. Seine Gedanken lösten sich von ihm, irrten durch die Nacht, schwebten über die Hügel und glitten durch das Tal, das sich hinter Nol erstreckte.

»Die Pforte!«, entfuhr es ihm plötzlich. Die Worte kamen nur als leises Flüstern heraus, obwohl er hatte schreien wollen. »Meine Freunde!«, fügte er hinzu und wies auf den Torbogen.

Nol folgte seinem Blick, und das wohlwollende Lächeln wich für einen Moment einer besorgten Miene. Eine zwanzig Schritte hohe Erscheinung störte die Harmonie im Tal von Dara. Sie sahen den Wald der Riesen im Land Oo, wo einige Sterbliche verzweifelt gegen einen Lindwurm kämpften.

Nol erklomm den Hügel, der zur Pforte führte. Yan setzte sich ebenfalls in Bewegung und überholte ihn nach wenigen Schritten. Der Anblick hatte ihn so weit ernüchtert, dass er erkannte, in welcher Gefahr seine Freunde schwebten. Der Hügel versperrte ihm für kurze Zeit die Sicht auf die Pforte. Als er seine Freunde wieder sehen konnte, war der Lindwurm verschwunden.

Im nächsten Moment trat Nol neben ihn. Sie standen vor der Pforte und sahen zu seinen Gefährten hinüber. Der Gott hatte sein Lächeln wiedergefunden. »Willkommen«, sagte er und streckte ihnen durch die Pforte die Hand entgegen. »Willkommen zu Hause.«

Usul zieht Kreise in seiner Höhle auf der Heiligen Insel der Guori. Es wird drei Jahre dauern, bis der nächste Besucher kommt, aber der Gott wartet schon jetzt auf ihn. Um sich die Zeit zu vertreiben, denkt er darüber nach, in welcher Gestalt er ihn empfangen wird. Kann er sich zur Abwechslung nicht einmal in seiner wahren Gestalt zeigen?

Natürlich weiß er, dass das nicht geht. Bei seinem Anblick sterben die meisten Menschen einen grausamen Tod. Und Usul ist daran gelegen, die meisten seiner Besucher am Leben zu lassen.

Menschen zu beobachten, ist sein einziger Zeitvertreib. Vor allem jene Menschen, denen er etwas von seinem Wissen enthüllt hat. Sie sind die Einzigen, die die Zukunft verändern können.

Sein letzter Besucher war sehr interessant. Seit ihrer Begegnung verfolgt Usul jeden seiner Schritte. Er denkt nach, stellt Vermutungen an, schätzt die Folgen für die Nachwelt ab und erwägt die unendlich vielen Möglichkeiten. Doch je mehr Zeit verstreicht, desto klarer zeichnet sich der Weg in die Zukunft ab. Und so weiß Usul nun wieder, was geschehen wird. Er sieht alles genau vor sich.

Die Schlacht am Blumenberg wird stattfinden. Sie wird Unglück und große Veränderungen mit sich bringen und viele Sterbliche in Verzweiflung stürzen. Doch diese Aussicht mindert Usuls Langeweile nicht. Diesen Ausbruch menschlicher Zerstörungswut hat er schon vor langer Zeit vorhergesehen.

Er richtet seine Aufmerksamkeit lieber auf den Ausgang des Kriegs. Sein letzter Besucher hat eine geringfügige Chance, den Oberen Königreichen zum Sieg zu verhelfen. So unwahrscheinlich das auch ist. Dieser Teil der Zukunft liegt im Ungewissen. Usul wird ihn im Auge behalten.

Leider kann er die Handlungen des Sterblichen nicht mehr verfolgen, seit dieser die Pforte ins Jal'dara durchschritten hat. Das Tal ist der einzige Ort, an dem die Götter keine Macht haben. Was auch immer der Mensch dort tut, Usul wird es erst nach seiner Rückkehr erfahren.

Falls er jemals zurückkehrt …

Der Gott nimmt abermals eine andere Gestalt an. Er wird warten. Darauf versteht er sich.

Léti erwachte als Erste. Sie stand auf und lief ein paar Schritte durch das weiche Gras. Kurz darauf trat Grigán zu ihr.

Die Gefährten hatten auf der Wiese geschlafen. Noch am Abend zuvor hatten sie im Land Oo gestanden und sich in der bitteren Kälte dicht aneinandergeschmiegt. Sie hatten gegen den Lindwurm gekämpft, den Ewigen Wächter der Pforte, die in den Rindenbaum geschnitzt war. Dann waren sie dem Ruf eines anderen Ewigen Wächters gefolgt und hatten die Pforte durchschritten. Dieser Wächter war ein Gott: Nol der Seltsame, wie die Erben ihn nannten. Maz Achem hatte ihm in seinem Tagebuch den Beinamen »der Lehrende« gegeben.

Léti betrachtete die verwunschene Landschaft des Tals. Seit über einem Jahrhundert hatten die Erben dieses Paradies aus der Ferne bewundert und hinterher eine unerklärliche Traurigkeit empfunden. Doch nun spürte sie nur noch pures Glück.

Eigentlich hatte das Tal nichts Besonderes an sich, wenn man davon absah, dass die Zeit hier langsamer verstrich als in ihrer Welt und immer die Jahreszeit des Wassers zu herrschen schien. Nein, ihr Entzücken kam von etwas anderem, es kam von überall zugleich. So eine Art Magie, ein Zauber. Es war, als wären ihre Sinne um ein Vielfaches schärfer und würden von unzähligen angenehmen Empfindungen überrollt. Ein Rausch, auf den kein Kopfschmerz folgte.

Léti rieb sich die Augen, um den Schwindel zu vertreiben. Sie war immer noch glücklich, doch der Rausch schien etwas nachgelassen zu haben. Vielleicht hatte sie sich auch schon an das Gefühl gewöhnt.

Nachdem die Erben durch die Pforte getreten waren, hatte Nol ihnen nicht viel Zeit gelassen, sich über das Gelingen ihres Plans zu freuen. Der Seltsame schlug ihnen vor, sich hinzulegen und zu schlafen. Zu diesem Zeitpunkt hatte niemand große Lust dazu gehabt. Léti konnte sich nicht einmal mehr daran erinnern, sich ins Gras gesetzt zu haben. Und doch waren die Erben am Morgen, als sie die ersten Sonnenstrahlen kitzelten, auf einem weichen grünen Teppich erwacht. Waren sie dem Zauber des Tals verfallen? Nols magischen Kräften? Auch auf diese Frage wussten sie keine Antwort.

Grigán stand einige Schritte hinter ihr, kniff die Augen zusammen und starrte zum anderen Ende des Tals hinüber. Obwohl man eigentlich nicht von einem Ende sprechen konnte: Das Jal'dara bestand aus einer weiten Ebene, die von hohen Bergen begrenzt wurde. Es lag jedoch nicht in einem geschlossenen Talkessel, sondern schien sich über viele, viele Meilen zu erstrecken.

»Seht Ihr irgendetwas?«, fragte Léti ihren Kampflehrer.

»Vögel. Margoline. Stehschläfer. Wühler. Dort drüben bei den Lubilien steht ein Waagenhirsch. Und ganz in der Ferne sehe ich ein paar Kinder.«

»Wo?«, rief sie. Léti sah in die Richtung, in die Grigán zeigte. Zunächst erkannte sie nichts. Nach weiteren Erklärungen erspähte sie schließlich einige dunkle Flecken in der Landschaft. Wie konnte er sicher sein, dass es Kinder waren? Léti fiel es schon schwer genug, in den Umrissen überhaupt menschliche Gestalten zu erkennen.

»Bei allen Göttern, was muss ich gesoffen haben«, stöhnte Rey hinter ihnen. »Mir brummt der Schädel. Ich fühle mich, als hätte Bowbaq die ganze Nacht auf mich eingeschlagen!«

»Das habe ich nicht. Ich schwöre es«, sagte eine zweite, lautere Stimme. »Ich würde dich nie schlagen, Freund Rey!«

»Das weiß ich doch, großer Bär. Das war ein Scherz. Ich werde mich nie an seine Naivität gewöhnen!«, sagte Rey und verdrehte die Augen.

Léti wandte sich um und betrachtete ihre Freunde: Der

Riese Bowbaq, der sie alle an Kraft und Gutmütigkeit übertraf, beugte sich gerade über sein Äffchen Miff, das noch immer tief und fest schlief. Neben ihm im Gras saßen Rey, ein Schauspieler aus Lorelien, der vor Charme sprühen und im nächsten Augenblick allen auf die Nerven gehen konnte, und Maz Lana, eine treue Priesterin der Eurydis, die insgeheim in Rey verliebt war.

Grigán, der ramgrithische Krieger, hatte ihnen allen mehrmals das Leben gerettet. Von ihm hatte Léti kämpfen gelernt. Doch er litt unter einer rätselhaften Krankheit, die immer wieder zum Ausbruch kam. Jeder Anfall verlief schlimmer als der vorherige, und keiner von ihnen kannte ein Heilmittel.

Corenn, ihre Tante zweiten Grades, war Mitglied des Ständigen Rats im Matriarchat von Kaul. Dank ihres scharfen Verstands waren die Erben zahlreichen Geheimnissen ihrer Vorfahren auf die Spur gekommen. Ohne Corenn hätten sie es niemals bis ins Jal'dara geschafft. Aber im Grunde galt das für sie alle.

Und dann war da noch Yan. Der junge Mann richtete sich als Letzter auf, sah sich benommen um und blinzelte. Er sah zu ihr her und lächelte.

Yan, der Corenn zufolge außergewöhnliche magische Fähigkeiten hatte. Yan, ihr ältester Freund. Yan, den sie schon so lange liebte, dass sie es nicht für nötig hielt, dem jungen Mann ihre Gefühle zu gestehen. Wenn er nichts sagte … Dann liebte er sie eben nicht. Wie sollte es anders sein?

Seltsamerweise versetzte ihr dieser Gedanke nicht wie sonst einen Stich. Lag das an den Kräften des Jal'dara? Der Rausch, dem sie verfallen war, schien den Schmerz zu lindern. »Tante Corenn, dieser Ort ist gefährlich«, hörte sie sich sagen.

»Das Gefühl habe ich auch«, sagte die Ratsfrau mit ernster Miene. »Aber ich weiß nicht, woran das liegt.«

»Das Jal lässt unsere Erinnerungen verblassen«, warf Lana ein. »Ich habe das Gefühl, dass die Vergangenheit in weite Ferne gerückt ist. Selbst der gestrige Tag. Wie kann das sein?«

»Dieser Ort wirkt wie eine Droge«, sagte Rey. »Deshalb brummt mir auch der Schädel. Gewisse Kräuter habe ich noch nie vertragen.«

»Es ist noch schlimmer«, fuhr die Priesterin fort. »Vielleicht vergessen wir sogar unseren eigenen Namen, wenn wir längere Zeit hierbleiben. Ich habe da so eine böse Vorahnung: Ich glaube, wir würden ganz einfach *verschwinden.*«

Die Männer warfen sich erstaunte Blicke zu.

»Mir kommt es vor, als wäre die Wirkung auf Frauen stärker«, sagte Grigán, ohne zu wissen, was er davon halten sollte.

»Vielleicht ist das eine Frage der Empfindsamkeit?«, erwiderte Léti hitzig. »Männer sind einfach zu abgestumpft.«

»Sicher ist das keine große Sache«, erwiderte Grigán, um sie zu besänftigen. »Unsere Vorfahren haben mehr als zwei Monde an diesem Ort verbracht und trotzdem keinen Schaden genommen. So lange werden wir nicht bleiben. Machen wir uns also keine unnötigen Sorgen.«

Corenn nickte und hoffte, dass es so einfach war. Schließlich wussten die Freunde nicht, ob sie im Jal'dara Hilfe finden würden – und welchen Preis sie dafür zahlen mussten.

Die Erben hatten erwartet, dass Nol ihnen einen weiteren Besuch abstatten würde, doch der Seltsame ließ sich nicht mehr blicken, und ohne ihn wagten sie sich nicht weiter ins Jal'dara vor. Zum einem, weil sie die Gefahren fürchteten, die hier lauern mochten, zum anderen, weil sie sich scheuten, ohne Erlaubnis des Wächters in der Kinderstube der Götter herumzuspazieren.

Rey schlug vor, in der Zwischenzeit etwas zu essen, und so setzten sie sich im Kreis ins Gras. Lana breitete ihre Vorräte auf einer Decke aus, doch als sie das Brot, die Trockenfrüchte, den Räucherspeck und die Eier betrachteten, stellten sie fest, dass sie keinen Hunger verspürten.

Grigán empfahl allen, trotzdem etwas zu essen. Widerwillig würgten sie einige Bissen hinunter. Corenns Idee, einen Coze-Tee aufzubrühen, wurde hingegen mit Begeisterung aufgenommen. Nachdem sie eine Dezime lang vergeblich versucht hatte, ein Feuer zu entzünden, mussten die Erben einsehen, dass das im Jal'dara unmöglich war.

»Aber Arkane aus Junin hat doch Verbrennungen davongetragen«, sagte Bowbaq verwundert, während er seinerseits zwei Feuersteine aneinanderschlug.

»Das war im Jal'karu«, sagte Yan. »Irgendwo unter unseren Füßen. Dort ist vermutlich alles anders.«

Alle starrten auf den Boden, als könnten sie die von Dämonen bevölkerte Unterwelt sehen, die Achem in seinem Tagebuch beschrieben hatte. Dann ließen sie den Blick über die sonnenbeschienenen Berghänge schweifen und suchten nach einer Felsspalte oder Höhle, die der Beginn eines unterirdischen Gangs sein könnte. Doch so etwas gab es hier ebenso wenig wie fliegende Margoline. Nachdem schon Corenn, Rey, Yan und Grigán daran gescheitert waren, ein Feuer zu entzünden, gab Bowbaq nun ebenfalls auf. So mussten sie sich mit lauwarmem, abgestandenem Wasser aus ihren Schläuchen begnügen. Nachdem sie lustlos davon getrunken hatten, goss Corenn unter den neugierigen Blicken ihrer Gefährten etwas Wasser auf den Boden. Dann tastete sie im Gras herum und grub schließlich ein kleines Loch.

»Die Erde ist trocken«, sagte sie ruhig.

Grigán wollte sich selbst davon überzeugen, und auch Léti und Rey bestätigten es.

»Ich weiß nicht, warum, aber das gefällt mir nicht«, sagte Grigán. »Wie ist das möglich? So heiß ist es doch gar nicht.«

»Wir haben schon viele seltsame Dinge erlebt«, antwortete Corenn. »Die Gärten des Jal'dara scheinen sich ständig zu regenerieren. Mit anderen Worten: Sie nehmen nach jeder Veränderung wieder ihre ursprüngliche Form an. So etwas hatte ich bereits vermutet, als ich sah, dass an unserem Schlafplatz keine Abdrücke im Gras zurückgeblieben waren.«

»Nicht schlecht«, sagte Rey mit einem schiefen Grinsen. »So bleibt es immer sauber. Blitzblank. Der Traum meiner Großmutter.«

»Ich bezweifle, dass es um Sauberkeit geht«, befand Corenn. »Jedenfalls erklärt das, warum wir weder Hunger noch Durst verspüren. Die Kraft des Tals scheint bereits auf uns übergegangen zu sein.«

»Mir brummt trotzdem der Schädel«, sagte Rey mit einer Grimasse. »Besonders gut scheint diese Kraft nicht zu wirken.«

»Vielleicht noch nicht. Aber was wäre, wenn wir zwei Monde blieben? Oder drei? Wie sehr würden wir uns verändern?«

»Wir würden Gwelome werden«, sagte Lana. »Wie unsere Vorfahren. Mit verlängerter Lebensdauer und verminderter Fruchtbarkeit.«

»Wir sind doch längst Gwelome«, erinnerte sie Léti. »Die weisen Gesandten hatten nur wenige Nachkommen, und diese haben ihrerseits nicht viele Kinder.«

»Außer Bowbaq, der klammheimlich eine ganze Schar in die Welt gesetzt hat«, sagte Rey mit einem anzüglichen Augenzwinkern. »Nicht wahr, mein Freund?«

»Ich tue überhaupt nichts klammheimlich«, murmelte Bowbaq und errötete unter seinem blonden Bart.

»Und was die Lebenserwartung der Erben angeht, habe ich eher den Eindruck, dass sie in letzter Zeit dramatisch gesunken ist«, setzte Rey hinzu.

Niemand lachte. Nicht einmal Rey fand seinen Scherz lustig.

»Der Rausch lässt nach«, bemerkte Corenn. »Unsere Erinnerungen kehren zurück, und wir können wieder Traurigkeit empfinden.«

»Ich spüre die Euphorie immer noch«, sagte Lana, die nicht aufhören konnte zu lächeln. »Es ist so schön hier.«

Die Erben betrachteten die Priesterin mit einer Mischung aus Neid und Beklommenheit.

»Ich könnte ihr auch wieder verfallen, wenn ich nicht aufpasse«, sagte Yan. »Ich habe den Eindruck, sie kehrt in gewissen Abständen wieder.«

»Wir werden uns gegenseitig beobachten«, sagte Grigán entschlossen. »Wenn einer von uns merkt, dass er den Kopf verliert, sagt er den anderen Bescheid. Maz Lana, kommt Ihr zurecht?«

»Ja … Ja, Grigán«, antwortete sie verträumt. »Es geht mir gut. Es ist so schön hier«, wiederholte sie.

Der Krieger machte sich Sorgen um ihren Gemütszustand, doch obwohl sie entrückt wirkte, schien Lana ihre Gefühle im Griff zu haben.

Sie konnten sich nicht länger von dem törichten Rausch aufhalten lassen.

»Gehen wir«, befahl Grigán. »Die Bewegung wird uns gut tun. Außerdem habe ich genug davon, auf das Wohlwollen der Götter zu hoffen. Sehen wir uns das Tal einmal genauer an!«

Weit kamen die Erben auf ihrem Erkundungsgang nicht. Lana wollte sich unbedingt die Pforte aus der Nähe ansehen, denn in der vorigen Nacht hatten sie nur einen flüchtigen Blick darauf geworfen. So machten sie kaum zweihundert Schritte später wieder Halt.

Die Pforte im Jal war nicht größer oder breiter als die anderen, die sie kannten: die auf der Insel Ji, im Land Oo oder der Sohonische Bogen, den bislang nur Grigán gesehen hatte. Trotzdem sprangen die Unterschiede selbst aus hundert Schritten Entfernung ins Auge: Sie war mit Abstand die schönste und eindrucksvollste.

Wie das Jal'dara war die Pforte zugleich gewöhnlich und außergewöhnlich. Von ihr ging derselbe Zauber aus wie vom ganzen Tal. Die Kraft, die bei den anderen Pforten nur dann aufblitzte, wenn sie sich öffneten, war hier ständig spürbar.

Als sie vor der Pforte standen, entdeckten sie weitere Besonderheiten.

»Wie haben wir das letzte Nacht nur übersehen können!«, rief Lana. »Hat uns der Zauber des Tals blind gemacht?«

»Die Pforte stand offen«, antwortete Corenn, die nicht weniger entzückt war. »Deshalb war die Inschrift nicht zu sehen. Zum Glück sind wir noch einmal hergekommen.«

Die Gefährten betrachteten die Zeichen auf der Innenseite des Bogens. Bowbaq bemerkte als Einziger, dass das Bauwerk aus einem einzigen Marmorblock bestand. Vermutlich war es das schwerste Kunstwerk aus Stein, das jemals erschaffen worden war. Außerdem fiel ihm auf, dass die Inschrift anders als bei den anderen Pforten innen *und* außen entlanglief. Aber weil er nicht verstand, warum das seine Freunde so sehr begeisterte, beschloss er, Lana zu fragen.

»Die Farben, Bowbaq!«, rief sie. »Siehst du es nicht? Die Zeichen sind bunt!«

»Das sehe ich, Freundin Lana«, versicherte er. »Und es sieht sehr hübsch aus«, fügte er aus Höflichkeit hinzu, auch wenn er immer noch nicht verstand, warum das die Priesterin so sehr entzückte.

»Es ist viel mehr als nur hübsch!«, widersprach Lana. »Die Farben sind ein wesentlicher Bestandteil der Inschrift!«

Bowbaq warf Corenn einen hilfesuchenden Blick zu, und die Ratsfrau begriff, dass der Riese eine genauere Erklärung brauchte. Alle lauschten aufmerksam ihren Worten.

»Die Zeichen an den anderen Pforten sind verwittert«, rief Corenn ihnen ins Gedächtnis. »Die Zeit hat ihre Spuren hinterlassen. Zum Glück scheint das ihre magische Wirkung nicht zu beeinträchtigen. Aber niemandem ist es je gelungen, die Zeichen zu entziffern. Die Erben hielten die Inschrift lange Zeit für eine Verzierung. Zwar hatte Maz Achem einige Ähnlichkeiten mit dem Ethekischen festgestellt, doch diese Sprache ist weitgehend unbekannt, und die Pforten sind zudem viel älter als die Überreste der ethekischen Zivilisation, die bei Ausgrabungen gefunden wurden.«

»Wir wissen überhaupt nichts über die Etheker«, warf Rey ein. » Vielleicht hat es sie nie gegeben. Schließlich haben sie nur ein paar Ruinen hinterlassen und eine Handvoll Schreibtafeln überall auf der Welt.«

»Das scheint mir ein Beweis dafür zu sein, dass es sie gegeben hat. Aber deshalb müssen sie natürlich noch lange nicht die ersten Menschen gewesen sein, wie manche behaupten. Jedenfalls war es den Erben mit ihren kümmerlichen Kenntnissen des ethekischen Alphabets nicht möglich, die Inschrift der Pforten zu übersetzen. Aber diese hier ist unversehrt«, sagte Corenn und wies auf die Innenseite des Bogens. »Und nicht nur das: Sie ist farbig. Seht mal hier: Auf drei rote Zeichen folgen ein blaues und ein grünes. Und dort: noch einmal die gleiche Abfolge. Und dahinten: vier grüne Zeichen und zwei gelbe.«

»Wie bei itharischen Würfeln«, warf Rey ein, weil das ein Gebiet war, auf dem er sich auskannte.

»Vielleicht … Wenn man auf die Reihenfolge der Farben achtet, sieht man gleich, dass es keine einfachen Verzierungen sind. Die Farben sind der Schlüssel zur Inschrift.«

»Lana, könnt Ihr sie übersetzen?«, fragte Grigán ohne allzu große Hoffnung.

»Leider nicht«, sagte die Maz, die immer noch ganz aufgeregt war. »Ich habe Ethekisch nicht studiert. Außerdem müssten wir erst herausfinden, was die Farben bedeuten. Ändern sie die Silben? Beeinflussen sie den Sinn eines Worts? Das würde Jahre dauern, Grigán. Und es wäre nicht einmal sicher, ob es uns tatsächlich gelingen würde, die Inschrift zu entschlüsseln.«

Das Gesicht des Kriegers verfinsterte sich, und er hob den Blick zum Bogen, als könnte er dort oben die Lösung finden. Doch die Pforte gab ihr Geheimnis nicht preis.

»Glaubt Ihr, die Inschriften der anderen Pforten waren früher auch bunt?«, fragte Yan.

»Ja«, antwortete Lana, während Corenn im gleichen Moment sagte: »Vermutlich nicht.«

»*Arkische Wahrheit, jezebische Lüge*«, zitierte Rey belustigt und ersparte seinen Freundinnen damit eine endlose Diskussion. »Ich frage mich trotzdem, was die Zeichen bedeuten«, sagte er und betrachtete die Inschrift. »Vielleicht erzählen sie eine lustige Geschichte?«

»Sicher«, knurrte Grigán. »Irgendwelche Leute haben sich die Mühe gemacht, einen riesigen Steinblock zu behauen, um den Witz von dem König zu erzählen, der seinen Thron nicht finden konnte. Oder den von dem Lorelier, der sich eine halbe Terz borgen wollte«, setzte er hämisch hinzu.

»Kennt Ihr meinen Lieblingswitz?«, fragte Rey ungerührt. »Ein Ramgrith, ein Juneer und ein Goroner gehen zum Großen Tempel. Der Juneer geht rein und …«

Yan wartete das Ende nicht ab, denn er kannte den Witz in- und auswendig: Rey gab ihn bei jeder Gelegenheit zum Besten. Er schlenderte um die Marmorpforte herum und dachte daran, wie viel Arbeit in dem Bauwerk steckte. Wie lange mochte es gedauert haben, es zu errichten? War Magie im Spiel gewesen?

Wie viele Menschen hatte man dazu gebraucht? Vielleicht keinen einzigen …

»Wer die Pforten wohl erbaut hat?«, fragte er, nachdem er zu seinen Freunden zurückgekehrt war. Er rechnete nicht mit einer Antwort, denn schließlich stellten sich die Gefährten diese Frage seit zwei Monden.

»Und warum?«, ergänzte Léti. »Warum gibt es für die Menschen einen Weg ins Jal'dara?«

Sie hatte den Satz noch nicht beendet, als ein leises Sirren ertönte, das rasch zu einem schrillen Pfeifen anschwoll.

Grigán und Rey, die immer noch unter dem Bogen standen, wichen zurück. Alle entfernten sich zehn Schritte.

»Was ist los?«, fragte Bowbaq beunruhigt. »Warum öffnet sich die Pforte?«

»Keine Ahnung«, antwortete Lana, die mit einem Mal ernüchtert war. Sie ließ den Lichtpunkt, der zwischen den Pfeilern des Bogens aufleuchtete, nicht aus den Augen.

Doch diesmal dehnte er sich nicht aus, sondern erlosch nach einer Weile wieder. Die Magie der Pforte war aufgeblitzt, doch der Durchgang öffnete sich nicht.

Während die anderen verblüfft auf die Erscheinung starrten, drehte sich Yan um und ließ den Blick schweifen. Nach wenigen Augenblicken hatte er entdeckt, was er gesucht hatte. »Nol«, sagte er und zupfte Grigán am Ärmel. »Er kommt zu uns.«

Die Erben wandten sich um und sahen dem Hüter des Jal'dara entgegen. So wie ihre Urahnen. So wie Saat vor langer Zeit.

Sombre lauert in seinem Tempel und genießt seine Macht. Der Gott ist auf der Jagd. Er ist der Bezwinger.

Nach der Fertigstellung des Tempels würden hier die Schädel der vierundzwanzigtausend Sklaven lagern, die ihn erbaut haben, heißt es. Das Gerücht hält sich hartnäckig. Hundertzwanzigtausend Stimmen flüstern es dem Dämon tagtäglich ein. Deshalb hat Sombre begonnen, seine Opfer zu zählen.

Er huscht die Flure entlang, durchdringt Wände und schlägt seine Krallen und Fangzähne in die Körper seiner Opfer. Manchmal verschont er den Kopf, was ihren Todeskampf verlängert. Er reißt ihnen die Haut vom Leib, bricht ihnen sämtliche Knochen und zerfetzt ihr Fleisch. Jedes Mal behält er den Schädel als Trophäe und legt ihn zu den anderen, die sich bereits mannshoch entlang der Wände stapeln.

Doch es geht ihm zu langsam. Er hat noch viel Platz in seinem Tempel, und noch mehr Wut im Bauch. Der Gott leidet, und er will dieses Leid in die Welt hinausschreien.

Endlich muss er nicht mehr schlafen. Doch auch seine Macht nimmt nicht mehr zu. Der Gott hat die Reife erlangt. Er ist vollendet. Das erbittert ihn und macht ihn zornig.

Er wird nicht mehr wachsen. Er verändert sich nur noch geringfügig, ganz so, wie die Sterblichen es wollten. Dafür ist sein Bewusstsein erwacht. Sombre weiß nun, dass er niemals so mächtig sein wird wie die alten Götter, seine Brüder und Schwestern. Dafür hätte er länger im Jal bleiben müssen. Er lebte jedoch schon bei den Menschen, bevor er ihrem Sinn entsprang. Sombre ist ein frühreifer Gott.

Er kann nicht in die Zukunft sehen wie Ekmis, Usul, Quarm Y'lor oder die Undinen. Er kann keine großen Entfernungen überwinden: Es gelingt ihm nur mit Mühe, als Avatar Gestalt anzunehmen, und dann ist er nur ein Schatten seiner selbst. Er kann das Wetter nicht beeinflussen, keine Berge erschüttern, keine Flüsse austrocknen und keinen Sturm auf dem Meer entfesseln wie Hamsa, Éi, Lirtl oder Phrias.

Er kann weder Dinge noch Lebewesen erschaffen. Keine Pflanze wird je aus seinem Geist erblühen. Kein Tier wird ihn je in der Natur vertreten, anders als Mishra, der die Bären, und Jeth, der das Margolin erschuf. Kein Fabelwesen wird aus seinem Samen entspringen, denn der Gott kann sich nicht fortpflanzen.

Sombre kann nur zuhören. Das können alle Götter. Und er kann den Sterblichen etwas zuflüstern. Doch das langweilt ihn.

Aber kämpfen kann er. Im Kampf ist er der Größte.

Er ist der Bezwinger, so haben die Menschen es gewollt. Weiter reicht seine Macht nicht. Also kämpft Sombre. Und siegt. Tötet. Erobert. Zerstört.

In seinem Tempel riecht es wie in der Unterwelt des Karu, und es ist dort fast ebenso finster. Sombre fühlt sich in seinem Reich wohl, oder vielmehr fühlt er sich dort nicht so unwohl wie anderswo. Er verlässt den Tempel nur noch selten. Er hört den Menschen zu, brütet über seinem Schicksal und spricht mit seinem Freund. Und er geht auf Jagd.

Die Jagd ist mittlerweile das Einzige, woran er Gefallen findet. Der Gott genießt die Hinrichtungen, die zu seinen Ehren stattfinden und an denen er höchstpersönlich teilnimmt. Nur finden sie viel zu selten statt. Mit der Zeit ist ihm das Warten lang geworden.

Aber Saat hat auch dafür eine Lösung gefunden, wie für alles. Er ist sein bester Freund – eigentlich sogar sein einziger. Manchmal denkt der Gott, dass er auch an seiner Schwäche schuld ist. Sombre ist nicht naiv. Doch solange er zurückdenken kann, kennt er nichts als diese Freundschaft. Er kann sich nichts anderes vorstellen.

Saat ist sein Freund. Zusammen sind sie die Dyarchen. Zwei Köpfe unter einer einzigen Krone.

Saat hatte die Idee mit der Menschenjagd im Tempel. Regelmäßig lässt er Männer in das Gebäude sperren, das er das Mausoleum nennt. Niemand kommt dort je wieder heraus.

Meistens sind es keine Sklaven. Dann wäre das Spiel nicht so lustig. Sombre jagt lieber Krieger. Goronische Gefangene, treulose Wallatten, Abtrünnige, Feiglinge, Verräter, das ist ihm gleich. Diese Worte bedeuten ihm nichts. Wichtig ist nur, dass sie in seinem Labyrinth herumirren. Dass sie um ihr Leben kämpfen. Und dass ihre Todesangst und ihr Leid greifbar sind.

Der Gott langweilt sich entsetzlich. Während er darauf wartet, seinem Erzfeind zu begegnen, vertreibt sich Sombre die Zeit mit der Menschenjagd. Entsetzensschreie hallen durch die Finsternis seines Tempels am Fuß der Berge des Karu.

Nol kam mit gemessenen Schritten den Hügel hoch, auf dem die Marmorpforte stand. Die Erben starrten ihm stumm entgegen. All ihre Hoffnungen ruhten auf dem Seltsamen. Er war ihren Vorfahren in diesem Tal begegnet. Er wachte über die Kinder des Jal'dara. Er hatte alle bisherigen Götter der Menschheit aufwachsen sehen und würde auch die Geburt der künftigen Götter erleben. Er war der Ewige Gott.

Das Porträt, das ein juneeischer Maler ein Jahrhundert zuvor von Nol gemalt hatte, war ihm verblüffend ähnlich und unähnlich zugleich. Später stellten die Erben fest, dass sie alle Nol unterschiedlich wahrgenommen hatten. Jeder beschrieb sein Aussehen anders: Bowbaq war er groß vorgekommen, Lana klein. Corenn hatte einen Greis gesehen, Grigán einen Mann mittleren Alters. Für manche war er von aufrechtem, für andere von krummem Wuchs. Die Freunde beschrieben ihn als dünn oder dick, kahlköpfig oder grauhaarig, hell- oder dunkelhäutig. Auch bei seiner Kleidung waren sie uneins. Rey schwor, ihn nackt gesehen zu haben.

Die anderen sprachen hingegen von einem Lendenschurz, einem Gewand, einer Robe oder einem Umhang. Natürlich fielen ihnen diese Unterschiede erst viel später auf, als sie zufällig auf Nols Aussehen zu sprechen kamen. Als Erklärung blieb ihnen nur der Zauber des Jal.

Einzig was die Augen des Ewigen Wächters anging, waren sie sich einig. Während Nol langsam auf sie zukam, spürten die Gefährten sein Wohlwollen. Sein Wohlwollen und seine Traurigkeit. Yan fielen plötzlich Nols Worte bei ihrer ersten Begegnung ein: *Die Zukunft zu kennen, ist eine schwere Bürde. Aber niemand kann sich seine Bürde aussuchen.* Worum mochten die Gedanken des Gottes kreisen? Waren Sterbliche überhaupt in der Lage, sie zu verstehen?

»Willkommen zu Hause«, sagte Nol freundlich, trat nacheinander zu jedem Gefährten und strich ihm zur Begrüßung über die Wange, die Hand oder die Schulter.

Instinktiv antworteten Grigán, Rey und Léti ihm auf die gleiche Weise. Die anderen wagten sich nicht zu rühren, während der Seltsame ihnen zum zweiten Mal seine göttliche Berührung zukommen ließ.

Sie hatten eigentlich damit gerechnet, etwas Besonderes zu empfinden, eine Wärme, ein Kribbeln oder einen Schauer. Doch sie spürten nur eine sanfte Berührung.

Rey räusperte sich und trat einen Schritt auf Nol zu, während seine Gefährten ihm flehentliche Blicke zuwarfen. Alle fürchteten, er könnte einen Fehler mit unabsehbaren Folgen begehen.

»Verzeiht, äh … Nol, nicht wahr? Warum begrüßt Ihr uns mit den Worten: ›Willkommen zu Hause‹? Und nicht: ›Willkommen im Jal'dara‹ oder so etwas in der Art?«

»Fühlt Ihr Euch in meinem Tal denn nicht zu Hause?«, fragte der Seltsame mit einem Lächeln.

»Meister …«, stammelte Corenn. »Verzeiht, Eure Exzellenz … Göttliche Exzellenz … Äh … Heilige Mutter Eurydis, wie spricht man einen Gott an?«

»Der Name ist mehr wert als alle Titel«, antwortete Nol. »Nennt mich einfach bei meinem Namen.«

Lana, die hinter Grigán stand, schluchzte auf, und Rey trat zu ihr und nahm sie in den Arm. Die Priesterin wurde von ihren Gefühlen überwältigt und weinte an seiner Brust.

»Es ist alles in Ordnung«, wiederholte er immer wieder. »Warum weint Ihr? Es ist alles in Ordnung, Lana.«

»Es ist wie in einem Traum«, murmelte sie zwischen zwei Schluchzern. »Diese Worte … Sie gehören zum Zeitalter von Ys, Reyan. Es ist einfach zu schön. Das alles hier ist zu schön. Ach, warum sind die Menschen nur so grausam.«

Auch Léti liefen einige Tränen über die Wangen, und selbst Bowbaqs Augen wurden feucht. Nol hatte sich nicht gerührt. In den nächsten Tagen würden die Erben noch häufiger erleben, dass er sich aus allem heraushielt. Er stand einfach nur lächelnd und reglos da. Nichts verriet, dass er ihrem Gespräch folgte.

»Nol«, sagte Corenn und bemühte sich, das Zittern in ihrer Stimme zu unterdrücken. »Wisst Ihr, wer wir sind?«

»Die Menschen haben mir nicht die Macht gegeben, in die Zukunft zu sehen«, sagte Nol. »Ist das denn von Bedeutung?«, fragte er freundlich, als er Corenns enttäuschten Gesichtsausdruck sah.

»Dann haben wir eine Überraschung für Euch«, warf Grigán ein, der sich über die Gelegenheit freute, einen Gott aus der Fassung zu bringen. »*Wir sind die Nachkommen der Gesandten von der Insel Ji.*«

Nols Lächeln erstarb, während er die Sterblichen musterte. Yan hätte schwören können, eine Falte auf der Stirn des Ewigen Wächters zu sehen, dessen Augen trauriger denn je blickten.

Corenn brauchte einen halben Dekant, um Nol in groben Zügen zu schildern, was den Gesandten seit ihrem Besuch im Jal'dara widerfahren und wie es ihren Nachkommen ergangen war. Nur einen halben Dekant, um von zweihundert Menschen aus vier Generationen zu erzählen. Sie fasste sich mit Absicht kurz und kam bald zum düsteren Ende: Sie berichtete von ihrer Verfolgung durch die Züu, von Saat und dem Krieg, der die Oberen Königreiche bedrohte.

So hatten die Erben etwas Zeit, sich an die Anwesenheit des Ewigen Wächters zu gewöhnen, auch wenn sie in seiner Gegenwart noch immer nicht ganz unbefangen waren. Nach anfänglichen Hemmungen fand Corenn ihre Wortgewandtheit wieder. Mit ihrer lebendigen, klaren Erzählweise schlug sie nicht nur den Gott, sondern auch ihre Freunde in den Bann, obwohl diese die Geschichte kannten und vieles selbst miterlebt hatten. Corenn schilderte ihr Abenteuer Schritt für Schritt und machte regelmäßig Pausen, weil sie hoffte, dass Nol ihr zustimmen, sie berichtigen oder die eine oder andere Erklärung liefern würde. Der Gott lauschte aufmerksam, blieb jedoch bis zum Ende stumm.

Schließlich schwieg auch Corenn. Ihre Erzählung war an der Stelle angelangt, an der die Gefährten die Pforte ins Jal'dara durchschritten hatten. Nol kannte nun ihr ganzes Abenteuer. Ängstlich warteten die Erben auf eine Reaktion des Gottes, auf einen Hoffnungsschimmer, auf ein Zeichen, dass sie nicht vergeblich gekommen waren. Nol dachte lange nach und starrte vor sich auf die Wiese, auf der sie sich niedergelassen hatten.

»Eigentlich eine nette Geschichte, oder? Würde ein gutes Märchen abgeben«, warf Rey ein, um das Schweigen zu brechen.

Den Erben war nicht zum Lachen zumute. Ihre Blicke waren auf den Ewigen Gott gerichtet, der sich mit der Antwort Zeit ließ.

»Also ist Saat nicht in der Unterwelt gestorben«, murmelte er schließlich wie zu sich selbst. »Das ist erstaunlich. Dieser Mann hat wirklich ein besonderes Schicksal.«

»Wollt Ihr damit sagen, dass Ihr auch das nicht gewusst habt?«, rief Rey lauter, als er gewollt hatte. »Verzeiht«, fuhr er ruhiger fort. »Aber heißt es nicht, die Macht der Götter sei unendlich und sie könnten jeden Menschen überall und jederzeit beobachten?«

»Ich bin nur ein Wächter, Reyan der Jüngere«, antwortete Nol ohne jeden Groll. »Ich bewache meine Pforte und das Land, in dem sie steht. Darauf beschränkt sich meine Macht.«

»Aber Ihr seid auch Nol der Lehrende«, sagte Lana. »Ihr seid mehr als ein Wächter.«

»Vielleicht. Doch das gibt mir keine zusätzliche Macht. Was sollte ich auch damit anfangen?«

»Ihr könntet uns helfen, Saat das Handwerk zu legen«, schlug Léti vor.

»Ich kann keinen Einfluss auf die Welt der Sterblichen nehmen«, sagte Nol freundlich.

»Aber das tut Ihr doch schon seit Urzeiten!«, ereiferte sich Grigán, den die Untätigkeit des Gottes allmählich in Rage brachte. »Unsere Vorfahren kamen auf Eure Bitte hierher! Und das hat ihr Leben zerstört!«

»Das tut mir aufrichtig leid«, sagte der Seltsame, dessen Blick nichts von seiner Güte verlor.

»Es tut Euch *leid?* Ein Dämon, den Saat uns auf den Hals gehetzt hat, brach Séhane von Junin das Genick. Und Ihr sitzt hier in Eurem weichen Gras und sagt, es tue Euch *leid?* Ihr verweigert uns Eure Hilfe?«

»Ich kann nichts tun«, sagte Nol ruhig. »Vom Jal'dara aus können die Götter keinen Einfluss auf die Welt der Sterblichen nehmen. Das gilt selbst für den Wächter dieses Tals.«

»Wie praktisch!«, schnaubte Grigán und sprang auf. »Dann seht Euch doch mal in der Welt um! Versucht, Eure Fehler wiedergutzumachen! Denn das alles ist Eure Schuld«, sagte er und wies anklagend mit dem Finger auf den Gott.

»Meister Grigán, würdet Ihr Euch zu mir setzen?«, bat Corenn.

Nicht anders als ihre Gefährten war sie überrascht und beschämt vom Wutausbruch des Kriegers. Natürlich waren Nols Machtlosigkeit und Untätigkeit enttäuschend, aber ein solches Verhalten rechtfertigten sie noch lange nicht. Hatte Grigán vergessen, mit wem er es zu tun hatte und wo er sich befand? Hatte der Zauber des Tals sein Urteilsvermögen getrübt?

Für einen kurzen Moment fürchtete sie, Grigán könnte handgreiflich werden. Dann machte sie sich Vorwürfe, so etwas auch nur gedacht zu haben. Sicher, er war jähzornig, wortkarg und mürrisch. Doch sie kannte ihn auch als aufmerksamen, selbstlosen und treuen Freund. Er besaß Ehrgefühl und Pflichtbewusstsein. Niemals, auch nicht im Zustand geistiger Umnachtung, würde er einen Unschuldigen angreifen.

Wenn Grigán jedoch glaubte, dass die Gefährten in Gefahr waren, konnte sie für nichts garantieren. Und genau das war das Problem. Nol war der Ewige Wächter des Jal'dara, und als solcher könnte er sie aus dem Tal verjagen. Bei dem Gedanken, Nol der Seltsame könnte sich in ein Ungeheuer wie Reexyyl oder der Lindwurm aus dem Land Oo verwandeln, erhob sich Corenn ebenfalls und versuchte, den Krieger zu besänftigen, der nervös auf und ab lief.

»In Eurer Welt kann ich nur Königen und Herrschern einen Besuch abstatten«, erklärte Nol. »Versteht Ihr? Alles andere liegt nicht in meiner Macht. Ich weiß nicht, was geschehen würde, wenn ich versuchte, diese Grenze zu überschreiten. Vermutlich könnte ich es einfach nicht. Ich wäre zu einer solchen Tat nicht fähig. Versteht Ihr?« Er fand nicht die richtigen Worte, um etwas zu erklären, das seine eigene Herkunft und Aufgabe berührte.

»Alles Eure Schuld!«, wiederholte Grigán halsstarrig und stolperte bei dem Versuch, Corenn auszuweichen.

»Grigán, Nol kann nichts tun!«, versuchte Lana zu erklären. »Er ist ein Gefangener des Jal! Nicht anders als Usul in seiner Höhle!«

Bowbaq stand auf, um Corenn zu helfen, da es Grigán offenkundig nicht gut ging. Er hielt sich nur noch mit Mühe auf den Beinen und brach kurz darauf in Bowbaqs Armen zusammen. Seine Hand umklammerte den Griff seines Krummschwerts, als könnte die Waffe etwas gegen das Übel ausrichten, das ihn von innen verzehrte.

Endlich erkannten die Erben, was los war: Die Fariks-krankheit war erneut ausgebrochen. Grigán hatte sich angesteckt, nachdem ihn im Schönen Land eine Horde Vampirratten gebissen hatte.

Es war sein vierter Anfall. Bisher war jeder Ausbruch

schlimmer verlaufen als der vorherige, und sie alle machten sich große Sorgen um ihren Freund.

Nol trat zu den Erben, die Grigáns leblosen Körper umringten. Yan sah dem Wächter in die Augen, weil er hoffte, darin Trost zu finden. Doch Nols Miene blieb undurchdringlich.

Konnte man in der Kinderstube der Götter sterben?

Grigáns Haut war eiskalt und bleich.

Die Erben hatten eine Dezime lang hilflos mit ansehen müssen, wie seine Körpertemperatur gefallen war. Nach einer Weile hatte sie sich stabilisiert, war jedoch nach wie vor erschreckend niedrig.

In der Herberge von Semilia hatten sie ihn bei einem ähnlichen Anfall vor den Kamin getragen. Doch im Jal'dara konnte man kein Feuer entzünden, und ihre Decken reichten nicht aus. So blieb ihnen nichts anderes übrig, als sich neben den Freund auszustrecken, um ihn mit ihrem Körper zu wärmen. In beklommenem Schweigen wechselten sich alle ab. Léti hielt den Krieger fest umklammert und hatte dabei das Gefühl, eine Leiche zu umarmen. Bald überließ sie Bowbaq den Platz, der einen ganzen Dekant neben Grigán ausharrte, obwohl auch ihm die Kälte in die Glieder kroch.

»Könnt Ihr wirklich nichts für ihn tun?«, fragte Léti Nol mit zitternder Unterlippe.

»Falls eine Genesung möglich ist, wird ihn das Jal'dara heilen«, versicherte Nol. »Ihr dürft die Hoffnung nicht aufgeben.«

Die junge Frau wandte dem Wächter den Rücken zu und suchte in ihrem Gepäck nach den Feuersteinen. Sie schlug sie mehrmals aneinander, aber es gelang ihr nicht, auch nur den kleinsten Funken zu erzeugen. Schließlich gab sie sich ihrem Kummer hin und war taub für Lanas und Corenns tröstende Worte.

Nol schien sie nicht verlassen zu wollen, aber er war abgelenkt. Der Wächter starrte immer wieder zum anderen Ende des Tals hinüber, wo einige kaum sichtbare Gestalten ziellos umherstreiften: die kindlichen Götter.

»Warum geht Ihr nicht zu ihnen?«, fragte Rey, dem Nols Unruhe nicht entgangen war. »Wir kommen auch ohne Euch zurecht.«

Nol blickte von Grigáns lebloser Gestalt zu der Pforte, die er bewachte. Dann trat er näher zu Rey und sagte mit gesenkter Stimme: »Niemand darf im Jal'dara sterben. Wenn der Tod unvermeidlich ist, müsst Ihr gehen, bevor es dazu kommt.«

Rey sah den Hüter an und nickte. Dann begann er, das Gepäck zu durchwühlen. Blieb ihnen tatsächlich nur Wasser? In diesem Moment hätte er alles für eine Flasche billigen Wein gegeben.

Nach einer Weile gab er die Suche auf und spielte mit dem Gedanken, Yan abzulösen, doch der junge Mann hatte sich gerade erst neben Grigán gelegt. So kehrte er zu Nol und Corenn zurück. Der Seltsame hatte seine stumme Beobachtung wieder aufgenommen.

»Habt Ihr etwa Angst, sie könnten sich prügeln?«, fragte Rey hitzig. Er war wütend über seine eigene Hilflosigkeit.

»Ich befürchte, eines der Kinder könnte herkommen und Euren Freund sehen«, antwortete der Gott offen. »Alle Kinder sind beeinflussbar«, sagte er und sah Corenn an. »Doch diese sind es tausendmal mehr als andere.«

Die Ratsfrau erinnerte sich an eine Zeile des Gedichts von Romerij, das sie im Tiefen Turm gefunden hatten:

Weder gut noch böse ist ein Kind / Arglos sind Menschen wie Götter. Welche Wirkung würde der Anblick des kranken Grigán auf einen heranwachsenden Gott haben? Vielleicht würde er ihn gleich wieder vergessen. Vielleicht aber auch nicht.

Am liebsten hätte sie Nol zu ihren Vorfahren befragt: Tiramis, Yon und vor allem Saat. Doch sie beschloss zu warten, bis Grigán wieder gesund war. Sie würden ihre Suche gemeinsam zu Ende führen – oder gar nicht.

Als die Dämmerung hereinbrach, hatte sich Grigáns Zustand nicht gebessert. Yan beobachtete voller Sorge, wie die Sonne hinter den Bergen verschwand: Im Jal'dara verging die Zeit fünfmal langsamer als in ihrer Welt. Sie hatten schon vier Tage verloren, und das, obwohl die Zeit drängte.

Irgendetwas an diesem Gedanken ließ ihn nicht mehr los. Wie konnte es sein, dass die Sonne in der Welt der Menschen fünfmal auf- und unterging, im Jal'dara im gleichen Zeitraum hingegen nur ein einziges Mal? Nur der Hausherr würde ihm diese Frage beantworten können.

»Das Jal'dara liegt nicht in Eurer Welt«, erklärte Nol. »Man kann in sie zurückkehren, indem man diese Berge überquert. Aber damit geht man auch in eine andere Wirklichkeit über. Zum Beispiel gibt es im Tal keine Jahreszeiten. Selbst wenn es auf der anderen Seite der Berge schneit, bleibt hier das Wetter immer gleich.«

»Und was ist mit der Sonne?«, hakte Yan nach, der die Erklärung alles andere als befriedigend fand. »Was ist mit Sonnenauf- und -untergang?«

»Die Sonne, die Ihr hier seht, ist nicht die der Sterblichen. Diese Sonne entspringt Eurem Geist. Jahrhundertelang stellten sich die Menschen vor, dass im Paradies immer schönes Wetter ist. Und so kam es dann auch.«

»Heißt das, dieses Tal wird nur vom Glauben der Menschen hervorgebracht?«, fragte Lana, der kein Wort entgangen war. »Aber … Aber wie …«

Diese Erkenntnis war so folgenschwer, dass der Maz schwindelig wurde. Die Menschen erschufen das Jal'dara? Das hieße ja, dass sie auch die Götter hervorbrachten. Aber dann … Wenn nicht die Götter die Welt erschaffen hatten, woher kamen dann die Menschen? Und wer waren die ersten Menschen gewesen? »Die Etheker?«, fragte sie plötzlich laut. »Wer waren eigentlich die Etheker? Und was bedeutet die Inschrift auf der Pforte?«

Der Wächter zögerte einen Moment. »Das weiß ich nicht«, sagte er dann mit leisem Bedauern. »Meine eigene Herkunft ist mir ein Rätsel.«

Zum ersten Mal hatten die Erben das Gefühl, dass Nol einer Frage auswich. Doch warum sollte er auch den Ursprung der Menschheit kennen?

Es hatte lange gedauert, bis die Sonne untergegangen war, doch mittlerweile war es dunkel geworden. Die Luft roch nach Sommer, und Abertausende Sterne prangten am Himmel, als wäre diese wunderschöne Nacht dem Sinn eines Dichters entsprungen. Trotzdem war es kühl. Vielleicht nicht so kalt wie jenseits der Berge, aber immerhin kalt genug, dass sie Angst hatten, Grigán könnte an Unterkühlung sterben.

Léti lag eng an ihn geschmiegt und versuchte, ihn mit ihrem Körper zu wärmen. Um die Kälte seiner Haut zu vergessen, betrachtete sie die Sterne. Sie erkannte keinen einzigen wieder. Wo waren sie nur? Was würde aus ihnen werden?

Im Jal'dara schien kein Mond. Léti konnte sich nicht erinnern, in welcher Phase der Mond in ihrer Welt gerade war. Leuchtete dort eine schmale Sichel oder ein Vollmond? Hatte das Jal'dara sie bereits verändert? Hatte es ihre Erinnerungen ausgelöscht, ihre Persönlichkeit, vielleicht sogar ihr Leben? Es war nur eine dunkle Ahnung, doch Léti war überzeugt, dass sie einfach verschwinden würden, wenn sie zu lange an diesem Ort blieben. Sterbliche hatten hier nichts verloren. Das Tal würde seinen ursprünglichen Zustand wiederherstellen und ihre Spuren auslöschen. Eine sonderbare und machtvolle Magie war hier am Werk.

Dieser Gedanke brachte sie auf eine Idee. Um Grigán zu retten, war sie zu allem bereit, und so fasste sie einen dieser leicht verrückten Pläne, die aus dem Mut der Verzweiflung geboren werden. Sie stand auf, streckte die steifen Glieder und war froh, als Rey sogleich ihren Platz einnahm. Dann machte sie sich auf die Suche nach Yan.

Er unterhielt sich mit Nol, Lana und Corenn über die Besonderheiten des Tals. Es würde noch eine Weile dauern, bis sie das Thema erschöpfend behandelt hatten, dachte sie. Aber schließlich war das Gespräch auch für sie interessant.

»... keine Müdigkeit«, sagte Corenn gerade. »Das Jal scheint die Tätigkeit unserer Organe und Muskeln zu verlangsamen und uns von allen körperlichen Bedürfnissen zu befreien. Selbst Hunger verspüren wir nicht. Ich habe immer noch den Geschmack des Brots auf der Zunge, das wir heute Morgen gegessen haben.«

»Es wird ein paar Tage dauern, bis Ihr es verdaut habt«, erklärte Nol. »Die bewahrenden Kräfte des Jal übertragen sich auf jedes Ding und jedes Lebewesen im Tal. Nahrung stellt keine Ausnahme dar.«

»Es fiel mir schwer, das Brot überhaupt zu schlucken«, sagte Lana.

»Und wie kommt es, dass die Gärten so gepflegt aussehen?«, fragte Corenn. »Niemand stutzt die Bäume und Pflanzen, oder? Wie kann es sein, dass nicht längst alles zugewuchert ist, wenn nichts sterben kann?«

»Ganz so ist es nicht«, sagte Nol. »Alles, was nicht aus dem Jal selbst stammt, kann sterben, nicht anders als in der Welt der Menschen.«

»Und was ist mit den Tieren? Wir haben Waagenhirsche gesehen. Selbst wenn in jedem Jahrhundert nur einer geboren wird, müssten es mittlerweile Tausende sein!«

»Manchmal sind es auch so viele«, antwortete Nol. »Die Wirklichkeit ist trügerisch. Das Jal verändert sich ständig. Es hängt vom Willen der Sterblichen ab. Eure vereinten Gedanken haben zum Beispiel diese Gruppe Lubilien erschaffen. In zehn Jahrtausenden wird die Art aussterben. Andere Bäume werden sie ersetzen, vielleicht auch eine Quelle oder ein Tier. Oder gar nichts. Je nachdem, was die Menschen wollen.«

»Ich wusste bisher nicht einmal, dass es das Jal'dara überhaupt gibt«, warf Léti ein. »Wie kann ich da entscheiden, wie es hier aussieht?«

Sie hatte nicht vergessen, dass sie Yan um einen Gefallen bitten wollte. Doch in diesem Gespräch ging es um genau das, wovor sie Angst hatte.

Das Jal'dara löschte sie langsam aus, und Léti wollte wissen, warum.

»Wie können sich die Menschen einen Ort, von dem sie nichts ahnen, so genau vorstellen?«, pflichtete Corenn ihrer Nichte bei.

Nol lächelte freundlich, wie immer, wenn er die Rolle des

Lehrenden einnahm. Sie schien ihm ohnehin besser zu gefallen als die des Ewigen Wächters.

»Die Sterblichen haben schon immer von diesem Ort gewusst. Er kommt in ihren Träumen vor, in ihren Religionen und ihrer Kunst. Im ersten Lächeln eines Säuglings und im letzten Atemzug eines Sterbenden. In ihren Tränen und ihrem Lachen. Das Jal'dara ändert sich ständig. Jede menschliche Generation hinterlässt ihre Spuren. Und doch bleibt es in all seinen Erscheinungsformen immer dasselbe.«

»Deshalb löscht es auch fremde Spuren aus«, sagte Corenn. »Die Grashalme richten sich wieder auf, wenn wir sie niedergedrückt haben. Die Erde saugt das Wasser auf und bleibt doch trocken. Wir sind Eindringlinge«, ergänzte sie traurig. »Menschen gehören nicht ins Jal'dara.«

»Und nicht nur das«, sagte Yan, der den Gedanken weiterführte. »Auch unser Gepäck hat nichts auf der Wiese verloren. Es dürfte eigentlich nicht da sein. Vielleicht würde es mit der Zeit verschwinden?«

Nol musterte die Säcke und Bündel, die sie in einiger Entfernung abgelegt hatten. »Ja, aber das würde eine Weile dauern«, sagte er und nickte Yan anerkennend zu. »Wenn Ihr Wert auf Euer Gepäck legt, solltet Ihr es von Zeit zu Zeit an eine andere Stelle bringen. Eure Vorfahren haben so gut wie nichts verloren«, sagte er in der Absicht, sie zu beruhigen.

Die Erben starrten ihn entsetzt an. Nol hatte soeben eine ihrer schlimmsten Befürchtungen bestätigt. Sie wunderten sich über die unbekümmerte Art des Gottes. Warum hatte er sie nicht gewarnt? Was verheimlichte er noch? Was war, wenn sie nicht die richtigen Fragen stellten?

»Und wie lange würde das dauern?«, brachte Lana schließlich heraus. »Mehrere Monde?«

»Das weiß ich nicht«, gestand der Ewige Wächter. »Das kommt ganz darauf an.«

»Wie kann dieser Ort zugleich bewahren und zerstören?«, sagte Corenn nachdenklich. »Das ist paradox.«

»So haben ihn die Sterblichen erschaffen«, erwiderte Nol.

Léti war der Meinung, dass das Gespräch damit beendet war. Sie wusste nun, dass Grigán neben seiner Krankheit von einer weiteren Gefahr bedroht war: Irgendwann würde er aus dem Gedächtnis des Jal'dara verschwinden.

Die junge Frau nahm Yans Hand und zog ihn von Nol und Corenn fort. Sie wollte nicht, dass die beiden mitbekamen, worum sie ihn bat. Léti hatte keine Lust, sich ihre Ermahnungen anhören.

Sie wusste genau, was sie von der Idee halten würden, im Jal'dara Magie anzuwenden.

Wieder einmal hatte eine goronische Kompanie die Front im Tal der Krieger durchbrochen. Nun marschierten die Goroner Richtung Süden, um den Anführern der Barbarenarmee den Garaus zu machen. Gors'a'min Lu Wallos, der König der wallattischen Klans, kochte innerlich vor Wut, als er an die Taugenichtse dachte, denen er die Bewachung des Tals überlassen hatte.

Sein Hang, anderen Schmerzen zuzufügen, hatte ihm den Beinamen »der Zimperliche« eingebracht. Gors hasste diesen Namen. Für einen schlichten Geist wie ihn war das viel zu sehr um die Ecke gedacht. Er hätte es lieber gehabt, wenn man ihn unumwunden »Gors den Quäler« genannt hätte. Und weil die Grenze im Tal der Krieger so löchrig war wie ein Sieb, schwor er sich, bei der Bestrafung der Schuldigen seinem Ruf alle Ehre zu machen. Zurzeit hockten er und seine Männer in einem Versteck am Col'w'yr und warteten auf die Goroner – und das bei einer Kälte, bei der dem zähesten Tuzeener die Zähne ausgefallen wären.

Gors kam der Gedanke, dass einige seiner Pikenträger Tuzeener waren. Die Richtigkeit des Sprichworts zu überprüfen, wäre eine willkommene Abwechslung. Seit über zwei Tagen warteten sie nun schon auf den Feind, und der Barbar hatte ein ungeduldiges Temperament. Mit jedem tatenlos vertrödelten Dekant wuchs sein Zorn, und mittlerweile ging er beim geringsten Anlass in die Luft. Seine Männer wussten das nur zu gut und hielten Abstand zur zweischneidigen Axt des wallattischen Riesen, was seine Wut nur noch mehr anstachelte.

Um die Kälte zu vergessen, kippte sich Gors Becher um Becher hinter die Binde. Wann schlugen die Wachen endlich Alarm? Solche Aufträge waren ihm schon immer zuwider gewesen. Wenn sie ein Dorf überfielen, musste er sich wenigstens nicht erst dekantenlang die Beine in den Bauch stehen! Sie legten die Häuser in Schutt und Asche, rekrutierten alle, die sich ihnen anschließen wollten, und nahmen die anderen gefangen: Sie dienten als Sklaven und Konkubinen oder wurden Sombre geopfert. Der Gott wurde immer gieriger. Kranke, Kinder und Alte wurden natürlich auf der Stelle getötet. Der hohe Dyarch duldete keinen Ballast.

»Verfluchter Hexer«, murmelte Gors mit rauer Stimme.

Irgendwie war ihm alles über den Kopf gewachsen. Vor sechs Monden hatten er und sein Verbündeter mit der Eroberung des Ostens begonnen. Seitdem war Gors mehrmals ausgestochen worden. Erst von Saat. Dann von Chebree, seiner einstigen Vasallin, einer Hure, die sich nun Emaz nannte und ihm seinen Platz streitig machte, indem sie sich dem Dyarchen hingab. Und jetzt auch noch von Zamerine. Dieser verdammte Zü war zum obersten Strategen ernannt worden und hatte Gors in der Rangordnung zum Oberbefehlshaber degradiert. Zamerine hatte ihm diese Mission eingebrockt. Der vermaledeite Dolchträger mit seinem bemalten Gesicht war daran schuld, dass er sich hier den Hintern abfror.

Der Riese machte seiner Wut Luft, indem er ein paar Bäume aus der Erde riss, und keiner seiner Männer wagte es, ihn zu mehr Vorsicht zu mahnen. Das Schlimmste war, dass ihm gar nicht anderes übrig blieb, als zu warten. Woher auch immer er seine Auskünfte nahm, Saat irrte sich nie. Eine goronische Kompanie war unterwegs zu ihnen, daran gab es keinen Zweifel. Er und seine Männer mussten sie aufhalten, damit die Oberen Königreiche nichts von ihren Plänen erfuhren. Aber warum, beim Bezwinger, trödelten die Goroner nur so lange herum?

Als wäre sein Gebet erhört worden, kam ein thalittischer Bote angeprescht. Er war völlig außer Atem, weil er mehrere Meilen im Laufschritt zurückgelegt hatte. Gors stieß den wa'r'kalischen Hauptmann, der ihn befragen wollte, beiseite und durchbohrte den Boten mit seinem Blick. »Rede! Wo sind sie?«

Der Thalitte konnte nur in eine Richtung zeigen, da er kaum Luft bekam.

»Wie viele sind es? Wie weit sind sie noch entfernt?«

»Sechzig, mehr nicht«, keuchte der Bote. »In etwa zwei Meilen Entfernung.«

Gors dankte dem Mann mit einem kräftigen Schlag auf den Rücken, der ihm vollends den Atem nahm und ihn zu Boden warf. Der Barbar sah lachend zu, wie sich der Bote am Boden wand und hilflos nach Luft schnappte.

»Auf geht's!«, befahl er und klatschte zweimal in die Hände, als schickten sie sich an, ein altbewährtes Theaterstück aufzuführen.

Natürlich war alles geplant: Sie würden den Goronern einen gebührenden Empfang bereiten. Zamerine hatte Gors vier Kompanien zugeteilt, viel mehr als eigentlich nötig. Doch der Zü hasste es, seinen Feinden auch nur die geringste Chance zu lassen. Außerdem wollten die Kämpfer beschäftigt werden, während sie auf das Ende der Grabungen warteten.

Deshalb befehligte Gors nun hundertachtzig Pikenträger, hundertdreißig wa'r'kalische Bogenschützen und zweihundert Bärtige, seine Lieblingskompanie. Das war kaum ein Hundertstel ihrer Armee. Doch die großen Eroberungen würden erst später folgen, diese Schlacht war nur die Generalprobe.

Alles verlief nach Plan. Gors lachte sich ins Fäustchen, als er beobachtete, wie die goronischen Kundschafter durch die schwache Strömung des Col'w'yr wateten. Er ließ sie unbehelligt weiterziehen. Die Männer würden eine Meile südwärts von den Pikenträgern abgefangen werden, die der Barbarenkönig dort postiert hatte.

Die Wallatten harrten noch eine Dezime in ihrem Versteck aus, während sich die goronischen Kundschafter rasch entfernten. Die Vorhut war erschöpft und in Eile, und so passierte sie völlig ahnungslos einen Hinterhalt, in dem fünfhundert Krieger lauerten. Für diese Unachtsamkeit würden ihre Kameraden mit dem Leben bezahlen.

Nach einer Weile kamen die goronischen Soldaten in Sicht und wateten mit offenkundiger Nervosität durch den Fluss. Pferde waren für verdeckte Manöver im Feindesland ungeeignet, weshalb die Männer zu Fuß unterwegs waren. Vermutlich hatten sie vor, sich vor Wallos in mehrere Trupps aufzuteilen, dachte Gors mit einem grausamen Lächeln. Vielleicht sogar schon, nachdem sie den Fluss durchquert hatten.

Dazu würden sie keine Gelegenheit mehr bekommen.

Die Wa'r'kal schossen ihre Pfeile ein wenig früher ab als geplant, eigentlich sogar zu früh. Gors stieß einen Fluch aus und nahm sich vor, dem Hauptmann der Bogenschützen höchstpersönlich den Schädel einzuschlagen. Er hatte die Männer am Nordufer des Flusses postiert, damit sie den Goronern in den Rücken fielen und die Überlebenden auf die Bärtigen mit ihren Äxten zutrieben. Doch nun machte ein Drittel der Soldaten des Großen Kaiserreichs kehrt und griff die Bogenschützen an.

Gors sprang hinter dem Stamm eines Lenosters hervor, ließ seine Axt durch die Luft wirbeln und schlug blutige Schneisen in die Reihen der Fliehenden. Auf dem Schlachtfeld war er der Größte. Auf dem Schlachtfeld konnte es niemand mit ihm aufnehmen. Weder Chebree noch Dyree noch Zamerine. Selbst Saat nicht. In seinem Blutrausch hinterließ der Riese eine Spur zerstückelter Gliedmaßen, untrügliche Beweise seiner Grausamkeit.

Die Schlacht war schnell vorbei. Die Pikenträger, die rund um den Hinterhalt postiert waren, würden sich um die Handvoll Goroner kümmern, die wundersamerweise den Äxten der Bärtigen entkommen waren.

Gors sah zum anderen Ufer hinüber und entdeckte, dass die Bogenschützen noch nicht alle Feinde getötet hatten, auch wenn das nur noch eine Frage der Zeit war. Mit einem kaltblütigen Grinsen sprang er ins eisige Wasser und pflügte brüllend und die Axt über dem Kopf schwingend durch den Fluss, so schnell die Strömung es erlaubte.

Seine Männer folgten ihm. Eine wilde Freude über den Sieg stieg in Gors auf. Was kümmerten ihn die Intrigen an Saats Hof? *Sein* Platz war auf dem Schlachtfeld. Hier war er unbesiegbar.

Er erklomm das Nordufer des Col'w'yr und ärgerte sich, dass die Jahreszeit der Erde noch nicht vorbei war. Sobald die Jahreszeit des Feuers anbrach, würde er seine Armee gegen Ith führen und die Heilige Stadt in Schutt und Asche legen.

Yan folgte seiner Freundin voller Neugier. In ihrer Kindheit hatte Léti ihn oft von ihren Spielkameraden fortgezogen, um ihm ein Geheimnis anzuvertrauen, was meistens in lautem Gekicher geendet hatte. Doch in dieser Nacht war keinem der Erben nach Lachen zumute, Yan noch viel weniger als den anderen.

Usul hatte vorhergesagt, dass Grigán noch vor Ablauf eines Jahres sterben würde. Gewiss, die Zukunft war veränderbar, sobald sie enthüllt wurde, und der Gott amüsierte sich über die verzweifelten Versuche der Sterblichen, gegen ihr Schicksal anzukämpfen. Doch Yan hatte keine Ahnung, was er für die Heilung des Kriegers tun konnte. Der Gedanke quälte ihn, seit sie das Schöne Land verlassen hatten. In diesen drei Dekaden war die Farikskrankheit bei Grigán viermal zum Ausbruch gekommen – bei jedem Mal stärker.

Yan wusste das alles, aber er war machtlos – und er fühlte sich schuldig. Deshalb war er sogleich von Létis Idee begeistert: Für einen kleinen Hoffnungsschimmer schlug er jede Vorsicht in den Wind.

»Es ist nicht warm genug«, hatte sie gesagt, sobald sie außer Hörweite waren. »Grigáns Haut ist eiskalt. Wir müssen Feuer machen.«

»Das geht nicht«, entgegnete Yan und wunderte sich über ihren Starrsinn. »Wir haben es den ganzen Tag lang versucht.«

»Ich weiß. Ich meine kein gewöhnliches Feuer. Glaubst du, du könntest ein magisches Feuer entzünden?«, flüsterte sie und sah ihm tief in die Augen.

Yan dachte eine Weile nach. Er war bereit, alles zu versuchen, um Grigán zu helfen. »Vielleicht … Ja, ich glaube schon«, sagte er schließlich.

»Dieses Tal ist so seltsam«, sagte Léti. »Hier ein Feuer zu entfachen, ist bestimmt gefährlich. Vermutlich verstoßen wir gegen irgendein ungeschriebenes Gesetz und ziehen den Zorn von Nol und meiner Tante auf uns.«

»Ich weiß«, versetzte Yan, den dieser Gedanke zum Schmunzeln brachte. »Daran bin ich gewöhnt.«

»Aber wenn wir es nicht tun, wird Grigán …«

Létis Gesicht verdüsterte sich.

Yan legte ihr tröstend die Hand auf den Arm, und sie lehnte den Kopf an seine Schulter, während sie mit den Tränen kämpfte.

»Das wird nicht geschehen«, sagte Yan. »Grigán wird wieder gesund«, wiederholte er mehrere Male, entschlossen, seine magischen Kräfte so lange zu gebrauchen, bis er Erfolg hatte oder vor Erschöpfung umfiel.

In diesem Moment ging beiden auf, dass sie sich seit ihrer Flucht aus dem Matriarchat nicht mehr so nah gewesen waren. Léti trat einen Schritt zurück, ohne seine Hand loszulassen, und er erwiderte schweigend ihren Blick.

Sie trug die schwarze Kluft aus Acorleder, die sie von Grigán geschenkt bekommen und seither nicht mehr abgelegt hatte. Léti hatte allerdings einige Verbesserungen vorgenommen. Dabei ging es ihr nicht so sehr um die Zweckmäßigkeit, denn an welchen Stellen die Beschläge und Metallplatten am sinnvollsten angebracht waren, wusste der ramgrithische Krieger besser als jeder andere. Seine Schülerin hatte dem Kampfanzug nur eine persönliche Note verliehen: Sie hatte ihn mit einem Gürtel und einem Hemd aus Far kombiniert und die Lederbänder verflochten.

Dazu trug sie lorelische Stiefel, die sie mit Wachs poliert hatte, damit sie in der Farbe ihrer Kluft schimmerten – und in der ihres Haars, das sie offen über die Schulter trug, so ungebändigt, wie sie selbst es war.

Vor allem aber trennte sich Léti nie von ihrem Rapier, einem Geschenk Reys, mit dem sie auf dem Mittenmeer gegen Piraten und im Schönen Land gegen die Vampirratten gekämpft hatte. Mit dieser Waffe hatte sie in Ith einen Zü getötet. Auch den Dolch, mit dem sie in Lorelia einem Zü die Kehle durchgeschnitten hatte, legte sie nicht mehr ab.

Léti war eine Kriegerin geworden, dachte Yan voller Bewunderung. Herrin ihres Schicksals. Stolz und mutig. Widerspenstig und kämpferisch.

Aber nicht zu stolz, um ihn um Hilfe zu bitten. Um den Hals trug sie den Opal, in den ein goldfarbenes Papier eingeschlossen war. Ein Geschenk Yans, das er ihr im Eroberten Schloss in Junin überreicht hatte.

Sie erwiderte seinen Blick voller Zuneigung. In den vergangenen drei Monden war Yans Körper kräftiger geworden, auch wenn er selbst es nicht zu bemerken schien. Das Haar trug er mittlerweile länger, und durch die weiße Strähne, die ihm in die Stirn fiel, wirkte er erwachsener. Er hatte nun etwas von Reys selbstsicherem Auftreten, das Léti bei ihrer ersten Begegnung so bewundert hatte. Seine Haut war von der Sonne des Mittenmeers braun gebrannt, und seine Augen leuchteten heller als früher, ganz anders als bei einem typischen Kaulaner.

In jedem der Länder, durch das die Gefährten gereist waren, hatte er seine Kleider gewechselt, weshalb nun nichts mehr seine Herkunft verriet. Im Wald von Oo hatte er gegen die Kälte eine dicke Weste übergezogen, die er von einem der romischen Gaukler geschenkt bekommen hatte. Im Jal'dara hatte er sie gegen ein lorelisches Hemd getauscht, über dem er ein juneeisches Wams trug. Als es am Abend kühler geworden war, hatte er einen itharischen Mantel übergestreift, den er jedoch wieder ausgezogen hatte, um Grigán damit zuzudecken. Das einzige kaulanische Kleidungsstück, das er noch am Leib trug, war eine Hose aus festem Stoff, die an der Hüfte mit Riemen zusammengeschnürt war und weit über seine guorischen Schaftstiefel fiel. Seine Kleider waren bunt zusammengewürfelt, und doch standen sie ihm hervorragend: Auch wenn Yan nicht Reys Eleganz besaß, sah man ihm an, dass er sich in seiner Haut wohlfühlte. Die innere Ruhe, die er ausstrahlte, empfand Léti als angenehm.

Beide hatten ihre Naivität verloren. Durch die Gefahren, die sie überstanden hatten, und das Geheimnis, das sie teilten, waren sie frühzeitig erwachsen geworden. Sie trugen Verantwortung, trafen schwere Entscheidungen und hatten viel Leid gesehen. Trotzdem war Yan nicht abgestumpft. Er war immer noch der einfühlsame und rücksichtsvolle Freund ihrer Kindheit.

Er hatte Eza verlassen, um ihr zu folgen, und war nach Berce gegangen, wo es vor Züu nur so wimmelte. Auf der Insel Ji hatte er ihr das Leben gerettet. Er war in Usuls Höhle hinabgetaucht und hatte die Pforte ins Jal'dara durchschritten. Und jetzt war er abermals bereit, sich in Gefahr zu begeben, um einen Freund zu retten – ohne sich damit zu brüsten oder zu klagen. Dabei war er kein Erbe von Ji und hätte sich einfach aus der Sache heraushalten können.

Léti hielt es nicht länger aus. Sie wusste nicht, was Yan für sie empfand, und war seit dem Tag der Versprechen schon zu oft enttäuscht worden. Doch was sie in diesem Moment empfand, war einfach zu überwältigend.

Sie näherte ihren Mund Yans Lippen und gab ihm einen Kuss. Dann legte sie die Stirn an seine. Am liebsten hätte sie sich nie wieder bewegt.

Yan stand da wie vom Donner gerührt und wünschte sich insgeheim dasselbe. So verharrten sie einige Augenblicke, glücklich und beschämt zugleich. Nur widerstrebend lösten sie sich voneinander.

Sie durften sich ihren Gefühlen nicht hingeben. Noch nicht. Nicht, solange ihre Suche weiterging.

Doch jetzt hatten sie noch einen weiteren Grund, sie rasch zu Ende zu bringen.

Yan versuchte, seine Gefühle zu beherrschen und ruhiger zu atmen. Corenn hatte ihn ermahnt: Er durfte Magie nur anwenden, wenn er bei klarem Verstand war. Sie hatte ihn vor den Folgen von Zorn, Schmerz und Alkohol gewarnt, aber Yan ahnte, dass er genauso große Schwierigkeiten bekommen würde, wenn er seinen Willen ausgerechnet jetzt gebrauchte, nachdem Léti ihn geküsst hatte.

Sie hatte ihn geküsst! War das dem Zauber des Jal'dara zu verdanken, der alle Gefühle zu verstärken schien? Sehnte sie sich einfach nur nach etwas Zärtlichkeit? Oder empfand sie tatsächlich mehr für ihn, so wie er seit ewigen Zeiten für sie? *Liebte Léti ihn?*

Als er merkte, dass er an nichts anderes denken konnte, riss er sich zusammen. Was auch immer zwischen ihnen vorgefallen war, seine Angebetete erwartete ein Wunder von ihm, und er war entschlossen, es ihr zu liefern.

Im Jal'dara gab es kein totes Holz. Bisher hatten die Erben versucht, einige trockene Mondgrasrohre anzuzünden, die dick genug waren, um ein kleines Feuer zu nähren. Léti hatte außerdem einen Umhang in Streifen gerissen und versucht, den Stoff zu verbrennen. Yan konzentrierte sich nun ganz auf die Frage, worauf er seinen magischen Willen richten sollte. Schließlich gelangte er zu dem Schluss, dass Holz immer noch der beste Brennstoff war. Nur Holz würde Flammen erzeugen, die Grigán wärmen könnten.

Létis Kuss hatte ihm neuen Mut gemacht, und so zögerte er nur kurz, bevor er einige Äste von einem Buschwindstrauch abbrach. Er achtete darauf, dass seine Gefährten ihn nicht sahen – und vor allem Nol nicht.

Dennoch hatte er das Gefühl, einen Frevel zu begehen. Die Äste waren nicht dicker als ein Finger, und trotzdem ließen sie sich kaum abbrechen. Sein Schwert wollte er auf keinen Fall gebrauchen. Das Jal'dara sträubte sich gegen jede Veränderung. Menschen waren hier nicht willkommen.

Yan beruhigte sein Gewissen mit dem Gedanken, dass der Strauch in kürzester Zeit wieder seine ursprüngliche Form annehmen würde. Nol schien sich keine Sorgen zu machen, dass seine Besucher den Gärten des Dara Schaden zufügen könnten. Anders wäre es vermutlich, wenn die Erben die Pforte beschädigten oder eins der Götterkinder angriffen. Doch das war natürlich undenkbar.

Aus Rücksicht auf die Kinder, die vermutlich noch nie ein Feuer zu Gesicht bekommen hatten, setzte sich Yan im

Schutz der Sträucher ins Gras, damit er vom anderen Ende des Tals aus nicht zu sehen war. Falls es ihm tatsächlich gelang, ein Feuer zu entzünden, würden sie Grigán eben hierher bringen. Es *musste* ihm einfach gelingen.

Im fahlen Schein der Sterne und umhüllt von Blumenduft saß er im Schneidersitz auf der Wiese. *Das Tal ist wirklich wunderschön,* dachte er und hoffte, nicht von Neuem dem Rausch zu verfallen. Um das zu verhindern, richtete er seinen Blick auf die Zweige und konzentrierte sich.

Die Außenwelt rückte in den Hintergrund. Nach dem mittlerweile vertrauten Muster verlor er zunächst den Geschmacks-, dann den Geruchs- und schließlich den Tastsinn. Nun spürte Yan nur noch den eigenen Körper. Sein Gehör wurde schwächer, als zöge sich der Raum um ihn herum zusammen. Schließlich trübte sich sein Blick, und er wurde blind. Das alles geschah im Bruchteil einer Dezille, doch Yans Bewusstsein war derart geschärft, dass er jede Phase seiner Konzentration einzeln wahrnahm.

Dunkelheit. Sein Herzschlag. Dann ein Bild. Helle Kugeln, die in der Finsternis schwebten. Das innerste Wesen der Zweige, die er von dem Strauch abgebrochen hatte. Ihre geistige Gestalt, die nur eine kleine Zahl Auserwählter sehen konnte. Der Beweis für die immense Stärke seines magischen Willens.

Im Grunde war Magie wie kochen: »Wenn ich dieses Gewürz hinzufüge, erhalte ich jenen Geschmack.« Und Yan hatte ein solches Gespür für die Zutaten, dass ihm theoretisch nichts unmöglich war. *Theoretisch.* Jedenfalls, wenn sein Geist genug Kraft aus seinem Körper schöpfen konnte. Konnte er das nämlich nicht, lähmte ihn die Reglosigkeit, eine Art Rückschlag.

Aber in diesem Moment dachte Yan nur flüchtig an all

diese Dinge, wie an eine hundertmal gelernte Lektion. Im Geist näherte er sich nun einer der Kugeln – und konnte kaum glauben, was er sah.

Jedes Ding und jedes Lebewesen bestand aus fünf Elementen: Die Erde symbolisierte den Körper, der Wind stand für den Geist, das Wasser unterschied die belebte von der unbelebten Welt, und das Feuer versinnbildlichte den ständigen Hang zur Veränderung.

Das fünfte Element war zwar nicht das komplexeste – das war der Wind –, wurde jedoch häufig unterschätzt. Corenn nannte es »Absorbium«. Es bestimmte, wie empfänglich ein Ding oder ein Lebewesen für Magie war. Je mehr menschliche Aufmerksamkeit ein Gegenstand erfahren hatte, desto größer war sein Anteil an Absorbium und desto leichter war es, Magie auf ihn anzuwenden.

Wenn sich Yan das innerste Wesen eines Gegenstands vorstellte, war das Absorbium eine durchsichtige Kugel, die die vier anderen Elemente umschloss. Je dicker die Wand dieser Kugel war, desto stärker widerstand er der Magie, und je dünner sie war, desto empfänglicher war er.

Die Kugeln der Zweige waren nahezu unsichtbar. Sie hatten nur eine hauchdünne Hülle. Ein Magier konnte diese Zweige mühelos in etwas Beliebiges anderes verwandeln.

Yan fiel es wie Schuppen von den Augen. Wenn alle Dinge und Lebewesen im Jal'dara diese Eigenschaft hatten, erklärte das einiges – von der Regenerationsfähigkeit der Gärten bis zur Erschaffung der Götter.

Yan zwang sich zur Ruhe. Ihm, der den Beinamen »der Neugierige« trug, dämmerte, dass er soeben eines der größten Rätsel der Menschheit ergründet hatte. Trotzdem musste er die Ruhe bewahren. Er hatte einen Auftrag zu erfüllen.

Er veränderte den Erdbestandteil der Zweige und schürte

das Feuer, das sie in sich trugen. Damit wagte er sich auf das Gebiet der schwarzen Magie vor. Das war der zweite Frevel. Doch vielleicht war es auch schon ein Frevel gewesen, das Geheimnis des Jal'dara zu lüften? Dann hätte er bereits drei Verstöße begangen. Doch damit konnte er leben. Falls er Grigán das Leben rettete, würde er es nicht bereuen.

Der große Absorbiumanteil der Zweige bewirkte, dass er nur wenig Kraft aus seinem Körper schöpfen musste. Deshalb spürte Yan die Reglosigkeit, die ihn sonst immer traf, wenn er aus seiner Konzentration erwachte, diesmal kaum. Das alles hatte nur wenige Augenblicke gedauert, doch wie jedes Mal hatte Yan das Gefühl, aus einem langen Schlaf zu erwachen.

Vor ihm stieg ein dünner Rauchfaden von den Zweigen auf, dann färbten sich einige rot, und schließlich züngelte eine kleine Flamme empor.

Yan starrte ins Feuer und dachte über den Zauber des Jal'dara nach. An diesem Ort hatte selbst der unfähigste Magier so viel Macht wie ein Gott.

Sein Tun blieb nicht lange unbemerkt. Vielleicht war der Widerschein des Feuers vom Hügel aus zu sehen gewesen, vielleicht hatte Léti den anderen Bescheid gegeben, oder vielleicht hatte Nol auf die eine oder andere Art *gewusst,* was Yan vorhatte. Jedenfalls kamen Nol und die Gefährten nun auf ihn zu, bis auf Bowbaq, der Grigán nicht von der Seite wich.

Trotz Létis dankbarem Lächeln hatte Yan Angst vor der Reaktion des Ewigen Wächters.

»Ihr seid Magier«, sagte Nol ernst. »Ich hätte Euch warnen sollen.«

»Wovor?«, fragte Corenn, zugleich erfreut und verärgert über ihren Schüler.

Das Feuer konnte Grigán das Leben retten, auch wenn sich Yan in große Gefahr gebracht hatte.

»Vor Euch selbst. Saat verlor den Verstand, nachdem er in den Gärten des Dara Magie angewendet hatte. Das Wissen war einfach zu viel für ihn.«

»Welches Wissen?« Corenns Frage richtete sich sowohl an Nol als auch an Yan.

»Das Absorbium der Dinge und Lebewesen im Jal'dara ist immens«, antwortete Yan. »Man kann alles nach Belieben verwandeln! Ohne jede Mühe! Es ist das beste Rohmaterial, das sich ein Magier nur wünschen kann.«

»Hat das etwas mit diesem Gwel zu tun?«, fragte Lana, der Maz Achems Tagebuch in den Sinn kam.

Nol ließ sich mit der Antwort Zeit. Die Erben vermuteten, dass der Seltsame versuchte, ihre wahren Absichten zu ergründen. Doch über diese Macht verfügte der Gott nicht.

»Ihr dürft nichts davon in Eure Welt mitnehmen«, sagte er schließlich. »Als Wächter ist es meine Aufgabe, das zu verhindern.«

Alle wechselten neugierige Blicke. Rey kratzte mit der Stiefelspitze im Boden, um herauszufinden, was an der Erde so kostbar sein sollte, vom Erinnerungswert abgesehen.

»Ich hole Grigán«, sagte Léti entschlossen. Sie interessierte sich nicht für das Gespräch, bei dem es ja doch nur wieder um Magie gehen würde. Wichtiger war es, den Krieger rasch in die Nähe des Feuers zu bringen.

»Und was hat es mit den Gwelomen auf sich?«, fragte Lana.

»Das sind Dinge oder Lebewesen, die dem Einfluss des

Gwels ausgesetzt waren«, erläuterte Nol. »Oder aber Lebewesen nach ihrer Vollendung.«

»Was?«, sagte Rey, der es hasste, nicht mitreden zu können. »Corenn, versteht Ihr ein Wort von diesem Kauderwelsch?«

»Ich muss nachdenken«, verkündete sie. »Lasst mir etwas Zeit.« Belustigt stellte sie fest, dass die anderen sogleich verstummten. Sie brauchte tatsächlich ein wenig Zeit. Seit ihrer Ankunft im Jal'dara hatten die Erben viel Neues erfahren. Corenn musste erst einmal darüber nachdenken, was das alles bedeutete und wie es mit Saat zusammenhing.

»Das ganze Jal'dara ist also vom Gwel durchdrungen«, sagte sie gedankenverloren. »So ist es doch, nicht wahr, Nol? Jede Pflanze, jeder Stein, jeder Erdbrocken und sogar jedes Tier, nehme ich an, hat diese besondere Eigenschaft: Sie sind in hohem Maße empfänglich für Magie. Nicht wahr?«

»Aber was bedeutet das?«, beharrte Rey, als Nol nickte. »Was heißt das genau?«

»Wir könnten zum Beispiel den Berg dort in Gold verwandeln«, sagte Corenn aufs Geratewohl, da sie ahnte, wie sie die Aufmerksamkeit des Schauspielers fesseln konnte. »Oder ihn mithilfe eines einzigen Samenkorns von Blumen überwuchern lassen.«

»Auch in uns dringt das Gwel ein«, ergänzte Yan aufgeregt. »Wir werden Gwelome. Unser Leben verlängert sich, und unsere Fruchtbarkeit nimmt ab.«

»Und was meint Ihr mit ›vollendet‹?«

»So nennt man ein Ding oder ein Lebewesen, auf das Magie keine Wirkung mehr hat«, erklärte Corenn. »Aber ich habe so etwas noch nie mit eigenen Augen gesehen.«

»Die Götter sind vollendet«, sagte Lana plötzlich. »Wenn

sie ausgewachsen sind, kann sie nichts mehr verändern. Deshalb ist Usul für alle Zeiten in seiner Höhle gefangen. Deshalb seid Ihr ein Ewiger Wächter. Das wird immer so bleiben. Weise Eurydis …«

»Ist das Jal'dara denn auch vollendet?«, fragte Yan.

»Nein«, antwortete Nol. »Nur ich bin es. Und die Pforte. Alles andere verändert sich durch den Glauben und die Gedanken der Sterblichen.«

»Und was ist mit den Kindern?«

»Sie verlassen das Jal'dara, sobald sie dem Sinn der Menschen entsprungen sind. Das ist die Voraussetzung für ihre Vollendung.«

»Und Usul?«, warf Rey ein. »Er ist ja wohl nicht freiwillig in seine Höhle hinabgestiegen, oder?«

Nol lächelte, so wie man einem begriffsstutzigen Schüler zulächelt. »Die Sterblichen haben den Gott *in* der Höhle erschaffen. Usul ist mit jeder Eure Generationen herangewachsen. Als er vollendet war, gehörte die Höhle ihm, als wäre er schon immer dort gewesen.«

»Aber wie …«

Die Erben hatten noch unzählige Fragen, doch sie fanden nicht die richtigen Worte, um Nol zu einer klaren Antwort zu bewegen, zumal jede Frage zehn, zwanzig oder hundert weitere aufwarf.

Sie wurden von Léti und Bowbaq unterbrochen, die Grigán herbeitrugen und neben das Feuer legten, das mittlerweile eine angenehme Wärme ausstrahlte. Miff, die noch nicht wieder aus ihrem Schlummer erwacht war, betteten sie daneben. In diesem Moment fiel den Gefährten etwas Merkwürdiges auf.

»Da ist gar keine Glut«, murmelte Bowbaq.

Niemand wagte das als unmöglich abzutun, obwohl alle

ungläubig auf das Feuer starrten. Nach ihrem Besuch im Jal'dara würden sie nie wieder etwas vorschnell für unmöglich halten.

»Das Holz verbrennt nicht«, stellte Rey fest.

»Und das Feuer erlischt«, sagte Léti stirnrunzelnd. »Die verflixten Zweige regenerieren sich. Yan, kannst du …«

»Ich übernehme das«, sagte Corenn. Sie wollte Grigán mindestens ebenso gern helfen wie ihre Gefährten und sich außerdem selbst von der Wirkung des Gwels überzeugen.

Die Flammen loderten erneut auf, und Corenn erwachte mit blitzenden Augen aus der Konzentration, berauscht von den grenzenlosen Möglichkeiten des Jal'dara. Sie verstand nun besser, was mit Saat geschehen war und warum der machtgierige Magier den Verstand verloren hatte, als er diese ungeheure Kraft entdeckte.

Nol betrachtete sie mit einem seltsamen Gesichtsausdruck. *Missbilligend,* dachte Corenn. *Vielleicht aber auch nur neugierig.*

»Warum beantwortet Ihr eigentlich all unsere Fragen?«, sagte sie unvermittelt. »Warum behaltet Ihr dieses gefährliche Wissen nicht für Euch?«

»Ich bin Nol der Lehrende«, erwiderte der Ewige Wächter freundlich. »Es ist meine Aufgabe, Eure Fragen zu beantworten. Die Sterblichen müssen die Wahrheit kennen und akzeptieren, bevor sie die Harmonie erreichen.«

»Die Harmonie?«, rief Lana aus. »Das Zeitalter von Ys?«

»So nannte es das Kind Eurydis«, sagte Nol.

Die Priesterin wollte weiterfragen, doch ihr versagte die Stimme. Das Zeitalter von Ys war eine der Grundfesten ihres Glaubens. Es war das höchste Ziel der Emaz des Großen Tempels, Sinn und Zweck des universellen Strebens nach Moral und den drei Tugenden der Göttin: Wissen, Toleranz,

Frieden. Im Zeitalter von Ys würden die Menschen in Achtung und Liebe zusammenleben.

»Versammelt Ihr deshalb alle zwei Jahrhunderte Gesandte aus jedem Land der bekannten Welt?«

»Nicht alle zwei Jahrhunderte, sondern wenn zehn menschliche Generationen vergangen sind«, sagte Nol.

»Darum geht es also?«, fragte Lana verzückt. »Ihr kämpft für das Zeitalter von Ys?«

»Das muss ich tun«, antwortete Nol, der einem sehr viel mächtigeren Befehl zu folgen schien als seinem eigenen Willen. »Ich zeige den Sterblichen die Götterkinder und schicke sie dann zurück in ihre Welt. Das Schicksal der Menschheit hängt davon ab, was sie aus diesem Wissen machen.«

»Manche gründen eine Religion«, dachte Corenn laut. »Eine moralistische oder eine dämonistische.«

»Andere beschließen, das Geheimnis für sich zu behalten«, warf Bowbaq ein, dem ihre Vorfahren in den Sinn kamen. »Es wäre viel zu gefährlich, dieses Wissen preiszugeben«, sagte er nachdenklich. »Es wäre unhöflich.«

Corenn sah zu Grigáns regloser Gestalt hinter den tanzenden Flammen. Der Krieger hätte seine Meinung zu dieser Frage sicher nicht zurückgehalten. *Mutter Eurydis, wann kommt er endlich wieder zu sich?*, dachte sie traurig.

»Deshalb habt Ihr uns so freundlich empfangen«, sagte Yan. »Jedem, der es wünscht, steht Ihr als Lehrer zur Verfügung.«

»Nur selten suchen mich Sterbliche von selbst auf«, sagte der Ewige Wächter. »Es wundert mich, dass Usul Euch die göttliche Berührung hat zuteil werden lassen. Ich empfange sonst eher Schüler von Luree oder Eurydis.« An Lana gerichtet fügte er hinzu: »Einer von ihnen war Comelk.«

»Comelk! Der Sohn von König Li'ut!«, rief sie begeistert.

Wie viele Heilige waren im Laufe der Jahrhunderte ins Jal'dara gekommen? Wie viele grausame Tyrannen, Despoten und Anhänger der schwarzen Götter? Die Geschichte der Menschheit wurde in diesem Tal geschrieben …

In ihre Gedanken vertieft, bemerkte Lana die Überraschung, die sich auf den Gesichtern der anderen abzeichnete, erst nach einer Weile. Ihre Freunde starrten auf etwas hinter ihr. Die Maz nahm all ihren Mut zusammen und drehte sich langsam um. Sie hatte mit allem Möglichen gerechnet, nur nicht mit dem, was sie nun sah.

Ein Kind. Einen sechs- oder siebenjährigen nackten Jungen, so sauber, als wäre er soeben dem Fluss entstiegen. Einen der künftigen Götter der Menschheit.

Das Kind starrte fasziniert in die Flammen. So stand es eine Weile da, und niemand wagte sich zu rühren.

Schließlich hob es den Blick, sah zu Nol hoch und zeigte mit einem Finger auf das Feuer. »Karu!«, rief es strahlend, als rechnete es mit einer Belohnung, weil es das richtige Wort kannte.

Das Tol'karu. So hatte Saat seinen Palast genannt. Die wallattischen Krieger sprachen den Namen Tolt'k'aru aus, was wiederum mit »die zerstörerische Festung« übersetzt werden konnte.

Zamerine wusste nicht, ob es Absicht war oder ob Saat einfach nur Glück gehabt hatte: Im Aberglauben des Ostens war das Tolt'k'aru ein legendärer Ort. Indem Saat ihn Wirklichkeit werden ließ, sicherte er sich die Gefolgschaft der Barbaren. Nichts schien ihn aufhalten zu können.

Der Judikator wartete auf die Ankunft seines Meisters,

den er gleichermaßen fürchtete und bewunderte. Zum dritten Mal in dieser Dekade hatte der hohe Dyarch ihn in die Vorhalle des Tol'karu zitiert, und wie immer ließ er ihn warten.

Nur Saats vermeintlichem Sohn war es erlaubt, sich frei im Palast zu bewegen. Die anderen – Chebree, Gors der Zimperliche, Saats Hauptmänner und Zamerine selbst – durften ihn nur in Begleitung des Meisters betreten. So fasste sich der Zü in Geduld und ließ seine Gedanken schweifen.

Mit einem zornigen Blick rief er einen der beiden Männer seiner Eskorte zur Ordnung, der sich lässig an die Wand gelehnt hatte. Der Zü stellte sich sofort wieder kerzengerade hin, aus Angst, der Judikator könnte ihm wegen dieses kleinen Vergehens Dyree auf den Hals hetzen. Zamerines Gehilfe hatte selbst unter den Mördern im roten Gewand den Ruf, grausam und erbarmungslos zu sein. In der Arena hatte er das oft genug bewiesen.

Während er die beiden Männer betrachtete, versuchte sich Zamerine vorzustellen, wie ein Kampf zwischen ihnen und den Gladoren, die den Eingang zum Tol'karu bewachten, wohl ausgehen mochte. Würden die Boten Zuïas mit ihren vergifteten Hati Saats Leibwache besiegen können?

Diese Frage würde wohl unbeantwortet bleiben. Der Judikator war nicht bereit, das Leben seiner wenigen Männer aus einer Laune heraus aufs Spiel zu setzen. Noch weniger wollte er Saats Zorn wecken. Auf keinen Fall wollte er noch einmal in den Bann seiner schwarzen Magie geraten. Der Zü ließ sich aus gutem Grund von einer Eskorte begleiten: Er hatte Angst vor dem hohen Dyarchen.

Er betrachtete die Wände des Tol'karu. Die Sklaven hatten den Palast in weniger als einem Mond aus dem Boden gestampft, und das merkte man ihm an: Die Steine waren nur grob behauen und unregelmäßig aufeinandergeschichtet. Wenn das Gebäude nicht sorgfältig instandgehalten wurde, würde es kaum ein Jahrhundert überdauern, was angesichts seiner Größe lächerlich war. Es schien absurd, einen Palast mit dreißig Sälen zu errichten, der nach wenigen Jahrzehnten einstürzen würde. Doch nichts anderes hatten sie getan. Letztlich war das Tol'karu nur ein Behelfsquartier, das sie nach dem Ende der kalten Jahreszeit aufgeben würden.

In kaum zweihundert Schritten Entfernung stand Sombres Tempel, von den Kriegern »Mausoleum« genannt. Er war dreimal so groß und doppelt so hoch wie das Tol'karu. Zamerine schätzte, dass er aufgrund seiner Pyramidenform sehr viel länger überdauern würde. Außerdem lebte dort ein Gott.

Sombre streifte durch die Gänge des Labyrinths und weidete sich an der Angst der Menschen. So vermuteten es jedenfalls die Sklaven und Krieger. Zamerine hingegen *wusste* es. Seit der Gott in der Kampfarena Gestalt angenommen hatte, wusste er, dass Saats angeblicher Sohn der Bezwinger war. Der Dämon, in dessen Namen sie Krieg führten, befand sich mitten unter ihnen. Und er machte kaum einen Unterschied zwischen Freund und Feind.

Dieser Gedanke ließ Zamerine seit geraumer Zeit keine Ruhe mehr, und wenn er, wie jetzt, zu viel darüber nachdachte, wurde ihm angst und bange. Er zuckte zusammen, als vor ihm eine Tür aufgestoßen wurde. Rasch bemühte er sich um ein gelassenes Gesicht und machte sich darauf gefasst, vor seinen Meister zu treten.

Saat hielt jedoch wieder einmal eine Überraschung für ihn bereit. Durch das Tor traten die beiden Gladoren, die den hohen Dyarchen überallhin begleiteten. Zwischen ihnen lief ein Junge von sieben oder acht Jahren. Er war mager, ungewaschen und trug zerlumpte Kleider. Vermutlich gehörte er zu den Kindern, die Saat hatte entführen und ins Lager bringen lassen, ohne einen Grund dafür zu nennen.

Seiner grauen Haut nach zu urteilen, war der Junge Solener. Vermutlich war er bei einem ihrer letzten Überfälle im Osten von Wallos gefangen genommen worden. Nun blieb er vor Zamerine stehen und bedachte ihn mit einem seltsamen Blick, die Hände in die Hüften gestemmt. Der Judikator wusste nicht, wie er sich verhalten sollte.

»Was ist?«, fuhr ihn das Kind an. »Habt Ihr es etwa nicht mehr nötig, Euren Meister zu grüßen, mein kleiner Zü?«

Zamerine runzelte die Stirn und starrte dem Kind, das ihn unverfroren musterte, in die Augen. Die Stimme des Jungen war dünn und seine Bewegungen ungelenk, doch sein Blick sprach Bände.

Der Judikator setzte ein Knie auf den Boden und beugte den Kopf zum Zeichen der Demut. Seine Diener taten es ihm gleich. Das Kind tätschelte ihm den kahl geschorenen Schädel wie einem treuen Hund. Bislang hatte Saat Zamerine noch nie berührt. Auch das Gesicht des hohen Dyarchen, das sonst immer hinter einer Sturmhaube verborgen war, hatte der Zü noch nie gesehen. Trotzdem zweifelte er nicht eine Dezille daran, Saat gegenüberzustehen. Der Meister hatte den Körper des Jungen in seiner Gewalt.

»Ihr könnt wieder aufstehen«, sagte das Kind spöttisch. »Ihr beschmutzt noch Euer schönes rotes Gewand. Ich will nicht, dass Ihr mir auf der Baustätte Schande macht.«

»Ihr wollt die Baustätte besuchen?«, fragte der Zü verwundert.

»Natürlich. Darüber wolltet Ihr doch mit mir sprechen,

nicht wahr? Außerdem will ich mir die Beine vertreten«, sagte das Kind kichernd.

Zamerine folgte dem kleinen Solener, der von den beiden Gladoren eskortiert wurde. Die Wachen wirkten überhaupt nicht überrascht. Die Krieger der anderen Kompanien munkelten, der Mut der Gladoren beruhe auf ihrer grenzenlosen Einfalt. Waren sie tatsächlich so dumm, jeden Befehl blind zu befolgen? Dem Judikator brannten unzählige Fragen auf den Lippen. Woher stammte Saats Macht? Wie wirkte sie? Beabsichtigte er, in dem Körper des Jungen zu bleiben? Und vor allem: *Wo war sein eigener Körper?*

»Meister, wie ...«, wagte er zu fragen, während sie das Tol'karu verließen.

»Zerbrecht Euch nicht den Kopf. Das ist viel zu kompliziert für Euch«, fiel ihm das Kind ins Wort. »Und zu schrecklich«, fügte es hinzu und wandte sich mit einem höhnischen Grinsen zu ihm um.

Zamerine beschloss, den Rat zu beherzigen. Im Grunde wollte er so wenig wie möglich mit der Sache zu tun haben. Er erinnerte sich noch schmerzlich daran, wie Saat seinen Körper in seine Gewalt gebracht und ihn gezwungen hatte, ihm seinen Hati auszuhändigen. Der Zü musste hilflos mit ansehen, wie ihn ein fremder Wille beherrschte. Er hatte jede Bewegung gespürt, aber keine Kontrolle darüber gehabt. Erging es dem kleinen Solener ebenso? Dieses Gefühl war noch schlimmer, als auf dem Dornenrad gefoltert zu werden, dachte er beschämt.

Zamerine bedauerte wieder einmal, klüger zu sein als andere. Er war der einzige von Sombres Verkündern, der die wahre Identität des Gottes kannte. Der Einzige, der wusste, dass ihr Meister wahnsinnig war. Manchmal regten sich in ihm Zweifel an seinem Tun. Dann stürzte er sich in die Arbeit, um nicht zu viel nachzudenken. Saat den Gehorsam zu verweigern, kam nicht infrage.

Die Männer passierten einen mit Gladoren besetzten Wachposten und marschierten durch die öde Landschaft auf das Gebirge zu. Im Umkreis von mehreren tausend Schritten wuchs kein Baum und keine Pflanze mehr, vermutlich für mehrere Jahrzehnte. Der dichte Wald aus Lenostern, Rindenbäumen und Goyolensträuchern war einer Stadt gewichen, die größer war als der stinkende Moloch Wallos.

Das Kind führte die Männer an Sombres Mausoleum und der Kampfarena vorbei. Dann passierten sie eine gewaltige Festungsmauer, überquerten einen zweihundert Schritte breiten Exerzierplatz und gelangten schließlich zu den vierzig Baracken, in denen die Sklaven hausten.

Trotz der Kälte stank es dort bestialisch nach Urin, Schweiß und Fäulnis. Die Wachen, die am Eingang der Gebäude postiert waren, hatten sich Tücher um Mund und Nase geschlungen, was Zamerine ihnen nicht verübeln konnte. Ihm drehte sich bereits der Magen um, wenn er diesen Teil des Lagers auch nur durchquerte. Er tröstete sich mit dem Gedanken, dass sie das ganze Gelände in wenigen Monden in Schutt und Asche legen würden. Dann würde kein einziger Sklave mehr am Leben sein.

Von den ursprünglich achtzigtausend Gefangenen waren nur noch knapp fünfzigtausend übrig. Sie waren in vier Trupps aufgeteilt, die abwechselnd in vier verschiedenen Bereichen Fronarbeit leisteten. Der wichtigste Bereich waren natürlich die Grabungsarbeiten. Der zweite Bereich umfasste sämtliche damit verbundenen Tätigkeiten: den Abtransport und das Behauen der Steine sowie den Bau der neuen Stadt.

Der dritte Trupp, der am schwersten zu führen war, kümmerte sich um die zahlreichen Arbeiten, die zu erledigen waren, wenn so viele Menschen auf engstem Raum zusammenlebten. Dazu gehörten auch das Ausheben immer tieferer Leichengruben, die Beschaffung von Nahrungsmitteln, die Reinigung der Ställe und Latrinen und die Versorgung der vierzigtausend Mann starken Armee, die in einigen Meilen Entfernung lagerte.

Der vierte Bereich diente der Religion. Der Gottesdienst fand in den Unterkünften der Sklaven statt und war der Verehrung des Bezwingers geweiht. Die Gefangenen schliefen zwar mehr, als dass sie beteten, aber Saat war zufrieden, wenn sie mindestens einmal am Tag an Sombre dachten. Und das taten sie.

»Die Gefangenen arbeiten sieben Dekanten und schlafen zwei«, erklärte Zamerine, der sich diese Aufteilung ausgedacht hatte. »Der verbliebene Dekant dient dem Appell und dem Marsch zum Frondienst. So müssen wir die Arbeiten nur einmal am Tag unterbrechen. Außerdem erschwert das Rotationsprinzip Fluchtversuche.«

»Das weiß ich doch alles, Zamerine«, sagte das Kind gelangweilt. »Was für ein Schwätzer Ihr auf Eure alten Tage werdet«, setzte es belustigt hinzu.

Endlich hatten sie die letzte Sklavenbaracke hinter sich gelassen und stiegen nun den Berg hinauf. Als die Aufseher den Judikator und die Gladoren sahen, ließen sie ihre Peitschen knallen und brüllten die Sklaven an, stehen zu bleiben. Zamerines Inspektionen waren gefürchtet, denn meist folgten ihnen blutige Hinrichtungen.

Das von Saat besessene Kind trat zu einem der Sklaven und nahm einen Felsbrocken aus dessen Korb. Mit geschlossenen Augen roch es daran, legte ihn enttäuscht zurück und ging weiter. Zamerine wagte nicht, weitere Fragen zu stellen.

»Gors verbreitet Gerüchte«, sagte der Zü unvermittelt, weil er hoffte, damit das Wohlwollen des Meisters zu gewinnen.

»Er wird mich nicht verraten«, behauptete das Kind.

»Er ist unberechenbar. Und ständig betrunken. Am Col'w'yr hat er Hauptmann Wa'r'kal an einen Baum knüpfen lassen.«

»Das war in meinem Sinne. Der Mann hatte versagt.«

»Er ist unberechenbar«, wiederholte der Zü.

Das Kind blieb wie angewurzelt stehen und musterte den Judikator zornig. »Ich finde, mein neues Aussehen macht Euch etwas zu aufmüpfig. Seit wann stellt Ihr meine Entscheidungen infrage? Der Zimperliche ist mir nützlich. Er ist der König dieser Barbaren, und mit ihm an meiner Seite habe ich sie besser in der Hand. Das will Euch doch hoffentlich in den Schädel.«

»Natürlich, Meister«, lenkte der Zü zähneknirschend ein.

Die letzten Schritte legten sie schweigend zurück. Schließlich betraten sie den Tunnel in der Flanke des Bergs, durch den ihre Armee ziehen würde, wenn sie den Befehl zum Sturm auf die Oberen Königreiche gaben.

»Mein Tunnel«, sagte Saat gerührt. »Mein Labyrinth.«

»Wir kommen schneller voran als geplant«, berichtete Zamerine und hoffte, dass ihm weitere höhnische Kommentare erspart blieben. »Manche der natürlichen Stollen sind so breit, dass wir bisweilen mehrere hundert Schritte auf einen Schlag gewinnen. Natürlich ändern wir unsere Pläne regelmäßig, um die Grabungen dem unterirdischen Höhlensystem anzupassen. Ihr hattet recht«, sagte der Zü. »Das Gebirge ist so löchrig wie ein lorelischer Käse.«

»Ja«, murmelte das Kind und strich wehmütig über den Fels. »Ja ... Und auch anderswo ...«

Es gab ein Röcheln von sich, und für den Bruchteil einer Dezille las Zamerine Entsetzen in Saats Blick. Besser gesagt, im Blick des solenischen Jungen, dessen Körper der Magier in seine Gewalt gebracht hatte.

»Verfluchtes ... Absorbium!«, stieß er hervor. »... nicht ... gut! Viel ... zu ...«

Der Zü sah fassungslos zu, wie Saats Geist um die Vorherrschaft im Körper des Jungen kämpfte. Schließlich stieß der Solener einen letzten wütenden Schrei aus, der nur von Saat stammen konnte. Dann sah sich das Kind verwirrt um, setzte sich auf den Boden und begann zu weinen.

Die Gladoren schienen auf diesen Fall vorbereitet zu sein. Sie führten den Jungen wortlos davon und ließen Zamerine inmitten der Sklaventrupps in dem Tunnel stehen, wo er über die Absichten seines Meisters nachgrübelte.

Das Götterkind war fasziniert von den Flammen. Es wies mit dem Finger darauf und sah zu Nol empor.

»Karu!«, rief es strahlend, als rechne es mit einer Belohnung.

Keiner der Erben wagte sich zu rühren. Maz Achems Tagebuch und Nols Warnung waren deutlich gewesen: Die Kinder des Jal'dara waren höchst beeinflussbar. Sie konnten ein Ereignis sofort wieder vergessen oder ihm hundertmal mehr Bedeutung zumessen als erwartet.

Nol trat zu seinem Schützling, der immer noch vor dem Feuer stand, nahm ihn bei den Schultern und führte ihn behutsam davon. Das Kind ergriff seine Hand, und die beiden verschwanden aus dem Blick der Erben.

»Ich habe es gar nicht kommen hören«, sagte Léti, als sie allein waren. »Wie lange hat es denn dort gestanden?«

»Nicht lange«, beruhigte sie Bowbaq. »Kurz zuvor war da niemand. Es ist wie aus dem Nichts aufgetaucht.«

»Vielleicht schießen die Götter hier ja wie Pilze aus dem Boden«, witzelte Rey.

Sie verstummten, als Nol zu ihnen zurückkehrte. Falls der Ewige Wächter zornig war, ließ er es sich nicht anmerken. Er gesellte sich wieder zu ihnen, als wäre nichts geschehen.

»Und?«, fragte Yan, der sich schuldig fühlte, weil er das Feuer angezündet hatte. »Ist es schlimm?«

»Ich glaube nicht. Aber man weiß es nie. Der kurze Anblick der Flammen dürfte ihn eigentlich nicht dazu verführen, in die Unterwelt hinabzusteigen. Allerdings hat schon Geringfügigeres die Persönlichkeit eines Kindes entscheidend beeinflusst.«

Nols Worte lasteten schwer auf Yans Gewissen. Ungewollt hatte er auf ein Götterkind eingewirkt. Vielleicht war der Schaden nicht groß, aber die Ungewissheit quälte ihn.

»Hat es begriffen, wovon wir sprachen?«, fragte Corenn.

»Das ist unwahrscheinlich. Die Kinder lauschen eigentlich nur den *Gedanken* der Sterblichen, nicht so sehr ihren Worten. Sie messen Taten ohnehin viel mehr Bedeutung zu als Worten. Wenn es noch einmal zu einer solchen Begegnung kommen sollte, vermeidet alles, was irgendwie bedrohlich wirken könnte. Zu Eurer eigenen Sicherheit und im Interesse der ganzen Menschheit«, sagte Nol ernst.

»Warum?«, fragte Rey munter. »Würde sich das Kind sonst in ein blutrünstiges Ungeheuer verwandeln, oder was?«

»So etwas in der Art«, bestätigte Nol. »Solltet Ihr eins der Kinder schlagen, würde es Euch höchstwahrscheinlich mit sich hinab in die Unterwelt nehmen. Und weder das Kind noch Ihr würdet jemals wieder dort herauskommen.«

»Was hat es eigentlich mit dieser Unterwelt auf sich?«, fragte Lana. »Was ist das Jal'karu?«

Nol musterte sie, ohne ihre Frage zu beantworten. Die Maz hatte den Eindruck, einen unverzeihlichen Fehler begangen zu haben.

»Es ist besser, dieses Wort im Jal'dara nicht in den Mund zu nehmen«, sagte er schließlich. »Hier sprechen wir nur von der Unterwelt.«

»Aber was ist die Unterwelt?«, beharrte Léti. »Unsere Vorfahren waren dort. Und Saat ebenfalls. Was ist dort unten geschehen?«

»Lasst uns mit diesen Fragen warten, bis Grigán wieder gesund ist«, schlug Corenn vor.

Den Grund musste sie niemandem erklären. Obwohl alle vor Neugier platzten, wollten sie ihre Suche gemeinsam mit dem Krieger zu Ende führen. Dass sie überhaupt noch am Leben waren, war vor allem sein Verdienst. Sich in Geduld zu fassen, war ihre Art, ihm Dankbarkeit zu zeigen.

Noch eine andere Frage ließ Corenn keine Ruhe. Das unerwartete Erscheinen des Kindes hatte sie mitten in einem Gespräch unterbrochen. Die Gefährten hatten mit Nol über das Gwel und das Heranwachsen der Götter gesprochen, und darüber, dass die Götter dem Sinn der Menschen entsprangen.

»Hier im Jal'dara treffen Magie und Religion aufeinander«, murmelte sie halb zu sich selbst.

»Wovon sprecht Ihr?«, fragte Lana.

»Vom Glauben und vom magischen Willen«, antwortete Corenn, die selbst noch nicht so genau wusste, worauf sie hinauswollte. »Offenbar wirken sie auf ähnliche Weise. Der menschliche Glaube ist ein mächtiger magischer Wille. Er beeinflusst die Kinder, und ihr Absorbium ist so groß, dass sie äußerst empfänglich für Magie sind. Wenn sie dann eines Tages vollendet sind, verlassen sie das Jal'dara.«

»Was ist mit den Priestern?«, fragte Rey. »Das würde ja bedeuten, dass ein Magier mehr Einfluss auf die Götter hat als jeder Maz.«

»Und davon abgesehen«, warf Lana ein, »ist die eurydische Religion eine Moralreligion. Unser Ziel ist es nicht, von der Göttin erhört zu werden, sondern ihre Tugenden zu verbreiten.«

»Ihr seid so bezaubernd wie weise«, sagte Rey aufrichtig.

Lana errötete und warf dem Mann, der sie so charmant umwarb, einen liebevollen Blick zu. Nols Antwort hörte sie kaum noch.

»Im Gegenteil, Priester sind von großer Bedeutung«, sagte der Ewige Wächter. »Die Kinder lauschen den Gedanken der Sterblichen, haben aber keinen Einfluss auf sie. Deshalb sind die Gebete, die ihre Anhänger an sie richten, genauso mächtig wie Magie. Ohne ihre Maz hätte Eurydis das Tal noch immer nicht verlassen.«

»Vielleicht hat der Glaube der Priester das Gwel ja überhaupt erst erschaffen«, sagte Yan nachdenklich. *»Je mehr Aufmerksamkeit etwas erfährt, desto größer ist sein Anteil an Absorbium.«*

»Das ist mir zu hoch«, sagte Bowbaq.

»Eins verstehe ich jetzt besser«, sagte Corenn. »Als wir uns im Tiefen Turm von Romin die Gespenster vom Leib hielten, indem wir Eurydis' Namen riefen, war die Wirkung noch stärker, wenn ich gleichzeitig meinen Willen auf sie richtete. Magischer Wille und Glaube sind eng miteinander verbunden.«

»Mir ist das auch zu hoch«, sagte Léti gelangweilt.

»Aber warum half es überhaupt, den Namen der Göttin zu rufen? Welche Macht haben die Götter?«, fragte Rey. Bei dem Gedanken, er könnte tatsächlich eine Antwort erhalten, wurde ihm ganz schwindelig.

Der Ewige Wächter ließ sich wieder einmal Zeit. Anscheinend hörte er die Frage nicht zum ersten Mal, denn seine Erklärung war vergleichsweise klar, wenn man bedachte, wie kompliziert das Ganze war. »Die Götter wirken auf die Sterblichen ein. Als Kinder haben sie keinen Einfluss darauf, welchen Gedanken sie lauschen. Doch nach ihrer Vollendung geben sie die Eigenschaften, die die Menschen ihnen verliehen haben, an alle Sterblichen weiter, die zu ihnen beten.«

»Ich kenne verlogene Priester, die die Wahrheit predigen«, entgegnete Rey. »Das macht sie meines Wissens nicht weniger verlogen.«

»Das ist gerade der Beweis für ihre Scheinheiligkeit«, erklärte Nol. »Wie könnte ein Gott ihnen die Liebe zur Wahrheit eingeben, wenn diese Priester gar nicht an die Götter glauben?«

»Mir dreht sich der Kopf.« Rey schielte und streckte die Zunge heraus. »Verzeiht meine Offenheit, aber im Grunde ist mir das alles so egal wie der pelzige Hintern eines Margolins.«

»Aber warum hat Eurydis' Name die Gespenster in die Flucht geschlagen?«, hakte Yan nach, der dem Gespräch immer noch mit großem Interesse folgte.

»Die Kinder des Dara und die der Unterwelt verabscheuen einander zutiefst«, antwortete Nol.

»Aber gegen manche Gespenster half Eurydis' Name nicht«, sagte Corenn, der die Sirenen in den Sinn kamen.

»Sie waren vermutlich intelligenter als die anderen. Haben sie mit Euch gesprochen?«

»Ja.«

»Das erklärt alles. Kein vernunftbegabtes Lebewesen ist nur gut oder schlecht. Es neigt einfach mehr zur einen oder zur anderen Seite hin.«

»Gilt das auch für Euch?«, fragte Léti.

»Selbstverständlich«, sagte Nol ernst. »In meiner Eigenschaft als der Lehrende muss ich Eure Fragen voller Wohlwollen beantworten. Als Ewiger Wächter bin ich jedoch unerbittlich. Und diese Aufgabe hat Vorrang.«

Rey seufzte und hoffte inständig, dass Grigán bald wieder zu sich kam. Sonst liefen die Erben Gefahr, von einem gnadenlosen Ewigen Wächter aus dem Jal'dara gejagt zu werden.

Der gefürchtete ramgrithische König lief mit wachsender Anspannung am Hafenbecken von Mythr entlang. Beim kleinsten Anlass ging er in die Luft. Keiner seiner Hauptmänner blieb von seinem Zorn verschont, auch wenn die Vorwürfe in den meisten Fällen unberechtigt waren.

Aleb der Erste, genannt der Einäugige, König von Griteh, La Hacque und der Gebiete am Aòn, Anführer der Yussa und Großadmiral der Roten Armada, war gereizt, weil er im Morgengrauen in See stechen würde. Er hasste das Meer, und er hasste sein Ziel.

Hätte sein Verbündeter nicht damit gedroht, ihr Abkommen aufzukündigen, wäre er nie vom Rücken seines Pferds hinabgestiegen. Den Sattel zog Aleb selbst seinem Thron vor. Doch der hohe Dyarch hatte eine letzte Zusammenkunft vor dem Sturm auf die Oberen Königreiche einberufen. Aleb fand, dass sich Saat der Goroner zu sehr um Einzelheiten sorgte. Bald würden sie mehr Zeit mit der Vorbereitung zugebracht haben, als der eigentliche Krieg dauern würde. Die Ramgrith – und vor allem die Yussa – gingen für gewöhnlich anders vor.

Er wandte dem Dreiruderer den Rücken zu, nachdem er der Mannschaft einen letzten verächtlichen Blick zugeworfen hatte, und ging zum nächsten Schiff, einem Großsegler mit Rindenbaummast. Auf seinem Rundgang hatte er schon so viele Schiffe gesehen, dass er längst den Überblick verloren hatte. Die beiden Schreiber, die ihm auf dem Fuß folgten, hätten ihm alle gewünschten Auskünfte liefern können, doch ihr Geschwätz ödete ihn an. Aleb war es vollkommen gleich, wie die Schiffe hießen und welche Geschichte sie hatten. Für ihn zählte allein, wie viele Männer auf ihnen Platz hatten und wie viel Gold sie auf dem Rückweg transportieren konnten.

Gold. Als Saat der Hexer ihm achthundert Pfund Gold geschickt hatte, war das Aleb sofort verdächtig vorgekommen. Warum machte der abtrünnige Goroner, der sich mehrere hundert Meilen von La Hacque entfernt hinter dem Rideau verschanzte, ihm ein solches Geschenk? Um zu erfahren, was es damit auf sich hatte, hatte Aleb Saat empfangen. So hatten sich die beiden Männer miteinander verbündet, um den größten Feldzug aller Zeiten zu planen.

Aleb hatte nur wenige Reichtümer beizusteuern, und das hatte den Ausschlag gegeben. Um seinen Teil des Abkommens zu erfüllen, musste er nur eine Flotte bereitstellen. Griteh verfügte über kein einziges Kriegsschiff, aber La Hacque und Mythr, über die der König seit mehr als einem Jahrzehnt herrschte, hatten die Hälfte der einundsechzig Schlachtschiffe, die er nun inspizierte, und die meisten der kleineren Boote gestellt. Die Besatzungsmitglieder hatte Aleb auf der Gefängnisinsel Yérim rekrutiert. Schließlich hatte er mehrere Galeeren, Fregatten und Korvetten zimmern lassen und ein paar Schiffe in den Gewässern vor Yiteh gekapert. Und das alles in weniger als einem Jahr, ohne selbst auch nur einen Tag auf See zu verbringen.

Saats Aufgabe wiederum war es, ein Heer aufzustellen und einen Tunnel unter dem Rideau hindurch zu graben. Auf den ersten Blick erschien das unvorstellbar, selbst bei einem Mann seines Schlags. Doch der hohe Dyarch war nicht nur hartnäckig, erfindungsreich und tatkräftig – er war auch Magier. Und der abergläubische König von Griteh glaubte fest, dass der Magie keine Grenzen gesetzt waren.

Saat sorgte auch dafür, dass kein Spion die Oberen Königreiche warnen konnte. Aleb hatte keine Ahnung, wie er das anstellte, aber bislang waren ihre Pläne noch nicht ans Licht gekommen. Die Yérimer munkelten etwas von einem schwarzen Ungeheuer, das den Kanal von Mythr heimsuchte, ständig seine Gestalt änderte und auf der Suche nach ihren dunkelsten Geheimnissen in die Gedanken der Seeleute eindrang. In letzter Zeit waren mehrere leere Schiffe gefunden worden, die führungslos im Wasser trieben, umgeben von den verstümmelten Leichen ihrer Besatzungsmitglieder. Der ramgrithische König versuchte sich einzureden, dass dort ein besonders blutrünstiger Dornhai sein Unwesen trieb und nicht etwa Saat der Hexer an den grausigen Vorfällen schuld war. Andernfalls würde er seinen Verbündeten »Meister« nennen müssen, und dazu war er zu stolz.

Missgelaunt beschloss er, nur einen flüchtigen Blick auf den Großsegler zu werfen und die Inspektion der Roten Armada dann zu beenden. Plötzlich hatte er es eilig, zum anderen Kontinent überzusetzen und die Wüste zu durchqueren, die als das Sandmeer bekannt war. Je rascher er Wallos erreichte, desto schneller würde er die Begegnung mit Saat hinter sich bringen.

Seine Reise würde hoffentlich nicht länger als zwei Dekaden dauern. Er und sein Verbündeter hatten nur noch die letzten Einzelheiten ihres Plans zu besprechen und zu entscheiden, wann sie endlich zur Tat schritten.

Aleb hoffte, dass sie spätestens in zwei Monden zum Angriff blasen würden. Die Männer waren bereit. Seine Flotte war vollständig, die Schiffe beladen. Nur die verderblichen Lebensmittel fehlten noch, sie würden im letzten Moment an Bord gebracht werden. Die fünfzehntausend Yussa, die an der Mündung des Aòn lagerten, warteten nur noch auf seinen Befehl, um in See zu stechen und Lorelia in Schutt und Asche zu legen.

Hastig marschierte er zurück zu seinem Kommandoschiff, gefolgt von einer Handvoll Untergebener. Der König von Griteh sehnte sich danach, allein zu sein, um in seiner Kabine in Ruhe seinen Sorgen nachhängen zu können. Die Zeit verging nicht schnell genug. Er hasste das Meer. Die magischen Kräfte seines Verbündeten jagten ihm eine Heidenangst ein, und zu allem Überfluss tat ihm auch noch das Bein weh, weil er den ganzen Tag im Hafen herumgelaufen war. Dabei lag die Verletzung zwanzig Jahre zurück. Der Schmerz erinnerte ihn an die bittere Enttäuschung, sich niemals an dem Schuldigen gerächt zu haben, diesem verdammten Grigán vom Stamm der Derkel.

Aleb brauchte dringend etwas Trost. In seinen hellsichtigen Momenten sah er der Wahrheit ins Gesicht: Im Laufe der Jahre war er vom Daïo, dem Gift der Daï-Schlange, abhängig geworden. Er hielt es nicht länger als einen Tag ohne die Droge aus und war unausstehlich, wenn der Rausch nachließ. Doch seine Sucht kümmerte ihn nicht. Bald würde er dem goronischen Hexer zum zweiten Mal begegnen. Da konnte er etwas Trost gut gebrauchen.

Grigán träumte, zumindest hoffte er das. Auf keinen Fall wollte er das Geschehen, das sein Leben für immer verändert hatte, ein zweites Mal durchleben.

Er sitzt auf seinem Pferd oben auf einem Hügel und wünscht sich inständig, tot zu sein oder zu schlafen. Es ist tiefste Nacht. Hinter ihm warten dreißig Reiter seines Stammes auf seinen Befehl, doch er bleibt stumm und rührt sich nicht. Er starrt auf ein quesrabisches Dorf, das lichterloh brennt.

Kinder werden niedergemetzelt. Frauen, denen Gewalt angetan wird, schreien vor Verzweiflung und Schmerz. Männer werden zu Tode gefoltert. Sie alle sind unschuldig. In diesem Dorf wird niemand am Leben bleiben, nicht einmal die Tiere. Ihnen schneiden die wahnsinnigsten von Prinz Alebs Männern die Kehlen durch. Grigán rührt sich nicht. Er ist machtlos.

Über der Szene schwebt ein Bild, fein wie Nebel, der das Grauen verhüllt. Das Gesicht einer Frau mit dunkelbraunem Haar, brauner Haut und blauen Augen, die Lippen zu einem ewigen Lächeln erstarrt. Eine Ramgrith. Seine Versprochene.

»Héline«, murmelte er im Schlaf.

Doch die Frau antwortet nicht. Ihr Lächeln ist unverändert. Es ist die letzte Erinnerung an sie, bevor er den Unteren Königreichen für immer den Rücken gekehrt hat.

Er hat sie verlassen. Das Wort hallt durch seinen Kopf wie das Echo der Argosfelsen. *Verlassen. Verlassen. Verlassen.*

Zorn wallt in ihm auf, und er will etwas tun, dort oben auf dem Hügel, er will ins Dorf hinunterreiten und den unschuldigen Quesraben zu Hilfe kommen. Doch er ist wie gelähmt. Er spürt das Atmen seines Pferds, die Kälte der Nacht, das Krummschwert an seiner Hüfte. Aber sein Körper will ihm einfach nicht gehorchen. Nichts von alldem ist Wirklichkeit. Es ist nur eine Erinnerung.

Verlassen. Das Gesicht einer anderen Frau schwebt nun über dem Gemetzel. Älter, sorgenvoller. Keine Ramgrith. Aber genauso liebenswert. Auch sie lächelt. *Und sie lebt.* Corenn. *Verlassen.* Nie wieder. *Verlassen.* Nein!

Der Krieger ringt mit der Erinnerung an die Toten und seiner Verantwortung für die Lebenden. Es ist der schwerste Kampf seines Lebens. Wenn er ihn verliert, wird er nie wieder kämpfen müssen. Mit aller Kraft konzentriert er sich auf Corenns Bild und auf seine Angst, noch einmal jemanden zu verlassen.

Vielleicht ist es das, was Magier den Willen nennen. Es kommt ihm vor, als kämpfte er mehrere Tage lang gegen sich selbst. Er schöpft Kraft aus den Bildern der Vergangenheit, um sie endlich loslassen zu können. Er redet sich ein, dass er nicht auf diese Weise sterben darf, ohne sein Leben für jemand anderen hinzugeben. Sein Tod muss einen *Sinn* haben. Das ist die einzige Möglichkeit, für die Fehler der Vergangenheit zu büßen. Die einzige Möglichkeit, seine Mitschuld an dem Massaker von Quesraba abzutragen. Die einzige Möglichkeit, sich selbst zu vergeben, dass er einen geliebten Menschen verlassen hat.

Nun hat er Gewissheit. Er darf nicht weiterschlafen. Der Tod wird warten müssen. Er hat Wichtigeres zu tun.

Er schlug die Augen auf. Und sah den Himmel des Jal'dara.

»Alter Nichtsnutz!«, rief Rey fröhlich. »Seit zwei Tagen macht Ihr Euch einen faulen Lenz!«

Als Grigán erwachte, fiel den Erben ein Stein vom Herzen, auch wenn sich sein Zustand schon vorher leicht gebessert hatte. Auf die erste Nacht, in der Yan und Corenn das Feuer mit Magie am Leben erhalten hatten, folgte ein ruhigerer Tag, an dem ein wenig Frieden auf Grigáns Gesicht lag.

Nol, der auf die baldige Genesung des Kranken vertraute, hatte seine Besucher mehrere Dekanten allein gelassen. Am Morgen ihres dritten Tages im Jal'dara, nach einer weiteren durchwachten Nacht, hatte sich der Ewige Wächter immer noch nicht wieder blicken gelassen. Und obwohl Grigán mittlerweile außer Gefahr schien, hatten seine Gefährten ungeduldig darauf gewartet, dass er aufwachte. Jetzt konnte Rey die frohe Botschaft verkünden.

Wie nach jeder überstandenen Gefahr brachten die Erben ihre Freude mit Neckereien und übermütigen Scherzen zum Ausdruck. Nur der Held des Augenblicks litt unter einer unerklärlichen Melancholie. Trotzdem bemühte er sich, das Glück seiner Freunde zu teilen, und alle wussten, dass Grigán bald wieder voller Tatendrang sein würde.

»Habt Ihr etwas in Erfahrung gebracht?«, fragte er begierig.

»Nicht viel«, antwortete Rey leichthin. »Nur ein bisschen was über die Entstehung der Götter, den Zauber des Jal'dara und den Ursprung der Religion. Das Übliche eben.«

Corenn lieferte eine ernsthaftere und etwas ausführlichere Zusammenfassung der Dinge, die sie von Nol erfahren hatten, und beantwortete Grigáns Fragen. Dieser ärgerte sich, dass er die Gespräche versäumt hatte, zeigte sich aber umso gerührter, dass seine Freunde so rücksichtsvoll gewesen waren, Nol noch nicht zu ihren Vorfahren und vor allem zu Saat zu befragen. Das Warten hatte ihre Neugier allerdings noch gesteigert – bei ihrer nächsten Begegnung würde der Lehrende eine Menge Antworten geben müssen.

»Hat er gesagt, wann er zurückkommt?«, fragte Grigán, als Corenn geendet hatte.

»Nein«, sagte Léti, die über das ganze Gesicht strahlte, weil ihr Kampflehrer wieder gesund war. »Eigentlich hat er nicht einmal gesagt, ob er überhaupt zurückkommt.«

»Hat er uns verboten, ihn aufzusuchen?«

»Nein«, antwortete Rey und sprang auf. »Geht's jetzt endlich weiter?«

Grigán musterte seine Freunde. Die Untätigkeit machte allen zu schaffen. Seit ihrem Besuch in Sapones Palast in Romin hatten sie nicht mehr als zwei Nächte hintereinander am selben Ort geschlafen. Nun, da sie am Rande des Jal'dara neben der ethekischen Pforte festsaßen, hatten sie das Gefühl, auf der Stelle zu treten.

»Gehen wir«, sagte er, obwohl er immer noch etwas wackelig auf den Beinen war. »Wo sind meine Stiefel?«

Als Corenn protestierte, er müsse sich ausruhen, schenkte Grigán ihr ein Lächeln, das sie entwaffnete: So etwas kannte sie nicht von ihm. Schließlich gab sie es auf, ihn zur Vernunft bringen zu wollen, und sammelte ihr Gepäck ein. Plötzlich hatte auch sie es eilig, das Geheimnis zu lüften.

Voller Zuversicht und Entschlossenheit machten sich die Erben gegen Mit-Tag ihres dritten Tags im Jal'dara daran, das Tal zu erkunden. Für die anderen Sterblichen war über eine Dekade verstrichen.

Grigán machte am Ufer eines kleinen Bachs halt, der gemächlich dahinplätscherte. Da die Erfahrung ihn gelehrt hatte, immer mit unvorhersehbaren Ereignissen zu rechnen, holte er ihre Trinkschläuche hervor und füllte sie.

»Von diesem Wasser werdet Ihr nicht viel haben«, sagte Rey spöttisch. »Noch vor Einbruch der Nacht wird es verschwunden sein.«

Tatsächlich ging es sehr viel schneller: Kaum hatte Grigán einen der Schläuche verkorkt, wurde dieser wieder schlaff.

Yan tauchte einen Arm ins Wasser und zeigte ihn dem Krieger, der verblüfft auf das Wunder starrte: Der Ärmel war trocken.

»Das gefällt mir nicht«, murmelte Grigán, während er die Trinkschläuche wieder verstaute. »Am Ufer dieses Bachs könnte man verdursten.«

»Mir ist das auch unheimlich«, murmelte Bowbaq.

Er bückte sich, hob Miff hoch und setzte sie sich wieder auf die Schulter. Seit das Mausäffchen aus seinem Schlummer erwacht war, hatte es sich an ihm festgeklammert, aus Angst vor der Magie des Ortes, die es offenbar deutlich spürte.

Doch nun war Miff zum Bach gelaufen und hatte gierig getrunken, ohne zu verstehen, warum dieses seltsame Wasser sich in nichts auflöste, sobald sie es schluckte. Sie konnte sich gerade eben das Maul benetzen.

»Im Tal verspürt man keinen Durst«, erklärte Lana Grigán. »Und auch keinen Hunger, keine Müdigkeit und keine Erschöpfung.«

»Bei Euch ist das etwas anderes. Ihr seid alt«, sagte Rey. »Kleiner Scherz. Ihr wart krank, da ist es kein Wunder, wenn Ihr etwas langsam seid.«

»Langsam? Dabei muss ich die ganze Zeit auf Euch warten«, versetzte Grigán und ging auf das Spiel des Loreliers ein.

Alle lachten. Ihnen war bewusst, dass Grigán großes Glück gehabt hatte. Wären sie nicht im Jal'dara gewesen, hätte er den erneuten Ausbruch seiner Krankheit vermutlich nicht überlebt. Aber so … War er vielleicht geheilt? Hatte das Gwel die Krankheit besiegt?

Yan hoffte von ganzem Herzen, dass dem so war und Usuls Prophezeiung sich als falsch erwies. Er hoffte, dass sich die Zukunft, die der Wissende ihm enthüllt hatte, durch ihren Besuch im Jal'dara verändert hatte.

Natürlich nur dieser Teil der Zukunft. Der allwissende Gott hatte auch vorhergesagt, dass er mit Léti den Bund schließen würde, und das sollte sich auf keinen Fall ändern. Vor allem nicht nach dem magischen Moment vor zwei Tagen, als sie sich endlich geküsst hatten.

In Hochstimmung machten sich die Erben wieder auf den Weg. Die Bäume, an denen sie vorbeikamen, die Blumen, deren Duft ihnen in die Nase stieg, und die Vögel und Insekten, die ihnen ein Ständchen brachten, waren die gleichen wie in der Welt der Sterblichen, und doch stammten sie aus einem anderen Reich. In den Gärten des Dara sah alles gewöhnlich aus und war trotzdem von unbeschreiblicher, ewiger und zugleich flüchtiger Schönheit.

Der Zauber des Gwels, rief sich Corenn in Erinnerung. Er versetzte Sterbliche in einen Rausch, wenn sie sich der Euphorie hingaben. Zum Glück hatten sich die Erben nach drei Tagen im Jal'dara daran gewöhnt und gelernt, dem Sinnestaumel zu widerstehen.

Als sie immer weiter ins Jal'dara vordrangen, verloren sie

das andere Ende des Tals aus den Augen. Die Landschaft bestand aus Hügeln, kleineren Baumgruppen und sanften Erhebungen, auf denen dichte Sträucher wuchsen. Nur die Pforte ragte majestätisch zwanzig Schritte in die Höhe. Sie war der einzige Anhaltspunkt dafür, dass sie bereits eine ganze Strecke zurückgelegt hatten. Da sie nicht sehen konnten, wohin ihr Weg sie führte, bemerkten die Erben erst spät, dass Nol ihnen entgegenkam.

»Willkommen zu Hause«, begrüßte sie der Gott in der ihm eigenen Weise. »Ihr seid geheilt«, sagte er zu Grigán. »Das freut mich.«

Der Krieger dachte, dass er keinesfalls geheilt war, sondern nur einen weiteren Anfall überstanden hatte. Aber er war schon unhöflich genug gewesen und wollte dem Gott nicht schon wieder widersprechen. »Nol …«, stammelte er. Es war ihm unangenehm, sich in Gegenwart seiner Freunde entschuldigen zu müssen. »Wisst Ihr … Drüben bei der Pforte … Als ich zu Euch gesagt habe …«

»Grämt Euch nicht. Selbst die gröbsten Worte sind ungefährlich. Außerdem wart Ihr nicht bei Sinnen.«

»Genau. Danke«, sagte Grigán und atmete hörbar auf.

»Wir kommen, um Euch ein paar letzte Fragen zu stellen«, sagte Corenn. »Dann werden wir das Jal'dara verlassen.«

»Wollt Ihr die Kinder sehen?«, fragte der Ewige Wächter.

Die Erben sahen sich erstaunt an. So viel Eigeninitiative waren sie von Nol nicht gewohnt.

»Gern«, antwortete Lana und hoffte, dass das auch im Sinne der anderen war.

Die Maz irrte sich nicht. Wenn sie den Göttern schon einmal so nah waren, wollten sie sich die Gelegenheit nicht entgehen lassen. Endlich würden die Erben ihre Neugier stillen können.

»Einverstanden«, sagte Grigán. »Würdet Ihr uns zu ihnen führen?«

Das erste Götterkind, dem sie begegneten, war ein blondes, etwa dreijähriges Mädchen. Es hockte im Gras und war völlig in die Betrachtung eines Käfers versunken. Als der Ewige Wächter und seine Besucher an ihm vorbeikamen, hob es nur kurz den Kopf, ohne sich weiter für sie zu interessieren. Da ein abwesendes Lächeln um die Lippen des Mädchens spielte, lächelten die Erben unwillkürlich zurück, und Léti und Rey winkten sogar, wie schon auf der Insel Ji. Doch ihr Gruß schien das Kind nicht weiter zu beeindrucken, denn es wandte sich wieder seinem Käfer zu, sobald die Gefährten weitergingen.

»So leicht zu beeinflussen sind sie wohl doch nicht«, bemerkte Rey etwas enttäuscht.

»Ihr irrt, wenn Ihr glaubt, dass die Kinder neugierig sind. Zumeist werden sie Eure Anwesenheit nicht einmal bemerken. Und wenn doch … Wenn Ihr feststellt, dass eins der Kinder Euch ansieht, rate ich Euch dringend, kein Wort zu sagen und Euch nicht zu rühren. Die Gefühle, die die Handlungen der Sterblichen bei den Kindern auslösen, sind immer unverhältnismäßig stark. Es kann sogar sein, dass Euch eins der Kinder anspricht. Antwortet ihm nicht, selbst wenn Euch das seltsam vorkommt. Es wird seine Frage im nächsten Moment vergessen haben.«

»Was für eine Sprache sprechen die Götter denn eigentlich?«, fragte Lana plötzlich. »Ich meine, *Ihr* sprecht Itharisch mit uns.«

»Ich dachte, da Ihr alle diese Sprache beherrscht ... Möchtet Ihr lieber eine andere sprechen?«

»Nein! Aber wo habt Ihr sie gelernt?«, beharrte Lana. Sofort ging ihr auf, wie lächerlich es war, einem Gott diese Frage zu stellen.

»Wir entspringen dem Sinn der Menschen«, antwortete Nol. »Auch wenn ich den Gedanken der Sterblichen nicht mehr lauschen kann, haben sie mich doch sehr lange Zeit begleitet.«

Bowbaq tippte Yan auf die Schulter und zeigte auf ein Kind, das hinter dem Stamm einer Burakweide schlief. Es war ein Mädchen mit dunkelbraunem Haar, das sich unter dem Baum zusammengerollt hatte und selig schlummerte.

»Womit beschäftigen sich die Kinder eigentlich?«, fragte Yan und erwartete hochphilosophische Ausführungen zur Verantwortung der heranwachsenden Götter.

»Sie schlafen viel. Manchmal irren sie tagelang ziellos umher. Dann schlafen sie wieder. Irgendwo, irgendwann.«

»Spielen sie nicht?«, fragte Léti verwundert. Sie hatte erwartet, dass so viele Kinder, selbst wenn sie göttlicher Herkunft waren, mehr Krach machten, als an Markttagen auf dem Platz der Reiter in Lorelia herrschte.

»Nein. Jedenfalls nicht in Eurem Sinne. Manche Kinder lachen ab und zu. Aber außer ihnen selbst weiß niemand, warum. Sie sind nicht besonders gesellig – nur die ganz kleinen vielleicht. Manchmal schmiegen sie sich zum Schlafen aneinander, mehr aber auch nicht.«

»Sind die Kinder denn unglücklich?«, fragte Lana.

Nol wurde langsamer, blieb dann stehen und wandte sich zu ihr um. »Diese Frage höre ich zum ersten Mal«, sagte er. »Das wollte noch nie jemand wissen. So etwas ist schon lange nicht mehr vorgekommen. Ich muss erst darüber nachdenken.«

Der Wächter setzte seinen Weg fort, und die Erben folgten ihm. Offenbar hatte Nol nicht vor, ihnen die Antwort noch am selben Tag zu geben. Die Gefährten nickten Lana beifällig zu, doch die Priesterin fand nicht, dass sie es verdient hatte. Es wollte ihr nicht in den Kopf, dass noch niemand diese Frage gestellt hatte.

Bald kamen sie wieder an einem Mädchen vorbei, dann an einem Jungen, und schließlich an zwei weiteren Kindern, die friedlich schlummerten. Nachdem sie mehrere Götterkinder gesehen hatten, konnten die Erben bezeugen, dass alle verschieden aussahen. Ihre Haare waren blond, braun, rot, schwarz oder sogar weiß. Auch ihre Haut hatte die verschiedensten Schattierungen. Einige Kinder mochten aus den Oberen oder Unteren Königreichen stammen, und manche aus den Ländern des Ostens. Doch bei den meisten ließ sich die Herkunft nicht bestimmen.

»Wie viele Kinder leben im Tal?«, fragte Corenn neugierig.

»Das kommt ganz auf die Wünsche und Gedanken der Sterblichen an«, antwortete Nol. »Es würde nichts nützen, sie zu zählen. Ihr könntet zehn Mal von vorn beginnen und würdet doch nie auf das gleiche Ergebnis kommen.«

»Und was ist mit den Älteren? Den Kindern, deren Vollendung unmittelbar bevorsteht?«

»Die Ältesten bekommt Ihr nicht zu Gesicht. Wenn Sterbliche die Gärten besuchen, verstecken sie sich«, erklärte Nol gleichmütig.

Sie erreichten eine Wiese, auf der das Eroberte Schloss von Junin Platz gefunden hätte. In der Mitte stand eine Baumgruppe mit dichtem Laub, und im Schatten des Blätterdachs schliefen mehrere Kinder, sechs an der Zahl, wie Grigán feststellte.

»Wo kommen sie her?«, fragte er. Eigentlich hatte er nur laut gedacht. »Wo kommen all diese Kinder her?«

»Vielleicht sind es ja tatsächlich die Kinder von Göttern«, schlug Léti vor.

»Unsterblichkeit macht unfruchtbar«, rief ihr Yan ins Gedächtnis.

»Nur zum Teil. Oder es sind Halbgötter, entstanden aus einer Verbindung von Göttern und Menschen«, mutmaßte die junge Frau.

»Nol, könnt Ihr uns diese Frage beantworten?«, erkundigte sich Corenn, während sie dem Wächter auf die Wiese folgten.

»Leider nein. Wie gesagt, meine eigene Herkunft ist mir ein Rätsel. Wenn ein Kind hier auftaucht, ist es, als wäre es schon immer da gewesen.«

Sie blieben stehen, als ein Junge auf einen mit Seerosen bewachsenen Tümpel zustapfte. Fröhlich planschend lief das Götterkind ins Wasser.

»Habt Ihr keine Angst, dass es ertrinkt?«, fragte Yan, obwohl er die Antwort ahnte.

»Im Jal'dara kann den Kindern nichts passieren«, erklärte der Wächter. »Gefahr droht ihnen nur von außen. Besser gesagt, von den Besuchern.«

»Aber … Sie sind doch unsterblich, oder?«, vergewisserte sich Rey. »Ich meine, sollte jemand so verrückt sein, ein Kind mit einem Schwert anzugreifen, könnte man ihm vermutlich nichts anhaben, oder?«

»Ihr könntet ihm keinen körperlichen Schaden zufügen«, bestätigte Nol. »Die Gefahr liegt woanders: Ihr könntet es dazu verleiten, in die Unterwelt hinabzusteigen.«

Der Wächter wandte sich bei der Antwort nicht einmal um. Die Erben begannen sich zu fragen, wo er sie hinführte. Die Wiese schien der Mittelpunkt des Tals zu sein, und sie waren mittlerweile ein gutes Stück hinter Nol zurückgeblieben.

Plötzlich stieg ihnen ein seltsamer Geruch in die Nase. Zunächst war es nur ein flüchtiger Eindruck, der jedoch bald immer stärker wurde. Schließlich überlagerte ein intensiver Modergeruch den Blumenduft der Gärten. Da sie in der Bibliothek von Romin hinabgestiegen waren, kam ihnen der Gestank bekannt vor. Er weckte unangenehme Erinnerungen.

»Hier ist es«, rief Nol zu ihnen herüber und zeigte auf eine Stelle am Boden, die ihren Blicken verborgen war. »Hier sind Eure Vorfahren in die Unterwelt hinabgestiegen. Durch dieses Loch.«

Plötzlich hatten sie es alle sehr eilig.

Nol stand in einer etwa zwei Schritte breiten Vertiefung im Boden. Er wies auf eine Stelle zu seinen Füßen, aber die Erben hatten bereits entdeckt, was er ihnen zeigen wollte. Sie konnten den Blick nicht abwenden, als könnte jeden Moment ein Ungeheuer aus der Dunkelheit emporsteigen.

In der Mitte der Kuhle klaffte ein Loch, das halb zugewuchert war: der Eingang zu einem unterirdischen Felsgang. Der Modergeruch kam eindeutig aus dieser Öffnung. Lana musste husten und hielt sich schließlich ein Tuch vor die Nase.

»Dieses kaum fünf Fuß hohe Loch soll der Eingang zum Jal'karu sein?«, fragte Rey skeptisch. »Dieser Margolinbau führt in die Unterwelt, in der die Dämonen heranwachsen?«

»Das ist nur einer von mehreren Zugängen«, sagte Nol. »Und bitte denkt daran, dass dieser Name im Tal nicht ausgesprochen werden sollte. Im Interesse der Kinder, aber auch zu Eurer eigenen Sicherheit. Vor allem hier nicht.«

»Ist es gefährlich?«, fragte Bowbaq ängstlich. »Oder einfach nur unhöflich?«

»Es ist gefährlich. Niemand weiß, welche Kreatur Eurem Ruf folgt. Vielleicht ist eine von ihnen bereits heraufgekommen und lauert in der Dunkelheit.«

Léti und Rey warfen sich einen verschwörerischen Blick zu, traten vor das Loch und versuchten, in der Finsternis etwas zu erkennen. Nach drei friedlichen Tagen im Jal'dara schlugen sie jede Vorsicht in den Wind.

»Léti, komm zurück«, rief Corenn besorgt, doch sie stieß auf taube Ohren.

»Wie viele von solchen Eingängen gibt es denn?«, fragte Lana.

»Acht. Sie alle führen in die Unterwelt. Eure Vorfahren haben diesen Zugang benutzt.«

Grigán zog sein Krummschwert, zwängte sich an Léti und Rey vorbei und starrte in die Finsternis. Viel erkennen konnte er nicht.

Ein Schwall verpesteter Luft schlug ihnen entgegen, und ihre Mägen rebellierten. Der Gang schien in leichtem Gefälle in die Tiefe zu führen, aber genau wissen konnte man das nur, wenn man sich einige Schritte hineinwagte, und dazu war Grigán noch nicht bereit. Der Tunnel war kaum fünf Fuß hoch, wie Rey richtig geschätzt hatte, und um einiges schmaler.

Wenn Nol die Wahrheit sagte – und bisher hatte er das immer getan –, mussten ihre Vorfahren die Unterwelt mit eingezogenem Kopf und im Gänsemarsch betreten haben.

So etwas würde selbst dem mutigsten Kämpfer Angst einjagen.

»Reyan, kommt zurück«, flehte Lana, als der Schauspieler in den Gang lugte und sich keinen Deut um die Gefahr scherte.

»Du auch, Léti«, befahl Corenn. »Es reicht. Meister Grigán?«, fragte sie etwas freundlicher.

Widerwillig gaben die drei Kämpfer ihren Beobachtungsposten auf und kehrten zu ihren Freunden zurück. Grigán rammte sein Krummschwert in den Boden, setzte sich mit einer geschmeidigen Bewegung daneben und ließ den Eingang zum Jal'karu nicht aus den Augen.

»Nun gut«, sagte er entschlossen. »Erzählt Ihr uns nun endlich die Geschichte von diesem Mistkerl Saat?«

Nol setzte sich dem Krieger im Schneidersitz gegenüber, und die anderen gesellten sich zu ihnen. Das Herz schlug ihnen vor Aufregung bis zum Hals. Der Ewige Wächter würde ihnen das Abenteuer ihrer Vorfahren erzählen.

Königin Chebree sah zu, wie die Hellseherinnen in Trance fielen. Man munkelte, die Thalittinnen seien Mutter und Tochter, doch das war nur schwer zu glauben, denn beide Frauen waren uralt und sahen einander überhaupt nicht ähnlich. Auch ihre Bewegungen waren nicht aufeinander abgestimmt. Sie saßen an dem niedrigen Tisch und wiegten ihre Oberkörper ruckartig vor und zurück.

Chebree beschloss abzuwarten und auf ihr Können zu vertrauen. Der Ruf der beiden Thalittinnen reichte bis nach Wallos, auch schon vor dem Krieg. Die Barbarenkönigin, Emaz des Gottes Sombre und Lieblingsmätresse des hohen Dyarchen, hatte viel Gold ausgegeben, um die Frauen ausfindig zu machen und herbringen zu lassen. Endlich saßen sie vor ihr. Endlich würde sie Antworten auf die Frage bekommen, die sie quälte.

Nun stimmten die Hellseherinnen eine Art unmelodisches Gebet an, doch auch ihr Gesang stand nicht im Einklang. Er sollte die Aufmerksamkeit der Götter erregen, und Chebree zweifelte keinen Augenblick daran, dass der Lärm, den die beiden machten, die gewünschte Wirkung haben würde. Ihr Gekreisch würde jeden Gott aus dem tiefsten Schlaf reißen.

Vermutlich lauschte auch Sombre ihrem Gesang, und dieser Gedanke tröstete die Barbarenkönigin. Sie war seine Emaz, seine Hohepriesterin, Sombres Vertreterin in der Welt der Sterblichen. Der Bezwinger würde sich ihrer Fragen annehmen.

Die Seherin zu Chebrees Linken verstummte, und nach ein paar weiteren schiefen Tönen schwieg auch ihre Gefährtin. Die Frauen ergriffen nun je vier Elfenbeinwürfel, die sie sich mit einer Geschicklichkeit zwischen die Daumen klemmten, die von jahrelanger Übung zeugte.

Wahrsagerei mit itharischen Würfeln. Deshalb waren die thalittischen Seherinnen zu solchem Ruhm gelangt. Dieses Verfahren war östlich des Rideau nahezu unbekannt und daher legendär. Wie alles, was aus den Oberen Königreichen stammte, faszinierte es die Bewohner des Ostens.

»Ihr dürft nun die erste Frage stellen«, sagte die Seherin zu Chebrees Rechten, als sie merkte, dass die Königin nicht wusste, was sie tun sollte. »Wählt sie mit Bedacht! Die erste Antwort der Würfel kommt der Wahrheit immer am nächsten. Bei allen weiteren sorgen Dämonen für Verwirrung«, fügte sie mit Nachdruck hinzu.

Chebree runzelte die Stirn und dachte angestrengt nach. Seit Sombre in der Kampfarena Gestalt angenommen hatte, glaubte sie fest an das Übersinnliche, und so beschloss sie, nur eine einzige Frage zu stellen. Zumal sie die Seherinnen am nächsten oder übernächsten Tag erneut befragen konnte.

»Werde ich ein Kind des hohen Dyarchen unter dem Herzen tragen?« Sie bemühte sich, ihre Nervosität zu verbergen.

Die Seherinnen warfen die Würfel. Die kleinen Elfenbeinquader stießen gegeneinander, rollten über den Tisch und blieben dann reglos liegen. Chebree fragte sich, was wohl passieren würde, wenn einer der Würfel herunterfiel oder sogar zerbrach. Als nichts dergleichen geschah, schob sie den Gedanken rasch beiseite.

Die beiden thalittischen Alten beugten den Kopf über die Würfel und stützten die Hände auf die Knie. Chebree fiel auf, dass sie diese Bewegung genau gleichzeitig ausgeführt hatten. Immer noch im Einklang hoben sie den Blick und sahen der Königin in die Augen.

»Drei Dreiecke«, sagte die eine.

»Und das Feuer«, sagte die andere.

»Ihr werdet sein Kind unter dem Herzen tragen«, verkündeten sie im Chor.

Chebrees Herz schlug zum Zerspringen, doch sie konnte noch klar genug denken, um sich über das veränderte Verhalten der Seherinnen zu wundern. Sie beugte sich ihrerseits über den niedrigen Tisch und sah sich die seltsamen Würfel an.

Beide Frauen hatten dasselbe Ergebnis erzielt.

Die Seherinnen schien das nicht weiter zu kümmern. Sie sammelten die Würfel ein und warteten auf die nächste Frage. Die Harmonie ihrer Bewegungen war wieder verschwunden.

»Mehr Fragen habe ich nicht«, sagte die Königin, nachdem sie die Seherinnen eine Weile schweigend gemustert hatte. Warum auch? Solange ihr Wunsch in Erfüllung ging, war alles andere nur eine Frage der Geduld. Sie würde Saat ein Kind gebären und sich so seine ewige Dankbarkeit sichern. Zumindest würde sie an seiner Seite herrschen und die Privilegien des hohen Dyarchen teilen.

Anschließend würde sie nur noch warten müssen, bis der goronische Greis starb und ihr seine Krone vermachte. Dann würde sie endlich vergessen können, wie sich seine kalte, runzelige Haut anfühlte, die nach Erde und Tod roch.

Während die Erben darauf warteten, dass Nol ihnen das Geheimnis ihrer Vorfahren enthüllte, schlug ihnen das Herz bis zum Hals. Doch der Ewige Wächter schien es nicht eilig zu haben und lächelte sie nur wohlwollend und freundlich an. Als hätten sie alle Zeit der Welt!

Corenn begriff, dass der Lehrende sein Wissen nicht von selbst preisgab. Sie würden nur dann Antworten erhalten, wenn sie die richtigen Fragen stellten. Das zwang sie, selbst nachzudenken und Vermutungen anzustellen – gewiss eine gute Methode, um Schülern etwas beizubringen. Von sich aus ergriff Nol jedenfalls nur selten das Wort.

Obwohl sie am liebsten sofort etwas über Saat erfahren hätte, beschloss sie, Nol zu bitten, ihnen das Abenteuer ihrer Vorfahren von Anfang zu erzählen, damit ihnen nichts Wichtiges entging. Einfach würde das nicht werden. Aber Corenn hatte Geduld – und einen starken Willen.

»Was taten die Weisen nach ihrer Ankunft im Jal'dara?« Sie eröffnete das Gespräch klugerweise dort, wo Maz Achems Tagebuch endete. »Sind sie wie wir dem Rausch verfallen?«

Das Lächeln des Ewigen Wächters erstarb. Schon Corenns erste Frage berührte ein heikles Thema.

»Alle Sterblichen empfinden Euphorie, wenn sie die Gärten betreten. Ist das nicht der Fall, muss ich sie aus dem Tal verjagen. Wer nicht von ihrer Schönheit entzückt ist, gehört nicht in die Kinderstube der Götter«, erklärte Nol.

»Aber unsere Vorfahren haben die Prüfung bestanden, oder?«

Das Gesicht des Ewigen Wächters verfinsterte sich noch etwas mehr, was sich in seinem Fall in einem leichten Zusammenziehen der Augenbrauen äußerte. »Vielleicht habe ich einen Fehler begangen«, sagte er zögernd. »Ich hatte das Gefühl, dass Saat das Verhalten seiner Gefährten nur nachahmte, um Euphorie vorzutäuschen. Aber ich kann keine Gedanken lesen, und so hatte sich noch kein Sterblicher verhalten. Wenn dem so war, hätte er äußerst heimtückisch und gerissen sein müssen, und die Könige sollten mir doch die Weisesten der Weisen senden. Deshalb habe ich im Zweifel zu seinen Gunsten entschieden.«

»Hinterher ist man immer schlauer«, befand Rey trocken. »Niemand ist perfekt.«

»Nichts beweist, dass Saat die Euphorie nur vortäuschte«, sagte Lana, die das Bedürfnis hatte, Nol in Schutz zu nehmen. Schließlich hatte er Eurydis heranwachsen sehen.

»Und nichts beweist das Gegenteil«, konterte Grigán. »Wir wissen, wozu er imstande ist. Die Morde an Séhane, Humeline, Xan und den anderen Erben sind Beweis genug für seine Niedertracht.«

»Dieser Mann kannte unsere Vorfahren«, sagte Léti zum vielleicht hundertsten Mal.

»Tat Saat denn in jener Nacht etwas Verwerfliches?«, fragte Corenn.

»Nein«, sagte der Wächter. »Er legte sich wie die anderen ins Gras und schlief ein. Am nächsten Tag war er weder feindselig noch bösartig, und so vergaß ich meine Zweifel.«

»Was dann? Habt Ihr den Weisen die Kinder gezeigt?«

»Noch nicht. Erst stellte ich sie den Gesandten aus den Ländern vor, die Ihr den Osten nennt.«

»Pal'b'ree und Fer't«, sagte Lana, der die Namen aus Maz Achems Tagebuch vertraut waren.

»Nur zwei«, bestätigte Nol bedauernd. »Der Lindwurm im Land Oo hatte die anderen sechs getötet. So waren nur Sol und Wallos im Jal'dara vertreten.«

»Wallos«, wiederholte Rey und schnippte mit den Fingern. »Verbündete sich Saat etwa mit dem wallattischen Gesandten?«

»Um ehrlich zu sein, mochten die beiden sich nicht besonders«, sagte der Wächter. »König Pal'b'ree schien sich eigentlich nur mit Prinz Vanamel zu verstehen. Selbst Saat und Vanamel schätzten einander nicht gerade. Anscheinend hatte der goronische Kaiser darauf bestanden, seinen Sohn von einem Ratgeber begleiten zu lassen.«

»Das wussten wir nicht«, sagte Grigán. »Hat Saat denn mit einem unserer Vorfahren Freundschaft geschlossen?«

Beklommen warteten die Erben auf Nols Antwort. Niemand wollte hören, dass der eigene Urahn an ihrem Unglück mitschuldig war.

»Das weiß ich nicht«, sagte er nach einer Weile. »Er hat

sich zumindest mit niemandem gestritten. Aber er ging den anderen aus dem Weg, so viel ist sicher.«

»Schluss mit der Gefühlsduselei«, sagte Rey, der allmählich die Geduld verlor. »Was geschah dann? Woher stammt Saats Macht? Und was hatten unsere Vorfahren in diesem stinkenden Loch verloren?«

»Das weiß ich nicht«, gestand Nol. Er schien bekümmert, weil er seinen Besuchern nicht helfen konnte. »Was in der Unterwelt geschah, kann ich nicht sagen. Alles, was dort unten vor sich geht, ist mir unbekannt.«

Den Erben verschlug es die Sprache. War das alles? Hatten sie dafür all die Gefahren gemeistert, die Länder des Ostens und den Wald der Baumriesen durchquert, gegen den Lindwurm gekämpft und sich dem Gwel ausgesetzt? Würden sie nun doch nicht erfahren, was der Mann, der sie töten wollte, im Schilde führte und woher seine Kräfte stammten? Würden sie nie herausfinden, wie sie ihm Einhalt gebieten könnten?

»Ihr kennt einen Teil der Geschichte«, sagte Corenn. »Saat verlor den Verstand, nachdem er die Kraft des Gwels entdeckt hatte. Was könnt Ihr uns davon erzählen?«

»Nicht viel, fürchte ich. Er war Magier wie Ihr. Er stellte mir dieselben Fragen. Und er gelangte zu demselben Schluss, nur noch schneller als Ihr. Schneller als jeder andere Sterbliche vor ihm.«

Und dabei hatten die Erben Hinweise gehabt. Sie kannten das Gedicht von Romerij und Usuls Prophezeiungen, dachte Yan. Saat war zweifellos klug. Gefährlich klug.

»Ist er deshalb verrückt geworden?«, fragte Bowbaq.

»Besessen trifft es wohl besser. Während die anderen Weisen debattierten, wie sie mit dem Geheimnis des Jal'dara umgehen sollten, interessierte sich Saat nur noch für das

Gwel. Er formte nur noch Gwelome: Waffen, Edelsteine, Goldklumpen und andere Gegenstände, die nach wenigen Dekanten wieder ihre ursprüngliche Form annahmen.«

»Ließ er sich davon entmutigen?«, fragte Léti.

»Nein. Er gab freimütig zu, die Eigenschaften des Gwels untersuchen zu wollen, um seine Kunst zu vervollkommnen. Ich weiß nicht, ob er ein begabter Magier war, bevor er hierher kam. Nach seinem Besuch war er es jedoch gewiss. Nie zuvor hatte ein Sterblicher die Gärten so sehr verändert.«

»Und Ihr habt ihn gewähren lassen?«, fragte Lana erstaunt.

»So wie ich auch Euch ein Feuer entzünden ließ. Ich bin der Lehrende, so haben die Menschen es gewollt. Jedem Besucher steht es frei, im Jal'dara zu tun und zu lassen, was er will, solange er den Kindern oder der Pforte keinen Schaden zufügt.«

»Aber uns habt Ihr doch auch eine Menge verboten«, sagte Rey. »Zum Beispiel, einen gewissen Namen auszusprechen.«

»Das sind Ratschläge. Ich kann Euch nichts verbieten. Ich kann Euch auch an nichts hindern. Leider ...« Nols Stimme klang traurig. Nur wenige Geschehnisse konnten den Ewigen Wächter derart bekümmern.

»Saat hat eines der Kinder angegriffen, nicht wahr?«, mutmaßte Corenn.

Nol nickte langsam, als trüge er und nicht der Angreifer die Schuld. »Er ist in seine Gedanken eingedrungen«, sagte er ernst. »Saat hat seinen magischen Willen auf ein Götterkind gerichtet.«

Corenn versuchte, ihre Gedanken zu ordnen. Der sonst so wortkarge Wächter hatte ihnen das Drama ihrer Vorfahren in allen Einzelheiten geschildert, und die Wahrheit war noch entsetzlicher, als sie gedacht hatten: Saat hatte rasch begriffen, wie nützlich das Gwel war. Dank seines immensen Absorbiumanteils ließ es sich beliebig verwandeln, und seine magischen Eigenschaften übertrugen sich auf den neuen Gegenstand. Der Goroner hatte mehrere Pfund des wertvollen Materials zusammengeklaubt, die er in die Welt der Sterblichen mitnehmen wollte.

Der Ewige Wächter warnte ihn, dass er das nicht zulassen würde. Legendäre Gwelome wie das Schwert von Moccaret, die Geschwätzige Muschel, das Frugis-Seil oder der Yalyal waren dem Jal'dara nur durch eine Laune des Schicksals entrissen worden. Einzig die Götter durften etwas Gwel mitnehmen, wenn sie die Gärten verließen, und nur wenige machten von diesem Recht Gebrauch.

Was Saat dachte, als Nol seine Warnung aussprach, blieb sein Geheimnis. Jedenfalls drang er in die Gedanken eines Götterkindes ein. Wollte er prüfen, wie mächtig seine Magie war? Hoffte er auf die Hilfe des Kindes? Wollte er seine Neugier befriedigen? Oder hatte er einen noch arglistigeren Plan?

Wie Nol den Erben erklärte, hatten sich die heranwachsenden Götter im Laufe der Jahrhunderte an die Anwesenheit von Sterblichen in den Gärten gewöhnt. Es kam sogar vor, dass ein Kind einen Menschen ansprach. Im vergangenen Jahrhundert war es Tiramis, Fer't dem Solener, Moboq und Saat so ergangen.

Was die kindlichen Götter sagten, war nicht besonders ausgefallen. Manchmal gebrauchten sie Wörter einer unbekannten Sprache, die die Besucher des Tals für Ethekisch hielten. Und immer wenn die Sterblichen die Kinder verstehen konnten, handelte es sich um Spielarten einer einzigen Bitte: »Sprich mit mir.«

Da die heranwachsenden Götter so leicht zu beeinflussen waren, konnte es schlimme Folgen haben, ihnen zu antworten. Deshalb bat Nol seine Besucher stets, die Kinder zu ignorieren. Verhindern oder gar bestrafen konnte er eine Antwort nicht, denn mit den Göttern zu sprechen, war schließlich noch kein Angriff auf sie. Indem er die Sterblichen zum Schweigen verpflichtete, wollte er jedoch vermeiden, was Corenn eine »theologische Katastrophe« nannte.

Doch eins der Kinder hatte Saat angesprochen, mehrmals sogar. Der Hexer hatte ihm nicht nur geantwortet, sondern war überdies in seine Gedanken eingedrungen. Er hatte seinen noch unberührten Geist unwiderruflich verändert.

Manchmal dauerte es mehrere Jahrtausende, bis menschliche Worte in den Schlaf eines Kindes einsickerten. Dadurch, dass er unmittelbar in der Nähe war und einen ungewöhnlich starken Willen hatte, brauchte Saat nur wenige Tage dafür. Vielleicht hätte er noch Schlimmeres getan, wenn Nol nicht eingeschritten wäre.

Saat hatte das Kind beeinflusst. In nur einer Nacht wuchs es zu einem Sechsjährigen heran, während es bisher ausgesehen hatte wie ein Vierjähriger.

Der neue Gott hatte mehrere Namen. Es waren die Namen, die ihm künftige Menschengenerationen verleihen würden. Nol erkannte sie alle, und es war, als hätte er sie immer gewusst. Sein erster Name war Sombre.

Der Ewige Wächter konnte nicht in die Zukunft sehen. Er wusste nicht, wann der neue Gott vollendet sein würde. Er wusste nicht, welche Eigenschaften er haben würde. Er wusste nicht, was Sombre den Sterblichen einflüstern würde. Doch eine allzu rasche Entwicklung war immer ein schlechtes Zeichen.

Nur Dämonen wuchsen so schnell heran.

Nol verriet dem Hexer Sombres Namen nicht, denn das hätte seinen Einfluss auf das Kind nur noch vergrößert. Der Ewige Wächter gab Saat zu bedenken, dass er den Jungen in die Unterwelt hinabtrieb, wenn er seinen Geist weiter veränderte. Seine Warnungen schreckten den Goroner jedoch nicht, im Gegenteil: Er führte sein Experiment fort.

Mit den anderen Gesandten geriet er immer häufiger in Streit. Vor allem mit Prinz Vanamel, dem er nun die Gefolgschaft verweigerte. Wäre es zu einem Kampf gekommen, hätte der Wächter die unliebsamen Gäste aus dem Tal verjagen können. Doch es blieb bei Wortgefechten, was die Sache nur noch schlimmer machte.

Zu viele bösartige Empfindungen waren in den Gärten geäußert worden: Neid, Feindseligkeit, Habgier, Stolz, Wut … So nah an der Unterwelt. Viel zu nah an der Unterwelt. Das Unheil war unvermeidlich: Die Kreaturen des Karu erwachten.

Manche krochen ins Tal hinauf und führten die Weisen in Versuchung. Sie versprachen ihnen Reichtum und Macht, wenn sie ihnen in die Unterwelt folgten. Die meisten Sterblichen wussten, dass es eine Falle war – doch leider waren nicht alle so klug.

Zwei Gesandte folgten Lloïol, einem Harfe spielenden Zwerg. Sie betraten die Unterwelt durch eben jenen Gang, den Nol den Erben gezeigt hatte. Pal'b'ree der Wallatte und Prinz Vanamel gaben sich ihren niedersten Trieben hin, wo selbst Saat der Machthungrige einen klaren Kopf behielt.

Nach zwei Tagen waren weder die beiden Gesandten noch der Zwerg, der sie in die Unterwelt gelockt hatte, zurückgekehrt. Die Kreaturen des Jal'karu schienen erneut in tiefen Schlummer gefallen zu sein.

Am Morgen des dritten Tags schlug der Weise Moboq vor, nach den Vermissten zu suchen, und seine Gefährten stimmten ihm sogleich zu. Keiner wollte Pal'b'rees oder Vanamels Tod auf dem Gewissen haben, auch wenn die Männer ihr Schicksal verdient zu haben schienen. Schließlich hatten die anderen sie ausdrücklich davor gewarnt, dem Zwerg zu folgen. Saat hielt sich aus dem Gespräch heraus, doch als seine Gefährten beschlossen, in die Unterwelt hinabzusteigen, hatte er keine Einwände. Vermutlich beugte er sich ihrer Entscheidung aus Neugier.

Entgegen Nols ausdrücklichem Rat wagten sich die Gesandten ins Land der Dämonen vor. Einer nach dem anderen verschwanden sie in dem Gang. Saat, Vez aus Jezeba und Fer't der Solener sollten das Tageslicht niemals wiedersehen. Pal'b'ree wurde von seinen Gefährten gerettet, doch der wallattische König zeigte sich alles andere als dankbar.

Ihr Entschluss führte zu noch größerem Unheil: Wie Nol befürchtet hatte, stieg Sombre mit den Weisen in die Unterwelt hinab. Auch er würde nie mehr ins Tal zurückkehren. Als der Ewige Wächter sah, dass sich Sombre den Sterblichen anschloss, fragte er ihn nach dem Grund. Der heranwachsende Gott sagte das, was alle Kinder sagen, wenn sie die Gärten verlassen: »Ich folge ihrem Ruf.« Vielleicht sagte Sombre aber auch: »Ich folge seinem Ruf.«

Mehr hatte Nol nicht zu berichten. Bevor ihm die Gefährten von Saats Untaten erzählt hatten, war er der Überzeugung gewesen, der Goroner habe in der Unterwelt den

Tod gefunden. Noch immer wussten die Erben nicht, was das Geheimnis seines langen Lebens und seiner Macht war – und warum er sie töten wollte.

»Dann war also alles umsonst«, sagte Rey missmutig. »Wir sind nicht klüger als vor drei Tagen«, setzte er hinzu, obwohl er es besser wusste. »Ich habe gleich gesagt, dass das keine gute Idee ist. Wir hätten nach Wallos gehen sollen.«

»Der Besuch im Dara hat vielleicht nicht all unsere Hoffnungen erfüllt«, sagte Corenn beschwichtigend, »aber wir sind immerhin ein Stück weitergekommen.«

»Ach ja? Dann habe ich wohl etwas verpasst! Wir kennen weder Saats Pläne, noch wissen wir, warum er hinter uns her ist. Ich wüsste nicht, warum das ein Anlass zur Freude ist!«

»Falsch. Wir wissen sehr wohl, was er vorhat«, widersprach Grigán. »Er will die Oberen Königreiche unterwerfen. Hört auf, Eure Wut an uns auszulassen, Kercyan. Wir sind alle enttäuscht.«

In der Tat machten die Gefährten trübselige Gesichter. Nur Nol lächelte wie immer freundlich, aber das hatte nichts zu bedeuten.

Verdrießlich warteten sie, dass Corenn die nächste Frage stellte. Vielleicht gelang es ihr, noch etwas mehr über den Aufenthalt ihrer Vorfahren in der Unterwelt herauszufinden. Doch der Ewige Wächter hatte ihnen nichts mehr zu sagen, und so zerbrachen sich die Gefährten vergeblich den Kopf.

»Ist Sombre immer noch im Jal'k… äh … in der Unterwelt?«, fragte Lana aufs Geratewohl.

»Das weiß ich nicht. Wenn ein Kind die Gärten verlässt,

entzieht es sich meiner Obhut. Auch dann, wenn es in die Unterwelt hinabsteigt.«

»Nehmen wir einmal an, Sombre ist bereits vollendet. Könnte es sein, dass er Saat mit in unsere Welt genommen hat?«, fragte Yan.

»Das ist unwahrscheinlich. Denkt nur an die ältesten Götterkinder hier im Tal. Sie gehen Euch aus dem Weg. Selbst wenn sich Sombre so schnell entwickelt hat, was ich nicht glaube, würde er sich nicht die Gesellschaft eines Sterblichen aufbürden. Zumal er nicht mehr in die Gärten zurückgekehrt ist. Das verdammt ihn dazu, ein Dämon zu werden.«

Bowbaq und Grigán wechselten einen Blick, dann sprach der Riese aus, was sie beide dachten.

»Der Mog'lur«, murmelte er in seinen Bart, als würde der Dämon Gestalt annehmen, wenn man seinen Namen laut aussprach.

»Der Dämon aus Junin, der Königin Séhane getötet hat«, ergänzte Grigán. »Er wird von Saat kontrolliert.«

»Das kann nicht sein«, widersprach Nol. »Kein Sterblicher kann einen Gott für längere Zeit beherrschen. Nicht einmal, wenn die beiden einen Bund geschlossen haben.«

»Sombre hat sich auf sehr ungewöhnliche Weise entwickelt«, sagte Corenn. »Er stand lange Zeit ausschließlich unter Saats Einfluss. Ist so etwas schon einmal vorgekommen?«

Nol dachte eine Weile nach. »Nein«, gab er schließlich zu. »Es ist das erste Mal. Ihr habt recht.«

»Saat konnte das Kind nach Belieben formen.« Ihr eigener Gedanke machte Corenn Angst. »Er gab ihm einen Namen, eine Persönlichkeit, Kräfte und was weiß ich noch alles. Er erzog den Gott wie einen Sohn, bis er ihn völlig in seiner Gewalt hatte.«

»Selbst der mächtigste Magier wäre zu so etwas nicht imstande«, sagte Nol, auch wenn Corenns Vermutung seine Gewissheit ins Wanken brachte. »Ein Sterblicher allein kann keinen Gott zur Vollendung bringen. Wir entspringen dem Sinn unzähliger Sterblicher.«

»Aber in der Unterwelt hörte Sombre auch noch andere Stimmen, nicht wahr?«, warf Lana ein. »Ihr sagtet doch, die Kinder würden die Stimmen der Menschen im Schlaf hören und einige Bruchstücke davon aufnehmen. Vielleicht entwickelte er sich ja doch auf die übliche Art?«

»Gestehen wir uns endlich ein, dass Sombre der Mog'lur ist, und reden nicht länger um den heißen Brei herum«, sagte Grigán plötzlich. »Ich bin jedenfalls davon überzeugt.«

»Wir werden von einem Gott verfolgt!«, rief Bowbaq entsetzt. In ihm stiegen schreckliche Erinnerungen an den Kampf im Eroberten Schloss auf.

»Er ist nur ein Dämon«, verbesserte Grigán, der darin als Einziger einen entscheidenden Unterschied sah. »Und er ist nicht unbesiegbar. Wir haben ihn schon einmal in die Flucht geschlagen.«

»In die Flucht geschlagen, ja. Aber wie groß sind unsere Chancen, ihn zu besiegen?«, fragte Rey. »Was können wir schon gegen einen Gott ausrichten?«

»Bisher ist es nichts als eine Vermutung«, sagte Corenn, um den anderen Mut zu machen. »Bis das Gegenteil bewiesen ist, steckt Saat allein hinter den Angriffen auf uns.«

»Aber das würde einiges erklären«, warf Léti ein. »Zum Beispiel Saats Langlebigkeit. Er hat Sombre bestimmt dazu gezwungen, ihm Unsterblichkeit zu verleihen.«

»Kein Gott hat so viel Macht«, widersprach Nol. »Unverwundbarkeit, das ginge. Oder ewige Jugend. Oder Gesundheit. Aber auf keinen Fall alles zusammen. Niemand vermag mehr zu geben, als er selbst besitzt.«

»Dann ist der Hexer also doch sterblich«, sagte Rey.

»Aber unverwundbar«, sagte Yan, weil er fürchtete, der Schauspieler könnte eine Strafexpedition vorschlagen, die einem Selbstmord gleichkäme.

»Warum hat er es bloß auf uns abgesehen?«, fragte Lana, die sich das einfach nicht erklären konnte.

Die Priesterin rief ihnen die Frage ins Gedächtnis, mit der ihre Suche vor drei Monden begonnen hatte. Am Anfang war es nur um ihr eigenes Überleben gegangen, doch der Einsatz hatte sich erhöht, und nun stand nichts Geringeres als das Schicksal der Oberen Königreiche auf dem Spiel. Angesichts der Geschichte ihrer Vorfahren hatten sie fast vergessen, dass sie selbst in Lebensgefahr schwebten.

»Ich glaube nicht mehr an Rache«, bemerkte Grigán in das Schweigen hinein.

Mehr musste er nicht sagen. Nach allem, was sie über Saat wussten, schien es nicht zu dem Goroner zu passen, aus gekränktem Stolz beinahe hundert Menschen ermorden zu lassen. Der Ökonom war ein angesehener Bürger des Großen Reichs gewesen und ein Intrigant am Kaiserhof. Er ließ sich von Vernunft leiten, nicht von niederen Gefühlen.

»Ein Jammer, dass Ihr unsere Vorfahren nach ihrer Rückkehr aus der Unterwelt nicht befragt habt!«, sagte Léti mindestens zum dritten Mal.

Nol schien seine Gründe dafür nicht wiederholen zu wollen. Seltsamerweise gehörte Neugier nicht zu seinen Eigenschaften. Als die Weisen aus der Unterwelt zurückgekehrt waren, hatten die Kinder geweint, und Nol hatte sofort gehandelt. Er hatte die Pforte geöffnet, und die Gesandten hatten das Tal verlassen.

»Saat hat vor irgendetwas Angst«, folgerte Rey. »Er hat Angst vor uns. Aber, bei allen Göttern und ihren Hur… äh … bei allen Göttern, warum nur?«

»In Maz Achems Tagebuch steht etwas dazu«, sagte Yan. »An einer Stelle ist von den Erben die Rede.«

»Die Passage ist viel zu vage. Selbst meine Tante hat sie nicht verstanden«, entgegnete Léti.

»Lesen wir sie noch einmal«, schlug Corenn vor. »Nach allem, was wir in der Zwischenzeit erfahren haben, verstehen wir sie vielleicht besser.«

Lana holte die Seiten hervor, auf die sie die Worte ihres Urgroßvaters übertragen hatte, denn das Tagebuch selbst hatte sie gemäß dem Wunsch ihres Vaters verbrannt. Dann las sie den Abschnitt laut vor:

Auch Reyan von Kercyan, Moboq von Arkarien und Rafa Derkel bekamen Kinder. Wie kann man das Glück in Worte fassen, das uns nach Jahren der Angst bei der Nachricht jeder dieser Geburten überfiel? Der Fortbestand unserer Familien war gesichert, und der Menschheit bot sich nun doch die Gelegenheit, eines Tages das Zeitalter von Ys zu erreichen. Nols Harmonie. Und sei es erst in ferner Zukunft.

Wären Vanamel und Pal'b'ree nicht ins Karu hinabgestiegen und wären sie den Undinen nicht begegnet, hätten wir nichts von unserer Verantwortung erfahren. Vielleicht wäre das besser gewesen, denn das Geheimnis des Jal'dara lastete ohnehin schon schwer genug auf uns. Doch da wir nun einmal davon wussten, frohlockten wir angesichts der Geburt einer neuen Generation.

»Ich verstehe das immer noch nicht«, sagte Bowbaq in der Hoffnung, einer der anderen würde es ihm erklären.

Doch niemand kam ihm zu Hilfe. Alle Blicke waren auf Nol gerichtet, dessen Gesichtsausdruck sich plötzlich verändert hatte. Selbst sein ewiges Lächeln war erloschen. Der Wächter sah seine Besucher mit ganz neuen Augen an: erstaunt und mit leiser Bewunderung. »Eure Vorfahren haben die Undinen aufgesucht«, sagte er.

Dann verstummte er wieder. Der Lehrende antwortete nur auf direkte Fragen, selbst wenn ihn etwas brennend zu interessieren schien – so wie jetzt.

»Wer sind die Undinen?«, fragte Léti unwirsch.

»Sie sind Geschöpfe der Unterwelt. Sie kennen die Zukunft und sind im Besitz der Wahrheit.«

»Eine Art lokaler Usul?«, witzelte Rey.

»Ihre Macht ist sehr viel größer«, sagte Nol ernst. »Usul ist der Wissende. Die Undinen sind die Hüterinnen der unumstößlichen Wahrheiten.«

»Der Unterschied leuchtet mir nicht ganz ein«, brummte Grigán. »Könntet Ihr Euch vielleicht etwas klarer ausdrücken?«

»Die Zukunft, die Usul und andere hellsichtige Götter vorhersagen, kann auf verschiedene Art verändert werden, zum Beispiel, wenn sie einem Sterblichen enthüllt wird. Eine unumstößliche Wahrheit ist, wie der Name schon sagt, unumstößlich. Jedes Ereignis, das die Undinen ankündigen, wird geschehen, ganz gleich, was passiert.«

»Und die Undinen haben unseren Vorfahren eine dieser unumstößlichen Wahrheiten enthüllt«, sagte Corenn nachdenklich. »Leider wissen wir nicht mehr, als dass es um unsere Geburt und das Zeitalter von Ys geht.«

Yan empfand tiefes Mitgefühl mit den Weisen. Er wusste, was es hieß, unter Usuls übermenschlichem Wissen zu leiden. Welch schreckliches Geheimnis hatten die Vorfahren seiner Freunde mit ins Grab genommen?

Er hatte immer geglaubt, dass es nur um das Geheimnis der Insel Ji ging. Doch die Weisen hatten noch eine ganz andere Bürde zu tragen gehabt. Und Saat hatte beide für seine Zwecke genutzt.

»Versteht Ihr die Anspielung auf die Harmonie?«, fragte Lana Nol voller Hoffnung.

»Das liegt leider nicht in meiner Macht. Es scheint, als wäre Euer Leben auf die eine oder andere Weise mit dem Zeitalter von Ys verbunden.«

»Aber wie?«, fragte Léti. »Was sollen wir tun?«

»Das wussten allein unsere Vorfahren«, antwortete Grigán.

»Und die Undinen«, ergänzte Lana.

»Und Saat natürlich«, fügte Bowbaq hinzu.

Yan stand auf und ging zu der Kuhle, in der sich der Zugang zur Unterwelt befand. Schon seit einer Weile schwirrte ihm eine Idee im Kopf herum, aber er wollte ihre Vor- und Nachteile abwägen, bevor er seinen Freunden davon erzählte.

Als er sich schließlich dazu durchrang, etwas zu sagen, klangen seine Worte schüchtern, so wie damals, als er noch Angst gehabt hatte, Grigán könnte ihn beim geringsten Fehler fortschicken. »Jemand anders kann uns vielleicht Auskunft geben – falls er immer noch dort unten ist. Wir könnten versuchen, den Zwerg zu rufen.«

Zu seiner Verwunderung löste der Vorschlag keine große Debatte aus. Als er Corenns und Grigáns nachdenkliche Gesichter sah, wurde Yan klar, dass sie geneigt waren, ihm zuzustimmen.

Plötzlich ertönten Harfenklänge aus dem unterirdischen Gang, was ihnen die Entscheidung abnahm. Dann schmetterte jemand mit näselnder Stimme ein unmelodisches Lied:

»Lasst sein das Suchen, teure Leut'!
War gestern hier und bin es heut'!«

Das Gold. Das Meer. Die Rote Armada. Griteh. Mythr. Die Yussa. Das Gift der Daï-Schlange. Das Gold. Grigán Derkel. Der hohe Dyarch. Ihr Plan. Das Gold.

Die Gedanken des Sterblichen kreisten um einige wenige immergleiche Begriffe, die Sombre mühelos erkannte. Die Gedanken, in die er eingedrungen war, waren wirr und sprunghaft. Entweder schlief der Mann, war krank, stand unter Drogen oder war verrückt. Vielleicht auch alles zugleich. Sombre hatte ihren Verbündeten aus den Unteren Königreichen aufgespürt, den ramgrithischen König Aleb den Einäugigen. Aleb segelte über das Meer, um Sombres Verkünder zu treffen und die letzten Einzelheiten des Feldzugs zu besprechen.

Im nächsten Augenblick drang der schwarze Gott in die Gedanken jedes Besatzungsmitglieds ein, weil er hoffte, einen Verräter oder Spion zu finden und seiner Wut freien Lauf lassen zu können. Doch er fand nichts. Auf Alebs Kommandoschiff wäre das auch verwunderlich gewesen. Enttäuscht verwandte Sombre den Bruchteil einer Dezille darauf, vier Schiffe in der Umgebung zu durchsuchen, bei denen er jedoch nicht mehr Glück hatte. Ihr Geheimnis war gut gehütet, und die Oberen Königreiche würden erst von ihren Plänen erfahren, wenn es zu spät war. Der Dämon langweilte sich.

Er schickte seinen Schatten ins Tal der Krieger und beobachtete die goronische Streitmacht. Seit einigen Tagen trafen lorelische Kompanien zur Verstärkung ein. Mittlerweile waren fast mehr Lorelier als Goroner im Tal der Krieger aufmarschiert. Bald würden die beiden größten Armeen der Oberen Königreiche an der Küste des Spiegelozeans zusammengezogen sein. Sie bereiteten sich auf eine Schlacht gegen die Länder des Ostens vor, von der sie glaubten, dass sie erst weit nach dem Tag des Wassers beginnen würde. Für die goronischen Generäle war eine Niederlage undenkbar.

Doch sie irrten sich. Der Krieg würde einige Dekaden früher und knapp hundert Meilen weiter südlich ausbrechen und die Oberen Königreiche an ihrem schwächsten Punkt treffen: der Heiligen Stadt. Ith wurde von einer lächerlich kleinen Truppe geschützt: kaum mehr als fünfhundert Mann. Die Stadt würde der Ausgangspunkt der wallatischen Eroberungen sein.

Nur zwei Gegner konnten die Wallatten aufhalten: König Bondrians Flotte oder die lorelisch-goronische Armee, die im Tal der Krieger stationiert war. Doch weder die eine noch die andere würde eine Gelegenheit zum Angriff haben …

Aleb der Einäugige würde die Schiffe noch im Hafen der stolzen Handelsstadt Lorelia niederbrennen. Der Angriff käme völlig überraschend: Seit einigen Monden tötete Sombre jeden, der Wind von ihren Plänen bekommen hatte. Auch die Truppen im Tal der Krieger waren vollkommen ahnungslos. Die Soldaten würden erst vom Schicksal der Heiligen Stadt erfahren, wenn sie von einer vereinten Streitmacht aus Wallatten und Yussa niedergemetzelt wurden.

Während er über die dreißigtausend Soldaten hinwegflog, die im Tal der Krieger lagerten, dachte Sombre, dass die Barbaren den Feind auch im direkten Kampf hätten bezwingen können. Aber sein Freund hatte andere Pläne. Und sein Freund irrte sich nie.

Der Dämon konnte es kaum erwarten, sich endlich in die Schlacht zu stürzen. Er wollte kämpfen, siegen, töten und vernichten. Er wollte die Säulen des Großen Tempels eigenhändig zum Einsturz bringen. Er wollte in den brennenden Trümmern stehen und den Todesqualen der Maz lauschen. Das wäre der Beginn seiner Ära: der Neuen Ordnung.

Sombre konnte nichts tun, als diesen Moment herbeizusehnen und abzuwarten, so wie es ihm bestimmt war.

Er wusste, dass sich die meisten seiner Brüder und Schwestern die Zeit damit vertrieben, die Sterblichen zu beobachten. Sombre fand das sterbenslangweilig. Er war der Bezwinger: Seine einzige Zerstreuung war der Kampf seine einzige Freude die Vernichtung seiner Gegner.

Vor allem die eines ganz bestimmten Gegners. Des Sterblichen, der für alle Zeiten eine einzige Chance hätte, ihn zu besiegen. Des Menschen, dessen Tod sich Sombre mehr wünschte als alles andere.

Aus Gewohnheit machte er sich auf die Suche nach seinen Feinden. Aber seit sie im Jal waren, hatte sich ihre Spur verloren. So gründlich der Dämon die Welt auch durchstreifte, er fand immer nur zwei Erben der weisen Gesandten. Und diese konnten ihm nicht gefährlich werden, zumindest nicht für den Moment: Es waren Kinder, Nachfahren in fünfter Generation des Weisen Moboq vom Vogelklan.

Am liebsten hätte Sombre sie zermalmt, zerstückelt und enthauptet. Doch Saat hatte es ihm verboten. Eins der Kinder konnte der Erzfeind sein, und gegen ihn musste Sombre persönlich kämpfen und nicht in Gestalt eines Avatars. Der Vorfall im Eroberten Schloss hatte gezeigt, dass Sombres Avatar verwundbar war. Allerdings war der Gott mittlerweile viel stärker als damals.

Sombre, der sich seiner Macht sicher war, glaubte nicht, dass ihm der Erzfeind gefährlich werden könnte. Aber er würde Saat gehorchen und seinem Rat folgen, weil er das schon immer getan hatte. Er kannte nichts anderes.

So ließ der Dämon nur seinen Schatten um die arkischen Kinder herumtanzen und ärgerte sich über ein Verbot, das er nicht verstand. Er stellte sich vor, wie er ihre kleinen Körper zerfetzen würde, sobald seine Feinde das Jal verließen und er endlich den Namen des Erzfeinds in ihren Gedanken lesen konnte.

Nol und die Erben gingen vorsichtig auf die Kuhle zu, in der sich der Zugang zur Unterwelt befand. Ohne die unmelodische Harfenmusik hätten sie daran gezweifelt, überhaupt eine Stimme gehört zu haben. Aber es verbarg sich tatsächlich jemand in dem schmalen, modrigen Gang: eine Kreatur mit näselnder Stimme und meckerndem Lachen, die Gefallen daran zu finden schien, ihr Instrument zu malträtieren.

»Lloïol?«, rief Nol und bedeutete seinen Besuchern, auf Abstand zu bleiben.

»Dein bester Freund, mein lieber Nol!

Ja, das bin ich, Zwerg Lloïol!«

»Willkommen zu Hause, Lloïol. Aber wir können nur miteinander reden, wenn du dich zeigst.«

Die Musik verstummte abrupt, und über das Jal'dara senkte sich wieder Stille.

»Die Dämonen können die Unterwelt verlassen?«, wisperte Lana erstaunt.

»Nicht alle Bewohner der Unterwelt sind Dämonen«, erklärte Nol. »Die Sterblichen sind so wankelmütig, dass sich manche Kinder nicht zwischen der Unterwelt und den Gärten entscheiden können. Sie wechseln zwischen den Welten hin und her, bis ihr Schicksal eines Tages besiegelt ist.«

»Ist der Zwerg auch ein Kind?«, fragte Léti.

»Das war er einmal. Lloïol ist fast vollendet, wie er Euch sicher erzählen wird. Er entwickelt sich schon seit mehreren Jahrtausenden und müsste das Jal in wenigen Jahrhunderten verlassen.«

»Dann sind Zwerge also auch Götter«, murmelte Bowbaq. Er fügte dieses neue Wissen mühelos in seine religiösen Überzeugungen ein.

»Gewissermaßen. Aber sie haben weniger Macht. Wie viele Kreaturen des Jal sind sie Mittelwesen zwischen Sterblichen und Göttern. Sie werden auch die Grotesken genannt.«

»Dieser ganz spezielle Grotesk scheint sich jedenfalls nicht zeigen zu wollen«, sagte Rey ungeduldig. »Warum muss er das überhaupt? Wir könnten ihn doch auch von hier aus befragen.«

»Solange er sich weigert, zum Vorschein zu kommen, steht er unter dem Einfluss der Unterwelt«, erklärte Nol. »Solange er dort unten ist, dürft Ihr nicht auf ihn hören. Begeht nicht den gleichen Fehler wie Vanamel oder Pal'b'ree.«

»Und wenn er zum Vorschein kommt?«

»Dann könnt Ihr ihm Glauben schenken. Zumindest, wenn er hier oben im Tal ist. Aber ich weiß nicht, ob er überhaupt noch herauskommen kann. Er war schon so lange nicht mehr hier.«

»Ich könnte den Burschen holen gehen«, murmelte Grigán und legte die Hand auf den Griff seines Schwerts.

»Davon rate ich Euch ab«, sagte Nol. »Ihr mögt diesen Zugang für ein einfaches Loch im Boden halten, aber er führt ins Land der Dämonen. Wenn Ihr Euch auch nur drei Schritte in den Gang hineinwagt, könnte es Euch das Leben kosten.«

»So ergeht es uns überall«, witzelte Rey.

»Die Gefahr geht nicht nur von den Kreaturen der Unterwelt aus. Niemand, der dort unten Gewalt anwendet, kann danach ins Dara zurückkehren. Wenn Ihr Lloïol etwas antut, seid Ihr verdammt. Falls er sich weiterhin weigert, zum Vorschein zu kommen, können wir davon ausgehen, dass Blut an seinen Händen klebt.«

Die Erben starrten auf den Tunneleingang, weil sie hofften, in der Dunkelheit eine Bewegung auszumachen. Plötzlich erschallte eine laute Stimme, die sie zusammenfahren ließ.

»*Wagt nicht mich zu nennen den Bösewicht!*
Ganz ohne Beweis sitzt Ihr hier zu Gericht!«

Rey ging auf das Spiel des Zwergs ein.

»*Zeigt Euer Gesicht, oder traut Ihr Euch nicht?*«, rief er.

»*Hier unten ist's dunkel, drum scheu ich das Licht.*
Heut' Nacht Euch zu treffen, bin ich wohl erpicht.«

»Redet der immer so geschwollen?«, fragte Grigán. »Bei Alioss, der raubt einem ja den letzten Nerv!«

»Die Sterblichen haben ihn so erschaffen«, antwortete Nol, was den Krieger jedoch nicht besänftigte.

»Was haltet Ihr von seinem Vorschlag?«, fragte Corenn. »Können wir ihm trauen?«

»Das könnt Ihr erst, wenn er vor Euch steht. Solltet Ihr auf ihn warten wollen, rate ich Euch, seinen Worten bis dahin keinen Glauben zu schenken.«

Corenn beriet sich mit Grigán, auch wenn sie im Grunde keine Wahl hatten. Sie würden sich der Laune des Zwergs beugen müssen, also war die Entscheidung rasch getroffen.

»Wir warten auf die Nacht, Meister Lloïol«, rief Corenn in den Gang hinein. »Lasst uns nicht im Stich.«

Hier stehe ich über ein finsteres Loch gebeugt und verhandle mit einem Zwerg, dachte Corenn mit erstaunlicher Gelassenheit. Was würde noch alles auf sie zukommen?

Nols Rat schien vernünftig, doch zum Glück kamen die Erben nicht in die Verlegenheit, ihn befolgen zu müssen. Nachdem sie beschlossen hatten, bis zur Dunkelheit auf den Zwerg zu warten, blieb Lloïol stumm. Nur gelegentlich rief er sich ihnen mit ein paar schrägen Harfentönen ins Gedächtnis.

Sodann verabschiedete sich Nol von den Erben. Bevor er ging, legte er ihnen noch einmal ans Herz, die Kinder in Ruhe zu lassen, und warnte sie abermals vor den Gefahren der Unterwelt.

Nach einer Weile wurde ihnen die Zeit lang. Schließlich schlug Rey Lana einen kleinen Spaziergang vor, und die Priesterin folgte ihm errötend. Kurz darauf stand Léti auf und ließ den Blick über die Berge schweifen. Sie zeigte auf einen Punkt in der Ferne und konnte Yan ohne große Mühe davon überzeugen, einen Ausflug in diese Richtung zu unternehmen. Höflich fragte sie die anderen, ob sie mitkommen wollten, und ihre Freunde lehnten das Angebot nicht minder höflich ab. So blieben die drei ältesten Gefährten allein auf der Wiese zurück. Schweigend genossen sie die verdiente Ruhe.

Nur wenig später liefen ein Mädchen und ein Junge in zehn Schritten Entfernung an Grigán, Corenn und Bowbaq vorbei. Die Kinder schienen sie nicht zu sehen. Sie lachten und wechselten ein paar Worte in einer nur den Göttern bekannten Sprache. Die Erben sahen ihnen wehmütig nach.

»*Powch ol gass'e lor metuït*«, murmelte Bowbaq. »Meine Familie fehlt mir«, erklärte er verlegen.

In seinem Kummer hatte er Arkisch gesprochen, was er Corenn gegenüber unhöflich fand, da sie seine Muttersprache nicht verstand. Doch sie kannte den Nordländer gut genug, um es ihm nicht übel zu nehmen.

»Du wirst sie bald wiedersehen«, versicherte Grigán, doch in seiner Stimme schwangen mehr Zweifel mit, als er gewollt hatte.

Grigáns Worte vermochten Bowbaq nicht zu beruhigen, denn er konnte den Blick nicht von den Götterkindern abwenden, die über die Wiese tollten. Als verstünde sie seine Traurigkeit, legte Miff die Arme um Bowbaqs struppiges Haar und den dichten Bart.

»Es geht ihnen bestimmt gut«, sagte Corenn sanft, denn das war natürlich seine größte Sorge.

Bowbaq suchte in den Augen der Ratsfrau nach Trost, aber ein Blick kann nicht lügen.

»Wir können nichts gegen Saat ausrichten«, stellte er fest. »Irgendwann werden uns die Züu finden. Oder die Große Gilde. Oder der Mog'lur. Du bist stark, Freund Grigán« fügte er hinzu, um den Krieger nicht zu kränken. »Aber kein Mensch kann den Mog'lur besiegen. Das ist unmöglich.«

»Es muss eine Lösung geben«, sagte Corenn. »Saat hätte nicht versucht, alle Erben zu töten, wenn er keine Angst hätte. Wir müssen nur herausfinden, wovor.«

Sie starrten wieder auf den Eingang zur Unterwelt, durch den ihre Vorfahren fast hundertzwanzig Jahre zuvor verschwunden waren. Sie konnten nur hoffen, dass sie dort, wo alles begonnen hatte, den Schlüssel zum Geheimnis finden würden.

Lana spürte, wie sie erneut dem Rausch des Jal'dara verfiel. Die Schönheit der Gärten war einfach überwältigend, sobald man aufhörte, sich gegen die Euphorie zu wehren. Zum Glück gelang es der Priesterin, ihre Gefühle einigermaßen zu beherrschen. Außerdem wusste sie nicht, wer wirklich an ihrem Sinnestaumel schuld war: das Gwel oder Rey.

Der Schauspieler bot all seinen Charme auf, um ihr zu gefallen. Er lachte, scherzte, machte ihr Komplimente und neckte sie pausenlos. Nichts schien ihm zu lächerlich, um sie zu erheitern. Erst tat er zu Lanas Begeisterung so, als wollte er zwischen zwei Götterkindern ein Nickerchen halten. Als Nächstes fing er mit allen Tieren, an denen sie vorbeikamen, ein Gespräch an – eine wohlwollende Parodie Bowbaqs. Schließlich imitierte er dreißig Schritte lang den stolzen Gang eines Waagenhirsches. Ja, es war offensichtlich: Rey versuchte, sie zu verführen. Und sie musste zugeben, dass ihm das recht gut gelang.

Damit sie seinen Reizen nicht allzu schnell erlag, ermunterte sie ihn nur ab und zu mit einem Lächeln und drehte sich jedes Mal, wenn er sie küssen wollte, wie zufällig zur Seite. Rey fiel nicht auf ihre vorgebliche Ablehnung herein. Er verdoppelte seine Bemühungen und täuschte ebenfalls Gleichgültigkeit vor, obwohl seine Zuneigung nicht zu übersehen war. Beide genossen das Spiel. Zum ersten Mal seit vielen, vielen Tagen gelang es ihnen, Saat und die Gefahr, in der sie schwebten, zu vergessen.

Doch wie alle schönen Dinge ging auch dieser Moment viel zu schnell vorbei. Als Rey sah, dass ein braunhaariges Kind sie unverhohlen anstarrte, verstummte er, und sie gingen langsam an ihm vorbei, während der Junge sie nicht aus den Augen ließ. Es schien eine Ewigkeit zu dauern, bis sie außer Sichtweite waren.

»Der wird aber nicht gerade ein fröhlicher Gott werden«, sagte Rey mit einem anerkennenden Pfiff. »So große Augen habe ich zum letzten Mal bei einer Delfinkröte gesehen.«

»Die Kinder suchen sich ihr Schicksal nicht aus, Reyan«, erwiderte Lana. »Wir Menschen machen sie zu dem, was sie sind.«

»Die Holzköpfe, die diesen Bengel erschaffen haben, würde ich gern kennenlernen. Ein Gott mit riesigen Augen. Wer denkt sich denn so etwas aus?«

Er erwartete keine Antwort, und Lana schwieg. Der Zwischenfall hatte die Magie des Augenblicks zerstört und beide traurig gestimmt.

»Glaubt Ihr, wir sollten Mitleid mit Sombre haben?«, fragte Lana plötzlich.

»Auf keinen Fall! Warum sollten wir der Bestie verzeihen, die Séhane auf dem Gewissen hat? Und vermutlich noch viele andere Menschen? Dämonen verdienen keine Gnade. Dämonen bekämpft man.«

»Aber er war doch noch ein Kind. Ohne Saat hätte er sich ganz anders entwickelt!«

»Vielleicht auch nicht. Er hat Saat angesprochen, weil sie zueinander passten. Lange bevor der Hexer, seinen ›Geist unwiderruflich verändert hat‹, wie Nol es nennt, war Sombre dazu bestimmt, ein Dämon zu werden. Bei Eurydis, quält Euch nicht länger, Lana. Das ist es nicht wert.«

»Doch, das ist es«, antwortete sie leise. »Jedes Lebewesen hat unseren Respekt und unser Mitleid verdient, so böse es auch sein mag.«

Rey widersprach ihr nicht. Lana war Maz und hatte ihre Prinzipien. Manchmal ärgerte er sich darüber, doch im Grunde bewunderte er sie dafür. Da er selbst aus einem Land stammte, in dem Reichtum als höchste Tugend galt, wuchs seine Achtung für Lana und ihre Ideale mit jedem Tag.

Plötzlich begann sie zu lachen. Sie versuchte vergeblich, ein Prusten zu unterdrücken, und riss ihn damit aus seinen Gedanken.

»Ihr kränkt mich zutiefst«, sagte er in gespieltem Zorn. »Ihr missachtet meine Späße und lacht über meine tiefsinnigen Bemerkungen.«

»Verzeiht«, sagte sie mit einem strahlenden Lächeln. »Aber ist Euch klar, dass Ihr soeben bei der Göttin geschworen habt, *vor mir und mitten im Jal'dara?*«

Rey wusste sehr gut, was er gesagt hatte. Er hatte sich von seinen Gefühlen mitreißen lassen. Mit einem Mal fehlten ihm die Worte.

»Ihr werdet ganz rot. Das habe ich ja noch nie gesehen«, neckte Lana.

»Wenn Ihr mich weiter so anlächelt, werde ich für den Rest meines Lebens rot wie eine Lubilie sein«, sagte Rey. »Priesterin, Ihr lasst mein Herz erglühen.«

Nun verschlug es Lana die Sprache. Rey war so selbstsicher und redegewandt, dass er einen guten Lehrer abgegeben hätte – zumindest, wenn es ihm gelang, seinen Hang zur Provokation zu überwinden. Sie bewunderte seinen Mut und seine Entschlossenheit, die seine Großspurigkeit wettmachten. Mit seiner spontanen, ungestümen Art schien er alle Schwierigkeiten überwinden zu können, und wenn nichts anderes mehr half, blieb ihm immer noch der Humor.

»Reyan … Glaubt Ihr an die Göttin?«

»Man müsste schon blind sein, um ausgerechnet hier nicht an die Götter zu glauben.«

»Das meine ich nicht. Glaubt Ihr an Eurydis? An ihre Lehre?«

Er schwieg eine Weile, bevor er antwortete: »Wenn die drei eurydischen Tugenden die Menschen dazu bringen, so zu sein wie Ihr, bin ich ihr eifrigster Verfechter.«

Voller Freude ging Lana weiter. Eine solche Antwort hatte sie sich erhofft. Mit einem Mal erschien ihr die Zukunft sehr viel rosiger. Alles war möglich. Alles war denkbar.

»Warum wolltet Ihr das wissen?«, fragte Rey kokett.

»Wisst Ihr … Ich … Es war mir einfach wichtig zu erfahren, ob … äh … Ich … Ich musste es einfach wissen, weil …« Lana kam sich plötzlich dumm vor. Sie wollte nicht sagen, dass sie keinen Ungläubigen lieben konnte, aber sie wollte Rey auch nicht anlügen.

Er spürte ihre Verwirrung und zog sie an sich. Mit einem Kuss bereitete er ihrem Stammeln ein Ende.

»Reyan … Ich …«

»Könnt Ihr mich nicht endlich Rey nennen?«

Sie küssten sich erneut und verfielen ganz und gar dem Rausch und der Euphorie des Gwels. Man sagt, wenn sich zwei Menschen einander hingeben, gibt es nichts anderes mehr auf der Welt. Im Jal'dara war dieses Gefühl noch hundertmal verstärkt. Ihre Gedanken vernebelten sich, und sie bestanden nur noch aus Liebe.

Und Begehren.

Lana zog Rey in einen flachen Bach, der sie vor den Blicken der Kinder abschirmte. Dann liebten sie einander in dem magischen Wasser, ohne nass zu werden, beschienen von der Abendsonne des Jal'dara.

»Vielleicht verpassen wir etwas«, sagte Yan, während Léti entschlossen auf die Berge zumarschierte. »Wir hätten bei den anderen bleiben sollen.«

»Grigán kommt uns holen, falls irgendetwas geschieht«, entgegnete sie. »Seit heute Morgen haben wir nichts getan, als Nol zuzuhören. Ich brauche etwas Bewegung! Du nicht?«

»Doch, sicher«, antwortete er halbherzig.

Er war gerne allein mit Léti, aber er hatte sich den Ausflug mehr als romantischen Spaziergang vorgestellt und weniger als anstrengende Besteigung. Sie lief die ganze Zeit voraus, und es schien sie nicht zu kümmern, ob er Schritt halten konnte. Sie wollte tatsächlich den Berg erklimmen.

Yan hob den Blick und versuchte vergeblich, den Punkt zu erkennen, auf den Léti gezeigt hatte. Sie war überzeugt, dass sich an dem Berghang in einer Höhe von etwa sechzig Schritten ein Felsvorsprung befand. Dort zog es sie hin. Yan hingegen war nicht sicher, ob es diesen Vorsprung überhaupt gab. Dafür konnten sie in dem felsigen Gelände jederzeit ausrutschen und in die Tiefe stürzen. Doch er folgte Léti voller Vertrauen, so wie er es immer getan hatte. Er nahm alles in Kauf, solange er nur bei ihr sein konnte.

Am Fuß einer Felswand blieben sie stehen. Enttäuscht suchte Léti einen Weg nach oben. Sie lief jeweils hundert

Schritte nach links und rechts, fand jedoch keinen Aufstieg. Aber deswegen gab sie noch lange nicht auf.

»Wir sind schon ziemlich hoch«, sagte Yan und genoss die Aussicht auf das Tal dreißig Schritte unter ihnen.

Sie hatten einen steilen Hang erklommen und sich an Büschen und Sträuchern festgehalten, die zwischen den Steinen wuchsen. Von hier oben hatten sie eine noch bessere Aussicht auf das Jal'dara als von dem Hügel, auf dem die Pforte stand. Der Marmorbogen wirkte aus dieser Entfernung weniger imposant, als Yan und Léti ihn in Erinnerung hatten.

Auch die Wiese in der Mitte des Tals war gut zu erkennen. Nicht weit vom Rand saßen Grigán, Bowbaq und Corenn im Gras. Etwas weiter hinten sahen sie Nol, der zwischen schlummernden Kindern umherging. Ab und zu beugte er sich über ein Kind und schien ihm etwas zuzuflüstern.

»Siehst du Rey und Lana?«, fragte Léti.

Yan ließ den Blick über das Tal schweifen, suchte unter den Bäumen, auf den Wegen und am Fuß der Felsen. Vergeblich.

»Nein«, sagte er schließlich. »Wo sie wohl sind?«

»Keine Ahnung«, murmelte seine Freundin, die schon wieder das Interesse verloren hatte. »Irgendwo werden sie schon stecken.« Sie wandte sich wieder der Felswand zu. Dort oben auf dem Vorsprung war etwas, dessen war sie ganz sicher. Irgendetwas hatte sich dort bewegt. Es machte sie wahnsinnig, nicht nachsehen zu können.

Yan war immer noch in die Betrachtung des Tals versunken, aber Léti hielt es nicht mehr aus und beschloss, die Wand hochzuklettern – mit bloßen Händen, da sie kein Seil hatte. *Fester Stand. Sichere Hand.*

Doch schon beim ersten Tritt musste sie aufgeben. Kaum

hatte sie das Gewicht verlagert, zerbröselte der Stein unter ihrem Fuß wie Sand. Dabei fühlte er sich härter an als Stahl.

Die Magie des Jal'dara schien auch seine Grenzen zu schützen. Selbst mit der besten Kletterausrüstung hätte man diese Felswände nicht überwinden können. Sie entzogen sich Léti, nur um im nächsten Moment wieder feste Form anzunehmen. *Sterbliche können das Tal nicht verändern,* rief sich die junge Frau ins Gedächtnis.

»Léti«, rief Yan aufgeregt. »Sieh mal!«

Sie trat zu ihm und blickte in die Richtung, in die er zeigte. Es dauerte eine Weile, bis sie es entdeckte, aber dann konnte sie die Augen nicht mehr abwenden. »Ein fast vollendeter Gott!«, murmelte sie. »Wie groß er ist!«

Yan nickte und starrte angestrengt zu der Gestalt hinüber, die er am anderen Ende des Tals erspäht hatte. Aus dieser Entfernung war nicht festzustellen, ob es sich um einen jungen Mann oder eine Frau handelte. Der Gott schien zwar noch nicht ganz ausgewachsen zu sein, aber abgesehen von Nol war er der älteste Bewohner des Tals, den sie bisher zu Gesicht bekommen hatten.

Sie beobachteten ihn noch eine ganze Weile und genossen das Glück, einen der künftigen Götter der Menschheit zu betrachten. Das Gwel verstärkte ihr Gefühl, und bald verfielen sie in eine leichte Euphorie. Plötzlich mutig geworden, nahm Yan Létis Hand, und so standen sie schweigend da und betrachteten lächelnd das Tal, in dem es kein Unheil zu geben schien.

Eine Kinderstimme riss sie aus ihrer Glückseligkeit. Als sie den Kopf wandten, sahen sie ein Mädchen, das mit dem Finger auf sie zeigte. Es hatte den gleichen fröhlichen Gesichtsausdruck wie der Junge, der das Feuer entdeckt hatte.

»Was hast du gesagt?«, fragte Léti unwillkürlich.

Das Mädchen wiederholte seinen Satz lachend und neigte den Kopf zur Seite, doch seine Worte waren immer noch unverständlich. In diesem Moment kam Léti Nols Warnung in den Sinn. Sie ließ Yans Hand los und rührte sich nicht. Er tat es ihr gleich.

Das Götterkind wiederholte seine Worte, die eine Frage zu sein schienen, und kam auf sie zu. Léti befürchtete, es könnte sich für ihre Waffen interessieren, doch das Mädchen stand einfach nur da und lächelte.

Yan war unbehaglich zumute. Er musste daran denken, wie Saat in Sombres Gedanken eingedrungen war. *Was für ein merkwürdiger Widerspruch,* dachte er. Aufgrund ihrer Empfindsamkeit waren die Kinder die verletzlichsten Geschöpfe der Welt, während sie nach ihrer Vollendung mächtiger als jedes andere Wesen waren. Er wollte die Entwicklung der künftigen Göttin auf keinen Fall beeinflussen.

Das Mädchen ergriff zwei seiner Finger, und er ließ sie in der Hoffnung gewähren, sie würde das Spiel bald leid werden. Doch anstatt ihn loszulassen, nahm sie auch Létis Hand und führte ihre Finger zusammen, bis beide wieder Hand in Hand dastanden. Dann trat das Mädchen zurück, warf die Arme in die Höhe und lachte, sichtlich zufrieden mit dem Ergebnis.

Yans Herzschlag musste im ganzen Jal'dara zu hören sein. Er nahm all seinen Mut zusammen und warf Léti aus den Augenwinkeln einen kurzen Blick zu. In ihrem Gesicht sah er das Glück und die Leidenschaft, die er selbst empfand. Dieser Moment besiegelte ihre Freundschaft für alle Ewigkeit. Würde ihre Liebe den gleichen Weg nehmen?

Usul hatte vorhergesagt, dass Yan mit Léti den Bund schließen würde. Er war nicht sicher, ob er durch die Geste der jungen Göttin nun schon mit Léti verbunden war, doch in seiner Euphorie glaubte er fest an die Erfüllung der Prophezeiung.

Plötzlich kam ihm die andere, düstere Prophezeiung in den Sinn, die Grigáns baldigen Tod vorhersagte. Sein Glücksgefühl verflog, und er wandte sich wieder dem Mädchen zu. Wann würde es endlich weitergehen, damit er sich wieder rühren konnte? Besser gesagt, damit er endlich seine Geliebte küssen konnte, denn nach nichts sehnte er sich in diesem Moment mehr.

Doch die junge Göttin hatte anderes im Sinn. Sie hatte zwar jegliches Interesse an den Verliebten verloren, machte aber keine Anstalten weiterzugehen, sondern starrte auf einen Punkt hoch über ihren Köpfen. Nach einer Weile hielt Léti es nicht länger aus: Sie drehte sich langsam um und sah zu dem Felsvorsprung hinauf, der ursprünglich ihr Ziel gewesen war.

Von oben waren ein Kratzen und Schaben zu hören, das Gepolter rollender Steine und andere Geräusche, die sie nicht zuordnen konnten. Irgendetwas bewegte sich dort.

»Drache!«, rief das Kind und hüpfte fröhlich auf und ab.

Yan und Léti fuhren herum und suchten die Felswand mit dem Blick ab. Die Geräusche hallten durch die Stille des Tals, doch es gelang ihnen nicht, sie genauer zu orten.

Da schob sich plötzlich ein krallenbewehrter Flügel über die Felswand. Sie sahen nur die Spitze, die etwa drei Fuß lang war. Der Anblick der grünlich-braunen Lederhaut brannte sich ihnen für immer ins Gedächtnis ein.

Gleich darauf verschwand der Flügel aus ihrem Blick. Auf dem Berg kehrte wieder Stille ein. Yan und Léti waren in heller Aufregung.

Léti wollte die kleine Göttin mit Fragen zu dem Drachen

löchern, doch jetzt, da sie gebraucht wurde, war sie natürlich verschwunden. Yan gab seiner Freundin ein Zeichen, dass sie sich besser auf den Rückweg machten, und Léti folgte ihm widerspruchslos.

»Ein Drache! Stell dir das nur vor! Im Jal'dara lebt ein Drache!«

»Vielleicht sogar mehrere. Und noch eine Menge anderer Geschöpfe. Schließlich haben wir eine Verabredung mit einem Zwerg«, sagte Yan halb zu sich selbst. »Anscheinend haben nicht alle Götter Menschengestalt.«

»Aber ein Drache! Ein Ungeheuer! Inmitten all der Kinder!«

»Der Drache ist bestimmt selbst noch ein Kind«, sagte Yan und beschleunigte seine Schritte. »Von den Bewohnern des Tals haben wir nichts zu befürchten. Wenn es in der Unterwelt allerdings auch solche riesigen Kreaturen gibt …«

Mehr musste er nicht sagen. Léti hatte begriffen und lief nun ebenfalls schneller. Sie mussten sich vergewissern, dass sich ihre Freunde vom Eingang zur Unterwelt fernhielten.

Als die jungen Kaulaner bei ihren Freunden ankamen, waren sie außer Atem und ihre Gesichter gerötet. Im Laufe ihrer Reise hatten sie gelernt, ständig auf der Hut zu sein. Als sie sahen, dass die anderen wohlauf waren, fiel ihnen ein Stein vom Herzen.

Rey und Lana waren noch vor ihnen zurückgekehrt. Obwohl er auf diesem Gebiet recht unerfahren war, bemerkte Yan eine ungewöhnliche Vertrautheit zwischen den beiden und fragte sich, ob auch sie vor einem Götterkind den Bund geschlossen hatten. Aber er verkniff sich die neugierige Nachfrage, denn schließlich ging ihn das nichts an. Er hatte ja auch keine Lust, den anderen zu erzählen, was zwischen ihm und Léti vorgefallen war. Jedenfalls nicht gleich. So war er erleichtert, als sie bei ihrem Bericht diesen Teil des Ausflugs wegließ.

Als sie den Drachen beschrieb, duckte sich Bowbaq, als wäre das Mausäffchen, das auf seinem Kopf thronte, plötzlich zu schwer für ihn. Seit er damals die Insel Ji betreten hatte, waren ihm so viele unheimliche Dinge widerfahren – mehr, als ihm lieb waren. Er bereute zwar nicht, sich auf das Abenteuer eingelassen zu haben, denn als Freund und Familienvater war es seine Pflicht, sich ihren Mördern in den Weg zu stellen oder es zumindest zu versuchen. Doch sollte er je wieder in sein altes Leben zurückkehren, würde er die Welt mit anderen Augen sehen. Und Bowbaq hasste Veränderungen.

Corenn und Lana hingegen waren nicht sonderlich überrascht. Die Priesterin glaubte schon lange an diese sagenumwobenen Tiere, schließlich schilderte das Buch der Weisen Eurydis' Kampf gegen die acht Drachen von Xétame. Grigán wiederum wollte alles ganz genau wissen. Er starrte lange zu dem Berg hoch, den seine Schülerin erklommen hatte, weil er hoffte, ebenfalls einen Blick auf den Drachen zu erhaschen.

Rey war hellauf begeistert, was ihn natürlich nicht davon abhielt, spöttische Bemerkungen zu machen. Nicht anders als seine Gefährten fand er das Ganze sensationell und schien demnach mit den Gedanken woanders zu sein. Yan fiel nicht ein, was wichtiger sein konnte als die Entdeckung, dass es Drachen gab.

»Im Jal'dara sieht es vermutlich ganz anders aus, wenn keine Menschen zu Besuch sind: Drachen am Himmel, Zwerge in Erdlöchern, Feen unter den Bäumen«, sagte Rey.

»Ich frage mich, welche Wesen wohl in den Bächen hausen«, ergänzte er und zwinkerte Lana zu.

Sie warf ihm einen strafenden Blick zu. Rey war so klug, den Mund zu halten.

Mittlerweile dämmerte es. Da sie immer noch keinen Hunger oder Durst verspürten, ließen sie das Abendessen abermals ausfallen. Sie hofften nur, dass der Verzicht auf Nahrung später keine schlimmen Folgen haben würde.

Alle brannten darauf, den Zwerg zu befragen. Aber Nols Warnung war deutlich gewesen: Sie konnten Lloïols Worten erst trauen, wenn er sich ihnen zeigte. Also sahen sie zu, wie die Sonne allmählich unterging.

Als die letzten Strahlen hinter den Bergen verschwunden waren, gesellte sich Nol wieder zu ihnen. Die Gefährten freuten sich über sein Kommen, auch wenn sie die Zurückhaltung Gottes verwirrte, weil sie ihnen das Leben schwer machte. Doch er hatte sich ihnen gegenüber immer freundlich und vor allem geduldig gezeigt. Wenn er das Jal'karu ebenso gut gekannt hätte wie das Jal'dara, wäre ihr Leben um einiges leichter gewesen. Immerhin konnte er zwischen ihnen und dem Zwerg vermitteln.

Während sich der Himmel verdunkelte, drangen immer wieder Harfenklänge aus dem Loch. Corenn fürchtete, der Zwerg könnte sein Versprechen brechen, und forderte ihn mehrmals auf, heraufzukommen. Es fiel ihr schwer, Lloïols Absichten zu durchschauen.

»Es ist noch zu hell«, sagte die näselnde Stimme. »Meine Augen sind empfindlich. Wollt Ihr etwa, dass sie Schaden nehmen?«

»Aber nein, Meister Lloïol«, versicherte Corenn. »Wir werden uns in Geduld fassen. Aber lasst uns nicht zu lange warten.«

»Endlich hat er sich dazu durchgerungen, normal zu sprechen«, raunte Grigán Rey zu. »Wehe, Ihr ermutigt ihn, wieder mit dem Dichten anzufangen.«

»Der Wicht mag meine Reime nicht,
So sei es denn, ich üb Verzicht.«

»Sehr witzig«, brummte Grigán und wandte sich zu Nol um.

»Er hat Angst«, erklärte der Wächter. »Das ist ein gutes Zeichen. Ich glaube, jetzt dauert es nicht mehr lang, bis er zum Vorschein kommt.«

Ermutigt von diesen Worten warteten die Erben schweigend, während über ihnen die ersten Sterne aufleuchteten. Auf der Wiese herrschte tiefer Frieden, und sie konnten kaum glauben, dass sie bald eine Geschichte hören würden, in der es um Leid und Tod ging.

»Ich komme mir vor wie auf der Stehschläferjagd«, witzelte Rey.

»Pst!«, machten drei oder vier Stimmen gleichzeitig.

Endlich regte sich etwas in dem Loch. Die Harfe gab einen schrillen Ton von sich, als eine Saite an einem Felsvorsprung hängen blieb. Wer gute Ohren hatte, konnte leise Schritte hören. Dann erschien ein unförmiges Gesicht im Dämmerlicht.

»Wenige seid Ihr ja nicht, wie ich sehe«, bemerkte die Kreatur erfreut. »So viele Leute wollen den Zwerg sehen, über den Ihr so schlecht gesprochen habt!«

»Kommt zu uns, Meister Lloïol«, bat Corenn. »Dann können wir uns besser unterhalten.«

»Das habe ich auch vor. Aber zuerst muss ich Euch etwas über das Temperament von Zwergen erzählen. Wir sind *äußerst* empfindlich, was unser Aussehen angeht. Wenn einer von Euch so unhöflich ist, eine abfällige Bemerkung zu machen, werde ich Euch auf der Stelle verlassen. Sagt nicht, ich hätte Euch nicht gewarnt!«

»In Ordnung«, sagte Corenn. »Wenn Ihr Euch nun zu uns gesellen wollt, Meister.«

»Das fängt ja gut an«, brummte Grigán halblaut. »Er hat also Angst, ja?«

Nol blieb keine Zeit für eine Erwiderung, denn Lloïol kam jetzt ganz und gar zum Vorschein. Nun war den Erben klar, warum er sie gewarnt hatte.

Der Zwerg hatte die Größe eines achtjährigen Kindes, allerdings war sein Körper gekrümmter und hagerer. Die Beine waren spindeldürr und wirkten nicht so, als könnten sie sein Gewicht tragen. Der Kopf hingegen war riesig: Er machte ein Viertel seiner Größe aus. Das Gesicht erinnerte an eine itharische Maske, die von einem betrunkenen Handwerker gefertigt worden war: Die Nase, der Schnurrbart und die Ohren waren besonders schief geraten.

Der Zwerg trug ein knielanges Gewand, das im vergangenen Jahrtausend grün gewesen sein mochte. Nun war es wie Gesicht und Hände mit dunklem, zähem Lehm verschmiert, der stellenweise eingetrocknet und rissig war. Die Kapuze, die er über den Kopf gezogen trug, konnte man kaum von den struppigen Strähnen unterscheiden, die darunter hervorlugten. Nach menschlichen Maßstäben war Lloïol in der Tat abgrundtief hässlich.

Mit erstaunlich geschmeidigen Bewegungen schnellte er auf die Erben zu und baute sich stolz vor ihnen auf, die Hände in die Hüften gestemmt. Wie Grigán auffiel, war der Dolch, den er am Gürtel trug, in einwandfreiem Zustand – ganz anders als die ramponierte Harfe, die ihm an einem zerschlissenen Seil von der Schulter hing.

»So«, sagte der Zwerg und entblößte schwarze Zahnstummel, von denen ein widerwärtiger Gestank ausging. »Es scheint, als braucht Ihr meine Dienste? Ihr müsst wissen, dass mir die Sterblichen nicht nur eine musikalische Begabung verliehen haben, sondern außerdem einen ausgeprägten Geschäftssinn. Auch in meiner Welt bekommt man nichts umsonst.«

Der Preis, den Lloïol für seine Dienste verlangte, war nicht allzu hoch. Wie er den Erben erklärte, war es ihm bestimmt, im Wald von Ehec zu leben, seit eine Handvoll Menschen in einem Dorf in der Nähe begonnen hatte, an ihn zu glauben. Doch eines Tages, als der kleine Gott seine Vollendung fast erreicht hatte, waren sämtliche Dorfbewohner einer Fleckenfieberepidemie zum Opfer gefallen.

Zu diesem Zeitpunkt war Lloïols Entwicklung bereits so weit fortgeschritten, dass er sich nicht mehr groß verändern konnte. Er geriet in Vergessenheit, und schon seit geraumer Zeit dachte keine Menschenseele mehr an ihn, um ihn zu vollenden. So war der Zwerg ein Gefangener des Jal und konnte nicht darauf hoffen, eines Tages in Freiheit unter den Sterblichen zu leben. Als Preis für seine Dienste verlangte Lloïol nun, dass jeder der Erben mindestens einmal im Jahr die Geschichte vom Harfe spielenden Zwerg aus dem Wald von Ehec erzählte. So würde er eines Tages endlich dem Sinn der Menschen entspringen.

»Wehe, Ihr führt mich hinters Licht«, sagte er mit einem ruckartigen Nicken in Reys Richtung, den er als Lorelier erkannt hatte. »Irgendwann werde ich diesen Ort verlassen, und dann wird all jene, die mich hintergangen haben, großes Unglück treffen! Zwerge haben ein unfehlbares Gedächtnis.«

»Solche Gedanken ziehen dich nur wieder hinab in die Unterwelt«, sagte Nol.

»Oh! Meine Rache wird nicht grausam sein. Ich denke da an einige harmlose Späße. Nichts ist ausschließlich gut oder böse, nicht wahr, Freund Nol?«

Der Ewige Wächter antwortete nicht. Yan erinnerte sich, etwas Ähnliches schon einmal aus Nols Mund gehört zu haben. Vermutlich unterhielten sich die beiden schon seit ewigen Zeiten, und der Zwerg hatte offenbar seinen Spaß daran, Nol zu reizen.

»Eure Forderung erscheint mir angemessen, Meister Lloïol«, sagte Corenn. »Wir versprechen Euch zu tun, was Ihr verlangt, sofern Eure Dienste es rechtfertigen.«

»Das tun sie, glaubt es mir«, verkündete der Zwerg und hüpfte vor ihr auf und ab. »Ich weiß alles über das Abenteuer Eurer Vorfahren in der Unterwelt. Ich bin Ihnen schließlich nicht von der Seite gewichen.«

Die Erben sahen sich voller Hoffnung an. Waren sie tatsächlich am Ende ihrer Suche angelangt? Nol hatte ihnen versichert, dass Lloïol nicht lügen konnte, solange er im Dara war. Vielleicht würde er ihnen die Erklärung liefern können, die ihnen noch fehlte. Bei dem Gedanken, dass sie endlich das Geheimnis ihrer Vorfahren lüften würden, begann Corenns Herz zu rasen.

Gleich würden sie die Wahrheit kennen.

Sie würden erfahren, ob Saat besiegt werden konnte.

»Woher wisst Ihr, was wir von Euch wollen?«, fragte Grigán misstrauisch.

Lloïol bedachte den Krieger mit einem verächtlichen Blick und griff zu seiner Harfe, machte jedoch keine Anstalten zu antworten. Das Instrument war ein seltsames Gebilde aus knorrigen Wurzeln, Lederriemen und Saiten aus unterschiedlichen Materialien. Trotzdem stimmte der Zwerg es nun so sorgfältig, als handele es sich um die Moës-Leier. Als er zufrieden war, zupfte er eine Saite und sandte einige schräge Töne in Grigáns Richtung:

»Seit heute früh hör ich Euch reden,
an diesem Ort, Nols Garten Eden!
Doch Meister, grämt Euch nicht deswegen:
Der Zwerg ist Euch stets überlegen!«

Corenn machte dem Krieger ein verstohlenes Zeichen, er solle die Kränkung übergehen, was Grigán äußerst schwerfiel. Da Lloïol ihn weiterhin herausfordernd anstarrte, wandte er sich schließlich um, ging ein paar Schritte auf und ab und schluckte seine Wut herunter, indem er sich auf ihr Ziel konzentrierte. Wenn der Zwerg ihnen erst einmal sein Geheimnis verraten hatte, konnte er sich ihn immer noch vorknöpfen.

»Wollen wir anfangen?«, schlug Corenn vor und setzte sich ins Gras. Die anderen taten es ihr gleich. »Am besten beginnt Ihr ganz von vorn, wenn es Euch recht ist.«

»Gewiss. Ich habe den ganzen Tag damit zugebracht, eine Ballade zu komponieren, die Euren Ohren schmeicheln wird.« Er räusperte sich und begann, wie wild auf den Saiten seines Instruments herumzuzupfen:

»Die weisen Gefährten besuchten das Tal
Zehn scheu und zwei schlau, waren's zwölf an der Zahl
Der Prinz und der König, sie folgten mir gleich
Wir stiegen hinab in das finstere Reich!
Doch sie brachen ihr Wort …«

»Meister Lloïol«, warf Corenn ein. »Ich zweifle nicht an Eurem Talent, aber ich befürchte, dass eine Erzählung in Versen uns wichtige Informationen vorenthält. Könntet Ihr nicht Eure Harfe ruhen lassen und einfach zu uns sprechen?«

»Diese Ballade zu schreiben, hat mich große Mühe gekostet«, schmollte er.

»Meister Lloïol, wir haben es eilig und möchten unsere Neugier so bald wie möglich stillen. Schildert uns die Ereignisse, ohne zu dichten, und ich verspreche, Euren Namen in allen Provinzen des Matriarchats zu verbreiten.«

Lloïols Augen leuchteten auf. Bedauernd musterte er seine Harfe und legte sie sich dann in den Schoß. »Einverstanden. Was wollt Ihr wissen?«

»Warum habt Ihr Vanamel und Pal'b'ree in die Unterwelt gelockt?«

»Ich habe sie nicht gelockt«, widersprach er empört. »Wir hatten eine Vereinbarung getroffen, nicht anders als wir. Doch sie täuschten mich. Der wallattische König brach sein Versprechen.«

»Und was habt Ihr ihnen im Gegenzug versprochen?«, fragte Grigán.

»Sie zum Flüstersee zu führen. Sie wollten zu den Undinen, um eine unumstößliche Wahrheit zu erfahren. Wer die Zukunft kennt, bringt es zu Reichtum und Macht, wenn er sich klug anstellt. So lautete mein Angebot.«

Reichtum und Macht, dachte Yan. Ja, vielleicht, wenn man es mit der Moral nicht so genau nahm. Auch er hätte aus dem Wissen, dass bald ein Krieg zwischen den Oberen Königreichen und den Ländern des Ostens ausbrechen würde, Gewinn schlagen können – wenn er seine Freunde und sein Land verraten und alles, was ihm lieb und teuer war, vergessen hätte. Was für Männer waren Vanamel und Pal'b'ree gewesen?

»Nach zwei Tagen wart Ihr immer noch nicht ins Tal zurückgekehrt«, fuhr Corenn fort. »Daraufhin machten sich die anderen Weisen auf die Suche nach Euch. Was war geschehen?«

»Nichts. Wir waren immer noch unterwegs.«

»Ist die Unterwelt denn so groß?«, fragte Corenn erstaunt.

Lloïol musterte sie, als wollte er sich vergewissern, dass sie ihn nicht auf den Arm nahm. Ihm, der die Unterwelt wie seine Westentasche kannte, erschien die Frage völlig absurd.

»Sie ist unendlich!«, rief er und zupfte an den Saiten seiner Harfe. »Und sie ist ständig in Bewegung! Wer das Jal'karu betritt, verirrt sich unweigerlich. Das ist nicht meine Schuld.«

»Vergiss nicht, dass gewisse Namen hier oben nicht ausgesprochen werden sollten«, warf Nol ein.

»Warum verteidigt Ihr Euch dann?«, fragte Rey, dem Lloïols letzte Worte nicht entgangen waren. »Wer beschuldigt Euch?«

»Prinz Vanamel beschuldigte mich. Er beschwerte sich, der Weg sei zu lang, und behauptete, ich sei unfähig. Doch er irrte sich. Nur wenige kennen das Labyrinth und seine Bewegungen so gut wie ich. Tatsächlich waren wir unserem Ziel bereits sehr nah, als die anderen zu uns stießen.«

»Wie haben sie Euch denn gefunden?«, fragte Léti. »Und wie konnten sie Euch überhaupt einholen?«

»Vielleicht war das eine Frage der Beinlänge«, flüsterte Rey Lana ins Ohr.

Aus Angst, den Zwerg zu kränken, wagte die Priesterin

nicht zu grinsen. Schließlich hatte er sie vor Scherzen über sein Äußeres gewarnt.

»Das Labyrinth muss sich ihnen geöffnet haben«, sagte Lloïol.

Die Erben sahen ihn verständnislos an.

»Was heißt das nun schon wieder?«, fragte Grigán ungeduldig. »Was meint Ihr damit?«

»Ihr scheint etwas Wesentliches nicht verstanden zu haben«, stellte der Zwerg fest. »Anders als das Jal'dara ist die Unterwelt nicht unveränderlich. Im Gegenteil: Verlässt man einen Gang und kehrt kurz darauf um, findet man eine Höhle vor. Folgt man dem Lauf eines unterirdischen Bachs, versiegt dieser plötzlich und ist spurlos verschwunden. Dort unten«, sagte er und zeigte auf den Boden, »herrscht Chaos. Eure Vorfahren hatten keine Mühe, uns zu finden. Also muss sich ihnen das Labyrinth geöffnet haben.«

Corenn sah zu Grigán, und der Krieger bedeutete ihr fortzufahren. Im Verlauf ihrer Reise waren sie auf so viele übersinnliche Phänomene gestoßen, dass sie mittlerweile die seltsamsten Dinge hinnahmen. Schließlich konnten sie die Behauptung des Zwergs ohnehin nicht überprüfen.

»War ein Kind bei ihnen?«, fragte Corenn.

»Natürlich. Sombre«, antwortete der Zwerg, sichtlich stolz auf die Wirkung seiner Worte. »Er wich dem Hexer nicht von der Seite. Wie auch? Die Götter hängen ihr Herz immer an die Menschen, deren Gedanken sie entspringen.«

»Und waren die Weisen unverletzt, als sie zu Euch stießen?«

»Soweit ich das beurteilen konnte, ja. Das Labyrinth hatte sie willkommen geheißen, und so hatten seine Bewohner sie verschont, selbst die feindseligsten. Nebenbei bemerkt gestaltete sich der Rückweg um einiges schwieriger. Wie Ihr wisst, wurde der Jez getötet, und der Juneer verlor einen Arm. Einen so riesigen Drachen hatte ich vorher noch nie gesehen! Ich glaubte schon, sie würden alle draufgehen. Wenn nicht …«

»Nicht zu schnell«, sagte Corenn. »Was taten die Weisen, als sie wieder vereint waren?«

»Sie stritten sich natürlich. Was sollen Sterbliche auch sonst im Jal'karu tun? Sie konnten sich nicht einigen, ob sie ins Tal zurückkehren oder die Undinen aufsuchen sollten. Die meisten wollten umkehren, auch Prinz Vanamel, der nach dem dreitägigen Fußmarsch die Nase voll hatte. Nur König Pal'b'ree wollte weitergehen. Schließlich schloss sich Saat ihm an. Erneut gerieten sich die Weisen in die Haare. Prinz Vanamel wurde wütend und drohte Saat mit einer Anklage wegen Hochverrats. Als der Hexer ihn nicht beachtete, richtete der Prinz seinen Zorn auf Sombre, weil er seinen Blick aufdringlich und respektlos fand. Seid Ihr sicher, dass Ihr nicht doch meine Ballade hören wollt? Auf diese Stelle bin ich ganz besonders stolz …«

»Nein!«, riefen alle einstimmig.

»Große Künstler werden immer missverstanden! Jedenfalls geriet der goronische Prinz immer mehr in Wut. Nach einer Weile verdrehte er plötzlich die Augen und sackte zu Boden. Er war mausetot. Der Hexer hatte sich nicht gerührt, aber niemand zweifelte daran, dass er seine Hände im Spiel hatte. Er und sein Dämon. Inmitten des allgemeinen Aufruhrs verkündete Saat, dass er nun die Undinen aufsuchen werde. Er, Pal'b'ree, Sombre und ich selbst gingen davon, während die anderen noch zögerten. Nach weniger als dreißig Schritten stießen wir auf den See. Das Labyrinth hatte sich uns abermals geöffnet. Während Pal'b'ree die anderen herbeirief, wurde der Hexer von den Undinen gepackt, und sie versuchten, ihn in den See zu ziehen. Seine Gefährten konnten ihn gerade noch retten, aber mehrere trugen schwere Verbrennungen davon. Auch ein Mann, der Euch wie aus dem Gesicht geschnitten war, Meister Ich-tragenur-Schwarz. War das vielleicht Euer Urgroßvater? Schließlich gelangten alle Weisen wieder ans sichere Ufer, und die Undinen gaben eine unumstößliche Wahrheit preis. Jetzt kommen wir zu der Stelle, die Euch am besten gefallen wird«, verkündete Lloïol. »Ich möchte Euch bitten, Euer Versprechen noch einmal zu wiederholen.«

Mit klopfenden Herzen versicherten die Erben, dass sie seine Geschichte mindestens einmal im Jahr erzählen würden, damit seine Entwicklung vollendet werden konnte. Das Versprechen kostete sie nicht viel, denn falls seine Auskunft wertlos war, hatten sie ohnehin nicht mehr lange zu leben.

»Gut«, nickte Lloïol zufrieden. »Nun werde ich Euch beweisen, dass Zwerge ein unfehlbares Gedächtnis haben. Die Undinen sagten über Sombre: ›Er wird groß und stark werden. Er wird der mächtigste Dämon sein, der unter den Sterblichen weilt. Er wird Tausende Menschen töten.‹ Mehrere Weise machten Saat Vorwürfe, weil er Sombre mit hinab in die Unterwelt genommen hatte, aber der Hexer beachtete sie nicht. Doch die Undinen hatten noch nicht geendet: ›Für alle Zeiten wird ein *einziger* Sterblicher eine *einzige* Chance haben, ihn zu besiegen. Es wird einer Eurer Nachkommen sein, und er wird der Erzfeind genannt werden. Von seinem Sieg hängt der Anbruch des Zeitalters der Harmonie ab.‹ So lautete die Prophezeiung der Undinen. Was sagt Ihr nun?«

Den Erben hatte es die Sprache verschlagen. Corenn

wollte sich über diesen Hoffnungsschimmer freuen, doch es gelang ihr nicht. Grigán dachte daran, welche Ironie des Schicksals es war, dass sein Urgroßvater sein Leben aufs Spiel gesetzt hatte, um Saat zu retten. Bowbaq erinnerte sich an den Mog'lur aus dem Eroberten Schloss und versuchte, sich an den Gedanken zu gewöhnen, dass er gegen den gefährlichsten Dämon der Welt gekämpft hatte. Rey sagte sich, dass der Fluch der Weisen noch schrecklicher war als befürchtet, und Lana träumte vom Zeitalter der Harmonie, das in der eurydischen Religion das Zeitalter von Ys genannt wurde und das höchste Ziel des universellen Strebens nach Moral darstellte. Léti wiederum konnte an nichts anderes denken als daran, dass Yan ihr Leid freiwillig teilte. Nie war offenkundiger gewesen, dass der junge Mann nicht zu den Erben gehörte.

»Haben die Undinen noch etwas anderes gesagt?«, fragte Corenn schließlich mit tonloser Stimme.

»Nein. Eure Vorfahren versuchten, sie weiter zu befragen, doch sie bekamen keine Antwort mehr. Als sie wieder zu streiten begannen, lief Sombre plötzlich davon. Ich wusste genau, was mit ihm los war. Ich hatte so etwas schon einmal erlebt. Wenn einen das Labyrinth ruft, kann man nichts tun, als zu gehorchen. Saat ging dem Kind hinterher, wagte aber nicht, es anzusprechen. Die beiden verließen die Höhle mit dem Flüstersee. Fer't rief ihm nach, er solle Sombre ziehen lassen und mit uns ins Tal zurückkehren, doch der Hexer antwortete nicht, und so bat uns der Solener zu warten. Er folgte den beiden, und nach einer Weile hörten wir ihn schreien. Als wir Fer't suchen gingen, fanden wir nur noch seine Leiche. Saat und sein Dämon waren verschwunden. Da mir daran gelegen war, dass Pal'b'ree am Leben blieb, damit er seinen Teil des Abkommens erfüllen konnte, führte ich ihn zurück ins Tal und rettete so auch die anderen. Der Rückweg war leider etwas beschwerlicher als der Hinweg. Aber immerhin sind die meisten Weisen mehr oder weniger unversehrt ins Dara zurückgekehrt.«

Léti dachte an das schreckliche Geheimnis, das auf ihren Vorfahren gelastet und ihnen nach ihrer Rückkehr in die Welt der Sterblichen so viel Leid eingebracht hatte. Sie waren zwar mehr oder weniger unversehrt ins Tal zurückgekehrt, wurden aber bis an ihr Lebensende von bösen Erinnerungen verfolgt.

»Und wie gelangte Saat wieder aus der Unterwelt heraus?«, fragte Yan.

»Diese Frage war nicht Teil unseres Abkommen«, rief Lloïol empört. »Ich habe nie behauptet, das zu wissen.«

»Kennt Ihr die Antwort oder nicht?«, herrschte ihn Grigán an.

»Ich kenne sie nicht, aber das könnt Ihr mir nicht vorwerfen! Es war nur von Euren Vorfahren die Rede. Ich habe mein Versprechen gehalten.«

»Das ist ohnehin nicht weiter von Bedeutung«, sagte Corenn beschwichtigend. »Das Wichtigste wissen wir nun.«

Die Erben schwiegen eine Weile und dachten nach. Ihre Lage hatte sich nicht gebessert. Im Gegenteil: Nun gehörte auch noch ein Dämon zu ihren Feinden, und ihre Verantwortung war größer denn je.

»Was jetzt?«, fragte Rey mit einem schiefen Grinsen. »Wen knöpfen wir uns als Erstes vor? Den Dämon, den Hexer, die Züu oder das Barbarenheer?«

»Dumme Frage«, antwortete Grigán mürrisch. »Ihr habt es doch gehört. Es geht nicht mehr nur um unser eigenes Leben, sondern um das von Tausenden.«

»Wir müssen Sombre aufhalten«, pflichtete ihm Lana

bei. »Wenn einer von uns … Wenn einer von uns der Erzfeind ist … Dann muss er …«

Alle nickten schweigend, die Maz musste den Satz nicht beenden. Nun wussten sie endlich, warum sie verfolgt wurden. Saat wollte um jeden Preis verhindern, dass der Erzfeind und sein Dämon aufeinandertrafen. Hatte der Hexer dieses Ziel bereits erreicht?

»Wir sind unseres Lebens nicht sicher, solange wir nicht wissen, wer der Erzfeind ist«, stellte Grigán fest. »Ich werde in die Unterwelt hinabsteigen und diesen verfluchten Undinen eine ihrer unumstößlichen Wahrheiten entreißen.«

»Ich komme mit«, sagte Léti entschlossen.

»Davon rate ich Euch ab«, sagte Nol kopfschüttelnd. »In der Unterwelt könnt Ihr viel mehr verlieren als nur Euer Leben.«

»Eurydis wacht über uns«, sagte Lana, deren Glaube unerschütterlicher war denn je.

»Zusammen sind wir immer stark gewesen«, pflichtete Corenn ihr bei. »Nehmt es uns nicht übel, Nol. Wir haben keine Wahl.«

Sie wussten, welche Gefahren in der Unterwelt auf sie lauerten. Doch Saat würde nicht aufhören, sie zu verfolgen. Sie mussten die Gelegenheit nutzen und herausfinden, wer der Erzfeind war.

Als niemand widersprach, ergriff Corenn wieder das Wort. Ihre Stimme klang sterng, fast hart. Es war der Ton, den sie anschlug, wenn sie auf ihren Reisen durch die Provinzen des Matriarchats unliebsame Entscheidungen des Ständigen Rats von Kaul verkünden musste. Doch diesmal musste sie nur einen einzigen Menschen überzeugen: sich selbst.

»Die Antwort befindet sich in greifbarer Nähe, direkt unter unseren Füßen«, sagte sie. »Wir haben nicht einen so weiten Weg zurückgelegt, um nun kurz vor dem Ziel aufzugeben. Wenn unsere Vorfahren den Besuch in der Unterwelt überlebt haben, werden auch wir es schaffen.«

Trotz Nols Bedenken hielten die Erben an ihrem Plan fest und machten sich gleich an die Vorbereitungen ihrer Expedition. Als Erstes mussten sie Lloïol davon überzeugen, sie zu führen, denn der Zwerg forderte dafür ein neues Abkommen. Nach zähen Verhandlungen, die abwechselnd von Rey und Corenn geführt wurden, stellte er sich ihnen zur Verfügung, wenn die Erben versprachen, ihm zu Ehren eine Statue am Rande des Walds von Ehec zu errichten.

Dann diskutierten sie, wann sie aufbrechen sollten. Grigán wollte so rasch wie möglich losgehen, da die Zeit drängte und sie nichts mehr im Jal'dara hielt, doch Lloïol zog es vor, den Aufbruch auf den Mit-Tag des folgenden Tages zu verschieben. Die Gefahr sei dann weniger groß, erklärte er, da die Dämonen am tiefsten schlummerten, wenn die Sonne hoch am Himmel stand. Außerdem wollte er warten, bis alle Kreaturen, die der ungewohnte Aufruhr im Tal geweckt hatte, wieder eingeschlafen waren.

Als alle Einzelheiten geklärt waren, zog sich Lloïol wieder in die Unterwelt zurück. Zum Abschied brachte er ihnen noch ein Ständchen. Nol war enttäuscht, als der Zwerg wieder in dem engen, stinkenden Loch verschwand. Doch er nutzte Lloïols Abwesenheit, um seinen Besuchern ein paar letzte Ratschläge mit auf den Weg zu geben.

»Ihr könnt ihm jedes Wort seiner Geschichte glauben«, sagte er. »Im Tal können die Götter nicht lügen, deshalb wird Lloïol sein Versprechen halten. Aber sobald Ihr in der

Unterwelt seid, müsst Ihr wachsam sein. Misstraut allem, was er sagt oder tut. Er wird nicht mehr derselbe sein.«

Corenn nickte, um Nol zu bedeuten, dass sie seinen Rat beherzigen würden. Die Nacht und der Morgen würden sich in die Länge ziehen, weil keiner von ihnen müde war und die nächste Etappe ihrer Reise gefährlicher sein würde als alles, was sie bisher erlebt hatten.

»Es macht mir Angst, dass es so schlimme Folgen haben kann, sich auch nur wenige Schritte in die Unterwelt vorzuwagen«, sagte Lana.

»Das liegt am Gwel«, erklärte Nol. »Das Gwel der Unterwelt ist nicht dasselbe wie das, was uns hier oben umgibt. Die Gärten folgen einer bestimmten Ordnung und sind unveränderlich. Im Dara herrschen Gesetze. Die Unterwelt hingegen ist in ständiger Bewegung. Ihr Gwel ist schwarz und übel riechend. Es sieht aus wie gewöhnlicher Lehm, doch aus ihm entstehen die Dämonen der Menschheit. Eins müsst Ihr wissen: Ihr werdet in eine völlig andere Welt hinabsteigen.«

»Durch dieses Loch im Boden?«, fragte Rey ungläubig.

»So ist es. Außerdem wird nicht nur Euer Körper, sondern auch Euer Geist in eine andere Welt übergehen. Während das Gwel der Gärten alle angenehmen Gefühle verstärkt und Euch in Euphorie versetzt, bewirkt das Gwel der Unterwelt das genaue Gegenteil. Denkt nur an Saat.«

»Ich dachte, Ihr wüsstet nichts über die Unterwelt?«, fragte Léti erschüttert.

»Ich weiß nicht, was dort unten geschieht«, antwortete Nol freundlich. »Aber ich weiß sehr wohl über das Wesen der Unterwelt Bescheid. Schließlich ist sie ein Zerrspiegel der Gärten.«

Er schwieg eine Weile, während die anderen über seine

Antwort nachdachten, und fuhr dann fort: »Das Dara und das Karu bilden zusammen das Jal. Ihre Kinder bekämpfen einander seit Anbeginn der Zeiten, aber keins könnte ohne das andere existieren. So wird es sein, bis das Zeitalter der Harmonie anbricht. Oder sein Gegenteil.«

Sein Gegenteil …

Wenn keiner der Erben der Erzfeind war, oder wenn der Auserwählte scheiterte, würde das neue Zeitalter zweifellos Saat und einer Heerschar von Dämonen gehören.

Tatsächlich wurde den Gefährten das Warten lang. Kurz nachdem Lloïol in seinem Loch verschwunden war, hatte sie auch Nol verlassen, und die Erben wussten nichts mit sich anzufangen. Niemand hatte Lust, das Gespräch fortzuführen, das sie seit den Morgenstunden in Atem gehalten hatte. Inzwischen war alles gesagt worden, und sie würden Zeit brauchen, um die Neuigkeiten zu verarbeiten.

Obwohl aufgrund der Wirkung des Gwels niemand müde war, schlug Grigán vor, sie sollten versuchen, etwas zu schlafen. Sie wussten nicht, ob sie sich im Jal'karu ebenso ausgeruht fühlen würden, zumal sie dort all ihre Kräfte brauchen würden. Da sie in der Dunkelheit ohnehin nichts Besseres zu tun hatten, streckten sie sich in einigem Abstand zu dem Tunneleingang im weichen Gras aus.

Rey legte sich neben Lana, als wäre es das Natürlichste von der Welt. Léti, die ihn beobachtet hatte, gesellte sich zu Yan, worüber dieser sich sehr freute. Sie wechselten kein Wort miteinander, und auch ihre Freunde waren verstummt. Hand in Hand dazuliegen und die Sterne zu betrachten, die am Himmel prangten, sagte mehr als alle Worte.

Rey hatte nur Augen für Lana, was die Priesterin jedoch

nicht bemerkte, da sie trotz wirrer Gedanken und Gefühle eingeschlafen war. Auch Bowbaq schlummerte bald tief und fest. Kurz darauf begann er laut zu schnarchen, was den anderen ein Grinsen entlockte. Hin und wieder warf Corenn Grigán einen Blick zu. Der Krieger lag angespannt und reglos da, die Hand am Griff seines Krummschwerts. Er schien sich in Gedanken auf bevorstehende Kämpfe vorzubereiten.

Obwohl keiner ein Wort darüber verloren hatte, waren alle der Überzeugung, dass nur Grigán der Erzfeind sein konnte. Er selbst dachte das Gleiche, obschon ihm die Vorstellung nicht gefiel. Aber wer sollte es sonst sein? Hätten die Erben einen Anführer bestimmen müssen, wäre die Wahl auf Grigán gefallen. Schließlich war er ihr bester Kämpfer und seit Königin Séhanes Tod der älteste Erbe.

Irgendwann schlief auch Corenn ein. Am nächsten Morgen waren alle voller Tatendrang. Keiner von ihnen ahnte, dass sie nie wieder eine Nacht im Jal'dara verbringen würden.

Als Corenn die Augen aufschlug, stellte sie überrascht fest, dass sich ein etwa dreijähriger Junge an sie geschmiegt hatte. Obwohl sie bemüht war, ihn nicht zu stören, erwachte das Kind, als sie sich aufsetzte. Der Gott rieb sich die Augen, blinzelte ein paarmal, lächelte den Menschen zu und stapfte davon. Gerührt sahen sie ihm nach.

»So würdevoll hat noch kein Mann das Bett einer Frau verlassen«, bemerkte Rey. »Dame Corenn, gebt acht, dass Ihr niemanden eifersüchtig macht«, sagte er mit einem Nicken in Grigáns Richtung.

Corenn warf dem Lorelier einen strafenden Blick zu. Rey

steckte seine Nase immer wieder in Dinge, die ihn nichts angingen. Doch machte das nicht gerade seinen Charme aus?

»Hast du etwas Schönes geträumt, Tante Corenn?«, fragte Léti und setzte sich neben sie. »Ich habe wunderbar geschlafen.«

»Ich auch«, antwortete Corenn, ohne zu zögern. »Ehrlich gesagt fühle ich mich wie neu geboren.« Sie erinnerte sich an seltsame Träume: angenehme, wenngleich flüchtige Eindrücke, verwoben mit Ereignissen aus ihrem Leben. Aber auch Orte, Menschen und Situationen, die ihr fremd waren, hatte sie klar und deutlich gesehen. Was hatte sie im Schlaf erlebt?

Plötzlich kam ihr ein Gedanke, der ihr Angst machte und sie zugleich in Aufregung versetzte. War es möglich, dass sie im Schlaf das Unbewusste der Menschheit wahrgenommen hatte, nicht anders als die Götterkinder? War sie beeinflusst worden? Und wenn ja, wie?

Nol hatte sie nicht davor gewarnt, im Jal'dara einzuschlafen, also war es vermutlich ungefährlich. Einen Moment lang bedauerte Corenn, dass sie das Tal bereits wieder verließ und das Rätsel nicht ergründen konnte. Aber sie musste sich schon um so vieles Gedanken machen.

Bowbaq erwachte als Letzter, und das auch nur, weil Miff ihn heftig am Bart zog. Er und Grigán waren die Einzigen, die nicht voller Begeisterung von ihren Träumen erzählten. Bowbaq hatte von seiner Familie geträumt, deren Schicksal ungewiss war, und auch der Krieger wollte nicht über seine Träume sprechen. Trotzdem mussten beide zugeben, dass sie sich ausgeruht fühlten.

Die ersten Dekanten des neuen Tages verbrachten die Erben mit einer Arbeit, die ihnen im Laufe der Reise in Fleisch und Blut übergegangen war: der Überprüfung der Ausrüstung. Die Pflege der Waffen nahm die meiste Zeit in Anspruch. Lange hatte sich Grigán allein darum gekümmert, bis Léti darauf bestanden hatte, ihm zu helfen.

Gegen Ende des zweiten Dekants, als der Aufbruch immer näher rückte, zeigte Rey erste Anzeichen von Ungeduld. Er begann, in der Nähe der Kuhle auf und ab zu laufen, und blieb immer wieder stehen, um auf Geräusche aus dem Gang zu horchen. Doch alles blieb still. Die tagelange Untätigkeit zerrte an seinen Nerven, und das bevorstehende Abenteuer bereitete Rey Sorgen. In dieser Stimmung war er noch sarkastischer als sonst. Seine Gefährten taten ihr Möglichstes, um nicht zur Zielscheibe seines Spotts zu werden.

Bowbaq versuchte, sich für das Gespräch zu interessieren, das Yan, Corenn und Lana über die Träume der vergangenen Nacht führten. Doch es ging die ganze Zeit nur um Gwel, Magie, Beeinflussung und Vollendung, und so konnte er nicht lange folgen. Nur eins merkte er sich: Yan vermutete, dass das Jal'dara Sterbliche nach und nach verschwinden ließ, um seine Unveränderlichkeit zu wahren. Der Riese fand das alles sehr unhöflich. Mehr noch als seine Gefährten konnte er es kaum erwarten, diesen Ort zu verlassen.

Als Grigán gerade den letzten Dolch an seinem Gürtel befestigte, kehrte Nol zurück. Der Ewige Wächter betrachtete die Waffe stirnrunzelnd, und die Gefährten errieten, dass er kein Freund des Kampfes war.

»Der Dolch wird Euch nichts nützen«, sagte er. »Es gibt nur sehr wenige Waffen, mit denen man unsterbliche Wesen verwunden kann. Mit gewöhnlichen Klingen könnt Ihr den Dämonen nichts anhaben.«

»Auch Dämonen empfinden Schmerzen«, widersprach Grigán, der sich noch gut an den Kampf im Tiefen Turm von Romin erinnerte. »Das wird reichen, um sie uns vom Leib zu halten.«

»Ich wünschte, Ihr könntet Euch Euch selbst vom Leib halten«, lautete Nols rätselhafte Antwort.

Dann schwieg der Gott und ließ sich vor dem Eingang zur Unterwelt im Gras nieder. Er schien das Ganze schnell hinter sich bringen zu wollen. Die anderen unterhielten sich mit gesenkten Stimmen weiter, bis ihr Gespräch schließlich erstarb.

Sie fühlten sich in die Nacht im Wald von Oo zurückversetzt, in der sie darauf gewartet hatten, dass sich die Pforte öffnete. Ihr Ausflug in die Unterwelt würde vermutlich weit weniger angenehm verlaufen als ihr Besuch im Tal. Ausgerüstet für eine Wanderung durch finstere Gänge und Höhlen, warteten die Gefährten auf die Ankunft eines launischen Zwergs, der sie in die Welt der Dämonen führen sollte.

Bald hatte die Sonne ihren Höhepunkt überschritten. Es musste bereits nach Mit-Tag sein. Doch wie sollte Lloïol das wissen, dachte Bowbaq. Unter der Erde war es ja stockfinster.

Plötzlich ertönten die Klänge, vielmehr Missklänge einer Harfe. Der Zwerg war mehr oder minder pünktlich. Gleich darauf rief eine mittlerweile vertraute näselnde Stimme:

»Ihr lieben Leut', folgt mir geschwind
Das Abenteuer nun beginnt!«

»Meister Lloïol«, sagte Corenn streng. »Erinnert Ihr Euch an unsere Abmachung? Würdet Ihr sie wiederholen?«

Die Musik verstummte abrupt, ein Zeichen dafür, dass der Zwerg überrascht war. Diese Bitte war eine der Vorsichtsmaßnahmen, die sich Corenn ausgedacht hatte. Falls sich Lloïol weigerte, würden die Erben die Expedition absagen.

»Zwerge haben ein unfehlbares Gedächtnis«, rief Lloïol und lachte gackernd. »Ich werde Euch auf dem sichersten Weg zum Flüstersee führen. Im Gegenzug errichtet Ihr am Wald von Ehec eine Statue zu meinen Ehren.«

»Schön«, sagte die Ratsfrau. »Würdet Ihr Eure Worte nun hier oben im Jal'dara wiederholen? Anschließend können wir aufbrechen.«

»Ich vertrage das Sonnenlicht nicht«, jammerte er.

»Mir geht es nicht anders«, sagte Corenn unerbittlich. »Zeigt Euch, Meister Lloïol. Diese Bedingung ist nicht verhandelbar.«

Er lachte wieder und kam dann tatsächlich zum Vorschein. Mit zwei Sätzen sprang er auf Corenn zu und wiederholte seine Worte.

»Gut. Ich zweifle nun nicht mehr an Eurer Aufrichtigkeit. Wir werden uns gewissenhaft an unseren Teil der Abmachung halten. Von Euch erwarten wir dasselbe.«

»Solltest du dein Wort brechen«, warf Nol ein, »darfst du nie wieder in die Gärten zurückkehren.«

Lloïol entblößte seine spitzen Zähne, grinste schauerlich, nahm seine Harfe und schmetterte ein kurzes Lied:

»In Gärten und Unterwelt bin ich daheim.
So schufen die Menschen mich, ist das nicht fein.«

»Lasst uns gehen«, sagte Grigán, dem der Zwerg schon jetzt auf die Nerven ging. »Je früher wir aufbrechen, desto eher sind wir ihn wieder los.«

Alle scharten sich um Nol, um sich zu verabschieden. Auch wenn sie vorhatten, ins Jal'dara zurückzukommen, um die Pforte zu durchschreiten, konnte es sein, dass die

Unterwelt die letzte Etappe ihrer Reise war. Deshalb wollten sie den Ewigen Wächter nicht grußlos verlassen.

»Es tut mir leid, dass ich Euch nicht helfen konnte«, sagte Nol bedauernd.

»Ihr habt genug für uns getan«, versicherte ihm Corenn.

»Ich habe lange über Eure Frage nachgedacht«, sagte Nol zu Lana. »Ihr wolltet wissen, ob die Kinder des Jal unglücklich sind. Meine Antwort lautet: Die Götter sind ein Ebenbild der Menschen. Je älter sie werden und je mehr sie von der Welt begreifen, desto trauriger werden sie. Doch das kann sich ändern, wenn einer von Euch die Welt auf den Weg der Harmonie führt. Es liegt an Euch, ob die Götter der Zukunft glücklich sind. Das Gleiche gilt für die Menschen.«

Mit diesen Worten wandte er sich ab und ging langsam davon. Yan hatte das seltsame Gefühl, dass sie ihn nie wiedersehen würden.

»Was für ein Schwätzer«, sagte Lloïol und kratzte sich am Hintern.

Dann betrachtete er seufzend seine dreckigen Fingernägel, als würde ihn der Schmutzrand tatsächlich kümmern. »Geht's jetzt endlich los, oder wollt Ihr auf den nächsten Zwerg warten?«

Grigán starrte auf das finstere Loch im Boden, das in die Unterwelt führte. Wenn der Tunnel dahinter nicht breiter wurde, würden sie auf Fackeln verzichten und stattdessen ihre einzige Laterne benutzen müssen. Diese Aussicht war wenig verlockend, zumal in der Dunkelheit unbekannte Gefahren lauerten.

»Gibt es keine andere Möglichkeit? Nol sagte, es gebe acht Zugänge zur Unterwelt.«

»Das stimmt«, sagte Lloïol. »Aber dieser hier ist der beste. Er ist übrigens der dritte. Nummer zwei und fünf sind noch enger. Nummer vier steht unter Wasser, und Nummer sieben liegt an einem steilen Berghang. Nummer eins ist für Sterbliche unsichtbar, den können wir also auch vergessen. Und der sechste und achte würden Euch gar nicht gefallen«, sagte er mit einem schiefen Grinsen. »Die größten Gänge sind auch die gefährlichsten. Einige Kreaturen würden in den Gängen, durch die wir gehen, stecken bleiben. Das ist unser Glück.«

Normalerweise hätte seine Antwort Grigán misstrauisch gemacht, aber im Jal'dara konnte der Zwerg nicht lügen. Also nickte er zustimmend und dachte, dass er in der Unterwelt wesentlich wachsamer sein musste.

Die Erben scharten sich um den Eingang zum Labyrinth und warteten, dass Lloïol die Führung übernahm. Doch der Zwerg hatte vor ihrem Aufbruch noch etwas zu erledigen. Er ging neben einem Bach in die Hocke und rieb sich etwas feuchte Erde ins Gesicht. Er widmete sich dieser Aufgabe mit solcher Sorgfalt, dass die Gefährten neugierig wurden und ihn um eine Erklärung baten.

»An Eurer Stelle würde ich das auch tun«, sagte er und trug eine zweite Schlammschicht auf seine spitze Nase auf. »Die Kreaturen der Unterwelt können Euch nicht sehen, wenn Ihr Gwel aus den Gärten am Körper tragt. Das gilt übrigens auch umgekehrt«, fügte der Zwerg hinzu und lachte gackernd.

»Wir werden unsichtbar?«, fragte Bowbaq.

»Ja, großer Mann, so könnte man es sagen. Niemand kann in Eure Gedanken eindringen, solange Euch das Gwel schützt. Es nützt zwar nichts, wenn Ihr Quro oder einem der Lemuren direkt in die Arme lauft, aber es verhindert, dass die Kreaturen, die gerade nicht schlafen, Euch schon aus der Ferne aufspüren.«

»Wie wirkt es genau?«, fragte Corenn aufgeregt.

»Je weniger ein Kind die Gärten kennt, desto besser beschützt uns das Gwel vor ihm. Gegen die schrecklichsten Dämonen hilft es am besten.«

»Endlich einmal eine gute Nachricht«, sagte die Ratsfrau. »Habt Ihr gehört? Es gibt ein Mittel, uns vor Saat zu verstecken! Endlich wird er nicht mehr jeden unserer Schritte verfolgen können.«

»Das Gwel würde uns nur vor Sombre schützen«, dämpfte Rey ihre Begeisterung. »Saat kann uns immer noch die Züu und die Große Gilde auf den Hals hetzen. Ganz abgesehen davon, dass dieser magische Schlamm in unserer Welt vielleicht seine Wirkung verliert.«

»Außerdem wird uns Nol verbieten, etwas von dem Gwel mitzunehmen«, sagte Lana seufzend. »Da wird er nicht mit sich reden lassen.«

Corenn nickte und dachte darüber nach, wie sie dieses Hindernis aus dem Weg räumen konnten. Es stand zu viel auf dem Spiel, um sich eine solche Gelegenheit entgehen zu lassen. Wenn sie das Jal'dara verließen, ganz gleich, wie ihre Begegnung mit den Undinen verlief, mussten sie sich frei bewegen können – ob sie nun gegen Saat kämpfen oder vor ihm fliehen wollten.

»Müssen wir uns das Gwel unbedingt ins Gesicht reiben?«, fragte Lana und starrte auf den schwarzen, zähflüssigen Matsch, während Yan, Grigán und Bowbaq schon eifrig am Werk waren.

»Im Prinzip müsste auch eine winzig kleine Menge Gwel

ausreichen«, sagte Corenn. »Aber vorsichtshalber sollten wir besser Lloïols Rat befolgen.«

»Für eine Sterbliche seid Ihr erstaunlich weise«, sagte dieser geschmeichelt. »Auf Euch werde ich ganz besonders acht geben.«

Corenn dankte ihm mit einer knappen Verbeugung und begann ebenfalls, sich Gesicht und Hände mit der schwarzen Erde einzureiben. Würden die Erben länger im Jal'dara bleiben, wären die Spuren in kürzester Zeit wieder verschwunden. Ein fürwahr seltsamer Ort!

Bowbaq rieb auch Miff sorgfältig mit Schlamm ein. Dem armen Tier gefiel das überhaupt nicht, und es wehrte sich mit Händen und Füßen gegen die Behandlung. Anschließend sammelten Bowbaq und Grigán ein paar Kieselsteine ein, die sie in ihren Bündeln und Säcken verstauten. Der Riese hob drei weitere Steine auf und ließ sie in seiner Hosentasche verschwinden. Dabei errötete er, als täte er etwas Verbotenes. Er musste sich nicht erklären: Die anderen wussten, dass die Steine für seine Frau und seine Kinder bestimmt waren.

»Eine Frage, Meister Zwerg. Ihr seid doch unsterblich, oder?«, sagte Rey. »Wozu braucht Ihr dann den Schutz des Gwels?«

»Manche Kreaturen des Jal haben die Macht, Leben auszulöschen, ganz gleich, welcher Art es ist. Ich habe nicht vor, ihnen die Gelegenheit dazu zu geben. Nicht so kurz vor meiner Vollendung!«

»Ich dachte, die Kinder hätten im Jal keine Macht. Ich dachte, sie könnten einander keinen Schaden zufügen«, sagte Léti und wies auf die Landschaft ringsum.

»Hier oben nicht. Aber in der Unterwelt ist alles anders. Die Dämonen haben zwar keinen Einfluss auf die Welt der

Sterblichen, aber glaubt bloß nicht, dass sie sich im Labyrinth zurückhalten. Vergesst endlich die Kinder«, knurrte der Zwerg. »Dort unten gibt es keine Kinder. Ich habe die Götter und Dämonen der vergangenen Jahrhunderte heranwachsen sehen: Diejenigen, die in die Unterwelt hinabgestiegen sind, haben nichts Niedliches mehr an sich. Welche Gestalt sie auch angenommen haben, sie haben nur eins im Sinn: Euch Eure Gedanken zu rauben.«

»Wie das?«

»Indem sie Euch verwunden, Euch ganz oder teilweise verschlingen, Euch zu Tode erschrecken, Euer Blut aussaugen, was weiß ich! Bei den Undinen zum Beispiel genügt eine kurze Berührung. Keine Angst, ich habe diese Macht nicht. Wenn das der Fall wäre, müsste ich nicht erst mit Euch verhandeln!«

»Gedanken rauben?«, wiederholte Lana. »Zu welchem Zweck?«

»Um ihre Entwicklung zu vollenden, natürlich!«, rief Lloïol, als wäre sie begriffsstutzig. »Sie alle wollen schneller heranwachsen, um dieses Gefängnis zu verlassen und endlich in die Welt der Sterblichen zu gelangen!«

»Reizend«, sagte Rey angewidert. »Ein Dämon raubt dir deine Gedanken, du krepierst in einem unterirdischen Loch, und dein Mörder erblickt das Licht der Welt. Da würde ich mir doch lieber eigenhändig einen Dolch in die Brust rammen!«

Als sich Lanas Hand auf seinem Arm verkrampfte, merkte er, wie hart seine Worte klangen, und machte sich Vorwürfe. Seinen Gefährten war schon bang genug. »Grigán, versteht das bloß nicht als Aufforderung«, scherzte er, um die Sache herunterzuspielen. »Ehrlich gesagt wäre es mir lieber, wenn Ihr dem *Dämon* den Dolch in die Brust rammt!«

»Worauf Ihr Euch verlassen könnt«, sagte der Krieger grimmig. »Meister Lloïol?«

Der Zwerg sprang in die Kuhle und verschwand so schnell wie ein verschreckter Stehschläfer in dem dunklen Loch. In der Reihenfolge, die sie zuvor festgelegt hatten, betraten Grigán, Rey, Yan, Léti, Lana, Corenn und schließlich Bowbaq den engen Gang, der sie ins Land der Dämonen führen würde.

Wutentbrannt stürmte Aleb in den Thronsaal von Saats Palast. Was für eine Frechheit! Der hohe Dyarch hatte ihn zu sich beordert, und der König von Griteh hatte sich seinem Willen gebeugt. Er war übers Meer gesegelt und hatte die Hälfte eines Kontinents überquert, der noch öder war als die Wüste von Jezeba. Und von wem war er empfangen worden? Von einem einfachen Herold, der ihn aufgefordert hatte, so schnell wie möglich sein Quartier zu beziehen und dann umgehend den »Meister« aufzusuchen.

Wieso Meister?, dachte Aleb zornig. Hoher Dyarch hin oder her, Saat und er waren *Verbündete,* und der Goroner schuldete ihm etwas Achtung. Schließlich war er König. Dieser unwürdige Empfang kränkte ihn in seiner Ehre, und das würde er nicht so einfach hinnehmen!

»Ich habe das Gefühl, Eure Gedanken lesen zu können«, sagte Saat ironisch, als er den ramgrithischen Herrscher auf sich zustürmen sah.

Die Bemerkung löste bei seinen Gefolgsleuten lautes Gelächter aus, was Alebs Zorn noch mehr entfachte. Der Goroner beließ es nicht bei der ersten Beleidigung, sondern verspottete ihn obendrein! Mit großen Schritten lief der einäugige König auf den Tisch in der Mitte des Saals zu, um den sich sechs Personen versammelt hatten. Fünf stellten sich ihm in den Weg.

»Niemand hat es je gewagt, mich so zu behandeln, Saat!«, rief Aleb über das Hindernis hinweg. »Ich habe Euch in La Hacque einen sehr viel besseren Empfang bereitet, obwohl Ihr nichts als ein Abtrünniger seid, der Hauptmann einer zerlumpten Räuberbande!«

»Vor allem habt Ihr mein Gold empfangen«, sagte der hohe Dyarch belustigt. »Achthundert Pfund, wenn ich mich richtig entsinne? Ihr habt Euch die Gastfreundschaft teuer bezahlen lassen!«

»Sagt gefälligst ›Majestät‹, wenn Ihr das Wort an mich richtet!«, schrie Aleb. »Im letzten Jahr seid Ihr etwas zu überheblich geworden, Eisenschädel!«

»Eisenschädel?«, wiederholte die einzige Frau in der Runde, bevor sie begriff, dass er auf Saats Sturmhaube anspielte.

»Das reicht, Aleb«, sagte der Hexer streng. Er war es gewohnt, dass man ihm gehorchte.

»Sagt ›Majestät‹!«, brüllte der Ramgrith.

Seine Stimme erstickte in einem Röcheln. *Saat war in seine Gedanken eingedrungen.* Bisher hatte er nicht gewusst, dass so etwas überhaupt möglich war. Doch so sicher wie morgens die Sonne aufging, hatte der Hexer seinen Geist bezwungen. Er spürte seine Anwesenheit so deutlich, als wäre Saat ihm auf die Schultern geklettert.

Und es kam noch schlimmer: *Saat stahl ihm die Kontrolle über seinen Körper.*

Aleb konnte nichts tun, als tatenlos zuzusehen, wie er sich verneigte und vor dem Goroner in die Knie ging. Er war immer noch Herr seiner Sinne: Er konnte sehen, hören und denken, aber keinen einzigen Muskel bewegen.

Im ersten Moment glaubte der ramgrithische König, tot zu sein. Wenn man jede Verbindung zur Welt verlor, kam einem zwangsläufig etwas grauenhaft Endgültiges in den Sinn. Eigentlich hoffte er geradezu, tot zu sein, denn das war immer noch besser als die Aussicht, in einem Körper gefangen zu sein, den er nicht mehr kontrollieren konnte.

»Endlich nehmt Ihr Vernunft an«, spottete Saat und musterte den vor ihm knienden Mann. »Ihr müsst wissen, *Majestät,* dass alle hier Anwesenden Königen ebenbürtig sind. Darf ich Euch nun endlich Euren Verbündeten vorstellen? Oder möchtet Ihr lieber mit bloßen Händen helfen, den Tunnel zu graben?«

Aleb sah sich langsam nicken, obwohl er die Bewegung nicht gewollt hatte.

»Ja? Ihr möchtet also den Tunnel graben?«, fragte Saat höhnisch.

Erst in diesem Moment dämmerte dem ramgrithischen König der ganze Schrecken seiner Lage. Saat hatte ihm nicht nur den Körper gestohlen: Er konnte mit ihm anstellen, was immer er wollte. Aleb brauchte nicht viel Fantasie, um sich die schlimmsten Qualen auszumalen.

Der Hexer war der Einzige, der sich prächtig zu amüsieren schien. Die anderen Anwesenden gaben sich gleichgültig oder wirkten beklommen. Einige mussten in der Vergangenheit Ähnliches durchgemacht haben. Mit der ganzen Kraft seiner Gedanken flehte Aleb um Gnade, bettelte und schwor Saat ewige Gefolgschaft und Treue, wenn er nur von ihm abließ.

»Ich habe das Gefühl, dass Ihr mir etwas sagen wollt«, stellte Saat belustigt fest. »Ich werde Euren Wunsch, in die Reihen der Sklaven aufgenommen zu werden, nicht erfüllen. Ich bin sicher, dass wir eine nützlichere Aufgabe für

Euch finden können. Meint Ihr nicht? Und nun erhebt Euch.«

Zu seiner großen Erleichterung spürte Aleb sich erneut nicken und dann schwerfällig aufstehen. Im gleichen Moment verließ der Hexer seine Gedanken.

Heftiger Schwindel überkam den König. Er lehnte sich an eine Säule und presste sich die Fäuste an die Schläfen, als wollte er alles Fremde aus seinem Kopf verscheuchen. So verharrte er eine Weile, während die anderen schwiegen.

Als er sich wieder etwas besser fühlte, wandte er sich den Fremden zu, vor denen er sich erniedrigt hatte. Er wünschte, sie würden vor seinen Augen tot umfallen. Noch lieber hätte er sie mit dem Krummschwert eigenhändig niedergemetzelt. Ihre Schreie, ihr Flehen und das dumpfe Knacken der Knochen, die unter seiner Klinge splitterten, würden ihm seinen Stolz zurückgeben.

Doch das musste ein Traum bleiben. Der König von Griteh hatte soeben die zweite Niederlage seines Lebens erlitten, ohne auch nur das Schwert gezogen zu haben. Den Mann, der ihm das Auge ausgestochen hatte, würde er zeit seines Lebens verfolgen. Saat hingegen würde er ewige Treue schwören.

Aleb brach abrupt in lautes Gelächter aus, in das die Anwesenden einfielen. Wenigstens stand der Magier auf seiner Seite. Saat schien nicht allein über sein künftiges Reich herrschen zu wollen, schließlich planten sie zusammen den größten Eroberungsfeldzug aller Zeiten. Und angesichts von Saats Kräften war ihnen der Sieg sicher.

Saat verlor kein Wort mehr über den Zwischenfall, sondern stellte ihm seine Hauptmänner vor: Sombres Verkünder.

Unter ihnen befand sich auch Saats Sohn, der junge Dyarch, ein Halbwüchsiger von schlankem Wuchs, ganz in Schwarz gekleidet und mit beängstigenden Augen. Als Nächstes kam Emaz Chebree an die Reihe, eine wallattische Königin und Hohepriesterin des Gottes Sombre. Von einer solchen Religion hatte Aleb zwar noch nie gehört, aber hier im Osten schien sie sehr verbreitet zu sein, wie er in den folgenden Tagen feststellen sollte.

Der Ramgrith musterte die üppigen Formen und das hübsche Gesicht der Barbarenkönigin mit unverhohlenem Begehren. Dann erkannte er an der Art, wie Chebree Saat umgarnte, dass sie seine Mätresse war, und verlor das Interesse.

Außerdem waren da noch zwei Züu. Aleb hatte die fanatischen Mörder im roten Gewand noch nie gemocht. Er hielt jeden, dem Reichtum nicht über alles ging, für dumm oder verrückt und in jedem Fall für gefährlich. Deshalb hatte er bisher jeden Umgang mit den Boten der Rachegöttin vermieden, obwohl man von Mythr aus die Insel Zuïa mit bloßem Auge sehen konnte.

Das Gesicht des älteren Zü war wie ein Totenschädel geschminkt. Der Mann hieß Zamerine und war Saats oberster Stratege. Damit bekleidete er einen höheren Rang als Aleb. Der andere Zü wirkte nicht älter als dreiundzwanzig oder vierundzwanzig. Er war der Gehilfe des ersten und für die Disziplinierung der Sklaven zuständig. Das bedeutete, dass er jeden Tag an die Hundert töten ließ oder sogar eigenhändig erschlug. Sein Name war Dyree, und Saat ergänzte, dass er für gewisse Spezialaufträge der beste Mann sei. Mehr musste Aleb nicht hören: Der Zü mit dem Knabengesicht war Saats bester Mörder.

Der Letzte in der Runde war Wallatte und der frühere Lehnsherr von Emaz Chebree. Er überragte sie alle mindestens um zwei Köpfe. Saat stellte ihn als König Gors'a'min vor, den Oberbefehlshaber ihres Heers. Die beiden Männer waren sich auf Anhieb unsympathisch, doch in Anwesenheit des hohen Dyarchen rissen sie sich zusammen. Gors und Aleb würden einander mehrere Monde lang ertragen müssen. Wenn die Yussa und die Wallatten erst einmal vereinigt waren, würden sie gemeinsam eine fünfundfünfzigtausend Mann starke Armee befehligen.

Abschließend stellte Saat Aleb vor und ließ ihm dieselbe Ehre zuteil werden wie den anderen Hauptmännern, was den ramgrithischen König endgültig besänftigte. Fortan wäre er dem hohen Dyarchen ganz und gar ergeben. Die Aussicht auf den bevorstehenden Krieg und das Gold, das sie erbeuten würden, erfüllte ihn mit wilder Freude und verdrängte die Erinnerung daran, wie schlecht der Tag begonnen hatte. Er war bereit, jeden Bauernhof, jedes Dorf und jede Stadt zu erobern – bis ans Ende der Welt.

Und nichts anderes hatte Saat im Sinn.

»Jetzt, da wir alle hier versammelt sind, können wir ja beginnen«, sagte der Meister feierlich. Seine Stimme wurde von der Sturmhaube gedämpft. »Dürfte ich Euch bitten, näher zu treten?«

Eine Bitte des hohen Dyarchen kam einem Befehl gleich, und so beugten sie sich gehorsam über den Tisch und studierten den Schlachtplan zur Eroberung der Oberen Königreiche.

Das Jal'karu war ein Irrsinn, der Albtraum eines Wahnsinnigen, so verschroben und zugleich so einfach, dass man nicht an seiner Realität zweifeln konnte. Der Ort war viel mehr als nur seltsam: Er war widersprüchlich. Unbegreiflich. Verstörend.

Das Labyrinth hatte nur drei unveränderliche Eigenschaften: Es herrschte Dunkelheit, es stank nach Moder und Fäulnis, und von den lehmverschmierten Felswänden tropfte Schmutzwasser. Das Gwel des Jal'karu war allgegenwärtig und so feucht, dass es den Erben durch die Kleider drang.

Die finsteren Gänge und Höhlen gehorchten keiner Logik. Schlimmer noch, sie veränderten sich ständig. Kaum waren die Erben in die Unterwelt eingedrungen, hatte Corenn die Gefährten umkehren lassen, um Lloïols Worte zu überprüfen. Prompt waren sie in einer Sackgasse gelandet, und ihre Beklommenheit war in Angst umgeschlagen.

Trotzdem marschierten sie weiter. Mit eingezogenem Kopf folgten sie dem Zwerg, der sich unter der Erde pudelwohl zu fühlen schien. Als sich der Gang etwas verbreiterte, konnten sie ihre Fackeln entzünden. Doch dem schwachen Lichtschein gelang es kaum, die Finsternis zu durchdringen, die aus den Wänden zu sickern schien.

Grigán hielt sich dicht hinter Lloïol, und seine Freunde folgten ihm auf dem Fuß. Etwas anderes blieb ihnen ohnehin nicht übrig. Vom Mit-Tag bis zum Abend marschierten sie durch das unterirdische Labyrinth, kletterten über Geröllhaufen, rutschten im Schlamm aus und zwängten sich durch enge Spalten, bei denen Bowbaq jedes Mal fürchtete, stecken zu bleiben. Ihre Gedanken kreisten nur noch um die Gefahren, die in der Dunkelheit lauerten.

Am ersten Tag enttäuschte Lloïol ihr Vertrauen nicht, und alle hofften, dass dies ein gutes Zeichen war. Bisweilen riss er zweifelhafte Witze: Er tat so, als hätte er sich verirrt, oder behauptete plötzlich, ihre Abmachung aufkündigen zu wollen. Kaum hatte er die Lüge ausgesprochen, lachte er irre und ging weiter, als wäre nichts geschehen. Sein unberechenbares Verhalten machte sie immer nervöser.

Wie Nol vorhergesagt hatte, blieben die Erben nicht vom Einfluss des Gwels verschont. Während die Gärten sie in einen Rausch versetzt und alle schönen Gefühle verstärkt hatten, bewirkte das Jal'karu das Gegenteil: Das leichte Unwohlsein, das sie während der ersten Dekanten empfunden hatten, wuchs sich im Laufe des Tags zu einer starken Übelkeit aus. Und das war noch längst nicht alles: Das schwarze Gwel brachte ihre hässlichsten Charakterzüge zu Tage.

Rey war noch zynischer als sonst, Corenn noch gebieterischer, Léti noch angriffslustiger, und selbst der sanftmütige Bowbaq wagte es mehrmals, sein Missfallen laut zu äußern. Seine Stimme hätte das Echo der Argosfelsen vor Neid erbleichen lassen. Niemand blieb davon verschont, doch zum Glück gelang es ihnen dank Nols Warnung recht schnell, ihre Laune wieder in den Griff zu bekommen – allen, nur Grigán nicht.

Er litt am meisten unter dem Einfluss des Gwels. Der sonst schon wortkarge Krieger war verdrießlicher denn je. An ihrem ersten Tag in der Unterwelt öffnete Grigán den Mund nur, um kundzutun, dass sie Saat ohnehin nicht entkommen konnten. Klugerweise beachteten die anderen seine Worte nicht, auch wenn sie sein Missmut beunruhigte. War die Farikskrankheit erneut ausgebrochen? Grigán machte sich ebenfalls Sorgen darum, was seine Stimmung nicht gerade besserte.

Zum Glück gewannen die Zuneigung und der Zusammenhalt der Erben, die im Laufe ihrer Reise immer stärker geworden waren, bald wieder die Oberhand. So wie sie sich an die rauschhafte Wirkung der Gärten gewöhnt hatten, lernten sie nun, die Bösartigkeit zu unterdrücken, zu der sie das Jal'karu anstachelte. Trotzdem wussten alle, dass sie nicht vor weiteren Ausbrüchen gefeit waren.

Müdigkeit, Hunger, Schmerz und andere körperliche Empfindungen, von denen sie im Dara befreit gewesen waren, kehrten nun mit voller Wucht zurück. Deshalb waren alle erleichtert, als Lloïol einen Halt für die Nacht vorschlug. Der Zwerg wollte auf keinen Fall im Labyrinth unterwegs sein, wenn die Dämonen erwachten. Da er sie bisher vor einer Begegnung mit den Kreaturen der Unterwelt bewahrt hatte, zweifelte niemand seine Entscheidung an.

Die Nacht erschien ihnen sehr kurz, zumal sie in der undurchdringlichen Finsternis jedes Zeitgefühl verloren hatten. Sie wussten nicht mehr, ob es oben im Tal Tag oder Nacht war, und vermissten das Sonnenlicht schmerzlich. So konnten sie nur raten, wann der zweite Tag in der Unterwelt anbrach. Wie konnte sich Saat im Karu auch nur ein kleines Quäntchen Glück bewahrt haben?

Von allen Ärgernissen des Labyrinths war eins am schlimmsten: Ein Mitglied der Expedition war Grigán von Anfang an ein Dorn im Auge gewesen, und es war noch dazu taub für seine Beschwerden. Am zweiten Tag griff Lloïol erneut zur Harfe und schlug einen unmelodischen Akkord nach dem nächsten an.

»Wie kann man nur so schlecht spielen!«, platzte Grigán schließlich heraus. »Man könnte meinen, Ihr tut es mit Absicht.«

»Ich freue mich, dass es Euch auffällt«, sagte der Zwerg ungerührt. »Ich fände es nämlich schade, wenn Ihr aufgrund einer so jämmerlichen Darbietung über meine Kunst urteilen würdet.«

»Aber warum gebt Ihr Euch dann nicht mehr Mühe? Oder hört ganz auf? Wollt Ihr vielleicht jemanden warnen?«, fragte Grigán mit zusammengekniffenen Augen.

»Im Gegenteil. Wenn Ihr die Götter etwas besser kennen würdet, wüsstet Ihr, dass selbst Dämonen Musik lieben. Und nicht nur das: Sie lieben jede Kunst. Indem ich schlechter spiele als der Mann ohne Hände, störe ich einige von ihnen im Schlaf. Das gehört zu meinen kleinen Freuden«, sagte er mit einem hämischen Grinsen. »Schließlich bin ich ein Zwerg und damit ein unverbesserlicher Witzbold.«

»Meister Lloïol, leider klingt Eure Musik auch in unseren Ohren etwas dissonant«, mischte sich Corenn ein. »Könntet Ihr uns nicht eine etwas wohlklingendere Kostprobe Eures Könnens geben?«

Der Zwerg hörte auf, die Saiten zu malträtieren, schnaubte geräuschvoll und nickte mit verkniffenem Gesicht. Dann stimmte er ein richtiges Lied an, was ihm sichtlich schwerfiel. Allerdings war das Ergebnis nur unmerklich besser. Grigán stieß einen Seufzer aus, während die anderen lachten und klatschten.

Nachdem sie einen weiteren Dekant durch die Dunkelheit marschiert waren, ließ Lloïol sein Instrument endlich ruhen. Er blieb stehen, betrachtete die schwarze Wand rechts von ihnen und strich mit besorgter Miene über den Fels. Wenige Schritte später wiederholte er die Geste, und nach der nächsten Abzweigung noch einmal.

»Was ist los?«, fragte Lana. »Stimmt etwas nicht?«

»Ja und nein. Ganz, wie man es sieht. Wir nähern uns dem Flüstersee.«

»Das ist doch eine gute Nachricht!«, rief Rey. »Schließlich ist das unser Ziel! Und je schneller wir dort hinkommen, desto schneller atmen wir wieder frische Luft!«

»Der Weg hätte eigentlich viel länger sein müssen«, erklärte Lloïol. »Das Labyrinth hat sich uns geöffnet. Ich fürchte, das ist ein schlechtes Zeichen. Es bedeutet, dass die Undinen Euch viel zu sagen haben. Oder dass sie Eure Gedanken rauben wollen. Vielleicht auch beides.«

»Niemand wird uns irgendwas rauben«, knurrte Léti.

»Die Undinen kontrollieren also das Labyrinth?«, fragte Corenn. Sie hatte das Gefühl, diese Auskunft könnte wichtig sein.

»Wer sonst?«, rief Lloïol und warf die Hände in die Luft. »Vielleicht die Zwerge?«

Er fand seinen eigenen Scherz so lustig, dass es eine Weile dauerte, bis die Erben weitere Fragen stellen konnten. Lloïol bog sich vor Lachen und schien gar nicht mehr aufhören zu wollen. Da war er allerdings der Einzige.

»Und wieso liegt es auf der Hand, dass die Undinen das Labyrinth kontrollieren?«, fragte Corenn. Sie würde nicht locker lassen, bis sie eine Antwort erhielt.

»Weil sie die Ewigen Wächter der Unterwelt sind. Nol wacht über die Gärten des Dara, die Undinen herrschen über das Labyrinth des Karu. So einfach ist das.«

So einfach ist das, wiederholte Corenn in Gedanken. Lloïol schien sich nicht bewusst zu sein, dass diese Neuigkeit von größter Bedeutung war – und nichts Gutes verhieß. In ihrer Lage kam alles Unvorhergesehene einer Katastrophe gleich.

»Wieso habt Ihr uns das nicht verraten?«, sagte Grigán vorwurfsvoll.

»Ich entsinne mich nicht, dass Ihr danach gefragt hättet«, verteidigte sich der Zwerg. »Außerdem hättet Ihr auch von selbst darauf kommen können!«

»Das ist wahr. Im Grunde leuchtet es sofort ein«, stimmte Lana ihm zu. »Die Undinen sind die einzigen Kreaturen des Karu, die Einfluss auf die Außenwelt nehmen können. Sie sind die Einzigen, die vollendet sind.«

»Vielleicht bewachen auch sie eine Pforte«, rief Yan, einer plötzlichen Eingebung folgend. »Vielleicht hat Saat das Karu auf diesem Weg verlassen!«

Alle Blicke richteten sich auf Lloïol, aber der zuckte nur mit den Schultern. Sie konnten leider nicht wissen, ob er etwas vor ihnen verbarg oder tatsächlich ahnungslos war.

»Und wie, bei allen Göttern, könnt Ihr Euch überhaupt orientieren, wenn sich das Labyrinth ständig verändert?«, fragte Grigán.

»Das wundert mich auch«, pflichtete Bowbaq ihm bei. »Ich habe nirgends Wegzeichen gesehen.«

Der Zwerg kratzte einen Klumpen Gwel von der Wand und streckte ihn dem Krieger entgegen. »Die Hitze der Wände«, erklärte er, während der Klumpen von Hand zu Hand wanderte. »Seht, wie bröckelig der Stein ist. Es kann nicht mehr weit sein.«

»Ist der Flüstersee eine heiße Quelle?«, fragte Rey.

»So etwas in der Art«, antwortete Lloïol gackernd. »Lasst uns gehen, falls Ihr es Euch nicht anders überlegt habt. Aber seid wachsam. In der Nähe der Undinen tummeln sich jede Menge Aasfresser. Und sie geben Euch ganz bestimmt keine unumstößliche Wahrheit preis.«

Mit jedem Schritt nahm die Hitze zu. Die Gefährten hatten den Eindruck, als führte der Weg abwärts, aber im schwachen Licht der Fackeln und ihrer einzigen Laterne war nicht viel zu erkennen, zumal das Gefälle gering zu sein schien. Doch das war längst nicht ihre größte Sorge.

Ihre Aufmerksamkeit galt vor allem den Geräuschen der Unterwelt.

Nach der tiefen Stille, die am Vortag geherrscht hatte, kam ihnen der Lärm nun umso lauter vor. Es polterte, dröhnte und grollte in den Gängen, wenn sich das Labyrinth verschob. Und wenn der Fels verstummte, ertönte aus der Tiefe ein Knurren, Jaulen und Heulen, das sie alle in Angst und Schrecken versetzte.

Sie sprachen kein Wort mehr, außer um sich an schwierigen Stellen Ratschläge zu geben oder einen ungewöhnlich lauten Schrei zu kommentieren. Während sich die Kinder des Dara vor allem durch heitere Gelassenheit auszeichneten, schienen die Kinder des Karu viel Wut in sich zu tragen.

Früher oder später mussten sie auf eins der Geschöpfe der Unterwelt stoßen. Und so kam es dann auch: Lloïol und Grigán, die vorweg gingen, sahen das Ungeheuer als Erste. Flüsternd berieten sie, was zu tun war, während sich die anderen auf die Zehenspitzen stellten, um einen Blick über ihre Köpfe zu werfen.

Yan bekam genug von dem Gespräch mit, um Léti eine Zusammenfassung zu geben. Ein Lemur – er hatte keine Ahnung, was das überhaupt war – schlief in der Höhle, die sie als Nächstes durchqueren wollten. Lloïol schätzte die Kreatur als verhältnismäßig ungefährlich ein und wollte sich an ihr vorbeischleichen, zumal die Gefährten vom Gwel des Dara beschützt wurden. Grigán hingegen wollte kein Risiko eingehen und einen anderen Weg nehmen.

Schließlich setzte sich der Zwerg durch, indem er dem Krieger vor Augen hielt, dass sie nicht wussten, welche Kreaturen in den angrenzenden Gängen lauerten. Also wagten sich die Gefährten vorsichtig in die Höhle vor. Mit gezogenen Waffen bewegten sie sich langsam auf einen Gang am anderen Ende zu.

Ihre Fackeln beschienen den schlafenden Lemur. Seine Gestalt erinnerte entfernt an einen Menschen: Er hatte vier Gliedmaßen, einen Rumpf und einen Kopf. Doch damit war es mit der Ähnlichkeit auch schon vorbei.

Der Kopf sah aus wie der eines Pavians. Die Arme und Beine des Lemuren waren ebenso dick wie Bowbaqs, obwohl das Monstrum nur halb so groß war. Aus seinem pechschwarzen Fell ragten lange Krallen hervor, und es war von einer schlimmen Hautkrankheit befallen: Dem Lemuren fehlten ganze Fellstücke, und aus den offenen Wunden floss Eiter.

Die Freunde wagten sich Schritt um Schritt vor und ließen die schlafende Kreatur nicht aus den Augen. Plötzlich schrie Rey entsetzt auf. Er schlug sich die Hand vor den Mund, doch es war zu spät. Das Untier erwachte mit einem Grunzen, während ein zweiter Lemur aus dem Gang vor ihnen geschossen kam und sich auf sie stürzte.

Rey traf den Angreifer mit einem Bolzen seiner Armbrust, und Grigán schlitzte ihm geistesgegenwärtig mit dem Krummschwert den Bauch auf. Die Beine des Untiers knickten ein, aber da es immer noch lebte und ihnen gefährlich werden konnte, stieß Grigán ihm seine Waffe in den Hals.

Die anderen schlugen sich weniger gut. Als Rey seinen Schrei ausgestoßen hatte, weil das zweite Ungeheuer auf ihn zugerast war, hatten die Gefährten den ersten Lemuren nur für den Bruchteil einer Dezille aus den Augen gelassen. Doch genau in diesem Moment war er erwacht und zum Angriff übergegangen.

Er überwand die fünf Schritte, die ihn von den Erben

trennten, ohne auch nur ein einziges Mal den Boden zu berühren. Mit einem gewaltigen Satz landete er zwischen ihnen – mitten auf Corenn.

Sie schrie auf. Bowbaq packte den Lemuren und schleuderte ihn ans andere Ende der Höhle, wo er sich in die Finsternis verzog. Als Grigán Blut von Corenns Stirn rinnen sah, schnappte er sich eine Fackel und nahm mit gezogenem Schwert die Verfolgung des Lemuren auf. Noch nie hatten die anderen ihn so wütend erlebt.

Die Verletzte hatte sich an die Wand gelehnt und richtete sich nun mühsam auf. »Kommt zurück, Grigán!«, flehte sie mit schwacher Stimme, während Yan und Léti sie stützten. »Lasst mich nicht …«

Der Krieger leuchtete mit seiner Fackel in die Dunkelheit und kehrte dann langsam, beinahe widerwillig zu Corenn zurück, die immer noch heftig blutete.

»Er hat Euch in den Kopf gebissen«, sagte Lana, nachdem sie einen flüchtigen Blick auf die Wunde geworfen hatte. »Bowbaq, würdet Ihr mir bitte leuchten?«

Er kam ihrem Wunsch sofort nach, und Lana untersuchte die klaffende Wunde sorgfältig, während die Gefährten beklommen auf ihr Urteil warteten.

»Mir geht es gut«, versicherte Corenn mit zittriger Stimme. »Ich bin vor Schreck mit dem Kopf gegen die Wand gestoßen, das ist alles. Er hat mich nicht gebissen. Wahrscheinlich bekomme ich eine große Beule!«, sagte sie mit gespielter Munterkeit.

Lana sagte nichts, sondern säuberte und verband die Wunde mit zusammengepressten Lippen. Aus Angst vor einer schlechten Nachricht wagte niemand, sie nach ihrer Einschätzung zu fragen.

»Wo ist Lloïol?«, fragte Grigán plötzlich. »Wo steckt er?«

Kein meckerndes Lachen, keine näselnde Stimme, keine Harfenklänge waren zu vernehmen. Erst jetzt bemerkten die Gefährten die jähe Stille, die sich über die Höhle gelegt hatte. Nach dem Lärm der letzten Dekanten war die Ruhe geradezu unheimlich.

»Dieser verfluchte Zwerg hat uns im Stich gelassen!«, rief Grigán empört. »Bei Alioss, ich hätte ihn an die Leine nehmen sollen, ihn und seine verdammte Harfe!«

»Gefällt Euch meine Musik etwa nicht?«, fragte eine spöttische Stimme ganz in der Nähe.

Gemächlich kam Lloïol in den von ihren Fackeln beschienenen Teil der Höhle geschlendert, auch wenn er vorsichtshalber einen großen Bogen um Grigán machte. Unverfroren hielt er ihren vorwurfsvollen Blicken stand und freute sich schon jetzt über die Wirkung seiner nächsten Worte. »Der See liegt am Ende dieses Gangs«, verkündete er feierlich. »Ich hoffe, Ihr werdet zufrieden sein. Dieses Mal sind die Undinen äußerst zahlreich.«

»Gehen wir«, sagte Corenn entschlossen, da sie wusste, dass niemand ohne sie auch nur einen Schritt tun würde. »Bringen wir es hinter uns.«

Yan stützte sie, aber nach wenigen Schritten dankte ihm Corenn und ging mit zitternden Knien allein weiter. Sie stand immer noch unter Schock.

Die Erben nahmen sie in ihre Mitte und setzten sich wieder in Bewegung. Kurz bevor sie die Höhle verließen, warf Lana einen letzten Blick auf den Lemur mit dem aufgeschlitzten Bauch. »Wie kann so etwas geschehen?«, fragte sie Lloïol, ohne eine Antwort zu erwarten. »Wie kann der Glaube der Menschheit solche Ungeheuer erschaffen? Und wie kann sich ein Kind so sehr verändern?«

»Wie einfältig Ihr seid«, spottete er. »Wenn dieses Tier

im Dara geboren worden wäre, hättet Ihr es niemals töten können.«

»Woher stammt es dann?«

»Von hier unten. Die Dämonen pflegen sich Diener heranzuzüchten. Keine Kraft ist so schöpferisch wie das Chaos, um Nol zu zitieren. Gleich werdet Ihr ein schönes Beispiel dafür sehen.«

Am Ende des Gangs tanzte ein rötlicher Lichtschein. Die Hitze wurde schier unerträglich, und der Weg schien kein Ende zu nehmen. Glücklicherweise war er so breit, dass die Gefährten zu zweit nebeneinander hergehen konnten. Wenigstens fühlten sie sich so sicherer.

Ihre Gedanken kreisten nur noch um drei Dinge: Corenns Verletzung, den Flüstersee und die Frage, wer von ihnen der Erzfeind war. Wer hatte eine *einzige* Chance, Sombre zu besiegen? Wer würde das Zeitalter von Ys einläuten? Vielleicht war keiner von ihnen der Erzfeind, doch diese Möglichkeit mussten sie vorerst ausschließen. Im Land der Dämonen blieb ihnen nur noch die Hoffnung.

Während Yan, Léti, Grigán, Corenn, Lana, Bowbaq und Rey auf den Lichtschein zumarschierten, ahnten sie, dass dies die letzte Etappe ihres Abenteuers war, das vor drei Monden begonnen hatte. Keiner der Gefährten wusste, wie die Begegnung mit den Ewigen Wächtern des Karu verlaufen würde. Doch was auch immer in der Höhle geschah, ihre Suche wäre vorbei. Sie würden sich Saat stellen müssen – oder ein Leben lang vor ihm auf der Flucht sein.

»Diesmal werde ich nicht mit in die Höhle gehen«, sagte Lloïol. »Vertraut mir und folgt diesem Gang bis zum Ende. Streckt den Undinen die Hand hin und zieht sie sofort wieder zurück. Ich warte auf Euch, solange es nötig ist.«

Seine näselnde Stimme riss die Gefährten aus ihren Gedanken. Nun hörten sie auch das Flüstern, das dem See seinen Namen gab. Ein leises, anhaltendes Zischen, Prasseln und Knistern, das ihnen seltsam vertraut vorkam.

Mit pochendem Herzen erreichten sie das Ende des Gangs und traten in eine riesige Höhle mit gewölbter Decke: das Herz des Jal'karu. Im gleichen Moment sahen sie, woher das Flüstern, der Lichtschein und die Hitze rührten. Ihre Fackeln waren nun überflüssig.

Mitten in der Höhle loderte ein gigantisches Flammenmeer, das ohne jeden Brennstoff auszukommen schien. Der Flüstersee.

An seiner Oberfläche leckten Feuerzungen in Gestalt von Schlangen, die miteinander verschmolzen, sich gegenseitig verzehrten und aus dem Nichts geboren wurden: die Undinen. Sie bestanden nur aus Flammen und hatten keine feste Form. Die Gefährten sahen dreißig, sechzig oder zweihundert von ihnen, im nächsten Moment mochten es fünf oder tausend sein. Sie spalteten sich von einer anderen Flamme ab, schienen nach etwas zu greifen und erloschen dann in der Luft. Mal schienen die Undinen einen Schritt lang zu sein, dann wieder nur einen halben. Manche streckten sich, bis sie die Länge des Lindwurms aus dem Land Oo erreichten.

Kaum betraten die Erben die Höhle, reckten sich ihnen die Feuerschlangen entgegen. Die Undinen züngelten auf sie zu, nur um am Ufer zu erlöschen. Dennoch wurden es nicht weniger. Die Gefährten betrachteten das Spektakel mit offenem Mund: Der Leib des Ewigen Wächters des Karu bestand aus unzähligen Gliedern. An eben dieser Stelle hatten auch ihre Vorfahren gestanden, hier hatte alles seinen Anfang genommen.

Sie warteten eine Weile, doch nichts geschah. Corenn rief den Flammen ein paar Fragen entgegen, in der Hoffnung, dass sie ihr auf die eine oder andere Art antworten würden. Vergeblich.

»Was nun?«, fragte Rey, der ebenso verwirrt war wie die anderen. »Spricht einer von Euch Undinisch?«

»Sie wollen in unsere Gedanken eindringen«, sagte Lana, während sie den Tanz der Feuerschlangen beobachtete. »Sie wollen in unsere Gedanken eindringen, um uns eine ihrer unumstößlichen Wahrheiten preiszugeben.«

»Lloïol sagte, wir sollten ihnen die Hand hinstrecken«, warf Bowbaq ein. Er hoffte, die anderen könnten ihm erklären, was sie zu tun hatten.

Plötzlich rollten mehrere Wellen rasch hintereinander von einem Ufer des Sees zum anderen. Wenn Yan diese Bewegung hätte deuten müssen, hätte er vermutet, dass die Undinen die Geduld verloren.

»Wer ist mutig genug, seine Hand ins Feuer zu legen?«, witzelte Rey, da er sicher war, dass niemand dazu bereit wäre und sie nach einer vernünftigeren Lösung suchen würden.

Grigán lauschte dem Flüstern der Flammen, musterte seine Freunde und schloss für einen Moment die Augen. Dann stellte er sein Gepäck am Boden ab, zog ein Seil heraus und knotete es sich um die Taille.

Er achtete nicht auf die Proteste der anderen, drückte Bowbaq das andere Ende des Seils in die Hand, zog sein Krummschwert und ging langsam auf den See zu. Er war bereit, beim geringsten Anzeichen einer Gefahr zu reagieren, wie diese auch immer aussehen mochte.

Eine Feuerschlange zuckte ihm entgegen, und Grigán zerteilte sie blitzschnell in der Luft, woraufhin sie sich auflöste. Zwei weitere sprangen mit aufgesperrtem Maul auf ihn zu, angetrieben von ihrer Gier.

Mutig steckte er den linken Arm aus und ließ sich von den Flammen beißen. Er schrie vor Schmerz auf, und dann noch einmal, als Bowbaq ruckartig das Seil einholte und Grigán mit dem Hintern auf den Boden aufschlug.

Sobald er wieder auf den Füßen stand, untersuchte er seinen Arm, fand aber zu seiner Erleichterung keine Verbrennung. Vielleicht hatte ihn das Gwel der Gärten geschützt, oder die Undinen führten den Sterblichen eher geistige als körperliche Wunden zu. Grigán konnte nur schwer beschreiben, was er empfunden hatte.

»Ich hatte eine Art Vision«, sagte er mit ernstem Gesicht. »Erinnerungen sind in mir aufgestiegen, und ich habe den weiteren Verlauf der Dinge gesehen. Aleb, Prinz Aleb … Er plant einen Angriff auf Lorelia. Ich habe die Schiffe gesehen«, sagte er eindringlich, als müsste er sich rechtfertigen.

Er musterte die Gesichter seiner Freunde, aber niemand zog seine Worte in Zweifel. Die Erschütterung war ihm deutlich anzusehen.

»Ich glaube Euch, Grigán«, versicherte Lana. »Die Undinen haben Euch einen kurzen Blick in die Zukunft gewährt. Wisst Ihr jetzt, wer der Erzfeind ist?«

Das Flüstern der Flammen schwoll mit einem Mal an und wurde so laut, dass es das Gespräch der Sterblichen übertönte. Es ging in ein Zischen über, das zwischen verschiedenen Tonhöhen schwankte. Schließlich glaubten die Gefährten, einige Worte aus dem Inferno herauszuhören. Das Fauchen wurde noch etwas lauter, und die Worte wiederholten sich. Die Undinen sprachen zu ihnen. Sie gaben eine unumstößliche Wahrheit preis.

»Er ist nicht der Erzfeind«, verkündeten die Flammen.

Grigán seufzte tief und senkte für einen Moment den Kopf. Er wusste nicht, ob er sich freuen oder traurig sein sollte. Der Erzfeind war gewiss nicht zu beneiden, und doch mussten sie hoffen, dass es einer von ihnen war. Dieser erste Fehlschlag war nicht besonders ermutigend.

Als sich das Schweigen in die Länge zog, starrte Rey in die Flammen und nahm Grigán dann das Seilende aus der Hand. Er knotete es sich rasch um die Taille und ging entschlossen auf den See zu. Seinen Freunden blieb kaum Zeit, nach dem anderen Ende des Seils zu greifen.

Fünfzig Feuerschlangen schossen ihm entgegen, und Rey wurde von mindestens dreien oder vieren gebissen. Die Undinen sprangen höher und weiter als zuvor, und es wurden immer mehr. Jedes Mal, wenn sie in die Gedanken eines Menschen eindrangen, schien ihre Kraft zuzunehmen – oder zumindest ihre Angriffslust.

Nachdem seine Freunde ihn zurückgeholt hatten, rappelte sich Rey auf und untersuchte rasch seine Verletzungen. Sie waren nicht schlimmer als die von Grigán, und er hatte ohnehin Wichtigeres im Kopf. Er wartete auf das Urteil der Undinen.

»Er ist nicht der Erzfeind«, wisperten die Flammen erneut.

»Umso besser!«, rief er erleichtert. »Bowbaq, du bist der einzige verbliebene männliche Erbe. Du wirst ein Held, alter Freund!«

»Ich?«, fragte der Riese, der die Aussicht alles andere als verlockend fand. »Bist du sicher?«

»Ich verbiete dir ausdrücklich, dir dieses Seil um den

Bauch zu binden«, sagte Corenn in einem Ton, der keinen Widerspruch duldete, obwohl ihre Stimme noch immer matt klang. »Keiner von uns wird sich noch einmal diesem grausamen Spiel aussetzen«, rief sie in die Flammen hinein.

»Ich weiß …«, glaubten die Gefährten als Antwort zu hören. Es klang wie ein Seufzer.

Plötzlich wallte die Oberfläche des Sees auf, und die Flammen schlugen höher denn je. Die Feuerschlangen, die bisher wie fliegende Fische aufs Ufer zugesprungen waren, machten mit einem Mal kehrt und züngelten zur Mitte des Sees, kaum dreißig Schritte von den Erben entfernt. Dort begann ein eigenartiger Kampf: Größere Undinen verschlangen kleinere, nur um dann selbst im Rachen der nächstgrößeren zu verschwinden. Innerhalb kürzester Zeit waren die Flammen um die Hälfte verringert. Schließlich waren noch fünfzehn große Flammen übrig. Der Kampf wurde nun langsamer und taktischer, blieb aber ebenso unerbittlich.

»Die letzte Flamme wird gewaltig sein!«, murmelte Léti.

»Verschwinden wir von hier«, schlug Rey vor. »Wir haben keine Chance, falls sie angreift.«

»Sie kann den See nicht verlassen«, sagte Corenn. »Wir sind in Sicherheit, solange wir auf Abstand bleiben.«

Fasziniert beobachteten die Erben den Tanz der Feuerschlangen, die einander auffraßen.

Als nur noch zwei Undinen übrig waren, sahen die Gefährten, dass der Grund des Sees aus dem schwarzen Gwel des Jal'karu bestand. Schließlich verschlang die größere der beiden Undinen ihre Gegnerin. Der Flüstersee war nun leer. Das Felsenbecken war etwa zwanzig Schritte tief, und in seiner Mitte erhob sich eine Pforte, die genauso aussah wie die im Dara.

Die letzte Undine, der Ewige Wächter des Karu, kletterte flink an einem der Pfeiler hoch. Seine Haut war knallrot und schien aus reiner Glut zu bestehen. Der Kopf sah aus wie der eines Ziegenbocks mit einem Wolfsmaul. Als die Undine oben auf der Pforte thronte, blickte sie aus mehr als fünfzehn Schritten Höhe auf die Gefährten herab.

›Er ist auch nicht der Erzfeind‹, dröhnte es in den Gedanken der Menschen.

Nach einem Moment der Verwirrung ging ihnen auf, dass die Undine nur Bowbaq meinen konnte. Als Corenn ihm erklärte, worum es ging, fiel ihm ein Stein vom Herzen. Doch damit standen ihre Chancen, Sombre zu besiegen, noch schlechter.

»Ist es denn überhaupt einer von uns?«, fragte Corenn mutlos.

Das Reptil ruckte mit dem Kopf hin und her und musterte nacheinander jeden der Gefährten: Grigán, Rey, Bowbaq, Corenn, Lana, Léti und selbst Yan.

Diese wenigen Augenblicke kamen ihnen wie die längsten ihres Lebens vor. Voller Ungeduld warteten sie auf das Urteil der Undine, das ihre Rettung oder ihren Untergang bedeuten würde. Doch nicht nur das: Es würde auch das Schicksal ihrer Familien und das der Oberen Königreiche besiegeln. Ihre Suche hatte nur dazu gedient, sie an diesen Ort zu bringen, und ihre Zukunft hing von einer einzigen Antwort ab.

»Keiner von Euch ist der Erzfeind«, verkündete die Undine schließlich.

Ihre Worte hallten wie ein Donnerschlag in den Köpfen der Gefährten wider. Das konnte nicht sein. Sie wollten der

Undine einfach nicht glauben. Die Antwort machte all ihre Hoffnungen zunichte.

»Es ist keiner von Euch«, wiederholte der Ewige Wächter. »Aber einer Eurer Nachkommen wird es sein.«

»Wer?«, platzte es aus Grigán heraus. »Wer wird es sein? Und wann wird er geboren werden?«

»Uns ist nicht daran gelegen, euch diese unumstößliche Wahrheit preiszugeben. Andere Sterbliche werden kommen, und wir werden uns an ihren Gedanken laben.«

»Wer ist es?«, wiederholte Grigán.

Er erhielt keine Antwort. Der Ewige Wächter beugte sich über die Pforte, und ein Licht glomm in der Mitte auf, gefolgt von einem schrillen Pfeifen. Die Undine öffnete den Durchgang zu einer anderen Welt. Zu ihrer Welt.

»Ihr müsst nun gehen. Ihr werdet im Jal nichts mehr erfahren.«

»Warum sollten wir Euch glauben?«, fauchte Léti. »Ihr seid schließlich ein Dämon!«

»Die Wahrheit ist die mächtigste Kraft, die es gibt. Wir können nicht lügen. Euer Leben wird verschont bleiben, denn andere Sterbliche werden uns aufsuchen. Ihr werdet jetzt gehen.«

Enttäuscht scharten sich die Erben um Corenn. Sie hatten alle Hoffnung auf den Erzfeind gesetzt, doch nun mussten sie sich der bitteren Wahrheit stellen. Der Ewige Wächter hatte recht: Ihre Suche war zu Ende.

»Was schlagt Ihr vor, Corenn?«, fragte Lana. »Sollen wir ins Dara zurückkehren?«

Die Ratsfrau seufzte schwer. Keiner von ihnen war der Erzfeind, und obwohl sie es ihren Gefährten verschwieg, schmerzte ihre Kopfwunde heftig. Sie nickte und öffnete den Mund, um den anderen ihre Entscheidung mitzuteilen …

Als sie wieder zu Bewusstsein kam, saß sie auf dem Boden und wurde von ihren Gefährten gestützt. Sie hatte nur für wenige Augenblicke die Besinnung verloren, aber ihr war noch elender zumute als zuvor. Die Hitze, der Schmerz, der Gestank, die Enttäuschung ... Corenn kam sich mit einem Mal müde und alt vor. Die Erben konnten nirgendwo hin. Es gab keine Freunde mit guten Ratschlägen, die sie besuchen, keine Bibliothek, in der sie Nachforschungen anstellen, und kein Orakel mehr, das sie befragen konnten. Sie konnten Saat und seinen Dämon nicht aufhalten.

»Lasst uns gehen«, sagte sie mit schwacher Stimme. »Durch diese Pforte. Die Pforte des Karu.«

Was macht das schon für einen Unterschied, setzte sie in Gedanken hinzu. Ihre Freunde, die auf die Weisheit von Corenns Urteil vertrauten, fügten sich ihrer Entscheidung, als wäre sie die Frucht reiflicher Überlegung. Sie betraten den nun leeren Flüstersee und gingen auf die Pforte zu. Reihum reichten sie Corenn die Hand, um ihr über unebene Stellen hinwegzuhelfen.

Der Ewige Wächter, der sich um den Torbogen der Pforte wand, sah ihnen mit funkelnden Augen entgegen. Als sie nur noch zehn Schritte von der Pforte entfernt waren, verzog sich der Nebel und gab den Blick auf eine Wüste unter einem funkelnden Sternenhimmel frei.

»Wo ist das?«, fragte Léti neugierig. »Wohin gehen wir?«

Grigán betrachtete die Landschaft und sah dann zu der Undine hoch, die noch immer schwieg. Sie war tatsächlich im Besitz der unumstößlichen Wahrheit.

»Ihr geht nach Arkarien«, sagte Grigán grimmig. »Bowbaq, du willst doch bestimmt zurück zu deiner Familie, nicht wahr? Die anderen werden dich begleiten. Ich stoße später zu Euch.«

»Aber … Warum?«, stammelte Léti. »Wo geht Ihr hin? Kommt mit uns!«

»Ich hatte eine Vision«, entgegnete er nachdenklich. »Aleb wird Lorelia in Schutt und Asche legen. Das kann ich nicht zulassen, nicht noch einmal. Ich werde ihn aufhalten. Mit allen Mitteln.«

»Nein!«, rief Yan lauter, als er beabsichtigt hatte. »Ihr dürft nicht gehen! Jedenfalls nicht allein!«

»Und warum nicht? Gegen Saat können wir nichts ausrichten. Warum sollte ich nicht gegen Aleb kämpfen? So habe ich zumindest eine geringe Ansicht auf einen Sieg.«

»Weil …« Selbst jetzt zögerte Yan noch. Er wünschte, er würde es niemals aussprechen müssen. »Weil Usul Euren Tod vorhergesagt hat!«, brach es schließlich aus ihm heraus. »Haltet Euch von Aleb fern! Geht nicht, Grigán, oder Ihr werdet sterben, das weiß ich!«

Der Krieger schluckte und nickte mit zusammengepressten Lippen. Trotzdem wirkte er weniger erschüttert, als Yan erwartet hatte. »Die Krankheit wird mich ohnehin bald dahinraffen. Machen wir uns nichts vor. Beim nächsten Ausbruch …«

»Das stimmt nicht!«, rief Léti, der Tränen über die Wangen rannen. »Vielleicht seid Ihr geheilt!«

»Vielleicht aber auch nicht. Ich muss Aleb aufhalten«, sagte Grigán. »Ich hatte eine Vision …«

Plötzlich sank Corenn abermals ohnmächtig in Bowbaqs Armen zusammen. Während sich alle um sie scharten, sah Grigán die Ratsfrau traurig an.

»Wartet noch einen Moment, bevor Ihr versucht, sie zu wecken«, bat er. »Ich möchte mich nicht von ihr verabschieden müssen.«

»Ich komme mit Euch!«, sagte Yan kurz entschlossen.

Usuls Prophezeiung würde ihm sonst keinen Frieden lassen.

»Ich auch!«, rief Léti.

»Du bleibst bei deiner Tante«, befahl Grigán. »Und du, Yan, bleibst bei deiner Versprochenen. Ich werde nicht zulassen, dass du denselben Fehler begehst wie ich.«

Yans Herz schlug heftiger als die Trommeln am Tag der Erde. Wenn er Grigán allein ließ, würde dieser sterben, das spürte er. Sollte das geschehen, würde er es sich nie verzeihen.

Er trat zu Léti und nahm sie bei den Händen. Es wäre ihm lieber gewesen, ihr diese Frage an einem anderen Tag und einem anderen Ort zu stellen. Aber er musste es jetzt tun – solange er noch konnte. »Léti, willst du mir dein Versprechen geben?«, fragte er sanft.

Sie wischte sich die Tränen vom Gesicht und schloss für einen Moment die Augen. Es passierte einfach zu viel auf einmal. Waren sie verrückt geworden? Standen sie immer noch unter dem Einfluss des Gwels? Aber was kümmerte sie das jetzt noch! »Ich gebe dir mein Versprechen, Yan. Mein Yan … Ich habe es dir schon immer gegeben.«

Sie fielen sich in die Arme und küssten einander zärtlich. Doch ihre Lippen schmeckten nach Tränen, und nicht einmal dieser glückliche Augenblick konnte ihren Schmerz vergessen machen. Dann löste sich Yan von ihr, winkte den anderen zum Abschied zu und trat durch die Pforte.

»Yan, du Dummkopf!«, brüllte Grigán. »Komm zurück! Das ist ein Befehl.«

»Ich kann nicht«, antwortete der junge Mann, der trotz allem grinsen musste. »Auf dieser Seite gibt es weit und breit keinen Ewigen Wächter!«

Grigán ließ eine Schimpftirade los und fluchte noch einmal laut, als Miff von Bowbaqs Schulter sprang und durch die Pforte huschte. Um weitere Eskapaden dieser Art zu verhindern, sammelte Grigán rasch seine und Yans Sachen ein und warf sie durch die Pforte. Die Säcke und Bündel, die sich gerade noch im Labyrinth des Karu befunden hatten, landeten Hunderte Meilen entfernt im Sand. Yan hob das Gepäck auf und verschwand aus dem Blick seiner Freunde. Für ihn war das Abenteuer im Jal zu Ende.

Aus Angst, von seinen Gefühlen überwältigt zu werden, wagte Grigán es nicht, sich einzeln von seinen Freunden zu verabschieden. Wie Yan winkte er ihnen nur kurz zu und gab ihnen einen letzten Rat mit auf den Weg, bevor er durch die Pforte trat: »Unser Treffpunkt ist Bowbaqs Hütte. Wartet dort auf uns. Ich verspreche, dass wir uns wiedersehen, noch ehe zwei Monde vergangen sind!«

Sobald er auf der anderen Seite war, schloss sich die Pforte. Der Ewige Wächter, der sich immer noch um den Torbogen wand, änderte seine Position, und eine zweite Landschaft erschien vor den Augen der Zurückgebliebenen. Sie sah vollkommen anders aus als die Sandwüste, auf die sie zuvor geblickt hatten: hügelig, bewaldet und verschneit.

In diesem Moment kam Corenn zu sich. Bevor sie Zeit hatte, Fragen zu stellen, hob Bowbaq sie hoch und schritt durch die Pforte. Léti, die nun wieder weinte, sammelte das restliche Gepäck zusammen und trat ihrerseits in den Schnee. Lana beschloss, sich erst wärmer anzuziehen, bevor sie in die Winterlandschaft hinüberwechselte. Als sie ihren mit Pelz gefütterten romischen Mantel überzog, nahm Rey sie in die Arme und gab ihr einen langen, leidenschaftlichen Kuss.

»Priesterin, liebt Ihr mich?«, fragte er mit einem Lächeln.

»Ich fürchte, das ist nicht der richtige Moment, Reyan.«

»Aber liebt Ihr mich trotzdem?«

Lana sah zu ihren Freunden auf der anderen Seite der Pforte hinüber, die nun ebenfalls damit beschäftigt waren, sich wärmere Kleider überzuziehen. »Ja«, flüsterte sie.

»Schwört es bei Eurydis.«

»Reyan!«

»Das war ein Scherz.« Er ließ sie los, trat einen Schritt zurück und setzte ein ernstes Gesicht auf. »Lana … Saat gräbt einen Tunnel unter dem Rideau«, sagte er nach kurzem Zögern. »Die Wallatten werden die Heilige Stadt angreifen.«

»Was? Woher wisst Ihr das?«

»Auch ich hatte eine Vision«, gestand er. »Geht, meine Schöne. Ich werde Euch am vereinbarten Ort wiedertreffen.«

Erschüttert von seiner Enthüllung trat Lana durch die Pforte. Reys letzte Worte hatte sie kaum noch gehört. Als sie endlich begriff, was er vorhatte, war es zu spät. Die Pforte schloss sich, und Rey, der ihnen von der anderen Seite zulächelte, verschwand.

Er blieb allein im Jal'karu zurück und wartete, dass der Wächter ihm den Durchgang öffnete. Er musste nicht laut aussprechen, wohin er wollte. Die Undine hatte genau gewusst, wie die Begegnung mit den Sterblichen verlaufen würde, denn sie war im Besitz der unumstößlichen Wahrheit.

Der Nebel lichtete sich, und Rey verließ die Kinderstube der Götter. Auch er hatte eine Mission. Sie würde ihn mitten ins Feindesland führen.

ZWEITES BUCH

DAS ENDE DER ERBEN

Der Unterschied hätte nicht größer sein können. Nur wenige Augenblicke zuvor hatte sich Yan tief unter der Erde befunden, stickige Luft geatmet und in unerträglicher Hitze geschwitzt. Jetzt war die Luft trocken und eiskalt, und er stand unter einem sternenübersäten Himmel auf einer Düne. Während ihm der Sand unter den Füßen wegrieselte, kam er sich sehr klein vor.

Hinter ihm polterte es, und als er jemanden fluchen hörte, wusste Yan, dass auch Grigán die Pforte durchschritten hatte. Das Licht unter dem Steinbogen erlosch, und nur noch die Sterne leuchteten in der Finsternis. Der Durchgang zum Jal und zu seinen Freunden hatte sich für immer geschlossen. Jetzt erst drehte sich Yan um und stellte überrascht fest, dass sich Miff an seinen Nacken schmiegte.

»Dummkopf!«, tobte Grigán, sobald er in Sichtweite war. »Wie kann man nur so unüberlegt handeln? Ist dir eigentlich klar, was du da getan hast?«

Yan hütete sich davor zu antworten, und Grigán setzte seine Schimpftirade auf Ramgrith fort. Seine Vorwürfe galten ebenso dem jungen Kaulaner wie dem Sand, den Sternen und dem ganzen Universum.

Noch nie hatte er seinem Zorn so lautstark Luft gemacht, und Yan wusste, dass sein Verhalten nicht der einzige Grund dafür war. Grigán war wütend, dass sie nichts gegen Saat und seinen Dämon ausrichten konnten, und fühlte sich hilflos. Er klagte über das Scheitern ihrer Suche, die Ungerechtigkeit des Schicksals und die Untätigkeit der Götter. Er trat mit dem Stiefel in den Sand und verfluchte sich, weil er Corenn nicht hatte beschützen können. Er reckte die Faust zum Himmel und brüllte, dass er genug davon habe, immer auf der Seite der Verlierer zu stehen. Schließlich seufzte er, schloss die Augen, schüttelte den Kopf und fragte sich, warum ihm die Ereignisse nur immer derart über den Kopf wuchsen.

Der Tyrannei Alebs des Einäugigen ein Ende zu bereiten, erschien ihm eine sinnvolle Aufgabe. Ein Kampf auf Augenhöhe mit ungewissem Ausgang, bei dem nichts Übersinnliches am Werk war. Eine Reise in die Vergangenheit, zu seinen Ursprüngen. Er hatte die Rache schon viel zu lange aufgeschoben. Der Kampf war der würdige Abschluss seines Lebens, das von einer tödlichen Krankheit bedroht wurde.

Aber Yans Einmischung hatte alles geändert. Grigán konnte nun nicht mehr blind in die Gefahr laufen, wie er es ursprünglich vorgehabt hatte, sondern musste auf ihn aufpassen, so wie er zuvor über die Erben gewacht hatte. Wieder würde er abwägen, nachdenken und alle möglichen Umstände berücksichtigen müssen. Man ließ ihn einfach nicht in Ruhe sterben.

»Wo sind wir?«, wagte Yan zu fragen, als er sah, dass sich Grigán etwas beruhigt hatte.

»Ich habe keinen blassen Schimmer.«

Er warf nur einen flüchtigen Blick auf die gewaltige Pforte aus Granit. Verglichen mit der imposanten Pforte des Jal kam ihm dieses Bauwerk geradezu läppisch vor, zumal die Inschrift auf der Innenseite vom Sand abgeschliffen worden war, wodurch die Pforte viel von ihrer Faszination verlor.

Grigán hatte noch nie etwas von dieser Pforte gehört. In der Wüste hätte sie eigentlich weithin sichtbar sein müssen, aber vielleicht wurde sie zeitweise vom Sand verschüttet. Oder sie lag abseits aller bekannten Wege, die durch die Unteren Königreiche führten. Der Krieger starrte zum Sternenhimmel hinauf. »Wir sind in der Tsched bálanta«, verkündete er schließlich. »Der Wüste von Tarul. Sobald die Sonne aufgeht, wenden wir uns nach Osten.«

»Wo gehen wir hin?«

»Nach Griteh«, sagte Grigán nach einer Weile, ohne sich umzudrehen. »Ich hoffe sehr, dass ich dort immer noch ein paar Freunde habe«, setzte er leise hinzu.

Da Grigán wehmütig wirkte und sich beharrlich weigerte, weitere Erklärungen abzugeben, zog sich Yan einen warmen Umhang über und bereitete ihnen beiden am Fuß der Pforte ein Lager im Sand. Dann legte er sich zum Schlafen nieder und versuchte, Miff zu beruhigen, die auf seinem Bauch herumtollte. Unweigerlich kreisten seine Gedanken um Léti, und er konnte sich auf nichts anderes konzentrieren. Noch nie waren sie so weit voneinander entfernt gewesen. Noch nie hatte er mehr Grund gehabt, sich Sorgen um sie zu machen. Würde er sie jemals wiedersehen? Noch nie hatte er sich mehr gewünscht, bei ihr zu sein.

Er konnte Usuls Vorhersagen einfach nicht vergessen. Hätte er Grigán allein gelassen, hätte Yan das Gefühl gehabt, ihn eigenhändig zu töten. Doch indem er Léti verließ, vertat er vielleicht jede Chance, eines Tages den Bund mit ihr zu schließen, auch wenn sie einander ihr Versprechen gegeben hatten.

Die Entscheidung hatte ihm das Herz zerrissen. Doch Yan empfand keine Reue. Während er im Sand der Unteren Königreiche unter einer jahrtausendealten Pforte lag, die von unbekannten Baumeistern errichtet worden war, bat er die Frau, die er liebte, tausendmal um Verzeihung.

Wo auch immer sie sein mochte.

Als Lana Reys Namen rief, zog Léti ihr Rapier und wirbelte herum. Die Maz stand vor der Pforte und presste die Hände vor den Mund, um einen Schrei zu ersticken. Der Durchgang zum Jal hatte sich geschlossen.

»Was ist los?«, fragte Bowbaq. Er trug Corenn, als wäre sie nicht schwerer als ein Kind.

»Reyan«, sagte Lana mit zitternder Stimme. »Reyan ist auf der anderen Seite geblieben!«

Léti wischte sich die letzten Tränen mit dem Ärmel ab, suchte die Umgebung ab, nicht anders, als Grigán es getan hätte, und dachte voller Hochachtung an ihren Meister. Keine Spur von Rey. In der dünnen Schneeschicht waren nur ihre und Bowbaqs Fußstapfen zu sehen.

Corenn versuchte, etwas zu sagen, doch ihre Augen wurden glasig, und sie verlor erneut das Bewusstsein. Geschwächt durch ihre Kopfwunde würde sie in der Kälte rasch erfrieren. Bowbaq zog einen warmen Pelz aus seinem Bündel und deckte die Ratsfrau damit zu, ohne sie abzusetzen.

Lana hatte sich nicht gerührt, sondern starrte immer noch auf die Dunkelheit unter dem Torbogen. Tränen rannen ihr über die Wangen. Léti fühlte sich der itharischen Priesterin plötzlich sehr nah.

»Hat er noch etwas gesagt?«, fragte sie leise.

»Saat will die Heilige Stadt zerstören«, antwortete Lana schluchzend. »Und Reyan wird bestimmt versuchen, ihn daran zu hindern. Ach, weise Eurydis, das ist sein sicherer Tod!«

Léti nahm die Maz in den Arm und hoffte, sie damit zu trösten. In diesem Moment ging ihr auf, wie seltsam das war: Sie, die jüngste der Gefährten, vergaß ihren eigenen Kummer, um eine zehn Jahre ältere Frau zu trösten. Sie war nun die Einzige, die mit dem Schwert umgehen konnte. Sie hatte sich als Einzige die Mühe gemacht, die Überlebensregeln zu erlernen, die Grigán in langen Jahren entwickelt hatte. Und sie war die Einzige, die nach der Begegnung mit den Undinen nicht wie gelähmt war. Den anderen hatte ihr Scheitern jeden Mut geraubt.

Während sich Lana allmählich beruhigte und Bowbaq stoisch abwartete, ging Léti auf, dass es nun ihre Aufgabe war, über die drei Menschen zu wachen, die ihr das Schicksal an die Seite gestellt hatte. Damit die Erben eines Tages wieder zueinander finden konnten, musste sie ebenso geschickt sein wie Grigán. Sie hatte eine Mission: ihre Freunde beschützen.

»Sind wir weit von deiner Hütte entfernt, Bowbaq?«, fragte sie laut.

Der Riese hatte bereits vergeblich versucht, sich zu orientieren. Nun sah er sich noch einmal gründlich um, aber im fahlen Mondlicht lieferten ihm die verschneiten Hügel und Wälder kaum Anhaltspunkte.

»Ich glaube, wir sind irgendwo in der Nähe von Sohon«, sagte er nach einer Weile und wies mit dem Kopf auf die Pforte. »In diesem Fall ist meine Hütte sehr weit weg. Ohne Ponys würden wir mindestens zwei Dekaden brauchen.«

»Was? Warum haben die Undinen das getan?«

»Vielleicht ist dies die einzige Pforte in Arkarien«, warf Lana ein, deren Augen noch immer gerötet waren.

»Ähm«, machte Bowbaq verlegen. »Von Sohon ist es nicht weit bis nach Work. Meine Frau und meine Kinder sind sicher noch dort …«

»Wie viele Tage würden wir dorthin brauchen?«

»Keine Ahnung. Vielleicht zwei, vielleicht aber auch fünf.

Wir müssen nach Wegzeichen Ausschau halten, aber vor Sonnenaufgang ist das sinnlos.«

Ihre Blicke fielen auf Corenn und den blutgetränkten Verband um ihre Stirn. Sie mussten jetzt gleich einen Unterschlupf finden. Bis zum Morgen konnten sie nicht warten.

»Vielleicht befindet sich eins dieser Zeichen ja in der Nähe der Pforte?«, fragte Lana.

Léti fand die Idee nicht schlecht und begann sogleich, im Licht ihrer Laterne die Umgebung abzusuchen. An unebenen Stellen fegte sie den Pulverschnee beiseite. So fand sie bald eine Anordnung aus Kieselsteinen und zusammengebundenen Zweigen, die sie vorsichtig freilegte.

»Viertausend Schritte nördlich von hier liegt eine Jagdhütte. Sie gehört zum Rentierklan«, verkündete Bowbaq, nachdem er einen kurzen Blick auf das Wegzeichen geworfen hatte. »Aber wir sollten uns besser beeilen …«

»Warum?«, fragte Léti, als sie die Anspannung in seiner Stimme hörte.

»Das Zeichen sagt auch, dass die Umgebung nicht sicher ist. Irgendwo hier lebt ein gefährliches Raubtier. Vielleicht der Wächter der Pforte?«

Bowbaq und Lana sahen Léti erwartungsvoll an, nicht anders, als sie es bei Grigán oder Corenn getan hätten. Léti spitzte die Ohren und starrte in die Dunkelheit hinaus. Weit und breit war kein Raubtier in Sicht, das sie bedrohte.

Nun musste sie ihre erste Entscheidung als Anführerin treffen. Léti war sich ihrer Verantwortung bewusst, als sie das Zeichen zum Aufbruch gab.

Als Rey durch die Pforte des Jal'karu trat, stolperte er, versuchte sich krampfhaft auf den Beinen zu halten und landete dann doch auf dem Boden. Er stieß einen wüsten Fluch aus. Seine Rückkehr in die Unabhängigkeit fing nicht gerade vielversprechend an. Wenn das so weiterging, stand ihm in den nächsten Tagen ein Albtraum bevor.

Er sah sich erst um, nachdem er sich in aller Ruhe aufgerafft und den Staub von der Kleidung geklopft hatte. Das tat er nicht etwa aus Eitelkeit, denn wenn die Lage es erforderte, war sich der Lorelier nicht zu fein, sich ins Geschehen zu stürzen. Schließlich stiftete er die Unruhe oft genug selbst. Er wollte nur Zeit schinden, bis sich die Pforte schloss und ihm jede Möglichkeit nahm, seine Meinung zu ändern. Spott und Sarkasmus waren schon immer seine wichtigsten Waffen gewesen, doch seinem Mut musste er manchmal etwas auf die Sprünge helfen.

Als das unwirkliche Licht unter dem Bogen erloschen war, wagte Rey endlich, die Umgebung zu betrachten. In der Dunkelheit konnte er nicht viel erkennen, obwohl über ihm der Vollmond leuchtete. Die Pforte schien über einem nicht allzu dichten Wald zu liegen, aber da gut ein Drittel der Oberen Königreiche von Wäldern bedeckt war, half ihm das nicht weiter. Noch dazu war es in der kalten Jahreszeit schwierig, sich an der Vegetation zu orientieren.

Rey hatte sich eine Pforte gewünscht, die ihn so nah wie möglich an Saat heranführte. Er konnte nur hoffen, dass der Wächter des Karu seinem Wunsch gefolgt war, wie er es bei seinen Gefährten offenbar getan hatte. Wenn dem so war, müsste er sich eigentlich auf wallattischem Gebiet befinden – irgendwo zwischen dem Col'w'yr und der Liponde, einer Gegend, die sich im Krieg befand und über die er so gut wie nichts wusste. Im Land von Barbaren, deren

Sprache er nicht beherrschte und die Lorelien und Goran feindlich gesinnt waren.

Ich muss verrückt sein, dachte er mit einem bitteren Lachen. Was hatte er hier verloren, weit weg von Lana, die Gefühle in ihm geweckt hatte, die er bislang für die Erfindung von Geschichtenerzählern gehalten hatte? Musste er unbedingt den heldenhaften Märtyrer spielen, wo er doch so oft behauptet hatte, dass nichts auf der Welt ein solches Opfer wert war?

Er wusste natürlich, warum. Ihm fielen sogar gleich zwei Gründe ein. Zum einen war Saat *sterblich* – und Rey hatte nicht die Absicht, kampflos die Waffen zu strecken. Was den Hexer anging, war nie von einem Erzfeind die Rede gewesen. Also war zumindest dieser Kampf noch nicht von vornherein verloren.

Der zweite Grund hatte mit der Vision zu tun, die ihm die Undinen offenbart hatten: Kurz, aber mehr als deutlich hatte er darin die gewaltige wallattische Armee in ihrem Lager am Fuße der Berge gesehen. Er hatte einen Tunnel erblickt, an dem mehrere Tausend Sklaven arbeiteten und der geradewegs zur Heiligen Stadt führte. Und ihm kamen noch einmal die unzähligen Schandtaten in den Sinn, die der heimtückische Goroner schon begangen hatte.

Wenn es ihm gelänge, den Feind zu Fall zu bringen, könnte er zugleich die Oberen Königreiche retten. Und das war immerhin einen Versuch wert.

Er verscheuchte die Gedanken, hob sein Bündel auf und schritt gemächlich den Hügel hinab, auf dem die Pforte stand. Er hatte sie keines Blickes gewürdigt. Die Erben hatten schon oft genug mit übersinnlichen Erscheinungen zu tun gehabt, und so wandte er dem magischen Tor mit einer geradezu diebischen Genugtuung den Rücken zu.

Kaum hatte er einige Schritte in den Wald hinein getan, legte sich plötzlich ein Arm um seine Kehle und riss ihm den Kopf nach hinten. Gleichzeitig zog ihn ein weiterer Angreifer so heftig an den Waden, dass Rey das Gleichgewicht verlor und unversehens drei Fuß über der Erde hing. Er versuchte wie wild, sich freizustrampeln – vergeblich. Die beiden Männer, die er nur schemenhaft erkennen konnte, waren stärker als er.

Der Mann, der seine Beine umklammert hielt, löste den Gurt, an dem sein Rapier hing. Als er die Waffe zu Boden gleiten spürte, schwand Reys letzte Hoffnung. Seine Hände waren gerade kräftig genug, um zu verhindern, dass der Arm um seine Kehle ihn erdrosselte. Mit einem unbedachten Ruck würde er sich selbst das Genick brechen.

Genau darauf hatten es seine Angreifer abgesehen. Sie warteten noch einen Augenblick, bis sie sicher waren, dass sie ihr Opfer vollkommen in ihrer Gewalt hatten. Dann wechselten sie einige Worte in einer kehligen Sprache und drehten Rey langsam um.

Er begriff, dass sie ihn mit dem Gesicht nach unten auf die Erde drücken wollten, wohl um ihn in aller Ruhe auszuplündern. Doch dazu ließ er ihnen keine Zeit mehr. Er gab sich erst wehrlos und erschlaffte in ihrem Griff, spannte dann jäh den Körper und riss das rechte Bein so heftig an sich, dass er den Fuß freibekam. Sein Angreifer hielt nur noch seinen Stiefel umklammert. Sofort trat er dem Mann ins Gesicht, erwischte zuerst dessen Kinn und dann die Kehle, die sein Feind bei dem Versuch, ihn wieder zu packen, nicht rechtzeitig geschützt hatte.

Der Tritt hatte gesessen. Schadenfroh hörte Rey den Mann röchelnd nach Luft schnappen. Der Griff um sein linkes Bein wurde lockerer und löste sich schließlich ganz, sodass er wieder mit beiden Füßen auf dem Boden stand.

Aber so leicht kam er nicht davon. Der Angreifer, der seinen Kopf im Würgegriff hielt, hatte nicht losgelassen und wirkte stark genug, um ihn allein in Schach zu halten. Rey zerrte mit aller Kraft an dem Arm und hämmerte gleichzeitig mit dem Hinterkopf gegen die Brust seines Gegeners. Doch der Mann blieb unbeeindruckt und presste sein Opfer so unerbittlich zu Boden, dass sich Rey nicht mehr rühren konnte.

Sein Messer und das Rapier lagen nur fünf Schritte von ihm entfernt – in unerreichbarer Ferne. Selbst an den Dolch, der noch näher lag, war nicht zu denken. Während er schwitzend und keuchend um sich schlug, griff er in die Taschen seiner Kleidung und bekam den Stein zu fassen, den er wie seine Gefährten aus dem Jal'dara mitgenommen hatte. Damit hieb er auf den Arm an seiner Kehle ein, so fest er konnte.

Der Mann stöhnte auf und versuchte mit seiner freien Hand, ihm die unerwartete Waffe zu entreißen. Rey ließ den Stein fallen, packte den Arm, der sich ihm bot, und biss so heftig zu, dass sein Gegner loslassen musste. Blitzschnell rollte Rey zur Seite und sprang drei Schritte weiter auf die Füße. Er fand gerade noch Zeit, in seinen Stiefel zu greifen und den Dolch daraus hervorzuziehen, bevor sich der Angreifer auf ihn stürzte – und damit geradewegs in die offene Klinge rannte. Im Eifer des Gefechts hatte er sich den blanken Stahl selbst ins Herz gebohrt.

Noch bevor der Getötete zu Boden ging, sah sich Rey nach dem zweiten Mann um. Aber außer seinem eigenen Keuchen war nichts zu hören; selbst der Wald schien sich in tiefes Schweigen zu hüllen. Das verhieß nichts Gutes.

Sein Gegner lag womöglich ganz in der Nähe auf der Lauer oder hatte die Flucht ergriffen, um Alarm zu schlagen. Dann konnte Rey seine Hoffnung, sich unbemerkt an Saat heranzuschleichen, gleich begraben.

Zu seiner Erleichterung fand er den zweiten Angreifer schließlich doch noch. Er lehnte in einiger Entfernung an einem Baum, zu dem er sich mit letzter Kraft geschleppt hatte. Als er das blau verfärbte Gesicht des Toten sah, das selbst im Mondlicht noch gut zu erkennen war, wurde Rey leicht übel. Sein Fußtritt war heftiger gewesen, als er gedacht hatte.

Die beiden Männer waren groß und beleibt, hatten lange dunkle Haare und trugen struppige Bärte. Ihr einziges Kleidungsstück war ein grobes, zwischen den Beinen hindurchgeführtes Tuch, das an den Schultern verknotet war und von einem Gürtel zusammengehalten wurde, an dem verschiedene Waffen und Beutel baumelten. Wallatten.

Rey nahm das Tuch des einen und den Gürtel des anderen an sich, verschob es aber auf später, sich seine »Kriegsbeute«, wie man es wohl nennen musste, genauer anzusehen. Er sammelte seine im Kampf verstreuten Habseligkeiten zusammen und vergaß dabei auch nicht, den Stein aus dem Dara, der ihm schon jetzt das Leben gerettet hatte, wieder in sein Bündel zu packen. Dann lief er davon, um sich von den ersten Spuren, die er im Feindesland hinterlassen hatte, möglichst weit zu entfernen.

Noch war kein Dekant verstrichen, seit die Gefährten auseinandergegangen waren, doch Rey sank bereits der Mut. Er musste erst wieder lernen, auf sich allein gestellt zu sein und nicht auf die Hilfe seiner Freunde zählen zu können. Er wusste ja nicht einmal, ob sie überhaupt von seinem Schicksal erfahren würden, falls sein Abenteuer schlecht ausging.

Während er immer tiefer in den wallattischen Wald vordrang, ständig auf der Hut vor weiteren gefährlichen Begegnungen, versuchte sich Rey mit dem Gedanken zu trösten, dass es den anderen nur besser ergehen konnte. Doch selbst das war ungewiss.

Léti kam aus dem Staunen nicht mehr heraus, als sie die Jagdhütte betrat, zu der sie das Wegzeichen geführt hatte. Obwohl Bowbaq ihr versicherte, dass der Unterschlupf eher bescheiden ausfiel, war sie entzückt über die behagliche Einrichtung. Mit der schäbigen Herberge in Semilia war das nicht zu vergleichen!

Zwar bot die Hütte nur wenig Platz, aber sie war solide gebaut und gut abgedichtet. Kaum eine Dezime, nachdem Bowbaq den Kamin angefeuert hatte, wurden sie von einer wohligen Wärme eingehüllt, die ihre steif gefrorenen Glieder auftaute.

Über einer Falltür in der Decke fand Bowbaq mehrere warme Decken und einige zerschlissene Mäntel, Fäustlinge und Mützen. Außerdem gab es große Betten, verschiedenes Kochgeschirr und allerlei nützliches Zubehör wie Lampenöl, Lederbänder und Zunder.

Während Léti ihr Rapier in Reichweite ablegte und sich warme Kleider überzog, dachte sie daran, dass die arkische Gastfreundschaft ihrem legendären Ruf in den Oberen Königreichen mehr als gerecht wurde. Kein Lorelier, Goroner, Rominer, ja nicht einmal ein Kaulaner würde sein Hab und Gut so großzügig jedem Fremden überlassen, der des Weges kam. In dieser Hinsicht waren selbst die rückständigsten Klans des Weißen Landes klüger als die Bewohner der Küstenstädte am Mittenmeer.

»Kennst du denn jemanden aus dem Rentierklan?«, fiel ihr plötzlich ein.

»Nicht näher«, antwortete Bowbaq und kratzte sich am Kopf. »Einige habe ich bei der Großen Jagd kennengelernt, aber an ihre Namen erinnere ich mich nicht mehr.«

»Es kommt mir irgendwie seltsam vor, dass wir uns hier einnisten, ohne um Erlaubnis zu fragen. Bist du sicher, dass nicht doch jemand kommt und uns vor die Tür setzt?«

»Aber nein! Der Vogelklan ist mit dem Rentierklan verbündet. Und mit dem Klan des Schneeigels, des Hermelins, des Anators und einigen anderen aus dem Norden.«

»Verbündet?«, fragte Léti. »Gegen wen denn? Gegen andere Klans? Führt ihr untereinander Krieg?«

»Das kommt schon manchmal vor«, seufzte Bowbaq. »Mein Vater hat zwei Kriege erlebt. Der Hermelinklan und der Büffelklan bekämpfen sich eigentlich ständig. Aber dabei geht es vor allem um ihr Jagdgebiet. Sie streiten sich um das Wild und die Flüsse, mehr aber auch nicht. Westlich von Crevasse werden viel heftigere Kämpfe ausgetragen.«

Léti nickte. Sie wusste fast nichts über die Bewohner und die Geschichte des größten Königreichs auf dem Kontinent. Wie konnte es sein, dass sie in den drei Monden ihrer gemeinsamen Reise nicht mehr über das Land ihres nordischen Freundes gelernt hatte? Die Antwort musste sie nicht lange suchen: Im Gegensatz zu Yan oder ihrer Tante hatte sie nie die Neugier entwickelt, die sie dazu veranlasst hätte, eine Frage nach der anderen zu stellen.

Yan … Wo mochte er gerade sein? Was tat er?

Léti seufzte und verscheuchte die Schwermut, die in ihr aufstieg. Sie schüttelte die dicke Decke ab, die ihr wärmend auf den Schultern lag, und trat an das Bett der verwundeten Corenn.

Selbst im Schlaf waren die Gesichtszüge der Ratsfrau sorgenvoll, beunruhigt, ja traurig. Hatte sie im Fieberwahn erahnt, dass sich die Erben getrennt hatten? Wenn nicht, dann würden sie bald neue Sorgen quälen.

Léti wünschte sich den schmutzigen Verband um den Kopf ihrer Tante weit fort. Sie hätte sich so gern in ihre Arme geflüchtet, Trost bei ihr gesucht, sich von ihrer unerschütterlichen Zuversicht anstecken lassen, wie sie es als Kind getan hatte. Doch in dieser Nacht hatten sie die Rollen getauscht. Nun war sie es, die ihre Tante würde trösten müssen, wenn sie am nächsten Morgen erwachte. Sie musste ihr helfen, wieder gesund zu werden. Sie musste über Corenn wachen, so wie Corenn sie seit ihrem Aufbruch aus Eza beschützt hatte.

Neidisch betrachtete sie Lana, die bei ihrer Krankenwache neben Corenn eingeschlummert war und sich unter der Decke eingerollt hatte wie ein Kleinkind. Dann fiel ihr Blick auf Bowbaq, der auf seinem Stuhl eingenickt war, und sie musste unwillkürlich lächeln. In die kleine Jagdhütte war tiefe Stille eingekehrt. Ruhe und Frieden.

Aber wir werden niemals ganz zur Ruhe kommen, dachte sie mit plötzlicher Hellsicht. Dann überprüfte sie den Riegel, den sie vor die Tür geschoben hatten, vergewisserte sich noch einmal, dass ihr Rapier griffbereit lag, blies die Laterne aus und streckte sich schließlich auf ihrem Bett aus.

Beim Einschlafen betrachtete sie das sanfte Flackern des Kaminfeuers. Doch die tanzenden Flammen weckten nur böse Erinnerungen an die Undinen, an Enttäuschung und Schmerz.

Seine Feinde hatten das Jal'dara verlassen. Er ahnte es. Er spürte es. Er *wusste* es.

Aber er fand sie nicht.

Der Schatten des Dämons zog durch alle Länder und Königreiche der bekannten Welt und drang in den Geist Tausender Menschen ein. Er forschte nach einer kleinen Gruppe Sterblicher, die sich der Neuen Ordnung der Dyarchen widersetzten. Greise, deren Gedanken er streifte, starben vor Schreck. Menschen, deren Sinne von Drogen getrübt waren, wurden noch Monde später von Albträumen verfolgt.

Das Vieh war die ganze Nacht über unruhig, die Hunde und Wölfe heulten, und aus öden Landstrichen ertönte das Jaulen wilder Bestien. In den folgenden Tagen würden die Maz eifrig erörtern, wie diese göttliche Gegenwart, die alle gespürt und doch nicht unmittelbar erlebt hatten, zu erklären war.

In dieser Nacht hielt sich Sombre nicht mehr zurück. Warum sollte er noch länger im Verborgenen bleiben? Über kurz oder lang würde ihn die Menschheit als Herrn und Meister anerkennen müssen. Es wurde Zeit, dass die Sterblichen ihn fürchten lernten.

So überquerte der Dämon Meere und Berge, er durchforstete Tempel, Schänken und Paläste, spähte Reiter, Seeleute und Wanderer aus, immer schneller und immer wütender, so zornig, wie es nur ein mächtiger Gott sein konnte.

Gewiss, die Welt war groß, aber nicht so groß, dass er sechs unbedeutende Sterbliche aus den Augen verlieren konnte. Sechs Menschen, die seit vier Monden seine ganze Aufmerksamkeit in Anspruch nahmen. Er hatte ihre Gedanken *immer* erreichen können. Selbst wenn sie tot wären, könnte er sie aufspüren. Nur das Jal entzog sich seinem Zugriff.

Doch seine Feinde hatten die Kinderstube der Götter verlassen, so wahr er der Bezwinger war. In dem unbeschreiblichen Getöse der menschlichen Gedanken, die er in sich vernahm, spürte der Dämon ihre Gegenwart, wenn auch nur sehr entfernt, undeutlich, tausendfach schwächer als sonst.

Und das reichte nicht, um sie zu finden.

Sombre streifte ziellos durch die Nacht. Er wusste nicht, wo er noch nach den letzten überlebenden Erben suchen sollte. Einer von ihnen konnte der Erzfeind sein, der ihm eines Tages gegenübertreten würde, und dieser Gedanke quälte ihn maßlos.

Rasend vor Zorn und Ungeduld ließ der Dämon seinen Schatten schließlich über den eisigen Gipfeln Arkariens schweben, dem einzigen Ort, an dem es eine Verbindung zu seinen Feinden gab. Und während er wartete, malte er sich den grausamen Tod aus, den er den aufsässigen Sterblichen bereiten würde, sobald er sie fand.

Seit Sonnenaufgang war es immer heißer geworden, und obwohl sie erst seit zwei Dekanten unterwegs waren, begann Yan unter der Hitze zu leiden. Grigán hatte ihm geraten, seinen Mantel anzulassen. Dabei wünschte er sich nichts sehnlicher, als sich die vielen Kleider, die ihm bei dieser Temperatur widersinnig erschienen, vom Leib zu reißen. Was hätte er darum gegeben, sich in den erstbesten Bach oder Fluss zu stürzen! So schmerzlich hatte er Eza noch nie vermisst.

Grigán hatte ihren Wasservorrat überprüft und festgestellt, dass er für zwei Tage reichen würde. Der Krieger trug stets zwei Flaschen bei sich, die je zwei Pint fassten und von denen eine noch voll war. Zusammen mit Yans Vorrat würden sie das ramgrithische Königreich erreichen können, ohne Durst leiden zu müssen. Selbst für Miff war genug da.

Die Pforte war längst hinter dem Horizont verschwunden. Grigán rieb sich den Schlamm vom Gesicht, und Yan tat es ihm gleich. Er war froh, den Schmutz loszuwerden, der ihnen seit dem Karu anhaftete. Von ihrem Abenteuer im Jal blieben ihnen jetzt nur noch die Steine, die sie auf Corenns Rat hin mitgenommen hatten. Sie hüteten sie wie magische Glücksbringer, die sie vor den Blicken böser Dämonen beschützten.

Wie weit lag ihr Besuch in den Gärten des Dara schon zurück! Unter der sengenden Sonne der endlosen Tsched, die in weiter Ferne mit dem ockerbraunen Himmel verschmolz, schienen sich all ihre Erinnerungen zu verflüchtigen. Yan und Grigán stapften durch eine Welt aus fahlen Gelb- und Rottönen, die kein Ende nahm, so weit das Auge reichte.

Hätte der Krieger nicht eine solche Ruhe und Sicherheit ausgestrahlt, hätte Yan ernsthaft an ihren Überlebenschancen gezweifelt. Doch Grigán hatte nicht vergessen, welche Gefahren in den Unteren Königreichen lauerten und wie die Wüstenbewohner ihnen begegneten. Er wusste stets, welchen Weg er durch die Dünen wählen musste, wo es am schattigsten war und wo sich ihren Füßen der beste Halt bot. Gefährlichen Skorpionen, Bellica-Spinnen und Daï-Schlangen wich er geschickt aus, und immer wieder fand er einige verkrüppelte Büsche, in deren Schatten sie sich ein wenig ausruhen konnten. Er wusste, wie man Verbrennungen behandelte und wunde Füße schonte. Kurzum, Grigán fand sich in diesem Ozean aus Staub und Erde so gut zurecht wie ein alter Seemann auf dem Mittenmeer und vermochte sich besser am Stand der Sonne zu orientieren als anhand einer lorelischen Karte. Wenn er seinen Kompass zu Rate zog, dann nur, um sich noch einmal zu vergewissern. Grigán fühlte sich in dieser unwirtlichen Gegend ebenso heimisch wie in den üppigen Landschaften der Oberen Königreiche.

Nur als Reisegefährte erwies er sich als wenig umgänglich. Die einzigen Worte, die ihm über die Lippen kamen, waren kurze Ratschläge, und wenn Yan ihn in ein Gespräch verwickeln wollte, erhielt er nur einsilbige Antworten. Doch zum Glück nahm er daran keinen Anstoß und ließ seinen Freund in Ruhe. Grigán hatte seine Gründe. Er war angespannt, ja besorgt.

Er wusste nicht, was sie in Griteh erwartete.

Als Rey aufwachte, hatte er kaum zwei Dekanten geschlafen. Sein Rücken schmerzte entsetzlich. Er richtete sich vorsichtig auf und streckte stöhnend die Glieder. Innerlich verfluchte er die Wallatten, Saat, die Pforten und ganz besonders den verkrüppelten Baum, auf dem er die Nacht verbracht hatte. Rey schwor sich, dieses Experiment nie wieder zu wagen, komme, was wolle.

Er blieb noch einen Moment in seinem luftigen Versteck sitzen, bevor er den Abstieg wagte und dabei das Ziehen in seinen schmerzenden Gliedern zu ignorieren versuchte. Bei Tageslicht bot der wallattische Wald einen ganz anderen Anblick als bei Nacht. Im Mondschein war er so oft gestolpert, dass er sich das Unterholz als undurchdringliches Geflecht aus Wurzeln und Ästen vorgestellt hatte, dessen einziger Zweck es war, Wanderern das Leben schwer zu machen. Jetzt musste er einsehen, dass er sich geirrt hatte. Das Gehölz war nicht dichter als in den lorelischen Provinzen. Aber auch das missfiel ihm: In dichterem Wald wäre es einfacher gewesen, sich heimlich an Feinde heranzupirschen.

Rey hatte den Plan verworfen, im Schutz der Nacht weiterzugehen. Da er keine Laterne anzünden konnte, kam er nur sehr langsam voran und hatte große Mühe, sich zu orientieren und zugleich auf mögliche Gefahren zu achten. Dabei musste er so schnell, zielstrebig und wachsam sein wie möglich.

Er holte ein hartes Stück Käse aus seinem Beutel, schnitt ein paar Scheiben ab und kaute angewidert darauf herum. Die Vorräte der Gefährten hatten das Jal'dara zwar überdauert, aber sie stammten noch aus der Zeit vor ihrer Reise ins Land Oo. Prompt musste Rey seiner langen Liste an Problemen ein weiteres hinzufügen: Er würde etwas zu essen auftreiben müssen.

Er dachte an Grigán, Yan und Bowbaq, die sich einfach von Wild, Geflügel oder Nagetieren ernährt hätten. Davon gab es hier sicher genug, aber Rey hatte noch nie gejagt, geschweige denn Wildbret zubereitet. Nie zuvor hatte er so deutlich gespürt, wie hilflos er als Städter war. Er tröstete sich mit dem Gedanken, dass Lana auch nicht mehr davon verstand als er. Ein so feinsinniges Abenteurerpaar hatte die bekannte Welt gewiss noch nicht gesehen.

Während er auf dem nächsten Stück Käse herumkaute, untersuchte er den Gürtel, den er den Wallatten abgenommen hatte. Leider erwies sich der Inhalt der Beutel als wertlos. Abgesehen von einigen Scheiben aus stumpfem Metall, die vermutlich als Zahlungsmittel dienten, enthielten sie nur einige Kleinigkeiten, die sich mit Reys Ausrüstung nicht messen konnten.

Die Waffen waren um einiges interessanter. Rey hatte schon einmal ein ähnliches Modell gesehen, und zwar in der Waffensammlung im Eroberten Schloss in Junin: Séhanes Haushofmeister hatte es als Lowa bezeichnet. Im Wesentlichen bestanden die Lowas aus einer schweren Metallstange, die breiter und kürzer war als ein lorelisches Schwert und nur an der Spitze zu einer etwa einen Fuß langen Klinge geschliffen war. An ihrem Ende befand sich ein Ring, an dem Ketten, Haken oder sonstige Gegenstände befestigt werden konnten, um die Zerstörungskraft der Waffe zu steigern. Ein kleiner runder Schild, der an die Stange geschmiedet war, beschützte die Hände. Vermutlich konnte man eine so wuchtige Waffe nur beidhändig führen.

Rey bewunderte ihre Schlagkraft mit Kennerblick. Wer mit einer Lowa kämpfte, brauchte starke Arme, aber die Wallatten waren ja auch kein Zwergenvolk. Durch die kurze Schneide war der Griff massiver und lag sicher in der Hand. Mit dem Ring konnten die geschicktesten Kämpfer ihre Gegner schwer verletzen. Die Waffe war Schwert, Streitkolben und Stoßlanze in einem. Noch dazu erforderte ihre Herstellung keinerlei Schmiedekunst, sodass innerhalb weniger Dekaden Tausende Waffen produziert werden konnten. So gut ausgestattet war nicht einmal die goronische Armee.

Die Lowas der beiden Männer waren mit Blut überkrustet. Rey fragte sich, wie viele Menschen durch diese Waffen wohl schon den Tod gefunden hatten, wie viele Schädel sie zerschmettert und wie viele Gliedmaßen zertrümmert hatten. Dann malte er sich aus, wie ähnliche, vielleicht noch viel grässlichere Waffen schon bald in der Heiligen Stadt Ith zum Einsatz kämen, in den Händen ganzer Heerscharen von Barbaren, die für ihre Grausamkeit berüchtigt waren.

Bei diesem Gedanken verging ihm der Appetit. Fast wäre er selbst in der vergangenen Nacht von einer Lowa erschlagen worden. Trotz seiner Spielernatur glaubte Rey nicht an glückliche Zufälle. Welchem wohlwollenden Gott mochte er sein Leben verdanken?

Und was hatten die Wallatten überhaupt in der Nähe der Pforte zu suchen gehabt? Sie trugen weder Kerzen noch Laternen bei sich und waren auch nicht für eine Reise von mehreren Tagen ausgerüstet. Entweder stapften diese Barbaren mit nahezu leeren Händen durch die Wildnis, oder sie kamen aus einem nahe gelegenen Lager und waren vielleicht vom übernatürlichen Licht der Pforte angelockt worden.

Rey hatte keinen Anhaltspunkt, wie groß dieses Lager sein mochte und wie weit er davon entfernt war. Die Angreifer hatten versucht, ihn gefangen zu nehmen, anstatt ihn einfach zu erschlagen. Das deutete darauf hin, dass die Wallatten dieses Gebiet beherrschten. Wären sie in Feindesland eingedrungen, hätten sie sich den Fremden gewiss sofort vom Hals geschafft.

Er beschloss, das als gute Nachricht aufzufassen, obwohl sich ihm vor Angst fast der Magen umdrehte. Immerhin war er im Land der Wallatten gelandet, wie er es vorgehabt hatte. Bei seinem ersten Zusammenstoß mit dem Feind war er mit dem Schrecken davongekommen, und er konnte immer noch hoffen, seinen Plan auszuführen.

Fröstelnd legte er seine lorelischen Kleider ab und behielt nur die Sachen an, die sich unter seiner neuen Verkleidung verbergen ließen. Dann streifte er das schmutzige Tuch über, das er einem der Angreifer abgenommen hatte.

Als Nächstes legte er sich den Gürtel mit den Vorratsbeuteln um und befestigte die furchterregende Lowa daran. Da die Täuschung ohnehin nur von weitem funktionierte, beschloss er, sein Rapier, seine Armbrust und knapp die Hälfte seiner Ausrüstung zu behalten. Alles Übrige, darunter auch das verbliebene Gold aus dem Kleinen Palast, versteckte er unter einem Dornbusch.

Sollte er scheitern, würde ihm der Schatz nichts mehr nützen. Doch Rey zwang sich zur Zuversicht. Sein Plan war eigentlich ganz einfach: Er musste sich nur an Saat heranschleichen und ihn für seine Verbrechen büßen lassen.

Dummerweise hatte er keine Ahnung, wo sich der Hexer aufhielt – außer, dass er sich am Fuß eines Bergs befand.

Corenn blickte nach Süden und fragte sich, in welcher Richtung Griteh wohl lag. Dabei konnte sie nicht einmal genau sagen, wo sie selbst gelandet war. Sie stand mit den Füßen im Schnee, eingehüllt in den Pelz eines unbekannten Tiers, und ließ den Blick über den Horizont schweifen.

Sie war als Erste aufgewacht und hatte eine Weile gebraucht, um Albtraum und Wirklichkeit zu unterscheiden. In vielerlei Hinsicht ähnelten sich beide. Keiner der Erben war der Erzfeind. Grigán war nicht mehr da, um sie zu beschützen, und auch Yan und Rey waren von ihnen getrennt worden. Corenn machte sich nichts vor: Diese Nacht war das Ende der Gefährten gewesen. Wie groß waren ihre Aussichten, jemals wieder zueinander zu finden? Nicht sehr groß. Es war hoffnungslos.

Corenn verwünschte die Verletzung, die ihr das Bewusstsein geraubt hatte. Wäre sie bei Sinnen gewesen, hätte sie verhindern können, dass die Erben auseinandergingen. Von Anfang an hatte sie für den Zusammenhalt ihrer kleinen Gemeinschaft gesorgt. Sie hatte Grigáns schneidenden Befehlston, Reys freche Streiche, Létis Launen und Lanas übertriebene Empfindsamkeit zu mildern gewusst, und so waren zwischen ihnen mit der Zeit ein Gefühl der Zusammengehörigkeit und eine tiefe Freundschaft entstanden.

Doch das Schicksal hatte es anders gewollt …

Bislang war sich Corenn trotz aller Gefahren und Enttäuschungen stets sicher gewesen, was zu tun war und wohin sie gehen sollten, welchen Spuren sie folgen und welche Hoffnungen sie hegen konnten. Jetzt, wo alles aus war, wusste sie keinen Rat mehr. Yan, Rey und Grigán waren verschwunden. Die nächsten Tage lagen im Ungewissen. Sie konnte die Sache so oft hin und her wenden, wie sie wollte, ihnen blieb nicht einmal der Hauch einer Chance, Saat zu besiegen – selbst wenn der Magier nicht mit einem Dämon verbündet gewesen wäre.

Die Zukunft, die Usul offenbart hatte, hatten die Erben nicht zu ändern vermocht. Wie es der Wissende vorhergesagt hatte, würde der Zusammenschluss der Länder des Ostens die Oberen Königreiche schon bald vernichten. Sie selbst, Grigán und die anderen hatten versagt und würden wohl den vergifteten Dolchen der Züu zum Opfer fallen. Trotz ihres scharfen Verstandes und ihrer Charakterstärke, die sie sonst stets vor der Verzweiflung bewahrte, sah Corenn keinen Ausweg mehr.

»Tante … Komm herein ins Warme«, bat sie eine geliebte Stimme leise.

Corenn drehte sich um und schloss Léti in die Arme. Léti hatte schon so viel Kummer erlitten, seit sie aufgebrochen waren, und gab sich jetzt so erstaunlich stark, obwohl sie allen Grund zum Weinen hatte. Corenn drückte ihre Nichte an sich und wiegte sie sanft, wie sie es mit einem Säugling getan hätte. Doch das Mädchen war zu einer Frau herangewachsen, und als sie die Umarmung erwiderte, klirrte ihr Kettenhemd. Corenn war vermutlich die Letzte, die es sich eingestand: Ihre kleine Léti aus dem Fischerdorf war zu einer Kriegerin geworden. Und angesichts des bevorstehenden Krieges konnte man froh sein, wenn sich die junge Generation der Oberen Königreiche zu verteidigen lernte.

Untergehakt kehrten sie in die Jagdhütte zurück. Sie hatten kein weiteres Wort gewechselt, doch glücklicherweise bot ihnen Bowbaq nun genügend angenehmen Gesprächsstoff. Beim Anblick des nahrhaften Frühstücks, das er ihnen auftischte, lobte Corenn die Umsicht und Gastfreundlichkeit des arkischen Volkes in den höchsten Tönen. Trockenfrüchte, Getreidefladen, Rauchfleisch und Fluffbrot häuften sich auf dem kleinen Tisch aus Rindenbaumholz. Ein großer Kessel und mehrere Tassen warteten nur darauf, mit warmem Milo gefüllt zu werden und den süßen Duft des Lieblingsgetränks der Arkarier zu verbreiten. Ein zweites, kleineres Gefäß enthielt die Gewürze, mit dem der Tee nach Belieben verfeinert werden konnte. Ein weiteres Töpfchen fasste das Schmalz, mit dem das Fluffbrot bestrichen wurde. Und immer mehr Gefäße kamen zum Vorschein.

»Mutter Eurydis, Bowbaq! Mir scheint, du bist insgeheim doch ein Magier!«, rief Corenn und zwang sich zu einem Lächeln.

»Ich habe nichts gemacht«, verteidigte er sich, ohne zu begreifen, womit er sich diesen Vorwurf eingehandelt hatte. Als er erkannte, dass Corenn einen Scherz gemacht hatte, lachte er dröhnend. Er war glücklich, die anderen aufheitern zu können.

Sie setzten sich und griffen munter zu. Nur Lana blieb

einsilbig. Ihre geröteten Augen und die ermatteten Gesichtszüge verrieten deutlich, wie sie sich fühlte. Seit Tagesanbruch hatte die Maz die Hütte nicht verlassen und war die meiste Zeit im Bett geblieben. Die Erinnerung an die Geschehnisse der vergangenen Nacht war noch zu lebendig.

»Grigán wird Rey schützen«, sagte Corenn schließlich, um die Priesterin zu trösten. »Und Yan natürlich auch. Könnt Ihr Euch vorstellen, dass sich diese drei von irgendjemandem etwas bieten lassen? Solange sie zusammen sind, kann ihnen nichts passieren.«

Corenn hatte nicht damit gerechnet, dass ihre Bemerkung Lanas Kummer noch verstärken würde. Die Priesterin entschuldigte sich hastig und lief hinaus, das Gesicht in den Händen vergraben.

»Rey ist nicht bei Grigán«, erklärte Léti voller Bestürzung über das Missverständnis. »Ich dachte, Lana hätte es dir erzählt!«

»Das dachte ich auch«, sagte Bowbaq erstaunt.

»Wo ist er?«, fragte Corenn.

»In Wallos. Na ja, vielleicht. Er hat Lana gesagt, dass die Wallatten einen Tunnel nach Ith graben, und ist im Jal'karu zurückgeblieben. Lana glaubt, dass er versuchen wird, Saat aufzuhalten.«

»Einen Tunnel?«, wiederholte die Ratsfrau entgeistert. »Einen Tunnel unter dem Rideau?«

»Das hat er gesagt«, bestätigte Léti verlegen.

Corenns Gedanken überschlugen sich. Im selben Moment überfielen sie stechende Kopfschmerzen, die sie zurückdrängte. Létis Worte hatten sie auf eine Idee gebracht, der sie unbedingt nachgehen musste. Obwohl ihr vor Schwäche und Aufregung ganz schwindelig wurde, zwang sie sich, weiter nachzudenken und gegen das dumpfe Pochen im Hinterkopf anzukämpfen. »Wie hat Rey davon erfahren?«, fragte sie, schon benommen vom Fieber.

»Anscheinend hatte er eine Vision, als er die Undinen berührte, so wie Grigán Aleb gesehen hat.«

»Warum hat er es uns nicht gesagt?«, fragte Corenn in einem Anflug von Bitterkeit.

Aber das war nicht das eigentliche Problem. Letztlich hatte Rey es ihnen ja doch noch verraten. Er hatte die Gruppe nur verlassen, weil er sich dem Auftrag verpflichtet fühlte, den er wie Grigán als persönliche Mission empfand. Die beiden waren die Einzigen, die von den Undinen berührt worden waren. Man konnte ihnen keinen Vorwurf machen, solange man nicht am eigenen Leib erfahren hatte, was diese Berührung auslöste.

Nein, darum ging es nicht. Saats Idee, die Oberen Königreiche von der Heiligen Stadt aus zu erobern, war entsetzlich. Entsetzlich genial. Corenn hegte keinen Zweifel daran, dass es dem Magier gelingen würde, das Gebirge zu durchbohren. Schließlich herrschte er über einen Dämon. Und mit diesem Plan erwies er sich auch als dämonischer Stratege.

Irgendein Gedanke ließ Corenn nicht mehr los, doch sie bekam ihn nicht zu fassen. Jede noch so kleine Information war wichtig, und diese ganz besonders. Im Vollbesitz ihrer Kräfte wäre sie schon längst darauf gekommen. »Ich muss mich hinlegen«, sagte sie plötzlich mit tonloser Stimme. »Léti, bitte hol Lana. Ich glaube, meine Wunde hat sich wieder geöffnet.«

Die junge Frau stürzte sofort hinaus, ohne sich etwas überzuziehen. Als sie zurückkehrte, half Bowbaq Corenn gerade auf ihr Bett, so behutsam, wie er nur konnte.

»Ich weiß, dass du deine Familie unbedingt wiedersehen willst«, sagte sie leise, schon der Ohnmacht nahe. »Bowbaq, das ist sehr wichtig: Geh nicht. Vertrau mir und warte, bis ich wieder aufwache. Ich muss nachdenken. Ich muss …«

Sie verlor endgültig die Besinnung. Lana fühlte ihr hastig den Puls. Er schlug schnell, rasend schnell.

Er zog die Waffe aus der Scheide und strich mit runzeligen Fingern über das Heft. Es fühlte sich vertraut an: Wie alle Gwelome, die aus dem Lehm des Jal'karu gefertigt waren, strahlte es eine sanfte und doch schmerzhafte Wärme aus.

Saat allein kannte das Geheimnis seines Schwerts. Zwar hegten viele den Verdacht, dass seine Sturmhaube kein gewöhnlicher Helm war, aber niemand ahnte etwas von der übernatürlichen Kraft seiner Waffe. Dabei war deren Macht noch um einiges größer.

Bei seiner Flucht aus dem Höhlenlabyrinth hatte der Magier etwas von dem Gwel mitgenommen, mit dem er seinen Weg markiert hatte. Aus diesem Stoff, dessen Absorbium außergewöhnlich groß war, hatte er zwei Gegenstände geschmiedet: Der eine verbarg sein Gesicht, das nach hundertachtzig Jahren einem Totenschädel glich, den anderen trug er um die Taille gegürtet. Und es war sein Geheimnis, dass der glänzende Stahl schon mindestens dreißig Menschen getötet hatte.

Niemand vermag mehr zu geben, als er selbst besitzt. Als er die magischen Artefakte geschaffen hatte, konnte er sie nur mit seinen eigenen Kräften ausstatten. So hatte der Magier beschlossen, seiner Sturmhaube die Macht zu verleihen, Gedanken zu lesen und fremde Körper zu beherrschen, was ihm selbst ein Leichtes war. Andere Magier konnten so etwas nur tun, wenn sich ihr Ziel in der Nähe befand. Doch Saats magischer Wille war so stark, dass er ihn sogar aus mehreren Meilen Entfernung auf sein Ziel richten konnte. An eine Bedingung blieb allerdings auch er gebunden: Er musste seinen Opfern wenigstens ein Mal persönlich begegnet sein. Ohne diese Einschränkung hätte sich Saat die Erben der Insel Ji längst selbst vom Hals geschafft.

Sein Schwert unterlag denselben Gesetzen, aber es war mit anderen Kräften ausgestattet. In seiner Zeit am Hofe des Kaisers Mazrel hatte Saat gelernt, das Element des Feuers zu manipulieren, um seine Rivalen aus dem Weg zu räumen. Am liebsten zerquetschte er ihnen das Herz, eine Methode, die er insgeheim »innere Erdrosselung« nannte, was ihn jedes Mal belustigt hatte. Das Heft seines Schwerts ersparte ihm nun die lästige Anstrengung, die ihn ein solcher Akt kostete. Er brauchte nur an sein Opfer zu denken und mit seinem magischen Willen die Macht der Waffe zu entfesseln, und schon brach der Verräter, Feigling oder Aufrührer zusammen und wand sich, die Hände an die Brust gepresst, in entsetzlichen Todesqualen.

Mit seiner Sturmhaube war Saat allwissend. Mit seinem Schwert war er allmächtig. Mit seiner Armee würde er sich die Welt untertan machen. Der Sieg war zum Greifen nah. Und doch war der Magier nicht ganz zufrieden. Der hohe Dyarch hatte mit einigen Unvollkommenheiten, Fehlschlägen und Enttäuschungen zu kämpfen.

Zum einen ärgerte er sich jeden Tag mehr darüber, wie hässlich sein Körper war. Auf sich selbst konnte er seinen magischen Willen nicht anwenden, und optische Täuschungen interessierten ihn nicht. Er hatte Sombre mehrmals gebeten, ihm zu helfen, doch der Dämon, der nur Kampf und Zerstörung kannte, hatte den Zerfall seines Körpers trotz seiner göttlichen Macht nicht aufhalten können. Da er Niederlagen nicht ertrug, weigerte er sich seither, es noch einmal zu versuchen.

Das Verhalten des Dämons bereitete dem Magier die größte Sorge. Saat war nicht unsterblich. Sein Überleben hing ganz von Sombre ab, seinem jähzornigen Verbündeten, dem er immer wieder Lebenskraft entzog. Seit einigen Dekaden war der Dämon bisweilen völlig unberechenbar – und Saat erschauerte bei dem Gedanken, er könnte irgendwann die Kontrolle über ihn verlieren, auch wenn das unwahrscheinlich war.

Außerdem verzweifelte er daran, dass er keine Nachkommen zeugen konnte. Obwohl er sich ganze Heerscharen von Sklavinnen und Konkubinen zu Willen gemacht hatte, obwohl er sich mit allen Mitteln gegen dieses Schicksal auflehnte, und obwohl Chebree mit unerschütterlicher Gewissheit behauptete, ihm eines Tages ein Kind zu schenken, schwand Saats Hoffnung, einen Sohn in die Welt zu setzen.

Er verspürte nicht etwa den Wunsch, Vater zu sein: Solche Gefühlsduselei fand er lächerlich. Er ließ sich von kalter Vernunft leiten, und wenn man den Undinen glauben konnte, würde der Erzfeind ein Nachkomme der Weisen sein – und bald würde außer ihm kein Weiser oder Erbe mehr leben.

Saat wollte der Vater des Erzfeinds sein.

Dann, und nur dann, würde er sich aus seiner Abhängigkeit von Sombre befreien können. Saat hatte bereits einen Gott aufgezogen. Seinem Erben würde diese Erfahrung nützlich sein. Der hohe Dyarch wusste genau, was zu tun war, und würde so all seine Probleme auf einen Schlag aus der Welt schaffen.

Doch noch musste er sich in Geduld fassen und sich auf diesen Tag vorbereiten. Er wandte sich dem Sklaven zu, den er zu sich befohlen hatte: ein kleiner Junge von sechs oder sieben Jahren, von dessen Körper er Besitz ergreifen würde.

Seit einem halben Dekant lag Rey auf der Lauer, ohne in dem Dorf, auf das er gestoßen war, auch nur das geringste Lebenszeichen zu entdecken. Es war offensichtlich ausgeplündert worden, und sämtliche Bewohner schienen geflohen zu sein.

Die meisten Holzhütten waren zerstört, manche sogar vollständig niedergebrannt. Die Tore zweier leerer Viehweiden standen weit offen. Weit und breit gab es nichts mehr, das heil geblieben war. Ein Karren war umgestürzt und zertrümmert worden. Überall lag zerbrochenes Geschirr, hier und da hingen Stofffetzen im zerfurchten Boden und flatterten hilflos im Wind. Das Ganze konnte ebenso gut vor einer Dekade wie vor mehreren Monden passiert sein.

Das Dorf war ausgestorben. Er konnte den Tod förmlich spüren. Dennoch waren auf den steinigen Wegen keine Leichen zu sehen, weder von Menschen noch von Tieren, und das machte den Ort seltsamerweise noch unheimlicher.

Um sich frei bewegen zu können, legte Rey sein Bündel, die Lowa und den Gürtel des Wallatten ab. Dann trat er aus seinem Versteck und pirschte sich mit klopfendem Herzen an die Häuser heran. Da er weithin zu sehen war und ihm seine eigenen Schritte in der bedrückenden Stille wie Donner in den Ohren hallten, kam ihm die Armbrust, die er umklammerte, ziemlich lächerlich vor.

Unbehelligt erreichte er die ersten Häuser. Es waren flache, wuchtige Bauten, die halb im steinigen Boden verschwanden. Die Türen und Fenster waren schmal und von innen mit schweren Läden verschlossen. Wer solche Häuser baute, wollte sich vor der Kälte schützen – und vor Angriffen. Im Grunde bestand das Dorf aus lauter kleinen Festungen.

Rey ging an drei Häusern vorbei, deren Türen sperrangelweit offen standen. Da er nicht damit rechnete, darin etwas Nützliches zu finden, ließ er sie links liegen. Eigentlich wusste er gar nicht so recht, was er in dem Dorf wollte. Er wurde nur von einer dunklen Vorahnung getrieben.

So blieb er schließlich vor dem größten Gebäude stehen. Es war das einzige Haus ohne Fenster, was seinem scharfen Auge nicht entgangen war. Als er näher kam, erkannte er, dass die Fenster zugemauert waren. Ein Haufen aufgeschütteter Steine versperrte die Tür.

Böses ahnend, umrundete er das Haus und stellte fest, dass der Überfall vermutlich schon einige Dekaden zurücklag. Endlich stieß er auf eine Öffnung, einen schmalen, fußhohen Schlitz, den die Angreifer wohl absichtlich offen gelassen hatten. Rey nahm seinen ganzen Mut zusammen und versuchte, einen Blick ins Innere zu werfen. Doch er kam nicht nah genug heran und gab das Vorhaben gleich wieder auf, als ihn ein heftiger Brechreiz ergriff. Der Gestank, der aus dem Gebäude drang, war unerträglich und bestätigte seine schlimmsten Befürchtungen.

Er konnte trotzdem nicht umhin, von außen an die Mauer zu klopfen, und zuckte zusammen, als er die Schläge dumpf im Innern widerhallen hörte. Ihm graute vor dem Gedanken, eine Antwort zu erhalten. Aber natürlich blieb alles still.

Die Menschen, die man dort eingemauert hatte, waren schon lange tot.

Rey verfluchte den Hexer, der diese Gräueltat zu verantworten hatte. Seine Gefangenschaft im Labyrinth des Jal'karu musste Saat so verstört haben, dass er seinen Feinden das gleiche unerträgliche Leid zufügen wollte. Rey verzichtete darauf, die Tür freizuschaufeln und sich mit eigenen Augen davon zu überzeugen, dass hier Menschen einen qualvollen Tod gestorben waren, in Dunkelheit und Kälte, umgeben von Ungeziefer und Verwesungsgeruch, bis auch der Letzte erstickt oder verhungert war.

Nichts hielt ihn mehr an diesem Unglücksort. Rey holte seine Ausrüstung und marschierte weiter auf die Berge zu. Irgendwo dort, am Fuße des Rideau, war Saat. Er musste den Magier aufhalten.

Yan war es ein Rätsel, wie Grigán es geschafft hatte, sie an ihr Ziel zu führen. Seit sie das Jal'karu verlassen hatten, waren zwei Nächte vergangen. Zwei Nächte und drei Tage waren sie unentwegt voranmarschiert, hatten nie länger als nötig Rast gemacht und möglichst wenig gesprochen, damit ihre Kehlen in der sengenden Hitze der Tsched nicht austrockneten.

Dabei hatten sie nichts als Sand gesehen, Sand über Sand. Sie waren keiner Menschenseele begegnet, und die Landschaft hatte immer gleich ausgesehen. Da ihn jedes zusätzliche Pfund noch mehr erschöpfte, hatte Yan gleich am ersten Tag ein Drittel seiner Ausrüstung zurückgelassen, obwohl er überzeugt gewesen war, nur das Nötigste bei sich zu tragen. Sogar das Gewicht von Miff, die auf seinen Schultern saß, war ihm fast schon zu viel. Aber natürlich dachte er nicht im Traum daran, das Äffchen auszusetzen.

»Ist es noch weit bis Griteh?«, fragte er, als sie sich im Morgengrauen des dritten Tages wieder auf den Weg machten.

»Wir haben die Grenze des Königreichs gestern gegen Mit-Tag überschritten«, erwiderte Grigán. »Bis in die Stadt sind es nur noch wenige Meilen.«

Yan fragte sich, woher Grigán das wusste. Er selbst hatte keine Grenze erkennen können. Doch je mehr Meilen sie zurücklegten, desto stärker veränderte sich die Landschaft, und er war wieder einmal froh, sich auf die Erfahrung seines Freundes verlassen zu können.

Immer öfter wich der Sand nun bloßer Erde oder felsigem Untergrund. Der Horizont, an dem bisher eine gewaltige Dünenkette nach der anderen aufgeragt war, verwandelte sich allmählich in die weiche Silhouette einiger ferner Hügel. Der Boden wurde fruchtbarer, und um sie herum wuchsen zweimal, fünfmal, zehnmal so viele Pflanzen wie noch vor wenigen Meilen. Einen Wald konnte man das allerdings noch nicht nennen, im Grunde nicht einmal ein Gehölz, denn die Kakteen, Krüppelkiefern, Bettelrosen, Lonlonien und anderen Beerengewächse waren nur selten mannshoch. Trotzdem war Yan dankbar für den Schatten, den die kümmerliche Vegetation von Zeit zu Zeit spendete.

Plötzlich stellte er fest, dass sie auf einer Art Trampelpfad dahinmarschierten. Wie und wann sie von offenem Gelände auf diesen Fußweg geraten waren, konnte Yan beim besten Willen nicht sagen. Anscheinend würden sie tatsächlich bald eine Stadt erreichen oder zumindest besiedeltes Gebiet.

Manchmal hatte er den Eindruck, als verlangsame Grigán unwillkürlich seine Schritte, und einmal schien er sogar zu zögern, welche Richtung sie einschlagen sollten, denn er blickte immer wieder nach Süden. Nachdem sich Yan eine ganze Weile über seine verstohlene Art gewundert hatte, begann er sich Sorgen zu machen.

»Sagt Bescheid, wenn wir uns verirrt haben«, sagte er, obwohl er ganz genau wusste, dass das Problem anderswo liegen musste. »Ich könnte Euch zwar nicht helfen, aber ich wüsste es trotzdem gern.«

»Ich weiß genau, wo wir sind«, beruhigte ihn Grigán. »Die Ländereien meines Vaters befinden sich ganz in der Nähe, ungefähr drei Meilen von hier. Ich versuche nur, nicht daran zu denken.«

»Wollt Ihr denn nicht vorbeischauen?«

»Nein. Aleb hat alles niedergebrannt, als ich die Unteren Königreiche verlassen habe, sogar meine Pferde hat er geschlachtet. Heute sind nur noch böse Erinnerungen übrig. Ich habe dort nichts verloren.«

Da er hastig weiterging, fragte Yan nichts mehr. So mitteilsam war Grigán seit ihrem Aufbruch aus dem Jal'karu nicht gewesen. War das ein Anzeichen dafür, dass sich seine Laune besserte?

Nach einem weiteren Dekant kamen die ersten Häuser in Sicht. Der Tag neigte sich dem Ende zu, und Yan war froh, nicht noch eine Nacht in der kalten Wüste unter freiem Himmel verbringen zu müssen. Aber er hatte sich zu früh gefreut: Grigán dachte nicht daran, Griteh am helllichten Tag zu betreten.

Also ließen sie sich abseits des Wegs im Schutz eines Kiefernwäldchens nieder, um sich auszuruhen. Yan konnte kaum glauben, dass er tatsächlich die Hauptstadt des ramgrithischen Königreichs vor sich sah, so ärmlich und bescheiden wirkte die Siedlung.

»Du täuschst dich«, sagte Grigán. »Griteh ist dreimal größer als das, was wir von hier aus überblicken können. Die Dächer im entfernteren Teil der Stadt sind im flirrenden Sonnenlicht nicht zu erkennen. Wenn es dämmert, wirst du sie sehen können.«

»Die Häuser wirken irgendwie so klein.«

»Auch hier täuschst du dich«, erwiderte Grigán, den Yans Bemerkungen allmählich belustigten. »Die meisten sind drei oder vier Stockwerke hoch, aber die Straßen liegen tiefer, als es den Anschein hat. Griteh ist nicht in die Höhe gebaut, sondern in die Erde gegraben worden.«

Yan nickte. Er freute sich, dass Grigán endlich sein Schweigen gebrochen hatte. Die Trennung von Léti und den anderen war zu traurig, um auch noch den Missmut seines Gefährten zu ertragen. Die Gelegenheit erschien ihm günstig, um die Frage zu stellen, die ihn seit zwei Tagen beschäftigte. »Was machen wir eigentlich in Griteh?«, erkundigte er sich betont beiläufig, nachdem er sich geräuspert hatte.

»*Du* machst gar nichts«, gab Grigán freundlich, aber bestimmt zurück. »*Ich* werde Aleb, diesem elenden Schuft, den Hals umdrehen. Danach werden wir versuchen, die anderen wiederzufinden.«

Diese Ankündigung brachte Yan einen Augenblick lang aus der Fassung. Wenn er den Dingen ihren Lauf ließ, würde ein Unglück geschehen, das war so sicher, wie morgens die Sonne aufging. Er war Grigán gefolgt, um das Schicksal zu verhindern, das ihm vorherbestimmt war. Jetzt musste er handeln.

»Allein werdet Ihr das nicht schaffen«, sagte er mit Nachdruck, ohne zu wissen, woher er den Mut nahm.

»Das weiß ich selbst«, knurrte Grigán. »Ich muss mir Verbündete suchen. Heute Nacht werden wir einem Phantom einen Besuch abstatten«, fügte er mit einem grimmigen Lächeln hinzu.

Zwei Tage lang delirierte Corenn im Fieber, bevor sich ihr Zustand allmählich besserte, und Lana verhehlte nicht, dass sie um das Leben der Ratsfrau bangte. Ihnen allen erschien die Zeit endlos, doch Bowbaq litt am meisten. Er sorgte sich nicht nur um Corenn, sondern sehnte sich auch nach seiner Familie, deren Schicksal ungewiss war. So nah war er ihnen schon lange nicht mehr gewesen: Der Schneeigelklan lebte nur zwei Tagesreisen von ihrer Jagdhütte entfernt.

Das schloss Bowbaq aus den Wegzeichen, die er auf einem flachen Felsen in der Nähe gefunden hatte und die ihm anzeigten, in welcher Richtung sich die vier nächstgelegenen Dörfer befanden. Als er Lana die Hinweise erklärte, war sie beeindruckt, wie gut er sie lesen konnte. Das Kompliment verblüffte den Riesen, der die arkischen Zeichen nie als Alphabet betrachtet hatte.

Dekant um Dekant verstrich, ohne dass Corenn erwachte, und der kurze Moment der Freude war schnell vergessen. Léti, Bowbaq und Lana konnten nichts tun, als abwechselnd am Krankenbett zu wachen und abzuwarten. Wenn sie sich überhaupt von der Hütte entfernten, dann nur für kurze Zeit und niemals besonders weit.

Lana war oft in Gebete versunken, denen sie sich noch inniger widmete, seit sie die Höhlen des Karu gesehen hatte. Léti drehte einige Runden um die Hütte, allerdings mehr, um sich abzulenken, als um tatsächlich Wache zu halten. Bowbaq versuchte seiner Ungeduld Herr zu werden, indem er Reparaturen vornahm, Schnee schaufelte und den Holzvorrat auffüllte. So hatte er auch das Gefühl, den Besitzern der Hütte für ihre Gastfreundschaft zu danken.

Tags darauf sank Corenns Fieber ein wenig, ihre Atemzüge wurden gleichmäßiger, und ihr Gesicht entspannte sich. Am dritten Tag bestand kein Zweifel mehr, dass sie sich auf dem Weg der Besserung befand, und ihre Freunde warteten voller Vorfreude auf den Moment, in dem sie aufwachen würde. Corenn hatte bereits mehrmals geblinzelt, bevor sie sich zur Seite drehte und weiterschlief. Obwohl sie den Schlaf bitter nötig hatte, war es nicht ihre Art, sich Ruhe zu gönnen. Sobald sie wach war, würde sie aufstehen wollen, auch wenn es dafür noch zu früh war. Ihre Freunde würden sie dazu zwingen müssen, nicht zu leichtsinnig zu sein, sondern zu warten, bis sie wieder bei Kräften war.

Es war bereits dunkel, als sie zu sich kam. Bowbaq, Lana und Léti hatten gerade zu Abend gegessen und plauderten vor dem Kamin. Sie hatten nichts bemerkt.

»Ich hoffe doch sehr, dass ihr mir etwas übrig gelassen habt«, meldete sich Corenn mit belegter Stimme zu Wort.

Mit einem Satz waren Léti und Bowbaq bei ihr, und Lana folgte ihnen, um der Kranken die Stirn zu fühlen. Sie schien zufrieden mit dem Ergebnis. »Hochverehrte Ratsfrau, ich verbiete Euch aufzustehen«, sagte sie mit gespielter Strenge. »Ihr mögt sagen, was Ihr wollt, aber Eure Gesundheit ist jetzt wichtiger als alles andere.«

»Das sehe ich nicht so«, widersprach Corenn ruhig. »In unserer Lage heißt es schnell und bedacht handeln. Bowbaq, hör mir zu: Wie viele Männer hat dein Klan? Hundert? Zweihundert? Mehr?«

»Nur um die dreißig«, sagte er bedauernd. »Aber du solltest jetzt nicht so viel nachdenken, Freundin Corenn. Du musst dich ausruhen.«

»Dafür habe ich bald Zeit genug«, entgegnete sie und stützte sich auf die Ellbogen. »Und die anderen Klans? Wie viele Männer haben die anderen?«

»Ihr dürft Euch nicht zu sehr aufregen«, bat Lana. »Wir können morgen darüber sprechen, wenn Ihr möchtet.«

Corenn traute ihren Ohren nicht. Bot sie einen so jämmerlichen Anblick, dass ihre Freunde ihr nicht zuhören wollten? Sie schienen zu glauben, dass sie immer noch im Fieberwahn lag. Corenn erinnerte sich dunkel, dass sie im Schlaf gesprochen, vielleicht sogar geschrien hatte. Aber jetzt war sie wieder im Vollbesitz ihrer Kräfte! Sie *mussten* ihr zuhören, und zwar sofort.

»Was hast du vor, Tante?«, fragte Léti, die bis dahin geschwiegen hatte. »Warum willst du die Arkarier zusammenrufen? Wozu brauchst du diese … Armee?«

In der Stimme der jungen Frau lag Hoffnung, aber auch Angst vor einer neuerlichen Enttäuschung. Léti hatte sofort begriffen, worauf Corenn hinauswollte. Sie hatte noch längst nicht aufgegeben und würde jedem zur Seite stehen, der weiterkämpfen wollte.

Corenn warf ihr einen dankbaren Blick zu. »Bowbaq, ich muss die Anführer der nächstgelegenen Klans treffen«, erklärte sie bestimmt. »Ich möchte dich bitten, sie in meinem Namen aufzusuchen und herzuholen. Würdest du das tun?«

»Natürlich, Freundin Corenn. Es ist nur … Sie werden nicht ohne Grund kommen. Was soll ich ihnen sagen?«

»Sag ihnen, dass eine Botschafterin Kauls sie in einer äußerst wichtigen Angelegenheit um Rat bittet«, schlug Corenn vor. »Wenn das nicht ausreicht, dann sag ihnen, dass ihnen ein Überfall droht. Das müsste selbst die Starrköpfigsten überzeugen.«

Bowbaq nickte und senkte dann den Blick. Er hatte noch etwas anderes auf dem Herzen. Seine Freunde ahnten, was er sagen wollte, noch bevor er es ausgesprochen hatte.

»Der Anführer des Schneeigelklans ist mein Bundbruder«, brachte er schließlich heraus. »Er ist der Bruder von Ispen, meiner Frau. Ich … Soll ich …«

Corenn seufzte. Sie würde ihrem Freund etwas sehr Schmerzhaftes abverlangen, das wusste sie. Aber Bowbaq musste begreifen, dass das alles nur dem Schutz seiner Familie diente. *Den rechten Weg geht man mit schwerem Herzen …*

»Deine Familie hat keine Dara-Steine, die sie beschützen«, sagte sie bekümmert. »Wir müssen einen Weg finden, ihnen die Steine zukommen zu lassen, ohne unser Geheimnis preiszugeben oder das Leben anderer aufs Spiel zu setzen. Bis dahin ist es besser für uns alle, wenn sie die Wahrheit nicht kennen. Das verstehst du doch, Bowbaq? Kannst du dich noch etwas gedulden?«

Er machte ein langes Gesicht, konnte seinen Freunden aber nicht böse sein. »Das verstehe ich, Freundin Corenn. Ich werde tun, was du sagst. Aber ich möchte wenigstens wissen, ob es ihnen gut geht.«

»Bitte jemanden aus einem anderen Klan, deinen Bundbruder zu benachrichtigen«, schlug Corenn vor. »Am besten, ohne deinen Namen zu nennen. Dann können wir ihn nach deiner Familie fragen, wenn er zu uns stößt.«

»Ich glaube nicht, dass es klug wäre, hierzubleiben«, sagte Léti. »Die Hütte ist zu abgelegen. Hier eine Versammlung abzuhalten, ist zu gefährlich und könnte die arkischen Anführer misstrauisch machen. Ich schlage vor, dass wir Bowbaq bis zum Dorf des Rentierklans begleiten und dort auf ihn warten.«

»Für eine solche Reise ist Corenn zu schwach«, wandte Lana ein.

»Wir brechen erst morgen auf«, antwortete Léti. »Bowbaq hat herausgefunden, dass der Rentierklan nicht weit von hier lebt. Die Reise würde nur wenige Dekanten dauern. Und hinter der Hütte steht ein Schlitten, den wir sicher mühelos ziehen könnten, zumindest auf ebener Strecke. Was meinst du, Tante?«, fragte sie. »Fühlst du dich dazu imstande?«

Corenn antwortete nicht gleich. Nicht etwa, weil sie zögerte: Ihre Entscheidung stand bereits fest. Sie war nur erstaunt über die Art, wie Léti die Dinge in die Hand nahm. Offensichtlich war die junge Frau fest entschlossen, Grigán zu ersetzen. »Ja«, sagte sie dann. »Das ist eine hervorragende Idee.«

Das Lächeln ihrer Nichte war Balsam für ihre Seele. Doch Léti freute sich nicht nur, dass ihr Vorschlag Zustimmung fand. Die Aussicht auf den Feldzug, den Corenn angedeutet hatte, erfüllte sie mit solchem Kampfgeist, dass selbst Saat es mit der Angst zu tun bekommen hätte.

Mit der Anmut und Geschmeidigkeit einer Raubkatze glitt Grigán durch die Schatten der Gassen. Yan bemühte sich, ihm ebenso unauffällig zu folgen, aber leider stellte er sich dabei eher ungeschickt an. Von Zeit zu Zeit blieb der Krieger stehen, um auf seinen Gefährten zu warten. Seine Ungeduld war ihm deutlich anzumerken: Genau so etwas hatte er vermeiden wollen.

Sich ins Stadtzentrum zu schleichen, war ein Kinderspiel

gewesen. Griteh besaß keine Stadtmauern im eigentlichen Sinne, und so waren die beiden einfach einer ruhigen Nebenstraße gefolgt und immer tiefer in das Gewirr der Gassen zwischen den weißen Kalksteinhäusern eingetaucht.

Yan wunderte sich, dass in einer so großen Stadt so wenig Betriebsamkeit herrschte, doch später begriff er, dass Grigán die belebteren Viertel absichtlich gemieden hatte. Die wenigen Passanten waren ausschließlich Männer: Greise, die auf den Eingangstreppen schäbiger Häuser saßen, Banden junger Herumtreiber oder wohlgenährte Familienväter auf dem Weg zu einem Besuch bei Bekannten. Von diesen Leuten hatten sie nichts zu befürchten. Zum ersten Mal ging der ganz in Schwarz gekleidete Grigán in der Menge unter, und auch Yan erregte keine besondere Aufmerksamkeit. Nein, die Ramgrith bereiteten Grigán keine Sorgen. Nur die Yussa beunruhigten ihn.

Alebs Söldner herrschten über die Stadt, das war bis nach Goran bekannt. Jez, Yérimer, Pleder, Ramyth, sogar einige Männer aus den Oberen Königreichen – der einäugige König hatte die schlimmsten Raufbolde der bekannten Welt zu sich geholt. Die Stärke ihrer Armee beruhte vor allem auf ihrer zahlenmäßigen Überlegenheit: Auch wenn Hunderte von ihnen umkamen, rückten immer wieder neue nach. Jeder wusste, dass Griteh Gefahr lief, von dieser plündernden Horde in den Ruin getrieben zu werden.

Die Yussa trugen keine Uniform und bewaffneten sich, wie sie wollten. Sie gehorchten nur zwei Herren, dem Hauptmann ihrer Kompanie und Aleb. Ihr einziges Erkennungszeichen war eine Kupfermünze, in die das Siegel der Krone eingeprägt war und die sich die meisten Yussa an einer Kette um den Hals gehängt hatten. Mit diesem Abzeichen konnten sie sich im Namen des Königs als Herren der Stadt aufspielen und die schlimmsten Verbrechen begehen. Das also waren die Männer, mit denen Aleb Lorelia erobern wollte.

Glücklicherweise waren sie schon seit über einer Dezime unterwegs, ohne einem einzigen Yussa begegnet zu sein. Schließlich blieb Grigán an einer niedrigen Mauer stehen und wartete auf Yan, während er sich nervös umsah. Bis jetzt war alles glattgegangen, doch die eigentliche Gefahr stand ihnen noch bevor.

»Hilf mir hoch«, befahl er.

Yan verschränkte die Hände, sodass Grigán daraufsteigen und einen Blick über die Mauer werfen konnte. Nachdem er sich vergewissert hatte, dass die Luft rein war, kletterte er hinauf und zog Yan ebenfalls hoch. Auf der anderen Seite ließen sie sich geräuschlos zu Boden fallen.

»Wo sind wir?«, flüsterte Yan erstaunt.

Grigán legte einen Finger an die Lippen.

Eine ganze Weile kauerten sie in der Dunkelheit auf der Erde. Yan sah einen gepflasterten Hof und dahinter ein Haus, das von Laternen erhellt war. Er kam fast um vor Neugier. Wer wohnte dort? Was hatte Grigán vor?

»Rühr dich nicht vom Fleck«, befahl der Krieger und stand auf.

Voller Anspannung sah ihm Yan nach. Er befürchtete, dass Grigán einen seiner finsteren Pläne in die Tat umsetzen könnte, während er draußen wartete. Er beschloss, sich seinem Befehl zu widersetzen, sobald er den Freund aus den Augen verlor.

Grigán pirschte sich an das Haus heran und blickte durch ein schmales Fenster. Er verharrte dort so lange, dass sich Yan allmählich langweilte. Zu seiner großen Erleichterung bedeutete ihm Grigán schließlich, ihm zum Eingang zu folgen, und bald standen sie zu beiden Seiten der Tür, in die eine dunkle Glasscheibe eingelassen war.

Grigán vergewisserte sich, dass er sein Schwert im Notfall rasch ziehen konnte, und wandte sich Yan zu, dem das Herz bis zum Hals schlug.

»Ich habe *einen* Mann gesehen«, sagte er leise. »Beachte ihn nicht. Wenn wir drin sind, siehst du dich in den anderen Zimmern um. Solltest du noch jemanden entdecken, rufst du mich, mehr nicht. Ist das klar?«

Yan nickte. Ihm war nicht wohl bei dem Gedanken, was Grigán mit dem Mann vorhatte, in dessen Haus sie eindrangen.

»Noch etwas«, fügte der Krieger ernst hinzu. »Egal, zu was ich mich gezwungen sehe, versuche nicht, mich davon abzuhalten. Ich habe meine Gründe.«

Bevor Yan antworten konnte, drehte sich Grigán zur Tür um und stieß sie mit einem so heftigen Fußtritt auf, dass die dünnen Scharniere aus den Angeln sprangen. Dann stürmte er ins Haus, und Yan blieb nichts anderes übrig, als ihm hastig zu folgen.

Ein dicker Mann stand mitten im Zimmer, nur wenige Schritte von ihnen entfernt. Er trug Stiefel und Hut und war offenbar im Begriff, das Haus zu verlassen. Seine entgeisterte Miene bestätigte Yan, dass sie nicht bei Freunden waren.

»Derkel«, stieß er hervor. »Derkel, *rachis lil'temena!*«

»Wie du siehst, Cásef«, antwortete Grigán verächtlich.

Der Mann wandte sich ab, um die Flucht zu ergreifen, aber Grigán sprang blitzschnell über die Bänke und den Tisch, die sie voneinander trennten, setzte ihm nach und brachte ihn zu Fall. Dann stellte er einen Fuß auf den Rücken des Fremden und zog sein Krummschwert. »Yan!«, rief er bestimmt.

Der junge Mann erinnerte sich an seine Aufgabe und lief rasch durch die übrigen Zimmer, um sich zu vergewissern, dass dort keine Gefahr lauerte. Er hoffte inständig, dass der Mann namens Cásef bei seiner Rückkehr noch lebte, aber zum Glück war seine Befürchtung unbegründet.

»Bewach die Tür«, befahl Grigán und ließ sein Opfer frei. »Wenn er zu fliehen versucht, töte ihn.«

Yan stellte sich an der Tür auf. Ihm wurde angst und bange bei dem Gedanken, den Befehl ausführen zu müssen, denn es war sonst nicht Grigáns Art, sich so brutal zu geben. Er musste tatsächlich gute Gründe haben.

Der Mann raffte sich stöhnend auf. Der Schock saß ihm noch in den Knochen. Grigán ließ sich auf dem Tisch nieder und legte mit einem vielsagenden Blick sein Schwert auf eine der umgekippten Bänke.

»Ich schwöre, ich handele nicht mehr mit Sklaven«, sagte der Fettwanst händeringend. *»Lil'urhal on,* Grigán.«

»Sprich Itharisch. Mein Freund soll verstehen, was wir sagen.«

»Was um alles in der Welt willst du?«, rief Cásef. »Gold? Daï-Schlangen? Warum bist du zurückgekehrt? Bist du lebensmüde?«

»Ich will, dass du mich zu den schwarzen Wölfen führst«, sagte der Krieger ruhig. »Ich will die Aufständischen treffen.«

»Du bist wahnsinnig! Du bist tatsächlich lebensmüde! Die Wölfe wollen deinen Tod genauso sehr wie der König, du armer Irrer! Und mich bringen sie dann auch gleich um!«

Wie nebenbei hob Grigán seine Waffe auf und setzte ein gespielt nachdenkliches, aber unmissverständlich drohendes Gesicht auf. »Ich habe mein Leben für dich riskiert«, erinnerte er ihn leise. »Du hast es mir und nur mir zu verdanken, dass du noch am Leben bist. Es ist an der Zeit, deine Schuld zu begleichen.«

»Aber sie werden dir nicht einmal Gehör schenken. Ich weiß, was sie denken«, fuhr Cásef ruhiger fort. »In ihren Augen bist du ein Verräter, der sein Land im Stich gelassen und sich aus dem Staub gemacht hat. Sie werden dich töten, Grigán, sie werden dich mit Sicherheit töten. Zumal ... Zumal sie von Narro angeführt werden«, sagte er einer plötzlichen Eingebung folgend.

Der Krieger riss die Augen auf. Yan schossen hundert Fragen durch den Kopf, aber er würde sich noch gedulden müssen. Grigáns Vergangenheit barg wirklich viele Geheimnisse ...

»Ich werde trotzdem hingehen«, sagte Grigán, als er sich wieder gefangen hatte. »Die Wölfe müssen mich anhören. Und du wirst mich zu ihnen bringen«, setzte er hinzu und zeigte mit dem Finger auf den Fettwanst. »Das ist die einzige Chance, deinen Namen irgendwann aus meinem Gedächtnis zu löschen.«

Cásef starrte ihn eine Weile wortlos an, bevor er sich in das Unvermeidliche fügte. »Und wann willst du dich ins Verderben stürzen?«, fragte er seufzend.

»Heute Nacht. Im nächsten Dekant«, sagte Grigán. »Ich hätte es schon vor zehn Jahren tun sollen. Jetzt will ich nicht länger warten.«

Aufatmend sog Zamerine die kühle Nachtluft ein. Der Tunnel war so voller Menschen, dass man zuweilen kaum Luft bekam. Dazu kam der beißende Schweißgeruch der Sklaven, den kein Stoff zu überdecken vermochte. Doch die

Früchte seiner Arbeit wogen alle Unannehmlichkeiten auf. Ganz besonders heute …

Der Judikator saß von dem Esel ab, der ihn durch den unterirdischen Gang getragen hatte, und drückte dem wartenden Stallburschen die Zügel in die Hand. Selbst mit einem Reittier brauchte man inzwischen über drei Dezimen, fast einen halben Dekant, um zu der Grabungsstätte zu gelangen. Hätten die Sklaven den Schutt ins Freie schaffen müssen, wären sie zehnmal langsamer vorangekommen als zu Beginn der Arbeiten. Doch seit sie bei den Grabungen auf natürliche Stollen gestoßen waren, nutzte Zamerine die unterirdischen Verzweigungen für ihre Zwecke. Das aus dem Berg geschlagene Geröll wurde nun einfach in die Seitengänge gekippt. Die größten Höhlen dienten als Warenlager und konnten in Verteidigungsposten umgewandelt werden, falls es zum Kampf kam. Enge Gänge wurden erforscht, bevor sie zugeschüttet oder mit Fallen ausgestattet wurden. Eine so raffinierte Anlage hatte es in der Geschichte der strategischen Kriegsführung noch nie gegeben, dachte Zamerine stolz. Und das war zum größten Teil sein Verdienst.

Mit einem Fingerschnippen befahl er seinen Gehilfen zu sich. Dyree schien nicht gerade erfreut, dass er ihn so lange vor dem Tunnel hatte warten lassen. Es dauerte einen Augenblick, bis er sich dazu durchrang, seinem Herrn zu folgen, doch Zamerine war in solcher Hochstimmung, dass ihn das nicht weiter kümmerte.

Er begab sich geradewegs zum Tol'karu, Saats Palast, ohne auf weiteren Begleitschutz zu warten. Dazu war die Nachricht viel zu wichtig. Ihm lag daran, sie dem hohen Dyarchen unverzüglich zu überbringen, und zwar höchstpersönlich.

Kaum waren sie die ersten Stufen zur Festung hinaufgestiegen, traten ihnen zwei Gladoren aus Saats Leibgarde in den Weg. Damit hatte Zamerine gerechnet.

»Ich habe dem hohen Dyarchen etwas sehr Wichtiges zu sagen. Lasst ihn wecken.«

»Das ist unmöglich, Euer Exzellenz. Wir sind strikt angewiesen, niemanden hereinzulassen.«

»Er hat mich selbst gebeten, ihn umgehend zu benachrichtigen«, entgegnete Zamerine gereizt. »Ich fordere Euch auf, uns durchzulassen. *Das ist ein Befehl!*«, sagte er mit schneidender Stimme.

Doch die Wachen rührten sich nicht vom Fleck, ja sie ließen sich noch nicht einmal dazu herab, dem Mann zu antworten, der ihr oberster Befehlshaber war – gleich nach den beiden Dyarchen.

Angesichts ihres Starrsinns tat der Judikator, als wende er sich zum Gehen, und beugte sich zu seinem Gehilfen hinab. »Entwaffne diese beiden Narren«, flüsterte er ihm ins Ohr.

Wie entfesselt schnellte Dyree die Treppe hinauf, überrumpelte den ersten Gladoren, indem er ihm die Hellebarde entriss, und stach den zweiten mit seinem Hati nieder. Dann schnitt er dem wehrlosen Mann kaltblütig die Kehle durch. Beinahe gleichzeitig gingen die beiden Wallatten zu Boden, während Dyree mit der Hellebarde in der Hand zwischen ihnen stand.

»Ich sagte, du sollst sie *entwaffnen!*«, brüllte Zamerine, den die Grausamkeit seines Gehilfen überrascht hatte. »Hast du jetzt auch noch den Verstand verloren?«

Der Beschimpfte schwieg hochmütig und sah seinem Herrn herausfordernd in die Augen. Er zeigte seine Treue zu Zuïa, indem er voller Hingabe ihr Urteil vollstreckte. Darin bewies er ein beängstigendes Talent. Da die Zeit drängte, beschloss Zamerine, seine Ermahnungen auf später zu verschieben, zumal Saat vermutlich Verständnis für den Tod seiner beiden Wachen haben würde. Der Judikator stieg zu dem schweren Tor hinauf und stieß es mit einem kräftigen Ruck auf.

»Ich hoffe, Ihr habt gute Gründe, mich zu stören, mein kleiner Zü«, ließ sich die Stimme eines Kindes vernehmen, die in den endlosen Gängen widerhallte.

»Und ob, Meister«, versicherte Zamerine, den dieser Empfang etwas aus der Fassung brachte. »Wo … Wo seid Ihr?«

»Im Harem. Kommt allein, ich lege keinen Wert darauf, Bekanntschaft mit dem Dolch Eures ungestümen Freundes zu machen. Außerdem muss irgendjemand meine Tür bewachen, nachdem Ihr Euch ungebeten Zutritt verschafft habt!«

Zamerine stammelte eine Entschuldigung und machte sich auf den Weg durch den finsteren Palast. Er bereute, keine Laterne mitgenommen zu haben. Dennoch fand er sich blind zurecht: Schließlich hatte der Judikator das gewaltige Bauwerk selbst entworfen.

Was Saat den Harem nannte, war in Wirklichkeit nur ein unbedeutendes Nebengebäude, in dem die gegenwärtig rund sechzig Konkubinen eingeschlossen waren. In dem großen, prachtvoll ausgestatteten Saal fanden die zügellosen und grausamen Orgien statt, denen sich der hohe Dyarch in seinen schwärzesten Momenten hingab.

»Nur herein«, befahl die Kinderstimme. »Fürchtet Ihr etwa, röter zu werden als Euer schönes Gewand?«

Zamerine gehorchte und kämpfte vergebens gegen die Angst, die in ihm aufstieg. Zum unzähligsten Mal fragte er sich, warum es ihm ausgerechnet vor diesem Mann so sehr graute. *Weil seine Kräfte nichts Menschliches mehr haben.*

Saat, oder vielmehr das Kind, dessen Körper er geraubt hatte, saß im Schneidersitz zwischen weichen Kissen. Wie üblich trug er seine Sturmhaube, die auf einem so schmächtigen Wesen übermäßig groß wirkte. Eine Frau lag nicht weit von ihm auf dem Boden, nackt, mit leerem Blick. Zamerine versuchte, nicht daran zu denken, was der Hexer ihr angetan hatte.

»Eine sehr gute Nachricht, in der Tat!«, sagte Saat, noch bevor der Zü den Mund geöffnet. »Zwei Dekaden früher als gedacht, meinen Glückwunsch!«

»Der Tunnel ist fertig«, sagte der Judikator matt, ohne seine Verwirrung verbergen zu können.

»Tatsächlich?«, sagte sein Meister munter. »Nur heraus mit der Sprache! Ich will Euch dieses Vergnügen nicht nehmen.«

»Wir … Die Sklaven sind auf weitere Gänge gestoßen«, erklärte der Zü unbehaglich. »Sie sind von Menschenhand gegraben. Ich habe mir selbst einen Eindruck verschafft und einige Späher vorausgeschickt. Offenbar haben wir die Kanäle unter der Heiligen Stadt erreicht«, sagte er mit festerer Stimme. »Wir sind am Ziel«, schloss er und wurde von einem Gefühl des Triumphs überwältigt.

Seit ihrem Aufbruch hatte Cásef kein Wort gesagt. Der einstige Sklavenhändler eilte einige Schritte vor Yan und Grigán durch die Straßen und lugte misstrauisch um jede Häuserecke. Der Krieger hatte den Mann unter Androhung des Todes davor gewarnt, sie in eine Falle laufen zu lassen, und so gab sich der Dicke die größte Mühe, alle Orte zu meiden, an denen sich Yussa aufhielten.

»Wo habt Ihr ihn kennengelernt?«, fragte Yan, der seine Neugier nicht länger in Zaum halten konnte.

»Hier in Griteh. Ich kenne ihn seit meiner Kindheit«, antwortete Grigán, ohne ihren unfreiwilligen Lotsen aus den Augen zu lassen. »Vor ungefähr zehn Jahren traf ich ihn in Benelia wieder. Ein paar zwielichtige Gestalten hatten ihn gefesselt und ins Hafenbecken geworfen. Ich war rechtzeitig zur Stelle, wenn man so will. Allerdings erfuhr ich noch am gleichen Tag, dass er mit Aleb und den Yussa zusammengearbeitet und sich im Sklavenhandel eine goldene Nase verdient hat. Prompt warf ich ihn zurück ins Wasser und drohte, ihm eigenhändig den Hals umzudrehen, falls wir uns je wieder über den Weg laufen sollten.«

»Ich schwöre dir, dass ich damit aufgehört habe«, wisperte Césef, der sich halb zu ihnen umgedreht hatte. »Es hat sich ohnehin nicht mehr gelohnt«, fügte er unverfroren hinzu.

»Und die schwarzen Wölfe?«, fragte Yan schnell, um einen weiteren Streit zwischen den beiden Ramgrith zu verhindern.

»Das sind die Anführer der Stämme, die Aleb feindlich gesinnt sind«, erklärte Grigán. Man hörte ihm an, wie hoch er sie achtete. »Es sind Aufständische, Rebellen, die nicht länger mit ansehen wollen, wie die Yussa in Griteh und in den ganzen Unteren Königreichen ihr Unwesen treiben. Die meisten von ihnen werden verbannt oder sind selbst untergetaucht, und die anderen spielen ein doppeltes Spiel. So wie dieser Schwindler hier«, stellte er fest und gab Césef einen Klaps auf den Rücken.

»Damit ist es vorbei. Mit den Wölfen habe ich nichts

mehr zu tun«, versicherte der Dicke hastig. »Seit ich den Handel mit dem König aufgegeben habe, belästigen Sie mich nicht mehr. Und das ist mir nur recht.«

»Und dieser … Narro?«, fragte Yan. Er ahnte, dass er einen wunden Punkt berührte.

Grigán runzelte die Stirn und starrte eine ganze Weile finster vor sich hin. Yan hatte sich schon mit seinem Schweigen abgefunden, als sich Grigán doch noch zu einer Antwort durchrang.

»Narro ist mein Bundvater«, sagte er merkwürdig ruhig. »Zumindest hätte er es werden können. Und er hat allen Grund, mich zu hassen«, fügte er hinzu.

»Das wirst du gleich mit eigenen Augen sehen«, mischte sich Cásef ein, der an der nächsten Straßenecke auf sie wartete. »Wir sind da.«

Grigán ging an ihm vorbei und sah sich prüfend um. Sie standen auf einem kleinen Marktplatz, an den ein Dutzend Häuser angrenzten.

»Vom Brunnen aus ist es das dritte Haus rechts«, erklärte Cásef, ohne sich aus der Deckung hervorzuwagen. »Dort wohnt ein Mann namens Félel. Er gehört zu den schwarzen Wölfen und hält ein paar von ihnen bei sich versteckt. Verratet nicht, dass ich euch hergeführt habe, mehr verlange ich nicht.«

Grigán baute sich drohend vor ihm auf. »Wenn du mich angelogen hast, werde ich dich finden«, sagte er mit Nachdruck. »Wenn ich in diesem Haus irgendwelche Yussa sehe, werde ich dich auch finden, das kannst du mir glauben. Und wenn du irgendjemandem in dieser Stadt von mir erzählst, werde ich davon erfahren. Ist das klar?«

»Du hast versprochen, meinen Namen zu vergessen«, stammelte Cásef. »Ansonsten kannst du mir vertrauen.

Aber die Wölfe werden dich töten, Grigán. Sie sind krankhaft misstrauisch.«

»Das beweist nur, wie klug sie sind. Und jetzt verschwinde.«

Das ließ sich Cásef nicht zweimal sagen. Er hastete davon und warf dabei immer wieder einen Blick über die Schulter, um sich zu vergewissern, dass der Krieger ihm keine Pfeile hinterherschickte. Bald war er außer Sichtweite.

»Verstecken wir uns«, befahl Grigán.

Zwei Dezimen lang lagen sie im Schatten eines roten Ölbaums auf der Lauer, ohne dass etwas Nennenswertes geschah. Yan hatte sich ihre geheime Mission viel aufregender vorgestellt. Im Grunde verbrachten sie viel mehr Zeit damit zu warten, als tatsächlich zu handeln. Aber wenn er ehrlich war, kam ihm das ganz gelegen. Aufregung hatte er in den letzten Dekaden mehr als genug gehabt, und außerdem wollte er seine Chancen, Léti wiederzusehen, nicht unnötig verringern.

Er ahnte nicht, was das Schicksal noch für ihn bereithielt.

»Das reicht«, sagte Grigán plötzlich leise. »Ich gehe jetzt hin, aber ohne dich. Wenn ich bis Tagesanbruch nicht zurück bin, musst du dich allein durchschlagen. Versuche, Corenn wiederzufinden. Nimm das hier.«

»Auf gar keinen Fall«, antwortete Yan entschieden und weigerte sich, die Geldbörse anzunehmen. »Ich komme mit.«

»Stell dich nicht dümmer an, als du bist, Yan! Bei Alioss, wie kann man nur so dickköpfig sein!«

Darüber musste Yan grinsen, denn diesen Vorwurf bekam Grigán oft genug selbst zu hören. Aber seinem Freund war nicht nach Scherzen zumute. Fluchend suchte er nach

Argumenten, die Yan umstimmen würden. Schließlich gab er sich geschlagen.

»Na schön, gehen wir. Diesmal zertrümmern wir nicht die Tür. Wir tun genau, was sie uns sagen, es sei denn, ich gebe dir ein Zeichen, ihren Befehl zu missachten. Verstanden?«

»Verstanden.«

Sie verließen ihr Versteck und gingen auf Félels Haus zu. Grigán klopfte dreimal laut an die Tür. Kurz darauf wurde sie einen Spalt weit geöffnet, und ein misstrauisches Gesicht spähte heraus.

»Was wollt Ihr?«, fragte der Mann barsch.

»Mit den schwarzen Wölfen sprechen«, sagte Grigán unumwunden. »Ich liefere Euch den Einäugigen ans Messer.«

Die Tür schwang ein Stück weiter auf und gab den Blick auf drei mit Krummschwertern bewaffnete Krieger frei. Nachdem sie Yan und Grigán hineingezerrt hatten, kehrte auf dem kleinen Platz wieder Ruhe ein.

Als der Tag anbrach, hatten die Besucher das Haus noch nicht wieder verlassen.

Als Bowbaq, Léti, Corenn und Lana im Dorf des Rentierklans ankamen, waren sie überrascht, dass sie kaum Aufsehen erregten. Die Reise war nicht besonders beschwerlich gewesen. Corenn hatte den drei Dekanten langen Fußmarsch hinter sich gebracht, ohne die geringste Schwäche zu zeigen, und war nur dann bereit gewesen, sich auf den Schlitten zu setzen, wenn er sich leicht ziehen ließ. Bowbaq hatte keine Mühe gehabt, die richtigen Wegzeichen zu finden und zu entziffern. Indes hatten Lana und Léti die Schönheit des Weißen Landes bestaunt: Sie waren nicht müde geworden, die Täler, Hochebenen, majestätischen Wälder und gefrorenen Seen zu betrachten.

Doch die eisige Luft, die in der kalten Jahreszeit in diesen Höhen herrschte, ließ die Erben trotz ihrer warmen Pelze frösteln, und so waren sie erleichtert, als sie ihr Ziel erreichten.

Léti stellte fest, dass das Dorf des Rentierklans in seiner Größe und der Anordnung der Häuser an eine kaulanische Siedlung erinnerte. Damit hörte die Ähnlichkeit allerdings auch schon auf. Die Häuser selbst hatten wenig mit den Fischerkaten in Eza gemein: Sie waren aus schweren Balken gezimmert, hatten ein Fundament aus unbehauenen Steinen und sahen wie riesige, schneebedeckte Maulwurfshügel aus, aus denen Schornsteine hervorragten. Ein kümmerlicher Zaun aus unterschiedlich großen Holzpfählen und ein zugefrorener Wassergraben bildeten den einzigen Schutzwall der Siedlung. Trotz der Kälte waren erstaunlich viele Menschen im Freien. Schon von weitem sah Léti einen Schmied, einen Böttcher, einige Kinder, die an ihren Bogen herumschnitzten, und mehrere Holzfäller und Zimmermänner. Die arkischen Klans waren eben nicht nur eine Reihe von Familien, die sich nebeneinander angesiedelt hatten, sondern eine richtige Gemeinschaft, die zusammen lebte und arbeitete.

Ohne zu zögern, überquerte Bowbaq die Brücke über den Wassergraben, und die anderen folgten ihm rasch, um nicht zurückzubleiben. Die Dorfbewohner schenkten ihnen keine besondere Aufmerksamkeit. Die meisten hoben nur kurz den Blick, bevor sie sich wieder ihrer Arbeit zuwandten. Nur die Kinder und einige Neugierige musterten die Fremden von Kopf bis Fuß, was Lana ganz verlegen machte.

»Können wir die Leute denn einfach so behelligen?«, fragte die Priesterin. »Ist das nicht unhöflich?«

»Mach dir keine Sorgen, Freundin Lana«, beruhigte sie Bowbaq. »Der Rentierklan ist berühmt für seine Gastfreundschaft.«

»Aber warum beachten sie uns dann kaum? Niemand traut sich, uns anzusprechen!«

»Das dürfen sie auch nicht, solange wir noch nicht bei ihrem Anführer vorgesprochen haben«, erklärte der Riese. »Das wäre unhöflich.«

»Eine merkwürdige Sitte«, sagte Léti.

»Warum? Das leuchtet doch sofort ein«, entgegnete Bowbaq. »Solange wir den Anführer nicht um Gastfreundschaft gebeten haben, sind wir Fremde, die man in Frieden zu lassen hat. Wenn ein Reisender das Dorf durchqueren will, ohne mit jemandem zu sprechen, ist das sein gutes Recht.«

»Mir leuchtet das nicht ein«, beharrte die junge Frau. »Man könnte sich doch auch bei jemand anderem einquartieren wollen.«

»Aber nein!«, widersprach Bowbaq entsetzt. »Das wäre *sehr* unhöflich!«

Corenn lachte und beendete damit das Gespräch. Die beiden wären sich ohnehin nicht einig geworden. Als Mitglied des Ständigen Rats von Kaul kannte sie die Sitten und Bräuche Arkariens wie auch die der meisten anderen Königreiche der bekannten Welt genau. Sie wusste, dass die Eintracht im Weißen Land auf zahlreichen sonderbaren Gepflogenheiten beruhte.

Also begaben sie sich zum Haus des Anführers, einem imposanten Gebäude, dessen Fassade mit einem Dutzend Rentiergespannen aus Holz geschmückt war.

»Der Anführer wohnt immer im größten Haus«, erklärte

Bowbaq und ging zur Tür. »Schließlich nimmt er auch alle Gäste bei sich auf. Manche haben sogar zwei Häuser«, fügte er hinzu und betätigte den bronzenen Türklopfer.

Zur Verblüffung seiner Gefährtinnen trat der Riese ein, ohne eine Antwort abzuwarten. Das hätten sie wiederum unhöflich gefunden! Die arkischen Sitten waren wirklich verwirrend.

Trotzdem folgten sie Bowbaq, der sich bereits den Schnee von den Stiefeln klopfte. Anscheinend war die Diele auch dafür gedacht, denn auf einem Gestell standen bereits einige Paar Schuhe, unter denen sich schmutzige Pfützen gebildet hatten.

Eine ältere Frau, die ihr Haar zu einem langen Zopf geflochten hatte, trat durch eine der Türen und trocknete sich dabei die Hände an einer Schürze ab. Der unangekündigte Besuch schien sie weder zu überraschen noch zu verärgern. Offenbar war sie daran gewöhnt.

»*Nish'e lo gën jtorn?*«, fragte sie freundlich.

»Meine Freunde sprechen nur Itharisch«, sagte Bowbaq hastig und wurde ganz verlegen.

»Ah!«, rief die Frau. »Ich ... bitte Euch ... über Verzeihung«, fuhr sie mit sichtlicher Mühe fort. »Mein Mann ... ist ...«

Sie beschloss, ihnen mit Gesten vorzuführen, was sie sagen wollte. Die Erben verstanden, dass der Hausherr gerade Holz hackte.

»Ihr ... wartet«, ergänzte sie mit einem warmen Lächeln.

Nachdem Bowbaq ihr ebenso freundlich gedankt hatte, kehrte die Gastgeberin wieder zu ihrer Hausarbeit zurück. Vermutlich lag ihr nicht viel daran, das mühevolle Gespräch fortzusetzen.

»Ich muss sagen, ich bin angenehm überrascht«, sagte Lana und zog die Fäustlinge aus, die ihr viel zu groß waren. »Ich hätte nicht gedacht, dass die Leute hier Itharisch sprechen.«

»Die Arkarier sind sehr gläubig«, erklärte Bowbaq, während er seine Pelze ablegte. »Bei uns leben einige Maz, die von Dorf zu Dorf ziehen und Gebete sprechen. Was sie über Eurydis sagen, ist vielleicht nicht immer die Wahrheit, aber die Göttin ist sehr beliebt.«

Es tröstete Lana, von diesem schlichten und doch aufrichtig empfundenen Glauben zu hören. Nach den Erlebnissen im Jal'karu schien ihr das universelle Streben nach Moral unentbehrlicher denn je.

Bowbaqs Beispiel folgend, setzten sich auch die anderen auf die breiten Bänke, die rundum an den Wänden standen, und machten es sich bequem. Lana untersuchte Corenns Wunde und stellte erleichtert fest, dass sie gut verheilte. Léti lehnte sich zurück und versuchte, ein wenig Schlaf nachzuholen. Bowbaq sog den leckeren Bratenduft ein, der aus der Küche drang, und malte sich voller Vorfreude aus, was dort wohl in den Töpfen brodelte.

Der Hausherr, der wahrscheinlich sofort von der Ankunft der Fremden erfahren hatte, ließ sie nicht lange warten. Mit einem Mal stand ein beleibter, stämmiger Mann vor ihnen, dessen graue Haare und langer Bart genauso munter sprossen wie Bowbaqs. Mit der Axt über der Schulter musterte er die Erben schweigend, bevor er dem Riesen kräftig die Hand schüttelte. »Ich bin Ingal, Anführer des Rentierklans«, sagte er mit rauer Stimme. »Seid willkommen.«

»Ich bin Bowbaq vom Vogelklan und danke dir für deine Gastfreundschaft, Freund Ingal.« Er stellte die anderen vor, und Ingal nickte den Frauen zu.

»Du bist weit fort von deinem Klan, Freund Bowbaq«, bemerkte er, während er sie ins Haus hineinwinkte. »Was führt dich hierher?«

»Weise Eurydis!«, platzte es aus Lana heraus, als sie die Stube betraten.

Die Maz stand vor einem drei Fuß langen Gemälde der Göttin, das über einem gewaltigen Kaminsims hing. Es war kein Zweifel möglich: Die abgebildete Szene zeigte die zweite Erscheinung der Weisen auf der Versammlung der Heerführer des Itharischen Reichs.

»Ich … Ein so schönes Bild habe ich bisher nur selten gesehen«, sagte sie benommen.

Der Große Tempel würde gewiss einige Hundert Pfund Gold für dieses außergewöhnliche Kunstwerk zahlen, dachte sie. Wie es den Weg hierher gefunden hatte, würde für immer ein Geheimnis bleiben, doch das kümmerte die Priesterin nicht. Wichtig war nur, dass sie es hatte sehen dürfen.

»Corenn, ich bin sicher, dass wir auf dem richtigen Weg sind«, rief sie glücklich. »Wie hoch war die Wahrscheinlichkeit, dass es uns hierher verschlägt? Eurydis hat uns zu diesem Haus geführt. Das Gemälde ist ein Zeichen der Göttin!«

Ihre Freunde erwiderten ihr Lächeln. Sie alle wünschten sich, dass ihre Zuversicht sich bewahrheiten würde.

»Es befindet sich seit Urzeiten im Besitz meiner Familie«, erklärte Ingal stolz, um zu bekräftigen, wie viel ihm das Werk bedeutete.

»Es ist wunderschön«, wiederholte Lana.

Nach diesem Austausch von Höflichkeiten entstand ein kurzes Schweigen, das ihr Gastgeber mit der Einladung beendete, doch auf den breiten Sitzbänken vor dem Kamin Platz zu nehmen.

»Wohin bist du unterwegs, Freund Bowbaq?«, fragte Ingal, als sie sich gesetzt hatten.

»Hierher, um es geradeheraus zu sagen«, antwortete er. »Meine Freundin Corenn ist Mitglied des Ständigen Rats von Kaul. Sie hat den Anführern aller Klans in dieser Gegend eine wichtige Botschaft zu übermitteln, doch eine Kopfwunde zwingt sie zur Rast. Könnte ich das Konzil bei dir einberufen?«

»Und wie lautet diese Botschaft?«, fragte Ingal, ohne auf seine Frage einzugehen.

Corenn ließ sich mit der Antwort Zeit. Zum ersten Mal wandte sich ihr Gastgeber direkt an sie. In Arkarien wurden die Frauen zwar von ihren Männern geachtet, auf Händen getragen und oft um Rat gefragt, doch in politische Angelegenheiten bezog man sie nicht ein. Das galt als unhöflich. Sie würde sich große Mühe geben müssen, um ernst genommen zu werden. »Das kann ich leider erst auf dem Konzil sagen, Freund Ingal«, sagte sie. »Ich will dich nicht in Gefahr bringen.«

»Um was für eine Gefahr geht es denn?«, fragte der Anführer mit blitzenden Augen.

Als Corenn deutlich machte, dass sie bei ihrer Entscheidung bleiben würde, setzte Ingal ein mürrisches Gesicht auf. Eine solche Geheimniskrämerei war er nicht gewohnt, und sie verhieß nichts Gutes. Doch dann besann er sich auf seine Pflicht.

»Einverstanden«, lenkte er ein. »Du wirst vor dem Konzil sprechen, Freundin Corenn. Ich hoffe, dass du einen guten Grund hast. Meine Brüder werden die Reise ungern vergeblich auf sich nehmen.«

»Das habe ich, Freund Ingal«, versicherte die Ratsfrau. »Die Anführer werden nicht umsonst kommen. Ich bin hier, um das größte Geheimnis dieses Jahrhunderts zu enthüllen«, erklärte sie feierlich.

Ingal nickte und wandte sich dann Bowbaq zu, weil er hoffte, sein Landsmann könnte ihm Näheres verraten. Dabei wusste der Riese selbst nicht ganz, was seine Freundin vorhatte.

»Ich werde umgehend Boten entsenden«, sagte Ingal schließlich. »Ich kann es kaum erwarten, Licht in diese Angelegenheit zu bringen.«

»Du kannst mich gerne dafür vorsehen, Freund Ingal«, erbot sich Bowbaq.

»Das ist sehr großzügig von dir, mein Freund, aber du bist mein Gast, und wer diese Gegend nicht kennt, dem drohen viele Gefahren. Seit einigen Monden treibt sich ein Löwe hier in der Nähe herum. Es ist ein Wunder, dass er noch niemanden angegriffen hat.«

»Ein Löwe?«, wiederholte Bowbaq aufgeregt. »Hat er ein schwarzes Ohr, helle Augen und eine Brandwunde auf einer Pranke?«

»Schon möglich«, entgegnete Ingal zögernd. »Wir sehen ihn immer nur aus der Ferne.«

»Wo ist er zum letzten Mal gesichtet worden?«, fragte Bowbaq und sprang auf.

»Im Wald von Bianq, glaube ich. Östlich von hier.«

»Ich danke dir für deine Gastfreundschaft, Ingal«, rief der Riese, der bereits zur Tür stürzte. »Ich bin bald wieder zurück!«

Léti sah ihm neidisch nach. Bowbaq sah so glücklich aus! Sie hätte ihn gern begleitet, wollte ihn aber in seiner Vorfreude auf das Wiedersehen nicht stören.

»Was hat er denn?«, fragte Ingal, als die Tür ins Schloss fiel. »Ist er Löwenjäger?«

»Nein, nein. Er will seine Familie wiedersehen«, gab Corenn lächelnd zurück.

So nah war Rey seinem Ziel noch nie gewesen. Zwei Tage lang hatte er sich aus Mangel an Ortskenntnissen damit begnügt, auf die Berge zuzumarschieren. Am Abend des zweiten Tages erspähte er schließlich die Lagerfeuer der wallattischen Armee, die ihm wie kleine Leuchttürme den Weg wiesen. Er hielt nun geradewegs darauf zu und rechnete jeden Augenblick damit, auf den Feind zu stoßen.

Davor fürchtete er sich mittlerweile weniger, als er gedacht hatte. Rey hatte viel Zeit gehabt, über seinen Plan nachzudenken, und seine Entschlossenheit war größer als je zuvor. In den letzten Tagen hatte er so viele zerstörte Dörfer durchquert und die Spuren so vieler Gräueltaten gesehen, dass es keinen Zweifel mehr gab: Saat musste für seine Taten büßen. Die Oberen Königreiche durften diesem Verbrecher nicht zum Opfer fallen. Fast hätte er darüber sogar seine persönlichen Rachegelüste vergessen.

Er litt an Hunger und Erschöpfung. Nach dem Durchzug Zehntausender Kämpfer war das Land so verwüstet, dass kaum noch etwas Essbares zu finden war. Selbst Wild, mit dem Rey seine dürftigen Mahlzeiten aus Eiern, Schlotpilzen und Wurzeln hätte aufbessern können, gab es keins mehr. Für ein wohlschmeckendes warmes Mahl hätte er alles gegeben, was er besaß, wobei das nicht gerade viel war, seit er den Rest der Goldmünzen aus dem Kleinen Palast zurückgelassen hatte.

Er verdrängte seinen Hunger, indem er an seine Freunde dachte, vor allem an Lana. Er malte sich aus, wie froh sie sein würden, wenn er ihnen vom Gelingen seiner Mission berichtete. Er träumte von dem großen Wiedersehen, sah ihre freudestrahlenden Gesichter vor sich und schmiedete Zukunftspläne, an die er zwar selbst nicht recht glaubte, die ihm aber in der Einsamkeit Gesellschaft leisteten.

Er hing gerade einem dieser Tagträume nach, in dem er an der Seite der Priesterin in Glück und Frieden lebte, als er auf einen erdrückenden Beweis für Saats Macht stieß.

In den Wald war eine Schneise geschlagen, die sich in beide Richtungen bis zum Horizont erstreckte. Auf acht Schritten Breite war alles dem Erdboden gleichgemacht. Nur die Bäume, die zu tief verwurzelt waren, hatte man an Ort und Stelle niedergebrannt. Die verkohlten Stümpfe sahen aus, als hätten die Undinen ihnen einen Besuch abgestattet.

Rey wartete eine Weile, bevor er sich vorsichtig auf das offene Gelände hinauswagte. Alles lag wie ausgestorben da. Unzählige Wagenräder, Hufe und Stiefel hatten ihre Spuren in dem schlammigen, zerfurchten Boden hinterlassen. Das Heer, das hier durchgezogen war, musste gewaltig gewesen sein. Vielleicht diente diese Straße immer noch der Versorgung von Saats Armee. Da sie in westlicher Richtung auf die Berge zuführte, gelangte man vermutlich in die wallattische Hauptstadt, wenn man sich nach Osten wandte.

Obwohl es gefährlich war, sich ohne jede Deckung fortzubewegen, beschloss Rey, die Gelegenheit beim Schopf zu packen und auf dieser Straße weiterzugehen. So würde er wenigstens auf direktem Weg ans Ziel gelangen. Wenn er am Waldrand blieb und die Straße im Auge behielt, würde er sich im Notfall hoffentlich rechtzeitig verstecken können, und dass er unterwegs auf Wallatten stoßen würde, war ohnehin unvermeidlich.

Zu seinem Pech geschah das ziemlich bald. Rey hatte

zwar den Weg vor sich im Blick, war aber nicht darauf gefasst, dass die Gefahr auch von hinten nahen konnte. Als er den Hufschlag hörte, war es bereits zu spät. Der Reiter hatte ihn sicher längst gesehen.

Rey drehte sich kurz um, warf ihm einen Blick zu und setzte dann scheinbar ungerührt seinen Weg fort. Wäre er losgerannt, hätte er sich höchstens verraten und damit alles noch schlimmer gemacht. Er konnte nur hoffen, dass sich der Wallatte von seiner Verkleidung täuschen ließ und weiterreiten würde, ohne anzuhalten.

Doch dieses Glück war ihm nicht beschieden. Das Pferd galoppierte langsamer und fiel dann in Trab. Bald war offensichtlich, dass der Reiter ihn ansprechen würde. Also wandte sich Rey beherzt um und sah dem Mann entgegen, wie es ein Wanderer mit reinem Gewissen tun würde.

Der Wallatte näherte sich vorsichtig, da ihn der seltsame Aufzug des Schauspielers zu wundern schien. Wie alle seine Landsleute war er kräftig gebaut und hatte struppige Haare. Seine Züge wirkten brutal und grob. *»Rau'ch'en il mer ol're wfer?«*, fragte er in verächtlichem Ton.

Das Gleiche könnte ich dich auch fragen, dachte Rey. Dabei hatte er keine Ahnung, was der Mann von ihm wollte. Das Wallattische ähnelte keiner der Sprachen, die in den Oberen Königreichen verbreitet waren. Notgedrungen setzte er alles auf eine Karte, nickte nachdrücklich und lächelte.

Der Reiter musterte ihn mit undurchdringlicher Miene, ohne ein Wort zu sagen. Der Augenblick der Ungewissheit kam Rey unendlich lang vor.

»Rau'ch'en il mer ol're wfer?«, wiederholte der Mann laut und beugte sich dabei aus dem Sattel, als spräche er zu einem Tauben.

Rey lächelte unverdrossen weiter, bedeutete ihm mit einer Handbewegung, er solle sich noch gedulden, und griff nach seinem Bündel, das er auf dem Rücken trug. Dann packte er blitzschnell die Armbrust, die daran befestigt war, und feuerte. Der Bolzen bohrte sich in den Schädel des Barbaren, noch bevor er einen Laut von sich geben konnte. Der leblose Körper kippte vornüber und plumpste zu Boden.

»Schlechtes Benehmen ist mir zuwider«, murmelte Rey gespielt gelassen, obwohl sein Herz lauter schlug als die Trommeln am Tag der Erde.

Er zerrte die Leiche in den Wald und durchsuchte sie. Außer einigen kleinen Münzen, die ihm für die eine oder andere Bestechung nützlich sein könnten, fand er nichts Brauchbares. Die Begegnung hatte ihm noch einmal bewusst gemacht, dass die fremden Sprachen des Ostens sein größtes Problem waren. Wie sollte er sich einen Verbündeten suchen, wenn er sich nicht mit ihm verständigen konnte?

Aber der Wallatte hatte ihn unfreiwillig auf eine Idee gebracht. Rey schnitt ein Stück Tuch zurecht und tränkte es dann an zwei Stellen mit dem Blut seines Feindes. Angewidert wickelte er sich den Schal um den Kopf und band ihn so unter dem Kinn fest, dass er die Ohren bedeckte. Mit diesem Verband konnte er sich taub stellen und völlig unbehelligt an seinen Feinden vorbeispazieren. Die Rolle des Tauben würde ihm keinerlei Schwierigkeiten bereiten, da war er sicher.

Um zu verhindern, dass er mehr Aufmerksamkeit erregte als nötig, trennte er sich von seinen letzten auffälligen Besitztümern: seinem Rapier, der Armbrust und den lorelischen Stiefeln. Außer seinem Dolch und dem Inhalt seines Bündels besaß Rey nur noch das, was er seinen wallattischen Opfern abgenommen hatte. Zum ersten Mal in seinem Leben fühlte er sich heimatlos. Für jemanden wie ihn, der schon immer ein unstetes Künstlerleben geführt hatte, war diese Empfindung mehr als ungewohnt.

Als er wieder auf den Weg trat, stellte er fest, dass das herrenlose Pferd schon eine gute Meile in Richtung Wallos zurückgetrabt war. Rey tröstete sich mit dem Gedanken, nicht mehr entscheiden zu müssen, was er mit dem Tier anfangen sollte. Er überprüfte, ob sein Verband fest saß, seufzte schwer und marschierte mit bloßen Füßen auf die Berge zu.

Tags darauf erreichte er das feindliche Lager.

Die schwarzen Wölfe hatten Yan und Grigán in Félels Keller eingeschlossen, was der Krieger widerspruchslos geschehen ließ. Dort waren sie die ganze Nacht und den nächsten Tag geblieben, ohne ihre Kerkermeister zu Gesicht zu bekommen. Die Männer hatten sich damit begnügt, ihnen die Waffen abzunehmen und die Tür zu verriegeln. Fragen hatten sie nicht gestellt, selbst ihre Namen schienen sie nicht zu interessieren. Yan, der von Natur aus neugierig war, konnte das kaum begreifen.

Dekant um Dekant war verstrichen, und in den Unteren Königreichen war längst wieder Nacht eingekehrt, als sich die Kerkertür endlich öffnete. Der junge Mann beobachtete angespannt, was Grigán tun würde. Doch nichts geschah. Der Krieger ließ sich gehorsam von den drei Ramgrith abführen, während Yan hinterherlief und versuchte, die kleine Miff zu beruhigen, die ihm ins Ohr kreischte.

Die drei Männer sahen sich so ähnlich, dass man sie für Brüder halten konnte. Aber auch Grigán hatte einiges mit ihren Wächtern gemeinsam. Die Ramgrith waren mittelgroß, hatten hagere Gesichter und rabenschwarze Haare, und die meisten trugen einen dünnen Schnurrbart. Jeder Kämpfer war mit einem Krummschwert bewaffnet, doch vorerst hielten sie die Eindringlinge nur mit einem Dolch in Schach.

Der Mann, der ihnen am Abend zuvor die Tür geöffnet hatte und wohl Félel sein musste, ging der Gruppe voraus. Ein etwa zehn Schritte langer Gang führte zu zwei Türen, vor denen er stehen blieb und auf die anderen wartete.

Grigán und Yan wurden in ein kleines, von zwei Laternen erhelltes Zimmer gestoßen, in dem mehrere Etagenbetten standen. Einige der Schlafplätze schienen gerade erst benutzt worden zu sein. In der Mitte des Kellerraums stand ein Tisch, an dem zwei Männer saßen. Beide trugen itharische Masken und hatten ihre Dolche vor sich liegen.

Nachdem sich zwei Wachen vor dem Eingang aufgestellt hatten und die Tür zugefallen war, blieben Yan und Grigán allein mit den rätselhaften Männern, die so etwas wie Anführer der schwarzen Wölfe sein mussten.

»Wer hat Euch diese Adresse genannt?«, fragte der Mann zu ihrer Linken.

»Ich habe geschworen, das nicht zu verraten«, antwortete Grigán, ohne zu zögern.

»Wer hat Euch diese Adresse genannt?«, wiederholte der Mann scharf.

»Ich werde mein Wort halten«, sagte der Krieger und runzelte die Stirn.

Yan musste unwillkürlich an Corenn denken. Grigán war nicht gerade diplomatisch. Wenn er die Maskenmänner tatsächlich um Hilfe bitten wollte, waren ihre Aussichten düster.

»Gut. Wir kommen später noch einmal darauf zurück«,

sagte ihr Gegenüber nach einer Weile. »Wer seid Ihr?«, fragte er dann in schneidendem Ton weiter.

»Ich bin Grigán vom Stamm der Derkel. Die Ländereien meiner Familie befanden sich elf Meilen südöstlich von hier – bevor sie Aleb den Yussa überließ.«

Den letzten Satz hatte er mit unverhohlener Verachtung ausgesprochen. Doch allein sein Name hatte die Ramgrith so aufgeschreckt, dass sie seine weiteren Worte gar nicht beachteten. Der Mann zu ihrer Rechten flüsterte dem anderen etwas ins Ohr. Dann setzten sie das Verhör fort.

»Und der da?«, fragte der Mann und zeigte auf Yan. »Er ist nicht von hier.«

»Er begleitet mich. Er ist mein bester Freund, und er ist ehrenwert und vertrauenswürdig.«

Bei diesem Lob streckte Yan vor Stolz die Brust heraus. So offen brachte Grigán seine Gefühle nur selten zum Ausdruck, und Yan vergaß darüber alle Schwierigkeiten der letzten Tage. Trotz seiner wortkargen und launischen Art war Grigán ein guter Freund.

»Den Stamm der Derkel gibt es nicht mehr«, sagte der Maskierte. »Ich nehme an, du weißt das?«

Grigán nickte knapp und sah dem Mann dabei fest in die Augen.

»Natürlich weißt du das«, fuhr der schwarze Wolf fort. »So können wir nicht überprüfen, ob du die Wahrheit sagst.«

»Narro wird es euch bestätigen«, sagte der Krieger. »Ich will ihn treffen.«

»Diesen Narro kennen wir nicht.«

»O doch. Bringt mich zu ihm, dann werde ich zu Ende führen, was ich vor zwanzig Jahren begonnen habe. Ich werde dem Einäugigen das Handwerk legen.«

Die beiden Männer besprachen sich leise und wurden sich schnell einig.

»Wenn du tatsächlich der Grigán bist, der du zu sein vorgibst, würdest du nicht wagen, Narro gegenüberzutreten. Er hat geschworen, dich eigenhändig zu töten.«

»Ich weiß. Vielleicht wird er das tun. Ich werde ihn nicht daran hindern.«

Die Antwort ließ Yan zusammenzucken. Er fragte sich, was sein Freund getan haben mochte, um solchen Hass auf sich zu ziehen. Würde ihre Reise in einer Tragödie enden?

»Ich bin Grigán«, sagte der Krieger noch einmal. Er hatte es satt, sich beweisen zu müssen. »Seit zwanzig Jahren schickt euch ein gewisser Bahlin de Far Börsen voller Gold. Wie könnte ich das wissen, wenn sie nicht von mir selbst stammten?«

Während sich die Maskierten abermals berieten, wartete Yan nervös auf ihre Entscheidung. Wenn die schwarzen Wölfe Grigán keinen Glauben schenkten, würden sie ihn töten lassen. Er machte sich auf das Schlimmste gefasst und überlegte fieberhaft, wie er seine magischen Fähigkeiten einsetzen könnte, um sie zu retten.

»Wenn du sterben willst, so soll dir dein Wunsch erfüllt werden«, sagte der Mann zu ihrer Linken schließlich. »Wir werden dich zu Narro führen. Aber du wirst deine Rückkehr noch bereuen, Grigán Derkel.«

Yan bekam eine Kapuze übergestülpt und war mit einem Mal völlig blind. Seine Hände wurden nach hinten gezerrt und fest zusammengebunden. Unter Miffs gellendem Kreischen ließ er sich abführen und hoffte, dass sie ihre Expedition nicht bereuen würden.

Als die Nacht hereinbrach, war Bowbaq immer noch nicht zurückgekehrt. In Ingals Haus versuchten Lana, Léti und Corenn, einander Mut zu machen. Doch auch nach Sonnenaufgang blieb der Riese verschwunden, und mit jedem Dekant machten sich die Erbinnen größere Sorgen.

Der Anführer des Rentierklans wollte seine Boten so schnell wie möglich auf den Weg schicken. Kurz vor Mit-Tag brachen die Männer auf, um die anderen Klans zu einem außerordentlichen Konzil einzuberufen. Die weiter entfernt lebenden Anführer würden erst in sechs oder sieben Tagen eintreffen, und so musste Ingal seine Neugier noch etwas zügeln.

Gegen Ende des vierten Dekants sah Léti, die am Tor des Dorfes Ausschau hielt, einen überglücklichen Bowbaq auf sich zukommen. Obwohl er noch ein gutes Stück entfernt war, rannte sie ihm entgegen, fiel ihm erleichtert um den Hals und ließ sich im Kreis herumwirbeln. »Hast du ihn gefunden?«, fragte sie begierig, als er sie endlich wieder abgesetzt hatte.

»Ja!«, rief er jubelnd. »Ich habe ihn dort hinten im Wald gelassen. Und meiner Familie geht es gut!«

Létis Verwunderung verflog schnell, als ihr einfiel, dass Bowbaq wie alle Erjaks mit Tieren sprechen konnte. Der Löwe Mir hatte seit vier Monden über Ispen und die Kinder gewacht und diese Aufgabe offenbar bestens erfüllt. Das war die erste gute Nachricht, die sie seit Langem gehört hatten.

»Komm, wir holen Corenn und Lana«, sagte Bowbaq. »Ich möchte ihn euch vorstellen!«

Sie hatten ihre Gefährtinnen schnell gefunden und mussten sie nicht lange überreden mitzukommen. Corenn freute sich, dass es Bowbaqs Familie gut ging, und Lana sprach ein Dankesgebet an die Göttin. Voller Begeisterung machten sie sich auf den Weg.

Der Löwe war nicht mehr da. Bowbaq rief erst einmal, dann noch einmal lauter, aber Mir blieb verschwunden.

»Ich werde versuchen, seinen Geist zu erreichen«, erklärte er. »Darüber wollte ich ohnehin mit dir sprechen, Freundin Corenn. Ich glaube, dass meine Erjak-Kräfte viel stärker sind als vorher.«

Sie nickte langsam. Das war eine weitere Bestätigung dafür, dass das Jal die Gefährten beeinflusst hatte, obwohl sie nicht lange dort gewesen waren. Wie hatte sich das Gwel wohl auf ihre eigenen magischen Fähigkeiten ausgewirkt?

Und auf Yans?, dachte sie plötzlich. Seine Kräfte waren ohnehin außergewöhnlich gewesen. Was würde geschehen, wenn er seinen Willen entfesselte? Die Macht seiner Magie wäre womöglich so groß, dass er selbst davon überrascht würde und die Reglosigkeit entsprechend heftig ausfiele. Corenn bekam Angst um ihren Schüler, der von dieser Gefahr vielleicht noch nichts ahnte. Sie würde ihn völlig unvorbereitet treffen. Dennoch beschloss sie, ihre Sorge für sich zu behalten, und sah sich zusammen mit den anderen nach dem Löwen um.

Als er schließlich auftauchte, kamen sie sich vor wie in einem Traum: Obwohl sie zu viert Ausschau gehalten hatten, entdeckten sie ihn erst, als ein gewaltiges weißes Raubtier geschmeidig auf Bowbaqs Rücken sprang und den Riesen fast umriss. Wären sie nicht darauf gefasst gewesen, hätten die drei Frauen bei diesem Anblick einen riesigen Schreck bekommen. Doch auch so war Mir eine eindrucksvolle Erscheinung.

Bowbaq drehte sich lachend um, packte den Löwen mit beiden Armen und kugelte mit ihm im Schnee herum. Das

Tier war fast ebenso groß wie sein Herr. Seine Mähne, die sich über den ganzen Leib zog, war prachtvoller als die der schönsten Hengste von Junin. Die Flecken, denen seine Art ihren Namen verdankte, waren mit Einbruch des Winters verblasst, sodass sein Fell nun makellos weiß schimmerte. Doch die drei Erbinnen sahen vor allem die riesigen Krallen an den nicht minder gewaltigen Pranken und das elfenbeinfarbene Maul, das blutrot aufblitzte, als Mir vor Freude brüllte.

»Das ist er!«, rief ihnen Bowbaq beim Herumtollen zu, als hätten seine Freundinnen noch daran zweifeln können. »Das ist mein Löwe!«

Léti, Corenn und Lana warteten geduldig, bis die beiden sich ausgetobt hatten, und lachten über ihre verspielte Rauferei. Irgendwann gab sich Bowbaq geschlagen, und Mir ließ ihn aufstehen.

»Das sind meine Jagdgefährten«, erklärte er dem Löwen und forderte die Erbinnen auf, ihn zu streicheln.

Diese Auskunft genügte Mir, um die Anwesenheit der drei Unbekannten zu dulden. Nachdem er jede beschnuppert und sich von ihrer Gutwilligkeit überzeugt hatte, nahm er sie wie selbstverständlich in sein Rudel auf. Hätte Bowbaq nicht mit ihm gesprochen, hätte er sie womöglich angegriffen.

»Wie weich er ist!«, sagte Lana und klopfte ihm behutsam den Schnee vom Fell.

»Bestimmt hat ihn Ispen gebürstet«, erwiderte Bowbaq, dem bei diesem Gedanken warm ums Herz wurde. »Prad liebt es, auf ihm zu reiten, und sie hat es nicht gern, wenn unser Sohn schmutzig nach Hause kommt. Ach, meine Kinder, meine Kinder!«, rief er sehnsüchtig.

Corenn betrachtete das mächtige Tier nachdenklich. Ihr

war soeben eine Idee gekommen. Wenn es gut ging, würden sie eine Sorge weniger haben. »Bowbaq, hast du die Steine bei dir, die du für deine Familie mitgenommen hast?«

Hoffnungsvoll zeigte er ihr die Dara-Steine. Was auch immer Corenn vorschlug, er würde ihren Rat befolgen. Das Wiedersehen mit Mir hatte ihm seine Zuversicht zurückgegeben.

»Kannst du deinem Löwen genaue Anweisungen geben?«

»Ich kann ihm alles auftragen, was ihn nicht in Gefahr bringt oder zu kompliziert zu verstehen ist.«

»Kann Ispen lesen?«

»Nein«, gab Bowbaq bekümmert zu.

Corenns enttäuschte Miene sprach Bände. Das machte ihren schönen Plan zunichte.

»Was willst du denn schreiben, Freundin Corenn?«

»Ich wollte Mir mit den Steinen zu deiner Familie zurückschicken«, sagte sie seufzend. »Aber wir müssen ihnen unbedingt einschärfen, sie immer bei sich zu tragen. Sonst machen wir alles nur noch schlimmer.«

Bowbaq dachte eine Weile nach, verstand aber immer noch nicht ganz. »Ich könnte sie doch selbst hinbringen«, schlug er schüchtern vor. »Mein Stein wird mich beschützen.«

»Bowbaq, ich weiß, dass das schwer ist«, begann Corenn. »Aber wenn Sombre das Dorf überwacht, in dem sich deine Familie aufhält, wird er deine Ankunft aus den Gedanken der Menschen, denen du begegnest, herauslesen. Das ist fast so, als könnte er dich sehen. Es ist zu gefährlich.«

»Und wenn wir jemanden aus dem Rentierklan schicken?«, schlug Léti vor.

»Das geht genauso wenig. Sobald er die Steine abliefert,

wäre der Überbringer für Sombre sozusagen sichtbar und bringt uns damit in Gefahr. Deshalb wäre Mir ideal. Auf Tiere achtet der Dämon vermutlich nicht besonders.«

Mit betrübter Miene betrachtete Bowbaq seinen Löwen, der sich in einer zugeschneiten Senke niedergelassen hatte.

»Das ist eine gute Idee, Freundin Corenn«, sagte er plötzlich. »Es klappt bestimmt.«

Er nahm einen der Steine und ritzte mit einem kleinen Messer ein Zeichen hinein. Dasselbe tat er mit den beiden anderen.

»Das ist das Symbol des Vogelklans«, erklärte er. »Ispen wird es verstehen. Sie ist sehr klug«, fügte er stolz hinzu.

Corenn sah zu, wie er dem Löwen in Gedanken Anweisungen übermittelte und ihm dann die Steine ins Maul legte. Mir erhob sich und entfernte sich mit einigen mächtigen Sätzen. Er machte sich auf den Weg zu den einzigen Erben von Ji, die bisher verschont geblieben waren.

Corenn betete, dass sie sich nicht geirrt hatte.

Yan bekam unter der Kapuze kaum Luft. Die Nacht war schon lange der alles beherrschenden Hitze des Tages gewichen, und er konnte an nichts anderes mehr denken als an das Ende seiner Qualen. Er hatte so viel geschwitzt, dass er befürchtete, ohnmächtig zu werden, wenn er nicht bald etwas zu trinken bekam. Doch seine Entführer waren taub für seine Bitte. Sie durften ihn erst freilassen, wenn sie ihr Ziel erreicht hatten.

Die beiden Gefangenen wurden durch einen unterirdischen Gang geführt und dann in große, auf einen Karren geschnallte Körbe gesetzt. Durch Zurufe vergewisserten sich

Yan und Grigán mehrmals, dass man sie nicht voneinander trennte. Miff wurde zusammen mit Yan eingesperrt und verhielt sich glücklicherweise ruhig. Ihre Lage war zu nervenaufreibend, um auch noch das Kreischen des Mausäffchens zu ertragen.

Der Karren rumpelte durch die Straßen von Griteh und schien dabei viele Umwege zu nehmen, bis sie schließlich auf steinigem Boden weiterfuhren. Yan schloss daraus, dass sie die Stadt verlassen hatten. Nach einer langen, eintönigen Fahrt wurden die Körbe geöffnet, um den Gefangenen ein wenig frische Luft zu gönnen. Frei ließ man sie deshalb aber noch lange nicht.

Yan kam die Idee, in Miffs innerstes Wesen einzudringen, um durch ihre Augen zu sehen, doch er fühlte sich zu elend, um seinen magischen Willen zu entfesseln. Er hatte Corenns Rat schon zu oft in den Wind geschlagen: *Gebrauche deinen Willen niemals im Zorn, unter Schmerzen oder wenn du betrunken bist.* Diesmal war er lieber vernünftig.

Das Rumpeln des Karrens, die Gesprächsfetzen, die an sein Ohr drangen, und die unerträgliche Hitze schienen kein Ende zu nehmen. Plötzlich kam das Gefährt zum Stehen. Ihre Entführer wechselten einige Worte mit einem Mann, vermutlich einem Wachposten, bevor der Karren auf einem gepflasterten Weg weiterfuhr.

Der stärkere Widerhall der Geräusche und die kühlere Luft deuteten darauf hin, dass sie sich nicht mehr auf freiem Feld, sondern zwischen Gebäuden oder Felswänden befanden. Bald schien sich ihre Umgebung zu beleben: Von Ferne waren Rufe, Gespräche, Schritte und sogar der Klang einer Schnabelflöte zu vernehmen. Yan und Grigán waren im Lager der schwarzen Wölfe angekommen.

Als der Karren hielt, befahl man ihnen schroff, abzusteigen. Endlich wurden ihnen auch die Kapuzen abgenommen, während ein anderer Ramgrith ihre Fesseln überprüfte. Yan atmete erst einmal tief ein, bevor er sich umsah.

Sie standen inmitten von Ruinen, die dem verwitterten Mauerwerk nach sehr alt sein mussten. Die Dächer der meisten Gebäude waren eingestürzt und die unteren Geschosse zum Teil unter Sand begraben. Die Häuser waren ähnlich gebaut wie in Griteh, doch sie waren zu verfallen, um die Bauweise genauer vergleichen zu können. Aber sie hatten ohnehin anderes im Sinn.

Die Ruinen waren in ein Feldlager verwandelt worden. Hier und da waren Männer mit Ausbesserungs- und Befestigungsarbeiten beschäftigt, für die sie Material benutzten, das sie vor Ort fanden. Mehrere Mauern waren verstärkt und mit Stoff überspannt worden, um schattige Unterstände zu schaffen. Ein nahe gelegenes Gebäude diente als Stall, und neben einem Brunnen lag ein Sandhaufen, der davon zeugte, dass die Männer mühsam nach Wasser hatten graben müssen. Mehrere Schießscheiben und enthauptete Puppen machten deutlich, dass das Lager für kriegerische Zwecke genutzt wurde.

Das waren sie also, die schwarzen Wölfe. Yan schätzte, dass mindestens dreißig auf sie zukamen, aber dem Stimmengewirr nach zu urteilen, das von überall an seine Ohren drang, mussten noch zehnmal mehr Männer hier leben. Zudem schien die Ruinenstadt aus vielen Vierteln zu bestehen. Wenn jedes ebenso viele Menschen beherbergte, musste das Lager einige Tausend Krieger umfassen.

Die Männer wirkten so abweisend, stolz und hitzköpfig wie Grigán in seinen übellaunigsten Momenten. Yan war überrascht, auch einige Kinder unter ihnen zu sehen, ausschließlich Jungen. Die Selbstverständlichkeit, mit der manche bereits einen Dolch oder ein Krummschwert trugen, ließ ihn erschaudern. Die meisten anderen waren allerdings nur mit einem ihrer Körpergröße angepassten Bogen bewaffnet, und so sahen sich die beiden Gefangenen plötzlich von vielen kurzen Pfeilen bedroht.

»Die Stadt Gul«, sagte Grigán nachdenklich und betrachtete die Ruinen. »Es hieß, sie sei von Spinnen befallen.«

»Das war sie auch«, bestätigte einer der Bewacher mit hochmütiger Miene. »Die Mauern waren schwarz vor Spinnen. Man konnte sie auf eine Meile Entfernung herumkriechen hören. Wir haben zwei Jahre gebraucht, um alle Nester auszuräuchern, aber jetzt gehört die Stadt uns. Kein Yussa wird sich je hier blicken lassen.«

Der Krieger nickte wortlos. Er musterte jeden Neuankömmling und versuchte, unter den vielen feindselig blickenden Männern, die sie umzingelten, ein vertrautes Gesicht zu erkennen. Plötzlich kam ihm jemand zuvor.

»Grigán!«, rief ein Mann freudig aus und zwängte sich durch die Menge. »Grigán Derkel!«

»Berec!«, antwortete Grigán leicht erstaunt und strahlte ihn an.

Der Mann war um die fünfzig und hatte dunkles, mit grauen Strähnen durchsetztes Haar. Da ihm eine Hand fehlte, umarmte er Grigán mit seinem gesunden Arm. Als er feststellte, dass sein Freund gefesselt war, bekam er einen Wutanfall und beschimpfte ihre Bewacher so heftig, dass Yan froh war, nichts zu verstehen. Die Männer versuchten sich zu verteidigen, doch Berec ließ ihre schüchternen Argumente nicht gelten, und so kamen die Gefangenen endlich frei.

»Berec!«, sagte Grigán noch einmal und erwiderte die herzliche Begrüßung. »Bei Alioss, ich habe nicht zu hoffen gewagt, dich hier zu treffen.«

»Du hättest nicht kommen sollen«, gab der andere zurück. »Narro hat dir nicht verziehen.«

»Ich weiß«, erwiderte Grigán mit düsterer Miene. »Aber es gab keine andere Lösung. Ich brauche seine Hilfe.«

»Ich bezweifle, dass er bereit sein wird, ausgerechnet dir zu helfen«, gestand Berec nach kurzem Schweigen. »Nun ja, lassen wir es darauf ankommen.«

Er machte den anderen mit einigen Befehlen klar, dass er die Gefangenen unter seine Obhut nahm, und schritt dann durch die Menge, die sich bereits aufzulösen begann. Obwohl er keine Waffen trug und sich in der Einöde inmitten misstrauischer Krieger befand, fühlte sich Yan so frei wie schon lange nicht mehr.

»Was ist mit deiner Hand passiert?«, fragte Grigán, während sie zwischen den Ruinen hindurchspazierten.

»Aleb ließ sie mir abschlagen, nachdem ich mich geweigert hatte, den Yussa meine Ernte zu übergeben. So sieht die Gerechtigkeit des Einäugigen aus: *Sie* sind die Plünderer, und *wir* werden wie Diebe bestraft.«

Mit einem Räuspern brachte Grigán seine Anteilnahme zum Ausdruck. Yan kannte ihn inzwischen gut genug, um zu wissen, dass er sich an jedem Verbrechen, das Aleb beging, mitschuldig fühlte. Hätte er den Tyrannen zwanzig Jahre zuvor im Duell getötet, wäre alles anders gekommen. Seither lebte Grigán mit dem Gefühl, versagt zu haben.

Sie überquerten einen Hof, in dem sich fünf Männer im Schwertkampf übten. Beim Anblick der Besucher unterbrachen sie das Training. Berec grüßte und bedeutete ihnen mit einer Handbewegung, dass kein Grund zur Beunruhigung bestand, doch die Krieger behielten Yan und Grigán trotzdem im Auge, bis sie am anderen Ende des Platzes verschwanden.

»Narro ist alt geworden«, sagte Berec, nachdem er sich vergewissert hatte, dass sie niemand hörte. »Wie wir alle. Er ist immer noch ein guter Stratege, aber die Erschöpfung und das Alter haben ihn zu vorsichtig werden lassen. Jeder von uns würde für ihn in den Tod gehen«, versicherte er eilig. »Aber wir bereiten uns schon viel zu lange auf einen Krieg vor, der niemals kommt.«

»Ihr tötet keine Yussa?«, fragte Grigán vorsichtig.

»Nicht in dem Maße, wie es nötig wäre, um Aleb zu stürzen. Mit vereinzelten Überfällen ist es nicht getan. Vor zwölf Jahren hat Narro die Wölfe um sich geschart, und ich fürchte, dass auch in den nächsten zwölf Jahren nichts geschehen wird. Es kommen immer mehr Plünderer nach Griteh und stellen sich in den Dienst des Einäugigen. Wenn wir den Söldnern das Handwerk legen wollen, müssen wir ihnen einen vernichtenden Schlag zufügen. Wir brauchen einen richtigen Sieg.«

»So etwas in der Art schwebt mir vor«, sagte Grigán.

»Das habe ich mir gedacht«, erwiderte Berec grinsend. »Ich habe nie bereut, bei dir auf dem Hügel geblieben zu sein«, sagte er plötzlich. »Du hast getan, was zu tun war. Du warst der beste Anführer, den ich je hatte.«

Grigán dankte ihm mit einem knappen Nicken, aber es war nicht zu übersehen, wie sehr ihn der Gedanke daran schmerzte. Die Erinnerung an das quesrabische Dorf, das von Alebs Truppen in Schutt und Asche gelegt worden war, quälte ihn seit über zwanzig Jahren und hatte ihn in unzähligen Albträumen heimgesucht. Berecs Worte wirkten wie Balsam, der die Wunde für kurze Zeit linderte.

Den Rest des Wegs legten sie schweigend zurück. Erst als sie vor einem hohen Gebäude stehen blieben, auf dessen Dach mehrere Bogenschützen Wache hielten, vertraute Berec den Besuchern noch etwas an. »Was du auch vorschlägst, ich stehe fest an deiner Seite, Grigán. Aber wenn Narro seine Tochter rächen will, kann ich nichts für dich tun. Niemand würde es wagen, einzugreifen.«

»Ich weiß, mein Freund. Wenn ich in diesem Haus den Tod finde, so versprich mir nur, meinen jungen Freund zu beschützen. Er verdient es nicht, für meine Fehler zu büßen.«

Noch bevor Yan protestieren konnte, trat Grigán in das dunkle Haus, um seinem Schicksal ins Auge zu sehen.

Rey bemühte sich, so ungezwungen wie möglich zu wirken, als er die ersten Wachposten vor Saats Lager passierte. Zwei- oder dreimal rief ihm ein Wallatte etwas zu, doch er hielt sich an seine Rolle und tat so, als hörte er nichts. Besonders ernst schienen die Wachen ihre Aufgabe nicht zu nehmen, denn sie ließen ihn unbehelligt ziehen. Wahrscheinlich rechneten sie nicht damit, dass ein Spion so dreist sein könnte, durch das Haupttor zu spazieren, und das kam Rey zugute.

Nachdem er das erste Hindernis überwunden hatte, marschierte er forsch weiter, als wüsste er genau, wohin er wollte. Dabei führte ihn jeder Schritt weiter auf unbekanntes Terrain. Er schlug einen großen Bogen um die Gruppen von Kriegern, die vor einem Zelt saßen oder um einen Bratspieß oder ein Fass versammelt waren. Die Zurufe einiger besonders Neugieriger ignorierte er beharrlich, bis auf einige Male, wenn er geradewegs auf sie zulief. Dann zeigte er mit bedauernder Miene auf seine Ohren und ging rasch weiter.

Die Männer waren schmutzig, laut und wild. Vielleicht

mangelte es den Vorposten einfach an Disziplin, doch insgeheim war Rey überzeugt, dass sich die Wallatten immer so aufführten und mehrere Generationen von Priestern nötig wären, um ihnen etwas Achtung für andere Menschen beizubringen. Leider hatten diese Rohlinge eine Vorliebe dafür, Maz umzubringen.

Ihre Zahl schien sich auf Schritt und Tritt zu verdoppeln. Rey schätzte, dass er bereits an mehreren Hundert vorbeigekommen war, als er von einer Anhöhe aus das eigentliche Lager überblickte. Nun sah er mit eigenen Augen, welche Gefahr den Oberen Königreichen drohte.

Ein Meer aus Zelten, Baracken, Wagen, Koppeln und Schuppen erstreckte sich bis an den Fuß der nahe gelegenen Berge und daran entlang in Richtung Norden und Süden, so weit das Auge reichte. Einige Übungsgelände und Aufmarschplätze waren die einzigen Freiflächen in dieser eilig errichteten Stadt aus Holz und Stoff, die Zehntausende Männer aufnehmen konnte. Rey beobachtete unzählige Krieger, die zwischen ihren Quartieren hin- und herwimmelten wie Ameisen. Nicht einmal bei Bondrians Krönung hatte er so viele Menschen auf einem Haufen gesehen. Bei dem Gedanken, dass die meisten eine Lowa oder ähnlich grausame Waffen mit sich herumtrugen, vergaß er den Hunger, der ihn plagte.

Sorgfältig prägte er sich die Aufteilung des Lagers ein. Jedes noch so kleine Detail konnte ihm helfen, Saat zu bezwingen oder ihm die Flucht erleichtern, wenn er den Hexer erst einmal zur Strecke gebracht hatte. Einige Meilen weiter südlich erspähte er eine Reihe von Steinbauten. Auch wenn die Entfernung trügen mochte, wirkten die Gebäude sehr groß. Vermutlich diente eins davon dem König dieser Barbaren als Palast.

Rey wollte gerade mit dem Abstieg beginnen, als er einen stämmigen, finster dreinblickenden Mann entdeckte, der ihn mit einem Beil in der Hand belauerte. Erschrocken zeigte Rey auf seine Ohren und trabte rasch davon, nicht ohne immer wieder einen Blick über die Schulter zu werfen.

Die Anspannung machte ihm schwer zu schaffen. Da der Wallatte offenbar nicht die Absicht hatte, ihm zu folgen, schlug Rey den Weg zu Saats Palast ein. Wenn die Götter ihm gewogen waren, würde sein Feind die nächste Nacht nicht überleben.

Zielstrebig führte Berec Yan und Grigán durch die Ruinen eines Anwesens, das vor Äonen eine prachtvolle Residenz gewesen sein musste. Der Ramgrith schien sich in dem Hauptquartier gut auszukennen, was Yans Vermutung bestätigte, dass er in der Hierarchie der schwarzen Wölfe einen hohen Rang einnahm.

Er steckte den Kopf in mehrere leere Säle und brachte die Besucher dann in den ersten Stock, wo er vor einem erstaunlich gut erhaltenen Portal stehen blieb. Nachdem er Grigán einen mitfühlenden Blick zugeworfen hatte, schob er die Tür auf und winkte sie hinein. Sie traten in einen weitläufigen Saal, der sich nahezu über das gesamte Stockwerk erstreckte und so spärlich eingerichtet war, dass er dadurch noch größer wirkte. Bis auf einen Strohsack, zwei wackelige Tische, verschiedene Bänke und Hocker und einige Lampen, die von der Decke hingen oder auf dem Boden standen, war der Raum leer. Die Luft war erfrischend kühl.

Ein Mann saß mit dem Rücken zur Tür auf einem Sessel

mit nur drei Füßen, studierte einige Pergamente und rieb sich dabei seufzend die Schläfen. Offenkundig dachte er über eine schwierige Angelegenheit nach. Er machte keine Anstalten, sich umzuwenden.

»Majestät?«, fragte Berec.

Ungehalten drehte sich Narro um. Sein Gesichtsausdruck änderte sich schlagartig, als er Grigán sah. Der Anblick des Anführers der schwarzen Wölfe prägte sich Yan für immer ein: ein Ramgrith mit wild funkelndem Blick, grauem Haar und Bart und einer für sein hohes Alter ungewöhnlich kräftigen Statur.

»Derkel! Hinfort, Verfluchter!«, schrie er und sprang auf.

Er packte das Schwert, das am Tisch lehnte, und stürzte sich mit hasserfülltem Blick auf den Krieger. Yans Herz begann zu rasen.

»Narro, hör mich zuerst an«, sagte Grigán gelassen.

»Feigling! Verräter! Stirb!«

Die Klinge schwang in die Höhe und senkte sich dann zu einem mörderischen Schlag, dem Grigán mühelos auswich. Nicht umsonst hatte er seine Reflexe ein Leben lang trainiert.

»Hör dir an, was ich zu sagen habe«, sagte er noch einmal. »Danach kannst du mit mir tun, was du willst.«

»Nichts da! Elender Schakal!«

Der Anführer der schwarzen Wölfe holte zu einem neuen Schlag aus, dem Grigán diesmal nur knapp entkam. Am liebsten wäre Yan dem geifernden Alten in den Arm gefallen. Er konnte die Anspannung kaum noch ertragen. Es fehlte nicht viel, und er würde die Beherrschung verlieren.

»Nun gut«, sagte Grigán, als sich Narro wieder auf ihn

stürzen wollte. »Ich habe mir nicht verziehen, und du mir auch nicht, wie ich sehe. Ich bitte dich nur, meinen Begleiter zu verschonen. Er hat mit dieser Geschichte nichts zu tun.«

Narro packte sein Schwert mit beiden Händen und hob es drohend in die Luft. Grigán senkte den Kopf und schloss die Augen. Die Klinge sauste hinab, und Yan entfesselte seinen Willen.

Augenblicklich löste sich das Schwert in Luft auf, was den alten Kämpfer aus dem Gleichgewicht brachte. Er strauchelte und fiel auf die Knie. Grigán streckte ihm unwillkürlich die Hand hin, doch Narro stieß sie brüsk fort.

»Dämon! Hexer! Ich lasse dich auf den Scheiterhaufen werfen!«

Grigán sah Yan an, aber der bemerkte seinen Blick nicht, so erschrocken war er über das, was soeben geschehen war. Er hatte seinen Willen auf das Schwert gerichtet und dabei nur den Schlag aufhalten wollen. Stattdessen hatte sich die Waffe einfach in Luft aufgelöst. Nach einer Erklärung musste er nicht lange suchen: Das Jal'dara hatte seine Kräfte gesteigert. Sein magischer Wille war noch stärker als zuvor – und gefährlicher.

Alarmiert von Narros Schreien stürmten einige Krieger mit gezogenen Schwertern in den Saal. Ihr Anführer zeigte anklagend auf Grigán.

»Tötet ihn!«, befahl er wütend. »Er ist ein Hexer!«

»Hört auf! Es reicht!«, brüllte Yan, dem das Ganze endgültig zu viel wurde.

Für einen Augenblick kehrte Stille ein. Yan ließ den Ramgrith keine Zeit, sich von dem Schrecken zu erholen. »Ich habe die Nase voll! Hört Euch wenigstens an, was er zu sagen hat! Und wenn Ihr unbedingt einen Hexer verbrennen wollt, bitte sehr, hier bin ich! Aber ich warne Euch, ich habe keine gute Laune!«

Ein Dutzend Augenpaare starrten ihn ungläubig an. Yan kletterte auf einen der Tische und stemmte die Hände in die Hüften. Er war wild entschlossen, es mit jedem aufzunehmen, der ihnen weiter Schwierigkeiten machte.

Seelenruhig bahnte sich Grigán einen Weg zu ihm und schwang sich ebenfalls auf den Tisch. Nachdem er Yan einen dankbaren Blick zugeworfen hatte, wandte er sich an die Rebellen. »Meine ramgrithischen Brüder! Ich bin weder ein Verräter noch ein Feigling. Ich bin Grigán vom Stamm der Derkel, und ich habe dem Wahnsinnigen, der sich als unser König ausgibt, ein Auge ausgestochen. Nun bin ich zurückgekehrt, um das Werk zu vollenden, das ich vor zwanzig Jahren begonnen habe. Ich brauche Euch. Ich brauche die schwarzen Wölfe.«

»Du hast meine Tochter im Stich gelassen!«, jammerte Narro vom anderen Ende des Saals. »Du hast Héline auf dem Gewissen!«

Ein Raunen ging durch die Reihen. Immer mehr Kämpfer strömten in den Saal ihres Anführers. Grigán nahm die Anklage stumm hin und senkte den Kopf.

Je länger das Schweigen andauerte, desto wahrscheinlicher war es, dass sein wortloses Eingeständnis ihn den Hals kosten würde. Da er die Vorgeschichte nicht kannte, wusste Yan nicht, wie er seinen Freund in Schutz nehmen konnte. Er sprang zu Boden, lief zu Berec und zog den sich sträubenden Einarmigen zum Tisch.

»Jetzt oder nie. Ihr müsst etwas sagen«, flüsterte er ihm ins Ohr. »Für Grigán. Für Euren Freund.«

Berec kniff den Mund zusammen und sah seine Landsmänner an. Wenn er sich auf Grigáns Seite schlug, setzte er viel aufs Spiel. Aber wenn die schwarzen Wölfe nicht endlich handelten, blieb der Sieg unerreichbar.

»Héline war Grigán versprochen«, erklärte er allen, die es noch nicht wussten. »Nicht er, sondern die Yussa haben sie auf dem Gewissen.«

»Er hat sie im Stich gelassen!«, beharrte Narro verzweifelt. »Wenn er sie mitgenommen hätte, wäre sie noch am Leben!«

»Niemand kann wissen, was die Zukunft bringt«, sagte Berec behutsam. »Glaubt Ihr etwa, wenn Grigán gewusst hätte, was passieren würde, hätte er genauso gehandelt? Gewiss hat er sehr unter der Trennung gelitten, doch er war überzeugt, das einzig Richtige zu tun. Können wir diesem Mann vorwerfen, dass er lieber sein Versprechen gelöst hat, als seine Geliebte mit in die Verbannung zu nehmen?«

Schweigend lauschten die Krieger Berecs Worten. Yan war froh, einen so begabten Redner um Hilfe gebeten zu haben. Es war deutlich spürbar, wie hoch er seinen einstigen Anführer schätzte und wie sehr ihm das Unrecht, das ihm widerfahren war, zu schaffen machte.

»Grigán war der Erste, der sich gegen Aleb auflehnte, als der Einäugige noch nicht einmal auf dem Thron saß. Meint Ihr nicht auch, meine ramgrithischen Brüder, dass er deswegen unsere Achtung verdient? Meint Ihr nicht auch, dass kein schwarzer Wolf so erbittert gekämpft hat wie er?«

Zwei zustimmende Rufe schallten durch den Saal, und bald fielen fünf, zehn, zwanzig weitere Stimmen ein. Berec und Yan grinsten sich zu, doch blieb. Er stellte sich an die Tischkante und bat mit einer Handbewegung um Ruhe. Sein Gesicht war finster. Die Zuhörer warteten mit Ungeduld auf seine Worte.

»Ich bin froh, zu meinem Volk zurückzukehren«, sagte er

ruhig. »Mein Exil ist zu Ende. Wir werden den falschen König vom Thron stoßen und sein elendes Gesindel fortjagen. Doch ich werde nur unter der Führung eines wahren Königs kämpfen, eines Mannes, der seit zwanzig Jahren über die einzigen freien Ramgrith dieses Landes herrscht. Narro, Vater … Willst du mich in deine Armee aufnehmen?«

Der Alte wischte sich hastig die Tränen vom Gesicht und schritt schweigend durch den Saal. Seine Miene war undurchschaubar. Er blieb vor Grigán stehen und starrte ihm in die Augen. »Seit fast zwanzig Jahren hasse und verfluche ich dich, Derkel«, sagte er freimütig. »Ich hielt dich für einen Feigling, Verräter und Wortbrüchigen, und es wird nicht leicht sein, mir das Gegenteil zu beweisen. Aber wenn du zurückgekehrt bist, um an der Seite deiner Brüder zu kämpfen, so will ich dich zum Hauptmann ernennen«, verkündete er. »Und möge Phrias dich holen, wenn du uns nicht zum Sieg führst!«

Jubel brandete durch den Saal und durch das ganze Feldlager, als sich die Nachricht wie ein Lauffeuer verbreitete. Endlich würden die schwarzen Wölfe aus ihrem Loch kriechen und in die Schlacht ziehen.

Zwei Männer gingen vorüber, und Rey kauerte sich noch tiefer in den Steinhaufen, der ihm als Versteck und Aussichtsposten diente. Rund zwanzig dieser künstlichen Hügel standen hier in einer Reihe. Saat schien nicht mehr zu wissen, was er mit dem Geröll, das sie aus dem Berg schaufelten, anfangen sollte.

Rey hatte sich einen Hügel ausgesucht, der rund zwanzig Schritt hoch war und damit genau die richtige Größe hatte. Natürlich war er nicht so unvorsichtig gewesen, ganz nach oben zu klettern, wo er weithin zu sehen gewesen wäre. Kurz vor dem Gipfel hatte er sich unter eine Steinplatte gezwängt, die ihn sowohl nach oben als auch nach Süden und Osten gegen alle Blicke abschirmte.

Dort hatte er den letzten Dekant vor Einbruch der Dunkelheit damit zugebracht, die Umgebung zu beobachten, besonders die mächtigen Steinbauten, die merkwürdig dicht beieinander standen. Zweien sah man ihren Verwendungszweck sofort an: einer Art Amphitheater oder Kampfarena und einer riesigen Pyramide, die so etwas wie ein Tempel sein musste. Rey dachte an Sombre und spürte, wie sich sein Magen zusammenkrampfte. Wenn er der Erzfeind wäre, könnte er den Dämon herausfordern und ihn vielleicht besiegen. Doch das war er nun einmal nicht, und so war ein Sieg über Saat seine einzige Chance.

Der Hexer musste sich also in einem der anderen Gebäude befinden. Das größte sah aus wie ein Palast, aber es war so roh gebaut, dass Rey Zweifel kamen. Vielleicht war es ja doch nur eine überdimensionale Lagerhalle? Dass sie bewacht wurde, musste nichts heißen, auch wenn die Wachen von einem anderen Schlag zu sein schienen als das brutale Pack, das er im Lager gesehen hatte.

Erst als er zwei Männer aus dem Gebäude kommen sah, war Rey sicher, dass es sich nicht um eine Lagerhalle handelte. Zwar waren aus dieser Entfernung ihre Gesichter nicht auszumachen, aber ihre leuchtend roten Gewänder waren unverkennbar.

Er verwünschte sie leise, während er gegen die Angst ankämpfte, die in ihm aufstieg. Er war fast am Ziel. In einer Lagerhalle hatten die zwei Züu ganz sicher nichts zu suchen. Weniger als tausend Schritte trennten ihn von Saats Palast.

Nun musste er nur noch herausfinden, wie er sich am besten an den Palast heranschlich. Im Westen lag ein mit mehreren Reihen von Palisaden umschlossenes Gelände, auf dem vermutlich Sklaven in Baracken zusammengepfercht waren. Dort war kein Durchkommen möglich: Rey hatte beobachtet, dass die Gegend regelmäßig von bewaffneten Patrouillen kontrolliert wurde. Weiter westlich war es noch schlimmer. Der Eingang des Tunnels, der unter den Rideau führte, war von Reys Posten aus deutlich zu sehen. Er schien von einer ganzen Kompanie bewacht zu werden, und es wimmelte dort nur so von Menschen.

So spähte Rey schließlich einen mehr oder minder gefährlichen Weg aus, der von den Geröllbergen über offenes Gelände und zuletzt an der Kampfarena vorbeiführte. Bei Einbruch der Nacht war er entschlossener denn je, und nachdem sich die Betriebsamkeit im Lager etwas gelegt hatte, verließ er auf Zehenspitzen sein Versteck, um seine Mission zu erfüllen.

Die Anführer der schwarzen Wölfe hatten sich bei Narro versammelt, um Grigán anzuhören. Der neue Hauptmann hatte den Kriegsrat für den Abend angesetzt, da er und Yan sich von den Anstrengungen der letzten Tage erholen mussten. Außerdem hoffte er, dass sich die erregten Gemüter bis dahin wieder beruhigt hatten. Für seinen Plan brauchte er umsichtige Heerführer, keine mordgierigen Hitzköpfe.

Nun war es so weit. Während er den Blick über die Ruinen der Stadt Gul schweifen ließ, dachte er an die zwei Frauen, die er geliebt hatte. Héline war im Haus ihres Vaters gestorben, nachdem es eine Bande betrunkener Yussa aus purer Zerstörungslust in Brand gesetzt hatte. Narro hatte Grigán und sich selbst die Schuld daran gegeben. Bevor Grigán ins Exil gegangen war, hatte die beiden Männer eine aufrichtige, von gegenseitiger Achtung geprägte Freundschaft verbunden, doch nach dem Vorfall war die Zuneigung des verzweifelten Vaters in blanken Hass umgeschlagen.

Nun hatte der alte Mann ihm verziehen. Grigán traf keine Schuld an dem Verbrechen. Narro machte ihm nur noch zum Vorwurf, dass er nicht schon zurückgekehrt war, als sich die schwarzen Wölfe gegründet hatten. Aber es hatte eine ganze Weile gedauert, bis der Krieger die Kraft gefunden hatte, sich seinen Erinnerungen zu stellen.

Endlich hatte er Frieden mit sich geschlossen. Endlich blickte er nicht mehr schicksalsergeben in die Zukunft, sondern konnte sein Leben selbst in die Hand nehmen und zum Guten wenden. Doch die Götter spielten ihm einen grausamen Streich: Erst jetzt, da ihn seine Krankheit und die Niedertracht eines Hexers zum Tod verurteilten, begriff Grigán, dass das Glück in seinen Händen lag. Erst jetzt, da er nach einer so langen gemeinsamen Zeit von Corenn getrennt war, gestand er sich das Recht zu, wieder zu lieben.

Er hatte das Gefühl, alles mit neuen Augen zu sehen. Nachts war es in der Stadt Gul angenehm kühl, und in den Ruinen herrschte noch Leben. Wenn er aus dem Fenster von Narros Haus sah, entdeckte er hier und da eine Feuerstelle, eine Laterne oder einige Fackeln, um die sich die ernsten, stolzen Männer seines Volkes versammelten. Jemand pfiff nach ihm, und als er hinunterblickte, sah er Yan, der ihm zuwinkte. Mit Miff auf der Schulter betrat er das Haus, und Grigán ging ihm entgegen, um ihn und die letzten Rebellenführer zu begrüßen.

Nur einen Albtraum hatte Grigán noch nicht vergessen:

das Massaker von Quesraba, bei dem Aleb ein ganzes Dorf vernichtet hatte, während er tatenlos zusah. Dieses Schicksal durfte Lorelia nicht treffen. Diesmal würde sich Grigán dem Tyrannen in den Weg stellen. Er fühlte sich stark genug, Alebs gesamte Kriegsflotte im Alleingang zu versenken.

Als die Hauptmänner Platz genommen hatten und verstummt waren, trat Grigán an den Versammlungstisch und ergriff das Wort. Der Kampf hatte begonnen. »Aleb stellt eine Flotte auf«, sagte er laut. »Davon habt Ihr sicher gehört. Er hat ganze Heerscharen von Galeeren und Segelschiffen aufgeboten. In Mythr halten sich fünfzehntausend Yussa bereit, um an Bord zu gehen.«

»Sollen sie auf hoher See verrecken!«, rief jemand.

»Dann rücken noch einmal so viele nach«, erwiderte ein anderer. »Es sind endlos viele.«

»Es wird niemand mehr nachrücken, wenn wir sie auf den Meeresgrund schicken«, rief Grigán und schlug mit der flachen Hand auf den Tisch. »Und den Einäugigen mit dazu!«

»Fünfzehntausend Männer«, sagte Berec ernst. »Wir sind kaum mehr als zweitausend, Grigán. Und davon sind einige noch Kinder.«

»Zweitausend ramgrithische Krieger gegen fünfzehntausend erbärmliche Banditen«, entgegnete er siegessicher. »Da ist das Leben der Yussa einen Dreck wert!«

»Das ist unmöglich«, widersprach einer der ältesten Hauptmänner. »Dein Mut ehrt dich, Grigán Derkel. Aber was du uns vorschlägst, ist der sichere Tod. Gegen eine achtfache Übermacht werden wir Mythr niemals einnehmen.«

»Es ist unser Vorteil, dass wir so wenige sind«, sagte Grigán. »Wir müssen heimlich vorgehen. Ich habe nie davon gesprochen, Mythr zu belagern. Ich sagte, dass ich die Yussa auf den Meeresgrund schicken will.«

Auf diese Ankündigung folgte Grabesstille. Die Hauptmänner hatten endlich begriffen, worauf er hinauswollte.

»Wir besitzen kein einziges Schiff«, wandte Narro mit heiserer Stimme ein. »Willst du die Yussa etwa im Hafen ertränken?«

»Wie die Ratten«, bestätigte Grigán hart. »Noch bevor sie zu den Waffen greifen können.«

»Das wird nicht gehen«, sagte Berec bedauernd. »Wir wissen nicht, wann sie in See stechen. Wir wissen noch nicht einmal, was Aleb mit seiner Flotte vorhat.«

Grigán wartete, bis sich alle Augen wieder auf ihn geheftet hatten, bevor er seinen großen Trumpf ausspielte. In den nächsten Augenblicken würde sich das Schicksal der Oberen Königreiche entscheiden. Die schwarzen Wölfe würden ihm vertrauen müssen – oder weiter auf eine Gelegenheit warten, die niemals kommen würde.

»Aleb wird Lorelia überfallen«, verkündete er. »In sechs Tagen werden die Yussa sich einschiffen, im Quint der Dekade der Wildbäche. Uns bleibt nur noch wenig Zeit.«

Wieder folgte auf seine Worte tiefe Stille. Grigán sprach mit solcher Überzeugung, dass viele über diese Nachricht nachgrübelten, ohne sie infrage zu stellen. Doch einige blieben misstrauisch.

»Woher weißt du das?«, fragte ein Mann mit gerötetem Gesicht. »Hast du etwa Verbindungen zu unserem lieben König?«

»Potzdonner!«, fluchte Grigán, zog sein Schwert und rammte es in den Tisch. »Ich werde nicht noch einmal dulden, dass man mich des Verrats bezichtigt. Willst du der

Erste sein, der meine Klinge zu spüren bekommt, Hauptmann?«

Der Mann verbiss sich eine Antwort. Grigáns Einschüchterungsversuch hatte seine Wirkung nicht verfehlt.

»Wenn ich den Wölfen feindlich gesinnt wäre, würde ich mich geradewegs zum Einäugigen begeben und ihm verraten, wo Euer Lager liegt. Gibt es noch jemanden, der mich als Lügner bezeichnen will?«

So lebensmüde war niemand in der Runde. Grigán nahm sein Schwert wieder an sich und fuhr fort. »Ich weiß das aus sicherer Quelle, aber ich habe geschworen, Schweigen zu bewahren. Besteht Ihr darauf, dass ich meinen Eid breche?«

»Wir glauben dir, Grigán«, versicherte einer der Hauptmänner. »Aber das ist eine folgenreiche Nachricht. Wenn Aleb die Oberen Königreiche angreift, kann er nur verlieren. Vielleicht sollten wir abwarten, bevor wir irgendwelche Entscheidungen treffen.«

»Wollt Ihr riskieren, dass er noch stärker wird?«, gab Grigán zurück. »Das ist eine einzigartige Gelegenheit, ihn vom Thron zu stoßen und gleichzeitig die Yussa zu verjagen. Ich habe keine Lust, noch länger zu warten.«

Die Hauptmänner berieten sich flüsternd. Sie schienen sich uneins zu sein.

»Bei Eurydis!«, rief Grigán. »Wollt Ihr denn nicht, dass Griteh von uns, den Ramgrith, befreit wird? Wer in diesem Saal hat nicht schon genug Grausamkeit, Elend und Unrecht erlebt? Worauf sollen wir noch warten? Wer will mich nach Mythr begleiten, um diesen Halunken von einem König ins Meer zu werfen, und zwar so weit draußen, dass er ein ganzes Jahr brauchen würde, um wieder an die Küste zu schwimmen?«

Seine letzten Worte lösten Jubel und vereinzeltes Gelächter aus. Mit einem Mal sprachen alle durcheinander. Yan nickte Grigán anerkennend zu, während die Zaghafteren unter den Wölfen von den anderen umgestimmt wurden. Von überall her wurden Ideen und Strategien eingeworfen, und die Aussicht auf den Kampf erhitzte die Gemüter immer mehr. Schließlich sorgte Narro für Ruhe und wandte sich Grigán zu. »Was hast du vor, mein Sohn?«, fragte er hoffnungsvoll.

Der Krieger holte tief Luft und ergriff wieder das Wort.

Als der Morgen dämmerte, stand ihr Schlachtplan fest.

Rey glaubte, sein Herz pochen zu hören. Vielleicht stimmte das sogar, denn sein Verband veränderte tatsächlich das Gehör, und sein eigener Atem rauschte ihm in den Ohren. Er nahm den Stofffetzen ab, der nun überflüssig war, und bemerkte, dass er vor Lampenfieber zitterte. Das Stück, das er gleich spielen würde, konnte zum Heldenepos werden – oder zur Tragödie.

Bis jetzt war alles gut gegangen, und das machte ihm Mut. Er war nur noch zwanzig Schritte vom Palast entfernt. Eigentlich konnte ihn nun nichts mehr aufhalten. Doch das Schwierigste stand ihm erst noch bevor. In wenigen Augenblicken würde sich die Gefahr verhundertfachen.

Er strich sein Zü-Gewand glatt, zog sich die Kapuze ins Gesicht und ging um das Gebäude herum zum Haupttor. Er war froh, die Kutte aufbewahrt zu haben, obwohl er oft nah daran gewesen war, sie wegzuwerfen.

Mit dem Dolch wäre die Verkleidung perfekt gewesen. Rey hatte den vergifteten Hati ihrem Freund Zarbone im Schönen Land geschenkt, was er jetzt ein wenig bereute.

Trotz des Abscheus, den ihm die Waffe einflößte, hätte er keine Skrupel gehabt, sie gegen Saat zu richten und ihm seine Verbrechen heimzuzahlen. Schließlich hatte der Magier die Erben auf die gleiche Weise umbringen lassen.

Aber so weit war es noch nicht. Mit jedem Schritt kam er den beiden hünenhaften Wachposten näher, die mit Hellebarden, Brustpanzern und Dolchen ausgerüstet waren. An diesem Hindernis musste Rey irgendwie vorbei. Er umklammerte das Messer, das er in den Falten seines Ärmels verbarg, und setzte einen Fuß auf die unterste Stufe. Dann erklomm er die Treppe mit langen, entschlossenen Schritten, als wäre es das Natürlichste auf der Welt. Seine Kapuze versperrte ihm die Sicht auf den Mann zu seiner Rechten. Der Wachposten zu seiner Linken schien ihn nicht aufhalten zu wollen. Auf seiner Höhe angekommen, hatte Rey sogar den Eindruck, als rückte er argwöhnisch von ihm ab. Saats Wachsoldat fürchtete die Züu! Das hatte er nicht zu hoffen gewagt.

Als er die Vorhalle erreichte, gönnte er sich keine Verschnaufpause. Mit der Entschlossenheit eines Mannes, der sich im Palast auskannte, schob er das riesige Tor auf, das, wie er beobachtet hatte, nicht verriegelt war. Er trat hindurch und schloss die Tür hinter sich. Nun befand er sich auf unbekanntem Terrain.

Eine einzige Lampe versuchte vergeblich, die Halle auszuleuchten. Rey war überrascht, keine weiteren Wachen vorzufinden. In den nackten Wänden gab es weder Fenster noch Lüftungsschlitze, und weit und breit waren keine Möbel, Teppiche oder Bilder zu sehen. Der Saal erinnerte mehr an ein Grab als an einen Palast.

Nachdem ihn die Leere für einen Moment aus der Fassung gebracht hatte, ging Rey auf, dass sie gut zu dem passte, was sie über Saat wussten. Noch dazu kam sie seinen Plänen sehr entgegen. Wenn auch das übrige Gebäude unbewacht war und im Halbdunkel lag, konnte sich Rey an einer günstigen Stelle verstecken und auf den geeigneten Augenblick warten, um zuzuschlagen. Es gab nur ein Problem: Saat war Magier. Und er stand mit einem Dämon im Bunde.

Auch wenn er über Magie lediglich das wusste, was er von Yan und Corenn aufgeschnappt hatte, bezweifelte Rey, dass er seine Feinde lange hinters Licht führen konnte. Es war ungewiss, ob ihn der Dara-Stein tatsächlich vor schwarzer Magie schützte. Saat hatte die Erben auch im Eroberten Schloss von Junin aufgespürt. Wahrscheinlich würde es ihm keine große Mühe machen, einen Eindringling in seinem eigenen Palast zu entdecken.

Also musste er so schnell wie möglich handeln, selbst wenn das seine Aussicht auf Erfolg schmälerte. Er huschte von Säule zu Säule und näherte sich so dem anderen Ende der Halle, fest entschlossen, das ganze Gebäude zu durchsuchen, bis er den Hexer fand oder zumindest einen Ort entdeckte, wo er sich einige Dekanten lang verstecken konnte.

Er war überzeugt, Saat auf Anhieb zu erkennen, obwohl er sein Gesicht nur einmal auf einem über hundert Jahre alten Gemälde gesehen hatte. Rey konnte sich nicht vorstellen, dass ein solcher Mann nicht auffiel, ganz gleich, hinter wie vielen Masken, Helmen oder anderen Verkleidungen er sich verbarg.

Je weiter er sich vom Eingangstor entfernte, desto finsterer wurde es. Nach einer Weile musste er stehen bleiben, um seine Augen an die Dunkelheit zu gewöhnen. Er versuchte, auf Geräusche aus dem Inneren des Palasts zu horchen, doch zu seiner Beunruhigung herrschte tiefe Stille.

Er ging mit noch größerer Vorsicht weiter, schob sich an den Mauern entlang, huschte von Versteck zu Versteck und prägte sich dabei den Grundriss des Gebäudes ein. Bisweilen stolperte er über kleine Erhebungen oder Senken im Boden und suchte lautlos fluchend an der rauen Mauer Halt. Die Steine waren unterschiedlich groß, als wären sie einfach unbehauen aufeinandergeschichtet worden, und die Fugen waren mit Lehm zugekleistert, der nach Erde und vermodertem Heu roch. Saat mochte Magier sein, aber sein Palast war trotzdem nicht mehr als ein stinkender, finsterer Steinhaufen.

Einen Augenblick lang bekam Rey Skrupel, als er an sein Opfer dachte. Doch dann erinnerte er sich an seinen Cousin Mess, Königin Séhane, die Züu und vor allem an seine Vision von den Wallatten, die über die Heilige Stadt herfielen, und er war wieder so entschlossen wie zuvor.

Da keiner der Erben der Erzfeind war, konnten sie Sombre nichts anhaben. Rey musste versuchen, den Goroner von neuen Untaten abzuhalten und den Bund zwischen dem Hexer und dem Dämon zu brechen, in der Hoffnung, damit die Oberen Königreiche zu retten.

Plötzlich hörte er Schritte. Er versteckte sich in einer Nische in der Mauer und hielt den Atem an. Ein Lichtschein begleitete den Herankommenden. Rey presste sich noch enger an die Wand und umklammerte den Griff seines Messers. Wer es auch war, er würde sterben. Rey erbebte bei dem Gedanken, dass es der Magier sein könnte und sein verzweifelter Plan unverhofft schnell von Erfolg gekrönt sein würde.

Der Unbekannte kam langsam näher. Kaum tauchte er in Reys Blickfeld auf, sprang dieser mit erhobenem Messer aus seinem Versteck und schickte sich an, ihn niederzustechen.

»Nicht!«, wimmerte das Kind und schlug die Hände vors Gesicht.

Rey war nicht minder überrascht. Er ließ die Waffe sinken, packte den kleinen Jungen fest am Arm und verschloss ihm mit einer Hand den Mund, bevor er ihn in die Nische zerrte. Dort drückte er ihn zu Boden und blies die Kerze aus, die das Kind immer noch umklammerte. »Ich tue dir nichts«, flüsterte er. »Was machst du hier?«

Er löste seinen Griff, und das Kind trat einen Schritt zurück, um ihn besser zu sehen. Nach dem ersten Schreck wirkte es nun eher neugierig. Rey war erleichtert, dass es nicht laut zu schreien begann.

»Ich bin weggelaufen«, antwortete der Junge nach einer Weile. »Ich suche den Ausgang.«

»Bist du ein Sklave?«

Mit einem seltsamen Lächeln nickte der Junge. Rey war unschlüssig, ob er ihn für einfältig oder todesmutig halten sollte. Doch das galt auch für ihn selbst …

»Arbeitest du im Palast?«, fragte er freundlich.

»In der Küche. Aber die Arbeit ist zu schwer. Der hohe Dyarch ist *böse*«, erklärte das Kind und kicherte leise.

»Der hohe Dyarch? Ist das Saat?«

Der Junge nickte wieder. Er schien ihr Gespräch sehr lustig zu finden. Jetzt war Rey sicher, dass er schwachsinnig war.

»Bist du ein Magier?«, fragte der Knirps plötzlich.

»Nein«, erwiderte Rey, der allmählich misstrauisch zu werden begann. »Warum fragst du?«

»Ich weiß nicht. Irgendwie hast du etwas Magisches an dir.«

Rey zuckte mit den Schultern. Vielleicht hatte ihn das Jal'dara stärker beeinflusst als gedacht. Oder das Kind hatte eine blühende Fantasie.

»Weißt du, wo die Gemächer des hohen Dyarchen sind?«

»Bist du hier, um ihn zu töten?«, fragte der Junge fröhlich.

»Weißt du es nun oder nicht?«, wiederholte Rey ungeduldig. Der Kleine begann ihm lästig zu werden.

Sein Ton schien den Jungen nicht weiter zu beeindrucken. Der Knirps dachte eine Weile nach, bevor er sich zu einer Antwort herabließ. »Ich kann dich hinbringen, wenn du willst«, sagte er. »Aber du musst mir deinen Namen sagen, damit wir Freunde werden können. Ich heiße Gors.«

»Und ich bin Raji. Zeig mir den Weg, Gors der Tellerwäscher. Aber du musst leise sein.«

Der Junge strahlte über das ganze Gesicht und übernahm die Führung. Er huschte von Saal zu Saal und schien großen Spaß daran zu haben, einen lorelischen Spion zu spielen. Rey bereute schnell, ihn nicht weggeschickt zu haben, aber schließlich war ihm nichts anderes übrig geblieben. Der Kleine lief viel zu schnell. Im Grunde war es ein Wunder, dass man sie noch nicht entdeckt hatte.

»Hier ist es«, sagte das Kind schließlich und kauerte sich neben eine mächtige Doppeltür. »Geh rein und töte ihn.«

Rey trat vorsichtig näher, ohne den kichernden Knirps aus den Augen zu lassen. Er legte ein Ohr an die Tür und lauschte eine Weile. Doch er hörte nichts.

»Ich schwöre dir, dass er da drin ist«, sagte das Kind. »Du musst dich beeilen! Ich glaube, dass er seine Wachen herbeirufen kann, indem er in Gedanken zu ihnen spricht.«

Selten hatten Reys Alarmglocken so laut geschrillt. Er wusste instinktiv, dass er in eine Falle lief. Aber da er nicht sagen konnte, woher die Gefahr drohte, schob er mit der Spitze seines Messers sachte die Tür auf.

Plötzlich wurde sie von innen aufgerissen, und ein Wächter mit erhobener Lowa erschien im Türrahmen. Das Zü-Gewand brachte ihn einen Augenblick lang aus der Fassung. Rey nutzte sein Zögern und stieß ihm das Messer in die Kehle. Blut besudelte seinen Arm, während der Tote langsam zu Boden glitt.

»Sehr gut!«, rief der Junge und klatschte in die Hände. »Wie schnell du reagiert hast! Er hatte keine Chance!«

»Halt die Klappe«, befahl Rey. Seine Nerven waren bis zum Zerreißen gespannt. Jetzt gab es kein Zurück mehr.

Er stieg über die Leiche des Wallatten und betrat einen Raum, der tatsächlich ein Privatgemach zu sein schien. Mehrere fünfarmige Kerzenleuchter erhellten das Zimmer, das im Gegensatz zu dem Rest des Palastes alles andere als schmucklos war: Wohin er auch blickte, sah er Seidentücher, Teppiche, Kissen und prunkvoll bestickte Decken. Doch ihm stand nicht der Sinn danach, sich in Ruhe umzusehen. Inmitten dieser verschwenderischen Pracht lag ein Körper, auf den sich Rey mit einem mörderischen Funkeln in den Augen stürzte.

Saat. Er musste es sein. Die ausgemergelten Glieder und das bis zur Unkenntlichkeit zerfurchte, eingefallene Gesicht konnten nur einem Mann gehören, der seit fast zweihundert Jahren auf der Welt war. Der letzte Gesandte der Insel Ji. Ein Untoter. Ein grauenerregender Hexer, hingestreckt auf einem Bett, das viermal so groß war wie ein gewöhnliches Ruhelager.

Dennoch war Rey nicht so feige, ihn im Schlaf zu erstechen. Er rüttelte ihn an der Schulter und kämpfte dabei gegen den Ekel an, den ihm die unnatürlich eisige Haut einflößte. Aber als er Schritte in dem Flur hörte, durch den er gekommen war, wog die drohende Gefahr schwerer als seine Skrupel. Mit angewidertem Gesicht stieß er dem Greis das Messer ins Herz und stürzte hinaus.

Der Junge war immer noch da. Er stellte sich ihm in den Weg und stemmte die Fäuste in die Hüften. Hinter ihm kamen mehrere Dutzend bewaffnete Männer herangestürmt.

»Du heißt in Wirklichkeit gar nicht Raji, stimmt's?«, sagte er triumphierend. »Wohl eher *de Kercyan.* Dein Vorfahr hatte die gleiche dumme Visage wie du.«

Mit einem Wutschrei sprang Rey dem Verräter an die Kehle. Zum zweiten Mal in dieser Nacht las er Angst in den Augen des Hexers, doch leider rissen ihn die Wachen zurück, bevor er seinem Feind etwas antun konnte. Er wehrte sich erbittert, bis er sich erschöpft geschlagen geben musste. Sie hatten ihn. Alles war verloren.

»Du Schlingel!«, spottete der Knirps und trat ihm gegen das Bein.

Dann sackte der besessene Junge plötzlich in sich zusammen, als hätte jemand die Luft aus ihm herausgelassen. Rey, der sich immer noch keuchend und mit den Haaren im Gesicht im Griff vierer Männer wand, versuchte zu begreifen, was vor sich ging. In diesem Moment erlebte er die nächste Überraschung.

»Einen Mann feige im Schlaf zu überfallen«, sagte eine höhnische Stimme hinter ihm. »Wie niederträchtig. Und das als Erbe eines Herzogs. Fast möchte man meinen, dass Euch ein Dämon beherrscht.«

Der Griff der wallattischen Wachen war so fest, dass Rey den Kopf nur mit Mühe dem Sprecher zuwenden konnte. Der Anblick ließ ihm das Blut in den Adern gefrieren. Die Mumie, in der er den hohen Dyarchen erkannt hatte, war aus ihrem Gemach getreten, um sich dem Eindringling in ihrer ganzen Hässlichkeit zu zeigen. Das Blut, das in Strömen aus ihrer Wunde schoss, schien sie nicht zu stören.

Saat blickte ihn triumphierend, ja frohlockend an, doch aus seinen Augen blitzten Hass und Wahnsinn. »Durchsucht ihn«, befahl er. »Ich will wissen, wie er sich gegen meine Magie schützt.«

Obwohl sich Rey heftig wehrte, nahmen ihm die Gladoren die Waffen ab und leerten sein Bündel.

»Das da«, sagte Saat und zeigte auf den Dara-Stein. »Bringt mir das.«

Einer der Männer tat wie geheißen. Der Hexer riss das Gwel gierig an sich, roch daran und streichelte es, als wäre es ein kostbarer Schatz. Dann richtete er seine Aufmerksamkeit wieder auf den Gefangenen, und Rey spürte, wie er von seinem Geist Besitz ergriff.

»Ich wusste es!«, flüsterte der hohe Dyarch so entzückt, dass sich sein Gesicht zu einer Fratze verzog. »Keiner von Euch ist der Erzfeind!«

Rey versuchte noch einmal, sich zu befreien, doch die Wallatten hielten ihn eisern fest. Als er sich seine Niederlage eingestand, ließ er den Kopf hängen und betete inständig, dass seine Freunde nicht den gleichen Fehler begingen wie er, sondern weit, sehr weit vor Saat fliehen würden, ohne sich ihm jemals entgegenstellen zu wollen.

Sombres Aufmerksamkeit ist auf Arkarien gerichtet, doch er wird von einem Besuch seines Verbündeten gestört. Der andere Dyarch dringt in seine Gedanken ein und entzieht ihm Lebenskraft. Der Bezwinger lässt ihn gewähren, wie er es schon immer getan hat. Die Kraftübertragung ist ihm zwar lästig, denn sie stört seine Konzentration und schwächt ihn spürbar, doch schon nach kurzer Zeit ist der Gott wieder auf der Höhe seiner Macht. Sombre kommt nicht auf die Idee, sich dem Sterblichen zu verweigern, der seinen Geist geformt hat. Er hat keinen Grund, es zu tun.

Diesmal jedoch entzieht Saat ihm besonders viel Kraft, so viel, dass der Dämon in der Finsternis seines Mausoleums zu knurren beginnt. Immer mehr Lebenskraft saugt Saat ihm aus, um seinen dahinsiechenden Körper zu stärken. Sombre weiß, dass er nichts zu befürchten hat: Nur ein anderer Gott kann sein unsterbliches Leben auslöschen. Nicht umsonst nennt man ihn den Bezwinger. Niemand außer dem Erzfeind kann ihm je gefährlich werden.

Endlich lässt sein Freund von ihm ab, und Sombre erhebt sich auf dem Altar seines Tempels. Zorn wallt in ihm auf. Er langweilt sich schon zu lange. Es drängt ihn zum Angriff, selbst wenn Sieg und Niederlage schon feststehen. Ihn verlangt nach Gemetzel und Blutvergießen. Er giert danach, seine Macht zu demonstrieren.

Saat dringt noch einmal in seine Gedanken ein, und der Dämon erwartet, eine weitere Botschaft von ihm zu empfangen. Er ist wütend, weil er wieder gestört wird, doch er kann seinen Zorn nicht zum Ausdruck bringen. Saat hat ihm beigebracht, jedes seiner Worte widerspruchslos hinzunehmen. Dass es anders sein könnte, kann sich der Gott nicht vorstellen.

»Keiner der Erben, die noch am Leben sind, ist der Erzfeind«, teilt ihm Saat jubelnd mit. »Diese Narren sind durch die ganze Welt geirrt, nur um mir geradewegs in die Arme zu laufen! Nun steht uns nichts mehr im Weg, mein Freund.«

Sombre antwortet nicht. Eigentlich müsste er sich über diese Neuigkeit freuen, doch er macht sich Sorgen, weil er die Spur seiner Feinde verloren hat. Einige von ihnen könnten sich lange genug versteckt halten, um ein Kind zu zeugen. Und dieses könnte der Erzfeind sein.

Saat spürt den Unmut seines Verbündeten und sucht nach etwas, das ihn ablenken könnte. Wie immer verbirgt der Hexer einen Großteil seiner Gedanken vor ihm. Noch ist er auf Sombre angewiesen, auf seine Lebenskraft, die ihm den Anschein der Unsterblichkeit verleiht. Er wird ihn bis zu dem Tag brauchen, an dem er selbst den Erzfeind verkörpern wird, indem er von dem ungeborenen Kind Besitz ergreift. Vielleicht wird es sein eigener Sohn sein.

»Nur zu, mein Freund«, flüstert er dem Dämon ein, denn er kennt seine Schwachstellen. »Gibt es nicht zwei arkische Erben, die deinen Besuch erwarten?«

In seiner Pyramide hebt Sombre den Kopf und entblößt die Fangzähne, die er sich gegeben hat. Mit grausamer Vorfreude lässt er seinen Schatten über die Berge hinwegschweben, ins Weiße Land.

Seit Bowbaqs Wiedersehen mit Mir waren fünf Tage vergangen. Die ersten Anführer der anderen Klans waren am Vorabend eingetroffen und warteten gespannt auf die angekündigte Versammlung. Da Ingal nicht genug Platz hatte, um alle bei sich unterzubringen, hatte er ein Dutzend Gäste auf andere Familien des Rentierklans verteilt und damit für noch größeren Trubel im Dorf gesorgt.

Die Gerüchteküche kochte heftig, denn diejenige, die an der ganzen Aufregung schuld war, weigerte sich hartnäckig, auch nur die kleinste Auskunft zu geben. Als erfahrene Diplomatin wusste Corenn genau, dass die Anführer ihre Bitte sofort ablehnen würden, wenn sie einzeln mit ihnen sprach. Eine Gruppe zu überzeugen war immer noch schwer genug, und so hatte sie lange über ihre Argumente nachgedacht. Bei dem Gedanken, das Konzil nicht für sich gewinnen zu können, wurde ihr angst und bange.

Léti hatte indessen viel Zeit mit Lana verbracht. Die Trennung der Erben führte immerhin dazu, dass sich die Freundschaft der beiden Frauen vertiefte. In endlosen Gesprächen hatten sie sich über Reys und Yans Tugenden ausgetauscht, mal voller Sehnsucht, mal lachend oder weinend, je nach Befinden. Doch da Reys Schicksal ungewiss war, vergoss die Priesterin die meisten Tränen, und Léti schluckte ihren eigenen Kummer tapfer hinunter, um ihre Freundin zu trösten.

Bowbaq war rastlos in der Umgebung des Dorfes umhergestreift. Seine Unruhe wurde im Laufe der Tage immer größer. Mir war nicht zurückgekehrt, und weder Ispen noch die Kinder hatten ihm ein Lebenszeichen zukommen lassen. Selbst sein Bundbruder, der Anführer des Schneeigelklans, der ebenfalls zum Konzil gebeten worden war, ließ auf sich warten. Enttäuscht und besorgt kehrte er jeden Abend zurück, und kein aufmunterndes Wort vermochte den Missmut des sonst so gutmütigen Riesen zu vertreiben.

Einen Dekant vor Sonnenuntergang – dem Zeitpunkt, an dem Corenn vor die Versammlung treten wollte – berichtete ein Holzfäller, die Signale eines Zyklopen gesehen zu haben, die von der Ankunft eines weiteren Anführers kündeten. Diese Aussicht stimmte Bowbaq so froh, dass er Lana wortreich erklärte, wie dieser aus Spiegeln konstruierte Apparat die Lichtzeichen erzeugte, mit denen die Arkarier kommunizierten. Er erzählte ihr sogar in aller Ausführlichkeit, wie er in Berce ein ähnliches Gerät benutzt hatte.

Die Maz kannte die Geschichte längst, hörte ihm aber höflich zu, denn sie konnte gut verstehen, dass er sich ablenken wollte. So vertrieben sie sich mit Erinnerungen an ihre Reise die Zeit, bis Ingal ihnen mitteilte, dass der Anführer des Schneeigelklans eingetroffen sei.

Bowbaq lief seinem Bundbruder entgegen, ohne sich auch nur die Stiefel überzuziehen. Léti, Corenn und Lana folgten ihm, so rasch sie konnten, doch der Riese drückte Osarok schon an sich, als sie noch dreißig Schritte von dem Neuankömmling entfernt waren.

Der Arme brachte nur ein ungläubiges »Bowbaq? Aber …« über die Lippen, bevor er in die Höhe gehoben und zwei Fuß über der Erde im Kreis herumgewirbelt wurde. Sein gespielter Protest half ihm nicht viel: Erst nachdem er sich mehr als ein Dutzend Mal im Kreis gedreht hatte, ließ Bowbaq den Freund los, und das auch nur, weil er sich nach seiner Familie erkundigen wollte.

Als er endlich wieder festen Boden unter den Füßen hatte, erwiderte Osarok die Umarmung in weniger stürmischer, aber nicht minder herzlicher Weise. Neben seinem Bundbruder wirkte der Anführer des Schneeigelklans wie ein Zwerg. Er war erstaunlich jung – gerade einmal in seinem dreißigsten Jahr – und hatte ein liebenswürdiges, einnehmendes Wesen. Doch nun war ihm anzusehen, dass ihn schwere Sorgen bedrückten.

»Ist Ispen bei dir?«, fragte er Bowbaq in leicht beunruhigtem Ton.

»Nein!«, antwortete er erschrocken. »Ist sie nicht in deinem Dorf? Und wo sind die Kinder?«

»Bestimmt geht es ihnen gut«, versicherte Osarok. »Aber seit vorgestern hat sie niemand mehr gesehen. Selbst Mir ist verschwunden. Das ganze Dorf hat nach ihnen gesucht, und ich habe mich erst im letzten Moment auf den Weg zum Konzil gemacht.«

»Wahrscheinlich sind sie hierher unterwegs, Bowbaq«, warf Léti ein.

»Das glaube ich auch«, stimmte ihr der junge Anführer zu. »Mir muss gespürt haben, dass du zurück bist, und hat sich mit den anderen auf den Weg hierher gemacht. Anders kann ich es mir nicht erklären.«

Bowbaq nickte betrübt und ließ sich in Ingals Haus zurückführen. Ihm fielen durchaus noch andere Erklärungen ein, die zum Beispiel mit einem gewissen Mog'lur zu tun hatten. In Gedanken malte er sich das Schlimmste aus, so sehr er auch versuchte, sich zusammenzureißen.

So kurz vor dem Konzil herrschte im Haus des Anführers des Rentierklans eine ungewohnte Betriebsamkeit. Neben Osarok waren rund zwanzig Anführer gekommen, die nun unter dem Eurydis-Gemälde saßen und plauderten. Bünde, Geburten, Todesfälle und andere Neuigkeiten aus ihren Dörfern, das Wetter, die Rückkehr des Wilds, die Kriege des Falkenklans, die Fischerei, der endlose Erbfolgestreit im Otterklan, die Unruhen im Großen Reich, die Missetaten einer Bärenfamilie … Die Männer, die sich kaum öfter als dreimal im Jahr trafen und doch so viel enger befreundet waren, als es in einer Stadt üblich gewesen wäre, hatten sich eine Menge zu erzählen.

Trotzdem beschäftigte sie vor allem die Frage, warum sie so unerwartet und ohne weitere Erklärungen zusammengerufen worden waren. Manche hatten gehört, eine Horde Fleckenlöwen drohe ins Weiße Land einzufallen, während andere munkelten, ein Königreich namens Kaul habe Arkarien den Krieg erklärt. Doch nichts von alldem wurde sonderlich ernst genommen, zumal die meisten Anführer noch nie von einem derart mächtigen Nachbarland gehört hatten. So wurde die Ansprache der Kaulanerin mit Ungeduld erwartet, und als Ingal, Osarok, Léti, Bowbaq, Lana und schließlich Corenn zu der Versammlung stießen, wurden sie mit lautstarken Beifallsrufen begrüßt.

Die Ratsfrau blieb in der Mitte des Raums stehen und wartete ab, bis sich ihre Freunde zwischen die Arkarier gesetzt hatten. Bowbaq, der sich neben seinem Bundbruder niedergelassen hatte, starrte missmutiger denn je auf seine immer noch bloßen Füße. Wenn seine Familie Saat zum Opfer fiel, hätten die Erben endgültig verloren. Wenn es Corenn nicht gelang, sich Gehör zu verschaffen, blieb ihr nur noch eine einzige Möglichkeit, den Untergang der Oberen Königreiche abzuwenden. Und dieser Plan war lebensgefährlich.

Ingal wartete, bis Ruhe eingekehrt war, und stellte dann die Rednerin vor, wie es der Brauch verlangte. Der Anführer des Rentierklans war mindestens ebenso angespannt wie sie. Als ihr Gastgeber stand auch seine eigene Glaubwürdigkeit auf dem Spiel, und für alles, was sie sagte, war er mitverantwortlich. Da er nicht die geringste Ahnung hatte, worum es ging, setzte ihm die Anspannung enorm zu. Nachdem er seine Pflicht getan hatte, verzog er sich schleunigst auf eine Bank.

»Anführer der Klans von Work, ich danke Euch für Euer Kommen«, begann Corenn feierlich. »Ich weiß, dass viele von Euch glücklich sind, einander so unerwartet wiederzusehen, und ich bin froh, dies ermöglicht zu haben. Leider geht es um etwas Ernstes, und so steht zu befürchten, dass diese Versammlung Euch mehr Kummer als Freude bereiten wird. Hochverehrte Anführer, zu meinem größten Bedauern überbringe ich Euch eine schlechte Nachricht.« Corenn machte eine kurze Pause, um sich zu vergewissern, dass sie ihre Zuhörer gefesselt hatte. Doch es war geglückt: Die Anwesenden hingen ihr an den Lippen. Hier und da war ein Flüstern zu vernehmen, wenn jemand einem Anführer, der nur wenig Itharisch verstand, ihre Worte mehr oder weniger getreu übersetzte.

»Ehe ich fortfahre, muss ich Euch warnen. Das Geheimnis, das ich Euch preisgeben werde, birgt große Gefahren. Viele Menschen mussten ihr Leben lassen, weil sie davon erfuhren. Ihr werdet nicht mehr in Frieden leben. Ihr werdet nirgendwo Zuflucht finden, weder in Euren Häusern noch in den abgelegensten Winkeln des Weißes Landes. Denn sollten unsere Feinde erfahren, dass Ihr eingeweiht seid, werden sie Euch jagen und erbarmungslos töten.«

Wieder herrschte Schweigen. Corenn schöpfte Hoffnung. Insgeheim hatte sie befürchtet, einem Haufen unaufmerksamer Schwätzer gegenüberzutreten, doch die arkischen Anführer schienen sich ihrer Pflichten und ihrer Verantwortung bewusst zu sein. Ob das tatsächlich der Fall war, würde sich gleich herausstellen.

»Es steht mir nicht zu, Euch diese Qualen gegen Euren Willen aufzuerlegen. Wenn Ihr erst einmal eingeweiht seid, müsst Ihr das Geheimnis für Euch behalten. Weder kann noch will ich irgendjemanden zwingen, mich anzuhören. All jenen, die sich zu alt, zu jung oder ihren Familien zu sehr verpflichtet fühlen, steht es frei, diese Versammlung ohne Scham oder Reue zu verlassen. Bevor Ihr eine Entscheidung trefft, will ich jedoch noch zweierlei erwähnen. Zum einen wird das, worüber ich sprechen werde, über kurz oder lang Unheil über die ganze bekannte Welt bringen, also auch über Arkarien. Und zum anderen – wenn Ihr mein Geheimnis erfahren habt, könnt Ihr nicht untätig bleiben. Was auch geschehen mag, es wird kein Zurück geben. Ihr werdet Entscheidungen treffen und entschlossen handeln müssen.«

»Ist das Ganze wirklich so ernst, Freundin Corenn?«, fragte einer der Ältesten der Runde.

»Ohne jeden Zweifel, Freund Quval. Ich wäre froh, wenn es anders wäre. Aber das ist nicht der Fall.«

»Sind die Feinde, von denen du sprichst, tatsächlich so mächtig, dass sie uns bis ins Land Work verfolgen können?«

Diesmal nickte sie. Das Unbehagen der Anwesenden verhieß nichts Gutes. Ihr konnte nichts Schlimmeres passieren, als dass alle Anführer aufstanden und das Konzil verließen. Es reichte schon, wenn zwei oder drei beschlossen, dass sie mit dieser Sache nichts zu tun haben wollten – dann würden ihnen die anderen folgen. Mit klopfendem Herzen beobachtete Corenn die Gesten der Anführer und lauschte den Gesprächsfetzen, die an ihr Ohr drangen. Doch die arkische Sprache war ihr völlig unbekannt, und so musste sie sich damit abfinden, schweigend zu warten, bis die Anführer zu einem Entschluss gekommen waren.

»Was ist denn nun das Geheimnis, Freundin Corenn?«, rief plötzlich ein Mann mit roten Zöpfen. »Sprich. Vor Worten fürchte ich mich nicht.«

Corenn nickte ihm dankbar zu, blickte jedoch erst prüfend in die Runde, bevor sie aufzuatmen wagte. Vielleicht hatte sich das gesamte Konzil spontan der Entscheidung dieses Mannes angeschlossen. Vielleicht waren die Anführer auch schon vorher seiner Meinung gewesen, oder sie befürchteten, nach den Worten ihres Landsmanns als Feiglinge dazustehen. Jedenfalls waren alle geblieben, und nur darauf kam es an.

»Ich beglückwünsche Euch zu Eurem Mut«, sagte Corenn. »Das ist ein gutes Omen. Ich glaube fest, dass keiner von Euch die Entscheidung bereuen wird – die einzige, die eines Anführers würdig ist.«

Nach diesen Komplimenten konnte sie endlich zum Wesentlichen kommen. Sie und Léti lächelten einander zu, dann legte Corenn mit gebotenem Ernst die Karten auf den Tisch. »Ihr wisst sicher, dass sich das Große Kaiserreich zu einem weiteren Krieg gegen die Länder des Ostens rüstet. Einige Eurer Väter haben an den Küsten des Ozeans oder vor Crek gegen die Thalitten gekämpft. Ihr wisst, wie unerbittlich sich dieses Volk in der Schlacht zeigt und wie wild es auf Kriegsbeute ist, dass es das eroberte Land verwüstet und alle Gefangenen niedermetzelt. Nun, jenseits des Rideau lagert das größte Heer, das die Reiche des Ostens je aufgestellt haben. Es umfasst vermutlich mehr als fünfundzwanzigtausend Männer, hauptsächlich Wallatten, die besser ausgerüstet und gefährlicher sind als die Thalitten. Eine große Aufgabe für die Goroner, denkt ihr gewiss. So groß sogar, dass nahezu die gesamte lorelische Armee zu den goronischen Streitkräften gestoßen ist, um den Angriff abzuwehren. Denn das ist die Gefahr: Wenn die Wallatten siegen, werden sie sich nicht damit begnügen, einige Provinzen zu verwüsten, und dann den Rückzug antreten. Sie werden bis nach Goran ziehen und die Hauptstadt niederbrennen, um anschließend in andere Länder vorzustoßen.«

»Die Thalitten sind noch nie mehr als zwanzig Meilen über das Tal der Krieger hinausgekommen«, sagte jemand. »Wir wüssten nicht einmal, wie sie aussehen«, fügte er grinsend hinzu, »wenn es ihnen nicht zufällig gelungen wäre, ein paar Schiffe zu bauen.«

Seine Bemerkung löste vereinzeltes Gelächter aus, und Corenn setzte sofort zu einer Antwort an. Das Konzil durfte die Sache auf keinen Fall auf die leichte Schulter nehmen.

»Die Wallatten werden Goran innerhalb der nächsten zwei Monde einnehmen«, sagte sie laut, um das Stimmengewirr zu übertönen. »Sie werden nämlich nicht durch das Tal der Krieger ziehen. Sie kommen von Süden. Das ist mein Geheimnis.«

Schlagartig wurde es wieder still. Alle fragten sich, ob das ein Scherz sein sollte. Corenn verschränkte die Arme und stellte sich den Fragen, die nun unweigerlich auf sie einprasseln würden.

»Woher weißt du das?«, fragte Ingal skeptisch.

»Wir sind gerade aus dem Land Oo zurückgekehrt, wo wir vieles mit eigenen Augen gesehen haben.«

»Und warum habt ihr diese wichtige Nachricht nicht sofort den Goronern überbracht?«, fragte einer der weiter vorne Sitzenden. »Warum schickt ihr ausgerechnet nach uns, den Anführern der Klans von Work, um uns eine Zukunft zu offenbaren, gegen die wir nichts ausrichten können?«

»Weil es im Tal der Krieger von Spionen nur so wimmelt«, antwortete Corenn und dachte an Sombre. »Würde ich einem Goroner dieses Geheimnis anvertrauen, wäre er einen Dekant später tot, genauso wie ich selbst. Wir können nichts für sie tun: So wie es aussieht, haben Goran und Lorelien diesen Krieg bereits verloren.«

Stimmen wurden laut, doch Osarok erhob sich und sorgte für Ruhe.

»Was erwartest du von uns, Freundin Corenn? Du willst uns doch nicht nur vor der Gefahr warnen, oder?«

»Richtig«, erwiderte sie und nickte dem jungen Anführer des Schneeigelklans anerkennend zu. »Von den mächtigen

Armeen der Oberen Königreiche können wir uns nichts mehr erhoffen. Doch die Wallatten wissen nicht, dass ihr Geheimnis …«

»Du redest Unsinn, Weib«, polterte ein stämmiger Mann mit derben Manieren. »Wie stellst du dir das vor? Sollen die Klans es mit fünfundzwanzigtausend Kriegern aufnehmen? Das sind mehr Männer als alle Bewohner östlich von Crevasse zusammen!«

»Lasst sie doch wenigstens ausreden!«, schimpfte Léti. »Ihr wisst ja noch gar nicht, was sie sagen will!«

»Die Arkarier können die Oberen Königreiche retten«, fuhr Corenn fort, bestürzt über den schärfer werdenden Ton. »Dazu braucht es keine zwanzigtausend Mann starke Armee, ja nicht einmal halb so viele Kämpfer. Einige Tausend oder sogar Hundert müssten reichen.«

Ihre Worte hatten die erwünschte Wirkung: Sie hatte die Aufmerksamkeit der Versammlung zurückgewonnen.

»Erkläre das genauer, Corenn«, bat Ingal.

»Ich habe Euch noch nicht das *ganze* Geheimnis anvertraut. Habt Ihr Euch nicht gefragt, wie die Wallatten das Tal der Krieger umgehen können? Sie werden unter dem Rideau hindurchkommen. Sie haben einen Tunnel gegraben, der in der Stadt Ith endet.«

Kaum hatte sie es ausgesprochen, wurde Corenn klar, dass sie diese Auskunft von Lana hatte, die es von Rey wusste, der es wiederum bei der Berührung der Undinen gesehen haben wollte. Noch nie hatte sie ihre Argumente auf so ungewisse Beweise gestützt. Sie wäre jedoch auch die Erste, die sich freuen würde, wenn sich das Ganze als böser Traum entpuppte.

Die Arkarier schienen sich nicht einig zu sein. Da die Anspannung wuchs, äußerten mehrere Anwesende das Bedürfnis, aufzustehen und sich die Beine zu vertreten. So bildeten sich rasch kleine Grüppchen, in denen heftig debattiert und bald auch laut gestritten wurde, als sich die Gemüter immer mehr erhitzten. Corenn hatte schon genügend Versammlungen erlebt, um zu ahnen, was jetzt folgen würde: Sobald ein Streit ausbrach, würde man verhindern wollen, dass er noch heftiger wurde, und die Entscheidung auf später vertagen. Doch sie hatten keine Zeit zu verlieren.

»Wenn eintausend Arkarier der Heiligen Stadt zu Hilfe eilen, so werden sie die gesamten Oberen Königreiche retten«, sagte sie eindringlich. »Jeder Tag, den wir tatenlos verstreichen lassen, spielt den Wallatten in die Hände. Wenn ihr Heer erst einmal den Tunnel durchschritten hat, ist es zu spät.«

Während die Streitgespräche von Neuem begannen, traten Corenn, Léti und Lana zusammen, und Bowbaq und Osarok schlossen sich ihnen an.

»Du kannst auf mich und die Männer meines Klans zählen, Freundin Corenn«, sagte der junge Anführer. »Wir werden nicht zulassen, dass die Wallatten die Köpfe aus ihrem Loch stecken!«

»Wie viele Leute hast du?«, fragte Léti sofort.

»Wir müssten fünfzehn oder sechzehn sein, wenn ich es schaffe, die Männer zu überzeugen. Ich kann niemanden zwingen, seine Familie zu verlassen.«

Einen Augenblick lang dachte Léti, er wolle sie auf den Arm nehmen, doch Bowbaqs Bundbruder meinte es vollkommen ernst. Mit einem Mal fühlte sie sich sehr erwachsen. Im Gegensatz zu dem jungen Arkarier hatte sie Erfahrung im Kampf und war längst nicht mehr so blauäugig wie er.

Allmählich kehrte wieder Ruhe ein. Die Mitglieder des

Konzils teilten Ingal ihre Entscheidung mit und zogen sich dann an die Stirnseite des Raums zurück. Schließlich verkündete der Anführer des Rentierklans Corenn ihre Antwort.

»Es ist dir gelungen, das Konzil zu überzeugen, Freundin Corenn«, sagte er mit gesenktem Blick. »Niemand bezweifelt, dass du die Wahrheit sprichst, und wir werden dein Geheimnis wahren. Doch nach Ith ist es viel zu weit, und wir können unsere Familien nicht im Stich lassen. Wir werden uns noch einmal versammeln, um unsere Verteidigung zu besprechen, aber wir werden Work nicht verlassen. Es tut mir leid.«

»Ich verstehe«, sagte Corenn tonlos. »Ich verstehe Euch gut.«

Doch die Enttäuschung stand ihr ins Gesicht geschrieben. Ohne es zu wissen, hatte Ingal Corenn zu einem sicheren Tod verurteilt. Von diesem Augenblick an gab sie jede Hoffnung auf, die Arkarier zu überzeugen, und dachte bereits über die Einzelheiten ihres zweiten Plans nach.

Lana erkannte an ihrem Blick, dass sich die Ratsfrau mit der Entscheidung abgefunden hatte. Die Priesterin versuchte, an Bowbaq und Léti zu appellieren, doch der Riese sorgte sich zu sehr um seine Familie, um sich über den Untergang der Oberen Königreiche Gedanken zu machen, während die junge Frau mit unerschütterlichem Vertrauen auf den Einspruch ihrer Tante wartete. Lana dachte an Rey und fühlte sich mit einem Mal ganz allein auf der Welt. Tränen liefen ihr über die Wangen, und sie trat schluchzend vor die Mitglieder der Versammlung. »Eurydis! Eurydis!«, rief sie flehend, während sie auf das Gemälde über dem Kamin deutete. »Seht Ihr denn die Göttin nicht? Wollt Ihr ihre Kinder sterben lassen?«

Die arkischen Anführer senkten betreten die Köpfe. Ihr Entschluss lastete schwer auf ihrem Gewissen, aber sie waren so wenige, und Ith war so weit …

»Eurydis liebt Euch«, fuhr Lana fort und ließ ihren Tränen freien Lauf. »Wissen, Toleranz, Frieden. War denn alles umsonst? Wird das alles bald in Flammen und Leid untergehen? Ach, ich kann es nicht glauben!«

Der Rothaarige legte ihr tröstend die Hand auf die Schulter, doch Lana schob ihn sanft fort und stellte sich unter das Gemälde, die Hände zum Gebet gefaltet. »Ich liebe einen Mann«, gestand sie verzweifelt. »Ich liebe einen Mann, o weise Göttin, der sich für seine Freunde und für die Heilige Stadt geopfert hat. Wo er auch sein mag, was er auch tut – ich bitte dich, ihn stets zu beschützen, o Göttin. Ich bitte dich, mach, dass er lebt!«, schloss sie, bevor der Schmerz sie überwältigte.

Léti trat zu der Priesterin und führte sie zu ihren Freunden zurück. Die Anführer der Klans schwiegen und betrachteten tief in Gedanken versunken das Gemälde, das sie plötzlich mit ganz neuen Augen zu sehen schienen.

»Wir sind so wenige …«, murmelte Ingal. »Es wäre Selbstmord … Und was wird aus unseren Familien?«

»Ich gehe nach Crevasse«, sagte Osarok entschlossen. »Ich werde den Falkenklan um Hilfe bitten.«

Seine Landsmänner hatten nur ein herablassendes Lächeln für ihn übrig, als wäre er ein Dummkopf oder Träumer. Da Corenn den jungen Anführer für sehr klug hielt, neigte sie dazu, Letzteres zu glauben. Doch glücklicherweise war Unerfahrenheit heilbar, das wussten die Erben selbst am besten. Würde Osarok die Zeit haben, zu einem Kämpfer heranzureifen, bevor die Wallatten über das Weiße Land herfielen?

Léti, die als Einzige trotz der Enttäuschung dieses Abends nicht den Mut verloren hatte, brachte Lana, Bowbaq und ihre Tante zu ihren Zimmern. Die junge Frau war genauso traurig wie ihre Freunde, doch sie hatte seit dem Beginn ihrer Reise schon so viel Bitteres erlebt, dass der Schmerz ihr nichts mehr anhaben konnte. Léti war endlich Herrin ihres eigenen Schicksals. Sie hörte als Erste die aufgeregten Rufe von draußen, die durch das Stimmengewirr der Anführer kaum zu vernehmen waren. Zunächst war ihr, als hätte sie geträumt, und sie spitzte noch einmal die Ohren, bevor sie ihre Freunde verständigte.

»Ruft man da draußen nicht etwas von einem Löwen?«

Bowbaq richtete sich kerzengerade auf und konzentrierte sich für einen kurzen Moment. Dann breitete sich ein Lächeln auf seinem Gesicht aus, und seine Augen begannen feucht zu schimmern. »Es ist Mir«, sagte er mit zitternder Stimme und deutete auf seine Stirn. »Er hat … Er hat meine Familie mitgebracht.«

Während er Corenn und Lana umarmte, stürzte Léti schon überglücklich nach draußen. Bowbaq wollte ihr gerade folgen, als Corenn ihn sachte am Ärmel zupfte.

»Würdest du für mich auf Léti aufpassen?«, bat sie mit einem schwachen Lächeln. »Morgen bei Tagesanbruch werde ich das Dorf verlassen.«

Der Riese sah sie verständnislos an. Vor Freude und Ungeduld begriff er nicht recht, was sie da sagte. »Ich werde sie und euch beschützen, solange ich lebe«, versicherte er voller Zuneigung. »Aber geh nicht, Corenn. Komm, ich stelle dir Ispen und die Kinder vor.«

Sie nickte traurig und ließ ihn gehen. Eilig hastete der Riese zu seiner Familie. Als Corenn mit Lana allein war, machte sie keinen Hehl mehr aus ihrem Kummer.

»Ihr werdet Saat aufsuchen, nicht wahr?«, fragte die Maz. »Ihr wollt versuchen, mit ihm zu sprechen?«

Corenn seufzte tief, bevor sie antwortete. »Es ist unwahrscheinlich, dass er mich anhört«, sagte sie mit erstickter Stimme. »Doch mehr kann ich nicht tun.«

»Nehmt mich mit, Corenn«, flehte Lana. »Ich bin sicher, dass Reyan dort ist. Nehmt mich mit … Hier bin ich ohnehin mehr tot als lebendig …«

Die Priesterin brach von Neuem in Tränen aus und lehnte den Kopf an Corenns Schulter, die sich nun selbst dem Kummer hingab, der sich seit ihrem Aufbruch aus Kaul angestaut hatte. Aneinandergeschmiegt weinten sich die beiden Frauen aus, vereint in ihrem Schmerz, während Bowbaq seine Kinder durch die Luft wirbelte.

»He, du. Du trägst eine Waffe. Zeig mir dein Abzeichen.«

Yan drehte sich zu dem Mann um, der ihn angesprochen hatte. Zweifellos war er ein Yussa, denn in Mythr schienen ohnehin nur noch Söldner unterwegs zu sein.

Sein Gegenüber war einen Kopf größer als er, hatte Brandnarben im Gesicht und stank nach billigem Wein. In der rechten Hand trug er einen Morgenstern. Nachdem er Grigán einen Blick zugeworfen hatte, hielt es Yan für klüger, der Aufforderung nachzukommen. Er zog die Kupfermünze unter seinem Hemd hervor und hielt sie dem Rohling hin.

»Da steht, dass du Gérel heißt«, stellte der Yussa misstrauisch fest.

»Aber nein«, widersprach Yan. »Ich heiße Finch, und das steht auch auf meinem Abzeichen. Ich bin kein Spion.«

»Das überzeugt mich nicht«, knurrte der Trunkenbold

und schob sein Gesicht noch näher an Yans heran. »Du scheinst mir einer dieser frechen jungen Schmarotzer zu sein, die sich auf Kosten von uns Kriegern bereichern. Hast du denn wenigstens schon mal dein Schwert benutzt?«

»Wenn ich es mit Dummköpfen zu tun hatte, ja«, sagte Yan und trat einen Schritt zurück. »Und offenbar bietet sich jetzt wieder eine gute Gelegenheit dazu.«

Der Yussa riss empört die Augen auf und holte mit seiner Waffe aus. Blitzschnell zog Grigán sein Krummschwert, doch noch bevor er eingreifen konnte, brach der Mann jäh zusammen. Yan hatte sich nicht vom Fleck gerührt.

»Warst du das?«, fragte Grigán verärgert und zeigte auf den reglosen Körper. »Ist er tot?«

»Nein, er schläft nur«, antwortete Yan leichthin. »Ich weiß allerdings nicht, für wie lange.«

»Du hast wohl völlig den Verstand verloren!«, schimpfte Grigán. »Was fällt dir ein, ihn so zu provozieren!«

»Ich habe es satt, mir von diesen Trotteln auf der Nase herumtanzen zu lassen!«, regte sich Yan auf. »Es wäre ohnehin zum Kampf gekommen. So musste wenigstens niemand sterben. Und außerdem haben wir es eilig.«

Grigáns Blick wanderte von dem leblosen Söldner zu Yan. Er musste zugeben, dass er überrascht war – und beeindruckt. »Und wenn deine Magie wirkungslos gewesen wäre?«, fragte er trotzdem. »Wie hättest du dich dann verteidigt, mit einem Affen auf dem Kopf?«

Yan zuckte nur lächelnd mit den Schultern. Er hatte sich so sehr an Miff gewöhnt, dass er überhaupt nicht an sie gedacht hatte. Jedenfalls war er sich seiner magischen Fähigkeiten mittlerweile sicher genug, um es darauf ankommen zu lassen. Er hatte sechs Tage Zeit gehabt, sich mit der Macht, die ihm das Jal verliehen hatte, vertraut zu machen.

Systematisch und sehr vorsichtig hatte er seine neue Kraft erprobt. Sie schien den lähmenden Rückschlag abzumildern, der ihn sonst immer getroffen hatte, wenn er seinen Willen entfesselte. Außerdem konnte er seinen Willen jetzt sehr viel schneller auf das Ziel richten und kompliziertere Manöver ausführen – einen Mann in den Schlaf schicken, beispielsweise.

Grigán brummte vor sich hin, während er sein Schwert wegsteckte, und gab Yan ein Zeichen, den Ort des Geschehens zu verlassen. Aus Gewohnheit sah er sich nach möglichen Verfolgern um, doch auf den Straßen der Stadt herrschte ein solcher Hochbetrieb, dass der Zwischenfall unbemerkt geblieben war.

Sie waren erst gegen Mit-Tag in Mythr eingetroffen. Obwohl sich Grigán vor dem Angriff der schwarzen Wölfe gerne gründlich umgesehen hätte, wollte er nicht riskieren, von einem Ramgrith erkannt zu werden, der mit dem einäugigen König im Bunde stand. So hatten sie bis zum allerletzten Moment gewartet, bevor sie sich in den Hafen wagten, wo Alebs Flotte darauf wartete, die Oberen Königreiche zu erobern.

Mythr musste einmal eine schöne Stadt gewesen sein, doch nach den langen Jahren der Besatzung war der Handel zum Erliegen gekommen, und seit einigen Monden trieben sich so viele Yussa in der Stadt herum, dass sie nun völlig heruntergekommen war. Die meisten Bewohner hatten die Willkür der Söldner nicht mehr ertragen und waren in friedlichere Gegenden geflohen. Die Häuser aus weißem Granit, die Gebäude entlang der Küste, ja selbst die kleineren Tempel waren von kriegerischen Horden besetzt worden, die den Segen des ramgrithischen Königs hatten. So war Mythr eine Geisterstadt geworden, in der nur noch mit

Waffen gehandelt wurde. Aleb hatte weniger als zwölf Jahre gebraucht, um die Stadt zugrunde zu richten. Wie lange würde es dauern, bis Griteh das gleiche Schicksal ereilte?

Die schwarzen Wölfe hatten sich nach und nach in die Stadt geschlichen: Jeden Tag waren kleine Grüppchen eingeschleust worden. Jeder trug eines der Kupferabzeichen bei sich, die dei Yussa berechtigten, innerhalb der Stadtmauern Waffen zu führen. Unter die fünfzehntausend Yussa und Yérimer, die sich schon in Mythr befanden, hatten sich auf diese Weise zweitausend Krieger gemischt, ohne dass sich irgendjemand über den Zustrom wunderte. Schließlich hatten Alebs Anführer bereits mit der Einschiffung begonnen, und die Söldner waren nicht in alle Pläne eingeweiht.

In der Menschenmenge war ein Langbogen das wichtigste Erkennungsmerkmal der schwarzen Wölfe. Yan hatte man ebenfalls eine dieser Waffen in die Hand gedrückt, auch wenn er sie nur widerstrebend angenommen hatte, da er sich im Vergleich zu den jüngsten Rebellen, die hervorragende Schützen waren, furchtbar ungeschickt vorkam. So waren Grigán und Yan bei ihren Streifzügen durch die Stadt immer wieder Verbündeten begegnet, die sie jedoch nicht ansprachen. Sie hatten die strikte Anweisung, sich nicht zu größeren Gruppen zusammenzuscharen, ehe die Dämmerung hereinbrach, denn dann würden Grigáns Vision zufolge die ersten Schiffe der Roten Armada in See stechen. Zu diesem Zeitpunkt würden die Wölfe angreifen.

Grigán hob den Blick prüfend zum Himmel. Es war fast so weit. In weniger als einem halben Dekant würde es dunkel sein. Aus allen Vororten, Vierteln und Straßen strömten die Rebellen nun zum Hafen. Als er in eine Gasse bog, entdeckte Grigán drei von ihnen, die ihm zum Gruß zunickten, bevor sie an der nächsten Kreuzung aus seinem Blickfeld verschwanden. Im nächsten Dekant würden die schwarzen Wölfe Geschichte schreiben. Der Krieger schwor sich, dass Aleb auf keinen Fall als Bezwinger der Rebellen in die Annalen eingehen würde, und hastete noch eiliger am Ufer des Aòn entlang. Die Anspannung und Entschlossenheit standen ihm ins Gesicht geschrieben.

Auch Yan fieberte der bevorstehenden Schlacht entgegen und konnte an nichts anderes mehr denken. Würde es tatsächlich dazu kommen? War es möglich, dass sich im nächsten Dekant das Schicksal Lorelias und der Unteren Königreiche entschied? Und dass er, der kleine Yan aus dem Dorf Eza, das alles hautnah miterlebte?

Nach einer Weile stießen sie wieder auf die drei Rebellen, die sich ihnen wie selbstverständlich anschlossen, ohne ein einziges Wort mit ihnen zu wechseln. *Natürlich* würde die Schlacht stattfinden. Alles war bereit. Die Männer, die Waffen, der Plan, die anderen Hauptmänner ... Sie schrieben schon jetzt Geschichte. Die Yussa ahnten es noch nicht, aber die Schlacht hatte längst begonnen.

Zwei Krieger reihten sich hinter ihnen ein, drei weitere stießen an der nächsten Kreuzung dazu. Einer der Männer zeigte zum Himmel, an dem beunruhigend schnell dunkle Wolken aufzogen.

»Es wird nicht regnen«, sagte Grigán einfach nur, weil er die Vision der Undinen nicht erwähnen konnte.

Der Ramgrith nahm es widerspruchslos hin und setzte wie die anderen einen konzentrierten Gesichtsausdruck auf. Mit umgehängten Bogen liefen Yan, Grigán und die schwarzen Wölfe ihrer Bestimmung entgegen.

Für eine Diplomatin und eine Priesterin waren Corenn und Lana seit ihrem Aufbruch aus dem Dorf des Rentierklans ungewöhnlich einsilbig. Von ihrem Kummer und ihrer Wehmut hatten sie einander ausführlich erzählt, und nun war ihnen nicht mehr nach einer Unterhaltung zumute. Ihre Gedanken kreisten nur noch darum, Saat so schnell wie möglich gegenüberzutreten, bevor der Hexer mit dem Angriff auf die Oberen Königreiche begann.

Sie hatten lediglich sechs Tage bis ins Tal der Krieger gebraucht und dafür viele Mühen und Entbehrungen in Kauf genommen. Ohne Bowbaqs Wegbeschreibung und die Ponys, die sie Ingal abgekauft hatten, hätte die Reise fünfmal so lange gedauert. Aber war der Gewaltritt vielleicht doch vergebens gewesen? Stand Ith schon in Flammen?

Weder Corenn noch Lana hatten sich von Léti verabschiedet, weil sie fürchteten, sie würde mitkommen wollen. Dieser Verrat lastete schwer auf ihrem Gewissen, auch wenn sie zum Besten der jungen Frau gehandelt hatten. Lieferten sie sich nicht einem sicheren Tod aus? Die Aussichten, Saat zur Vernunft zu bringen, waren verschwindend gering. Doch nachdem alle anderen Möglichkeiten ausgeschöpft waren, mussten sie das Unmögliche versuchen. Wenn sie scheiterten, würde es sich in den Oberen Königreichen nicht mehr gut leben lassen.

Es war erstaunlich einfach gewesen, an den lorelischen und goronischen Truppen vorbeizukommen. Der Anblick der beiden stolzen Heere, die sich von den Wallatten hinters Licht führen ließen, hatte etwas Lächerliches. Lana hätte sich am liebsten in die Steigbügel gestellt und den Soldaten zugerufen, dass sie nach Süden marschieren sollten, wo die eigentliche Schlacht geschlagen würde, ja dass die Heilige Stadt vielleicht schon in Rauch und Asche versank!

Doch Sombres Wachsamkeit verbot ihnen jedes Wort, und die goronischen Heerführer würden ihnen vermutlich ohnehin keinen Glauben schenken. Es war höchst unwahrscheinlich, dass sie dreißigtausend Mann in Marsch setzten, nur weil eine Maz sie dazu aufforderte.

So ließen Corenn und Lana das vereinte Heer hinter sich und ritten zum zweiten Mal innerhalb von drei Monden durch die Einöde des Tals der Krieger. Als sie die Ausläufer des Rideau passiert hatten, kam eine wallattische Reitertruppe mit furchteinflößenden Schreien auf sie zugaloppiert. Mit klopfendem Herzen und zugeschnürter Kehle zügelten sie ihre Ponys und ließen die Barbaren herankommen, ohne eine Flucht zu versuchen. Zum Zeichen des Friedens hob Corenn die Hand, und die Krieger verlangsamten ihren Ritt, als sie sich den Fremden näherten.

Kurz darauf waren sie von einem Dutzend grölender Männer umzingelt, die sich in einer ihnen unbekannten Sprache lüsterne Bemerkungen zuriefen. Während sie ihre Pferde im Kreis um die arkischen Ponys reiten ließen, zielten sie mit fremdartigen Waffen auf die beiden Reisenden. Sie wollten ihnen Angst machen, sie in die Flucht schlagen oder zum Angriff anstacheln – was auch immer ihnen einen Vorwand lieferte, sie niederzumetzeln. Doch Corenn und Lana blieben ruhig.

»Spricht einer von Euch unsere Sprache?«, fragte die Ratsfrau in die Runde.

Die Barbaren brachen in schallendes Gelächter aus. Niemand von ihnen schien Itharisch zu verstehen. Corenn wiederholte ihre Frage ohne große Hoffnung auf Lorelisch und Kauli, dann versuchte es Lana mit Goronisch.

»Ich verstah«, sagte einer der Wallatten plötzlich, stolz, damit vor den anderen prahlen zu können. *»Was wollt?«*

»Wir wünschen Euren Anführer zu sehen«, erklärte Lana mit zitternder Stimme. »Seine Exzellenz Saat den Ökonom.«

Der Barbar starrte sie mit stumpfem Blick an. Entweder hatte er ihre Frage nicht verstanden oder wusste nur nicht, von wem die Rede war.

»Was heißt ›Hexer‹ auf Goronisch?«, fragte Corenn ihre Gefährtin.

»*Zurem*, glaube ich. Aber …«

»ZUREM! ZUREM!«, rief Corenn und zeigte erst nach Süden, dann auf sich selbst.

Das wiederholte sie noch einige Male, bis die Wallatten aufhörten zu lachen und den Mann, der ein paar Brocken Goronisch verstand, mit Fragen bestürmten. Indessen ließ sich Corenn »Tunnel« übersetzen und sprach das Wort ebenso nachdrücklich aus, wobei sie schwere körperliche Arbeit nachahmte.

Mit einem Mal verstummten die Barbaren. Sie wussten nun nicht mehr, ob sie die Fremden als Freunde oder als Feinde behandeln sollten. Corenn zeigte noch einmal nach Süden, und nach einigem Hin und Her nahmen die Reiter die beiden Frauen in die Mitte und ritten los.

Als Lana klar wurde, dass es kein Zurück mehr gab, begann sie vor Angst zu zittern. Sie würden Saat gegenübertreten. Die Priesterin versuchte sich mit dem Gedanken zu trösten, dass sie Rey vielleicht wiedersehen würde – und wenn es erst im Tod war.

Zwei Jahre zuvor war der Hafen von Mythr nicht mehr als ein langes Becken mit einer so engen Zufahrt gewesen, dass große Schiffe nur am Ende des Kais anlegen konnten, was das Be- und Entladen nicht gerade erleichtert hatte. In einem gewaltigen Bauvorhaben, das viele Arbeiter das Leben gekostet hatte, hatte Aleb die Hafenanlage um das Dreifache vergrößern lassen. Die Anlegestelle war zweihundert Schritte weiter hinaus aufs Meer verlegt worden und grenzte nun an zwei mächtige Wellenbrecher, die zugleich als Mole dienten und die Mündung des Aòn einfassten. Die Fahrrinne war damit breit genug für einen Vierruderer. Hier hatten die Hauptmänner der schwarzen Wölfe Stellung bezogen.

An den Pieren lag die Flotte des ramgrithischen Königs vor Anker, einundsechzig große Kriegsschiffe und rund vierzig kleinere Boote. Galeoten, Segelschiffe, Kutter, Karacken, Galeeren, Schuten, Korsaren, Logger, Schoner und andere Fregatten folgten ohne erkennbare Ordnung aufeinander. Alle waren zum Ablegen bereit und hatten die scharlachrote Flagge gehisst, die der Roten Armada ihren Namen gab. Das Flaggschiff, auf dem Aleb in See stechen würde, zeigte sich mit blutroten Segeln sogar ganz in der Farbe der Flotte. Grigán hatte sich natürlich in der Nähe des Kommandoschiffs postiert.

Den Krieger erfasste eine ungewohnte Erregung. Die Vision, die ihm die Undinen offenbart hatten, nahm vor seinen Augen Gestalt an. Obwohl er sie nur kurz gesehen hatte, war er von dem Anblick so überwältigt gewesen, dass sich eine Fülle von Einzelheiten in sein Gedächtnis gebrannt hatte. Nun wurde das Bild lebendig: Der düster verhangene Abendhimmel. Die für diese Jahreszeit ungewöhnliche Hitze. Das sanfte Schaukeln der Kriegsschiffe im stillen Wasser. Die Wellen des Feuermeers, die von der Küste der Insel Zuïa zurückzukehren schienen. Die roten Flaggen, die im Wind flatterten, begleitet vom Geräusch der Taue, die gegen die Masten schlugen. Und die Männer.

Die Einschiffung hatte bereits am Vorabend begonnen, war aber noch nicht ganz abgeschlossen. Auf jedem Schiffsdeck drängten sich Yussa-Söldner und Seeleute aus Yérim, sie liefen hin und her, kletterten die Masten hinauf, setzten Segel, lösten Leinen, schlangen Knoten, nahmen ihre Posten ein, lachten, prügelten sich und bellten Befehle. Zwar durften sie nicht mehr von Bord gehen, doch die Männer waren nun größtenteils an Deck versammelt, um die Abfahrt der ersten Schiffe mitzuverfolgen. Rund zwei Meilen vor dem Hafen würde die Vorhut den Anker auswerfen und warten, bis alle hundert Schiffe abgelegt hatten. Dann würde die Flotte geschlossen gen Norden segeln. Das Manöver würde die ganze Nacht dauern, und die letzten Hundertscharen, die sich noch auf dem Kai drängten, würden erst an Bord gehen, wenn die meisten Schiffe schon auf hoher See waren.

Das war Grigáns größte Sorge. Wenn die Wölfe zu spät angriffen, würde Aleb womöglich mit einem Großteil seiner Flotte entkommen. Doch wenn sie ihre Deckung zu früh aufgaben, mussten sie zunächst die Horden auf dem Kai bezwingen, bevor sie auch nur daran denken konnten, die Schiffe zu kapern. Kurzum, wenn sie den richtigen Zeitpunkt verpassten, war alles verloren.

Grigán war froh, diese Entscheidung nicht treffen zu müssen. Diese Bürde trug Narro, der König der Rebellen, der mit einem Dutzend Männer ein wenig weiter oben am Fluss auf der Lauer lag und das Zeichen zum Angriff geben würde. Wenn Grigán daran dachte, dass sich sein Bundvater auf die Auskünfte von Boten verlassen musste, wurde es ihm angst und bange. Doch die Aufständischen wussten alle, wie gefährlich ihr Unterfangen war. Jetzt konnte es keine Reue mehr geben: Es war Zeit zu handeln.

Aus reiner Gewohnheit sah er sich nach Yan um, bevor er sich wieder auf den Hafen konzentrierte. Der junge Mann saß auf einer Taurolle und fütterte Miff mit Obst, das er in kleine Stücke schnitt. Seine Gelassenheit verblüffte Grigán, obwohl er eigentlich wissen musste, was es damit auf sich hatte: Yan hielt sich einfach an das, was er ihm eingeschärft hatte, und benahm sich möglichst unauffällig.

Leider gelang das den schwarzen Wölfen weniger gut. In den Straßen von Mythr hatten sich die zweitausend Männer unauffällig unter die Leute mischen können, doch hier am Hafen, so groß er auch war, blieb ihre Anwesenheit nicht unbemerkt. Um ihre Feinde zu täuschen, gaben sie sich als zusammengehörige Kompanien aus, die wie die Hundertscharen der Yussa am Kai darauf warteten, an Bord gehen zu können. Rund tausend weitere Krieger verbargen sich in den angrenzenden Straßen und machten jeden mundtot, der dumme Fragen stellte. Dennoch wunderte sich so mancher Hauptmann der Söldner über die vielen Bogenschützen, die sich obendrein auf beide Molen verteilten.

Als die Sonne hinter den Jezebahöhen versank, wurden immer mehr Fackeln und Laternen entzündet. Voller Sorge sah Grigán den ersten Schoner durch die erleuchtete Fahrrinne segeln und unter dem Jubel der Besatzungen Kurs aufs offene Meer nehmen. Dann machte sich ein Kutter zum Ablegen bereit, dem offensichtlich ein weiterer Schoner folgen sollte. Der Krieger belauerte jeden Handgriff der Besatzung auf Alebs Kommandoschiff. Wie die Schlacht auch ausgehen mochte, Grigán hatte sich geschworen, dass zumindest einer seiner Feinde die Nacht nicht überleben würde.

Inzwischen war es dunkel, aber unvermindert schwül. Zur großen Erleichterung der schwarzen Wölfe begaben sich die meisten Yussa nun wieder in ihre Kajüten. Nur so konnten sie ihren Plan in die Tat umsetzen: Solange die Söldner nicht unter Deck gegangen waren, konnte Narro das Signal nicht geben. Jetzt war der Angriff nicht mehr aufzuhalten.

Grigán zählte rund ein Dutzend Yussa, die ziellos auf dem Kai herumspazierten, auf dem er und Yan auf der Lauer lagen. Zahlenmäßig waren ihnen die schwarzen Wölfe dreifach überlegen, sie würden also kurzen Prozess mit den Männern machen können. Berec und zwanzig weitere Wölfe kümmerten sich darum, dass keine Söldner nachrückten. Wenn alles glattlief, würde an dieser Stelle im Hafen von Mythr die Befreiung der Unteren Königreiche beginnen.

Vier Boote und zwei große Kriegsschiffe hatten den Hafen bereits verlassen. Eine Galeere reihte sich gerade hinter einen Logger ein, als Grigán mit Schrecken feststellte, dass die roten Segel des Flaggschiffs gehisst wurden. Jetzt überstürzten sich die Ereignisse. Wenn Aleb die Flucht gelang, würde ihr Angriff ins Leere laufen: Der einäugige König hatte genug Mittel, um nach einer Weile erstarkt zurückzukehren. Grigán schätzte, dass das Kommandoschiff etwa eine Dezime brauchen würde, bis es vom Kai abgelegt hatte. Blieb das Zeichen zum Angriff bis dahin aus, würde er das Schiff auf eigene Faust entern.

Doch die Götter zeigten sich gnädig. Auf den Schiffen am anderen Ende des Hafenbeckens erhob sich plötzlich lautes Geschrei, das bald auf die umliegenden Schiffe übergriff und schließlich alle Mannschaften in Aufruhr versetzte. Das Signal. Grigán zog sein Krummschwert und schlitzte dem Yussa, der ihm am nächsten stand, den Bauch auf.

Yan setzte Miff ab und griff zu den Pfeilen, die sie für diesen Zweck präpariert hatten. Während Grigán einen weiteren Gegner zu Boden streckte, hielt er die Spitze des ersten Pfeils in die Flamme ihrer Laterne. Auf einmal brachen im ganzen Hafen Kämpfe aus. Auf den Decks, dem Kai, den Molen, überall hörte man Schreie, Schläge, Rufe. Aus den Straßen der Stadt ertönte ein Wolfsgeheul aus tausend Kehlen, als sich die Rebellen, die dort seit mehreren Dekanten versteckt lagen, mit unbändiger Wut in die Schlacht stürzten. Wie eine Walze überrollten sie die Yussa, die noch an Land standen, und drängten sie gegen die Schiffe und ins Wasser, noch bevor die Söldner überhaupt zu ihren Waffen gegriffen hatten. Die Rebellen hatten die Stadt im Sturm erobert, so schnell, dass sie es selbst kaum fassen konnten.

Und dann kam der Pfeilhagel.

Unzählige Pfeile zogen Feuerspuren über den Hafen und entfachten Brände in den Takelagen und an Deck. Die Yérimer brüllten vor Schmerz und Entsetzen und liefen wild durcheinander. Niemand organisierte eine wirksame Gegenwehr. Einige Hundert Söldner flohen vor Prügeleien, die in der allgemeinen Panik unter Deck ausbrachen, doch als sie auf den Kai stürmten, liefen sie geradewegs in die Krummschwerter der Rebellen. Hinter diesem Abwehrwall führten die Bogenschützen ihr Zerstörungswerk fort und setzten ein stolzes Schiff nach dem anderen in Brand. Flaschen mit öligen Lumpen flogen auf die nächstgelegenen Decks, und bald begannen die ersten Schiffe zu sinken.

Endlich kam Narros Zeichen zum Angriff für alle in Sicht. Eine lange Reihe brennender Flöße glitt gemächlich den Fluss hinunter aufs Meer hinaus und damit geradewegs auf die bislang unversehrten Schiffe zu. Sie prallten so heftig gegen die Schiffe der Roten Armada, dass die Rümpfe der weniger solide gebauten Fahrzeuge zersplitterten. Langsam versanken die leckgeschlagenen Schiffe im trüben Wasser und behinderten die Manöver der anderen.

Auch Yan schoss einige Pfeile ab, ließ Grigán dabei aber nicht aus den Augen. Er war wild entschlossen, das Schicksal zu verhindern, das Usul dem Krieger prophezeit hatte, doch dieser schien für seine Rache bis zum Äußersten gehen zu wollen. Nachdem er auf dem Kai gekämpft hatte, ohne ernsthaft in Gefahr zu geraten, brannte Grigán darauf, Aleb herauszufordern.

Das Flaggschiff war schwer mitgenommen, doch sein Rumpf war heil geblieben. Grigán schoss seinen letzten Pfeil ab, hatte die Hoffnung aber schon aufgegeben, es sinken zu sehen. In diesem Augenblick brach das Unwetter los.

Ein Blitz erleuchtete die Nacht, gefolgt von einem gewaltigen Donnerschlag, der durch die Stadt und die gesamten Unteren Königreiche hallte. Kurz darauf fielen die ersten Tropfen, und bald prasselte der Regen immer heftiger. Schauer fegten über den Schauplatz der Kämpfe und löschten nach und nach die kleineren Brände, auch das Feuer auf Alebs Kommandoschiff.

Da hielt Grigán es nicht länger aus. Er ließ seinen Bogen fallen und rannte zu den Wölfen, die den Steg zu Alebs Schiff bewachten. Yan folgte ihm dicht auf den Fersen. Der Krieger nahm Anlauf und sprang an Deck, und der junge Mann tat es ihm gleich.

»Danke«, rief ihm Grigán zu seiner Überraschung zu.

Bevor er antworten konnte, landete Miff auf seinem Arm und erschreckte ihn damit gründlich. Das Mausäffchen hatte nicht auf dem Kai zurückbleiben wollen und setzte sich wieder auf die Schulter seines Herrchens.

Zum Verschnaufen blieb keine Zeit, denn Grigán musste

sich gegen einen Yérimer zur Wehr setzen, der sich mit einem Messer auf ihn stürzte. Noch bevor er den Arm senken konnte, brach der Mann tot zusammen, während schon zwei weitere heranstürmten, um ihren Feinden den Garaus zu machen.

Grigán hatten den einen im Handumdrehen niedergestreckt und fuhr herum, um Yan zu Hilfe zu kommen. Verblüfft sah er den jungen Mann mit blutverschmiertem Schwert über einer Leiche stehen.

»*Sichere Hand, fester Stand*«, sagte er, als er Grigáns Blick bemerkte. »Ich habe nur Euren Rat befolgt!«

»Du nimmst schlechte Gewohnheiten an«, erwiderte der durchnässte Krieger und stürzte eine Treppe hinunter.

Als neue Feinde auf sie zuliefen, verließ Yan für einen Augenblick der Mut. Glücklicherweise brachte ein Pfeilhagel die Yérimer zu Fall, und er wandte sich zum Kai, um den ramgrithischen Schützen zu danken. In diesem Moment stellte er fest, dass sie schon abgelegt hatten. Alebs verbliebene Männer schickten sich an, das Schiff aus dem Hafen zu steuern.

Yan rannte Grigán hinterher und musste über zwei Leichen klettern, bevor er ihn einholte. Das Schiff war so groß, dass sie mehr als sechshundert Schritte zurücklegten, bis sie endlich auf die Kajüte des Kapitäns stießen.

Die beiden Banditen, die vor der Tür Wache hielten, bekamen es bei Grigáns grimmiger Miene mit der Angst zu tun. Als er auf sie zukam, die nassen Haare im Gesicht und das Krummschwert drohend erhoben, wichen sie unwillkürlich zurück, warfen dann ihre Waffen fort und rannten in verschiedene Richtungen davon. Grigán trat die Tür ein und stürmte in die Kabine des Kommandanten.

Die prunkvolle Einrichtung mutete auf einem Kriegsschiff seltsam an. Doch Yan und Grigán hielten sich nicht mit Einzelheiten auf: Sie sahen nur den Einäugigen, der sie mit einer höhnischen Grimasse empfing. Aleb stand vor ihnen, auf das Heft seines Schwerts gestützt, während sein Körper unkontrolliert zuckte.

»Derkel«, sagte er und lachte wie ein Wahnsinniger. »Ich verabscheue dich. Ich hasse dich.«

»Das habe ich mir gedacht«, gab Grigán zurück und ging in Stellung. »Keine Sorge, dazu wirst du nicht mehr lange Gelegenheit haben. Bringen wir unser Duell zu Ende.«

Aleb rührte sich nicht und lächelte nur weiter blöde vor sich hin. Er schien sich nur mit Mühe auf den Beinen halten zu können und wäre wohl umgefallen, wenn er sein Schwert nicht als Stütze benutzt hätte.

»Daï-Schlangen«, stellte Grigán fest und richtete sich auf. »Du bist im Rausch. Wie erbärmlich.«

Der König gluckste, ohne zu bemerken, dass ihm Speichel aus dem Mund lief. Der Schlachtlärm, der von draußen hereindrang, wurde vom Rauschen des Regens gedämpft. Plötzlich spürten sie eine heftige Erschütterung. Yan vermutete, dass das Schiff mit einem Wrack zusammengestoßen war.

»Wir werden bald Besuch bekommen«, sagte Aleb mit einem grausamen Lächeln. »Ich habe gebetet! Ich habe gebetet!«, trällerte er. »Ich habe zum Gott meines Verbündeten gebetet!«

Wieder geriet das Schiff ins Schlingern, und Yan und Grigán verloren das Gleichgewicht. Ein Donnerschlag krachte los, und der Rumpf ächzte bedrohlich.

»Von welchem Verbündeten sprichst du?«, fragte Grigán, den eine böse Vorahnung beschlich.

Wie durch ein Wunder stand der Einäugige noch immer

aufrecht und starrte sie triumphierend an. Vom Deck her war ein unheimliches Knirschen zu vernehmen. Unwillkürlich sahen Yan und Grigán zur Decke hinauf. Als sie den Blick senkten, stand Sombre vor ihnen.

Ohne jede Vorankündigung hatte der Dämon in der Kabine Gestalt angenommen, genau zwischen ihnen und Aleb. Diesmal sah er aus wie eine Art Menschenaffe und ähnelte den grauenvollen Lemuren, die Corenn angegriffen hatten. Nur doppelt so groß …

Noch hatte sich Sombre nicht gerührt, sondern wiegte nur langsam seinen Kopf mit den riesigen Fangzähnen hin und her. Als sein rot glühender, wilder Blick Yan traf, war der junge Mann sicher, dass er Léti nie wiedersehen würde. Der Dämon ließ ein lang gezogenes Knurren vernehmen, das an ein Raubtier erinnert, und sah sich in der Kabine um. Dann wandte er sich Aleb zu.

»Wo sind sie?«, fragte er mit tiefer Stimme.

»Da! Da!«, rief Aleb aufgeregt und zeigte auf die Gefährten. »Genau vor dir!«

Sombre fuhr herum. Stocksteif standen Yan und Grigán da. Die Steine. Die Dara-Steine machten sie für den Dämon unsichtbar.

Mit einem Wutschrei richtete sich das Ungeheuer zu seiner vollen Größe auf. Seine Machtlosigkeit trieb es zur Weißglut. Es wankte zwei Schritte auf sie zu, und Yan musste seinen ganzen Willen zusammennehmen, um nicht schreiend davonzulaufen.

»Ich brauche deine Augen«, knurrte der Dämon und drehte sich zu Aleb um.

So unvermittelt, wie er erschienen war, löste er sich wieder auf. Ganz kurz flackerte Panik im Gesicht des Königs auf, dann zeigte es blanke Zerstörungswut. Aleb hörte auf zu schwanken und ging, plötzlich wieder Herr seiner Bewegungen, in Stellung. Sein Blick wanderte von Yan zu Grigán, während sich Sombre an den neuen Körper gewöhnte.

»Ich kann euch nichts anhaben, aber *ich sehe euch*«, knurrte er heiser. »Ich bin der Bezwinger. Und du bist nicht der Erzfeind«, sagte er zu Grigán gewandt.

Ein heftiger Schlag erschütterte das Schiff, und der Rumpf knarrte vernehmlich, bevor sie wieder Fahrt aufnahmen. An dem stärker gewordenen Seegang erkannte Yan mit Schrecken, dass es der Mannschaft gelungen war, den Hafen zu verlassen. Sie segelten aufs Meer hinaus! Dessen ungeachtet bewegte sich der besessene König langsam auf sie zu und zielte mit dem Schwert auf Grigáns Brust.

Der ließ ihn erst gar nicht herankommen, sondern machte einen Satz auf seinen Gegner zu, der die ersten beiden Attacken blitzschnell parierte. Grigán bot seine ganze Kunst auf und wagte immer gefährlichere Ausfälle, die Aleb mit Leichtigkeit abwehrte.

»Verblendeter Sterblicher!«, sagte die Stimme des Dämons. »Selbst wenn du mir etwas anhaben könntest, würde es dir nichts nützen! Ich bin der Bezwinger, und ich bin dazu bestimmt, dich zu vernichten!«

Aleb machte einen jähen Ausfall und stieß Grigán das Schwert in die Wade. Der Krieger konnte sich kurzzeitig in Sicherheit bringen, aber der Kampf schien verloren. Grigán stieß jedes Mal ins Leere, während er Mühe hatte, die gelegentlichen Attacken des Dämons, der Alebs Schwert wie einen verlängerten Arm führte, zu parieren.

Hilflos verfolgte Yan den Kampf. Er war vor Entsetzen wie gelähmt. Noch nie hatte er erlebt, dass Grigán derart in Bedrängnis geriet. Der Krieger wurde ein zweites Mal verletzt, an der Hand diesmal, und verteidigte sich nur noch mit letzter Kraft.

»Yan, bring dich in Sicherheit!«, rief er mit vor Angst bebender Stimme. »Lauf!«

Der Dämon entriss ihm das Schwert. Wehrlos stand Grigán einem grausamen und siegessicheren Aleb gegenüber. Da entfesselte Yan seinen Willen, berührte Miffs innerstes Wesen und ergriff vom Körper des Äffchens Besitz.

Im ersten Augenblick musste er gegen den Schwindel ankämpfen, den die Veränderung seiner Wahrnehmung auslöste. Dann sprang er von seiner eigenen Schulter und galoppierte zu dem Besessenen. Gerade als Aleb den Arm hob, um Grigán zu töten, kletterte er an seinen Gewändern hinauf bis zum Kopf, wich der riesigen Pranke aus, die ihn wegscheuchen wollte, und verschob die Klappe, die das blinde Auge des Ramgrith bedeckte.

Da ihm plötzlich die Sicht genommen war, konnte Aleb dem heftigen Kinnhaken nicht ausweichen, den ihm Grigán versetzte. Yan wurde zusammen mit dem König zu Boden geschleudert und fuhr in seinen eigenen Körper zurück, den der Krieger bereits zur Tür schleifte.

So schnell sie konnten, rannten sie die Gänge entlang und die Treppen hinauf, bis sie das regennasse Deck erreichten. Mit den Füßen voran sprang Grigán über die Reling. Yan wäre ihm am liebsten sofort gefolgt, doch er musste noch warten.

Endlich hörte er auf der Treppe unter sich ein Scharren, dann flitzte Miff auf ihn zu und klammerte sich ängstlich an sein Bein. Yan hob das Äffchen auf und sprang mit ihm über Bord.

Sie sahen zu, wie das Schiff samt den letzten Rauchschwaden nach Norden davonglitt, und machten sich daran, den weiten Weg bis nach Mythr zu schwimmen. Es regnete, die Rote Armada brannte langsam ab, und Meer und Himmel waren pechschwarz.

Der alte Narro war untröstlich. Mechanisch kämmte sich der neue König von Griteh mit den Fingern durch den Bart und wich Grigáns Blick aus. Yan war gerührt, als er die beiden Männer mit ihren Gefühlen ringen sah. Er hätte sich gern zurückgezogen und sie allein gelassen, aber auch er wollte dem Anführer der schwarzen Wölfe Lebewohl sagen.

»Willst du nicht doch bleiben, Grigán?«, sagte Narro schließlich. »Wir werden Aleb daran hindern, je wieder einen Fuß auf diesen Kontinent zu setzen. Und in den nächsten Tagen gibt es viel zu tun. Ich werde dich brauchen, mein Sohn«, fügte er hinzu und legte ihm die Hand auf die Schulter.

»Ich habe vorher noch etwas zu erledigen«, erwiderte Grigán mit einem mörderischen Funkeln in den Augen. »Und außerdem warten Freunde auf uns. Ich werde bald zurückkehren, wenn die Götter es so wollen.«

»Du bist stets willkommen«, versicherte Narro und umarmte ihn herzlich. »Verzeih mir meinen Hass. Ich hatte unrecht. Du hast ebenso sehr gelitten wie ich.«

Nachdem ihm Grigán liebevoll auf die Schulter geklopft hatte, gingen sie leicht verlegen auseinander. Keiner der beiden war es gewohnt, seine Gefühle so offen zu zeigen. Hastig wandte sich Narro Yan zu und gab ihm zum Abschied einen kräftigen Klaps auf den Arm, womit er Miff aufschreckte. Im Weggehen zwinkerte er ihnen noch einmal zu.

»Schnappt mir den verfluchten Einäugigen!«, rief er und betrat den Steg zum Kai. »Ihr tut mir einen großen Gefallen, wenn ihr ihn über Bord werft.«

Der König verschwand in der Menschenmenge am Hafen, ohne sich noch einmal umzudrehen. Grigán starrte auf den Wundverband an seiner Hand, um seiner Traurigkeit Herr zu werden. Dann wandte er sich wieder den Vorbereitungen ihrer Abreise zu.

Die Schlacht hatte die ganze Nacht angedauert, obgleich es nur noch einzelne Scharmützel gegeben hatte. Einige besonders starrköpfige Yussa verteidigten ihre manövrierunfähigen Schiffe bis aufs Messer, bevor sie sich den schwarzen Wölfen ergaben. In seiner ersten Entscheidung als König hatte Narro verfügt, dass die Abzeichen der rund zweitausend noch lebenden Söldner beschlagnahmt und die Gefangenen an der Landesgrenze freigelassen werden sollten – selbstverständlich ohne ihre Waffen. Machte die Nachricht von der Befreiung Mythrs erst einmal die Runde, würde auch Griteh nicht länger in den Händen skrupelloser Banditen bleiben, und die schwarzen Wölfe würden in Frieden das Land wiederaufbauen können.

Yan betrachtete den verwüsteten Hafen, wo die Aufräumarbeiten bereits begonnen hatten. Für die Ramgrith war es der erste Morgen in Freiheit. Eifrig untersuchten die Männer die verkohlten, leckgeschlagenen und zertrümmerten Wracks. Nach dem Sieg der vergangenen Nacht strotzten sie vor Zuversicht. Als Erstes hatten sie die Fahrrinne frei geräumt und danach einen Schoner und zwei kleinere Segelschiffe flottgemacht, die mehr oder weniger verschont geblieben waren.

Vierhundert Freiwillige hatten die Schiffe bemannt, um Alebs Verfolgung aufzunehmen, und nun begannen die

Männer, die Leinen zu lösen. Zwar hatten sie weder Erfahrung noch einen genauen Plan, aber ihre hartnäckige Entschlossenheit wog das alles auf. Einige kleine Reparaturen hatten gereicht, um die Schiffe seeklar zu machen. Proviant, Geräte und Süßwasser waren schon an Bord, und die Ersatzsegel glitten majestätisch die Masten hinauf.

Unter dem Jubel der befreiten Ramgrith segelte das erste Schiff durch die Fahrrinne. Die Männer hatten alle Hände voll zu tun und machten sich rasch wieder an die Arbeit. Dann nahm der zweite Segler Kurs aufs offene Meer, und während sich Yan an Deck des Schoners zu schaffen machte, stachen sie ebenfalls in See.

Er begab sich zum Bug, wo er Grigán fand, der gedankenverloren nach Norden blickte. Er dachte an Aleb, der sich mit ungewissem Ziel auf der Flucht befand. Er dachte an Léti, Corenn und ihre Freunde, die sich irgendwo in Arkarien versteckten. Er stellte sich vor, wie die Wallatten über die Oberen Königreiche herfielen, und ahnte, dass sie neuen Schlachten entgegensegelten.

Usul zieht seine Kreise, lacht und tanzt, so weit es ihm seine Hydra-Gestalt erlaubt. So gut hat sich der allwissende Gott noch nie amüsiert. Die Zukunft, die er seit Jahrtausenden vorhergesehen hat, verändert sich durch das Treiben einer Handvoll Sterblicher von Augenblick zu Augenblick. Er hat nicht einmal Zeit, alle Möglichkeiten zu erforschen, da stellt schon das nächste Ereignis alles auf den Kopf. Ständig werden die Karten neu gemischt. Der Wissende langweilt sich nicht länger, seit er den Zweifel kennt. Zum ersten Mal läuft ihm die Zeit davon.

Sein letzter Besucher hat bereits eine seiner Prophezeiungen verändert. Was wird aus den anderen? Usul beobachtet, spekuliert und entdeckt einige Gewissheiten. Doch auch diese werden bald zunichte gemacht, und so grübelt der Gott unablässig weiter, sucht nach dem Sinn und hat seine wahre Freude daran. Er ergreift für keine Seite Partei, denn ihn kümmert es nicht, wer den Kampf gewinnt. Hauptsache, sein Ausgang bleibt lange genug ungewiss.

Blickt er aber noch weiter in die Zukunft, sechzig oder achtzig Jahre, sieht Usul nur noch zwei Möglichkeiten. Unweigerlich wird der Lauf der Zeit die Zukunft in eine dieser beiden Richtungen lenken. So konzentriert sich der Gott auf die Einzelheiten, die Überraschungen und Ungewissheiten des Augenblicks. Er hofft, genügend Hinweise zu finden, um sein *Wissen* wiederzuerlangen. Selbst wenn ihn das zu einem weiteren Jahrhundert der Langeweile verdammt.

Schließlich steht auch sein eigenes Schicksal auf dem Spiel.

Zeit. Sie hatten viel Zeit verloren. Vielleicht zu viel.

Während vier Gladoren sie und Lana immer tiefer in Saats finsteren Palast hineinführten, dachte Corenn noch einmal über die Ereignisse der letzten Dekade nach. Die Reise durch die Länder des Ostens hatte länger gedauert als ihr Ritt durch Arkarien und das Große Kaiserreich. Acht Tage … Wie viele Tragödien mochten sich in diesen acht Tagen ereignet haben? Wie war es Grigán, Yan und Rey ergangen? Und Léti und Bowbaq? Wie stand es um die Heilige Stadt?

Die wallattischen Reiter, denen sie im Tal der Krieger begegnet waren, hatten noch am gleichen Abend in einem

Lager mit rund hundert Männern Halt gemacht, die immer wieder kleinere Scharmützel mit den goronisch-lorelischen Truppen austrugen. Sie krümmten Corenn und Lana kein Haar, stellten sie jedoch unter strenge Bewachung und führten sie dann einem Mann vor, der Fremdsprachen etwas weniger ablehnend gegenüberstand. Der Ratsfrau war es gelungen, den Barbaren mit ihrem detaillierten Wissen über Saats Plan zu beeindrucken und ihn von der Notwendigkeit zu überzeugen, sie zum hohen Dyarchen zu bringen. Dennoch hatte es noch zwei weitere Tage gedauert, bis sie ein neuer Trupp weiter Richtung Süden eskortierte, zu Fuß, worüber sich Corenn sehr geärgert hatte. So hatten sie Saats Lager erst in der Abenddämmerung des achten Tages erreicht, vor weniger als einem Dekant – womöglich zu spät.

Corenn betrachtete die groben Mauern des Gebäudes. Würde sie es jemals von außen sehen? Kurz nach Mit-Tag hatten die Wallatten ihren Gefangenen die Augen verbunden, obwohl sie noch lange nicht in Sichtweite des Lagers gewesen waren. Zum Glück hatten die Barbaren darauf verzichtet, die beiden Frauen zu fesseln, denn Corenn hatte ihren Rang absichtlich verschleiert, um eine schlechte Behandlung zu vermeiden. So hatten sie nichts vom geheimen Feldlager des Magiers gesehen. Als sie blind zu Saats Palast geführt wurden, war ihr allerdings eine gespenstische Stille aufgefallen – erstaunlich für einen Ort, an dem mehrere zehntausend Krieger versammelt waren.

Plötzlich vernahmen sie von weither Stimmen, und Corenn spürte, wie ihr der kalte Schweiß ausbrach. An diesem Gespräch musste auch Saat beteiligt sein. Unwillkürlich versuchte sie, seine Stimme auszumachen, obwohl sie noch gar nicht verstehen konnte, was dort gesprochen wurde. Doch je aufmerksamer sie den Gesprächsfetzen lauschte, desto größer wurde ihre Angst, und so zwang sie sich, nicht länger darauf zu achten und sich innerlich auf die bevorstehende Begegnung mit ihrem Todfeind vorzubereiten. Es war ihre letzte Chance, die Oberen Königreiche zu retten.

Schließlich blieben die Gladoren vor zwei Wachposten stehen, die eine große Doppeltür flankierten. Noch bevor sich die Garde rühren konnte, schwang die Tür weit auf, ohne dass jemand die Klinke heruntergedrückt hätte.

»Nur herein«, sagte eine Stimme, die von einer Sturmhaube gedämpft wurde. »Habt keine Angst. Wir haben Euch erwartet.«

Die Gladoren stießen Lana und Corenn in den Saal. Die Tür fiel mit dem lauten Klicken eines Schlosses hinter ihnen zu.

Wie durch Magie.

Die beiden kleinen Segler und der Schoner der ramgrithischen Rebellen hatten dem kläglichen Rest der Roten Armada drei Tage lang folgen können, doch nun war ihnen Alebs Schiff, das trotz seiner Schäden immer noch schnell und wendig war, endgültig entwischt. Zunehmend mutlos wechselten sich die schwarzen Wölfe im Ausguck ab, ohne die blutroten Segel auf den Weiten des Mittenmeers zu erspähen. Grigán, Yan und die Anführer der vierhundert Freiwilligen, die dem einäugigen König hinterherjagten, hatten daraufhin eine schwierige Entscheidung treffen müssen. Aber sie hatten das Richtige getan.

»Die Fregatte ist ebenfalls leer«, sagte Berec und trat zu Grigán auf die Landungsbrücke. »Auf den Schiffen befindet sich kein einziger Yussa mehr. Alioss allein weiß, warum sie von Bord gegangen sind!«

Grigán nickte und ließ den Blick über die Schiffe schweifen, die sie vor fünf langen Tagen aus den Augen verloren hatten und auf denen sie nun ungehindert herumspazieren konnten. Von den sieben verschonten Schiffen, mit denen Aleb in See gestochen war, hatten die vier langsameren den Kurs gewechselt, als sie ihre Verfolger bemerkten. Die anderen, zwei Galeoten und eine Fregatte, waren im Kielwasser des Flaggschiffs weitergesegelt, da sie seine Geschwindigkeit halten konnten. Die schwarzen Wölfe hatten daraufhin beschlossen, diesen Schiffen zu folgen. Sie konnten nur hoffen, dass der entmachtete König nicht auf eines der anderen Schiffe übergewechselt hatte, doch solche Täuschungsmanöver waren Aleb eigentlich nicht zuzutrauen. Deshalb hatten die schwarzen Wölfe einfach den Kurs der ersten Tage beibehalten und waren schließlich im Hafen der itharischen Stadt Maz Nen gelandet.

»Ihr werdet es nicht glauben«, sagte einer der schwarzen Wölfe, der zu ihnen gestoßen war. »Ein Kerl mit Maske und stumpfer Lanze hat mich gerade gefragt, ob wir vorhätten, *Unruhe in ihrer Stadt zu stiften.* Ich habe ihm geantwortet, dass wir uns das noch überlegen würden, und da fing er an, irgendwas über Streben und Moral zu faseln.«

»Ein Offizier des Großen Tempels«, sagte Grigán und musste grinsen. »Von denen gibt es knapp fünfhundert, und sie bewachen das ganze Königreich.«

»Potzdonner, dann hat er aber auch allen Grund, sich Sorgen zu machen!«, sagte Berec. »Selbst mit der Handvoll Männer, die ihm noch bleiben, könnte sich der Einäugige hier geradewegs auf den Thron stehlen.«

Grigán ließ die Anführer der Wölfe über die Arglosigkeit

der Itharer schimpfen und wandte sich wieder Alebs Großsegler zu. Was noch vor wenigen Tagen ein prächtiges Flaggschiff gewesen war, dümpelte nun als knarzendes, rußgeschwärztes, mehrfach leckgeschlagenes Wrack vor sich hin und würde vermutlich bald sinken. In Gedanken stand Grigán noch einmal in der Kapitänskabine, und die Erinnerung ließ ihn erzittern.

Unter diesen Planken wäre er fast gestorben. In jener Unwetternacht in Mythr hatte er gegen einen Dämon gekämpft. Sombre hatte ihn völlig in seiner Gewalt gehabt, davon zeugten seine Wunden an der Hand und am Bein. Zum ersten Mal in seinem Leben hatte Grigán Angst empfunden.

Er strich mit den Fingerspitzen über den Dara-Stein und ärgerte sich, dass er nicht der Erzfeind war. Dann wäre das letzte Wort längst gesprochen. Stattdessen mussten die Erben den Bezwinger weiter fürchten, ohne die geringste Hoffnung, etwas gegen ihn ausrichten zu können. Und Grigán hatte am eigenen Leib erlebt, wie abgrundtief der Hass des Dämons war.

»Geht es Euch nicht gut?«, fragte Yan behutsam und sah ihm prüfend ins Gesicht.

»Es wird mir jedenfalls sehr viel besser gehen, wenn wir diesen verfluchten Einäugigen geschnappt haben«, sagte Grigán finster. »Hast du etwas herausgefunden?«

»Nur das, was wir bereits vermutet hatten«, erwiderte Yan achselzuckend. »Die Leute hier reden über nichts anderes. Die Yussa sind heute Morgen von Bord gegangen und nach Norden weitergezogen, und die Maz, mit denen ich gesprochen habe, sorgen sich um die Hauptstadt und den Großen Tempel.«

»Sie haben nichts zu befürchten«, sagte Grigán verächtlich. »Aleb wird versuchen, sich zum Tal der Krieger durchzuschlagen, um sich Saat anzuschließen.«

Yan warf ihm einen skeptischen Blick zu. Diese Behauptung schien ihm reine Spekulation zu sein. Von dem Bündnis zwischen dem einäugigen König und dem schwarzen Magier zu erfahren, war ein Schock gewesen. Er konnte sich gut vorstellen, dass ihnen noch mehr böse Überraschungen bevorstanden.

»Na schön, ich weiß nicht, was er vorhat«, gab Grigán zu. »Aber eins ist sicher: Wir sollten uns lieber beeilen. Wie kommt es, dass wir nicht schon längst nach Ith unterwegs sind?«

Lana und Corenn waren verblüfft, als sie eine völlig andere Umgebung betraten. Nach der Dunkelheit, die in den Gängen des Palasts herrschte, blendete sie die verschwenderische Beleuchtung. Mindestens dreißig Laternen erhellten den Raum, der als Schreibstube, Wohnzimmer, Empfangssalon oder Bankettsaal zu dienen schien – oder alles zugleich.

Nicht nur die festliche Beleuchtung deutete darauf hin, dass hier etwas gefeiert werden sollte. Auf allen Tischen, Sekretären, Truhen und Schränken standen Blumen und Schalen mit erlesenen Speisen. Die groben Steinmauern waren mit prächtigen Wandbehängen kaschiert, und der unebene Boden verschwand unter mehreren Lagen kostbarer Teppiche. In einem sechs Schritte langen Kamin knisterte ein ganzer Baumstamm im Feuer und sorgte für eine beinahe unangenehme Hitze. Inmitten dieser Pracht saßen vier Menschen auf weichen Kissen und tranken Wein.

Überrascht erkannte Corenn den Judikator Zamerine,

dem sie schon einmal im Kleinen Palast in Lorelia begegnet war. Der Zü saß stocksteif auf seinem Sessel. Die Feier schien ihm kein richtiges Vergnügen zu bereiten. Der goldene Kelch, den er in der Hand hielt, war noch fast voll, und er nutzte das Erscheinen der beiden Frauen dazu, ihn hastig auf einen niedrigen Tisch zu stellen.

Ein junger Mann mit düsterem Blick musterte sie feindselig. Er wirkte kaum älter als Yan, hatte aber bereits die körperliche Reife eines Dreißigjährigen. Seine pechschwarzen Haare umrahmten ein makellos glattes Gesicht, und er trug eine glänzende schwarze Tunika, die seinen wohlgeformten Körper betonte. Er lag halb zurückgelehnt da, stützte nun einen Ellbogen auf und musterte sie mit einer Unverfrorenheit, die Lana aus der Fassung brachte.

Die letzten beiden thronten hoch über den anderen: Sie räkelten sich auf einem Bett, das auf einem Podest stand. Die Frau, dem Aussehen nach eine Wallattin, trug kostbare Kleider und war über und über mit Schmuck behangen. Sie war außergewöhnlich schön, und ihre Augen strahlten Klugheit und Ehrgeiz aus. Als sie Lanas makellose Figur sah, musterte sie die Priesterin neiderfüllt.

Wer der Mann war, brauchten die Erbinnen nicht lange zu erraten. Die Sturmhaube mit dem schwarzen Band sprach Bände. Auch wenn der Hexer sein Gesicht verbarg, bestand kein Zweifel, mit wem sie es zu tun hatten. Saat, der sie seit fast sechs Monden verfolgte und fast alle Erben ermordet hatte. Saat, der ein Kind des Jal'dara in seine Gewalt gebracht hatte. Saat, der sich vorgenommen hatte, die wichtigsten Zivilisationen der bekannten Welt zu vernichten.

»Ich sehe sie, aber ihre Gedanken sind mir verschlossen«, sagte der junge Mann mürrisch. »Wie ist das möglich?«

Der hohe Dyarch lachte auf und schnalzte mit den Fingern. Zamerine, der bereits Bescheid wusste, ging mit gezogenem Hati auf die beiden Frauen zu und sah ihnen herausfordernd in die Augen.

»Gebt mir die Steine«, befahl er nur.

Lana und Corenn blickten sich verzweifelt an, bevor sie dem Judikator das Gwel aushändigten, der es an den Magier weiterreichte. Voller Entsetzen spürten sie, wie eine furchteinflößende Macht in ihre Gedanken eindrang. Glücklicherweise ließ sie rasch wieder von ihnen ab.

»Zum Totlachen«, sagte Saat. »Ihr habt den ganzen weiten Weg zurückgelegt, nur um mit mir zu sprechen? Bei solchen kindischen Ideen ist es mir ein Rätsel, wie Ihr mir so lange habt entwischen können. Aber diesmal habt Ihr Euch etwas zu sehr auf Euer Glück verlassen.«

»Wir sind in friedlicher Absicht gekommen«, warf Corenn ein. »Wir möchten mit Euch über unsere Vorfahren sprechen, über Nol und …«

»Schweigt!«, unterbrach sie der Hexer, denn er wollte verhindern, dass Sombre diesen Namen zu hören bekam.

Corenn spürte, wie ihr die Worte im Hals stecken blieben, dann verlor sie die Kontrolle über ihren Körper. Saat hatte sie gelähmt. So sehr sie mit der ganzen Kraft ihres Willens dagegen ankämpfte, sie konnte den Zauber nicht brechen. Sie hatte zahllose Gefahren auf sich genommen, um mit ihrem Feind zu sprechen, und nun verwehrte er ihr auch dies.

»Corenn? Corenn, was habt Ihr?«, fragte Lana voller Entsetzen.

Saat stieß die Wallattin grob zur Seite, trat auf die Maz zu und stierte sie unverhohlen an. Dann ging er einmal um sie herum und musterte sie von oben bis unten. Als er ihr seine behandschuhten Hände auf die Schultern legte, schrie sie auf.

»Wisst Ihr, dass Ihr eine Schwester vor Euch habt?«, flüsterte er und lehnte seine Sturmhaube an die Wange der Priesterin. »Die Frau, die Ihr dort liegen seht, ist die Groß-Emaz des Bezwingers und eine Königin. Ihr Name sagt Euch vielleicht etwas: Sie heißt Chebree.«

Er ließ sie los und nahm wieder auf dem Bett Platz, während Lana schwer atmend um Fassung rang.

Che'b'ree. Die Nachfahrin Pal'b'rees, des Gesandten, der Lloïol in die Tiefen des Jal'karu gefolgt war. Welche Arglist steckte hinter diesem vermeintlichen Zufall? Welch durchtriebenen, finsteren Plan mochte Saat ersonnen haben? Kannte der Ehrgeiz dieses Mannes keine Grenzen?

»Man könnte fast meinen, dass Frömmigkeit schön macht«, scherzte Saat, um etwas Leben in die trostlose Runde zu bringen. »Haben wir hier nicht die zwei schönsten Frauen der Welt vor uns?«

»Ich finde sie abstoßend«, fauchte Chebree, die darüber offenbar nicht lachen konnte. »Sie kennt unseren Plan. Lass sie töten.«

Bei diesem grausamen Befehl verlor Lana alle Hoffnung. Nachdem sie Corenn, die sich nicht mehr rühren konnte, einen Blick zugeworfen hatte, war sie überzeugt, dass sie beide dem Tod geweiht waren. Von jähem Zorn gepackt, lief sie zu dem Hexer und trommelte ihm mit den Fäusten gegen die Brust. »Was habt Ihr mit Rey gemacht, Ihr elender, feiger Verbrecher!«, rief sie und schlug noch heftiger zu. »Was habt Ihr mit meinem Leben gemacht?«

Zamerine riss sie grob zurück, während sich Saat vor Lachen schüttelte. Mit eiserner Miene stieg Chebree von dem Podest und zückte einen Dolch. Sie trat bis auf einen Fuß an Lana heran, zielte auf ihren Bauch und wollte zustoßen.

»Halt!«, befahl Saat schneidend. *»Diese Entscheidung liegt nicht in deiner Macht.«*

Nach kurzem Zögern steckte die Wallattenkönigin ihren Dolch wieder ein. Mit einem letzten hasserfüllten Blick auf Lana trat sie zurück und versuchte, sich zu beherrschen.

»Was habt Ihr mit Rey gemacht?«, wimmerte Lana und wand sich in Zamerines unerbittlichem Griff. »Was habt Ihr mit ihm gemacht?«

»Er wartet in meiner Kampfarena auf die nächste Hinrichtungszeremonie«, sagte Saat kalt. »Möchtet Ihr ihm Gesellschaft leisten?«

Lana hob ungläubig den Kopf. Meinte er das etwa ernst? »Ja!«, rief sie laut, da er tatsächlich auf eine Antwort zu warten schien.

»Wenn ich es recht bedenke, halte ich das für keine so gute Idee«, sagte der hohe Dyarch spöttisch und verzog angewidert das Gesicht. »Es wäre doch schade, wenn sich eine so schöne Frau an einen Nichtsnutz verschwendet. Ich neige eher dazu, Euch in meinen Harem aufzunehmen.«

Chebree wandte sich mit finsterer Miene ab, und selbst Sombre, der bisher ganz in Gedanken versunken gewesen war, meldete sich nun zu Wort. Niemand schien Saats Entscheidung gutzuheißen.

»Sie ist eine Erbin«, sagte der rätselhafte junge Mann. »Du darfst sie nicht am Leben lassen.«

»Nur für eine Weile. Beruhige dich, mein Freund. Was hast du von ihr zu befürchten?«

Sombre bohrte seinen Blick in Lanas Augen. Sie fühlte sich schrecklich entblößt und so verwundbar wie noch nie zuvor in ihrem Leben.

»Sie erwartet ein Kind«, sagte der Dämon wütend. »Vielleicht ist es der Erzfeind.«

»Heute Nacht wird es jedenfalls noch nicht zur Welt kommen. Hast du je an mir gezweifelt, mein Freund?«

Lana wurde schwindelig, so viele widerstreitende Gefühle bestürmten sie. Sombre hatte sich zu erkennen gegeben. Sie erwartete ein Kind. Rey würde sterben. Sie würde viele Qualen zu erleiden haben, bis sie das gleiche Schicksal ereilte. Die Oberen Königreiche waren verloren. All das war zu viel für sie, und sie sank ohnmächtig zu Boden.

»Ich verstehe das nicht«, sagte Sombre und starrte den Magier an.

Als Saat nichts erwiderte, wandte sich der Dämon ab und verließ das Zimmer, um sich in den Tiefen seines Tempels zu vergraben. Er musste nachdenken.

Corenn hatte alles mit maßloser Wut mit angesehen. Sie hatte zwar keine großen Hoffnungen gehabt, aber dass ihre Niederlage so vollständig sein würde, damit hatte sie nicht gerechnet. Als der Hexer endlich den Bann löste, der sie gefesselt hielt, spürte sie, dass ihr Tränen über die Wangen liefen.

»Wo waren wir stehen geblieben?«, neckte sie Saat und verschränkte die Arme.

»Ich hatte die Hoffnung gehegt, Euch zur Vernunft zu bringen«, sagte Corenn mit tonloser Stimme. »Doch ich war zu gutgläubig. Es gibt nichts mehr, was Euch noch retten könnte. Das Jal'karu hat Euch bis ins Mark verdorben.«

»Sehr richtig, das hat es«, erwiderte er und hob die Hände. »Eigentlich ist nichts von alldem wirklich meine Schuld. Ich werde Eurydis um Verzeihung bitten.«

Corenn ging nicht auf seinen Spott ein. Sie war fest entschlossen, ihre Würde zu wahren. Saat zuckte mit den Schultern und verlor das Interesse an dem Gespräch.

»Führt sie ab und tötet sie«, befahl er Zamerine. »Verzeiht, Hochverehrte Ratsfrau, aber es wäre zu gewagt, eine Magierin am Leben zu lassen«, fügte er hinzu und reichte dem Zü einen der Dara-Steine.

Corenn warf einen letzten Blick auf Lanas reglose Gestalt und ließ sich widerstandslos von dem Judikator abführen. Erst auf der Türschwelle fiel ihr wieder ein, was sie von Anfang an hatte fragen wollen. »Der Angriff hat bereits begonnen, nicht wahr?«

»Selbstverständlich!«, rief der Hexer und zeigte auf die festliche Einrichtung. »Was glaubt Ihr, was wir hier feiern? Etwa, dass wir einander endlich begegnet sind? Nur weil sich mein Verbündeter als unfähig erwiesen hat, werde ich meine Pläne gewiss nicht aufgeben. Gerade müsste mein Heerführer in den unterirdischen Gewölben der Heiligen Stadt angekommen sein.«

Corenn nickte traurig und wandte sich zum Gehen, ohne dass Zamerine sie zwingen musste. Sie war zu vermessen gewesen.

Nichts und niemand konnte Saat bezwingen.

In den Augen der Itharer waren die Ramgrith Gesetzlose. Um Aleb und die letzten Yussa schneller einholen zu können, hatten die schwarzen Wölfe Pferde gestohlen, die nach itharischer Vorschrift vor den Mauern der Stadt zurückgelassen werden mussten. Da sie nicht genügend Reittiere gefunden hatten, übernahmen rund hundert Rebellen in Maz Nen die sinnlose Aufgabe, die letzten Wracks der Roten Armada zu bewachen. Yan ließ Miff in ihrer Obhut zurück, weil sie ihn auf dem bevorstehenden Ritt nur behindert hätte.

So machten sich dreihundert Reiter nach Einbruch der Nacht auf den Weg. In gestrecktem Galopp brauchten die schwarzen Wölfe nur knapp einen halben Dekant, bis die Heilige Stadt in Sicht kam, doch von Aleb und seinen Männern war weit und breit nichts zu sehen. Nun warteten sie auf die Rückkehr der Späher, die sie zu den Stadttoren geschickt hatten.

Nur wenige Männer hatten abgesessen, denn sie stellten sich darauf ein, jeden Moment weiterzureiten. Aus den Nüstern der Pferde stiegen weiße Atemwolken auf. Obwohl die meisten Ramgrith ausgezeichnete Reiter waren, hatte sie der Ritt erschöpft, zumal viele ohne Sattel unterwegs waren. Nachdem sie das Mittenmeer in weniger als einer Dekade überquert hatten, hätten die Rebellen eigentlich am Ende ihrer Kräfte sein müssen, doch sie alle spürten, dass die Zeit drängte, und das verlieh ihnen Flügel. Eine dumpfe Vorahnung sagte ihnen, dass sie noch einmal all ihre Kraft aufbieten mussten.

Noch vor dem Morgengrauen würde alles vorbeisein.

»In der Stadt ist noch ganz schön viel los«, sagte Yan, der über die tausendfachen Lichtpunkte staunte, die vor ihnen blinkten. »Eigentlich ungewöhnlich für die Itharer.«

Grigán, dem dasselbe durch den Kopf gegangen war, erwiderte nichts. Was konnte erklären, dass die Straßen der Heiligen Stadt so hell erleuchtet waren? Eine religiöse Zeremonie. Ein Brand. Oder aber eine Schlacht. Ein Aufstand. Panische Angst.

In diesem Moment kehrten die Späher zurück, und die Anführer der Wölfe scharten sich mit sichtlicher Ungeduld um die Männer.

»Die Wachen an den Stadttoren sind umgebracht worden«, berichtete einer. »Die Leute laufen wie wild durcheinander. Da herrscht das blanke Chaos.«

»Die Yussa?«, fragte Grigán.

»Wer sonst?«, antwortete der Mann achselzuckend.

Die Anführer der Wölfe wechselten einen kurzen Blick. Die abgesessenen Kämpfer schwangen sich wieder auf ihre Pferde, und jeder griff zu der Waffe, mit der er am liebsten kämpfte. Grigán wartete, bis alle bereit waren, hob sein Krummschwert und ritt mit einem wilden Kampfschrei zum Angriff auf die Heilige Stadt.

Yan und dreihundert Reiter fielen in sein furchterregendes Geheul ein und sprengten auf die Stadt zu. Die letzte Meile legten sie in scharfem Galopp zurück, den Blick auf die Mauern und weit geöffneten Tore der Stadt geheftet, die Waffen drohend in die Höhe gereckt. Grigán fühlte sich wieder in den Augenblick zurückversetzt, in dem er dem Massaker in Quesraba tatenlos zugesehen hatte. Diesen Fehler würde er nun wiedergutmachen.

Er ritt als Erster durch die Stadtmauern, und die Hufe der Pferde klapperten laut über das Pflaster der Straßen. Die maskierten Itharer flohen vor den Ramgrith, die ebenso wild über sie hereinbrachen wie die anderen Angreifer. Mit Yan an seiner Seite führte Grigán die Reiterschar immer weiter in die Stadt hinein und schürte damit, ohne es zu wollen, die Angst der friedliebenden Einwohner. Bis sie endlich auf die ersten Yussa stießen.

Die Söldner plünderten gerade einen Dona-Tempel, während andere sich anschickten, ihn in Brand zu setzen. Grigán sah einige Maz blutüberströmt am Boden liegen und trieb sein Pferd die Marmortreppe hinauf, geradewegs auf die Plünderer zu. Er stieß zwei von ihnen um, wendete und schlug einem weiteren den Kopf ab. Die Übrigen stoben in alle Richtungen davon, und die schwarzen Wölfe jagten sie kreuz und quer durch die Straßen.

Yan bemühte sich krampfhaft, Grigán nicht aus den Augen zu verlieren. Nachdem sich an jeder Kreuzung kleinere Gruppen von ihnen getrennt hatten, waren bald nicht mehr als dreißig Ramgrith bei ihnen. Die Reiter waren unerbittliche Rächer: Jede Söldnerbande, die ihnen über den Weg lief, wurde augenblicklich und gnadenlos in Stücke gerissen. Die unerwartete Verstärkung verlieh den nicht ganz so waffenscheuen Itharern neuen Mut, und bald leisteten sie den schwarzen Wölfen Schützenhilfe.

Doch Grigáns eigentliches Ziel war noch nicht erreicht. Er ließ von den versprengten Yussa ab, die er getrost seinen Männern überlassen konnte, und machte sich auf die Suche nach Aleb, der sich irgendwo in der Stadt verkrochen haben musste. Dabei entfernte er sich immer weiter von den anderen Ramgrith. Schließlich stellte Yan erschrocken fest, dass sie nur noch zu zweit waren. Nicht etwa, weil die schwarzen Wölfe unterlegen waren – zu Pferd hatten sie einen entscheidenden Vorteil in der Schlacht gehabt und nur wenige Männer verloren –, doch Grigán war so schnell durch die engen Gassen geprescht, dass ihm niemand mehr hatte folgen können.

Einer plötzlichen Eingebung gehorchend, schlug er den Weg zum Großen Tempel ein, einem freistehenden Gebäude, das mitten in einem prachtvollen Park lag. Während er mit Yan im Schlepptau darauf zutrabte, bewunderte er die hohen Säulengänge rings um den Tempel und fragte sich, was sich wohl dahinter verbarg. »Ich weiß, dass du da bist, Aleb!«, rief er aufs Geratewohl. »Du hattest schon immer einen Hang zum Größenwahn!«

Ein schallendes Lachen antwortete ihm, und der einäugige König kam mit gezogenem Krummschwert aus seinem Versteck hervor. Gleichzeitig traten zehn Yussa aus dem Schatten der Säulen und schlossen sich ihrem hämisch grinsenden Herrn an.

»Du glaubst, dass du gewonnen hast, was?«, spottete Aleb. »Du meinst wohl, dass du die Stadt von den ›Bösen‹ befreit hast? Dann wirst du gleich dein blaues Wunder erleben. In weniger als einem Dekant wird hier alles in Flammen stehen.«

»Während wir auf diesen freudigen Moment warten, könnten wir unser Duell zu Ende bringen«, gab Grigán zurück und saß ab. »Es sei denn, du bist zu feige, dich mit mir in einem ehrlichen Kampf zu messen. Hast du heute schon Daï-Gift genommen? Was willst du im Drogenrausch vergessen, Elender? Hast du womöglich selbst Angst vor deinem Verbündeten?«

Die Frage ließ Aleb erstarren, und er lehnte sein Schwert an eine Säule, um den Mantel abzulegen. Dann griff er wieder zur Waffe und kam auf Grigán zu, der sein Pferd mit einem Klaps auf die Flanke davonschickte.

»Du wirst deine Worte noch bereuen, du Hund«, sagte der König und ging in Stellung. »Du wirst es sogar bereuen, überhaupt auf die Welt gekommen zu sein. Es ist dir wohl entfallen, dass das Duell, von dem du sprichst, ohne Sieger endete. Ich beherrsche meine Waffe ebenso gut wie du.«

Zum Beweis wirbelte er sein Schwert mehrere Male durch die Luft. Sein Geschick war tatsächlich verblüffend. Dieser Aleb, dachte Yan, hatte nichts mehr mit dem kranken Mann gemein, dem sie vor einigen Tagen begegnet waren: Der entthronte König war in Höchstform und schien als Gegner gefährlich genug, um Grigán in Bedrängnis zu bringen.

Die beiden Todfeinde belauerten einander und wechselten mehrmals drohend die Stellung. Einige Yussa feuerten ihren Herrn an, doch der König verbat ihnen eiskalt den Mund. Dann eröffnete er mit einem perfekt ausgeführten Ausfall den Kampf.

Wie gewohnt begnügte sich Grigán zunächst damit, die Attacken seines Gegners zu parieren. Immer wieder sprang er zurück, wich Alebs Schwert aus oder wehrte seine Schläge ab, ohne selbst anzugreifen. Ein Uneingeweihter hätte ihn für unterlegen gehalten. Aleb preschte über zwanzig Mal vor, bevor er erkannte, dass er Grigán so nicht überlisten konnte. Keuchend standen sie einander gegenüber, die Waffen auf das Gesicht des anderen gerichtet.

»Du bist langsam, Derkel«, sagte Aleb verächtlich. »Viel langsamer als vor zwanzig Jahren. Macht dir etwa deine Hand zu schaffen?«

»Wahrscheinlich weniger als dir dein Auge«, entgegnete Grigán und ging zum Angriff über.

Sie setzten das Duell noch verbissener fort. Diesmal hielt sich Grigán nicht zurück, sondern wagte ebenfalls einige Attacken. Dadurch gab er sich eine Blöße, die Aleb sofort ausnutzte. Er erwischte den Krieger an der Schulter und stieß einen Siegesschrei aus.

»Du wirst sterben, Derkel«, frohlockte er und trat ein paar Schritte zurück. »Sag der Welt Lebwohl. Du wirst deine Versprochene wiedersehen!«

Grigán ließ die Hand sinken, die er auf die Wunde gepresst hatte, und bohrte den Blick in die Augen seines Feindes. Dann umklammerte er den Griff seines Schwerts noch fester, warf alle Taktik und Kampfkunst über Bord und stürzte sich auf Aleb. Der König erschrak und wich in Richtung des Tempels zurück, während er seine Männer herbeiwinkte.

Zwei sanken zu Boden, noch bevor sie den Krieger erreichten, übermannt von einem geheimnisvollen Schlummer. Grigán durchbohrte den dritten und versetzte im gleichen Atemzug dem vierten einen tödlichen Schlag. Die verbliebenen Yussa hatten sich vor Aleb gestellt und schienen nicht recht zu wissen, was sie tun sollten, als plötzlich rund zwanzig ramgrithische Reiter an den Toren zum Park auftauchten. Sofort rannten die Söldner auseinander und verschwanden in der Nacht.

»So viel also zu deinen treuen Untergebenen«, sagte Grigán kalt.

»Ich gehe nicht ohne dich von dieser Welt!«, brüllte Aleb. »Stirb!«

Er warf sich auf den Krieger, der zur Seite trat und dem König ein Bein stellte.

»*Fester Stand*«, sagte er und ging in Stellung.

»Was faselst du da?«, fauchte Aleb, als er sich wieder aufraffte.

Er versuchte, seinen Gegner mit einem raschen Vorstoß zu überrumpeln, doch Grigán reagierte blitzschnell und packte ihn am Handgelenk.

»*Sichere Hand*«, verkündete er und zwang Aleb, seine Waffe fallen zu lassen. »Du hast verloren.«

»Niemals!«, schrie der König und griff nach seinem Dolch.

Grigán ließ ihm keine Zeit, die Bewegung zu vollenden. Er drehte sich um die eigene Achse und ließ dabei seine Klinge an Alebs Kehle vorbeisausen. Der einstige Herrscher der Unteren Königreiche sank auf dem Vorplatz des Großen Tempels zu Boden. Er konnte kein Unheil mehr anrichten.

»*Wacher Geist*«, schloss Grigán und schnaubte verächtlich. »Du warst so berechenbar … Selbst meine Schülerin hätte es mit dir aufnehmen können.«

Yan näherte sich der Leiche, wandte sich aber schnell angewidert ab. Ein Kapitel von Grigáns Geschichte war mit Alebs Tod zu Ende gegangen. Jetzt konnten sie endlich an die Zukunft denken.

Auf einmal ertönten dumpfe Schreie. Im ersten Augenblick glaubten sie, dass sie von den Reitern stammten, doch zwanzig Ramgrith konnten unmöglich ein solches Gebrüll, Getrappel und Geklirr veranstalten. Sie spitzten die Ohren und stellten fest, dass der Lärm aus dem Großen Tempel kam. Entgeistert fuhren sie herum.

»Grigán!«, brüllte Berec und rannte auf sie zu. »Krieger, Hunderte Krieger! Sie kommen aus allen Löchern!«

In diesem Moment wurde das Tor des Tempels mit Gewalt aufgestoßen, und die Wallatten fielen über die Heilige Stadt her. Entsetzt und ungläubig machten sich Yan und Grigán zum Kampf bereit.

Den ganzen Weg über hielt Zamerine die Spitze seines Hati auf Corenn gerichtet, ohne ein Wort zu sagen. Ihr war klar, dass er sie schon mindestens zwanzig Mal hätte töten können, wie es ihm sein Meister befohlen hatte. Doch der Zü schien es nicht eilig zu haben, seine Gefangene loszuwerden. Während er Corenn an den Nebengebäuden entlangführte, fragte sie sich, was er im Sinn haben mochte.

Der Judikator brachte sie in eine große Baracke, schloss die Fensterläden und entzündete eine Laterne. Aus der

Selbstverständlichkeit, mit der er sich bewegte, schloss Corenn, dass sie sich in den Privatgemächern des Zü befanden. Zamerine bedeutete ihr, sich zu setzen, und nahm selbst in einem schlichten Sessel Platz, der zu der kargen Einrichtung passte.

»Keine Angst«, sagte er schließlich, ohne den vergifteten Dolch aus der Hand zu legen. »Ich habe nicht die Absicht, mich an Euch zu vergehen.«

Corenn, der Zamerines Verhalten immer sonderbarer vorkam, erwiderte nichts. Doch da er offenkundig auf eine Antwort wartete, räusperte sie sich schließlich und wagte sich vor. »Was wollt Ihr von mir?«, fragte sie ruhig.

Der Zü sah sie mit regloser Miene an. Er schien zu zögern. »Etwas Gesellschaft. Ein Gespräch zwischen *intelligenten* Menschen. Ihr könnt Euch gar nicht vorstellen, wie schwer es ist, den Stumpfsinn dieser Wallatten zu ertragen«, sagte der Judikator. »Ganz zu schweigen von …«

Er beendete seinen Satz nicht. Corenn ahnte, dass sie nachhaken musste.

»Ganz zu schweigen von … Saat?«, ergänzte sie. »Diesem Monster, das abgesehen von seiner äußerlichen Gestalt nichts Menschliches mehr an sich hat? Und ganz zu schweigen von seinem Dämon? Ihr wisst doch sicher, dass sein vermeintlicher Sohn kein Geringerer ist als der Gott, den Ihr anbetet?«

»*Ich* bete diesen Gott nicht an«, verteidigte sich Zamerine. »Zuïa ist und bleibt die einzige Göttin, die meines Glaubens würdig ist. Ich habe dem hohen Dyarchen nur die Treue geschworen, weil ich damit in ihrem Sinne zu handeln hoffe.«

»Wie stellt Ihr Euch das vor? Saat lässt Zuïas Gerechtigkeit völlig kalt. Er wird sich zum alleinigen Herrscher über die gesamte bekannte Welt aufschwingen, das ist sein einziges Ziel. Ich halte Euch nicht für so naiv, immer noch das Gegenteil zu glauben.«

Statt zu antworten, ließ Zamerine seinen Dolch vor sich durch die Luft tanzen. Dieses stumme Eingeständnis bestätigte ihr, was sie insgeheim schon vermutet hatte.

»Ihr habt Angst vor ihm«, stellte sie vorsichtig fest. »Ihr fürchtet Euch und wisst nicht, wie Ihr ihm entfliehen könnt.«

Der Zü beugte sich vor und richtete seinen Hati auf Corenns Gesicht. Sie hatte ins Schwarze getroffen.

»Macht Euch keine falschen Hoffnungen«, sagte er mit grimmiger Miene. »Ich werde ihn nicht verraten. Niemals. Er hat mir einen Befehl erteilt, und ich werde ihn ausführen. Es liegt allein an Euch, mich zu unterhalten, um Euer Leben zu verlängern.«

Corenn lehnte sich seufzend zurück. Wieder einmal würde ein Gespräch über ihr Schicksal entscheiden. Und diesmal war sie von vornherein im Nachteil.Überall krochen wallattische Krieger aus dem Untergrund der Heiligen Stadt, einer mordlustiger als der andere. Die Anführer der Ramgrith reagierten sofort und stießen sie in die Keller und Brunnen zurück, aus denen sie strömten. Doch schnell rief man sie allerorts zu Hilfe, und es wurde immer schwieriger, die Barbaren in Schach zu halten, die wie riesige, ausgehungerte Ratten aus den Kanälen quollen.

Die Itharer beteiligten sich an der Verteidigung und stopften alle Löcher zu, so gut es ging. Manche hatten sogar ihre Häuser angezündet, um die Feinde auszuräuchern, die noch unter der Erde steckten. Doch die Krieger aus dem

Osten fanden immer wieder neue Ausgänge und verstärkten die Stellungen, die sie bereits hielten. Ein Strom aus Wallatten, Solenern, Thalitten, Sadraken, Grelitten und Tuzeenern ergoss sich in die Straßen der Stadt. In mehreren Tempeln flammten Brände auf, und das Feuer griff auf die angrenzenden Dächer über. Einige Farikii hetzten mehrere Dutzend Vampirratten in die Menge und sorgten damit für Panik. Die Maz, die den Angriff der Yussa überlebt hatten, wurden nun von den Barbaren aus dem Osten verfolgt. Schon kam es zu ersten Massakern. Die Stadt am Blumenberg stand vor dem Untergang.

Yan, Grigán und vierzig ihrer Gefährten gelang es mit größter Mühe, die Wallatten abzuwehren, die aus dem Großen Tempel kamen. Seine weitläufigen unterirdischen Gewölbe dienten ihnen offenkundig als Hauptzugang zur Stadt. Im Park und um das Eingangstor herum türmten sich die Leichen, doch das schreckte die nachrückenden Barbaren nicht ab. Immer mehr stürzten sich geradewegs in die Klingen der Ramgrith.

»So halten wir nicht mehr lange stand«, sagte Berec, der Rücken an Rücken mit Grigán kämpfte. »Das ist nicht unser Krieg, Grigán. Lass uns fliehen, bevor es zu spät ist!«

»Das ist sehr wohl mein Krieg«, antwortete sein Freund und attackierte einen Solenen, der einen Streitkolben schwang. »Ich war lange genug auf der Flucht. Ich werde nicht weichen!«

Ein Rückzug war ohnehin unmöglich. Selbst wenn es den schwarzen Wölfen gelang, die Barbaren im Großen Tempel zu schlagen, würden sie früher oder später von anderen in die Enge getrieben werden. *So will ich nicht sterben,* dachte Yan und zerbrach sich den Kopf, wie sie ihr Leben retten könnten. Aber er sah keinen Ausweg.

Nicht einmal eine Dezime später brachen sechzig Wallatten durch die Abwehrkette der Ramgrith und zogen mordend und brandschatzend durch die Stadt. Zahlreiche Ramgrith ließen ihr Leben, bevor es den schwarzen Wölfen gelang, den Strom einzudämmen und ihre Verteidigung neu zu formieren. Rund zwanzig Krieger kämpften nun gegen eine wilde Schar von mindestens dreihundert Barbaren. Und unter der Erde warteten noch mehr, Zehntausende womöglich.

Die Abwehrkette riss erneut, und mehrere Ramgrith strauchelten und wurden niedergetrampelt. Fassungslos sah Yan zu, wie Hunderte Männer brüllend an ihm vorbeirannten, um sich auf eine Stadt zu stürzen, die keine Gegenwehr mehr leisten konnte. Am liebsten hätte er die Arme ausgestreckt und sie alle aufgehalten, dabei grenzte es schon an ein Wunder, dass er noch nicht zu Tode getrampelt worden war. Er hatte Grigán aus den Augen verloren und rechnete fest damit, jeden Moment von einem Beil oder einer Lowa niedergestreckt zu werden. So beschloss er, in den letzten Augenblicken seines Lebens fest an Léti zu denken, und beschwor ihr Bild gerade vor seinem geistigen Auge herauf, als sich eine Hand auf seinen Kopf legte und ihn zwang, sich umzuwenden.

Die Wallatten brüllten so laut, dass Yan das andere Heer, das sich ihnen entgegenwarf, nicht hatte kommen hören. Da er sich schon auf den bevorstehenden Tod eingestellt hatte, kümmerte ihn diese schlechte Nachricht nur wenig. Doch Grigán hatte schärfere Augen.

»Arkarier!«, rief er ihm ins Ohr. »Eine ganze Armee bärtiger, unhöflicher Nordländer!«, fügte er mit einem glücklichen Lächeln hinzu.

Tatsächlich wimmelte es im Park bereits von Kriegern mit

struppigen Mähnen und Umhängen aus Tierfellen, die sich mit wilder Angriffslust auf ihre Gegner stürzten. Sie preschten in so dichten Reihen heran, dass es wohl mehrere Tausend sein mussten, und in anderen Stadtvierteln kämpften womöglich noch mehr.

»Das haben wir Corenn zu verdanken!«, rief Grigán, bevor er einen weiteren Feind abfing.

Mit voller Wucht prallten die beiden gegnerischen Lager aufeinander. Die Barbarenhorde wurde von der arkischen Armee gnadenlos aufgerieben. Die Wallatten wurden zu Boden geschleudert und niedergetrampelt, ohne dass die Nordländer auch nur innehielten. Zwischen den Bewohnern des Ostens und des Nordens entbrannte eine heftige Schlacht um das Schicksal von Königreichen, die ihnen allen fremd waren.

Yan schwang sein Schwert, um sich bis zu den arkischen Linien durchzuschlagen. Wie dieser Kampf auch ausgehen mochte, er hielt vor allem Ausschau nach einem Gesicht.

Sichere Hand, wacher Geist. Während sie ihr Rapier auf die Wallatten niedersausen ließ, sagte sich Léti Grigáns Lektionen vor. *Fester Stand.* Nicht weit von ihr hieb Bowbaq mit seinem Streitkolben durch die Luft, um die Barbaren daran zu hindern, sie zu überrennen.

Sie wären fast zu spät gekommen. Obwohl sie in höchster Eile voranmarschiert waren, hatten die viertausend Krieger, die sie und Osarok mithilfe des Falkenklans aufgestellt hatten, Ith erst erreicht, als bereits über ein Drittel der Stadt in Flammen stand. Auf den Straßen und in den Tempeln wimmelte es von Wallatten, während sie noch gehofft hatten, ihnen in ihrem verfluchten Tunnel ein Grab zu schaufeln. Bevor sie daran denken konnten, sie unter den Rideau zurückzudrängen, mussten sie nun zuerst die Stadt unter ihre Kontrolle bringen.

Insgeheim war Léti jedoch mit ihren Gedanken ganz woanders. Sie kämpfte gewissenhaft, doch immer wieder streifte ihr Blick über das Getümmel, auf der Suche nach einem Gesicht.

Sie war mehr als verblüfft gewesen, als sie einigen Ramgrith über den Weg gelaufen war. Und als sie noch dazu erfahren hatte, dass sie von einem gewissen Grigán Derkel angeführt wurden, der sich in Begleitung eines jungen Mannes mit weißer Haarsträhne befand, wäre sie fast ohnmächtig geworden. Yan und Grigán waren also in Ith, irgendwo in diesem wilden Haufen! Nachdem einer der schwarzen Wölfe auf den Großen Tempel gezeigt hatte, waren die Klanführer in diese Richtung gezogen, da dort offenbar die entscheidende Schlacht geschlagen wurde.

Léti bangte um ihre Freunde. Waren sie noch am Leben? Wo steckten sie? Ihr brach der kalte Schweiß aus, wenn sie sich vorstellte, dass sie vielleicht nur noch ihre Leichen finden würde.

Mit der Verzweiflung einer Kämpferin, die nichts mehr zu verlieren hat, bahnte sie sich einen Weg vorwärts. *Sichere Hand, fester Stand …*

Wacher Geist … Grigán wütete wie ein wild gewordener Wolf. Nach mehreren Dezimen erbitterter Gefechte gewannen die Arkarier und die verbliebenen Ramgrith allmählich die Oberhand. Sie kamen nun wieder nah genug an den Großen Tempel heran, um das Nachrücken neuer Angreifer zu verhindern, was mit der Verstärkung durch die Nordländer sehr viel leichter war als zuvor.

Die Schlacht konzentrierte sich nun auf den Blumenberg, während die Wallatten nach und nach aus der Stadt vertrieben wurden. Von seinen Männern hatte Grigán einige wichtige Auskünfte erhalten: Ein Großteil der Zugänge zur Kanalisation war verrammelt, und ihre Gegner kämpften nur noch in drei Kesseln, von denen sich einer am Großen Tempel befand. Wenn es ihnen gelang, die letzten Feinde wieder unter die Erde zu drängen, und sie dort bis zum Morgengrauen ausharrten, würden sie ihre Stellungen ausbauen und einen Gegenangriff planen können, um auch die Kanäle unter der Stadt zurückzuerobern.

Grigán zog sich aus der Kampfzone zurück, um sich ein wenig auszuruhen. Da die Arkarier die Sache inzwischen gut im Griff hatten, konnte er sich eine Pause erlauben. So kam es, dass er im Schlachtgetümmel plötzlich eine vertraute Gestalt erblickte. Er brauchte nicht zweimal hinzusehen: Mit seiner Größe und dem markanten Gesicht war der Riese unübersehbar.

»Bowbaq!«, rief er und rannte auf ihn zu.

Der Arkarier fuhr herum, um den mutmaßlichen Angreifer abzuwehren, doch dann ging ihm auf, dass ein Feind ihn wohl kaum beim Namen rufen würde. Als er Grigán sah, machte er große Augen.

»Mein Freund, mein Freund!«, jubelte er, drückte ihn an die Brust und wusste gar nicht, was er zuerst sagen sollte, so vieles hatte er zu erzählen.

»Deine Familie, Bowbaq? Geht es deiner Familie gut?«

»Sehr gut, mein Freund. Es geht ihnen allen gut.«

»Und was ist mit mir?«, fragte eine andere Stimme in gespielter Empörung.

Grigán löste sich behutsam aus Bowbaqs Umarmung und wandte sich zu Léti um, die hinter ihm aufgetaucht war. Sie war schweißgebadet und erschöpft und hatte einige Verletzungen davongetragen, aber sie strahlte so sehr, dass daneben selbst das Lächeln der Dona verblasst wäre. Mit einem Seufzer der Erleichterung fiel sie Grigán in die Arme.

»Und Yan?«, fragte sie sofort. »Wo ist Yan?«

»Ich weiß es nicht«, gestand Grigán bekümmert.

»*Léti!*«, hörten sie plötzlich eine Stimme rufen, die niemandem sonst gehören konnte. »Léti!«

Yan war an den Rand der Schlacht abgedrängt worden und hatte seine Freunde erst erspäht, als die Kämpfe abgeflaut waren. Wie Grigán hatte er zuerst Bowbaq erkannt, der aus der Menge herausragte, bevor er die anderen sah.

Er hinkte zu seinen Gefährten und presste dabei ein Tuch auf seinen Arm. Léti rannte ihm entgegen, fiel ihm fröhlich um den Hals und küsste ihn dann so zärtlich, dass er sich fragte, wie er es nur so lange ohne sie ausgehalten hatte.

Überglücklich schmiegten sie sich aneinander und wiegten sich in den Armen.

»Wir werden uns nie wieder trennen«, versprach Yan und strich seiner Versprochenen über das Haar. »Ich will den Bund mit dir schließen.«

»Yan, mein Yan …«, sagte Léti, die von widerstreitenden Gefühlen bestürmt wurde. »Tante Corenn ist in Saats Händen. Lana und Rey auch …«

Erschüttert drehte er sich zu Grigán um, dem Bowbaq gerade dasselbe berichtet hatte. Sie ließen sich alles genau erzählen.

Grigán beobachtete, wie die Arkarier ihre Verteidigung errichteten. Sie hatten Ith vor dem Schlimmsten bewahren können – zumindest für diese Nacht. Doch wie viele wallattische Krieger lauerten noch in dem unheimlichen Tunnel? Wie groß war die Gefahr eines weiteren Angriffs?

»Corenn ist am anderen Ende dieses Tunnels«, sagte er schließlich mit einem seltsamen Lächeln. »Wir müssen uns nur noch einen Weg bahnen. Bowbaq, weißt du, wer diese Armee von Radaubrüdern anführt?«

Die beiden Männer machten sich auf die Suche nach den Klanführern, und Léti und Yan genossen einen kurzen Augenblick zu zweit, bevor der Kampf weiterging.

Hexer und Erzfeind hin oder her, Grigán wollte die Wallatten bis hinter den Rideau zurückdrängen.

Lana lag auf dem Bett in ihrer Zelle und schluchzte in das Kissen. Noch nie war ihre Verzweiflung so groß gewesen. Sie war allein. Ihre Freunde waren tot oder dem Tod geweiht. Das Kind, das sie erwartete, würde niemals geboren werden. Und sie selbst würde bald sterben, nachdem sie furchtbare Qualen gelitten hätte.

Ohne das Kind, das sie unter dem Herzen trug, wäre sie vielleicht versucht gewesen, das Unvermeidliche selbst herbeizuführen. Doch die Moral der Göttin verbot es, sich das Leben zu nehmen, und Lana wusste auch gar nicht, wie sie es hätte bewerkstelligen sollen. Ihre Zelle war recht annehmbar, sauber und mit Bedacht eingerichtet, enthielt jedoch keinen Gegenstand, der sich für einen Selbstmord eignete. Von nun an war ihr Kind der einzige Grund, sich an das Leben zu klammern. Ihm zuliebe musste sie an der Hoffnung festhalten, dass sich ihr Schicksal noch ändern konnte, so abwegig das auch erscheinen mochte.

Schließlich setzte sie sich benommen auf und sandte ein

inniges Gebet an Eurydis. Hätte sie nicht still gebetet, hätte sie vielleicht nicht gehört, wie sich ein Schlüssel in der Tür drehte. Es war, als hätte sich die Göttin von so viel Hingabe rühren lassen und sich ihrer angenommen.

Entsetzt blies Lana ihre Kerze aus und floh ans andere Ende der Zelle, während sich die Tür langsam öffnete. Als die Klinge eines Dolchs in dem Spalt erschien, hätte Lana fast laut aufgeschrien. Sie begann am ganzen Körper zu zittern. Dann schwang die Tür ganz auf, und Königin Chebree schlich auf Zehenspitzen in die Zelle, um sich geradewegs auf das Bett zu stürzen.

Lana überlegte nicht lange, rannte nach draußen und zog die Tür hinter sich zu, doch noch bevor sie ins Schloss gefallen war, setzte ihr Chebree mit einem Wutschrei nach. Lana kam zu einer weiteren Tür, und diesmal gelang es ihr, sie hinter sich zuzuschlagen. Bis die Wallattenkönigin ihre Schlüssel hervorgeholt und die Tür geöffnet hatte, war ihr die Maz einige Dezillen voraus.

Als sie in Saats Feldlager hinausstürzte, schickte sie ein Stoßgebet zum Himmel, dass dieser Vorsprung reichen würde.

»Zamerine, was ist draußen los?«

Ohne Corenn aus den Augen zu lassen, trat der Judikator ans Fenster und stieß den Laden auf. Das Gebrüll, das sie seit einer Weile hörten, war nun sehr viel lauter geworden und weckte seine Neugier.

»Wenn Ihr auf falsche Gedanken kommt, schicke ich Euch in die Sümpfe des Lus'an«, warnte er und schob die Tür einen Spalt breit auf.

Gehorsam lehnte sich Corenn nur leicht vor, um nach

draußen zu spähen. Bei dem Anblick, der sich ihr bot, schlug ihr Herz höher: Sie sah mehrere Dutzend Krieger Richtung Osten rennen, ganz so, als würden sie *fliehen*.

Zamerine rief einen zu sich. Der Mann gehorchte nur widerstrebend, da der Zü als gnadenlos galt. Nervös beantwortete er von der Türschwelle aus einige Fragen, dann rannte er schleunigst davon.

»Was ist passiert?«, wagte Corenn zu fragen, da sie den wallattischen Wortwechsel nicht verstanden hatte.

Der Judikator überhörte die Frage und setzte sich mit sorgenvoller Miene wieder in seinen Sessel. Bei genauerer Betrachtung kam er ihr sogar geradezu niedergeschmettert vor.

»Saats Armee ist in die Flucht geschlagen worden, nicht wahr?«, fragte sie, obwohl sie es selbst kaum glauben konnte. »Es ist ihr nicht gelungen, Ith einzunehmen?«

»Gors ist unfähig«, sagte Zamerine verächtlich. »Er weiß nicht, was Disziplin ist. Ich wette, er hat diese Dummköpfe einfach aufs Geratewohl auf die Stadt losgelassen.«

Corenn musste schlucken, als sich ihre Hoffnung erfüllte. Seit über einem Dekant unterhielt sie sich mit dem Judikator über Saat, die Magie, Pflicht und Treue und die Kunst der militärischen Strategie. Nun war der richtige Zeitpunkt gekommen, all das zu nutzen, was sie über ihn in Erfahrung gebracht hatte. »Wovor fliehen sie?«, fragte sie vorsichtig. »Werden sie verfolgt?«

»Arkarier«, seufzte der Zü. »Arkische Kämpfer stoßen brennende Karren in den Tunnel, und es scheint unmöglich, sie aufzuhalten. Das hat sich bis hierher durchgesprochen, und jetzt verlassen die Verteidigungsposten ihre Stellungen.«

Corenn hielt den Atem an, um nicht laut loszujubeln.

Trotz ihrer Freude durfte sie den Judikator nicht reizen. Nun war Fingerspitzengefühl gefordert. »Was wollt Ihr im Falle einer Niederlage tun? Diese Demütigung verdient Ihr nicht. Ihr verdient es nicht, von Saats Wahnsinn mitgerissen zu werden.«

»*Niederlage?* Wovon redet Ihr da?«, empörte sich der Zü. »Ich werde die Führung dieser Armee von Hohlköpfen übernehmen und unsere Verteidigung organisieren. Ich habe so einiges in der Hinterhand. Die Arkarier haben Wallos noch nicht erobert!«

Doch trotz seiner flammenden Worte machte Zamerine keine Anstalten, hinauszulaufen und das Feldlager zu retten. Der Zü wirkte alt, müde und abgekämpft. Seit er Saat begegnet war, hatte er sich immer mehr von der Welt zurückgezogen.

»*Verratet ihn*«, forderte Corenn. »Verratet ihn, dann bekommt Ihr Eure Freiheit zurück. Vielleicht könntet Ihr diese Armee tatsächlich retten und die Oberen Königreiche unterwerfen, aber würde es Euch denn gefallen, bis an Euer Lebensende im Schatten dieses Unmenschen auszuharren? Seine Wutausbrüche, Launen und Spötteleien zu ertragen, als wärt Ihr es nicht wert, geachtet zu werden?«

Während er den Dara-Stein betrachtete, dachte der Zü daran, wer er einmal gewesen war. Ein Mann, dessen Macht in den ganzen Oberen Königreichen gefürchtet wurde. Der Stolz der Judikatoren und ein Vorbild für seine Untergebenen. »Könnt Ihr Euch dafür verbürgen, dass ich Freiheit und Straflosigkeit genießen werde?«, fragte er plötzlich.

»In Kaul sind sie Euch sicher«, sagte Corenn. »Und ich werde mich persönlich an jedem Königshof dafür einsetzen, dass sie Euch auch anderswo gewährt werden.«

»Das hier werde ich Euch nicht zurückgeben«, sagte er und hob das Stück Gwel hoch. »Niemals.«

»Ich schenke es Euch. Sind wir uns in dieser Angelegenheit einig?«

Zamerine nickte langsam, und Corenn sprang aus ihrem Sessel auf, um die Geschehnisse vor der Baracke zu beobachten.

»Ich werde Euch nicht von der Seite weichen«, warnte sie der Zü. »Von nun an ist mein Schicksal an das Eure gebunden.«

Corenn machte eine beschwichtigende Geste und kehrte zu ihm zurück, als sie genug gesehen hatte. »Hier können wir nicht bleiben, das ist zu gefährlich. Saat wird jemanden schicken, um Euch zu holen. Wisst Ihr, wo Reyan gefangen gehalten wird?«

»In der Arena«, antwortete er knapp.

Nach kurzem Schweigen begriff er, was sie von ihm erwartete, und zog sie hinaus ins Freie.

In Saats Tunnel war es drückend heiß, und es herrschte ein beißender Gestank. Die unterirdischen Gänge waren streckenweise so verwinkelt, dass die Arkarier, die die brennenden Karren vor sich herschoben, nur mit großer Mühe vorankamen. Unebenheiten im Boden, Biegungen oder steile Anstiege und Gefälle machten ihnen zu schaffen. Der längste Teil des Wegs führte durch natürliche Stollen, die kaum befestigt waren und ihnen viele Hindernisse boten.

Die Arkarier hatten die Karren eilig am Ausgang des Tunnels zusammengezimmert, nachdem sie die Wallatten unter die Erde zurückgedrängt hatten. Sie setzten immer nur den vordersten Wagen in Brand, schlugen ihn in Stücke, wenn die Flammen nicht mehr hoch genug loderten, und zogen im Schutz des nächsten brennenden Karrens weiter. Vier Fuhrwerke hatten sie bereits verbraucht, drei warteten noch auf ihren Einsatz.

Hätten die Wallatten überlegt gehandelt, hätten sie die wackeligen Karren leicht aufhalten oder ihnen zumindest noch mehr Hindernisse in den Weg legen können. Doch das Feuer löste eine solche Panik aus, dass sie Hals über Kopf flohen, ohne Rücksicht auf die Krieger, die sich hinter ihnen befanden. So kam das arkische Heer immer wieder an den verkohlten Leichen unglücklicher Barbaren vorbei, die gnadenlos niedergetrampelt worden waren, noch bevor sie überhaupt zu den Waffen gegriffen hatten.

Einigen gelang es, den Karren an sich vorbeiziehen zu lassen, indem sie sich in eine Felsspalte oder eine Senke kauerten. Danach ergaben sie sich den Siegern der Schlacht am Blumenberg und wurden in die Heilige Stadt geführt. Andere wiederum verbargen sich in den Seitengängen und wagten von dort aus ebenso kurze wie heftige Angriffe, bevor sie von den Nordländern erschlagen wurden. Während Léti mit Bowbaq, Yan und Grigán an der Spitze des Zugs vorwärtsmarschierte, freute sie sich, dass sie kaum auf Gegenwehr stießen. Es blieb nur zu hoffen, dass am anderen Ende keine böse Überraschung auf sie wartete.

»Ich brauche deine Hilfe, mein Freund. Du bist der Bezwinger, und ich brauche dich.«

Sombre beachtete den Hilferuf nicht und kauerte sich wieder auf seinen Altar. Er hatte andere Sorgen.

»Hör mir zu, Sombre«, beharrte Saat. »Eine feindliche Armee ist im Anmarsch. Du musst sie aufhalten.«

»Warum hast du die Maz verschont?«, fuhr ihn der Dämon an. »Sie ist eine Erbin. Sie erwartet ein Kind.«

Saat zögerte einen Augenblick. Die Sache hatte seinen Verbündeten stärker verunsichert, als er erwartet hatte. Und das ausgerechnet jetzt, wo er ihn so dringend brauchte!

»Ich werde sie noch in dieser Nacht töten«, versprach der hohe Dyarch.

»Zu spät. Sie ist geflohen. Chebree verfolgt sie.«

Wieder schwieg Saat eine Weile. Seine Aufmerksamkeit wurde von so vielen Dingen in Anspruch genommen, dass er nicht alles im Blick behalten konnte. Eben deswegen brauchte er Verbündete und Hauptmänner!

»Du verweigerst mir deine Hilfe?«

Der Dämon knurrte und zog sich noch weiter in die Dunkelheit zurück. Er wurde von Zweifeln geplagt. Er musste nachdenken.

»Du solltest nicht vergessen, wer dich erschaffen hat«, sagte Saat noch, bevor er seinen Geist verließ. »Das war ich, dein Vater, dein Bruder, dein Bewusstsein, dein einziger Freund. Das solltest du nicht vergessen.«

Sombre knurrte noch lauter und versuchte, seine Wut zu zügeln. Er war der Bezwinger. Er brauchte niemanden.

Das ganze Lager war in Aufruhr. Ohne ersichtlichen Grund liefen die Krieger wild durcheinander. Es war leicht zu erraten, warum die Kämpfer aus dem Tunnel flohen, aber was scheuchte die anderen auf?

Zamerine tat so, als führte er Corenn an der Dolchspitze vor sich her. Als sie in weniger als hundert Schritt Entfernung an den Baracken der Sklaven vorbeikamen, verriet ihnen ein gewaltiger Lärm, dass auch im Gefangenenlager heftige Tumulte ausgebrochen waren. Der Zü zog die Ratsfrau hastig weiter, und sie betraten die Arena.

Nur wenige Verliese waren besetzt. Beim Anblick der winzigen Kammern aus nacktem Stein bemitleidete Corenn den Schauspieler, der dort seit über einer Dekade ausharren musste. Zamerine ging an fünf Verliesen vorüber, blieb vor dem sechsten stehen und schloss die Tür auf. Das Licht ihrer Laterne war nicht hell genug, um die Dunkelheit in dem Kerkerloch zu durchdringen, und so beschloss sie zu rufen.

»Reyan?«

»Ich heiße *Rey*, bei allen Göttern!«, rief eine Stimme, die von langen Entbehrungen heiser geworden war.

Es dauerte eine Weile, bis sich im Innern des Verlieses jemand regte und ein struppiger, unrasierter Blondschopf im Lichtschein auftauchte.

»Corenn? Seid Ihr zu Saats Armee übergelaufen?«, scherzte Rey, um seine Überraschung zu überspielen.

Sie half ihm, auf die Füße zu kommen, umarmte ihn kurz und zog ihn dann in Richtung Ausgang. Verblüfft sah Rey, dass der Judikator ihnen folgte. Er kam sich vor wie in einem Traum – oder vielmehr einem Albtraum, denn der Ausgang war verschlossen. Zamerine probierte all seine Schlüssel, doch es war zwecklos.

»Die Tür ist blockiert. Wir müssen durch die Arena.«

Sie liefen den Gang zurück und folgten zwei weiteren, bevor sie ins Freie traten, hinaus in das Halbrund, in dem Saats Hinrichtungszeremonien stattfanden. In der Mitte des Kampfplatzes stand Dyree und wartete geduldig. Als er sie erblickte, zog er seinen Hati und nahm Haltung an.

»Saat schickt dich, nicht wahr?«, fragte Zamerine, als die erste Überraschung verflogen war.

Sein Gehilfe begnügte sich mit einem gehässigen Lächeln und ging ruhig auf die Flüchtigen zu. Er hatte sich einen Totenschädel auf das Gesicht gemalt. Corenn und Rey spürten, wie der Judikator vor Angst zu zittern begann.

»Folge mir, Dyree«, flehte er. »Ich bin dir immer treu gewesen. Das Heer fällt auseinander, die Niederlage steht kurz bevor. Folge mir, und wir werden unser eigenes Reich errichten.«

Dyree blieb drei Schritte vor ihm stehen und hob voller Verachtung seinen Dolch. Zamerine tat, als wollte er kehrtmachen, zog blitzschnell seine eigene Waffe und sprang dem Mörder mit einem Satz entgegen. Sein Gehilfe wich ihm mühelos aus und bohrte seinem einstigen Herrn den Dolch bis zum Heft ins Auge.

Zamerines Körper krümmte sich zusammen, und es sah aus, als würde der Judikator im Augenblick seines Todes niederknien. Corenn wandte sich schaudernd ab. Dyree beugte sich über den Leichnam, nahm den Dara-Stein an sich und baute sich in drei Schritten Entfernung vor Rey auf. Dann forderte er ihn zum Kampf heraus.

Lana spürte, wie ihr das Blut in den Schläfen pochte, während sie immer weiter und weiter rannte. Chebree war ihr dicht auf den Fersen. Sie hatten das Areal vor dem Tunnel weit hinter sich gelassen und durchquerten nun das Feldlager, in dem die Krieger des Ostens seit einigen Monden kampierten. Keiner der Männer, denen sie zu Hunderten begegneten, hatte ihnen die geringste Beachtung geschenkt. Sie kamen an kleinen Baumgruppen, Exerzierplätzen und Aufmarschflächen vorbei, ohne dass sich der Abstand zwischen ihnen verringerte.

Allmählich jedoch schwanden Lanas Kräfte. Sie konnte jeden Augenblick stolpern und hinfallen, und ihre Verfolgerin müsste sich dann nur noch über sie beugen, um sie zu erstechen. Die Drohungen, die Chebree ihr immer wieder zurief, ließen keinen Zweifel daran, dass sie ihr nach dem Leben trachtete. Mit letzter Kraft versuchte Lana, der Emaz zu entkommen, die von dem Dämon ihres eigenen Kults besessen schien.

Rey beugte sich hinunter, um Zamerines Waffe aufzuheben, doch Dyree hielt ihn mit einer leichten Kopfbewegung davon ab. Der Gehilfe zog sich in die Mitte der Arena zurück und bedeutete ihm, vorzutreten. Rey wusste, dass er keine andere Wahl hatte, und gehorchte zögernd.

»Wisst Ihr, was mir an den Züu nicht passt?«, fragte er kämpferisch. »Ihr habt nicht die Spur von Humor. *Die Göttin, das Urteil der Göttin* … Etwas anderes zählt für Euch nicht. Ich finde, das ist ein klares Zeichen von Engstirnigkeit, die fast schon an Dummheit grenzt.«

Dyree ließ sich zu einem höhnischen Grinsen herab und winkte ihn nochmals zu sich. Rey ging im Kreis um ihn herum, und der Zü nickte verächtlich.

»Dabei«, fuhr Rey fort, »habt Ihr eigentlich alles, was ein richtiger Gaukler braucht. Ein rotes Gewand sieht man ja nicht alle Tage, nicht wahr? Und diese Gesichtsbemalung … Für Euch müsste man eine ganz neue Sorte Spaßmacher erfinden.«

Der Gehilfe hob die Augenbrauen, und Rey blieb abrupt stehen, um ihm seine leeren Hände zu zeigen. Dyree zog einen gewöhnlichen Dolch aus dem Gürtel und warf ihn dem Schauspieler vor die Füße. Dann steckte er seinen Hati weg und stand abwartend vor seinem Gegner, die Hände auf dem Rücken verschränkt.

»Du bist der Beste, was?«, fragte Rey und hob die Waffe auf. »Du bist der beste Mann in eurer Mörderbande?«

Diesmal nickte Dyree heftig. Dann schloss er die Augen und winkte Rey ein letztes Mal näher heran. Fünf Schritte trennten die beiden Männer nun voneinander. Nie und nimmer würde Rey zustechen können, bevor sein Gegner die Waffe zog. Blitzschnell hob er den Arm und schleuderte den Dolch auf den Zü.

Dyree öffnete gerade noch rechtzeitig die Augen, um zu sehen, wie sich ihm die Klinge in die Brust bohrte. Der aufgemalte Totenschädel verzog sich kurz, doch kein Geräusch kam ihm über die Lippen. Dann sackte Dyree in sich zusammen, die Augen zum Himmel verdreht.

»Du bist der Beste«, sagte Rey, als er den Hati und den magischen Stein an sich nahm. »Dafür bin ich der Schlauste. Und der Witzigste. Findest du nicht auch?«

Obwohl er sich aufschneiderisch gab, war ihm vor Angst noch ganz schwindelig. Corenn eilte zu ihm und nahm ebenfalls eine Waffe an sich.

»Was meint Ihr, sollen wir die Sklaven befreien?«, fragte Rey. »Das hier sind genug Schlüssel, um eine ganze Schlosserei aufzumachen. Freiheit war mir schon immer besonders wichtig«, sagte er mit plötzlichem Ernst.

»Genau das wollte ich gerade vorschlagen«, erwiderte Corenn. »Es wird Zeit, die Pläne des hohen Dyarchen ein bisschen durcheinanderzubringen.«

Lana machte sich in ihrem Versteck ganz klein und hoffte, dass die Wallattenkönigin sie nicht entdeckte. Mit wachsender Angst lauschte sie Chebrees Schritten. Falls ihre Verfolgerin gesehen hatte, dass sie in diesen Schuppen gelaufen war, steckte die Maz in großen Schwierigkeiten.

Und wie sie befürchtet hatte, kam Chebree geradewegs in das Lagerhaus gestürzt. Die Wallatten verwahrten hier Lebensmittel, Wäsche und einige Werkzeuge, und Lana hatte sich kurzerhand hinter einem Stapel Fässer versteckt. Während die Königin den Raum durchsuchte, hielt Lana den Atem an, um sich nicht durch einen ängstlichen Seufzer zu verraten.

Mehrmals lief Chebree weniger als fünf Schritte von ihr entfernt vorbei, ohne sie zu entdecken. Doch auf Dauer konnte sie sich nicht auf dieses Glück verlassen: Die Königin sah sich so gründlich um, dass sie ihr Opfer unweigerlich finden würde. Also beschloss Lana, ihr Versteck aufzugeben. Sie wartete einen geeigneten Moment ab und rannte zum Ausgang, so schnell sie konnte.

Chebree setzte ihr sofort nach, und beide warfen in ihrer Hast mehrere Kisten, Tische und Bänke um, die laut zu Boden krachten. In der Dunkelheit stolperten sie über verschiedene Hindernisse, und Chebree stieß einen Schmerzensschrei aus, der trotz des Getöses, das sie verursachten, deutlich zu hören war.

Lana blieb erst stehen, als sie den Saum eines Waldes erreichte, der sie vor den Blicken ihrer Verfolgerin schützen würde. Sie wartete eine ganze Weile, doch Chebree kam nicht aus der Lagerhalle. Mit klopfendem Herzen kehrte sie wieder zu dem Gebäude zurück und spitzte die Ohren.

Die Wallattenkönigin weinte. Sie schluchzte so laut, dass Lana es selbst aus dieser Entfernung hörte. Die Maz war erschüttert. Wer Seelenqualen litt, so lehrte es Eurydis, der war auch zu Reue fähig. Sie trat vorsichtig durch die Tür und versuchte zu erkennen, wo ihre Verfolgerin steckte.

»Hier bin ich«, sagte eine tränenerstickte Stimme. »Bring es schnell zu Ende, mehr verlange ich nicht.«

»Ich werde Euch nichts tun«, beruhigte sie Lana und trat näher. »Seid Ihr verletzt?«

»Mein Bein ist eingeklemmt«, antwortete die Königin giftig. »Das siehst du doch ganz genau.«

»Warum verfolgt Ihr mich?«, fragte Lana. »Warum hasst Ihr mich so sehr?«

»Weil du eine dieser verfluchten Erbinnen bist!«, rief die Wallattin. »Und weil Saat versuchen wird, ein Kind mit dir zu zeugen!«

Lana packte lähmendes Entsetzen. Plötzlich kam ihr die Prophezeiung der Undinen in den Sinn. Wollte Saat etwa der Vater des Erzfeinds sein? »Liebt Ihr ihn?«

»Er widert mich an«, gestand Chebree unter Tränen. »Aber nur so kann ich mir einen Platz unter den Siegern sichern. Einen Sohn wünscht sich Saat mehr als alles andere auf der Welt, und ich will diejenige sein, die ihm diesen Wunsch erfüllt.«

Lana zögerte einen Augenblick, bevor sie die nächste Frage stellte. »Erwartet Ihr bereits ein Kind?«

Sie sah die Königin im Dunkeln nicken, ohne zu wissen, ob sie die Frage tatsächlich bejahte.

»Von mir habt Ihr nichts zu befürchten«, sagte Lana. »Das Kind, das Ihr gebären werdet, wird vielleicht eines Tages die Menschheit retten. Flieht von hier und haltet es von Männern wie Saat fern. Möge Euch die Lehre der Weisen leiten!«

»Sombre soll dich holen!«, rief ihr die Königin hasserfüllt hinterher, während Lana davoneilte.

Sie atmete die klare Nachtluft ein und seufzte. Mit einem Blick auf ihre schmerzenden Füße wandte sie sich wieder nach Süden, zurück zur Gefahr, zum hohen Dyarchen – und zu Rey.

Im Lager der Wallatten herrschte heilloses Chaos. Tausende Sklaven waren nach der Befreiung durch Rey und Corenn nicht sofort geflohen, sondern hatten sich auf ihre Unterdrücker gestürzt, die aus dem Tunnel strömten. An den Hängen des Rideau brach eine blutige Schlacht aus, und wer zu fliehen versuchte, der wurde ein Stück weiter eingefangen und zum Kampf gezwungen.

Als das arkische Heer den Tunnelausgang erreichte, trieb es die letzten fliehenden Barbaren vor sich her. Nun konnten die einstigen Sklaven sicher sein, dass ihnen von dort keine Gefahr mehr drohte, und nahmen mit mörderischer Wut die Verfolgung ihrer Peiniger auf. Bald lag das verwüstete, mit unzähligen Leichen übersäte Lager verlassen da.

Yan seufzte erleichtert, als er wieder im Freien stand. Saats Tunnel rief die Erinnerung an die finsteren, unheimlichen Gänge des Jal'karu in ihm wach. Die brennenden Karren der Arkarier hatten diesen Eindruck noch verstärkt, weshalb er sich zeitweise an die Ufer des Flüstersees kurz vor einer Offenbarung der Undinen zurückversetzt gefühlt hatte. Aus den Blicken, die er und Léti sich zuwarfen, schloss er, dass es ihr nicht anders ging.

Grigán, Bowbaq und die beiden Kaulaner betrachteten das feindliche Lager, das sich vor ihnen ausbreitete. Es gab Bauwerke, die so groß waren, dass sie sich mit den Palästen goronischer Prinzen messen konnten, darunter eine Art Kampfarena und eine gewaltige Pyramide, die Sombre geweiht sein musste. Dahinter, am Fuß der nächsten Hügelkette, erhoben sich rund zwanzig Schutthaufen, die noch von den Grabungsarbeiten zeugten. Verfolgt von den einstigen Sklaven, die ihnen zahlenmäßig weit überlegen waren, versuchten sich die letzten wallattischen Krieger auf diese Geröllberge zu retten. Auch von Norden, wo ebenfalls erbittert gekämpft wurde, drang wildes Gebrüll heran. Bald würde die gesamte Gegend in ein einziges Schlachtfeld verwandelt sein und dem Erdboden gleichgemacht werden, so wie es Saat mit der Heiligen Stadt vorgehabt hatte.

Yans Blick kehrte zum Fuß des Berghangs zurück. Mehrere Dutzend Baracken brannten lichterloh, die Flammen erhellten die Nacht. Eine Menschenmenge von zwei- oder dreihundert ehemaligen Gefangenen drängte die Züu, ihre verhassten Kerkermeister, in das Feuer. Die Mörder im roten Gewand stießen gellende Schreie aus, als die Flammen sie verschlangen, aber trotz seiner Gutherzigkeit konnte Yan kein Mitleid für sie aufbringen.

Hinter den Erben organisierten die arkischen Krieger und die verbliebenen Ramgrith ihre Abwehr. Das wallattische Heer schien zwar vernichtend geschlagen, doch wenn auch nur ein Hauptmann etwas kühner war als die anderen, konnte er einen Gegenangriff wagen und den Tunnel zurückerobern. Die Nordländer wussten, dass sie durchhalten mussten, bis die Armeen aus Goran und Lorelien aus dem Tal der Krieger zu ihnen stießen. Niemand konnte sagen, was die Zukunft bringen würde, doch es war schön zu sehen, wie der junge Osarok aus dem Schneeigelklan und der alte Berec von den schwarzen Wölfen Schulter an Schulter Befehle gaben.

»Corenn!«, rief Bowbaq plötzlich. »Da kommen Corenn und Rey!«

Noch ehe sich die anderen umdrehen konnten, rannte er seinen Freunden entgegen. Corenn und Rey wurden von vier arkischen Kriegern begleitet, bei denen sie sich nach Bowbaq erkundigt hatten. Der Riese sprang ihnen fast auf die Füße, hob jeden von ihnen mit einem Arm in die Höhe und tanzte seinen gewohnten Freudentanz.

»Nicht so schnell«, flehte Rey mit vor Rührung zitternder Stimme. »Nach meinem kleinen Abstecher in den Kerker fühle ich mich, als hätte ich nächtelang gesoffen.«

Nun kamen auch Yan, Grigán und Léti angerannt und strahlten mit dem Mond um die Wette. Die junge Frau umarmte ihre Tante lange, bevor sie Grigán Platz machte, der Corenn an sein Herz drückte. Yan lachte über jeden von Reys Scherzen, überglücklich, sie nur endlich wieder zu hören. Corenn zwinkerte ihrem Schüler zu, dann schloss sie ihn ihrerseits in die Arme. Die Erben lachten und weinten gleichzeitig vor Glück. Sie hatten sich so viel zu erzählen, dass es für ein ganzes Leben reichen würde, und doch fanden sie kaum Worte für ihre Freude und Erleichterung, wieder vereint zu sein, alle wohlauf zu finden und so viele Gefahren überwunden zu haben. Im Jal'karu waren sie enttäuscht und verzweifelt auseinandergegangen und hatten ihr Ende schon vor Augen gehabt: Umso froher waren sie nun über den glücklichen Ausgang der Dinge, und umso zuversichtlicher blickten sie der Zukunft entgegen.

Doch leider fehlte jemand in der Runde. Obwohl alle daran dachten, wagte noch keiner, es auszusprechen und die anderen daran zu erinnern, dass der Krieg für sie noch nicht zu Ende war …

»Wo ist Lana?«, fragte Rey schließlich.

Mit einem Mal war alle Fröhlichkeit dahin. Die Freunde sahen sich betreten an. Lana hatte das Dorf des Rentierklans in Begleitung von Corenn verlassen – wenn sie Rey noch nichts gesagt hatte, hielt sie womöglich eine schlechte Nachricht zurück.

Als er begriff, dass die anderen ihm etwas verheimlichten, wandte sich Rey zu Corenn um.

»Sie ist ganz sicher noch am Leben«, sagte Corenn. »Saat wollte sie in seinen … Also … Er wollte sie in seinen Harem aufnehmen.«

Reys Gesicht verdüsterte sich. Er ging kurz in die Hocke, um seine Fassung zurückzugewinnen, und ließ den Blick dann über das verwüstete Lager schweifen. Wild entschlossen packte er den Griff seines Hati und schritt den Hang hinunter auf Saats Palast zu.

»Bleibt hier!«, befahl Grigán. »In weniger als einem Dekant sind unsere Männer bereit zum Angriff!«

»So viel Zeit hat Lana vielleicht nicht mehr!«, gab er zurück, ohne sich umzudrehen.

»Rey, warte!«

Yan holte ihn mühelos ein. Er litt mit Rey und konnte gut nachempfinden, wie er sich fühlte. Wäre Léti an Lanas Stelle gewesen, wäre Yan schon längst ins Tal gestürmt, um den zweihundertjährigen Hexer herauszufordern.

»Saat ist zu stark für uns allein. Corenn hat mir viel über Magie beigebracht. Ich weiß, wovon ich spreche.«

»Er hat recht«, mischte sich Corenn ein. »Saat ist unendlich viel stärker als wir. Wir werden ein ganzes Heer brauchen, um ihn aus seinem Palast zu vertreiben.«

»Saat ist sterblich, genau wie wir alle«, widersprach Rey. »Er muss für seine Schandtaten büßen.«

»Niemand hat das Gegenteil behauptet«, erregte sich Grigán. »Aber lasst uns wenigstens einige Vorkehrungen treffen! Müsst Ihr immer geradewegs in die Höhle des Löwen rennen?«

»Bis jetzt ist doch alles gut gegangen«, warf Léti zur allgemeinen Überraschung ein. »Wir müssen Lana da rausholen!«

Rey zwinkerte ihr dankbar zu. Dann wandten sich die beiden dem Palast zu und bedeuteten ihren Freunden, ihnen zu folgen. Yan zögerte nur kurz, bevor er seiner Versprochenen nachlief. Er hatte geschworen, sich nie wieder von ihr zu trennen, und wenn es ihn das Leben kostete!

»Aber ... Saat ist ein Hexer!«, rief Bowbaq ängstlich. »Gegen ihn sind wir machtlos!«

»Die Dara-Steine schützen uns vor seiner schwarzen Magie«, gab Rey zurück. »Ich habe es selbst erlebt.«

Trotzdem schnürte sich Yan die Kehle zusammen. Er hatte gegen die Banditen der Großen Gilde, die Züu, König Alebs Yussa und die wallattischen Barbaren gekämpft, hatte den Gespenstern von Romin, dem Gott Usul und selbst dem Dämon Sombre gegenübergestanden, doch das alles kam ihm nun, als er auf Saats finsteren Palast zuging, beinahe harmlos vor.

Denn der Hexer war schlau, ja so durchtrieben, dass er alle seine Verbündeten an Grausamkeit weit übertraf.

»Wartet auf mich!«, rief Grigán plötzlich.

Yan blieb stehen und zwang damit auch seine Gefährten, innezuhalten. Der Krieger verschwand für eine Dezille, dann kam er mit gezogenem Krummschwert den Abhang heruntergerannt.

»Sie werden angreifen, sobald das ganze Lager unter Kontrolle ist«, sagte er verärgert. »Ich habe einen Vorschlag: Wir schleichen uns heimlich hinein, und zwar nur, um Lana zu suchen. Saat heben wir uns für später auf.«

»Falls er nicht schon längst auf und davon ist«, bemerkte Léti.

»Hm. Darauf würde ich nicht mein Leben verwetten.«

Als sich Grigán zu Corenn und Bowbaq umwandte, um ihnen zum Abschied zuzuwinken, stellte er verblüfft fest, dass sie sich ihnen ebenfalls angeschlossen hatten.

»Wenn alle gehen, gehe ich auch«, verkündete der Riese.

»Besser könnte ich es auch nicht sagen«, stimmte Corenn zu. »Bisher haben wir alle Gefahren gemeinsam bestanden. Bringen wir zu Ende, was wir begonnen haben. Es gibt da nur ein Problem«, sagte sie düster. »Ich habe meinen Dara-Stein nicht mehr.«

»Ich bin ohnehin der Meinung«, setzte Grigán an, »dass Ihr Euch lieber in Sicher…«

»Es kommt nicht in Frage, dass ich hierbleibe, während Ihr Euch in Gefahr begebt«, unterbrach sie ihn. »Ich wollte Euch nur warnen. Und jetzt nichts wie los!«

Sie hatten sich gerade in Bewegung gesetzt, als Yan noch einmal stehen blieb. »Nehmt meinen Stein«, sagte er und reichte Corenn das Gwel. »Ihr braucht ihn dringender als ich. Saat wird es vor allem auf Euch abgesehen haben, auf die Erben. Wenn wir Glück haben, beachtet er mich gar nicht.«

»Auf keinen Fall«, empörte sich Corenn.

»Tante, lass doch wenigstens ein Mal jemand anderen recht haben!«, schimpfte Léti.

Sie nahm Yan den Stein ab und drückte ihn Corenn in die Hand, ohne Widerspruch zu dulden. Dann gab sie Yan einen zärtlichen Kuss auf die Lippen, und diese Belohnung war so wundervoll, dass er seine Idee nicht bereute.

Aber als sie wenige Dezillen später die ersten Stufen erreichten, die zu den Toren der Festung hinaufführten, kam sich Yan angesichts der Macht, die Saat im Jal'karu erlangt haben musste, schrecklich klein vor.

Arrogant und größenwahnsinnig ragte das Tol'karu am Rand des verwüsteten Lagers in die Höhe. Nur der Palast und Sombres Mausoleum waren von den Bränden und der Zerstörungswut der Sklaven verschont geblieben. Das Gelände zwischen dem Gebirge und den Bauwerken war mit Tausenden Leichen übersät, und auch auf der Treppe zum Palast des Hexers lagen mindestens hundert Tote, denen das Grauen für immer ins Gesicht geschrieben stand.

Léti konnte sich gut vorstellen, was hier geschehen war. Saat hatte sich in seiner Festung verschanzt und die Tore vermutlich mit Magie verschlossen. Einige Hauptmänner waren hierher geflohen, um bei ihrem Meister Schutz zu suchen, doch der Hexer musste ihre Verzweiflungsschreie ignoriert haben, und so waren sie vor dem Palast ihres Anführers niedergemetzelt worden.

Danach hatten die rachelüsternen Sklaven versucht, die Tore aufzubrechen. Doch sie schienen plötzlich tot umgefallen zu sein, dahingerafft von einem bösen Zauber, den sich die Erben nur dunkel vorstellen konnten. Wer überlebt hatte, war Hals über Kopf geflohen und hatte das Tol'karu mitsamt den Ungeheuern, die dort lauerten, weit hinter sich gelassen.

Das Unheimlichste aber war, dass die Tore nun halb offen standen.

»Das gefällt mir nicht«, sagte Grigán und stieg über einen zerstückelten Leichnam hinweg. »Es kommt mir fast vor, als würden wir erwartet.«

»Das ist nicht möglich, Freund Grigán«, sagte Bowbaq

zaghaft und hoffte inständig, dass er recht hatte. »Saat weiß doch gar nicht, dass wir hier sind.«

Rey und Corenn sahen sich vielsagend an. Sie hatten dem Hexer bereits gegenübergestanden und kannten seine Vorliebe für böse Überraschungen.

Nachdem sie sich einen Weg zwischen den Toten hindurch gebahnt hatten, versammelten sich die Erben im Säulengang und lauschten auf Geräusche aus dem Innern des Palasts.

»Diese Männer müssen etwas Schreckliches gesehen haben«, sagte Léti mit einem Blick auf ihre versteinerten Grimassen. »Es sieht ganz so aus, als hätten sie …«

»Einen Dämon gesehen?«, ergänzte Rey und trat durch das Tor. »Ein Grund mehr, hier nicht müßig herumzustehen.«

Grigán zuckte mit den Achseln und folgte ihm. Die anderen eilten hinterher. Sie wussten, dass sie vermutlich auf Sombre treffen würden, falls sie Saat begegneten. Sie wussten auch, dass keiner von ihnen der Erzfeind war und der Dämon aus dem Jal'karu sie mühelos besiegen würde. Also konnten sie nur hoffen, dem Ungeheuer dank der schützenden Steine zu entkommen.

Kaum hatte sie den Palast betreten, huschte Léti hinter eine Säule, wie sie es bei ihrem Kampflehrer beobachtet hatte. Wie die anderen war sie überrascht von der Stille, die im Innern herrschte. Insgeheim hatte sie damit gerechnet, auf eine letzte Kompanie von Wallatten zu stoßen, die bereit war, ihren Herrn und Meister bis zum letzten Blutstropfen zu verteidigen. Doch der Palast war leer wie ein Grab.

Was nicht gerade beruhigend war, wenn sie an Lana dachten …

»Ich kenne den Weg«, sagte Rey und setzte sich an die Spitze. »Passt auf, wohin Ihr die Füße setzt.«

Er führte sie die finsteren Gänge entlang, durch die er vor einigen Tagen gegangen war, und zuckte jedes Mal zusammen, wenn doch einmal eine Fackel ihr flackerndes Licht auf sie warf. Mehr noch als der Tunnel im Gebirge erinnerte sie der Geruch im Palast an die giftigen Dämpfe und das Gwel des Jal'karu. Sie waren in die Höhle des Untiers eingedrungen.

Schließlich erreichten sie das prachtvolle Privatgemach des hohen Dyarchen und durchsuchten es vorsichtig, zunächst ohne Erfolg. Doch dann entdeckte Yan einen Geheimgang, der sich hinter einem schweren Wandbehang versteckte. Er warf einen kurzen Blick hinein, bevor er die anderen mit zitternder Stimme zu sich rief.

»Das scheint eine Art Gefängnis zu sein«, sagte er hoffnungsvoll. »Vielleicht ist es der Harem?«

Die anderen stürzten sofort herbei, allen voran Rey. Er wagte sich in Begleitung von Grigán in den Gang hinein und stieß auf mehrere Zellen, deren Türen offen standen. Als Léti die verzerrten Gesichter ihrer Freunde sah, ahnte sie, welche Tragödie sich dort abgespielt hatte.

»Tot«, sagte Rey finster, während er von Zelle zu Zelle ging. »Er hat sie alle getötet!«

Hastig sah er auf der einen Seite des Gangs nach, seine Freunde überprüften die andere. In jeder Zelle fanden sie die Leiche einer ehemaligen Konkubine des hohen Dyarchen, die Hände im Augenblick des Todes über dem Herz verkrampft, ermordet durch grauenerregende schwarze Magie.

»Lana ist nicht dabei«, stellte Léti erleichtert fest.

»Die Tür nach draußen steht offen«, bemerkte Grigán. »Vielleicht konnte sie fliehen.«

Sie schwiegen unschlüssig. Wenn sie im Palast nach Lana suchten, liefen sie Gefahr, Saat oder Sombre in die Hände zu fallen. Doch wenn sie noch länger zögerten, würden sie ihre Freundin vielleicht nie wiedersehen.

»Los«, sagte Léti und nahm den anderen damit die Entscheidung ab. »Hier herumzustehen bringt uns nicht weiter.«

Sie liefen den Gang bis zu Saats Gemach zurück. Ihre ernsten Mienen zeugten davon, dass sie bereit waren, ihr Leben aufs Spiel zu setzen.

»Wohin jetzt, Freund Rey?«, fragte Bowbaq.

»Keine Ahnung«, gestand er. »Hier war mein Abenteuer zu Ende. Corenn?«

»Lana und ich wurden in einen großen Audienzsaal geführt«, erklärte sie. »Ich glaube, ich finde den Weg dorthin.«

Da niemand einen besseren Vorschlag hatte, ließen sie Corenn vorangehen. Wieder liefen sie endlose Gänge entlang und durchquerten rund ein Dutzend Zimmer, die ebenso geräumig waren wie Saats Privatgemach. Sie suchten überall, doch von Lana fanden sie keine Spur.

»Wir sind gleich da«, flüsterte Corenn im Halbdunkel.

Unvermittelt blieb sie stehen und streckte die Arme aus, um die anderen zurückzuhalten. Durch die angelehnte Tür eines Saals fiel ein Lichtstrahl.

»Herein, nur herein«, ertönte Saats Stimme. »Wir haben Euch schon erwartet.«

Grigán trat einen Schritt vor und schob die Tür mit der Spitze seines Krummschwerts auf. Mit einem schaurigen Quietschen schwang sie auf und gab den Blick auf den Thronsaal des hohen Dyarchen frei. Der Raum war mit Teppichen, Wandbehängen und unzähligen goldenen Kelchen und edelsteinbesetzten Schalen geschmückt, doch die Erben sahen nur eines: das Gesicht ihres Feindes.

Saat hatte seine Sturmhaube abgenommen. Er saß auf einem gewaltigen Thron, der auf einem Marmorpodest stand, und starrte seinen Besuchern mit hasserfülltem Blick entgegen. Sein fahles, von tiefen Falten zerfurchtes Antlitz zeigte keinen einzigen Streifen glatter Haut mehr. Faulige Zahnstummel ragten zwischen den dünnen Lippen hervor, was seine Miene zu einer schaurigen Grimasse verzerrte. Die wenigen verbliebenen Haare klebten ihm als dünne, schmutzstarrende Strähnen auf dem Schädel, und vom Kopf abwärts war er ebenso abstoßend anzusehen.

»Ich weiß, ich weiß«, spottete der hohe Dyarch. »Mein Teint ist schon lange nicht mehr besonders gesund.«

»Ungeheuer!«, brüllte Rey und wollte sich auf ihn stürzen. »Was hast du Lana angetan?«

Grigán packte ihn an den Kleidern und hielt ihn zurück. Die dreiste Überheblichkeit des Hexers war ihm unheimlich.

»Lana? Ach so, die Priesterin«, sagte Saat aufreizend gleichgültig. »Ich muss zugeben, dass ich ihr gegenüber etwas unaufmerksam war. Es ist ihr gelungen zu fliehen. Und das verdankt sie noch dazu meiner eigenen Hohepriesterin. Am liebsten hätte ich ihr die gleiche Strafe zuteil werden lassen wie den anderen Konkubinen, aber die Verräterin hat einen Eurer Steine eingesteckt. Ich hoffe, sie wird in irgendeinem Loch verrecken!«, setzte er in einem jähen Ausbruch des Hasses hinzu.

Als sie von Lanas Flucht hörten, fiel ihnen ein Stein vom

Herzen, doch noch bevor sie sich über die Nachricht freuen konnten, sprach Saat weiter.

»Allerdings versteht es sich von selbst, dass es mir nicht schwerfiel, Eure Freundin wiederzufinden. Ihr werdet froh sein zu hören, dass sie hier bei uns ist und mit rührender Inbrunst zu den Göttern betet. Gors, würdest du Ihre Exzellenz hereinführen?«

Entsetzt sahen die Erben, wie hinter Saats Thron ein Wandteppich zur Seite geschoben wurde und zwei Gestalten in den Saal traten. Die eine war ein wallattischer Riese, noch größer und stärker als Bowbaq, was sie niemals für möglich gehalten hätten. Er war schweißgebadet, schmutzig und blutete aus mehreren Wunden. Sein Haar war rußgeschwärzt und zerzaust. Er trug eine gewaltige Axt, die er mit beiden Händen umklammert hielt, und warf den Erben einen hasserfüllten Blick zu.

Die zweite Gestalt war Lana selbst. Die nackte Angst in den Augen der Priesterin erschütterte ihre Freunde. Ihr tränenüberströmtes Gesicht schien in einem Ausdruck hilflosen Entsetzens erstarrt zu sein. Und ihre Hand … Ihre Hand umschloss einen Dolch, den sie gegen die eigene Kehle richtete.

»Jetzt sind wir ja alle wieder beisammen«, höhnte Saat. »Wie Ihr seht, habe ich die Dame völlig in meiner Gewalt. Sobald ich meinen Willen entfessele, stößt sie sich die Klinge in den Leib. Das wäre doch schade, nicht wahr? Eine so schöne Frau. Gewiss wäre sie noch für andere Spiele zu gebrauchen.«

»Ich bringe dich um«, stieß Rey zwischen den Zähnen hervor und hob seinen Hati. »Ich weiß nicht, wie und wann, aber ich schwöre dir, dass ich dich umbringe.«

»Elender Narr! Du hast es schon einmal versucht, weißt

du noch? Ihr könnt mich nicht töten. Ich bin unsterblich! Glaubt Ihr etwa, dass Ihr Ith retten könnt, indem Ihr *eine* Armee in die Flucht schlagt? Ich brauche keine zehn Jahre, um ein neues Heer aufzustellen. Und ich habe die ganze Ewigkeit vor mir!«

»Saat, kommt doch zur Vernunft«, flehte Corenn. »Ihr könnt den Gott, der Euch gehorcht, dazu bringen, Gutes zu tun.«

»Gut und Böse sind nur zwei Seiten ein- und derselben Medaille«, sagte er grinsend. »Erinnert Ihr Euch? Das Jal'karu, das Jal'dara ... Das alles ist belangloses Geschwätz. Auf welcher Seite man steht, ist unwesentlich: Nur der Sieg zählt. Und der ist mir endgültig sicher, wenn ich Euch vernichtet habe!«

Die Anspannung im Raum stieg ins Unerträgliche. Rey, Grigán und Léti hätten sich schon längst auf den Thron gestürzt, wenn der Anblick von Lana, die in ihrem eigenen Körper gefangen war, sie nicht zurückgehalten hätte.

»Ihr wisst die Lage richtig einzuschätzen, wie ich sehe«, sagte der hohe Dyarch genüsslich. »Ich hätte Euch Frauen gern als Sklavinnen behalten, doch offenbar braucht mein Verbündeter einen weiteren Beweis meiner Ergebenheit. Und auf Sombres Zuneigung kann ich nicht verzichten.«

»Ich würde ohnehin lieber sterben, als deine Fratze zu ertragen!«, konterte Léti.

»Nur Geduld, meine Kleine, dieser Wunsch wird dir schon bald erfüllt. Jetzt liegt es allein an Euch, ob Ihr rasch sterbt oder Euch in endlosen Todesqualen windet. Mein Freund Gors wird nun zu Euch kommen, weil er etwas Besonderes von Euch will. Ich rate Euch, ihn nicht zu verärgern: Er war mittendrin, als im Tunnel das Chaos ausbrach, und er weiß inzwischen, dass Ihr daran schuld seid. Er ist sehr, sehr wütend ... Gebt ihm die Dara-Steine!«, befahl Saat mit schneidender Stimme.

Der wallattische Riese stampfte zu den Erben, blieb vor Bowbaq stehen und streckte fordernd die Hand aus, während er ihn abschätzig musterte. Zum ersten Mal wirkte Bowbaq klein.

Er starrte auf Gors' Handfläche, sah zu Saat und Lana und drehte sich dann zu den anderen um. »Corenn, wenn ich ihm den Stein gebe, sehe ich meine Kinder nie wieder, stimmt's?«

»So ist es«, sagte sie widerstrebend. »Es tut mir leid, Bowbaq.«

»Dann gebe ich ihn nicht her«, sagte er und riss seinen Streitkolben in die Höhe.

Gors verzog das Gesicht zu einem grausamen Grinsen, trat zwei Schritte zurück und winkte Bowbaq zu sich. Sofort sprang Grigán ebenfalls vor, doch er hatte die Rechnung ohne Saat gemacht.

»Du kommst auch noch an die Reihe, Krieger«, sagte der Hexer. »Gönne uns das Duell der Riesen!«

»Wir sollten diesem Barbaren alle an die Gurgel springen«, zischte Rey.

»Nichts da!«, mahnte der hohe Dyarch. »Wenn sich außer dem Arkarier irgendjemand in diesen Kampf einmischt, wird sich die Maz ein letztes Lächeln aufs Gesicht zeichnen. Verstanden?«

Die Antwort erübrigte sich. Bowbaq trat vor und ging unbeholfen in Stellung, indem er seinen Streitkolben wie ein Schwert hielt. Gors verspottete seine Haltung und ließ seine Axt mehrmals über dem Kopf kreisen, um seinen Gegner einzuschüchtern. Dann hörte er mit den Spielchen auf und ging mit wutverzerrtem Gesicht zum Angriff über.

Yan und Corenn hatten gleichzeitig die Idee, ihren magischen Willen gegen den Barbaren zu richten, doch das stellte sich als wirkungslos heraus, da Gors einen Dara-Stein bei sich trug. Die beiden Magier konzentrierten sich auf Gors' innerstes Wesen, doch es blieb ihnen verschlossen. Es war ein mehr als seltsames Gefühl – und eine große Enttäuschung.

Der Wallatte ließ seine Waffe durch die Luft sausen. Im allerletzten Moment konnte Bowbaq dem Schlag um Haaresbreite ausweichen. Gleich darauf traf die Axt mit einem scharfen Knall die Säule, an die sich Bowbaq angelehnt hatte. Immer wieder schlug der Barbar nach ihm, ein Angriff war heftiger als der andere, und jedes Mal entkam der Arkarier nur durch ein waghalsiges Ausweichmanöver.

Saat lachte über seine verzweifelten Verrenkungen. Es schien ihn nicht zu kümmern, wer den Sieg davontrug. Die Erben bebten vor Zorn, aber der Hexer hielt alle Trümpfe in der Hand. Selbst wenn sie bereit gewesen wären, Lana zu opfern, könnten sie den unverwundbaren Körper des hohen Dyarchen mit ihren Waffen nicht verletzen.

Die beiden Riesen verausgabten sich weiter in ihrem tödlichen Tanz. Bowbaq hatte sich bislang nur gegen Gors behaupten können, weil der Wallatte Mühe hatte, seine riesige Axt auf so engem Raum zu schwingen. Zu beschäftigt damit, den Schlägen auszuweichen, vergaß Bowbaq ganz, selbst anzugreifen.

»Deine Waffe, Bowbaq!«, rief Léti und schloss sich den Anfeuerungsrufen der anderen an. »Benutz deine Waffe!«

Er packte den Streitkolben, der an seinem Arm baumelte, und versetzte Gors einen leichten, fast schüchternen Schlag auf den Rücken, als sich ihm die Gelegenheit bot. Der Barbar fuhr mit einem Wutschrei herum und zeigte mit dem Finger auf das Gesicht seines Gegners.

»Das hättest du nicht tun sollen, Zwerg«, brüllte er voller Hass. »Ich werde deine Frau zur Witwe machen!«

Bei dieser Drohung runzelte Bowbaq die Stirn, warf sich dem Wallatten entgegen, der gerade zu einem neuen Angriff ansetzte, und rammte ihm den Streitkolben mit voller Wucht in den Magen. Der Barbar krümmte sich vor Schmerz zusammen, ging zu Boden und verlor das Bewusstsein.

»Bravo!«, rief Saat und klatschte aufreizend laut in die Hände. »Ich hätte nicht gedacht, dass Ihr einen solchen Hang zur Grausamkeit habt. Offenbar muss man nur Euren wunden Punkt kennen. Was sagt Ihr nun zum Unterschied zwischen Gut und Böse?«

»Gebt dieses grausame Spiel auf«, versuchte es Corenn noch einmal. »Flieht, solange Ihr noch könnt, Saat. Selbst Eure Magie wird Euch nicht vor den Tausenden von Männern retten, die den Palast schleifen werden.«

»Von diesen Tausenden wird nur noch eine Handvoll übrig bleiben, sobald Sombre aufhört zu schmollen«, entgegnete der Hexer. »Warum tut Ihr immer noch so, als hättet Ihr das Spiel gewonnen? Keiner von Euch wird diesen Ort lebend verlassen …«

Auf einmal entfuhr Lana ein ersticktes Schluchzen, als sich die eiserne Klammer um ihren Geist löste. Alle Blicke wandten sich ihr zu, während sie den Dolch fallen ließ und auf Rey zurannte. Im gleichen Augenblick stieß Grigán einen gellenden Schmerzensschrei aus.

Die Erben fuhren herum. Er war auf die Knie gesunken und presste sich eine Hand auf die blutende Schulter. Hinter ihm schickte sich Yan gerade an, ein zweites Mal zuzuschlagen. Er stand im Bann des Hexers.

»Yan!«, schrie Léti, während Grigán gerade noch die Kraft fand, sich zur Seite zu rollen.

Yans Schwert zerschlitzte den Teppich, auf dem das Blut des Kriegers dunkle Flecken hinterlassen hatte. Dann verdrehte Grigán die Augen und verlor das Bewusstsein. Léti machte einen Satz nach vorn und zog ihr Rapier in genau dem Augenblick, in dem Yan die Waffe hob, um den Krieger zu töten.

Ihre Klingen kreuzten sich klirrend, und das Liebespaar stand sich im Kampf gegenüber. Yans Haltung war drohend, doch in seinen Augen lagen Bedauern und Entsetzen. Er hatte keinen Dara-Stein: Der Hexer hatte Lana nur freigegeben, um Yan in seine Gewalt zu bringen.

»Tante Corenn, tu etwas!«, flehte Léti.

Doch die Magierin war machtlos. Selbst mit der ganzen Kraft ihres Willens konnte sie nichts gegen den Bann ausrichten, der Yan gefangen hielt. Léti wich langsam vor dem besessenen jungen Mann zurück, der sich mit erhobenem Schwert auf sie zubewegte.

»Aufregend, nicht wahr?«, sagte Saat. »Wer hätte gedacht, dass ich mit Euch so viel Spaß haben würde?«

»Kann nicht endlich jemand dieses Ungeheuer zum Schweigen bringen?«, stieß Léti hervor.

Einen Augenblick später griff Yan mit einem so brutalen Schlag an, dass er Léti den Kopf hätte abtrennen können. Sie parierte, trat zur Seite und wehrte den nächsten Schlag ab, während sie gegen den Impuls ankämpfte, einen Gegenangriff zu lancieren. Yan hatte zwar längst nicht so viel Unterricht von Grigán erhalten wie sie, aber er hatte in letzter Zeit so viele Schlachten miterlebt, dass er ihr durchaus gefährlich werden konnte.

Als der erste Schreck verflogen war, reagierten auch die

anderen. Corenn stürzte zu Grigán, der immer noch stark blutete.

Rey stieß Lana entschlossen zur Seite und marschierte auf den Thron zu. »Bowbaq, hilf mir«, befahl er knapp.

Saat stieß ein dämonisches Lachen aus, als er die beiden Männer mit erhobenen Waffen auf sich zukommen sah. Dann sprang er flink auf die Füße, zog ein prunkvolles Schwert und richtete es auf seine Angreifer. »Eigentlich würde es genügen, dieser Waffe mit bloßer Gedankenübertragung mitzuteilen, dass ich Euren Tod wünsche«, verriet er ihnen. »Ihr könnt von Glück sagen, dass Ihr diese verfluchten Steine habt. Aber das ändert nichts an der Tatsache, dass Ihr sterben werdet!«

Der hohe Dyarch unterstrich die Drohung mit einigen gezielten Angriffen und bewies damit, dass er trotz seines Alters ein begnadeter Schwertkämpfer war. Er verletzte Bowbaq an der Hüfte und hätte Rey mit seiner scharfen Klinge beinahe den Oberschenkel durchbohrt.

Léti behauptete sich weiter gegen Yan, aber nur noch mit Mühe. Allmählich stieg Verzweiflung in ihr auf, obwohl sie sich geschworen hatte, nie wieder den Mut zu verlieren. Doch diesmal sah sie keinen Ausweg. Sie fürchtete, in wenigen Dezillen von dem Menschen niedergestreckt zu werden, den sie am meisten liebte.

Während Corenn eine Hand auf Grigáns Wunde presste, strich sie ihm über das Gesicht. Sie empfand tiefe Reue. Sie hätten sich nicht in den Palast vorwagen dürfen. Sie hätten sich niemals für stark genug halten dürfen, Saat herauszufordern.

Da stieß Rey plötzlich einen Triumphschrei aus: Er hatte die faltige Hand des Hexers mit seinem vergifteten Hati aufgeschlitzt. Doch Saat lachte nur höhnisch, während sich die Wunde bereits wieder schloss. Ihre Lage war einfach hoffnungslos.

»Sombre! O Sombre!«, rief Lana plötzlich, da sie endlich wieder klar denken konnte. »Hört mich an! Saat ist *nicht* Euer Freund! Er will der Vater des Erzfeinds sein!«

Augenblicklich streckte der Hexer gebieterisch die Hand aus und brachte sie wieder in seine Gewalt. Lanas Gesicht erschlaffte. Gleichzeitig kam Yan frei und ließ das Schwert fallen.

»Léti … Grigán … Es tut mir so leid«, stammelte er mit Tränen in den Augen.

»Lauf weg, Yan, schnell!«, rief ihm seine Geliebte zu. »Lauf weg, bevor es wieder passiert!«

Yan starrte seine Freunde einen Augenblick lang an, dann rannte er zur Tür hinaus und den Gang entlang, so schnell er konnte, immer weiter, weg von Saat und seinem bösen Zauber.

»Flieht alle!«, befahl Rey, da er sich Saat nur noch mit Mühe vom Leib halten konnte.

»O nein«, entgegnete der hohe Dyarch und streckte die Hand kurz zum Ausgang hin.

Mit großer Wucht schlug die Tür zu. Alle Erben, die noch bei Sinnen waren, erstarrten vor Entsetzen.

»Ich sagte doch, dass keiner von Euch diesen Ort lebend verlassen wird«, verkündete er triumphierend.

Yan rannte, wie er noch nie in seinem Leben gerannt war. Er spürte noch immer die eiserne Klammer um seinen Geist. Bei dem Gedanken, dass er seine Freunde in einem Albtraum zurückließ, blieb er bisweilen stehen und zögerte, doch dann erinnerte er sich an alles, was passiert war, und rannte noch schneller. Wenn er zu Léti zurückkehrte, würde er sie möglicherweise töten.

Endlich erreichte er die große Halle und unterdrückte ein Schluchzen, als er durch das Eingangstor ins Freie stürzte. Die kühle Nachtluft half nicht gegen seine Benommenheit. Scham, Reue und Verzweiflung überwältigten ihn, obwohl er nicht daran schuld war, dass alles eine so furchtbare Wendung genommen hatte.

Grigán ... Er hatte Grigán unter Saats Bann einen Schwerthieb versetzt. Yan sah die Szene in allen Einzelheiten vor sich. Der ungläubige Blick des Kriegers, als sich sein Gesicht vor Schmerz verzerrte. Die Resignation, die Yan unmittelbar danach in seinen Augen gelesen hatte.

Das alles war zu viel. Zum ersten Mal seit Beginn ihrer Reise brach Yan in Tränen aus. Er lehnte sich an eine Säule und vergrub das Gesicht in den Händen, um die Leichen auf der Treppe vor dem Palast nicht mehr sehen zu müssen.

Eine von Usuls Prophezeiungen würde nun doch in Erfüllung gehen. Grigán würde sterben, ja vielleicht war er sogar schon tot, niedergestreckt von der Hand desjenigen, der alles gegeben hatte, um ihm das Leben zu retten. Die Zukunft verändert sich, sobald sie offenbart wird. Will man ein Geschehen verhindern, führt man es dadurch vielleicht erst herbei. Jetzt erst erfasste er den eigentlichen Sinn von Usuls Worten.

Und Léti? Und die anderen? Ihre Aussichten, den Hexer zu besiegen, waren verschwindend gering. Welche Hoffnung blieb ihnen noch? Saat verfügte über Sombres Macht und war damit ein gottgleicher Feind. Was konnte Léti gegen einen Gott ausrichten?

Trotzdem musste er irgendetwas unternehmen. Sie hatten doch nicht so viele Gefahren auf sich genommen und so viele Prüfungen bestanden, um nun kläglich zu scheitern. Sie durften nicht zulassen, dass ihr Feind sie weniger als einen Dekant nach ihrem Wiedersehen so grausam tötete.

Yan wischte sich wütend die Tränen aus dem Gesicht und ließ seinen Blick über die Überreste von Saats Feldlager schweifen. Die Kämpfe rings um den Palast waren abgeflaut. An den Berghängen errichteten die Arkarier ihre Verteidigungsposten, und die Sklavenunterkünfte kohlten vor sich hin. Er schätzte, dass er mindestens zwei Dezimen brauchen würde, um den Tunneleingang zu erreichen, eine ausreichend große Truppe zusammenzustellen und zum Palast zurückzukehren. Das war viel zu lang!

Verzweifelt sah er sich noch einmal um, in der Hoffnung, ein paar Männer zu entdecken, die ihm zu Hilfe kommen konnten.

Sein Blick blieb an Sombres Mausoleum hängen. Die gewaltige Pyramide des Dämons war unversehrt geblieben und schien Sterbliche davor zu warnen, sich auch nur in ihre Nähe zu wagen.

Yan ballte die Fäuste und rannte wieder los. Nur war er diesmal nicht auf der Flucht.

Létis Blick wanderte von Grigáns lebloser Gestalt über Lanas schreckerstarrte Züge zu Saats siegesgewisser Miene. Vielleicht hatte sie Yan soeben zum letzten Mal gesehen. An alldem war der Hexer schuld. Sie umklammerte den Griff ihres Rapiers und eilte Rey und Bowbaq zu Hilfe, die den Angriffen ihres Feindes kaum noch etwas entgegenzusetzen hatten.

Sie hatte nur noch eins im Sinn: Saat mit ihrem Rapier zu durchbohren – selbst wenn es vergeblich war. Selbst wenn er sie anschließend tötete. Es war ihr lieber, als Erste zu sterben, als zusehen zu müssen, wie ihre Freunde einer nach dem anderen niedergemetzelt wurden.

»Lana, nicht!«, schrie Corenn.

Instinktiv sprang Léti zur Seite, gerade noch rechtzeitig, um dem Schwertstoß zu entgehen, den ihr Lana hatte versetzen wollen. Ging das etwa schon wieder los? Würde sie gegen all ihre Freunde kämpfen müssen, bevor sie Saat die Stirn bieten konnte?

Lana hielt die Waffe unbeholfen in der Hand, doch solange sie unter Saats Einfluss stand, waren ihre Schläge ebenso gefährlich wie Yans. Einer plötzlichen Eingebung folgend, griff Léti Lana an, um ihr das Schwert aus der Hand zu schlagen. Die Priesterin parierte ihren Vorstoß geschickt. Wie konnte Saat gleichzeitig seine eigene Waffe führen und Lanas Körper lenken? Die Übermacht des Hexers war so offenkundig, dass sich Léti keiner Illusion mehr hingab: Alle Hoffnung war verloren.

Sie bot ihre letzten Kräfte auf, um wenigstens nicht von einem ihrer Freunde getötet zu werden. Irgendwo hinter ihr schrie Bowbaq gellend auf. Léti warf einen raschen Blick über die Schulter und sah, dass der Riese ein zweites Mal verletzt worden war, am Arm diesmal, und seine Waffe hatte fallen lassen.

Jetzt war Rey der Einzige, der Saat noch standhielt, und er parierte die Schläge des magischen Schwerts mit einem einfachen Dolch. Länger als eine oder zwei Dezillen würde er nicht mehr durchhalten.

Kein Sklave hatte es gewagt, sich Sombres Tempel zu nähern, selbst als ihnen der Sieg gewiss war. Der Gott flößte ihnen zu viel Angst ein. Jeder wusste, dass der Dämon Spaß daran hatte, Menschen durch sein Labyrinth zu jagen, und manchmal waren die Todesschreie der Opfer bis nach draußen zu hören gewesen. Wer sich in das Mausoleum des Bezwingers wagte, musste entweder verrückt oder lebensmüde sein.

Yan starrte die Treppe hinab, die der einzige Zugang zur Pyramide zu sein schien. Die in den Boden gehauenen Stufen verschwanden in einer undurchdringlichen Finsternis, und in das Reich des jüngsten Dämons aus dem Jal'karu drang kein Licht von außen. Das Bauwerk bestand aus roh behauenem Stein, der ihn an die finsteren Gänge der Unterwelt erinnerte.

Neben der Öffnung lag eine schwere Steinplatte. Die daran befestigten Ketten ließen keinen Zweifel daran, wozu sie diente. Wer in dem Mausoleum eingekerkert wurde, konnte nicht hoffen, jemals wieder das Tageslicht zu erblicken. Yan atmete tief durch und ging tapfer die ersten Stufen hinunter.

Modergeruch schlug ihm entgegen. Er blieb stehen, bis sich seine Augen an die Dunkelheit gewöhnt hatten. Das Herz schlug ihm bis zum Hals, doch die lähmende Angst blieb aus. Vor seinem geistigen Auge sah er immer noch Grigán, der verwundet zu Boden sank, und Léti, die ihn anflehte zu fliehen. Er wusste nicht mehr, ob er Rettung suchte oder Buße tun wollte. Vielleicht beides.

Er ging noch ein paar Schritte weiter, während die Schatten um ihn herum immer schwärzer wurden. Der Boden und die Wände waren mit dunklen Flecken übersät. Yan hatte in letzter Zeit genug erlebt, um zu erkennen, dass es sich um Blut handelte. Plötzlich dämmerte ihm, dass er sich anschickte, etwas Ungeheuerliches zu tun. Er würde zum dritten Mal einem Gott gegenübertreten.

Doch diesmal waren es weder Usul noch Nol. Sombre war eine Bestie – der Mog'lur, der Séhane getötet hatte, der schwarze Schatten, der die Erben zum Tod verurteilt hatte, das Untier, das in seiner Pyramide auf Beute lauerte. Yan trug keine Waffe bei sich, und er wusste auch nicht, ob ihm sein magischer Wille helfen würde. Er hatte nicht einmal mehr den Stein aus dem Jal'dara. Noch nie hatte er sich in so große Gefahr begeben, und noch nie war er so schutzlos gewesen.

Er tappte weiter und sah bald nichts mehr. Nur seine ausgestreckten Hände bewahrten ihn davor, gegen die Wand zu laufen. Er wagte sich noch zehn Schritte weiter, tastete nach links und nach rechts und blieb schließlich stehen, weil er fürchtete, sich in dem Labyrinth zu verirren.

Völlige Dunkelheit umfing ihn. Es war, als wäre die Welt untergegangen, als wäre er ein im Nichts schwebender Körper. Um ihn herum herrschte nur noch Stille, und doch wusste Yan, dass er nicht allein war.

»Sombre«, rief er und erschrak beim Klang seiner eigenen Stimme. »Ich bin Yan aus Eza, und ich muss mit Euch sprechen. Zeigt Euch.«

»Du wirst sterben«, wisperte es hinter ihm, und jemand blies ihm einen glühenden Atem in den Nacken.

Léti heulte vor Wut und Entsetzen auf, als Lanas Schwert sie mit voller Wucht am Knie traf. Mit einigen Finten brachte sie sich außer Reichweite und untersuchte die Wunde, die zum Glück nicht besonders tief war. Die schwarze Lederkluft, die Grigán ihr geschenkt hatte, hatte sie vor dem Schlimmsten bewahrt. Dennoch war der Schlag so heftig gewesen, dass Léti leicht hinkte, als sie den nächsten Angriffen der Maz auswich.

Bowbaq hatte sich an eine Wand gelehnt, denn er war zu geschwächt von seinen beiden Verletzungen, um weiterkämpfen zu können. Grigán war immer noch bewusstlos und würde vielleicht nie mehr aufwachen. In Lanas Augen lagen Verzweiflung und Bedauern, doch die Macht, die ihren Körper beherrschte, zwang sie zu immer heftigeren Attacken. Saat lenkte sie mit dem Geschick eines Puppenspielers, und für Lana, die sich seit jeher für Tugenden wie Frieden und Gewaltlosigkeit einsetzte, musste diese Erfahrung erschütternd sein.

Plötzlich wandte sich Corenn von Grigáns regloser Gestalt ab und sprang auf, um ihrer Nichte zu Hilfe zu kommen. Mit drei raschen Schritten trat sie von hinten an Lana heran und versuchte, ihr die Arme festzuhalten. Aber sie stellte sich ungeschickt an und wurde von der Maz, die den Griff heftig abschüttelte, zu Boden gestoßen. Léti konnte gerade noch verhindern, dass Lana ihrer Tante einen tödlichen Stoß versetzte.

Corenn fuhr hoch, entrang der Priesterin mit letzter Kraft die Waffe und rief Léti einen entschlossenen Befehl zu: »Halte sie fest!«

Verwundert sah Léti zu, wie Corenn zu Grigán zurückkehrte und in seinen Taschen wühlte. Hinter ihr, ganz nah am Thron, rief Rey verzweifelt um Hilfe. *Schnell, Tante, schnell!*

Corenn kehrte mit Grigáns magischem Stein zurück und drückte ihn Lana mit Gewalt in die Hand. Im selben Moment stieß Saat einen gellenden Siegesschrei aus. Die Maz sackte in sich zusammen, und Léti gab sie frei, um sich ihm zuzuwenden.

Der hohe Dyarch stand über Rey und hatte ihm einen Fuß auf die Brust gestellt. In Reys Bauch klaffte eine furchtbare Wunde. Lana schrie entsetzt auf und stürzte zu ihm, während Saat sein Opfer dem Schicksal überließ und auf Léti zutrat.

»Du bist nun die Letzte, die noch eine Waffe trägt«, sagte er mit einem widerwärtigen Grinsen. »Gib mir deinen Stein, und ich verspreche dir einen raschen Tod!«

Sie warf einen verzweifelten Blick auf ihre Freunde und hob trotzig das Rapier. Sie hätte Yan gern ein letztes Mal geküsst, bevor sie starb.

Sombres unheimliche Stimme strich durch die Gänge des Tempels wie Wind über einen Friedhof. Yan hätte schwören können, sie hinter sich gehört zu haben, doch als er mit der Hand durch die Dunkelheit fuhr, griff er ins Nichts. »Du wirst sterben«, ertönte es wieder dumpf, ohne dass Yan hätte sagen können, woher die Stimme kam. Die Worte schienen aus den Mauern selbst zu dringen.

Yan wagte sich weiter in das Labyrinth hinein. Er durfte sich keine Angst einjagen lassen. Er durfte dem Dämon nicht in die Falle gehen und darin herumzappeln wie ein verschrecktes Tier.

»Sombre, hört mir zu«, rief er. »Ich kenne Eure Geschichte. Ich weiß, was geschehen ist, als Ihr …«

Er konnte den Satz nicht zu Ende bringen, weil ihn ein heftiger Schlag in den Rücken zu Boden warf. Mit schmerzverzerrtem Gesicht tastete Yan die Stelle ab. Blutete er? Offenbar nicht. Der Dämon hatte ihm nur einen brutalen Stoß versetzt, wie eine Katze, die mit einer Maus spielt.

Langsam rappelte er sich hoch und machte sich auf einen neuen Angriff gefasst. Dabei stellte er fest, dass er durch den Sturz endgültig die Orientierung verloren hatte. Wo war der Ausgang? Da er sich nicht anders zu helfen wusste, tappte er einfach weiter und sah zu, dass er wenigstens eine Mauer im Rücken behielt.

»Ich weiß, was geschehen ist, als Ihr durch das Jal'karu geirrt seid«, sagte er nach einigen Augenblicken des Schweigens. »Saat hat Euch beeinflusst. Er hat Euren Geist manipuliert. Ihr glaubt, dass Ihr ihm Euer Dasein verdankt, aber das ist nicht wahr. Er …«

Er biss sich auf die Zunge, als ihn ein Schlag gegen den Kiefer zum Schweigen brachte. Diesmal spürte Yan ganz deutlich den Luftzug, der Sombres Bewegungen begleitete. Vor seinem geistigen Auge sah er den Mog'lur, wie ihn Bowbaq und Grigán beschrieben hatten, und ihm lief ein eisiger Schauer über den Rücken.

Er schwieg und strich sich vorsichtig über die Wange. Dieses Mal blutete er. Der Dämon war ihm mit scharfen Krallen übers Gesicht gefahren und hätte ihm fast ein Auge ausgekratzt. Yan fragte sich, ob er Narben davontragen würde, doch in seiner Lage war das nicht länger von Bedeutung.

Er beschloss, es anders zu versuchen. Mit der Wand im Rücken war er einigermaßen geschützt gewesen, doch nun trat er mit ausgestreckten Armen in die Mitte des Gangs. Diese Geste der Unterlegenheit würde Sombre vielleicht einige Dezillen lang verwirren, gerade so lang, wie Yan brauchte, um seine vielleicht letzte Mission zu erfüllen.

»Saat ist nicht Euer Herr«, rief er, die Muskeln schon in

Erwartung des nächsten Angriffs angespannt. »Ihr müsst ihm nicht gehorchen.«

Er schwieg eine Weile und rechnete fest mit einem weiteren Schlag aus dem Nichts. Doch die Finsternis blieb so still wie das Meer nach einem Sturm. Hatte er einen wunden Punkt getroffen? Yan nahm all seinen Mut zusammen und sprach mit festerer Stimme weiter. »Saat achtet Euch genauso wenig wie alle anderen. Ihm geht es nur darum, aus Eurer Kraft zu schöpfen. Und nichts zwingt Euch dazu, das zuzulassen.«

»Du *lügst*«, grollte die Stimme hasserfüllt.

Dieses Mal erahnte Yan die Bewegung des Ungeheuers, bevor ihn der Schlag traf. Er erwischte ihn mit voller Wucht im Magen und raubte ihm für eine Dezille den Atem. Er hörte sogar die Krallen des Dämons über den Stein kratzen, als dieser sich von seinem Opfer zurückzog. All das gehörte zu seinem heimtückischen Spiel: Der Dämon weidete sich an der Todesangst seiner Beute.

Yan griff an sein zerrissenes Hemd. Er spürte, wie Blut über seine Haut rann und den Stoff durchtränkte. Wenn es so weiterging, würde ihm bald keine Kraft mehr bleiben, sich weiter voranzuschleppen.

Als plötzlich Lichtpunkte vor seinen Augen flimmerten, befürchtete er das Schlimmste. Doch die Punkte wurden größer, vervielfachten sich und ließen die Steinwände bald leuchten wie einen Feuerteppich. Die Schatten wichen zurück, und Yan, die Hand noch immer auf den Magen gepresst, stand dem Dämon, der die Erben verfolgte, von Angesicht zu Angesicht gegenüber.

Sein Herz setzte kurz aus, als sich das Ungeheuer im Funkenschauer aufrichtete. Einen Wimpernschlag lang erblickte Yan den Mog'lur in seiner fürchterlichsten Gestalt, ein

Wesen, das an nichts mehr Gefallen fand, als seine Opfer in Stücke zu reißen, ihren Schmerzensschreien zu lauschen und zu kämpfen, immer weiter zu kämpfen und jedes Mal zu siegen. Er sah den Gott, wie Saat ihn erschaffen hatte.

Im nächsten Augenblick war es vorbei.

Vor Yan stand nur noch ein junger Mann mit schwarzem Haar und fragendem Blick, gekleidet in eine nachtschwarze Tunika, wie man sie auch in Kaul oder Lorelien fand. Sombre sah aus, als könnte er sein Bruder sein. Das verwirrte Yan so sehr, dass er fast glaubte, in einem Traum zu sein.

Aber nur fast. Erinnerungen an seine Reise stiegen in ihm auf. Das Jal'karu hatte sich ihm am stärksten eingeprägt. Im fahlen Licht des Mausoleums fühlte sich Yan ins Land der Dämonen zurückversetzt, und einige Schritte vor ihm stand das jüngste, das einsamste, aber auch das furchterregendste Kind der Unterwelt.

»Ich lüge nicht«, widersprach Yan und versuchte, seiner Stimme Nachdruck zu verleihen. »Saat nutzt Euch nur aus. Alles, was er unternimmt, dient nicht Eurer Macht, sondern der seinen. Ihr seid nur eine Marionette«, sagte er und hoffte, damit nicht seine letzten Worte gesprochen zu haben.

Sombre zog die Augenbrauen so weit zusammen, dass sie eine geschlossene Linie bildeten. Yan wollte den richtigen Moment abpassen, um seinen letzten Trumpf auszuspielen, doch er war nicht sicher, ob er dazu überhaupt noch Gelegenheit haben würde. »Saat hat Euch alles genommen, selbst die Möglichkeit, ein anderer zu werden«, sagte er verzagt. »Ihr seid kein richtiger Gott: Ihr seid nur ein Abbild, eine schlechte Kopie, erschaffen vom Geist eines Sterblichen. Saat ist der eigentliche Bezwinger. Ihr seid nichts, und das ist allein seine Schuld. Ihr solltet ihn hassen, anstatt ihm zu helfen!«

»Er ist mein Freund!«, rief der Dämon mit erschreckender Heftigkeit.

Yan hätte schwören können, ein Schluchzen in seiner Stimme zu hören. Sombre wirkte geradezu verstört. Yan erinnerte sich an den Blick der Kinder im Dara und glaubte für einen Augenblick, die gleiche Arglosigkeit in den Augen des heranwachsenden Gottes aufblitzen zu sehen. Fast tat es ihm leid, so grausam sein zu müssen, aber nur so konnte er Léti und die anderen retten. Die nächsten Momente würden über Leben und Tod entscheiden. Yan schluckte schwer, dann spielte er seine letzte Karte aus. »Saat ist *nicht* Euer Freund!«, rief er mit schneidender Stimme. »Er will der Vater des Erzfeinds sein! Er will Euch töten und Euren Platz einnehmen!«

Auf einmal erlosch das Licht, und die Schatten kehrten in ihr Reich zurück. Durch die Gänge des Mausoleums gellte ein durchdringender Schrei, wie man ihn sonst nur in der Unterwelt vernahm.

Yan hielt sich die Ohren zu und hoffte, wenigstens einen schnellen Tod zu sterben. Jetzt, da er gescheitert war und die Erben endgültig verloren waren, wünschte er sich nur noch Vergessen und ewige Ruhe.

Lana warf sich über den verletzten Rey und weinte so heftig, dass ihr Schluchzen durch den Thronsaal des hohen Dyarchen hallte. Bowbaq kauerte halb ohnmächtig an der Wand. Grigán war vielleicht schon tot – zumindest hatte Corenn aufgehört, die Hand auf seine Wunde zu pressen. Die Ratsfrau hatte alle Hoffnung aufgegeben und stand nur noch stumm da, den Blick auf das namenlose Elend geheftet, das sie umgab. Die Erben sahen ihrem Ende entgegen.

Léti zählte die Wunden ihrer Freunde und schwor sich, dem grausamen Hexer jede einzelne heimzuzahlen. Saat, der Frevler, der Verräter, der Untote. Gerade tippte er mit der Spitze seines Schwerts gegen ihr Rapier und grinste dabei so genüsslich, dass er wie ein lepröser Schwachkopf wirkte. Saat, der dem Tod ein Schnippchen geschlagen hatte. Sie würde so lange gegen ihn kämpfen, bis ihr die Kräfte schwanden.

Und doch würde er als Sieger aus dem Duell hervorgehen.

Léti konnte ihre Wut nicht länger beherrschen und ging als Erste zum Angriff über, obwohl ihr Grigán immer das Gegenteil eingeschärft hatte. Saat wehrte ihre Klinge mit einem Schwung seines Schwerts ab, verzog verächtlich den Mund und bohrte ihr die Waffe in die Brust. Léti sprang zurück und stellte fest, dass sie eine Schnittwunde davongetragen hatte. Nur ein wenig tiefer, und er hätte ihr Herz getroffen …

Sie atmete tief ein und aus, um sich zu beruhigen. *Wacher Geist,* ermahnte sie sich und verwünschte ihren eigenen Zorn. Aber wie konnte sie noch einen kühlen Kopf bewahren? Sie war gezwungen gewesen, Yan fortzuschicken, und sie hatte mit ansehen müssen, wie ihre Freunde von einem Unmenschen niedergestreckt worden waren, der auch noch über ihr Leid spottete. Ein Mann, der schuld an all ihrem Unglück war und den sie nun mit ihrem Rapier bedrohte, ohne ihn töten zu können!

»Ich habe schon genug Zeit an Euch verschwendet«, knurrte er. »Gib mir den Stein, und du wirst als Erste sterben.«

Statt zu antworten, machte Léti einen blitzschnellen Ausfall und überrumpelte Saat damit so sehr, dass sie ihn am

Oberschenkel verletzte. Ihr Gegner ging keuchend in Abwehrstellung, während ihm das Blut in Strömen aus der Wunde floss. Er verzog das Gesicht, als er entdeckte, wie tief die Verletzung war. Dann brach er in ein grässliches Gelächter aus. Bei jeder Zuckung seines Körpers schoss neues Blut aus der Wunde.

»Wie du meinst«, rief er schließlich. »Wenn du unbedingt leiden willst …«

Er führte ein paar gefährliche Stöße aus, die Léti mit letzter Kraft parierte. Sie wurde an der Hand und seitlich am Oberkörper verletzt und hätte den nächsten Schlag wohl nicht überlebt, wenn Corenn nicht plötzlich eingegriffen hätte.

Sie hatte Reyans Hati aufgehoben und ihn dem hohen Dyarchen in den Rücken gestoßen. Doch sie machte keine Anstalten zu fliehen, sondern blieb mit leeren Händen vor dem Hexer stehen, während er mit verzerrter Miene versuchte, sich die Klinge aus dem Leib zu reißen.

»Rührt meine Nichte nicht an«, sagte sie schicksalsergeben.

Rasend vor Wut riss Saat sein Schwert in die Höhe, und Léti schaffte es gerade noch, Corenn beiseite zu stoßen und den Schlag abzuwehren. Der Hexer wich einige Schritte zurück, um sich den Hati aus dem Körper zu ziehen, da er seine Bewegungen behinderte. Schaudernd erkannte Léti, dass sich die Wunde an Saats Oberschenkel bereits wieder geschlossen hatte. Der vergiftete Hati hatte ihm kaum mehr Schmerzen bereitet als ein Mückenstich.

»Ich verstehe nicht, warum Ihr nicht endlich aufgebt«, zischte er, als er den Hati fortgeworfen hatte. »Nur wilde Tiere klammern sich so hartnäckig an ihr Leben!«

»Im Jal'karu hattet Ihr alle Zeit der Welt, über diese Frage nachzudenken«, sagte Léti mit blitzenden Augen. »Ihr solltet seit über einem Jahrhundert tot sein.«

Saat kicherte in sich hinein und stürzte sich dann mit einem hasserfüllten Schrei auf die junge Frau. Léti geriet ins Straucheln, stürzte, verlor ihre Waffe und rollte mehrmals um die eigene Achse, während er immer weiter nach ihr schlug. Als sie wieder auf die Füße kam, sah sie Grigáns Krummschwert vor sich und packte es gerade noch rechtzeitig, um den Todesstoß abzuwehren.

Ihr Gegner gönnte ihr keine Verschnaufpause. Er ließ jedem Angriff sofort den nächsten folgen und zwang Léti, alles anzuwenden, was sie von Grigán gelernt hatte. Doch mit der ungewohnt schweren Waffe ermüdete sie schnell. Während sie immer weiter zurückwich, ahnte sie, dass sie nur noch wenige Augenblicke zu leben hatte.

Auf einmal sah sie, wie sich Grigán hinter Saats Rücken mühsam aufrichtete. Sie wagte noch nicht, an dieses Wunder zu glauben, da legten sich zwei Arme in schwarzen Lederärmeln wie ein Schraubstock um den Oberkörper des hohen Dyarchen.

»Schlag ihm den Kopf ab!«, befahl Grigán mit brüchiger Stimme.

Létis Verblüffung währte nur kurz, dann reagierte sie. Sie ließ ihre Waffe durch die Luft sausen und bohrte sie dem Feind mit entsetzlicher Wucht in die Kehle.

Die Klinge hinterließ eine klaffende Wunde, aus der Blut auf die Gewänder des Hexers und die seiner Gegner spritzte. Grigán ließ Saat los und verlangte mit einer hastigen Handbewegung nach seinem Krummschwert.

»Ich habe doch gesagt, du sollst ihm den Kopf abschlagen«, sagte er vorwurfsvoll.

»Ich hätte Euch treffen können …«

Erleichtert überließ sie ihm die Waffe, obwohl sie genau wusste, dass sich Saat im nächsten Augenblick von seiner Verletzung erholt haben würde. Vielleicht reichte es nicht einmal, ihn zu enthaupten.

Saat taumelte auf seinen Thron zu und umklammerte die aufgeschlitzte Kehle mit den Händen. Sein Röcheln war ebenso abstoßend wie der Blutschwall, der sich über seine Brust ergoss. Corenn und Lana starrten ihn an, wagten aber nicht, sich zu rühren. Selbst als Rey die Augen aufschlug und das Blutbad erblickte, brachte die Priesterin kein Wort über die Lippen.

Der hohe Dyarch sank auf seinen Thron, als bräche nun das ganze Gewicht der Jahre, die er der Zeit abgerungen hatte, über ihm zusammen. Doch das Grinsen, sein ewig höhnisches Grinsen, flackerte unheimlicher denn je auf seinem Gesicht. Mit jedem Augenblick schien die Kraft in seine Glieder zurückzukehren, und als er sich aufrichtete, war offenkundig, dass er gleich seine alte Macht wiedererlangt hätte.

Grigán taumelte auf ihn zu, doch dann sank er in die Knie und verlor wieder das Bewusstsein. Er war schon vor einigen Dezillen zu sich gekommen und hatte nur auf den richtigen Moment gewartet, um Léti zu Hilfe zu kommen. Doch er hatte zu viel Blut verloren. Nun hatte er keine Kraft mehr, um sich auf den Beinen zu halten.

Hilflos sah Léti mit an, wie sich Saat von einer Verletzung erholte, die kein anderer überlebt hätte. Dieses höhnische Grinsen. Dieser triumphierende Blick. Von unbändiger Wut gepackt, stürzte sie auf den hohen Dyarchen zu und hob im Vorbeigehen seine Waffe auf.

Mit tränenüberströmtem Gesicht richtete sie das verhexte Schwert auf Saats Herz und stieß zu wie ein rasendes Tier.

Dann fiel sie auf die Knie und ließ sich von ihrer Verzweiflung überwältigen. Es war alles zwecklos. Wenn der erste Schmerz verflogen wäre, würde Saat wieder seine zynische, siegessichere Miene aufsetzen. Léti beschloss, dass sie genug hatte, dass sie nicht mehr kämpfen würde, dass sie das alles nicht mehr ertragen konnte. Sie wollte an nichts mehr denken. Sie wollte nur noch sterben.

In diesem Augenblick wandte sie noch einmal den Blick zu dem hohen Dyarchen – und sah in ein verwandeltes Gesicht. Sie war wie vom Donner gerührt.

Saat hatte Angst, maßlose Angst.

Plötzlich ertönte von weither ein unmenschlicher Schrei. Er hallte durch den ganzen Palast und jagte ihnen einen Schauer über den Rücken.

»Sombre«, flüsterte Lana tonlos. »Das war der Schrei des Dämons.«

Saat schien etwas sagen zu wollen, doch stattdessen sprudelte ihm Blut über die Lippen. Das Kind des Karu kannte jetzt die Wahrheit: Es hatte die Barrieren durchbrochen, mit denen der hohe Dyarch seine Gedanken schützte, und hatte in seinem Geist gelesen. Saat spürte, wie sich sein Schützling von ihm abwandte und ihm seine Kraft verweigerte. In Gedanken bettelte und winselte er, schwor ihm Freundschaft und ewige Treue, doch der Dämon blieb taub für sein Flehen. Allein kämpfte Saat gegen den Tod, sein Leben rann unaufhaltsam mit seinem Blut aus ihm heraus, und die Erkenntnis, dass er einen Fehler begangen hatte, verdrängte jeden anderen Gedanken.

Er war zu machtgierig gewesen. Er hätte sich nicht vornehmen dürfen, der Erzfeind zu werden.

Er hätte sich damit begnügen sollen, mit einem Unsterblichen im Bunde zu stehen.

Er hätte sich wenigstens *einen* Freund bewahren müssen.

Léti sah, wie sich seine Brust noch ein letztes Mal hob und ihm ein Schwall schwarzen Blutes aus dem Mund quoll. Saat hatte seinen letzten Atemzug getan.

Sie starrte den Mann an, der ihre Vorfahren gekannt hatte, der das Jal besucht und den sie nun eigenhändig getötet hatte. Er würde seine Erinnerungen mit ins Grab nehmen.

Einer nach dem anderen rappelten sich die Erben hoch, und während sie einander stützten, betrachteten sie die sterblichen Überreste jenes Menschen, der selbst in der Kinderstube der Götter für Aufruhr gesorgt hatte. Jetzt waren sie die letzten Hüter des Geheimnisses von Ji. Und diese Bürde lastete schwerer denn je auf ihren Schultern.

Léti schüttelte als Erste die Schatten der Vergangenheit ab. Sie ging zur Tür und stellte fest, dass sie nicht länger blockiert war. Mit Saats Tod war auch sein Zauber gebrochen.

»Gehen wir«, sagte sie mit heiserer Stimme. »Yan macht sich sicher schon Sorgen.«

Das gesamte arkische Heer hatte sich vor Sombres Mausoleum versammelt, nachdem die Männer den Schrei des Dämons gehört hatten. Als Yan bleich und blutüberströmt aus dem Labyrinth getaumelt war, hatten ihn einige besonders abergläubische Kämpfer gefangen genommen. Erst als Berec und die schwarzen Wölfe eingeschritten waren, wurde er freigelassen und als einer der ihren erkannt.

Sogleich hatte sich der junge Mann zu Saats Palast geschleppt. Schon auf halber Strecke kam ihm Léti entgegen. Auf der Suche nach ihm hatte sie das ganze Lager durchkämmt. Der Anblick der vielen Verletzungen, die seine Versprochene erlitten hatte, tat ihm in der Seele weh, doch dann überwog die Erleichterung, sie lebend wiederzusehen und außer Gefahr zu wissen. »Saat ist tot«, flüsterte sie ihm ins Ohr. Sie fielen einander um den Hals und hielten sich umarmt, ohne überhaupt an einen Kuss zu denken. Für einen kurzen Moment ließ sie ihre Liebe alles um sich herum vergessen.

»Was ist mit den anderen?«, fragte Yan mit zitternder Stimme.

»Sie sind alle verletzt, aber das wird schon wieder«, antwortete Léti leise. »Was ist mit dir? Du bist verwundet …«

»Das erzähle ich dir später, wenn du nichts dagegen hast.«

»Natürlich nicht, liebster Yan, das ist jetzt alles nicht mehr wichtig. Es ist vorbei, aus und vorbei.«

»Ja … Vielleicht«, sagte er mit einem seltsamen Blick zum Mausoleum.

Er fühlte sich noch nicht stark genug, um von dem, was er erlebt hatte, zu berichten. Das hatte Zeit, bis er sich ausgeruht und über die Begegnung mit Sombre nachgedacht hatte.

Léti löste sich von ihm, nahm seine Hand und führte ihn zur Kampfarena des hohen Dyarchen, in die sich die Erben geflüchtet hatten, um ihre Wunden zu verbinden. Keiner von ihnen hatte sich noch länger in Saats Palast aufhalten wollen. Grigán und Corenn sprachen davon, die Festung zu schleifen, auch wenn sie nicht wussten, wie sie das bewerkstelligen sollten.

Als er zu seinen Freunden stieß, die in schweren Zeiten so unerschütterlich zusammengehalten hatten, war Yan fast so glücklich wie bei seinem Wiedersehen mit Léti. Tief in seinem Innern wusste er, dass sich die Erben nie mehr für längere Zeit voneinander trennen würden. Was sie gemeinsam erlebt hatten, war einfach zu stark, und die Freundschaft, die sie nun verband, würde ewig währen.

»Da ist ja unser Glückspilz«, sagte Rey, kaum dass er ihn erblickt hatte. »Weißt du eigentlich, dass du das Beste verpasst hast?« Er lag mit bloßem Oberkörper auf einer Decke, während Lana die Wunde reinigte, die in seinem Bauch klaffte.

»Danach seht Ihr aber nicht gerade aus«, gab Yan liebenswürdig zurück.

Bowbaq griff sich erstaunt ins Gesicht, woraufhin Corenn grinsen musste. Sie war gerade damit beschäftigt, Grigán die Schulter zu verbinden.

»Na warte«, warnte ihn der Krieger. »Magie hin oder her, du hättest mich nicht schlagen dürfen!«

»Ich … Es tut mir leid …«, stammelte Yan.

»Nur ein Scherz«, unterbrach ihn Grigán. »Du bist wie ein kleines Kind, du glaubst einfach alles.«

Damit brachte er alle zum Lachen, und die Anspannung der letzten Dekanten begann sich zu verflüchtigen. Nur Lana machte ein nachdenkliches Gesicht. Mit seinen Worten hatte Grigán etwas angestoßen, das sie schon wieder halb vergessen hatte.

»Reyan …«, sagte sie plötzlich. »Rey … Ich erwarte ein Kind!«

Er machte große Augen, dann strich er Lana zärtlich über den Bauch.

Yan legte Léti den Arm um die Schultern, während alle die werdenden Eltern beglückwünschten.

Endlich konnten die Erben Zukunftspläne schmieden.

Das Abenteuer geht weiter! Die Geschichte der Magier und die Suche ihrer Kinder nach dem Geheimnis von Ji wird fortgesetzt in:

Erscheint Juli 2009 im Wilhelm Heyne Verlag

KLEINES LEXIKON DER BEKANNTEN WELT

ALIOSS

Der Anführer. Alioss ist der Gott der Familienväter, Klanchefs und Königsgeschlechter Gritehs. Nur Männer der oberen Stände dürfen ihm dienen: Krieger, Priester, Edelmänner und Handwerker. Frauen, Bettlern und Verbrechern ist es verboten, auch nur den Namen des Allmächtigen auszusprechen.
Die Göttin Aliara erfüllt eine ähnliche Rolle für die weiblichen Einwohner Gritehs, auch wenn sie kein so hohes Ansehen genießt. In den Unteren Königreichen muss der König jedem Tempelbau seinen Segen erteilen, und kein König würde je erlauben, dass sich Frauen in einem Tempel versammeln.

ALT

Der Alt ist der größte Fluss der bekannten Welt. Er entspringt in den höchsten Bergen des Rideau, fließt durch Itharien und Romin und mündet schließlich in den Spiegelozean.
Einer goronischen Legende zufolge werden die Toten eines Tages in riesigen Geisterschiffen den Fluss heruntergefahren kommen, um sich für alles Leid zu rächen, das ihnen zu Lebzeiten angetan wurde. Hin und wieder behauptet jemand, die Vorhut dieser Armee der Finsternis gesehen zu haben. Aus diesem Grund lassen manche Häfen nach Einbruch der Dunkelheit kein Schiff mehr einlaufen.

ALTES LAND

Anderer Name des Königreichs Romin.

ALUÉN

Auch wenn sein Geburts- und Todesjahr nicht überliefert sind, geht man davon aus, dass Aluén gegen Ende des achten Äons kurz nach dem Untergang des Itharischen Reichs in Partacle herrschte.

Während sich die Itharier der Religion zuwandten, nachdem Eurydis ihnen zum zweiten Mal erschienen war, lieferten sich die befreiten Völker blutige Bürgerkriege um die Reichtümer, die die einstigen Eroberer zurückgelassen hatten. Es heißt, dass Aluén einen Schatz anhäufte, der sogar den des Kaisers von Goran übertraf.

Dieser Schatz ist jedoch spurlos verschwunden. Einer Legende zufolge soll ein Teil des Schatzes im Grab seines Besitzers versteckt sein, allerdings weiß heute niemand mehr, wo sich dieses Grab befindet. Sieben Grabstätten wurden bereits erfolglos durchsucht, aber die Schatzjäger geben die Hoffnung nicht auf.

AMARIZIER

Amarizische Priester führen ein gottesfürchtiges und frommes Leben. Die meisten bleiben bis zu ihrem Tod innerhalb der Mauern eines Gemeinschaftstempels und vollziehen die religiösen Riten. Für manche Amarizier ist es jedoch der höchste Beweis ihrer Liebe zu Gott, Ungläubige zu bekehren, und so ziehen sie durch die Lande, um ›verlorene Seelen‹ zu retten.

Amarizier lehnen Theoretiker ab, da sie es für anmaßend halten, den göttlichen Willen auszulegen.

Es gibt viele Ausprägungen des amarizischen Glaubens – vermutlich vielleicht ebenso viele wie Dörfer der bekannten Welt. In den Oberen Königreichen wird Odrel am häufigsten verehrt.

AÒN

Fluss in den Unteren Königreichen, der in den Jezebahöhen entspringt und bei Mythr ins Feuermeer mündet. Viele große Städte der Unteren Königreiche liegen am Ufer des Aòn: La Hacque natürlich, aber auch Quesraba, Tarul und Irzas.

Es hält sich hartnäckig das Gerücht, der Unrat der Menschen ziehe in der heißen Jahreszeit Raubfische aus dem Meer an. Sie schwämmen den Fluss bis La Hacque hoch und schreckten auch nicht davor zurück, Menschen anzugreifen und zu zerfleischen. Obwohl es in der Vergangenheit tatsächlich einige Attacken von Ipovanten gab und einmal sogar den Angriff eines Dornhais, sind solche Vorfälle äußerst selten.

ARGOS

Die Argosfelsen befinden sich in den Unteren Königreichen, ganz im Osten der Jezebahöhen. Berühmt sind sie vor allem für ihr Echo, das eindrucksvollste der bekannten Welt. Zahlreiche Legenden ranken sich um diese Felsen.

Es heißt, das Echo von Argos habe ein Gedächtnis, und wer nur stumm dastehe und geduldig abwarte, dem gäben die Felsen irgendwann die Geheimnisse preis, die ihnen im Laufe der Jahrhunderte anvertraut wurden.

ARKISCH

Wichtigste Sprache Arkariens.

AVATAR

Inkarnation oder Verkörperung einer Gottheit in einer anderen Gestalt als seiner eigentlichen.

BELLICA

Die Bellica ist eine Spinne, die im Norden der Fürstentümer heimisch ist. Ihr Biss ist für den Menschen nicht tödlich, und sie greift nur bei zwei Gelegenheiten an: wenn ihr Nest bedroht ist oder wenn sie einer Artgenossin begegnet.
Aufgrund dieser Eigenschaft eignet sich diese Spinnenart gut für Schaukämpfe. Bellica-Kämpfe sind in den Unteren Königreichen ein beliebter Zeitvertreib. Es werden regelrechte Turniere veranstaltet, und die Wetteinsätze erreichen schwindelerregende Höhen. Der Todeskampf zweier Bellica-Spinnen ist ein beeindruckendes Schauspiel. Wenn die beiden handtellergroßen Tiere aufeinander losgelassen werden, stellen sie sich zunächst auf ihre vier Hinterbeine und versuchen, die Gegnerin mit Drohgebärden einzuschüchtern: Sie bewegen ihre Kieferklauen, vollführen nervöse kleine Sprünge und klappern mit den Beißwerkzeugen.
Es ist jedoch äußerst ungewöhnlich, dass eine der Gegnerinnen zu diesem Zeitpunkt aufgibt. Als Nächstes folgt ein Kampf auf Leben und Tod, in dem sich die Spinnen ineinander verbeißen. Sie versuchen, ihre Widersacherin mit ihrem Gift zu lähmen oder sie in ein Netz einzuspinnen. Oft gewinnt die scheinbare Verliererin im letzten Moment die Oberhand. Manche Spinnen stellen sich tot, um ihre Gegnerin zu täuschen. Andere gewinnen den Kampf, obwohl sie mehrere Beine verloren haben.
Die Siegerin frisst immer den Kopf der Verliererin, und zwar nur den Kopf. Eine Spinne, die man daran hindert, verliert ihre Angriffslust und stirbt.

BROSDA

Ein Gott, der vor allem im Matriarchat von Kaul verehrt wird. Er ist der Sohn des Xéfalis und dem Spiegelbild Echoras.

Brosda ist der Gott der Fischer. Sein Reich ist weder das Wasser noch das Land, sondern die Grenze zwischen beiden. Er ist ein neutraler Gott und wird je nach Ort und Epoche verehrt oder gefürchtet. In den Geschichten über Brosda kommen auch Seeungeheuer vor, was vor allem den Kindern gefällt.

BRUDER

Die Mitglieder der Großen Gilde bezeichnen sich gegenseitig als Brüder. Andere Verbrechergilden haben die Bezeichnung übernommen.
Manche geben ihren Mitgliedern bei Eintritt sogar einen neuen Namen und bilden regelrechte ›Familien‹.

CREVASSE

Hauptstadt Arkariens, die zum Klan des Falkens gehört. Eigentlich haben nur Bewohner des Weißen Landes Zutritt zur Stadt, Fremde sind nur in Ausnahmen erlaubt. Diejenigen, die das Glück hatten, Crevasse besuchen zu dürfen, vergleichen sie wegen ihrer Größe mit Lorelia und wegen der Schönheit ihrer Bauwerke mit Romin.
Der Legende zufolge wurde die Stadt an einem Ort errichtet, an dem sich drei Minen befinden: eine Eisen-, eine Kupfer- und eine Goldmine. Dies sei auch der Grund für den unermesslichen Reichtum des Falkenklans, aus dem zwei Drittel der arkischen Könige stammen und der somit die Geschicke des größten Lands der bekannten Welt lenkt.

DAÏ

Die Daï ist eine kleine Schlange, die in den Unteren Königreichen vor allem in den Ausläufern der Gebirge heimisch

ist. Das ausgewachsene Tier ist zwei Fuß lang und wird bis zu drei Jahre alt. Seine Hautfarbe wechselt je nach Jahreszeit von Dunkel- zu Hellgelb.
Das Gift der Daï ist nicht tödlich – jedenfalls nicht in der üblichen Dosis –, erzeugt aber eine euphorische Trance mit Halluzinationen. Die Daï beißt ihre Beute in regelmäßigen Abständen, versetzt sie so in einen Tiefschlaf und hält sie über mehrere Dekaden am Leben, ähnlich wie Spinnen.
Das Gift ist eine beliebte Droge. Die Zucht von Daï-Schlangen hat in den Unteren Königreichen eine lange Tradition. Bei einigen Stämmen gilt es als Mutprobe, sich von einer Daï beißen zu lassen, da ihr Gift nicht wieder aus dem Körper gesaugt werden kann. Aber wie alle Drogen wird sie vielen zum Verhängnis: Man hört immer wieder von Menschen, die sich freiwillig in eine Schlangengrube stürzen und dort den Tod finden.

DARN-TAN

Darn-Tan war Graf von Uliterra, einer ehemaligen lorelischen Provinz zwischen dem Herzogtum Cyr-la-Haute und dem Herzogtum Kercyan. Einst führte Uliterra aus Gründen, die in Vergessenheit geraten sind, Krieg gegen das benachbarte Fürstentum Elisere und dessen Herrscher Iryc von Verona.
Der Brauch wollte, dass der Sieger den unterlegenen Herrscher, seine Familie und sein Domizil verschonte. Doch Darn-Tan war bekannt dafür, diese Sitte zu missachten. Einige Jahre zuvor hatte er das Schloss von Orgerai angezündet und den Fürsten und dessen zwei Töchter an einen Balken knüpfen lassen. Darn-Tan hatte auch diesmal nicht die Absicht, seinen Feind mit dem Leben davonkommen zu lassen, und so ersann er eine komplizierte List. Er rech-

nete damit, dass Iryc von Verona ihm misstrauen und einen Hinterhalt wittern würde, und genau dann würde seine Falle zuschnappen.
Iryc von Verona, der keine Heimtücke kannte, entging dem Hinterhalt, indem er sich verhielt, wie Darn-Tan es nie erwartet hätte: arglos.

DEKADE
Zehn Tage. Zeiteinheit des eurydischen Kalenders.
Die Tage einer Dekade tragen Ordnungszahlen. Der erste Tag ist der Prim, der letzte der Zim. Die anderen Tage vom zweiten bis zum neunten heißen: Des, Terz, Quart, Quint, Sixt, Septim, Okt und Non.
Die Dekade der Erde und die des Feuers haben nur neun Tage. Der Okt wird übersprungen, auf den Septim folgt sogleich der Non. Die Maz haben hierfür eine religiöse Erklärung: Der Wegfall des Okten versinnbildlicht Eurydis' Sieg über die acht Drachen von Xétame.

DEKANT
Zeiteinheit goronischen Ursprungs. Ein Dekant entspricht dem Zehntel eines Tages, also ungefähr zwei Stunden und fünfundzwanzig Minuten unserer Zeit. Der erste Dekant beginnt mit Sonnenaufgang, wenn der zehnte Dekant des Vortages endet. Das Ende des dritten Dekants wird als Mit-Tag bezeichnet.
Das gemeine Volk gebraucht diese Zeiteinheit im Alltag eher grob, während die Gelehrten sehr viel präziser sind. Sie richten sich nicht nur nach der Sonnenuhr, sondern berechnen mit komplizierten Formeln den genauen Zeitpunkt des Sonnenaufgangs über der Stadt Goran. Diese Methode ist auch die einzige, die es ermöglicht, in der Nacht –

also vom siebten bis zum zehnten Dekant – den Wechsel der Dekanten exakt zu bestimmen.

DEZILLE

Zeiteinheit goronischen Ursprungs. Eine Dezille entspricht dem Zehntel einer Dezime, also ungefähr einer Minute und sechsundzwanzig Sekunden unserer Zeit. Gemeinhin wird es nicht für nötig gehalten, die Zeit in noch kleinere Einheiten zu unterteilen. Offiziell existieren allerdings noch Divisionen und Schläge. Eine Division misst ungefähr acht Sekunden, ein Schlag weniger als eine Sekunde.

DEZIME

Zeiteinheit goronischen Ursprungs. Eine Dezime entspricht dem Zehntel eines Dekants, also ungefähr vierzehn Minuten unserer Zeit.

DONA

Die Göttin der Händler. Sie ist die Tochter Wugs und Ivies. Der Legende nach erschuf sie das Gold, um damit ihren Körper zu bedecken und so die Schönheit ihrer Cousine Isée zu übertreffen. Anschließend schenkte sie ihre Schöpfung den Menschen, damit diejenigen, die wie sie vom Schicksal benachteiligt wurden, mit ihrer Klugheit auftrumpfen können, die durch den Besitz des Edelmetalls versinnbildlicht wird.
Zu Donas Unglück entschied der junge Gott Hamsa, den sie zum Schiedsrichter erkoren hatte, sich jedoch abermals für Isée. Daraufhin beschloss Dona, nie mehr auf das Urteil eines Einzigen zu vertrauen. Sie nahm sich zahlreiche Liebhaber und gilt seither auch als Göttin der Sinnesfreuden.
In Lorelien gibt ein Händler, der ein gutes Geschäft ab-

geschlossen hat, üblicherweise einem fremden Mädchen, das in Armut lebt, ein Almosen. Dieses Geld wird ›Donas Anteil‹ genannt. Leider gerät der Brauch immer mehr in Vergessenheit, da die meisten Anhänger Donas finden, die Opfergabe, die sie an den Tempel entrichten, sei ein ausreichender Beweis ihrer Hingabe.
Kein geschäftstüchtiger Händler würde je vergessen, Dona ein Opfer zu bringen, und sei es nur, um sich die Gunst derjenigen ›Priesterinnen‹ zu sichern, die der Göttin der Sinnesfreuden besonders ergeben sind.

DORNHAI

Der Dornhai oder auch Kletterhai ist ein Raubfisch im Feuermeer, der häufig mit der Panzermuräne verwechselt wird. Die durchschnittliche Größe eines ausgewachsenen Dornhais liegt bei fünf bis sieben Schritten, aber wenn man alten ramythischen Seemännern glaubt, existieren auch Exemplare mit einer Länge von zehn Schritten oder mehr.
In den Meeren tummeln sich jedoch weit imposantere Lebewesen, und der Dornhai wird nicht wegen seiner Größe gefürchtet. Er ist berüchtigt für seinen Blutdurst und vor allem für die zahlreichen ausfahrbaren Haken, die sich zwischen seinen Schuppen am Bauch befinden. Die Haken tragen ein Gift in sich, mit dem der Dornhai seine Beute lähmt.
Außerdem benutzt der Dornhai diese Haken, um wie eine Raupe lautlos an der Außenwand von Schiffen hochzuklettern. Aus diesem Grund gilt er als der gefährlichste Raubfisch, und die Hochseefischer haben sich zahlreiche Schutzmaßnamen ausgedacht. Zum Beispiel weisen viele Schiffe einen ›Glockenkranz‹ auf, ein schlauchförmiges, mit Alteisen gefülltes Netz, das rings um den Rumpf gehängt wird. Aus Aberglauben scheuen sich Seeleute, den Namen eines

Mannes auszusprechen, der einem Dornhai zum Opfer gefallen ist, bevor sie das Festland erreicht haben.

EIHER

Arkisch. Fabeltier des Weißen Landes. Der Eiher wird entweder als riesiger Reiher mit Hörnern entlang der Wirbelsäule beschrieben oder als Schildkröte, deren Speichel in der Luft zu einem Pfeil gefriert, wenn sie ihr Opfer anspuckt. Obwohl diese beiden Beschreibungen unvereinbar sind, behauptet so mancher alteingesessene Arkarier, den Eiher in einer mondlosen Nacht bei der Jagd beobachtet zu haben. Aus Höflichkeit glauben die Arkarier beide Versionen.

EMAZ

Hohepriester des Großen Tempels der Eurydis und geistliche Oberhäupter aller Gläubigen. Es gibt vierunddreißig Emaz. Der Titel wird jeweils von einem Emaz auf einen Maz übertragen.

ERJAK

Arkisch. Jemand, der die Fähigkeit besitzt, die Gedanken der Tiere zu lesen und ihnen seine eigenen zu übermitteln.

EURYDIS

Hauptgöttin der Oberen Königreiche. Itharische Moralpriester brachten die Eurydisverehrung an die entlegensten Orte der bekannten Welt.
Die Geschichte der Göttin ist seit jeher mit der Heiligen Stadt verbunden. Im sechsten Äon waren die Itharier – die damals noch nicht so hießen – nichts als ein loser Zusammenschluss ehemaliger Nomadenstämme. Sie lebten am Fuß des Blumenbergs, einem der ältesten Berge des Rideau.

Dieser Bund soll das Werk eines einzigen Mannes gewesen sein. Es heißt, König Li'ut von Ith wollte ein neues, mächtiges Königreich gründen und scharte alle unabhängigen Klans westlich des Alt um sich.

Er widmete sein ganzes Leben der Erfüllung dieses Traums, doch der Bau der Stadt Ith – der Heiligen Stadt, wie sie heute genannt wird – nahm mehr Zeit in Anspruch, als ihm zur Verfügung stand. Nach seinem Tod brachen die alten Rivalitäten zwischen den Klans erneut aus. Ohne Li'uts diplomatisches Geschick war der schöne Traum zum Scheitern verurteilt.

Daraufhin soll die Göttin Eurydis dem jüngsten Sohn Li'uts erschienen sein und ihm befohlen haben, das Werk seines Vaters fortzuführen. Comelk – so war sein Name – dankte der Göttin für ihr Vertrauen, äußerte jedoch die Befürchtung, nichts gegen die Zwietracht der Stämme ausrichten zu können. Eurydis bat ihn daraufhin, alle Klanführer zusammenzurufen, und Comelk kam ihrem Wunsch nach.

Eurydis sprach zu jedem von ihnen und befahl ihnen, dem Pfad der Weisheit zu folgen. Die Klanführer lauschten ihren Worten andächtig, denn so barbarisch und großmäulig sie auch waren, ließen Aberglaube und Tradition sie die Macht der Göttin fürchten.

Als sich Eurydis zurückgezogen hatte, beratschlagten die Anführer lange und befragten die Stammesältesten und Seher. Schließlich wurden alle Streitpunkte beigelegt. Die Klanführer schworen einander ewigen Frieden und schlossen den Itharischen Bund.

Die Jahre vergingen, und Ith entwickelte sich von einer ansehnlichen zu einer wahrhaft eindrucksvollen Stadt. Zu jener Zeit konnte nur noch Romin mit der Hauptstadt des jungen Königreichs wetteifern. Die Stämme vermischten sich, und der alte Zwist geriet mehr und mehr in Vergessenheit. Itharien war auf dem besten Weg, ein Leuchtfeuer der bekannten Welt zu werden. Und so kam es auch, allerdings nicht im guten Sinne.

Trunken von der neuen Macht, die ihnen mehr oder weniger in den Schoß gefallen war, begannen die Nachfahren der alten Stämme von ihrer Überlegenheit über den Rest der bekannten Welt zu sprechen, bis es einigen in den Sinn kam, dies auch beweisen zu wollen. Zunächst beschränkten sich die Itharier auf kleinere Überfälle, doch schon bald folgten Scharmützel an den Grenzen und schließlich regelrechte Eroberungsfeldzüge, die immer blutiger wurden.

Gegen Ende des achten Äons herrschte Itharien über das gesamte Gebiet zwischen dem Rideau im Osten, der Velanese im Westen, dem Mittenmeer im Süden und der Stadt Crek im Norden. Die Itharier waren grausame Eroberer: Sie plünderten, brandschatzten, verwüsteten ganze Landstriche und metzelten Tausende dahin.

Eines Tages, als die Heerführer wieder einmal zusammenkamen, um eine Invasion Thalitts zu planen, erschien Eurydis zum zweiten Mal.

Es heißt, sie habe die Gestalt eines zwölfjährigen Mädchens angenommen, und so wird sie auch heute meist dargestellt. Dennoch glaubten einige der gestandenen Feldherren vor Angst zu sterben, so groß war der Zorn der Göttin.

Sie sprach kein Wort, sondern begnügte sich damit, jedem Heerführer des itharischen Reichs – denn so nannte man es inzwischen – in die Augen zu sehen.

Der Blick war ihnen Warnung genug. Sie gaben alle Angriffspläne auf und befahlen ihren Kriegern, die Waffen niederzulegen und sich aus den eroberten Gebieten zurückzuziehen. Die Heerführer nahmen es auf sich, das itharische Denken und Handeln tiefgreifend zu verändern.

Eine Generation später hatte sich das gesamte itharische Volk der Religion zugewandt. In der nächsten Zeit erfuhren sie großes Unglück, da sich die von ihnen unterjochten Völker – wie das junge goronische Volk – nun ihrerseits als Henker aufführten. Das itharische Reich musste immer mehr Gebiete abtreten, bis es nur noch sein ursprüngliches Territorium umfasste: die Umgebung der Stadt Ith und den Hafen von Maz Nen.

Im Laufe der Jahre begannen die Itharier mit einer anderen Art der Eroberung, die eher dem Willen der Göttin entsprach: Die Maz zogen durch die bekannte Welt und bis an die entlegensten Orte, um Eurydis' Moral zu verkünden. Dies nützte auch den weniger entwickelten Völkern, denn die Itharer brachten ihnen nicht nur die Religion, sondern auch Errungenschaften wie Kalender, Schrift, Kunst und Technik, die sie sich bei ihren Eroberungszügen angeeignet hatten.

Manche Theoretiker prophezeien, dass die Göttin bald ein drittes Mal erscheinen wird. Natürlich wird sie das irgendwann tun, da sie ja bereits zweimal erschienen ist. Die wichtigste Frage, die die Itharier sich stellen, lautet: Welchen Weg werden wir als Nächstes einschlagen?

EZOMINE

Ezomine sind Steine, die Licht ausstrahlen. Sie sehen aus wie gemeine Quarze, und ihre Kraft wird erst im Dunkeln sichtbar.

Die Stärke des Lichts ist unterschiedlich. Manche behaupten, Steine gesehen zu haben, deren Licht fünfzig Schritte weit reiche. Doch die meisten Ezomine leuchten nicht einmal so hell wie eine gewöhnliche Kerze.

Wenn der Stein auseinanderbricht, verliert er seine Kraft. Seit Äonen studieren die Gelehrten das Geheimnis der Ezomine, aber keine der Theorien, die sie über den Ursprung der rätselhaften Kraft entwickelt haben, konnte bislang bewiesen werden.
Unter Sammlern, Abenteurern und Schatzjägern sind die Steine sehr begehrt.

FRUGIS
Das Frugis ist ein Seil mit drei Enden, dessen Name auf den legendären König und Magier zurückgeht, der drei Äonen, bevor das Friedensabkommen der Fürstentümer geschlossen wurde, in Lineh herrschte. Das Seil ist auf verschiedene Arten beschrieben worden. Die gängigste lautet wie folgt: Man habe drei Seile genommen, jedes von ihnen zu einem V gelegt und die Spitzen aneinandergelegt. Dann habe man die Hälften zusammengeflochten und so ein kräftiges Tau mit drei gleich langen Enden erhalten. Die Angaben zur Länge der Enden schwanken zwischen sechs und neunundneunzig Schritten. Das Frugis-Seil soll die geheimnisvolle Macht besitzen, denjenigen, der eines seiner Enden hochklettert, an jeden Ort zu bringen, an dem eins der anderen Enden hängt. Sollte es dieses Seil jedoch tatsächlich geben, wüsste heute niemand mehr, wie man es gebraucht.

GESCHWÄTZIGE MUSCHEL
Zu Zeiten der Zwei Reiche verbreiteten romische Seeleute die Geschichte dieses kuriosen Gegenstands. Heutzutage hört man eher Spaßvögel von ihr sprechen als echte Schatzjäger. Angeblich handelt es sich um eine Gironenmuschel, in die einst ein Dämon die Stimme einer Frau einsperrte,

die allzu schwatzhaft war. Doch selbst dieser Fluch brachte die Arme nicht zum Verstummen, und man sagt, dass jeder, der die Muschel in die Hände bekommt, sie so schnell wie möglich wieder loswerden will, da das unaufhörliche Geschwätz unerträglich ist.

GISLE

Grenzfluss zwischen dem Matriarchat von Kaul und dem Königreich Lorelien.

GILDE DER DREI SCHRITTE

Zusammenschluss der Prostituierten Lorelias.
Früher durften die Freudenmädchen ihrem ›Geschäft‹ nur in der sogenannten Unterstadt nachgehen. Allerdings gab es so viele von ihnen, dass es häufig zu Streit und sogar Handgreiflichkeiten kam. Deshalb gingen die Zuhälter irgendwann dazu über, jeder Frau ein Stück Straße zuzuweisen, das genau drei Schritte maß.
Manche Zuhälter haben diesen Brauch beibehalten, obwohl die meisten Prostituierten heutzutage im Hafenviertel zu finden sind, das sehr viel größer ist.

GROSSE GILDE

Zusammenschluss der meisten Verbrecherbanden der Oberen Königreiche. Die Große Gilde hat keine feste Ordnung oder Hierarchie, sondern ist im Grunde eine Übereinkunft der Banden, einander keine Gebiete und Betätigungsfelder streitig zu machen, derart, wie sie auch die Gilden eines Königreichs oder einer Stadt schließen.
Trotz häufiger Streitigkeiten gelingt es den Banden manchmal, gemeinsame Operationen durchzuführen, vor allem beim grenzüberschreitenden Schmuggel.

Offiziell lässt die Gilde die Finger von Meuchelmorden. Ihre Spezialität sind Erpressung, Entführung, Betrug, Schmuggel und natürlich sämtliche Formen von Raub und Diebstahl. Trotzdem fällt auf, dass den Mitgliedern neuer Banden, die sich nicht an die Übereinkunft halten, ein recht kurzes Leben beschieden ist …

GROSSES HAUS
Sitz der Regierung des Matriarchats von Kaul. Hier halten die Mütter ihre Ratsversammlungen ab, und hier haben sie ihre privaten Gemächer und Studierzimmer. Alle Einwohner Kauls können in das Große Haus kommen und ihre Beschwerden vortragen. Fünfzehn Personen halten sich von morgens bis abends bereit, um sie zu empfangen. Mehrmals im Jahr stehen die Arbeits- und Versammlungssäle des Großen Hauses allen Neugierigen offen.

GROSSTERRA
Hauptstadt und größte Insel des Schönen Landes, einer Inselgruppe im romischen Meer.

HATI
Heiliger Dolch der Züu. Der vollständige Name, wie man ihn in alten Schriften findet, lautet ›Zuïaorn'hati‹, wörtlich übersetzt ›eine Wimper Zuïas‹.
Den Hati bekommt ein Novize von einem Judikator überreicht, nachdem er seine erste Mission erfüllt hat, üblicherweise mit bloßen Händen. Dadurch wird er in den Kreis der Boten Zuïas aufgenommen und erhält das Recht, über Leben und Tod seiner weniger glücklichen Landsleute zu richten.

HELANIEN

Eine der fünf Provinzen des Königreichs Romin. Ihre Hauptstadt ist Manive, ihr Wappenbild die Rose von Manive.

HEILIGE STADT

Anderer Name Iths, der Hauptstadt des Königreichs Itharien. Häufig bezeichnet der Name auch nur das religiöse Viertel, eine Enklave mit einer eigenen Festungsmauer, eigenen Gesetzen und eigenen Bürgern – eine Stadt in der Stadt.

ITHARISCHE WÜRFELSPIELE

Diese Spiele sind in der gesamten bekannten Welt verbreitet. Ihr Ursprung ist ungewiss. Sicher ist allerdings, dass sie sich im siebten und achten Äon mit den Eroberungsfeldzügen der itharischen Armee ausbreiteten und rasch von allen besiegten Völkern übernommen wurden.
Der itharische Würfel hat sechs Seiten. Auf vieren ist je ein Element abgebildet: Wasser, Feuer, Erde und Wind. Jeweils eins dieser Elemente erscheint auch auf der fünften und sechsten Seite. Folglich gibt es vier Sorten von Würfeln: einen weißen für den Wind, einen roten für das Feuer, einen grünen für die Erde und einen blauen für das Wasser.
Wie viele Würfel für ein Spiel benutzt werden, hängt von den Regeln ab und wird zwischen den Spielern ausgehandelt. Im Normalfall reichen vier Würfel aus – ein Soldat –, doch es gibt auch Spiele, die mit zwanzig oder mehr Würfeln gespielt werden.
Stern, Prophet, Kaiser, Zwei Brüder und Gejac sind die bekanntesten, wenn auch längst nicht alle itharischen Würfelspiele.

JAHRMARKT (LORELISCHER)

Der Jahrmarkt ist eine der ältesten lorelischen Traditionen. Vom Tag des Händlers bis zum Tag des Kupferstechers in der zehnten Dekade entfallen jegliche Steuern auf die Ein- und Ausfuhr von Waren – solange ihr Handel nicht gegen die Gesetze des Königreichs verstößt. Die meisten Gelegenheitsverkäufer, Handwerker, Fremde und Kuriositätenhändler bieten ihre Waren zu dieser Zeit feil.

Der Jahrmarkt zieht eine Menge Menschen an, von denen ein Drittel gar nichts kaufen will, sondern nur der zahlreichen Attraktionen wegen kommt: Straßentheater, Spiele, Bankette und vieles andere. Manche dieser Vergnügungen werden vom König spendiert, der damit sein Ansehen verbessern will.

Für die königliche Schatzkammer ist der Jahrmarkt dennoch einträglich, da jeder, der einen Stand eröffnen will, einen Obolus entrichten muss. Die Kontrollen sind streng, und Verstöße werden mit der sofortigen Beschlagnahmung sämtlicher Waren geahndet.

Der Jahrmarkt findet auch in anderen großen Städten Loreliens statt: Benelia, Lermian und Le Pont. Er hat dort eine gewisse lokale Bedeutung, ist aber nicht mit dem der Hauptstadt vergleichbar.

JAHRZEHNT

Zehn Jahre.

JELENIS

Lorelisch. Die Jelenis sind Soldaten der ältesten Leibwache Loreliens. Sie sind vor allem berühmt dafür, König Kurdalene im sechsten Äon beschützt zu haben.

Die Jelenis sind auch die königlichen Hundeführer. Ihnen

gehören über sechzig weiße Doggen, obwohl diese Rasse wegen ihrer Aggressivität nahezu ausgerottet ist. Jedes Tier ist mehr als vierhundert Terzen wert und der Stolz des jeweiligen Königs.
Es heißt, es brauche mindestens fünf erfahrene Krieger, um einen Jelenis und seinen Hund zu besiegen.

JERUSNIEN
Eine der fünf Provinzen des Königreichs Romin. Ihre Hauptstadt ist Jerus, ihr Wappenbild das Kreuz von Jerus.

JEZ
Einwohner des Sultanats von Jezeba.

JEZAC
Wichtigste Sprache des Sultanats von Jezeba.

JUDIKATOR
Religiöser Führer der Boten von Zuïa.

JUNEISCH
In Junin und den meisten anderen Fürstentümern gesprochene Sprache. Das Hochjuneische wird nur noch in offiziellen Schriften, im Handel und in der Literatur verwendet, während sich die Sprache der einfachen Leute, die einst eine Mundart war, im Laufe der Zeit von ihrem Ursprung entfernt hat und heute eine eigene Sprache darstellt.

KALENDER
In den Oberen Königreichen gilt der itharische Kalender. Er ist in 338 Tage, 34 Dekaden und 4 Jahreszeiten unterteilt. Das Jahr beginnt am Tag des Wassers, dem Frühlingsan-

fang. Zwei Dekaden bestehen nur aus neun statt aus zehn Tagen: Die Dekade vor dem Tag der Erde und die vor dem Tag des Feuers. Der Tag beginnt mit Sonnenaufgang.
Jeder Tag und jede Dekade trägt einen bestimmten Namen, der ursprünglich religiöser Herkunft war und mit der Verehrung der Göttin Eurydis zusammenhing, deren Botschaft von Moralpriestern bis in die entlegensten Winkel der bekannten Welt getragen wurde. Mit der Zeit bildeten sich an verschiedenen Orten regionale Besonderheiten heraus. So heißt der Tag des Hundes, der im Großen Kaiserreich Goran keine besondere Bedeutung hat, in der Umgebung von Tolenks Tag des Wolfes und ist einer der höchsten Feiertage. Die Dekade des Jahrmarkts, die mit dem Tag des Händlers beginnt, ist in Lorelien von größter Wichtigkeit, in Memissien aber belanglos.
Kaum jemand kennt sämtliche Tage des Kalenders auswendig oder weiß um ihre Bedeutung für die Eurydisverehrung – abgesehen von den Priestern natürlich. Für die Einwohner der Oberen Königreiche ist der Kalender so selbstverständlich wie Sonnenauf- und -untergang. Die meisten wissen nicht einmal, dass er religiösen Ursprungs ist. Es gibt noch andere Kalender in der bekannten Welt, die auf königlichen Erlässen, nicht-eurydischen Religionen oder ganz einfach Stammestraditionen beruhen. Viele orientieren sich an den Mondphasen, wie zum Beispiel der alte romische Kalender, der aus 13 Zyklen zu je 26 Tagen besteht.

KAULANER
Bewohner des Matriarchats von Kaul.

KAULI
Wichtigste Sprache des Matriarchats von Kaul.

KLEINE KÖNIGREICHE
Anderer Name der Fürstentümer.

KONZIL
Versammlung der arkischen Klanchefs.

KURDALENE
Kurdalene war ein lorelischer König, der in die Geschichte einging, weil er gegen die Züu kämpfte. Damals übten die Anhänger der Rachegöttin mit Drohungen, Erpressungen und Morden einen solchen Einfluss auf die Edelleute und Bürger Loreliens aus, dass der König keine Entscheidung treffen konnte, ohne sie vorher von den Mördern im roten Gewand absegnen zu lassen.
Irgendwann riss Kurdalene der Geduldsfaden, und von jenem Tag an tat er alles, um die Religion auszurotten – zumindest in Lorelia. Er überlebte fast zwei Jahre, indem er sich mit einigen ihm treu ergebenen Wachen in einem Flügel seines Palastes verbarrikadierte. Schließlich gelang es den Züu, ihn zu ermorden.

LA HACQUE
Der Legende zufolge wurde die Handelsstadt der Unteren Königreiche von einem lorelischen Edelmann gegründet. Wahrscheinlicher ist jedoch, dass eine Gruppe reicher Reeder am Ufer des Aòn ein Kontor errichteten, wodurch sich ein bereits bestehendes Dorf entwickelte. Jedenfalls finden sich in der Stadt, die oft als die schönste der Unteren Königreiche bezeichnet wird, zahlreiche Gebäude mit lorelischer Architektur. Auch einige Straßen erinnern an die König-Kurdalene-Straße oder an die Bellouvire-Allee in Lorelia.

La Hacque war lange die einzige Stadt, die von den Stammeskriegen verschont blieb, die diesen Teil der Welt heimsuchten. Im Jahre 878 wurde sie von Yussa-Söldnern im Dienste Alebs des Einäugigen erobert, dem König von Griteh und Quesraba. Seither gibt es südlich der Louvelle keine freie Stadt mehr.

LEEM (DIE GLOCKEN VON)

In Leem kam es einst zu einem derartigen Anstieg der Verbrechen, dass man den Eindruck hatte, die Stadt sei in fester Hand von Dieben, Plünderern, Brandstiftern, Mördern und anderen finsteren Gesellen. Vergeblich verdoppelten und verdreifachten die Nachtwächter die Anzahl ihrer Runden; die Schurken waren einfach zu gut organisiert.

Daraufhin hatte der damalige Bürgermeister die Idee, an den Häusern der Honoratioren Glocken anbringen zu lassen. Wenn sich ein Würdenträger bedroht fühlte oder Zeuge eines Verbrechens wurde, läutete er die Glocke, um den Nachtwächter herbeizurufen. Meist war dieser jedoch nicht schnell genug, da die Übeltäter schon beim ersten Glockenschlag die Flucht ergriffen. Dennoch besserte sich die Lage etwas.

Die gemeinen Bürger folgten dem Beispiel, und bald hatte jeder Handwerker und Händler eine Glocke an seiner Werkstatt oder seinem Laden angebracht. Nach einigen Jahren gab es in Leem so viele Glocken, dass kaum noch Verbrechen verübt wurden.

Allerdings nahmen die Schurken Rache, indem sie jedes Haus mit einer Glocke anzündeten.

Heutzutage hängen immer noch an über sechshundert Häusern Leems Glocken, die jedoch nur noch selten geläutet werden, hauptsächlich zu Festtagen.

LERMIAN (DIE KÖNIGE VON)

Vor fünf Jahrhunderten war Lermian die Hauptstadt eines blühenden Königreichs, das dem aufstrebenden Großen Kaiserreich Goran oder dem expandierenden Lorelien in nichts nachstand. Die königliche Familie saß seit elf Generationen auf dem Thron, und die Dynastie drohte nicht auszusterben, da König Oroselem und seine Frau Federis drei Söhne und zwei Töchter hatten.

Lermian hatte romische Invasionen, die itharische Herrschaft und goronische Expansionsgelüste ohne größeren Schaden überstanden. Auch allen Einflussversuchen Bledevons trotzte das Königreich tapfer. Der lorelische König wollte Lermian annektieren, da es wie eine Insel mitten in seinem Reich lag. Doch es war nicht Bledevons Art, die Stadt, die er als Bollwerk gegen Goran brauchte, von seiner Armee stürmen zu lassen. Oroselem wusste das nur zu gut und schmetterte belustigt alle Einschüchterungsversuche, Versprechen und Intrigen des lorelischen Königs ab.

Lermian hätte eine der einflussreichsten Städte der Oberen Königreiche werden können – mehr noch, als sie es heute ist –, wenn seine Herrscher nicht ein grausames Schicksal ereilt hätte. Oroselem starb an einer Lebensmittelvergiftung, nachdem er etwas Verdorbenes gegessen hatte. Sein ältester Sohn saß ganze sechs Tage auf dem Thron, bevor er von der Burgmauer stürzte und seinen Verletzungen erlag. Der mittlere Sohn regierte etwas mehr als acht Dekaden, bis er plötzlich spurlos verschwand. Da der jüngste Sohn noch zu jung war, um den Thron zu besteigen, wurde der Prinzgemahl als Regent eingesetzt, doch er musste nach einem Jahr abdanken, weil er infolge eines Reitunfalls den Verstand verloren hatte. Der Gatte der zweiten Prinzessin verzichtete auf die Ehre, die Geschicke des Königreichs zu len-

ken, und ging mit seiner Frau ins Exil. Königin Federis bat daraufhin ihre Ratgeber, einen Regenten aus ihrer Mitte zu bestimmen. Ein einziger Ratgeber stellte sich zur Wahl, doch er wurde wenige Tage später in der Stadt von einer Räuberbande niedergestochen.
Niemand wollte nun mehr die Regentschaft übernehmen. Die Königin, die sich selbst dazu nicht in der Lage sah, akzeptierte schließlich ein von Bledevon vorgeschlagenes Abkommen. Lermian wurde ein Herzogtum Loreliens, und das Königreich versprach der Stadt im Gegenzug Schutz durch seine Armee.
Der Fluch, der auf Oroselems Dynastie gelastet hatte, schien aufgehoben. Königin Frederis und ihr jüngster Sohn erreichten beide ein hohes Alter.
Böse Zungen munkelten etwas von einer Mordserie und verdächtigten sogar König Bledevon. Doch der lorelische Hoftheoretiker zerstreute alle Zweifel, indem er bewies, dass es der Wille der Götter gewesen sei, beide Königreiche unter einer Krone zu vereinen.
Von diesen tragischen Geschehnissen rührt die volkstümliche Wendung her ›so tot wie die Könige von Lermian sein‹.

LOUVELLE

Grenzfluss zwischen den Fürstentümern und den Unteren Königreichen.

LUREEISCHER GESANG

Im Altitharischen bedeutete ›Lur‹ Späher. Lurée ist aber auch ein beliebter Gott. Übersetzt heißt sein Name ›der Wächter‹. Lurée wacht vor allem über Neugeborene, aber auch über glückliche Familien. Auf diesen beiden Tatsachen beruht vermutlich der Brauch des lureeischen Gesangs.

Es heißt, solange der Gesang irgendwo auf der Welt erklinge, bringe er all jenen Glück, die irgendwann in ihrem Leben eine Strophe gesungen hätten. In Ith wird der Gesang nie unterbrochen: Zahlreiche Freiwillige stehen Tag und Nacht Schlange, um eine der fünf Stimmen im Chor zu übernehmen. Die wenigsten kommen aus Selbstlosigkeit, aber alle erfüllen ihre Aufgabe gewissenhaft, wenn sie an der Reihe sind.

Der Kult des Lurée ist wie die Eurydisverehrung eine Moralreligion, wie der Liedtext eindeutig zeigt. Im Verlauf der Jahrhunderte haben die lureeischen Maz mehr als dreißig Strophen zu den ursprünglichen siebzehn hinzugefügt. In ihnen werden Nächstenliebe, Freundlichkeit, Treue, Bescheidenheit und andere Tugenden gepriesen. Dahinter verbirgt sich die Überzeugung, niemand könne einen Text laut aufsagen, ohne von ihm beeinflusst zu werden: Aus einem Samenkorn im Wind kann ein Baum wachsen …

LUS'AN

Zü. Mystischer Ort der Zuïa-Religion, an dem die Boten nach ihrem Tod von der Göttin empfangen werden. Sie finden dort ewiges Glück und gehen Zuïa bei ihrem Großen Werk zur Hand.

Lus'an ist auch der Name einer kleinen Provinz auf der Heimatinsel der Züu. Dort leben die Judikatoren und ihre Sklaven, Fremden ist der Zutritt verboten. Die wenigen Abenteurer, die es wagten, die Insel zu betreten, sind nie zurückgekehrt.

In den Mooren Lus'ans sind die Geister der untauglichen Boten gefangen und derjenigen, die die Göttin verraten haben. Sie irren dort für alle Ewigkeit in unermesslicher Schwermut umher.

LUSEND RAMA

Der hoch zu Pferd Sitzende. Gott der Reiter und Beschützer aller Nomaden und Boten. Er wird vor allem in den Unteren Königreichen verehrt. Außerdem ist er der Hüter der Stammesgesetze. Sein Urteil wird ebenso gefürchtet wie sein Ehrgefühl bewundert.

Künstler stellen ihn meist auf dem Rücken eines schwarzen Hengsts mit blinden Augen dar. So wird er in der Chronik des Pferdekönigs beim Kampf gegen die zwei Riesen von Irimis beschrieben. Manchmal wird er auch in der Gestalt eines Zentauren gemalt. Dieses Bild stammt aus der Taspriá, der ältesten religiösen Schrift der Unteren Königreiche.

MAÏOK

Arkisch. Mutter.

MARGOLIN

Nagetier von mittlerer Größe. Ausgewachsen kann es bis zu zwei Fuß lang werden. Es gibt mehrere Unterarten: das Kupfermargolin, das Plärrmargolin, das Fressmargolin und andere.

Margoline sind vor allem im Süden und in der Mitte der Oberen Königreiche heimisch und leben in Wiesen, im Wald oder am Ufer von Flüssen. Wegen ihrer hohen Vermehrungsrate, ihrer Bösartigkeit und der Ungenießbarkeit ihres Fleischs gelten sie als Schädlinge. Ihr Fell, aus dem die Handwerker Pelze, Lederbeutel und Kleider herstellen, ist jedoch sehr begehrt.

MASKE

In Itharien ist es üblich, eine Maske zu tragen. Obwohl die Itharier aus religiösen Gründen ansonsten eher schlich-

te Kleidung bevorzugen, ist die Maske eine Art Statussymbol.
Die Maske ist keineswegs Pflicht, und von zehn Ithariern, denen man an einem Tag begegnet, tragen sie vielleicht nur vier. Dennoch gibt fast jeder Bewohner der Heiligen Stadt an, irgendwann in seinem Leben die Maske getragen zu haben oder sie im Alter tragen zu wollen.
Die Erklärung für diesen religiösen Brauch verliert sich in den Tiefen der Vergangenheit. Schon die Ureinwohner der Gegend, die Vorfahren der heutigen Itharier, trugen zu gewissen Anlässen Masken.
Die eurydischen Priester übernahmen die Tradition, weil sie darin ein hervorragendes Mittel sahen, die dritte Tugend der Weisen Eurydis umzusetzen: Toleranz. Das Tragen der Maske ebnet alle Unterschiede ein und stellt die unter einem glücklichen Stern Geborenen mit den weniger Begünstigten auf eine Stufe. Obwohl dieser Gedanke umstritten ist, tragen die Itharier weiterhin ihre Masken.

MAZ
Ehrentitel vor allem in der Eurydisverehrung. Andere Religionen haben ihn übernommen.
Mit einer Ausnahme kann der Titel nur von einem Maz auf einen seiner Novizen übertragen werden, wenn dieser ihn sich durch seine Hingabe verdient. Der Große Tempel muss die Übertragung absegnen. Sie kann sofort in Kraft treten oder erst beim Tod des Maz, je nach Abmachung. Es ist einem Maz streng verboten, den Titel einem Mitglied seiner Familie zu vermachen.
Allerdings kann der Titel einem Novizen auch außer der Reihe verliehen werden, um ihm für ein besonderes Verdienst zu danken. Häufig wird der Titel posthum als Aus-

druck der Dankbarkeit verliehen, wenn jemand sein ganzes Leben der Eurydisverehrung geweiht hat, und in diesem Fall kann er natürlich nicht weitergereicht werden. Eine solche Auszeichnung kann nur ein Emaz vergeben.

Die Rechte und Pflichten eines Maz sind nicht festgelegt und hängen von der persönlichen ›Laufbahn‹ ab. Manche bekleiden wichtige Ämter in den Tempeln, andere unterrichten nur hin und wieder einige Novizen, und wieder andere treten nie einen Dienst an.

Niemand kennt die Anzahl der lebenden Maz, abgesehen von den Archivaren des Großen Tempels, die ihre Liste ständig auf dem neuesten Stand halten. Viele Priester außerhalb Ithariens nennen sich unrechtmäßig Maz, was die Schätzungen nicht gerade erleichtert. Der Legende zufolge gab es ursprünglich 338 Maz, so viele, wie ein Jahr Tage hat, und 34 Emaz, nach der Anzahl der Dekaden.

MÈCHE

Kleiner Fluss im Matriarchat von Kaul. Die Hauptstadt Kaul liegt an seinem Ufer. Zufluss der Gisle.

MEMISSIEN

Eine der fünf Provinzen des Königreichs Romin. Ihre Hauptstadt ist Jidée, ihr Wappenbild ein großer Platinschmetterling.

MERBAL

Merbal war einst der Anführer einer legendären Räuberbande, die für ihre Grausamkeit und Barbarei berüchtigt war. Heute fällt es schwer, bei den Schauergeschichten, die über ihn kursieren, zwischen Wahrheit und Lüge zu unterscheiden. Es gilt jedoch als sicher, dass Merbal die grausa-

me Angewohnheit hatte, von jedem seiner Opfer einen Becher Blut zu trinken.
Der Glaube einer Sekte namens ›die Vampire von Jidée‹ beruht auf dieser Legende.

MISHRA

Die Verehrung Mishras ist mindestens so alt wie der Große Sohonische Bogen. Mishra war die Hauptgöttin der Goroner, bevor die itharische Armee im achten Äon die Stadt Goran einnahm. Nach der Befreiung, als die Itharier die Waffen niederlegten und sich der Religion zuwandten, wurde die Verehrung Mishras wieder populär. Aus der Stadt Goran ging erst das Königrreich Goran und schließlich das Große Kaiserreich Goran hervor, und die Religion breitete sich im Land aus.
Mishra ist die Göttin der Gerechtigkeit und der Freiheit. Ein jeder hat das Recht, sie anzurufen. So kam es vor, dass Völker, die vom Großen Kaiserreich Goron besiegt worden waren, die Göttin ihrer Eroberer um Hilfe anflehten.
Sie ist mit keiner bekannten Gottheit verwandt. Manche Theoretiker behaupten, sie sei die Schwester Hamsas. Zu Mishras Ehren wurden nur wenige Tempel gebaut – eine Ausnahme ist der prachtvolle Palast der Freiheit in Goran. Viele Gläubige verehren Miniaturen der Göttin oder eines Bären, ihres Sinnbilds.

MIT-TAG

Höchststand der Sonne, in unserer Welt 12 Uhr. Allgemein wird das Ende des dritten Dekants als Mit-Tag bezeichnet.

MOÄL

Der Moäl ist ein Baum, der nur in den Wäldern der Kleinen Königreiche wächst. Alle Versuche, ihn anderswo an-

zupflanzen, scheiterten, was die fähigsten Botaniker vor ein Rätsel stellt.
Der Moäl ähnelt der weit verbreiteten Grule sehr, und es fällt häufig schwer, sie auseinanderzuhalten. Der Unterschied ist eigentlich nur zu Beginn der Jahreszeit des Wassers sichtbar, wenn die Zweige des Moäls mehrere Tage lang blassgrüne Blüten austreiben.
Es heißt, wenn man beim Vollmond eine Goldmünze unter einen Moäl legt und nur lange genug zum Nachtgestirn hinaufsieht, erscheint der Kobold, der in dem Baum haust. Wenn ihm der Glanz der Münze gefällt, tauscht er sie gegen einen Wunsch ein.
Selbst diejenigen, die das für einen Aberglauben halten, sind überzeugt, dass es Unglück bringt, den Zweig eines Moäls abzubrechen.

MONARCH
Goldmünze im Königreich Romin.

MONDKÖNIGIN
Kleine Muschel mit glatter Oberfläche und nahezu runder Form, die wegen ihrer Seltenheit äußerst kostbar ist. Es gibt drei Sorten von Mondköniginnen: eine weiße, die am häufigsten vorkommt, eine blaue, die schon weniger gängig ist, und schließlich eine gefleckte, die äußerst selten ist. Eine Zeit lang dienten die blauen und gefleckten Mondmuscheln in einigen entlegenen Orten des Matriarchats von Kaul als Währung, und bei manchen alten Leuten kann man noch heute mit ihnen bezahlen. Die Muschel ist auf alle Münzen geprägt, die von der Schatzkammer des Matriarchats ausgegeben werden. Nach ihr ist auch die offizielle Währung benannt: die Königin. Es gibt Münzen zu einer,

drei, zehn, dreißig und hundert Königinnen. Die Hundert-Königinnen-Münzen sind etwa so groß wie eine Hand und dienen nicht als Zahlungsmittel. Sie fungieren lediglich als Garantie bei Transaktionen zwischen dem Matriarchat und seinen Nachbarn.

MORALIST

Die Moralpriester stützen sich auf religiöse Schriften und Überlieferungen, um die moralischen Werte zu verbreiten, die gemeinhin als die wichtigsten gelten: Mitgefühl, Toleranz, Wissen, Aufrichtigkeit, Achtung, Gerechtigkeit, usw. Häufig sind Moralpriester Lehrer oder Philosophen, die sich aus Bescheidenheit darauf beschränken, eine kleine Gruppe von Schülern zu unterrichten. Die wichtigste Moralreligion ist die Eurydisverehrung.

MORGENLAND

Bezeichnung für die Länder östlich des Rideau.

NAMEN

Die Bedeutung der Namen hängt natürlich vom Geburtsland ab. In Kaul, Romin oder Goran werden seit Jahrhunderten einfach immer dieselben Namen weitergegeben, und niemand macht sich großartig Gedanken über ihre Herkunft. Doch das gilt nicht für alle Völker der bekannten Welt.

In Itharien ist es üblich, ein Neugeborenes auf das erste Wort zu taufen, das es spricht. Da jedes Lallen als Wort gilt, das die Menschen zwar nicht verstehen, für die Götter aber von Bedeutung ist, sind die gängigsten itharischen Namen Nen, Rol, Aga und ähnliche Ein- und Zweisilber. Die Interpretation bleibt den Eltern überlassen, und es ist auch möglich, mehrere Silben aneinanderzureihen. Itharische Namen sind meist kurz und leicht auszusprechen.

Arkische Namen werden nicht endgültig vergeben. Im Verlauf seines Lebens nimmt ein Arkarier verschiedene Namen an. So heißen die meisten Neugeborenen Gassan (Säugling) oder Gassinuë (Winzling). Arkische Eltern suchen sehr früh nach der Besonderheit ihres Kindes und benennen es entsprechend, bis ein Namenswechsel geboten ist. So bedeutet Prad ›der Neugierige‹, Iulane ›das junge Mädchen‹, Ispen ›die Liebreizende‹, Bowbaq ›der Riese‹, usw. Jeder gibt sich Mühe, sich keinen Namen wie ›der Grausame‹, ›der Geizhals‹, ›der Untreue‹ oder andere Beleidigungen einzuhandeln. Selbstverständlich verbietet es die Höflichkeit der Arkarier, jemanden nach einem körperlichen Makel zu benennen, doch bei Feindschaften wird dieser Grundsatz gern einmal vergessen.

Die Züu, die der Rachegöttin dienen, nehmen am Ende ihres Noviziats einen neuen Namen an. Als Zeichen ihrer Unterwerfung unter Zuïa wählen sie einen Namen mit dem Anfangsbuchstaben ›Z‹, der ihnen zugleich Macht über das gemeine Volk der Züu verleiht.

NIAB

Kauli. Der Niab ist ein Tiefseefisch, der nur nachts an die Oberfläche kommt. Die kaulanischen Fischer spannen ein großes dunkles Tuch kurz über der Wasseroberfläche zwischen mehrere Schiffe, um ihn zu täuschen. Dann müssen sie die Fische nur noch einsammeln, weil sie in eine Art Dämmerzustand verfallen. Als ›Niab‹ bezeichnet man auch jemanden, der allzu leichtgläubig und arglos ist.

OBERE KÖNIGREICHE

Streng genommen sind damit das Königreich Lorelien, das Große Kaiserreich Goran und das Königreich Itharien gemeint, manchmal auch noch das Königreich Romin. In den Unteren Königreichen zählt man jedoch alle Länder nördlich des Mittenmeers dazu, also auch das Matriarchat von Kaul und Arkarien.

ODREL

Odrel ist ein Gott, der vor allem in den Oberen Königreichen verehrt wird. Odrel soll der zweite Sohn Echoras und Olibars sein.
Ein fleißiger Priester sammelte einst mehr als fünfhundertfünfzig Geschichten über den traurigen Gott, wie Odrel manchmal genannt wird. Die bekannteste ist die Geschichte der tragischen Liebe Odrels zu einer Schäferin, die mit dem Tod der Menschenfrau und ihrer drei Kinder endet. Als Odrel seiner Geliebten in den Tod folgen will, muss er qualvoll erfahren, dass dies als Einziges auf der Welt nicht in seiner Macht steht.
Der Priester fasst die Ergebnisse seiner Forschungen wie folgt zusammen: »Niemand hat so viel Unglück erfahren wie Odrel. Aus diesem Grund wenden sich all jene an ihn, die ein Unheil oder einen Schicksalsschlag erlitten haben, die von Trauer, Reue oder bösen Erinnerungen gequält werden, die in Ungnade gefallen sind oder in Armut leben, die Ungerechtigkeiten, Verzweiflung oder andere Prüfungen des Lebens durchstehen müssen. Er ist der einzige Gott, der sie versteht und ihnen Trost spenden kann, da er selbst Mitleid erregt.«

PAÏOK

Arkisch. Vater.

PHRIAS

Der Verfolger. Phrias ist ein Gott, der durch böse Gedanken und finstere Gebete der Menschen beschworen wird. Er macht, dass ein Seil reißt, ein Hund zubeißt, das Feuer aus dem Kamin springt oder der Boden plötzlich rutschig wird. Dieser Dämon nährt sich vom Hass und erfüllt die schwärzesten Wünsche.

PRESDANIEN

Eine der fünf Provinzen des Königreichs Romin. Ihre Hauptstadt ist Mestebien, ihr Wappenbild ein Gyolendelfin.

RAMGRITH

Bewohner des Königreichs Griteh. Wichtigste Sprache dieses Königreichs.

RAT DER MÜTTER

Oberste Versammlung und Regierung des Matriarchats von Kaul.
Jedes Dorf hat einen solchen Rat, deren Vorsitz die Dorfmutter innehat, während die Dorfälteste als ihre Beraterin dient.

RIDEAU

Der Rideau ist ein Gebirge, das im Westen an das Große Kaiserreich Goran und das Königreich Itharien und im Osten an das Morgenland grenzt.

ROCHANE

Fluss, der in den Nebelbergen entspringt und in das romische Meer mündet. Er fließt durch die romischen Provinzen Helanien und Presdanien. An seinen Ufern liegen zwei der größten Städte des Alten Landes: Mestebien und Trois-Rives.

ROMERIJ

Legendäre Stadt, auf dessen Ruinen Romin gebaut ist.

ROMISCHES ALPHABET

Das romische Alphabet ist das komplizierteste Alphabet der bekannten Welt, das noch in Gebrauch ist. Es besteht aus einunddreißig Buchstaben, von denen siebzehn einen Akzent tragen können. Diese achtundvierzig möglichen Buchstaben geben jedoch noch keine Laute wieder. Erst aus der Kombination von zwei, drei oder vier Buchstaben entstehen Silben. Die Schreibweise jeder Silbe hängt wiederum davon ab, welche Silben ihr vorausgehen und auf sie folgen.
Selbst die Rominer benutzen im Alltag eine vereinfachte Version. Das ursprüngliche Alphabet wird nur noch für offizielle Schriften verwendet. Musiker nutzen es außerdem für Gesangspartituren, da seine Variationsmöglichkeiten es erlauben, jede noch so kleine Stimmmodulation zu notieren.
Gelehrte aus allen Königreichen studieren das romische Alphabet wegen seines streng mathematischen Aufbaus.

SCHIEBEN

Schieben ist ein Spiel mit großem Körpereinsatz, das vor allem im Alten Land und im Norden der Fürstentümer populär ist. Zwei Gegner stellen sich jeweils auf ein Bein, legen die Handflächen aneinander und verschränken die Finger. Derjenige, der als Erster das zweite Bein auf den Boden stellen muss, hat verloren. Die Hände müssen sich die ganze

Zeit berühren. Wie der Name schon sagt, ist es die beste Taktik, mit aller Kraft zu schieben.

SEMILIA

Unabhängiges Fürstentum, das unter dem Schutz Loreliens steht.

TAL DER KRIEGER

Landstreifen zwischen den nördlichen Ausläufern des Rideau und dem Spiegelozean. Sowohl das Große Kaiserreich Goran als auch das Königreich Thalitt erheben Anspruch auf das Gebiet. Seit Jahrhunderten liefern sie sich im Tal der Krieger erbitterte Gefechte.

TERZ

Die Terz ist die offizielle Währung Loreliens. Es gibt Silberterzen – das gängigste Zahlungsmittel – und Goldterzen, auf die das Konterfei des Königs geprägt ist.
Die lorelischen Goldterzen sind berühmt für den hohen Goldgehalt ihrer Legierung.
Die Untereinheit der Terz ist der Tick. Eine Silberterz ist zwölf Tick wert.
Der Wert einer Goldterz hängt vom jeweiligen Geldwechsler ab, liegt aber bei mindestens fünfundzwanzig Silberterzen.

THEORETIKER

Priesterkaste, die sämtlichen Göttern dient, selten auch nur einigen oder gar einem einzigen Gott. Die Theoretiker versuchen, aus den göttlichen Zeichen den Willen der Allmächtigen herauszulesen. In den Tempeln genießen sie kein hohes Ansehen, aber an den Höfen der Könige und

Fürsten sind sie sehr gefragt. Häufig sind sie auch Astrologen und Ratgeber.
Der bekannteste Theoretiker war Jéron der Zarte, der die Einwohner Romins vor dem Ertrinken rettete, obwohl der König seiner Prophezeiung keinen Glauben schenkte.

UBESE
Fluss, der in den Jezebahöhen entspringt und durch die Kleinen Königreiche fließt. Bis zum Abschluss des ersten Friedensabkommens kämpften die Fürstentümer lange Zeit um die Vorherrschaft über die Ubese.
Die Ubese ist ein breiter, gemächlich dahinfließender Strom und bildet in der Ebene von Junin einen See. Ein bewachtes Wehr am Südeingang des Sees schützt die Hauptstadt der Fürstentümer vor einem Angriff der Unteren Königreiche auf dem Wasserweg.

UNTERE KÖNIGREICHE
Bezeichnung für die Länder südlich der Louvelle. Oft werden jedoch auch die Fürstentümer hinzugezählt.

URAE
Fluss, der in den Brantacken entspringt und ins romische Meer mündet. Die romische Pronvinz Uranien ist nach ihm benannt. Romin, die Hauptstadt des Alten Landes, liegt an seinem Ufer.
Die Urae genießt den traurigen Ruf, der dreckigste Fluss der bekannten Welt zu sein. Man sagt, in seinem schlammigen Grund verberge sich ein größerer Schatz als der des Kaisers von Goran. Aber das ist sicher nur ein Bild, um das Ausmaß der Verschmutzung zu beschreiben. Dennoch hält sich das Gerücht hartnäckig, da immer wieder Flussschiffer

zu plötzlichem Reichtum gelangen und über die Herkunft des Geldes schweigen.

URANIEN
Eine der fünf Provinzen des Königreichs Romin. Ihre Hauptstadt ist Romin, ihr Wappenbild der Kronenadler aus den Nebelbergen.

VELANESE
Lorelischer Fluss. An seiner Quelle liegt die Stadt Le Pont.

DIE WEISE
Die Göttin Eurydis wird auch ›die Weise‹ genannt.

WEISSES LAND
Anderer Name für das Königreich Arkarien.

YÉRIM-INSELN
Die Inselgruppe Yérim besteht nur noch aus zwei Inseln: Yérim selbst und der Insel Nérim. Zwei kleinere Inseln sind beim Ausbruch des Yalma – des größten Vulkans der Inselgruppe – im Meer versunken. Eine fünfte Insel erhob sich aus den Fluten, verschmolz mit Yérim und gab der Hauptinsel ihre heutige Form.
Der Vulkanausbruch geht auf das Jahr 552 zurück. Zwei Jahrhunderte zuvor hatte das Große Kaiserreich die Inselgruppe besiedeln lassen, ohne auf Widerstand zu stoßen, da kein anderes Königreich Anspruch auf diesen trostlosen Fleck Erde erhob. Kaiser Uborre, der die Besiedlung befohlen hatte, wollte von Yérim aus die Unteren Königreiche angreifen, verwarf die Idee aber wieder, als sich herausstellte, dass es zu kostspielig war, den Hafen und das

Fort zu unterhalten, die eilig auf Yérim errichtet worden waren.
Zurück blieben nur eine kleine Garnison und eine Flotte von zehn Galeerenschiffen. Die unfähigsten Soldaten wurden nach Yérim versetzt und unter den Befehl von unfähigen Offizieren gestellt. Bald wurde das Fort zum Gefängnis umgebaut, und immer mehr Verurteilte wurden ohne Hoffnung auf Rückkehr nach Yérim verschifft. Die Ausgestoßenen der goronischen Gesellschaft – Gefangene wie Aufseher – sollen das Wappenbild Yérims entworfen haben: ein schwarzes Stirnband, das Symbol der Verschwörer und Feinde des Kaisers.
Als im Jahre 552 der Vulkan ausbrach, nutzten die dreitausend Gefangenen die Gelegenheit zur Revolte. Die Hälfte der auf Yérim stationierten Soldaten schloss sich ihnen an. Die Gefechte waren rasch beendet, doch bald brachen Kämpfe zwischen den verschiedenen Rädelsführern aus. Inmitten der Unruhen entdeckten die einstigen Gefangenen das reiche Kupfervorkommen der Insel, das bei einem Vulkanausbruch an die Oberfläche gekommen war.
Anstatt von der Insel zu fliehen, beschlossen die Goroner, die Galeeren, die bei der Revolte verschont worden waren, zur Verschiffung des Erzes zu nutzen. So brachten sie Yérim endgültig in ihre Gewalt. Die Bewohner fürchteten einen Gegenangriff Gorans, doch bald stellte sich heraus, dass sich das Große Kaiserreich wenig um den Verlust scherte und nicht noch mehr Kriegsschiffe verlieren wollte.
Als die Kupferminen erschöpft waren, sattelten die Yérimer um und wurden Piraten, Söldner und Schmuggler. Drei Jahrhunderte später wird die Insel immer noch ›Gorans Gefängnis‹ genannt und gilt nach wie vor als äußerst gefährlich.